Chinese Short Stories by Revolutionary Authors

Chinese Short Stories by Revolutionary Authors

Edited by
Kevin Nadolny
&
Ivan Niu

Illustrated by
Atula Siriwardane

Capturing Chinese Publications LLC
www.CapturingChinese.com

ISBN 978-0-9842762-4-0

CIP Data Pending

FREE Audio Files Online

Check out Capturing Chinese online for
your **FREE** Audio Files of
*Chinese Short Stories by
Revolutionary Authors.*
Download now at:
www.CapturingChinese.com

Cover design by:
Kevin Nadolny

Cover photograph by:
Kevin Nadolny

Scroll Painting:
清明上河图　（Qīngmíng shànghé tú)
(translated as "Along the River During the Qing Ming Festival")

清明上河图 , a very long hand scroll of ink color on silk, is one of China's most
famous works of art. 张择端 (Zhāng Zéduān – 1085-1145), a great artist of the
Northern Song Dynasty (960-1127) is most likely the creator of this work.

Contents

Preface   vi

How to Use This Book   ix

Timeline   xii

Acknowledgements   xv

		Level	
郁達夫	Introduction		1
	沉淪	V	5
賴和	Introduction		121
	一杆称子	II	124
凌叔華	Introduction		157
	中秋晚	IV	161
沈从文	Introduction		199
	萧萧	I	202
茅盾	Introduction		251
	春蚕	IV	255
老舍	Introduction		335
	老字号	III	339

Preface

Due to its complex writing system, Chinese is one of the most difficult languages in the world. Full literacy of Chinese requires a working knowledge of three to four thousand Chinese characters. Breaking into reading real Chinese literature is a daunting task and many students give up after just a few pages. While reading translations are a excellent way to gain insight into Chinese culture, the true meaning and spirit of the stories are best understood by reading them in the original Chinese. Some Chinese words and phrases don't lend themselves to translation into English, while some English words lack the historical significance of the original Chinese.

Chinese Short Stories by Revolutionary Authors Volume I (An Advanced Capturing Chinese Reader) builds upon all the traits of the previous Capturing Chinese books while adding a larger variety of authors. Volume I features six Chinese authors from revolutionary China:

- **Ling Shuhua** provides a woman's perspective during the May Fourth movement in *The Night of Mid-Autumn Festival.*

- **Lai He** provides his perspective of Taiwan during the Japanese occupation in *The Steelyard.*

- **Mao Dun** depicts some of the problems facing rural China in his most famous story, *Spring Silkworms.*

- **Shen Congwen** uses a basic story to show how rural customs inhibit modernization in his story, *Xiaoxiao.*

- **Yu Dafu** takes his readers to Japan, where he himself spent time as a student. Yu Dafu's frank depiction of sexual urges in *Sinking* shocked the readers of his day.

- **Lao She** illustrates the changing times in Beijing in his short story, *An Old and Established Name.*

These six authors with their different perspectives lend a unique insight into this very interesting time in Chinese history.

David Pollard, Julia Lovell, William Lyell, Gladys Yang, Yang Xianyi, and many others are all very skilled translators of Chinese literature and have brought many masterpieces of Chinese fiction to the Western readers for the first time. Readers are highly recommended to read their translations of the stories included in *Capturing Chinese*. In fact, the stories in this *Capturing Chinese* reader are all included in *The Columbia Anthology of Modern Chinese Literature*.

Our goal at *Capturing Chinese* is to introduce some of these masterpieces to our readers in the original Chinese while providing tools to practice reading, increase comprehension, and inspire confidence. With a solid foundation, every Chinese language learner can then move on to read other pieces of literature not included in our series.

Capturing Chinese helps readers enjoy works of Chinese fiction without the frustration of spending countless hours looking up difficult characters in the dictionary or needing a teacher's assistance to get through the text. Currently, one common method of reading Chinese stories is to buy a book, sit down with a dictionary in hand, and spend hours looking up characters by radical while slowly gaining an understanding of the text. Besides the drudgery of this approach, dictionaries lack many of the difficult words, lack historical explanations, and don't list important historical figures and places. Since many Chinese characters have multiple meanings, knowing which meaning is appropriate in the given context is an additional obstacle. Therefore, even the most diligent student can get bogged down on a few difficult characters and phrases.

For example, Shen Congwen's *Xiaoxiao* has one phrase that plays on the pronunciation of 暑假. In the local dialect of Hunan, 水 and 暑 sound the same. The sentence, "据说放 "水" 假日子一到...", uses 水 instead of 暑 to point out that the local villagers have no concept of a 暑假.

Capturing Chinese is a tool to help students break into reading original Chinese literature. The six authors are introduced and each of their pieces of literature includes a short summary. The selections include copious footnotes detailing the definition of difficult vocabulary, and explaining historical and cultural references. With a better understanding of the historical and cultural context, the reader will have a greater appreciation for and understanding of the piece.

Capturing Chinese includes *pinyin* at the end of each selection. The *pinyin* is provided to help refresh one's memory of certain characters and to help with looking up difficult characters not footnoted. It is not intended to be read along with the characters. Therefore, the *pinyin* does not follow the characters, but instead is treated as an answer key located on a separate page. In this way, the reader's eyes do not drift to the *pinyin* every time he or she is stuck on a character.

Difficult words and phrases are footnoted and accompanied by their definition. If the reader encounters an unfamiliar character not defined, he can use the *pinyin* listed at the end of the story to determine the pronunciation of the unknown character and then immediately look up the difficult words or phrases. Instead of using the complex method of looking up characters (recognizing the radical, counting strokes, finding the character's pronunciation, and then looking up the definition), the reader will be able to directly use the *pinyin* to find the definition for an unfamiliar character. Students will save countless hours of flipping through a dictionary and instead be able to focus on learning new characters while enjoying Chinese literature.

Capturing Chinese is a bridge for students to break away from fabricated textbook stories and into real, substantial Chinese literature. The goal of this book is not to translate the story into English for the reader, or have the reader read *pinyin* instead of the characters, but only to provide him with tools so that he can read the text on his own, come up with his own translations, and master reading the stories in their original Chinese.

How to use this book

To get the most out of this book, try these three steps:

1. Using only the Chinese portion, read each story as best you can.

2. Reread the same story but start using the definitions at the bottom.

3. On your third time, use the *pinyin* and audio files.

Learning languages is all about repetition so reread the story until you thoroughly understand it.

Each story is ranked to help the reader choose to start with the easier stories and slowly progress to the more difficult ones. Level I stories are easiest while Level V are hardest. So start with the easier stories and work your way up.

If you need additional help on the pronunciation of the characters, we highly recommend reading the stories while listening to the audio files. The audio files include a female and male native speaker reading the story. The audio files are a great tool to reinforce your learning and are free with this book. Download them now from www.CapturingChinese.com.

Use different phrases from the selections in everyday conversations and in writing. Have fun with the language and don't be afraid to make mistakes. Children learn so quickly because they use new phrases without hesitating to worry if they are right or wrong.

Remember the authors were not writing these short stories for foreign students of Chinese, but rather for Chinese natives. For this reason, footnotes go into detail on historical and cultural references. If you find the footnotes too short, ask your Chinese friends about the mentioned historical figures and places. Most likely they will know them quite well and will be able to add some more details.

Capturing Chinese helps language students read Chinese literature in the original Chinese. However, translations can be convenient when the reader encounters exceptionally difficult areas. All of the stories in *Chinese Short Stories by Revolutionary Authors* have already been translated to English. We recommend readers to buy and read a copy of *The Columbia Anthology of Modern Chinese Literature*. The newest edition of this collection includes all of the stories in this Capturing Chinese reader.

Enjoy these masterpieces of Chinese literature and 加油!

Kevin Nadolny

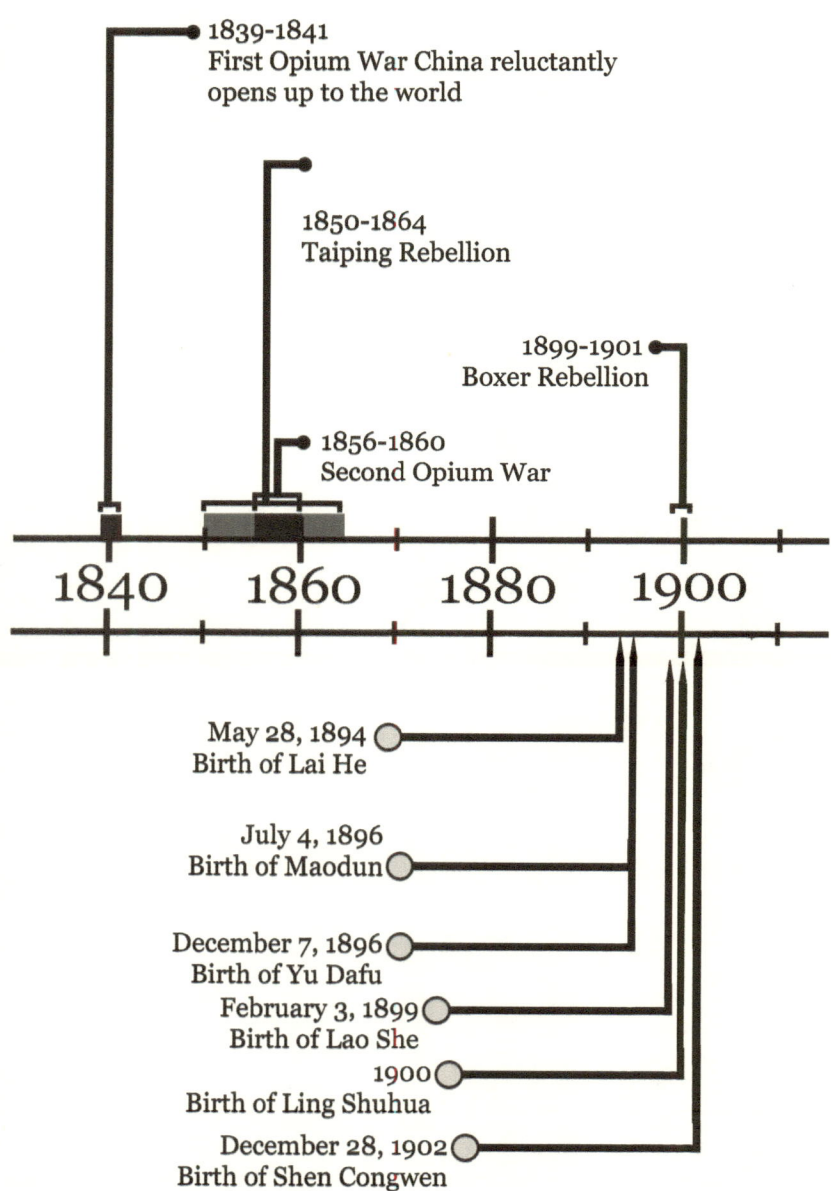

1839-1841
First Opium War China reluctantly opens up to the world

1850-1864
Taiping Rebellion

1899-1901
Boxer Rebellion

1856-1860
Second Opium War

1840　　1860　　1880　　1900

May 28, 1894
Birth of Lai He

July 4, 1896
Birth of Maodun

December 7, 1896
Birth of Yu Dafu

February 3, 1899
Birth of Lao She

1900
Birth of Ling Shuhua

December 28, 1902
Birth of Shen Congwen

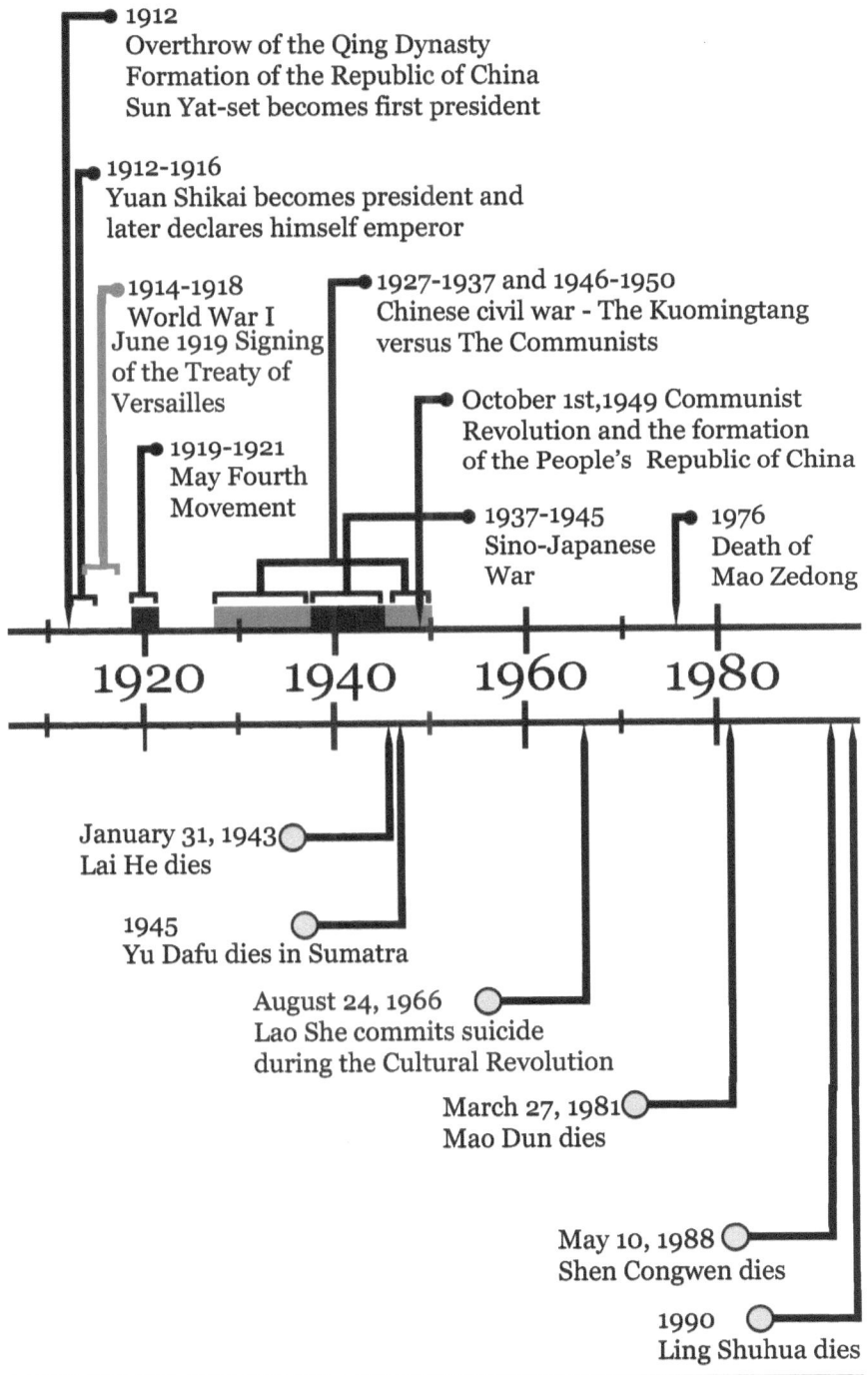

1912
Overthrow of the Qing Dynasty
Formation of the Republic of China
Sun Yat-set becomes first president

1912-1916
Yuan Shikai becomes president and
later declares himself emperor

1914-1918
World War I
June 1919 Signing
of the Treaty of
Versailles

1927-1937 and 1946-1950
Chinese civil war - The Kuomingtang
versus The Communists

October 1st,1949 Communist
Revolution and the formation
of the People's Republic of China

1919-1921
May Fourth
Movement

1937-1945
Sino-Japanese
War

1976
Death of
Mao Zedong

1920   1940   1960   1980

January 31, 1943
Lai He dies

1945
Yu Dafu dies in Sumatra

August 24, 1966
Lao She commits suicide
during the Cultural Revolution

March 27, 1981
Mao Dun dies

May 10, 1988
Shen Congwen dies

1990
Ling Shuhua dies

Acknowledgements

This Capturing Chinese reader would not have been possible without the extraordinary help of the Capturing Chinese team. Special thanks to Ivan Niu for his diligence in helping explain difficult grammar and historical phrases. Thank you to Atula Siriwardane for your absolute attention to details. Your love of illustrating shines through your work. Thank you to Caterina Tombolini and Shuang Zhan for your help in researching the many authors and their stories. And thank you to our readers whose support makes these readers possible.

郁達夫

Introduction to Yù Dáfū

Great connoisseur of the literary tradition of his own country, as well as an avid reader of international literature (thanks to his mastery of English, German and Japanese), 郁达夫 (Yù Dáfū) is nowadays widely recognized a leading role in the New Literature movement of twentieth-century China. Yu Dafu's work was both typical of the literary movement and highly individualistic. His works combine traditional Chinese themes and genres with stylistic elements of naturalism, a sense of romanticism, and classical Chinese literary language with westernized syntax and vocabulary.

Yu Dafu, courtesy name of Yù Wén (郁文), was born on December 7, 1896 in Fuyang, near Hangzhou and died in Sumatra, Indonesia in 1945. His father died when he was only three years old and hence his family struggled to make a living. Early loss of a father seems to be common among Chinese writers at this time. Other such authors are Lao She, Lu Xun, Ding Ling and Mao Dun. His mother and grandmother therefore cared for Yu Dafu's education. Lucky enough to secure a scholarship, he received a standard education, studied at a secondary school in Hangzhou and at an American mission school. Despising the strict rules of the Christian school, which he recalls as the "beetle-student life", he was soon expelled for protests. He then went back home for some time where he read intensively on Chinese literature, became interested in politics and foreign languages, and started writing poetry.

In 1913, Yu Dafu and his elder brother set out for Japan, where he won a government scholarship thanks to his successful examination. In Tokyo, after a one-year preparatory course he started studying Politics and Economics. There he met other Chinese intellectuals such as Guo Moruo (郭沫若). During the summer of 1920 under the insistence of his conservative family, Yu married a young peasant from his village.

At this time, he already excelled among his fellow-students in his knowledge of Chinese and especially world literature, to which he had unusual access thanks to his foreign language skills. In July 1921, following the events of the May Fourth Movement, Yu Dafu and other Chinese intellectuals (such as Zhang Ziping 张资平 and Guo Moruo) founded The Creation Society (創造社), whose goals were to promote modern Chinese literature written in the vernacular Chinese.

In September of the same year, Yu returned to Shanghai where he published his first collection of stories, *Sinking* 沉淪 (Chénlún), which is considered the very first collection of novels in Chinese literature written in the vernacular language. The collection was published in The Creation Society's newsletter (創造季刊) and instantly pushed his society and himself into fame. *Sinking* is also the title of the most famous of these short stories. The collection includes two other stories: *Moving South* and *Silver-Grey Death*.

Yu Dafu and the Creation Society immediately became target of bitter criticism from some members of the Literary Society (文学社), who blamed them for their avocation of 'art for art's sake' as well as their decadent and sexually explicit style. The quote below is how, in 1923, Yu Dafu 'defends' himself from the accusation of being too decadent:

> *People accuse me of being a decadent, a hedonist, but they do not know the reasons behind my pursuit of wine and sex. Ah, waking up from deep drinking in a clear night, looking at the money-bought body sleeping near my chest, my melancholy and my laments are many times deeper and more painful than those of the self-appointed moralists.*

Nevertheless, Yu Dafu always tried to keep friendly relations with the Literature Society and was also praised for his writings by Zhou Zuoren (周作人), an illustrious member of the society. In 1926, after a few years of teaching in various Chinese universities and doing editorial work for The Creation Society, Yu Dafu's son died. He then moved to Shanghai where he met Wang Yingxia. A brilliant and cultivated beauty, Yingxia would soon become his wife despite Yu Dafu's first wife refusal to accept divorce.

Meanwhile, relations with his colleagues at The Creation Society became increasingly difficult because of differing ideas over political matters. To get some distance from The Creation Society, Yu Dafu became closely connected to the Thread of Words Society (语丝) led by Lu Xun.

He continued his editorial work for different newspapers, although many of these soon had to stop production under pressure of the Nationalist Government. During the Sino-Japanese War, he worked in Hangzhou as an anti-Japanese propagandist. In December 1938 he left China and took refuge with his wife in Singapore, where he became editor of the Daily Singapore, and continued his leading role in the anti-Japanese resistance.

Meanwhile, his relationship with his second wife became more complicated and they divorced in 1940. When the Japanese invaded Singapore, Yu fled to Indonesia under a different identity. There, he was forced to collaborate with Japanese police to act as an interpreter during interrogations. However, once his identity was found to be Yu Dafu, the anti-Japanese propagandist, he was kidnapped from his house and disappeared. From the evidence submitted during the trial of Japanese war criminals, Yu Dafu was executed by the military police on 17 September 1945. His body was never found.

Sinking

《沉淪》

《Chénlún》

Sinking (沉淪) was published in 1921 in The Creation Society's newsletter (創造季刊) and is one of Yu Dafu's most famous work. Sinking is the story of a young, homesick and paranoid Chinese student pursuing college education in Japan at the behest of his older brother. The narration starts with a pastoral landscape in which the hero is reading Wordsworth aloud. In Japan, he constantly feels uncomfortable and uneasy due to being Chinese. His loneliness is highlighted by the frequent use of monologues.

Sex is a major theme of the story, and is probably one of the main reasons why Sinking immediately became a hit. The use of sex as a theme does not necessarily make the story modern. What makes it modern is the importance attached not so much to the sexual acts but to their influence on the psychology of the hero. This emphasis upon psychology is probably the most modern feature of Sinking. The desire to possess a woman reflects the hero's inability to do so in Japan and his sexual repression becomes an existential condition.

He therefore turns to masturbation, but despises himself for this. He spies on the innkeeper's daughter while she is taking a bath, but he is so ashamed that he runs away the next morning and decides to start living in isolation. Finally, plucking up enough courage, he goes to a Japanese restaurant-brothel, but still he is too ashamed of being Chinese and cannot fulfill his desire. Unable to deal with his humiliation, he commits suicide. Notably, he blames his suicide on China's weak position in the world and wishes China would become strong.

Sinking has been interpreted by many as a largely autobiographical work, which is true only to some extent. Of course, the presence of various autobiographical elements throughout the story cannot be denied, but that does not allow us to identify the author with the hero. By treating the author and the protagonist as the same person, we run the risk of considering Sinking as naïve and sentimental. Thanks to the use of the third-person form and the suppression of subjective

郁达夫

comments on the characters, the narrative is fairly objective. Sentimentalism in the story is only to be attributed to the self-pitying hero, not to the author, who instead provides a quite ironic image of the hero.

For instance, at the beginning of the story, when the protagonist seems self-satisfied for being able to read English poetry, the narrator points out his lack of concentration and determination when it comes to actually reading or studying something. Even the protagonist's relationship with his classmates contradicts a sentimental reading: he feels isolated among his fellow-students and thinks that they are mocking him every time they laugh. Although it is certainly true that many Japanese would look down upon Chinese people, the fact that the protagonist's relationship with his Chinese fellow-students is equally bad makes us doubt whether the hero's perception of reality is reliable.

沉沦[1]

作者：郁达夫

一

他近来觉得孤冷[2]得可怜。

他的早熟[3]的性情[4]，竟[5]把他挤[6]到与[7]世人绝不相容[8]的境地[9]去，世人与他的中间介[10]在的那一道屏障[11]，愈筑愈高[12]了。

天气一天一天的清凉起来，他的学校开学之后，已经快半个月了。那一天正是９月的２２日。

晴天一碧[13]，万里无云[14]，终古常新[15]的皎日[16]，依旧[17]在她的轨道[18]上，一程[19]一程的在那里行走。从南方吹来[20]的微风[21]，同

---

[1] 沉沦 – chénlún – sinking; sink into (vice, degradation, depravity, etc)
[2] 孤冷 – gūlěng – lonesome (孤) and cold (冷)
[3] 早熟 – zǎoshú – precocity; precocious
[4] 性情 – xìngqíng – disposition; temperament; nature
[5] 竟 – jìng – unexpectedly; to one's surprise
[6] 挤 – jǐ – jostle; push against
[7] 与 – yǔ – and
[8] 绝不相容 – jué bù xiāngróng – absolutely (绝) not (不) compatible (相容)
[9] 境地 – jìngdì – condition; circumstances
[10] 介 – jiè – be situated between; interpose
[11] 屏障 – píngzhàng – protective screen; barrier
[12] 愈 … 愈 – yù … yù – the more …, the more …; increasingly

醒酒²²的琼浆²³一般，带着一种香气，一阵²⁴阵的拂²⁵上面来。在黄苍²⁶未熟的稻田²⁷中间，在弯曲²⁸同白线²⁹似的乡间的官道³⁰上面，他一个人手里捧³¹了一本六寸³²长的Wordsworth的诗集³³，尽³⁴在那里缓缓³⁵的独步。在这大平原³⁶内，四面并无人影；不知从何处飞来的一声两声的远吠声³⁷。悠悠扬扬³⁸的传到他耳膜³⁹上来。他眼

---

¹³ 晴天一碧 − qíngtiān yī bì − a sunny day (晴天) with the blue (碧) sky

¹⁴ 万里无云 − wànlǐ-wúyún − (成语) cloudless; no (无) clouds (云) in the ten thousand (万) li (里) of the boundless sky

¹⁵ 终古常新 − zhōnggǔ chángxīn − remain forever; be everlasting; last forever

¹⁶ 皎日 − jiǎorì − the white and bright (皎) sun (日)

¹⁷ 依旧 − yījiù − as before; still

¹⁸ 轨道 − guǐdào − orbit; track

¹⁹ 程 − chéng − move in cycles

²⁰ 吹来 − chuīlái − (of the wind) blow

²¹ 微风 − wēifēng − breeze

²² 醒酒 − xǐngjiǔ − dispel the effects of alcohol; sober up

²³ 琼浆 − qióngjiāng − delicious wine

²⁴ 一阵 − yīzhèn − a gust of (wind)

²⁵ 拂 − fú − stroke; touch lightly; caress

²⁶ 黄苍 − huángcāng − golden (黄) and green (苍)

²⁷ 稻田 − dàotián − rice field; paddy field

²⁸ 弯曲 − wānqū − winding; meandering; zigzag

²⁹ 白线 − báixiàn − white (白) line (线)

³⁰ 官道 − guāndào − the official road

³¹ 捧 − pěng − hold or carry in both hands

³² 寸 − cùn − a unit of length
    1 寸 = 1/30 of a meter
    6 寸 = 200cm or 8 in

³³ 诗集 − shījí − collection of poems; poetry anthology

³⁴ 尽 − jìn − keep on doing something

³⁵ 缓缓 − huǎnhuǎn − slowly; gradually

³⁶ 平原 − píngyuán − plain; flatland

³⁷ 吠声 − fèishēng − (of dogs) bark; yap; yelp

³⁸ 悠悠扬扬 − yōuyōu-yángyáng − rising and falling; melodious

³⁹ 耳膜 − ěrmó − eardrum

睛离开了书，同做梦似的向有犬吠声[40]的地方看去，但看见了一丛[41]杂树[42]，几处人家，同鱼鳞[43]似的屋瓦[44]上，有一层薄薄[45]的蜃气楼[46]，同轻纱[47]似的，在那里飘荡[48]。

"Oh, you serene gossamer! You beautiful gossamer!"

这样的叫了一声，他的眼睛里就涌[49]出了两行[50]清泪[51]来，他自己也不知道是什么缘故[52]。

---

[40] 犬吠声 – quǎnfèi shēng – the sound (声) of barking (吠) from dogs (犬)

[41] 丛 – cóng – a patch/clump/cluster of (trees, grass, flowers, etc)

[42] 杂树 – záshù – mixed (杂) kinds of trees (树)

[43] 鱼鳞 – yúlín – (of fish) scale

[44] 屋瓦 – wūwǎ – tiles (瓦) of a house (屋)

[45] 薄薄 – báobáo – thin; light; slight

[46] 蜃气楼 – shènqìlóu – mirage; same as 蜃楼 (shènlóu)

[47] 轻纱 – qīngshā – fine (轻) gauze (纱)

[48] 飘荡 – piāodàng – drift; wave

[49] 涌 – yǒng – (of tears) well up; stream down

[50] 行 – háng – line; row

[51] 清泪 – qīnglèi – clear (清) tears (泪)

[52] 缘故 – yuángù – cause; reason

呆呆[53]的看了好久，他忽然觉得背上有一阵紫色[54]的气息吹来，息索[55]的一响，道傍的一枝小草，竟把他的梦境打破了，他回转头来一看，那枝小草还是颠摇不已[56]，一阵带着紫罗兰[57]气息的和风，温微微[58]的哼到他那苍白[59]的脸上来。在这清和[60]的早秋的世界里，在这澄清[61]透明[62]的以太[63]中，他的身体觉得同陶醉[64]似的酥软[65]起来。他好像是睡在慈母[66]怀里[67]的样子。他好像是梦到了桃花源[68]里的样子。他好像是在南欧的海岸[69]，躺在情人膝[70]上，在那里贪[71]午睡[72]的样子。

---

[53] 呆呆 – dāidāi – stare blankly; be in a daze; be in a trance

[54] 紫色 – zǐsè – purple; violet

[55] 息索 – xīsuǒ – an onomatopoeic word to describe the sound of the wind

[56] 颠摇不已 – diānyáo bùyǐ – keep shaking/waving (颠摇) all the time (不已)

[57] 紫罗兰 – zǐluólán – violet

[58] 温微微 – wēnwēiwēi – warmly (温) and gentlely (微微)

[59] 苍白 – cāngbái – pale; feeble

[60] 清和 – qīnghé – peaceful and harmonious

[61] 澄清 – chéngqīng – (of a liquid) limpid; clear

[62] 透明 – tòumíng – transparent

[63] 以太 – yǐtài – (transliterated from English) ether

[64] 陶醉 – táozuì – be intoxicated; revel in; be enchanted

[65] 酥软 – sūruǎn – limp; weak; soft

[66] 慈母 – címǔ – loving mother; mother

[67] 怀里 – huái li – in one's arms

[68] 桃花源 – táohuāyuán – the Peach (桃花) Garden (源); an ideal world that can't be found in the real world
> 桃花源 is originated from a famous article 《桃花源记》 (a text that middle school students must learn), written by the scholar and poet 陶潜 (Táo Qián, also called 陶渊明 Táo Yuānmíng, lived in the Jin Dynasty A.D. 376-427), describing an ideal scenic spot that can't be found in the present world.

[69] 海岸 – hǎi'àn – seaboard; seacoast; coast; shore

[70] 膝 – xī – knees

[71] 贪 – tān – have an insatiable desire for; be greedy for

[72] 午睡 – wǔshuì – afternoon nap; noontime snooze

他看看四边，觉得周围的草木，都在那里对他微笑。看看苍空[73]，觉得悠久[74]无穷[75]的大自然，微微的在那里点头。一动也不动的向天看了一会，他觉得天空中，有一群[76]小天神[77]，背上插[78]着了翅膀[79]，肩[80]上挂[81]着了弓箭[82]，在那里跳舞。他觉得乐[83]极[84]了。便不知不觉[85]开了口，自言自语[86]的说：

"这里就是你的避难所[87]。世间的一般庸人[88]都在那里妒忌[89]你，轻笑你，愚弄[90]你；只有这大自然，这终古常新[91]的苍空皎日，这晚夏的微风，这初秋的清气，还是你的朋友，还是你的慈母，还是你的情人，你也不必再到世上去与那些轻薄[92]的男女共处去，你就在这大自然的怀里，这纯朴[93]的乡间终老了罢。"

---

[73] 苍空 - cāngkōng - the blue sky

[74] 悠久 - yōujiǔ - long; long-standing; age-old

[75] 无穷 - wúqióng - infinite; endless; boundless; inexhaustible

[76] 群 - qún - crowd; group

[77] 小天神 - xiǎo tiānshén - the little (小) god (天神)

[78] 插 - chā - insert; be equipped with

[79] 翅膀 - chìbǎng - wings

[80] 肩 - jiān - shoulder

[81] 挂 - guà - hang; suspend

[82] 弓箭 - gōngjiàn - bows (弓) and arrows (箭)

[83] 乐 - lè - happy; glad; joyful; cheerful

[84] 极 - jí - extremely; exceedingly; very

[85] 不知不觉 - bùzhī-bùjué - (成语) not (不) knowing (知) and not (不) feeling (觉); imperceptibly; unwittingly; unconsciously; unknowingly; without one's noticing it

[86] 自言自语 - zìyán-zìyǔ - (成语) talk to oneself; speak to oneself; soliloquize

[87] 避难所 - bìnànsuǒ - refuge; sanctuary; haven

[88] 庸人 - yōngrén - mediocre (庸) person (人)

[89] 妒忌 - dùjì - be jealous of; be envious of; grudge; envy

[90] 愚弄 - yúnòng - deceive; make a fool of; string along; play the fool with; dupe

[91] 终古常新 - zhōnggǔ chángxīn - forever new; since ancient times (终古), continually refreshes (常新)

[92] 轻薄 - qīngbó - frivolous; flirtatious

[93] 纯朴 - chúnpǔ - honest; simple; plain; unsophisticated

这样的说了一遍，他觉得自家可怜起来，好像有万千哀怨[94]，横亘[95]在胸中，一口说不出来的样子。含[96]了一双清泪，他的眼睛又看到他手里的书上去。

> Behold her, single in the field,
>
> You solitary Highland Lass!
>
> Reaping and singing by herself;
>
> Stop here, or gently pass!
>
> Alone she cuts and binds the grain,
>
> And sings a melancholy strain;
>
> O, listen! for the vale profound
>
> Is over flowing with the sound.

看了这一节[97]之后，他又忽然翻[98]过一张来，脱头脱脑[99]的看到那第三节去。

> Will no one tell me what she sings?----
>
> Perhaps the plaintive numbers flow
>
> For old, unhappy, far-off things, And battle long ago:
>
> Or is it some more humble lay,

---

[94] 哀怨 – āiyuàn – sadness/sorrow (哀) and complaint (怨)

[95] 横亘 – hénggèn – lie across; span; extend across

[96] 含 – hán – containing; with

[97] 节 – jié – section

[98] 翻 – fān – turn over

[99] 脱头脱脑 – tuōtóutuōnǎo – (成语) completely without clue; reading hastily and not in a normal order; reading without much understanding

Familiar matter of today?

Some natural sorrow, loss, or pain,

That has been, and may be again?

　　这也是他近来的一种习惯，看书的时候，并没有次序[100]的。几百页的大书，更可不必说了，就是几十页[101]的小册子[102]，如爱美生[103]的《自然论》（Emerson's 《*On Nature*》），沙罗的《逍遥游》（Thoreau's 《*Ex-cursion*》）之类，也没有完完全全从头至尾[104]的读完一篇[105]过。当他起初翻开一册书来看的时候，读了四行五行或一页二页，他每被那一本书感动，恨不得[106]要一口气把那一本书吞[107]下肚子里去的样子，到读了三页四页之后，他又生起一种怜惜[108]的心来，他心里似乎说：

　　"像这样的奇书，不应该一口气就把它念完，要留[109]着细细儿[110]的咀嚼[111]才好。一下子就念完了之后，我的热望[112]也就不得不消灭[113]，那时候我就没有好望，没有梦想了，怎么使得呢？"

---

[100] 次序 – cìxù – order; sequence

[101] 页 – yè – page

[102] 小册子 – xiǎocèzi – pamphlet; booklet

[103] 爱美生 – Àiměishēng – (transliterated from English) Emerson, the author of *On Nature*

[104] 从头至尾 – cóngtóu-zhìwěi – (成语) from (从) first/start (头) to (至) last/finish (尾); from beginning to end; from top to bottom; in great detail; throughout; through the whole length

[105] 篇 – piān – a piece of writing; quantifier used before articles, poems, essays, etc

[106] 恨不得 – hènbude – very anxious to; itch to; how one wishes one could; same as 巴不得 (bābude)

[107] 吞 – tūn – swallow; gulp down

[108] 怜惜 – liánxī – take pity on; have pity for; feel tender and protective toward

[109] 留 – liú – reserve; keep

他的脑里虽然有这样的想头，其实他的心里早有一些儿厌倦[114]起来，到了这时候，他总把那本书收过一边，不再看下去。过几天或者过几个钟头之后，他又用了满腔[115]的热忱[116]，同[117]初[118]读那一本书的时候一样的，去读另外的书去；几日前或者几点钟前那样的感动他的那一本书，就不得不被他遗忘[119]了。

放大了声音把渭迟渥斯[120]的那两节诗读了一遍之后，他忽然想把这一首[121]诗用中国文翻译出来。

"孤寂[122]的高原[123]刈稻[124]者"他想想看，《*The Solitary Highlandreaper[125]*》诗题只有如此的译法。

"你看那个女孩儿，她只一个人在田里，

---

[110] 细细儿 – xìxìr – slowly and carefully; bit by bit

儿: R-coloring of oral Chinese language with no actual meaning, mostly used in Northern China

[111] 咀嚼 – jǔjué – masticate; chew

[112] 热望 – rèwàng – strong (热) desire (望)

[113] 消灭 – xiāomiè – perish; die out; vanish

[114] 厌倦 – yànjuàn – be weary of; be tired of

[115] 满腔 – mǎnqiāng – have one's bosom (腔) filled with (满)

[116] 热忱 – rèchén – zeal; ardor; warm-heartedness; enthusiasm

[117] 同 … 一样 – tóng … yīyàng – like; same as

[118] 初 – chū – the first time; originally

[119] 遗忘 – yíwàng – forget

[120] 渭迟渥斯 – Wèichíwòsī – (transliterated from English) Wordsworth; English poet

[121] 首 – shǒu – quantifier used before songs and poems

[122] 孤寂 – gūjì – loneliness

[123] 高原 – gāoyuán – continental plateau; plateau; tableland

[124] 刈稻 – yìdào – mow (刈) rice (稻)

[125] *The Solitary Highlandreaper*, more frequently known as *The Solitary Reaper*, is one of Wordsworth's best-known works.

你看那边的那个高原的女孩儿，她只一个人冷清清¹²⁶地！

她一边刈稻，一边在那儿唱着不已¹²⁷；

她忽儿停了，忽而又过去了，轻盈¹²⁸体态¹²⁹，风光¹³⁰细腻¹³¹！

她一个人，刈了，又重把稻儿捆¹³²起，

她唱的山歌，颇¹³³有些儿悲凉¹³⁴的情味；

听呀听呀！这幽谷深深¹³⁵，

全充满了她的歌唱的清音。

有人能说否¹³⁶，她唱的究是什么？

或者她那万千的痴话¹³⁷

是唱着前代的哀歌¹³⁸，

或者是前朝¹³⁹的战事，千兵万马¹⁴⁰；

---

¹²⁶ 冷清清 – lěngqīngqīng – cold and cheerless; desolate; lonely; deserted
¹²⁷ 不已 – bùyǐ – endlessly; unceasingly; incessantly; all the time
¹²⁸ 轻盈 – qīngyíng – slim and graceful
¹²⁹ 体态 – tǐtài – posture; carriage
¹³⁰ 风光 – fēngguāng – scenery; view
¹³¹ 细腻 – xìnì – fine; exquisite
¹³² 捆 – kǔn – tie; bind; bundle up
¹³³ 颇 – pō – quite; rather; considerably
¹³⁴ 悲凉 – bēiliáng – sad and dreary; dismal; desolate
¹³⁵ 幽谷深深 – yōugǔ shēnshēn – a deep (深深) and secluded (幽) valley (谷)
¹³⁶ 否 – fǒu – not; no
¹³⁷ 痴话 – chīhuà – silly words
¹³⁸ 哀歌 – āigē – mournful song; dirge; elegy
¹³⁹ 前朝 – qiáncháo – the previous (前) dynasties (朝)

或者是些坊间[141]的俗曲[142]

便是目前的家常闲说?

或者是些天然的哀怨,必然的丧苦[143],自然的悲楚[144]。

这些事虽是过去的回思[145],将来想亦[146]必有人指诉[147]。"

他一口气译了出来之后,忽又觉得无聊起来,便自嘲自骂[148]的说:

"这算是什么东西呀,岂[149]不同教会[150]里的赞美歌[151]一样的乏味[152]么?

"英国诗是英国诗,中国诗是中国诗,又何必[153]译来对去呢!"

这样的说了一句,他不知不觉便微微[154]儿的笑了起来。向四边一看,太阳已经打斜[155]了;大平原的彼岸[156],西边的地平线[157]

---

[140] 千兵万马 – (成语) a mighty force of 1,000 soldiers and 10,000 horses
[141] 坊间 – fāngjiān – on the street stalls
[142] 俗曲 – súqǔ – folk songs
[143] 丧苦 – sāngkǔ – sadness (丧) and bitterness (苦)
[144] 悲楚 – bēichǔ – sorrow (悲) and pain (楚)
[145] 回思 – huísī – recall; memory
[146] 亦 – yì – also; too
[147] 指诉 – zhǐsù – accuse; charge
[148] 自嘲自骂 – zì cháo zì mà – self-mockery (自嘲) and self-scold (自骂)
[149] 岂 – qǐ – used to ask a rhetorical question: How? What?
[150] 教会 – jiàohuì – Christian church
[151] 赞美歌 – zànměi gē – hymn
[152] 乏味 – fáwèi – dull; insipid; boring
[153] 何必 – hébì – used to ask a rhetorical question; there is no need to

上，有一座高山，浮¹⁵⁸在那里，饱受了一天残照¹⁵⁹，山的周围酝酿¹⁶⁰成一层朦朦胧胧¹⁶¹的岚气¹⁶²，反射出一种紫¹⁶³不紫红不红的颜色来。

他正在那里出神¹⁶⁴呆看¹⁶⁵的时候，哼的咳嗽¹⁶⁶了一声，他的背后忽然来了一个农夫。回头一看，他就把他脸上的笑容装改了一副忧郁¹⁶⁷的面色，好像他的笑容是怕被人看见的样子。

---

¹⁵⁴ 微微 – wēiwēi – slightly
¹⁵⁵ 打斜 – dǎxié – slant
¹⁵⁶ 彼岸 – bǐ'àn – the other end; the opposite (彼) bank (岸)
¹⁵⁷ 地平线 – dìpíngxiàn – horizon
¹⁵⁸ 浮 – fú – float; drift
¹⁵⁹ 残照 – cánzhào – the evening glow; rays (照) of the setting sun (残)
¹⁶⁰ 酝酿 – yùnniàng – brew; ferment
¹⁶¹ 朦朦胧胧 – méngméng-lónglóng – dim; hazy
¹⁶² 岚气 – lánqì – fog; mist; vapor
¹⁶³ 紫 – zǐ – purple; violet
¹⁶⁴ 出神 – chūshén – spellbound; absorbed in; lost in thought
¹⁶⁵ 呆看 – dāikàn – gaze at; keep one's gaze fixed upon; stare fixedly
¹⁶⁶ 咳嗽 – késòu – cough
¹⁶⁷ 忧郁 – yōuyù – melancholy; heavyhearted; dejected

二

他的忧郁症[168]愈闹愈甚了。

他觉得学校里的教科书，味同嚼蜡[169]，毫无半点生趣[170]。天气清朗[171]的时候，他每捧了一本爱读的文学书，跑到人迹罕至[172]的山腰水畔[173]，去贪那孤寂[174]的深味去。在万籁俱寂[175]的瞬间[176]，在天水相映的地方，他看看草木虫鱼[177]，看看白云碧落[178]，便觉得自家是一个孤高傲世[179]的贤人[180]，一个超然独立[181]的隐者[182]。有

[168] 忧郁症 - yōuyùzhèng - melancholia; depression; a mental disease with the symptoms of depression, slow reactions or anxiety, followed by insomnia and loss of appetite, etc.

[169] 味同嚼蜡 - wèitóng-jiáolà - (成语) (of writing, conversation etc.) insipid; tasteless; as dry as sawdust; (the reading is) so boring that its taste (味) is like (同) chewing (嚼) a candle (蜡)

[170] 生趣 - shēngqù - interest; joy

[171] 清朗 - qīnglǎng - clear and bright

[172] 人迹罕至 - rénjì-hǎnzhì - (成语) (the place where) few people tread; uninhabited

[173] 山腰水畔 - shānyāo shuǐpàn - hillside (山腰) and riverside (水畔)

[174] 孤寂 - gūjì - lonely; desolate

[175] 万籁俱寂 - wànlài-jùjì - (成语) All kinds of (万) sounds (籁) are entirely (俱) still (静); All was peace and quiet and the universe seemed a stretch of long silence; a great depth of stillness; all is quiet and still

[176] 瞬间 - shùnjiān - moment; instant; in the twinkling of an eye

[177] 草木虫鱼 - cǎomù chóngyú - plants (草木), insects (虫) and fish (鱼)

[178] 碧落 - bìluò - the sky

[179] 孤高傲世 - gūgāo àoshì - aloof (孤高) and looking down upon the world (傲世)

[180] 贤人 - xiánrén - great person of the past; venerable forbear; the great and the good

[181] 超然独立 - chāorán dúlì - aloof (超然) and independent/isolated (独立)

时在山中遇着一个农夫，他便把自己当作了 Zaratustra，把 Zaratustra 所说的话，也在心里对那农夫讲了。他的 Megalomania 也同他的 Hypochondria 成了正比例[183]，一天一天的增加起来。他竟有接连[184]四五天不上学校去听讲[185]的时候。

有时候到学校里去，他每觉得众人都在那里凝视[186]他的样子。他避来避去[187]想避他的同学，然而无论到了什么地方，他的同学的眼光，总好像怀了恶意[188]，射在他的背脊上面。

上课的时候，他虽然坐在孤独[189]全班学生的中间，然而总觉得孤独得很；在稠人广众[190]之中，感得的这种孤独，倒比一个人在冷清的地方，感得的那种孤独，还更难受。看看他的同学看，一个个都是兴高采烈[191]的在那里听先生的讲义，只有他一个人身体虽然坐在讲堂里头，心思却同飞云逝电[192]一般，在那里作无边无际[193]的空想。

---

[182] 隐者 – yǐnzhě – anchorite; religious hermit; someone, who for religious reasons, withdraws from secular society so as to lead a prayer-oriented life

[183] 正比例 – zhèngbǐlì – direct proportion

[184] 接连 – jiēlián – on end; in a row; in succession; running

[185] 听讲 – tīngjiǎng – attend classes

[186] 凝视 – níngshì – gaze fixedly; stare

[187] 避来避去 – bì lái bì qù – keep escaping

　　… 来 … 去 – used with a verb, indicating doing an action repeatedly and continuously, such as 走来走去, 研究来研究去, 说来说去, 找来找去

[188] 怀恶意 – huái èyì – bear (怀) malice (恶意) to

[189] 孤独 – gūdú – lonely; lonesome; solitary

[190] 稠人广众 – chóurén-guǎngzhòng – (成语) a dense (稠) crowd (人); a large (广) crowd of people (众)

[191] 兴高采烈 – xìnggāo-cǎiliè – (成语) in high spirits; in great delight

[192] 飞云逝电 – fēi yún shì diàn – extremely speedy; like the flowing (飞) clouds (云) and the flashing (逝) lightning (电); same as 飞云掣电 (fēiyún-chèdiàn)

[193] 无边无际 – wúbiān-wújì – (成语) boundless; vast; immeasurable

好容易下课的钟声[194]响了！先生退去之后，他的同学说笑[195]的说笑，谈天的谈天，个个都同春来的燕雀[196]似的，在那里作乐；只有他一个人锁了愁眉[197]，舌根[198]好像被千钧[199]的巨石[200]锤[201]住的样子，兀的[202]不作一声。他也很希望他的同学来对他讲些闲话，然而他的同学却都自家管自家的去寻欢乐去，一见了他那一副愁容[203]，没有一个不抱头[204]奔散[205]的，因此他愈加怨[206]他的同学了。

"他们都是日本人，他们都是我的仇敌[207]，我总有一天来复仇[208]，我总要复他们的仇。

一到了悲愤[209]的时候，他总这样的想的，然而到了安静之后，他又不得不嘲骂自家说：

"他们都是日本人，他们对你当然是没有同情的，因为你想得他们的同情，所以你怨他们，这岂不是你自家的错误么？"

---

[194] 钟声 – zhōngshēng – bell (钟) sound (声)
[195] 说笑 – shuōxiào – chatting and laughing
[196] 燕雀 – yànquè – bramble finch (a type of bird)
[197] 锁愁眉 – suǒ chóuméi – knit (锁) brows (眉) showing a worried (愁) look
[198] 舌根 – shégēn – root (根) of tongue (舌); the rear attached portion of the tongue
[199] 千钧 – qiān jūn – extremely heavy
　　　　钧 – a measuring unit in ancient China, 1 钧 = 15 kilos
[200] 巨石 – jùshí – gigantic (巨) rock (石)
[201] 锤 – chuí – press; push down; weigh down
[202] 兀的 – wùde – (accent) a particle with no actual meaning
[203] 愁容 – chóuróng – worried look
[204] 抱头 – bàotóu – with one's hands behind one's head
[205] 奔散 – bēnsàn – dismiss; go away
[206] 怨 – yuàn – blame; complain
[207] 仇敌 – chóudí – foe; enemy
[208] 复仇 – fùchóu – revenge; avenge; vengeance
[209] 悲愤 – bēifèn – grief (悲) and indignation (愤); lament and resent; sadness and anger

他的同学中的好事者，有时候也有人来向他说笑的，他心里虽然非常感激[210]，想同那一个人谈几句知心的话，然而口中总说不出什么话来；所以有几个解[211]他的意[212]的人，也不得不同他疏远[213]了。

他的同学日本人在那里欢笑的时候，他总疑他们是在那里笑他，他就一霎时[214]的红起脸来。他们在那里谈天的时候，若[215]有偶然[216]看他一眼的人，他又忽然红起脸来，以为他们是在那里讲他。他同他同学中间的距离[217]，一天一天的远背[218]起来，他的同学都以为他是爱孤独的人，所以谁也不敢来近他的身。

有一天放课之后，他挟[219]了书包，回到他的旅馆里来，有三个日本学生系同[220]他同路的。将要到他寄寓[221]的旅馆的时候，前面忽然来了两个穿红裙的女学生。在这一区市外的地方，从没有女学生看见的，所以他一见了这两个女子，呼吸就紧缩[222]起来。

---

[210] 感激 – gǎnjī – feel grateful; be thankful; feel indebted
[211] 解 – jiě – understand; see
[212] 意 – yì – mind; idea
[213] 疏远 – shūyuǎn – drift apart; not in close touch; keep at a distance; become estranged
[214] 一霎时 – yīshàshí – a very short time; moment; instant
[215] 若 – ruò – if; same as 如果 (rúguǒ)
[216] 偶然 – ǒurán – accidentally; by coincidence; by chance
[217] 距离 – jùlí – distance
[218] 远背 – yuǎn bèi – far; distant; remote
[219] 挟 – jiā – hold something under the arm
[220] 系同 – xì tóng – is (系) with (同); 系: the formal use of 是
[221] 寄寓 – jìyù – lodge; put up
[222] 紧缩 – jǐnsuō – tight (breath)

他们四个人同那两个女子擦[223]过的时候，他的三个日本人的同学都问她们说，

　　"你们上那儿去？"

　　那两个女学生就作起娇声[224]来回答说：

　　"不知道！"

　　"不知道！"

---

[223] 擦 – cā – brush against someone; brush past someone; walk quickly past someone
[224] 娇声 – jiāoshēng – delicate voice; sweet voice

那三个日本学生都高笑起来，好像是很得意的样子；只有他一个人似乎是他自家同她们讲了话似的，害了羞[225]，匆匆[226]跑回旅馆里来。进了他自家的房，把书包用力的向席[227]上一丢[228]，他就在席上躺下了。他的胸前还在那里乱跳[229]，用了一只手枕[230]着头，一只手按着胸口[231]，他便自嘲自骂的说："你这卑怯[232]者！

"你既然[233]怕羞[234]，何以[235]又要后悔[236]?

"既要后悔，何以当时你又没有那样的胆量[237]? 不同她们去讲一句话。"Oh, coward, coward! "

说到这里，他忽然想起刚才那两个女学生的眼波[238]来了。那两双活泼泼[239]的眼睛！那两双眼睛里，确有[240]惊喜的意思含在里头[241]。然而再仔细想了一想，他又忽然叫起来说：

---

[225] 害羞 – hàixiū – bashful; shy

[226] 匆匆 – cōngcōng – hurriedly; in a rush; in haste

[227] 席 – xí – *tatami* mat, a type of mat made from rice husks used as flooring in traditional Japanese rooms/homes

[228] 丢 – diū – throw; cast; toss

[229] 乱跳 – luàntiào – thumping (跳) in disorder (乱)

[230] 枕 – zhěn – rest one's head on; pillow

[231] 胸口 – xiōngkǒu – the pit of the stomach

[232] 卑怯 – bēiqiè – inferior (卑) and cowardly (怯)

[233] 既然 – jìrán – since; as; now that

[234] 怕羞 – pàxiū – shy; bashful; same as 害羞 (hàixiū)

[235] 何以 – héyǐ – how; why

[236] 后悔 – hòuhuǐ – regret; remorse; repent

[237] 胆量 – dǎnliàng – courage; gut

[238] 眼波 – yǎnbō – (of a woman's eyes) bright eyes

[239] 活泼泼 – huópōpō – active; full of life; lively; sprightly; vivacious; vivid

[240] 确有 – quèyǒu – really; surely; indeed

[241] 里头 – lǐtou – inside; within it

呆人[242]呆人！她们虽有意思，与你有什么相干？她们所送的秋波[243]，不是单[244]送给那三个日本人的么？唉！唉！她们已经知道了，已经知道我是支那人[245]了，否则她们何以不来看我一眼呢！复仇复仇，我总要复他们的仇。"

说到这里，他那火热[246]的颊[247]上忽然滚[248]了几颗[249]冰冷[250]的眼泪下来。他是伤心到极点[251]了。这一天晚上，他记的日记说：

"我何苦[252]要到日本来，我何苦要求学问。既然到了日本，那自然不得不被他们日本人轻侮[253]的。中国呀中国！你怎么不富强[254]起来，我不能再隐忍[255]过去了。

"故乡岂不有明媚[256]的山河，故乡岂不有如花的美女？我何苦要到这东海的岛国里来！

---

[242] 呆人 – dāirén – fool; blockhead; simpleton
[243] 送 … 秋波 – sòng … qiūbō – make eyes; ogle; cast amorous glances
　　　秋波 – bright eyes of a beautiful woman
[244] 单 – dān – merely; alone; just
[245] 支那人 – Zhīnàrén – Chinese; phonetic transcription of China (Japanese: Shina), colonial term, generally considered discriminatory
[246] 火热 – huǒrè – burning; fervent; fiery
[247] 颊 – jiá – cheek
[248] 滚 – gǔn – flow; roll
[249] 颗 – kē – quantifier used before small round objects, such as pearls, beans, teeth, bullets, etc
[250] 冰冷 – bīnglěng – as cold as ice; very cold
[251] 极点 – jídiǎn – the extreme; the utmost
[252] 何苦 – hékǔ – why bother; is it worth the trouble
[253] 轻侮 – qīngwǔ – scorn
[254] 富强 – fùqiáng – prosperous (富) and strong (强); thriving and powerful; rich and mighty
[255] 隐忍 – yǐnrěn – bear patiently; forbear
[256] 明媚 – míngmèi – bright and beautiful; radiant and enchanting

"到日本来倒也罢了，我何苦又要进这该死的高等学校²⁵⁷。他们留了五个月学回去的人，岂不在那里享荣华安乐²⁵⁸么？这五六年的岁月²⁵⁹，教我怎么能挨²⁶⁰得过去。受尽²⁶¹了千辛万苦²⁶²，积²⁶³了十数年的学识，我回国去，难道定能比他们来胡闹²⁶⁴的留学生更强么？

"人生百岁，年少的时候，只有七八年的光景，这最纯²⁶⁵最美的七八年，我就不得不在这无情的岛国里虚度²⁶⁶过去，可怜我今年已经是二十一了。

"槁木²⁶⁷的二十一岁！

"死灰²⁶⁸的二十一岁！

"我真还不如变了矿物质²⁶⁹的好，我大约没有开花的日子了。

---

²⁵⁷ 高等学校 – gāoděng xuéxiào – colleges and universities; during this time period 高等学校 refers to an education equivalent to the last two years of an American high school and the first two years of college

²⁵⁸ 荣华安乐 – rónghuá ānlè – glorious and peaceful (life)

²⁵⁹ 岁月 – suìyuè – years

²⁶⁰ 挨 – ái – suffer; endure

²⁶¹ 受尽 – shòujìn – suffer enough from; suffer all kinds of; have one's fill of

²⁶² 千辛万苦 – qiānxīn-wànkǔ – (成语) innumerable (千, 万) hardships (辛, 苦)

²⁶³ 积 – jī – amass; store up; accumulate

²⁶⁴ 胡闹 – húnào – run wild; be mischievous; make a row or cause disturbance without obvious reasons

²⁶⁵ 纯 – chún – pure; genuine; unsophisticated

²⁶⁶ 虚度 – xūdù – spend time in vain; let slip idly by; waste time

²⁶⁷ 槁木 – gǎo mù – rotten (槁) wood (木)

²⁶⁸ 死灰 – sǐ huī – dead (死) ashes (灰)
槁木死灰: (成语) be utterly destitute of passions and desires as rotten wood and dead ashes

²⁶⁹ 矿物质 – kuàngwùzhì – mineral substance

"知识我也不要，名誉[270]我也不要，我只要一个安慰[271]我体谅[272]我的'心'。一副[273]白热[274]的心肠[275]！从这一副心肠里生出来的同情！从同情而来的爱情！

　　"我所要求的就是爱情！

　　"若有一个美人，能理解我的苦楚[276]，她要我死，我也肯的。

　　"若有一个妇人，无论她是美是丑，能真心真意的爱我，我也愿意为她死的。

　　"我所要求的就是异性[277]的爱情！

　　"苍天[278]呀苍天，我并不要知识，我并不要名誉，我也不要那些无用的金钱，你若能赐[279]我一个伊甸园[280]内的'伊扶[281]'，使她的肉体与心灵，全归[282]我有，我就心满意足了。"

---

[270] 名誉 – míngyù – fame; reputation
[271] 安慰 – ānwèi – comfort; console
[272] 体谅 – tǐliàng – show understanding and sympathy for; make allowance for
[273] 副 – fù – quantifier used before one's attitude or facial expressions, such as 一副表情, 一副笑脸, 一副好心肠
[274] 白热 – báirè – warm
[275] 心肠 – xīncháng – heart; intention
[276] 苦楚 – kǔchǔ – suffering; misery; distress
[277] 异性 – yìxìng – the opposite (异) sex (性)
[278] 苍天 – cāngtiān – the blue (苍) sky (天); heaven
[279] 赐 – cì – grant; confer; favor; gift
[280] 伊甸园 – yīdiànyuán – The Garden (园) of Eden (伊甸)
[281] 伊扶 – yīfu – (transliterated from English) Eve
[282] 归 – guī – belong to

三

他的故乡，是富春江[283]上的一个小市，去杭州[284]水程[285]不过八九十里[286]。这一条江水，发源[287]安徽[288]，贯流[289]全浙[290]，江形曲折[291]，风景常新，唐朝[292]有一个诗人赞[293]这条江水说"一川如画"。他十四岁的时候，请了一位先生写了这四个字，贴在他的书斋[294]里，因为他的书斋的小窗，是朝着江面的。虽则这书斋结构不大，然而风雨晦明[295]，春秋朝夕[296]的风景，也还抵得过[297]滕王高阁[298]。

---

[283] 富春江 – Fùchūn Jiāng – Fuchun River

[284] 杭州 – Hángzhōu – a city in 浙江 (Zhèjiāng) province of China

[285] 水程 – shuǐchéng – journey by boat; voyage

[286] 里 – lǐ – a Chinese unit of distance; 1 里 = 1/2 kilometer

[287] 发源 – fāyuán – rise; originate; have (take) its source

[288] 安徽 – Ānhuī – a province in the east of China

[289] 贯流 – guànliú – flow through

[290] 全浙 – quán Zhè – the whole of 浙江 (Zhèjiāng) province
浙 – an abbreviation of 浙江

[291] 曲折 – qūzhé – ups and downs; tortuous; winding; zigzag

[292] 唐朝 – tángcháo – the Tang (唐) Dynasty (朝)

[293] 赞 – zàn – praise; laud; commend

[294] 书斋 – shūzhāi – study

[295] 风雨晦明 – fēngyǔ-huìmíng – (成语) windy (风) and rainy (雨) nights (晦) and days (明); same as 风雨晦暝 (fēngyǔ-huìmíng)

[296] 朝夕 – zhāoxī – morning (朝) and evening (夕); from morning to night

[297] 抵得过 – dǐ de guò – as good as; equal to

[298] 滕王高阁 – Téngwáng Gāo Gé – The magnificent Prince Teng Pavilion (滕王阁), a grand pavilion built along 赣江 (Gànjiāng) River of 江西 (Jiāngxī) province during the Tang Dynasty and celebrated in the Tang poet Wang Bo's lyrical prose "The Pavilion of Prince Teng"

在这小小的书斋里过了十几个春秋，他才跟了他的哥哥到日本来留学。

他三岁的时候就丧[299]了父亲，那时候他家里困苦[300]得不堪[301]。好容易他长兄在日本W大学[302]卒了业，回到北京，考了一个进士[303]，分发[304]在法部当差[305]，不上两年，武昌[306]的革命起来了。那时

---

[299] 丧 – sàng – lose (one's family members)

[300] 困苦 – kùnkǔ – hardship; distress; poverty-stricken

[301] 不堪 – bùkān – can't (不) bear (堪); can't stand; be too deplorable to; unendurable; unbearable; can't endure

[302] W大学 – W dàxué – a university named W

[303] 进士 – jìnshì – a successful candidate in the highest 科举 (imperial examinations) 科举 was an examination system in Imperial China designed to select the best administrative officials for the state's bureaucracy. This system had a huge influence on both society and culture in Imperial China, with a history of 1,300 years. There were a number of degree types offered:

　秀才 (xiùcái) – licentiate, administered at exams held at the county level each year

　　案首 (ànshǒu): a 秀才 who ranked No. 1

　举人 (jǔrén) – a provincial graduate, administered at the provincial level every three years

　　解元 (jièyuán) – a 举人 who ranked No. 1

　进士 (jìnshì) – a graduate of the palace examination, administered in the capital immediately after the metropolitan examination every three years

　进士及第 (jìnshì jídì) – 进士 who were ranked first class in the palace examination.

　　状元 (zhuàngyuán): exemplar of the state, the 进士 who ranked No. 1 overall

　　榜眼 (bǎngyǎn) – the 进士 ranked No. 2 overall

　　探花 (tànhuā) – the 进士 ranked No. 3 overall

　进士出身 (jìnshì chūshēn) – 进士 who were ranked second class, immediately after 探花

　同进士出身 (tóng jìnshì chūshēn) – 进士 who were ranked in the third class

[304] 分发 – fēnfā – distribute; allot; assign

[305] 当差 – dāngchāi – work as a petty official or servant

[306] 武昌 – Wǔchāng – a city in 湖北 (Húběi) province of China; 武昌的革命 refers to 武昌起义

候他已在县立[307]小学堂卒了业，正在那里换来换去[308]的换中学堂。他家里的人都怪他无恒性[309]，说他的心思太活；然而依他自己讲来，他以为他一个人同别的学生不同，不能按部就班[310]的同他们同在一处求学的。所以他进了 K 府[311]中学之后，不上半年又忽然转了 H 府中学来；在 H 府中学住了三个月，革命就起来了。H 府[312]中学停学之后，他依旧只能回到那小小的书斋里来。第二年的春天，正是他十七岁的时候，他就进了大学的预科[313]。这大学是在杭州城外，本来是美国长老会[314]捐钱[315]创办[316]的，所以学校里浸润[317]了一种专制[318]的弊风[319]，学生的自由，几乎被压缩[320]得同针眼[321]儿一般的小。礼拜三[322]的晚上有什么祈祷会[323]，礼拜日非但[324]不

武昌起义 – The Wuchang Uprising began with the dissatisfaction of the handling of a railway crisis. The crisis then escalated to an uprising where the revolutionaries went up against Qing government officials. The subsequent events led to the collapse of the Qing dynasty and the establishment of the Republic of China.

[307] 县立 – xiànlì – at the county level
[308] 换来换去 – huànlái huànqù – change frequently
[309] 恒性 – héngxìng – perseverence; persistence
[310] 按部就班 – ànbù-jiùbān – (成语) follow the prescribed order; act according to old conventions
[311] K 府 – K fǔ – a school named K
[312] H 府 – H fǔ – a school named H
[313] 预科 – yùkē – preparatory course; prior course
[314] 长老会 – Zhǎnglǎohuì – Presbyterian (长老) church (会)
[315] 捐钱 – juānqián – collect (捐) money (钱) for
[316] 创办 – chuàngbàn – establish; set up; found
[317] 浸润 – jìnrùn – be immersed
[318] 专制 – zhuānzhì – autocratic; despotic
[319] 弊风 – bìfēng – evil (弊) winds (风); malady; unhealthy tendencies; bad working styles
[320] 压缩 – yāsuō – compress; condense; reduce; squeeze; oppress
[321] 针眼 – zhēnyǎn – needle eye
[322] 礼拜三 – lǐbài sān – Wednesday; same as 星期三
[323] 祈祷会 – qídǎo huì – the prayer (祈祷) meeting (会)

准[325]出去游玩，并且在家里看别的书也不准的，除了唱[326]赞美诗[327]祈祷[328]之外，只许看新旧约书[329]。每天早晨从九点钟到九点二十分，定要去做礼拜，不去做礼拜，就要扣分数[330]记过。他虽然非常爱那学校近傍[331]的山水景物，然而他的心里，总有些反抗[332]的意思，因为他是一个爱自由的人，对那些迷信[333]的管束[334]，怎么也不甘心[335]服从[336]。住不上半年，那大学里的厨子[337]，托[338]了校长的势[339]，竟打起学生来。学生中间有几个不服[340]的，便去告诉校长，校长反说学生不是。他看看这些情形，实在是太无道理了，就立刻[341]去告了退[342]，仍[343]复[344]回家，到那小小的书斋里去，那时候已经是六月初了。

---

[324] 非但 – fēidàn – not only; same as 不但 (bùdàn)

[325] 不准 – bùzhǔn – not allow; forbid; prohibit

[326] 唱 – chàng – sing

[327] 赞美诗 – zànměi shī – hymn

[328] 祈祷 – qídǎo – pray; say one's prayers

[329] 新旧约书 – Xīnjiùyuē shū – Old and New Testaments

[330] 扣分数 – kòu fēnshù – deduct (扣) marks (分数)

[331] 近傍 – jìnpáng – nearby

[332] 反抗 – fǎnkàng – revolt; resist; oppose

[333] 迷信 – míxìn – superstition; superstitious

[334] 管束 – guǎnshù – restrain; check; control

[335] 甘心 – gānxīn – willingly; readily

[336] 服从 – fúcóng – obey; be subordinated to; obedience; submission

[337] 厨子 – chúzi – cook; same as 厨师 (chúshī)

[338] 托 – tuō – take advantage of (someone's power or connections with influential people)

[339] 势 – shì – power; influence

[340] 不服 – bùfú – refuse to obey; not give in to; remain unconvinced by

[341] 立刻 – lìkè – immediately; at once; right away

[342] 告退 – gàotuì – ask for leave to withdraw from a meeting, etc; here it means to request for leaving school

[343] 仍 – réng – still; yet

[344] 复 – fù – again

在家里住了三个多月，秋风吹到富春江上，两岸的绿树，就快凋落[345]的时候，他又坐了帆船[346]，下富春江[347]，上杭州去。却好那时候石牌楼[348]的W中学正在那里招[349]插班生[350]，他进去见了校长M氏，把他的经历说给了M氏夫妻听，M氏就许他插入[351]最高的班里去。这W中学原来也是一个教会学校，校长M氏，也是一个糊涂[352]的美国宣教师[353]；他看看这学校的内容倒比H大学不如[354]了。与一位很卑鄙[355]的教务长——原来这一位先生就是H大学的卒业[356]生——闹了一场[357]，第二年的春天，他就出来了。出了W中学，他看看杭州的学校，都不能如他的意，所以他就打算不再进别的学校去。

正是这个时候，他的长兄也在北京被人排斥[358]了。原来他的长兄为人正直[359]得很，在部里办事，铁面无私[360]，并且比一般部内的人物又多了一些学识，所以部内上下，都忌惮[361]他。有一

---

[345] 凋落 – diāoluò – wither (凋) and fall (落)

[346] 帆船 – fānchuán – sailing ship

[347] 下富春江 – xià Fùchūn Jiāng – go to Fuchun River

[348] 石牌楼 – shípái lóu – stone arch

[349] 招 – zhāo – enlist; enrol; recruit

[350] 插班生 – chābānshēng – a student who joins a class in the middle of the course

[351] 插入 – chārù – insert; intervene; join a class in the middle of the course

[352] 糊涂 – hútu – muddled; confused; bewildered

[353] 宣教师 – xuānjiàoshī – preacher

[354] 倒 … 不如 – dào … bùrú – it's better to; no better than

[355] 卑鄙 – bēibǐ – mean; contemptible; crooked; depraved; despicable

[356] 卒业 – zúyè – to graduate; to complete a course of study

[357] 闹场 – nàochǎng – make a noise; stir up trouble

[358] 排斥 – páichì – repel; exclude; reject; eject

[359] 正直 – zhèngzhí – honest; upright; fair-minded

[360] 铁面无私 – tiěmiàn-wúsī – (成语) impartial and incorruptible; completely impartial; inflexibly just and fair

[361] 忌惮 – jìdàn – dread; fear

天某次长³⁶²的私人，来问他要一个位置，他执意³⁶³不肯，因此次长就同他闹起意见来，过了几天他就辞了部里的职³⁶⁴，改³⁶⁵到司法界³⁶⁶去做司法官去了。他的二兄那时候正在绍兴³⁶⁷军队³⁶⁸里作军官，这一位二兄军人习气³⁶⁹颇深³⁷⁰，挥金如土³⁷¹，专³⁷²喜³⁷³结交³⁷⁴侠少³⁷⁵。他们弟兄三人，到这时候都不能如意之所为³⁷⁶，所以那一小市镇里的闲人³⁷⁷都说他们的风水破了。

他回家之后，便镇日镇夜³⁷⁸的蛰居³⁷⁹在他那小小的书斋里。他父祖及他长兄所藏³⁸⁰的书籍，就作了他的良师益友³⁸¹。他的日

---

³⁶² 次长 - cìzhǎng - undersecretary; vice-minister
³⁶³ 执意 - zhíyì - insist on; be determined to
³⁶⁴ 辞职 - cízhí - resign; quit office; hand in one's resignation
³⁶⁵ 改 - gǎi - switch over to (doing something else)
³⁶⁶ 司法界 - sīfǎjiè - judicial circle
³⁶⁷ 绍兴 - Shàoxīng - a city in 浙江 (Zhèjiāng) province of China
³⁶⁸ 军队 - jūnduì - armed forces; army; troops
³⁶⁹ 习气 - xíqì - bad habit; bad practices
³⁷⁰ 颇深 - pō shēn - very (颇) deep (深)
³⁷¹ 挥金如土 - huījīn-rútǔ - (成语) squander (挥) one's gold (金) around as though (如) it were dirt/soil (土); throw one's money about; be lavish with one's money; spend money like water
³⁷² 专 - zhuān - specially
³⁷³ 喜 - xǐ - like; be fond of; prefer to
³⁷⁴ 结交 - jiéjiāo - make friends with
³⁷⁵ 侠少 - xiáshào - chivalrous young men; here it means young men with bad habits
³⁷⁶ 如意之所为 - rú yì zhī suǒwéi - do (为) everything according to (如) their own will (意)
　　　　　之 and 所 have no actual meaning
³⁷⁷ 闲人 - xiánrén - chatting (闲) people (人); gossipers
³⁷⁸ 镇日镇夜 - zhènrì-zhènyè - (成语) the whole day and night
³⁷⁹ 蛰居 - zhéjū - live (居) in seclusion (蛰)
³⁸⁰ 藏 - cáng - collect; store up; enshrine
³⁸¹ 良师益友 - liángshī-yìyǒu - (成语) good (良) teachers (师) and helpful (益) friends (友); be one's good teachers and friends; a scholarly mentor and beneficial friend; mentor

记上面，一天一天的记起诗来。有时候他也用了华丽[382]的文章做起小说来，小说里就把他自己当作了一个多情的勇士[383]，把他邻近[384]的一家寡妇[385]的两个女儿，当作了贵族[386]的苗裔[387]，把他故乡的风物[388]，全编作[389]了田园[390]的情景；有兴的时候，他还把他自家的小说，用单纯[391]的外国文翻释起来；他的幻想[392]，愈演[393]愈大了，他的忧郁病的根苗[394]，大约也就在这时候培养[395]成功的。在家里住了半年，到了七月中旬，他接到他长兄的来信说：

"院内近有派予赴日本考察司法事务之意，予已许院长以东行，大约此事不日可见命令[396]。渡日之先，拟返里小住。三弟

---

[382] 华丽 – huálì – magnificent; resplendent; gorgeous

[383] 勇士 – yǒngshì – a brave man; brave warrior

[384] 邻近 – línjìn – vicinity; nearby

[385] 寡妇 – guǎfù – widow

[386] 贵族 – guìzú – noble; nobleman; aristocrat; nobility; aristocracy

[387] 苗裔 – miáoyì – progeny; descendants; offspring

[388] 风物 – fēngwù – scenery

[389] 编作 – biānzuò – compile; make up

[390] 田园 – tiányuán – fields (田) and gardens (园); countryside

[391] 单纯 – dānchún – simple; pure

[392] 幻想 – huànxiǎng – illusion; fantasy; vision; fancy

[393] 演 – yǎn – develop; evolve

[394] 根苗 – gēnmiáo – root (根) and shoot (苗); source; root

[395] 培养 – péiyǎng – foster; train; develop; educate; cultivate

[396] 院内近有派予赴日本考察司法事务之意，予已许院长以东行，大约此事不日可见命令

yuànnèi jìn yǒu pàiyǔ fù Rìběn kǎochá sīfǎ shìwù zhī yì, yǔ yǐ xǔ yuànzhǎng yǐ dōng xíng, dàyuē cǐ shì bùrì kějiàn mìnglìng

– Recently (近) the court (院内) has (有) the inventions (意) to send (派) me (予) to go (赴) to Japan (日本) to investigate (考察) judicial (司法) affairs (事务). I (予) have been (已) allowed (许) to (以) go (行) to the east (东) country (referring to Japan) by the Chief Justice (院长). The order (命令) of this (此) decision (事) probably (大约) can (可) be issued/seen (见) very soon (不日).

之 – (古文) used between a modifier and a noun with no actual meaning
予 – (古文) I; me

居家，断非上策，此次当偕伊赴日本也³⁹⁷。"他接到了这一封信之后，心中日日盼³⁹⁸他长兄南来，到了九月下旬³⁹⁹，他的兄嫂⁴⁰⁰才自⁴⁰¹北京到家。住了一月，他就同他的长兄长嫂同到日本去了。

到了日本之后，他的Dreams of the romantic age尚未⁴⁰²醒悟⁴⁰³，模模糊糊⁴⁰⁴的过了半载⁴⁰⁵，他就考入了东京第一高等学校。这正是他１９岁的秋天。

第一高等学校将开学的时候，他的长兄接到了院长的命令，要他回去。他的长兄就把他寄托⁴⁰⁶在一家日本人的家里，几天之后，他的长兄长嫂和他的新生的侄女⁴⁰⁷儿就回国去了。东京的第一高等学校里有一班预备班⁴⁰⁸，是为中国学生特设的。在这预科

---

³⁹⁷ 渡日之先，拟返里小住。三弟居家，断非上策，此次当偕伊赴日本也
dùrì zhīxiān, nǐ fǎn lǐ xiǎozhù. Sān dì jūjiā, duànfēi shàngcè, cǐcì dāng xié yī fù Rìběn yě
– Before (先) crossing (渡) to Japan (日), I plan (拟) to return (返) to my wife's (里) home to stay for a short time (小住). My third brother (三弟), keep staying at home (居家) is definitely (断) not (非) the best way out (上策) for you. So this (此) time (次), you should (当) go (赴) to Japan (日本) with (偕) us (伊).

也 – (古文) used at the end of a declarative sentence with no actual meaning
³⁹⁸ 盼 – pàn – hope for; long for; expect
³⁹⁹ 下旬 – xiàxún – the last ten-day period of a month; the latter part of a month
旬: a period of ten days; a month can be divided into 3 旬: 上旬 (shàngxún), 中旬 (zhōngxxún) and 下旬.
⁴⁰⁰ 兄嫂 – xiōngsǎo – elder brother's (兄) wife (嫂); here it refers to his elder brother and his wife
⁴⁰¹ 自 – zì – from; since
⁴⁰² 尚未 – shàngwèi – not yet
⁴⁰³ 醒悟 – xǐngwù – come to realize the truth, one's error, etc; wake up to reality
⁴⁰⁴ 模模糊糊 – mómó-húhú – (成语) muddy; unintelligible; blurred; hazy; obscure; vague
⁴⁰⁵ 半载 – bànzǎi – half (半) a year (载); six months
⁴⁰⁶ 寄托 – jìtuō – entrust to the care of someone
⁴⁰⁷ 侄女 – zhínǔ – brother's daughter; niece
⁴⁰⁸ 预备班 – yùbèi bān – preparatory group; class for supplementary schooling

里预备一年，卒业之后，才能入各地高等学校的正科[409]，与日本学生同学。他考入预科的时候，本来填[410]的是文科，后来将[411]在预科卒业的时候，他的长兄定要他改到医科去，他当时亦没有什么主见[412]，就听了他长兄的话把文科改了。

预科卒业之后，他听说N市的高等学校是最新的，并且N市是日本产美人的地方，所以他就要求到N市的高等学校去。

---

[409] 正科 – zhèngkē – standard course; specialized course
[410] 填 – tián – fill in; complete; apply for
[411] 将 – jiāng – will
[412] 主见 – zhǔjiàn – one's own judgement

四

　　他的２０岁的８月２９日的晚上，他一个人从东京的中央
车站乘[413]了夜行车[414]到Ｎ市去。那一天大约刚是旧历[415]的初三四[416]
的样子，同天鹅绒[417]似的又蓝又紫的天空里，洒满[418]了一天星斗[419]。
半痕[420]新月，斜[421]挂在西天角[422]上，却似仙女[423]的蛾眉[424]，未[425]加
翠黛[426]的样子。他一个人靠着了三等车的车窗，默默[427]的在那里
数窗外人家的灯火。火车在暗黑的夜气中间，一程一程[428]地进去，

---

[413] 乘 － chéng － travel by (plane, car, ship, etc.)

[414] 夜行车 － yèxíngchē － cars/buses that carry people in the night

[415] 旧历 － jiùlì － the Chinese lunar calendar

[416] 初三四 － chū sān-sì － the third or fourth day of the seventh lunar month

[417] 天鹅绒 － tiān'éróng － velvet; swan's down

[418] 洒满 － sǎmǎn － scattered (洒) with a lot (满) of (stars)

[419] 星斗 － xīngdǒu － stars

[420] 痕 － hén － mark; trace

[421] 斜 － xié － slanting; tilted

[422] 西天角 － xītiān jiǎo － a quarter of the west sky

[423] 仙女 － xiānnǚ － female celestial; fairy maiden

[424] 蛾眉 － éméi － pretty eyebrows

[425] 未 － wèi － not; without

[426] 翠黛 － cuìdài － a kind of dark green cosmetics used for eyebrows in ancient
China

[427] 默默 － mòmò － quietly; silently; mute

[428] 一程一程 － yīchéng yīchéng － section after section (of a journey)
　　　　程 － a section/length of a journey

那大都市[429]的星星灯火，也一点一点的朦胧起来，他的胸中忽然生了万千哀感[430]，他的眼睛里就忽然觉得热起来了。

"Sentimental, too sentimental！"这样的叫一声，把眼睛揩[431]了一下，他反而自家[432]笑[433]起自家来。"你也没有情人留在东京，你也没有弟兄知己[434]住在东京，你的眼泪究竟是为谁洒[435]的呀！或者是对于[436]你过去的生活的伤感[437]，或者是对你二年间的生活的余情[438]，然而你平时不是说不爱东京的么？

"唉，一年人住岂无情[439]。

"黄莺住久浑相识，欲别频啼四五声[440]！"

胡思乱想[441]的寻思了一会，他又忽然想到初次赴[442]新大陆[443]去的清教徒[444]的身上去。

---

[429] 都市 – dūshì – city; metropolis; urban

[430] 哀感 – āigǎn – grief; sadness; sorrow

[431] 揩 – kāi – wipe

[432] 自家 – zìjiā – oneself; same as 自己 (zìjǐ), which is more often used in modern Chinese

[433] 笑 – xiào – ridicule; laugh at

[434] 知己 – zhījǐ – intimate friend; to know oneself; to be intimate or close

[435] 洒 – sǎ – flow

[436] 对于 – duìyú – to; for; about; with regard to; towards

[437] 伤感 – shānggǎn – grief; sadness; sorrow

[438] 余情 – yúqíng – plentiful sentiment

[439] 无情 – wúqíng – no feeling; feelingless
一年人住岂无情 – I have been living here for one year. How could I have no feelings on this place?!

[440] 黄莺住久浑相识，欲别频啼四五声 – Huángyīng zhùjiǔ hún xiāngshí, yù bié pín tí sì-wǔ shēng – I have stayed (住) here for a long (久) time and have already (浑) made acquaintances (相识) with the orioles (黄莺) here; when I am leaving (欲别) this place, they keep twittering and sobbing (频啼) for me.
Quoted from the poem 移家别湖上亭 (*Bidding Goodbye to the Pavilion on the Lake on the Occasion of Moving My Home*) written by 戎昱 (Róngyù), a poet of the Tang Dynasty

"那些十字架[445]下的流人，离开他故乡海岸的时候，大约也是悲壮[446]淋漓[447]，同我一样的。"

　　火车过了横滨[448]，他的感情方才[449]渐渐[450]儿的平静起来。呆呆的坐了一忽[451]，他就取了一张明信片[452]出来，垫[453]在海涅[454]（Ｈｅｉｎｅ）的诗集上，用铅笔[455]写了一首诗寄他东京的朋友。

　　　　峨眉月上柳梢初，又向天涯别故居，

　　　　四壁旗亭争赌酒，六街灯火远随车，

　　　　乱离年少无多泪，行李家贫只旧书，

　　　　后夜芦根秋水长，凭君南浦觅双鱼。[456]

---

[441] 胡思乱想 – húsī-luànxiǎng – （成语）go off into wild flights of fancy

[442] 赴 – fù – go to

[443] 新大陆 – xīn dàlù – the new continent (referring to the US)

[444] 清教徒 – qīngjiàotú – Puritans

[445] 十字架 – shízìjià – cross

[446] 悲壮 – bēizhuàng – heroic and stirring

[447] 淋漓 – línlí – free from inhibition

[448] 横滨 – Héngbīn – Yokohama, a Japanese city south of Tokyo

[449] 方才 – fāngcái – just

[450] 渐渐 – jiànjiàn – gradually; little by little

[451] 一忽 – yīhū – for a moment; same as 一会 (yīhuì)

[452] 明信片 – míngxìnpiàn – postcard

[453] 垫 – diàn – put something under something else to raise it or make it level

[454] 海涅 – Hǎiniè – Heinrich Heine (1797-1856), a Germany poet

[455] 铅笔 – qiānbǐ – pencil

[456] Here is a brief explanation of this peom:
　　When (初) the crescent moon (峨眉月) is crawling (上) at the tip (梢) of the willow (柳),
　　Again (又) I have to say goodbye (别) to hometown (故居) for (向) a long journey (天涯).
　　In the restaurants (四壁旗亭) men are indulged in drinking (酒) and gambling (争赌),
　　The bustling streets (六街) are dotted with lights (灯火) and moving cars (远

在朦胧的电灯光里，静悄悄[457]的坐了一会，他又把海涅的诗集翻开来看了。

> "Ledet wohl, ihr glatten Saale,
>
> Glatte Herren, glatte Frauen!
>
> Aufdie Berge will ich steigen,
>
> Lachend auf euch niederschauen!"
>
> Heines 《Harzreise》

> "浮薄[458]的尘寰[459]，无情的男女，
>
> 你看那隐隐[460]的青山，我欲乘风[461]飞去，
>
> 且住且住[462]，
>
> 我将从那绝顶[463]的高峰[464]，笑看你终归[465]何处[466]。"

随车).

The youthful days (年少) have gone with disturbances (乱离), though no much tears (无多泪) were shed,

In this poverty-stricken family (家贫) the old books (旧书) are my only (只) belongings (行李).

At night (后夜), the roots of the reeds (芦根) flow all the same (长) by autumn water (秋水),

Oh, my friend (君) in South Bank (南浦), I'm looking forward to (觅) hearing from you (双鱼).

[457] 静悄悄 – jìngqiāoqiāo – very quietly

[458] 浮薄 – fú báo – frivolous

[459] 尘寰 – chénhuán – this world; this mortal life

[460] 隐隐 – yǐnyǐn – indistinct; faint

[461] 乘风 – chéngfēng – with the wind

[462] 且住 – qiě zhù – wait a moment

[463] 绝顶 – juédǐng – (of hills and mountains) very high

[464] 高峰 – gāofēng – peak

[465] 终归 – zhōngguī – eventually; in the end; after all; be bound to

单调[467]的轮[468]声，一声声连连续续的飞到他的耳膜上来，不上三十分钟他竟被这催眠[469]的车轮声引诱[470]到梦幻[471]的仙境[472]里去了。

早晨五点钟的时候，天空渐渐儿的明亮起来。在车窗里向外一望，他只见一线[473]青天还被夜色包住在那里。探[474]头出去一看，一层薄雾[475]，笼罩[476]着一幅[477]天然的画图[478]，他心里想了一想："原来今天又是清秋的好天气，我的福分[479]真可算不薄[480]了。"过了一个钟头，火车就到了N市的停车场。

下了火车，在车站上遇见了个日本学生；他看看那学生的制帽[481]上也有两条白线，便知道他也是高等学校的学生。他走上前去，对那学生脱[482]了一脱帽，问他说：

"第X高等学校是在什么地方的？"

那学生回答说；

---

466 何处 – héchù – whence; where
467 单调 – dāndiào – monotonous; dull
468 轮 – lún – (of vehicles) wheels
469 催眠 – cuīmián – hypnotizing
470 引诱 – yǐnyòu – lure; induce; attract
471 梦幻 – mènghuàn – illusionary; dreamlike
472 仙境 – xiānjìng – fairyland; wonderland; paradise
473 一线 – yīxiàn – a gleam of
474 探 – tàn – stretch forward; stretch out
475 薄雾 – báowù – thin (薄) mist (雾); haze
476 笼罩 – lǒngzhào – envelop; cover
477 幅 – fú – quantifier used before paintings, picture, portrait, cloth, etc
478 画图 – huàtú – picture
479 福分 – fúfen – share of happiness allotted by destiny; happy lot; good fortune
480 薄 – báo – slight; meager; small
481 制帽 – zhìmào – uniform hat
482 脱 – tuō – take off

"我们一路去罢。"

他就跟了那学生跑出火车站来，在火车站的前头，乘了电车。

时光[483]还早得很，N市的店家都还未曾[484]起来。他同那日本学生坐了电车，经过了几条冷清的街巷[485]，就在鹤舞公园[486]前面下了车。他问那日本学生说：

"学校还远得很么？"

"还有二里多路。"

穿过了公园，走到稻[487]田中间的细路上的时候，他看看太阳已经起来了，稻上的露滴[488]，还同明珠[489]似的挂在那里。前面有一丛树林，树林荫[490]里，疏疏落落[491]的看得见几椽[492]农舍[493]。有两三条烟囱筒子[494]，突出在农舍的上面，隐隐约约[495]的浮在清晨

---

[483] 时光 – shíguāng – time
[484] 未曾 – wèicéng – have not; did not
[485] 街巷 – jiēxiàng – streets and alleys
[486] 鹤舞公园 – Hèwǔ gōngyuán – Crane Park; In Japanese, a park named *Tsuru Koen* (Tsuru is a crane in Japanese, Koen is park)
[487] 稻 – dào – rice
[488] 露滴 – lùdī – dewdrop
[489] 明珠 – míngzhū – bright pearl; jewel
[490] 荫 – yīn – shade
[491] 疏疏落落 – shūshū-luòluò – sparse; scattered
[492] 椽 – chuán – rafter
[493] 农舍 – nóngshè – grange; farmhouse
[494] 烟囱筒子 – yāncōng tǒngzi – chimney; funnel
[495] 隐隐约约 – yǐnyǐn-yuēyuē – (成语) indistinct; faintly; dimly

的空气里。一缕[496]两缕的青烟，同炉香[497]似的在那里浮动[498]，他知道农家已在那里炊[499]早饭了。

到学校近边的一家旅馆去一问，他一礼拜前头[500]寄出的几件行李，早已经到在那里。原来那一家人家是住过中国留学生的，所以主人待[501]他也很殷勤[502]。在那一家旅馆里住下了之后，他觉得前途[503]好像有许多欢乐在那里等他的样子。

他的前途的希望，在第一天的晚上，就不得不被目前的实情嘲弄[504]了。原来他的故里[505]，也是一个小小的市镇。到了东京之后，在人山人海[506]的中间，他虽然时常觉得孤独，然而东京的都市生活，同他幼时[507]的习惯尚[508]无十分龃龉[509]的地方。如今到了这N市的乡下之后，他的旅馆，是一家孤立的人家，四面并无邻舍[510]，左首门外便是一条如发[511]的大道，前后都是稻田，西面是

---

[496] 缕 - lǚ - a wisp of; a strand of; a lock of; quantifier used before thin and long objects, such as fair, hemp, smoke, etc

[497] 炉香 - lúxiāng - incense

[498] 浮动 - fúdòng - floating; flowing

[499] 炊 - chuī - cook a meal

[500] 一礼拜前头 - yī lǐbài qiántou - a week ago

[501] 待 - dài - treat; entertain

[502] 殷勤 - yīnqín - hospitable; enthusiastic

[503] 前途 - qiántú - future; prospect; promise

[504] 嘲弄 - cháonòng - mock; make fun at

[505] 故里 - gùlǐ - native place; home village

[506] 人山人海 - rénshān-rénhǎi - (成语) a huge crowd of people that looks like a mountain (山) or a sea (海) full of people (人); huge crowds of people

[507] 幼时 - yòushí - childhood

[508] 尚 - shàng - still; yet

[509] 龃龉 - jǔyǔ - the upper and lower teeth not meeting properly; disagreement; discord

[510] 邻舍 - línshè - neighbor

[511] 如发 - rúfà - like hair; as straight as hair

一方池水⁵¹²，并且因为学校还没有开课，别的学生还没有到来，这一间宽旷⁵¹³的旅馆里，只住了他一个客人。白天倒还可以支吾⁵¹⁴过去，一到了晚上，他开窗一望，四面都是沉沉⁵¹⁵的黑影，并且因N市的附近是一大平原，所以望眼连天⁵¹⁶，四面并无遮障⁵¹⁷之处，远远里有一点灯火，明灭⁵¹⁸无常，森然有些鬼气。天花板⁵¹⁹里，又有许多虫鼠⁵²⁰，息栗索落⁵²¹的在那里争食。窗外有几株⁵²²梧桐⁵²³，微风动叶，飒飒⁵²⁴的响得不已，因为他住在二层楼上，所以梧桐的叶战声，近在他的耳边。他觉得害怕起来，几乎要哭出来了。他对于都市的怀乡病⁵²⁵（Nostalgia）从未⁵²⁶有比那一晚更甚的。

学校开了课，他朋友也渐渐儿的多起来。感受性⁵²⁷非常强烈⁵²⁸的他的性情，也同天空大地⁵²⁹丛林⁵³⁰野水⁵³¹融和⁵³²了。不上半

---

⁵¹² 池水 – chíshuǐ – pond of water
⁵¹³ 宽旷 – kuānkuàng – extensive; vast
⁵¹⁴ 支吾 – zhīwú – hum and haw; prevaricate; equivocate
⁵¹⁵ 沉沉 – chénchén – heavy
⁵¹⁶ 望眼连天 – wàng yǎn liántiān – this place is so spacious that one can just see the vast sky before his/her eyes
⁵¹⁷ 遮障 – zhēzhàng – shield; block
⁵¹⁸ 明灭 – míngmiè – (of the light) on (明) and off (灭)
⁵¹⁹ 天花板 – tiānhuābǎn – ceiling
⁵²⁰ 虫鼠 – chóng shǔ – insect (虫) and mouse (鼠)
⁵²¹ 息栗索落 – xīlì suǒluò – an onomatopoeic word to describe the sound when insects and mice are eating
⁵²² 株 – zhū – root and stem of a tree above the ground
⁵²³ 梧桐 – wútóng – Chinese parasol tree
⁵²⁴ 飒飒 – sàsà – sough; rustle
⁵²⁵ 怀乡病 – huáixiāng bing – nostalgia; homesickness
⁵²⁶ 从未 – cóngwèi – never
⁵²⁷ 感受性 – gǎnshòu xìng – perceptibility; susceptibility; sensitivity; susceptivity
⁵²⁸ 强烈 – qiángliè – strong; intense; violent
⁵²⁹ 大地 – dàdì – ground; earth; the earth

年，他竟变成了一个大自然的宠儿[533]，一刻[534]也离不了那天然的野趣[535]了。他的学校是在 N 市外，刚才说过市的附近是一大平原，所以四边的地平线，界限[536]广大[537]的很。那时候日本的工业还没有十分发达，人口也还没有增加得同目下[538]一样，所以他的学校的近边，还多是丛林空地，小阜低岗[539]。除了几家与学生做买卖的文房具店[540]及菜馆之外，附近并没有居民[541]。荒野[542]的人间，只有几家为学生设的旅馆，同晓天[543]的星影似的，散缀[544]在麦田[545]瓜地[546]的中央。晚饭毕[547]后，披[548]了黑呢[549]的缦斗[550]（斗篷[551]），拿了爱读的书，在迟迟[552]不落的夕照[553]中间，散步逍遥[554]，是非常快

---

530 丛林 – cónglín – jungle; forest; wood

531 野水 – yěshuǐ – the water (rivers and lakes) in the wild

532 融和 – rónghé – blend; mix

533 宠儿 – chǒng'ér – a favorite of fate;

534 刻 – kè – a short while; an instant; a moment

535 野趣 – yěqù – rustic charm; the charm of the wild

536 界限 – jièxiàn – dividing line; limits; bounds; boundary; range; limitation

537 广大 – guǎngdà – vast; wide; extensive

538 目下 – mùxià – nowadays; at present

539 小阜低岗 – xiǎo fù dī gǎng – small (小) mounds (阜) and low (低) hummocks (岗)

540 文房具店 – wénfángjù diàn – stationery shop; same as 文具店 (wénjù diàn), which is more often used in modern Chinese

541 居民 – jūmín – resident; inhabitant

542 荒野 – huāngyě – wilderness; the wild

543 晓天 – xiǎotiān – the sky

544 散缀 – sànzhuì – sporadically scattered

545 麦田 – màitián – cornfield

546 瓜地 – guādì – melon (瓜) field (地)

547 毕 – bì – over; finished

548 披 – pī – drape over one's shoulders; wrap around one's shoulders

549 黑呢 – hēiní – black woolen (cloth)

550 缦斗 – mmàndǒu – plain silky cloak

551 斗篷 – dǒupeng – cape; cloak; mantle

552 迟迟 – chíchí – slow; late; delayed

乐的。他的田园趣味[555]，大约也是在这Idyllic Wanderings的中间养成[556]的。

在生活竞争[557]不十分猛烈[558]，逍遥自在[559]，同中古时代一样的时候，他觉得更加难受。学校的教科书，也渐渐的嫌恶[560]起来，法国自然派[561]的小说，和中国那几本有名的诲淫[562]小说，他念了又念，几乎记熟[563]了。

有时候他忽然做出一首好诗来，他自家便喜欢得非常，以为他的脑力[564]还没有破坏。那时候他每对[565]着自家起誓[566]说："我的脑力还可以使得[567]，还能做得出这样的诗，我以后决不再犯罪了。过去的事实是没法，我以后总不再犯罪了。若从此自新[568]，我的脑力，还是很可以的。"

然而一到了紧迫[569]的时候，他的誓言[570]又忘了。

---

[553] 夕照 – xīzhào – the glow (照) of the setting sun (夕); evening glow
[554] 逍遥 – xiāoyáo – free and unfettered; leisurely; carefree
[555] 田园趣味 – tiányuán qùwèi – interest (趣味) of fields and gardens (田园)
[556] 养成 – yǎngchéng – cultivate; develop
[557] 竞争 – jìngzhēng – compete; vie; contend
[558] 猛烈 – měngliè – fierce; vigorous; violent
[559] 逍遥自在 – xiāoyáo-zìzài – (成语) happy-go-lucky; leisurely and carefree
[560] 嫌恶 – xiánwù – be sick of; detest; loathe; disgust
[561] 派 – pài – group; school; faction
[562] 诲淫 – huìyín – salacious; obscene
[563] 记熟 – jìshú – memorize; bear in mind
[564] 脑力 – nǎolì – brains; brain power
[565] 对 – duì – to
[566] 起誓 – qǐshì – swear; take an oath
[567] 使得 – shǐde – can be used; usable
[568] 自新 – zìxīn – turn over a new leaf; make a fresh start
[569] 紧迫 – jǐnpò – urgent; pressing
[570] 誓言 – shìyán – oath; pledge

每礼拜四五，或每月的二十六七的时候，他索性[571]尽意[572]的贪起欢[573]来。他的心里想，自下礼拜一或下月初一起，我总不犯罪了。有时候正合[574]到礼拜六或月底的晚上，去剃头[575]洗澡[576]去，以为这就是改过自新的记号[577]，然而过几天他又不得不吃鸡子[578]和牛乳了。

他的自责心[579]同恐惧心[580]，竟一日也不使他安闲[581]，他的忧郁症也从此厉害起来了。这样的状态[582]继续了一二个月，他的学校里就放了暑假，暑假的两个月内，他受的苦闷[583]，更甚于[584]平时；到了学校开课的时候，他的两颊的颧骨[585]更高起来，他的青灰色的眼窝[586]更大起来，他的一双灵活的瞳人[587]，变了同死鱼眼睛一样了。

---

[571] 索性 – suǒxìng – might (just) as well; simply
[572] 尽意 – jìnyì – fully express one's feeling; to one's heart's content; as much as one likes
[573] 贪欢 – tān huān – pursue pleasure; to have a voracious desire for pleasure
[574] 正合 – zhèng hé – happen to; by coincidence
[575] 剃头 – tìtóu – have one's hair cut
[576] 洗澡 – xǐzǎo – have a bath; bathe; wash; take a bath
[577] 记号 – jìhào – mark; sign; symbolism; marking
[578] 鸡子 – jīzi – chicken eggs
[579] 自责心 – zìzé xīn – self-accusation
[580] 恐惧心 – kǒngjù xīn – fear; fright
[581] 安闲 – ānxián – leisurely; peaceful and carefree
[582] 状态 – zhuàngtài – status; state; condition
[583] 苦闷 – kǔmèn – depress; frustration
[584] 甚于 – shènyú – surpassing; exceeding; more than
[585] 颧骨 – quángǔ – cheekbone; malar bone
[586] 眼窝 – yǎnwō – eye socket; eyehole
[587] 瞳人 – tóngrén – pupil

五

秋天又到了。浩浩[588]的苍空，一天一天的高起来。他的旅馆旁边的稻田，都带起黄金色来。朝夕的凉风，同刀[589]也似的刺[590]到人的心骨里去，大约秋冬的佳日[591]，来也不远了。

一礼拜前的有一天午后，他拿了一本Wordsworth的诗集，在田塍[592]路上逍遥[593]漫步[594]了半天。从那一天以后，他的循环[595]性的忧郁症，尚未离他的身过。前几天在路上遇着的那两个女学生，常在他在风气纯良[596]，不与市井小人[597]同处，清闲雅淡[598]的地方，过日子正如做梦一样。他到了N市之后，转瞬[599]之间，已经有半年多了。

---

[588] 浩浩 – hàohào – vast, expansive
[589] 刀 – dāo – knife; sword
[590] 刺 – cì – stab; prick
[591] 佳日 – jiārì – good days
[592] 田塍 – tiánchéng – rand; balk; baulk; ridge
[593] 逍遥 – xiāoyáo – free and unfettered
[594] 漫步 – mànbù – to wander; to ramble; recreational hiking
[595] 循环 – xúnhuán – repeated; circulating
[596] 纯良 – chúnliáng – free of corruption; virtuous
[597] 市井小人 – shìjǐng xiǎorén – a mean fellow (小人) of the marketplace (市井); philistine; gigmanity
[598] 清闲雅淡 – qīngxián yǎdàn – leisurely (清闲) and simple and elegant (雅淡)
[599] 转瞬 – zhuǎnshùn – in a twinkle; in a flash

熏风⁶⁰⁰日夜的吹来，草色⁶⁰¹渐渐儿的绿起来，旅馆近旁麦田里的麦穗⁶⁰²，也一寸一寸的长起来了。草木虫鱼都化育⁶⁰³起来，他的从始祖⁶⁰⁴传来的苦闷也一日一日的增长起来，他每天早晨，在被窝⁶⁰⁵里犯的罪恶，也一次一次的加起来了。

他本来是一个非常爱高尚⁶⁰⁶爱洁净⁶⁰⁷的人，然而一到了这邪念⁶⁰⁸发生的时候，他的智力⁶⁰⁹也无用了，他的良心也麻痹⁶¹⁰了，他从小服膺⁶¹¹的"身体发肤⁶¹²不敢毁伤⁶¹³"的圣训⁶¹⁴，也不能顾全⁶¹⁵了。他犯了罪之后，每深自痛悔⁶¹⁶，切齿⁶¹⁷的说，下次总不再犯了，然则⁶¹⁸到了第二天的那个时候，种种幻想⁶¹⁹，又活泼泼的到他的眼前来。他平时所看见的"伊扶"的遗类⁶²⁰，都赤裸裸⁶²¹的

---

⁶⁰⁰ 熏风 – xūnfēng – a warm southernly breeze
⁶⁰¹ 草色 – cǎosè – the color of grass
⁶⁰² 麦穗 – màisuì – ear of wheat; wheat head
⁶⁰³ 化育 – huàyù – to give birth to new life
⁶⁰⁴ 始祖 – shǐzǔ – first ancestor; earliest ancestor
⁶⁰⁵ 被窝 – bèiwō – quilt
⁶⁰⁶ 高尚 – gāoshàng – noble; lofty; respectable; nobility; nobleness
⁶⁰⁷ 洁净 – jiéjìng – clean; spotless; pure
⁶⁰⁸ 邪念 – xiéniàn – evil thought; wicked idea; evil intention
⁶⁰⁹ 智力 – zhìlì – intelligence; mentality; brain
⁶¹⁰ 麻痹 – mábì – paralysis; paralyzation; palsy
⁶¹¹ 服膺 – fúyīng – bear (maxims and principles) in mind
⁶¹² 发肤 – fàfū – hair (发) and skin (肤)
⁶¹³ 毁伤 – huǐshāng – injure; hurt; damage
⁶¹⁴ 圣训 – shèngxùn – a sage's instruction; allocution
⁶¹⁵ 顾全 – gùquán – take into account; take into consideration
⁶¹⁶ 深自痛悔 – shēnzì tònghuǐ – lament; deeply regret
⁶¹⁷ 切齿 – qièchǐ – clench one's teeth; gnash one's teeth
⁶¹⁸ 然则 – ránzé – in that case; then
⁶¹⁹ 种种幻想 – zhǒngzhǒng huànxiǎng – kinds of (种种) illusions (幻想)
⁶²⁰ 遗类 – yílèi – the remaining (遗) thing (类); here it means the thought of Eve (伊扶) keeps lingering in his mind

来引诱[622]他。中年以后的妇人的形体，在他的脑里，比处女[623]更有挑发[624]他情动的地方。他苦闷一场，恶斗[625]一场，终究[626]不得不做她们的俘虏[627]。这样的一次成了两次，两次之后，就成了习惯了。他犯罪之后，每到图书馆里去翻出医书来看，医书上都千篇一律[628]的说，于[629]身体最有害的就是这一种犯罪。从此之后，他的恐惧心也一天一天地增加起来了。有一天他不知道从什么地方得来的消息，好像是一本书上说，俄国[630]近代文学的创设者[631]Gogol也犯这一宗[632]病[633]，他到死竟没有改过来，他想到了郭歌里[634]，心里就宽[635]了一宽，因为这《死了的灵魂[636]》的著者[637]，

---

[621] 赤裸裸 – chìluǒluǒ – without a stitch of clothing; stark-naked; undisguised; out-and-out; unadorned

[622] 引诱 – yǐnyyòu – to coerce (somebody into doing something bad); to lure (into a trap); to seduce

[623] 处女 – chùnǚ – virgin; maiden

[624] 挑发 – tiǎofā – foment; instigate; incite

[625] 恶斗 – èdòu – fierce (恶) battle (斗)

[626] 终究 – zhōngjiū – eventually; in the end; after all

[627] 俘虏 – fúlǔ – capture; take prisoner

[628] 千篇一律 – qiānpiān-yīlǜ – (成语) a thousand (千) pieces (篇) of the same (一) tune (律); follow the same pattern; all in the same key; repeat each other; stereotyped

[629] 于 – yú – for

[630] 俄国 – Éguó – Russia

[631] 创设者 – chuàngshèzhě – creator; founder

[632] 宗 – zōng – quantifier used before a disease; in modern Chinese it is used as a quantifier before a batch of objects, a great sum of money, etc

[633] 病 – bìng – disease

[634] 郭歌里 – Guōgēlǐ – Nikolai Gogol

[635] 宽 – kuān – relax; relieve

[636] 死了的灵魂 – Sǐle de Línghún – Dead Souls, a novel by Nikolai Gogol published in 1842

[637] 著者 – zhùzhě – author; same as 作者 (zuòzhě)

郁达夫   **51**

也是同他一样的。然而这不过自家对自家的宽慰[638]而已[639]，他的胸里，总有一种非常的忧虑[640]存在那里。

因为他是非常爱洁净的，所以他每天总要去洗澡一次，因为他是非常爱惜[641]身体的，所以他每天总要去吃几个生鸡子和牛乳；然而他去洗澡或吃牛乳鸡子的时候，他总觉得惭愧得很，因为这都是他的犯罪的证据[642]。

他觉得身体一天一天的衰弱[643]起来，记忆力也一天一天的减退了，他又渐渐儿的生了一种怕见人面的心思，见了妇人女子的时候的脑里，不使他安静，想起那一天的事情，他还是一个人要红起脸来。

他近来无论[644]上什么地方去，总觉得有坐立难安[645]的样子。他上学校去的时候，觉得他的日本同学都似[646]在那里排斥[647]他。他的几个中国同学，也许久[648]不去寻访[649]了，因为去寻访了回来，他心里反觉得空虚[650]。因为他的几个中国同学，怎么也不能理解

---

[638] 宽慰 – kuānwèi – comfort; console; soothe; comfortable; easy
[639] 而已 – éryǐ – that is all; nothing more
[640] 忧虑 – yōulù – worried; anxious; concerned
[641] 爱惜 – àixī – value; cherish; treasure; take care of
[642] 证据 – zhèngjù – evidence; proof; testimony
[643] 衰弱 – shuāiruò – weak; feeble
[644] 无论 – wúlùn – no matter what; regardless of
[645] 坐立难安 – zuòlì-nán'ān – (成语) restless (难安) whether sitting (坐) or standing (立); uneasy; restless with anxiety; on needles and pins; same as 坐立不安 (zuòlì-bù'ān)
[646] 似 – sì – seem; appear
[647] 排斥 – páichì – repel; exclude; reject; eject; discriminate against; repulsion; aversion
[648] 许久 – xǔjiǔ – for a long time; for ages
[649] 寻访 – xúnfǎng – look for; try to locate; make inquiries about
[650] 空虚 – kōngxū – hollow; void

他的心理。他去寻访的时候，总想得些同情回来的，然而到了那里，谈了几句以后，他又不得不自悔[651]寻访错了。有时候和朋友讲得投机[652]，他就任[653]了一时的热意[654]，把他的内外的生活都对朋友讲了出来，然而到了归途[655]，他又自悔[656]失言[657]，心里的责备，倒反比不去访友的时候，更加厉害。他的几个中国朋友，因此都说他是染[658]了神经病[659]了。他听了这话之后，对了那几个中国同学，也同对日本学生一样，起了一种复仇的心。他同他的几个中国同学，一日一日的疏远[660]起来。嗣后[661]虽在路上，或在学校里遇见[662]的时候，他同那几个中国同学，也不点头招呼[663]。中国留学生开会的时候，他当然是不去出席[664]的。因此他同他的几个同胞[665]，竟宛然[666]成了两家仇敌[667]。

---

[651] 自悔 – zìhuǐ – self-regret

[652] 投机 – tóujī – congenial; agreeable

[653] 任 – rèn – let; allow; give free rein to

[654] 热意 – rèyì – enthusiasm; warmth; zeal; same as 热情 (rèqíng), which is more often used in modern Chinese

[655] 归途 – guītú – the way back; one's journey home

[656] 自悔 – zìhuǐ – to regret; to repent

[657] 失言 – shīyán – slip of the tongue; indiscretion; to blurt out a secret

[658] 染 – rǎn – catch (a disease)

[659] 神经病 – shénjīngbìng – mental disorder

[660] 疏远 – shūyuǎn – to drift apart; to become estranged; to alienate

[661] 嗣后 – sìhòu – hereafter; subsequently; afterwards; later on

[662] 遇见 – yùjiàn – meet; come across

[663] 招呼 – zhāohu – say hello to

[664] 出席 – chūxí – attend; be present

[665] 同胞 – tóngbāo – fellow countryman; compatriot

[666] 宛然 – wǎnrán – as if

[667] 仇敌 – chóudí – foe; enemy

他的中国同学的里边，也有一个很奇怪的人，因为他自家的结婚有些道德[668]上的罪恶，所以他专喜讲人家的丑事[669]，以掩己之不善[670]，说他是神经病，也是这一位同学说的。

　　他交游[671]离绝[672]之后，孤冷得几乎到将死[673]的地步[674]，幸而[675]他住的旅馆里，还有一个主人的女儿，可以牵引[676]他的心，否则[677]他真只能自杀了。他旅馆的主人的女儿，今年正是十七岁，长方[678]的脸儿，眼睛大得很，笑起来的时候，面上有两颗笑靥[679]，嘴里有一颗金牙看得出来，因为她自家觉得她自家的笑容是非常可爱，所以她平时常在那里弄笑。

　　他心里虽然非常爱她，然而她送饭来或来替他铺被[680]的时候，他总装出一种兀不可犯[681]的样子来。他心里虽想对她讲几句话，然而一见了她，他总不能开口。她进他房里来的时候，他的呼吸意急促[682]到吐气不出[683]的地步。他在她的面前实在是受苦不

---

[668] 道德 − dàodé − morals; morality; ethics
[669] 丑事 − chǒushì − scandal
[670] 掩己之不善 − yǎn jǐ zhī bùshàn − cover (掩) one's own (己) evil intentions (不善)
[671] 交游 − jiāoyóu − make friends
[672] 离绝 − líjué − separated; isolated
[673] 将死 − jiāng sǐ − will (将) die (死)
[674] 地步 − dìbù − condition; plight; situation; state
[675] 幸而 − xìng'ér − luckily; fortunately
[676] 牵引 − qiānyǐn − attract; draw; fascinate; appeal
[677] 否则 − fǒuzé − otherwise; if not; or else
[678] 长方 − chángfāng − rectangular
[679] 笑靥 − xiàoyè − dimple
[680] 铺被 − pū bèi − spread (铺) the quilt (被)
[681] 兀不可犯 − wù bùkě fàn − too lofty and superior (兀) to be offended
[682] 急促 − jícù − short and quick; hurried; rapid
[683] 吐气不出 − tǔqì bù chū − unable to breathe normally

起[684]了，所以近来她进他的房里来的时候，他每不得不跑出房外去。然而他思慕[685]她的心情，却一天一天的浓厚[686]起来。有一天礼拜六的晚上，旅馆里的学生，都上Ｎ市去行乐[687]去了。他因为经济困难，所以吃了晚饭，上西面池[688]上去走了一回，就回到旅舍[689]里来枯坐[690]。

回家来坐了一会，他觉得那空旷[691]的二层楼上，只有他一个人在家。静悄悄的坐了半晌[692]，坐得不耐烦起来的时候，他又想跑出外面去。然而要跑出外面去，不得不由[693]主人的房门口经过，因为主人和他女儿的房，就在大门的边上。他记得刚才进来的时候，主人和他的女儿正在那里吃饭。他一想到经过她面前的时候的苦楚，就把跑出外面去的心思丢了。

拿出了一本Ｇ．Ｇｉｓｓｉｎｇ的小说来读了三四页之后，静寂[694]的空气里，忽然传[695]了几声沙沙[696]的泼水[697]声音过来。他静静儿的听了一听，呼吸[698]又一霎时[699]的急了起来，面色也涨红[700]了。

---

[684] 受苦不起 – shòukǔ bùqǐ – can't endure
[685] 思慕 – sīmù – think of someone with respect; admire
[686] 浓厚 – nónghòu – strong; deep; dense
[687] 行乐 – xínglè – indulge in pleasures; seek amusement; seek pleasure
[688] 池 – chí – pool; pond; lake
[689] 旅舍 – lǚshè – hotel; inn; guest house
[690] 枯坐 – kūzuò – sit idly without anything to do; sit in boredom
[691] 空旷 – kōngkuàng – open; void; wide; spacious
[692] 半晌 – bànshǎng – for a long time
[693] 由 – yóu – by; through
[694] 静寂 – jìngjì – silent; quiet; serene
[695] 传 – chuán – spread; pass; come
[696] 沙沙 – shāshā – rustling
[697] 泼水 – pōshuǐ – sprinkling (泼) the water (水)
[698] 呼吸 – hūxī – breathe
[699] 霎时 – shàshí – all of a sudden; in a split second

迟疑[701]了一会，他就轻轻的开了房门，拖鞋[702]也不拖，幽脚幽手[703]的走下扶梯[704]去。轻轻的开了便所[705]的门，他尽兀自[706]的站在便所的玻璃[707]窗口偷看[708]。原来他旅馆里的浴室[709]，就在便所的间壁[710]，从便所的玻琉[711]窗看去，浴室里的动静了了[712]可看。他起初以为看一看就可以走的，然而到了一看之后，他竟同被钉子[713]钉住的一样，动也不能动了。

---

[700] 涨红 – zhǎnghóng – flush; be red in the face

[701] 迟疑 – chíyí – hesitate

[702] 拖鞋 – tuōxié – slippers

[703] 幽脚幽手 – yōu jiǎo yōu shǒu – walk gingerly; (move) cautiously and gently without any noise; same as 轻手轻脚 (qīngshǒu-qīngjiǎo) (成语), which is more often used in modern Chinese

[704] 扶梯 – fútī – staircase

[705] 便所 – biànsuǒ – restroom; toilet, same as 厕所 (cèsuǒ) in modern Chinese

[706] 兀自 – wūzì – without leave; without consulting anyone; same as 径自 (jìngzì), which is more often used in modern Chinese

[707] 玻璃 – bōli – glass

[708] 偷看 – tōukàn – steal a glance; peep

[709] 浴室 – yùshì – bathroom; shower room

[710] 间壁 – jiānbì – next door; next-door neighbor, same as 隔壁 (gébì), which is more often used in modern Chinese

[711] 玻琉 – bōliú – glass, same as 玻璃 (bōli), which is more often used in modern Chinese

[712] 了了 – liǎoliǎo – clear; obvious; distinct

[713] 钉子 – dìngzi – nail

那一双雪样的乳峰[714]！

那一双肥白[715]的大腿！

这全身的曲线[716]！

呼气也不呼，仔仔细细[717]的看了一会，他面上的筋肉[718]，都发起痉挛[719]来了。愈看愈颤[720]得厉害，他那发颤的前额部竟同玻琍窗冲击[721]了一下。被蒸气[722]包[723]住的那赤裸裸的"伊扶"便发了娇声问说："是谁呀？……"

他一声也不响，急忙跳出了便所，就三脚两步[724]的跑上楼上去了。

他跑到了房里，面上同火烧[725]的一样，口也干渴[726]了。一边他自家打自家的嘴巴[727]，一边就把他的被窝拿出来睡了。他在被窝里翻来覆去[728]，总睡不着，便立起了两耳，听起楼下的动静来。他听听泼水的声音也息[729]了，浴室的门开了之后，他听见她

---

[714] 乳峰 – rǔfēng – breast

[715] 肥白 – féibái – plump (肥) and fair (白)

[716] 曲线 – qǔxiàn – curve; figure; profile

[717] 仔仔细细 – zǐzǐ-xìxì – carefully; attentively

[718] 筋肉 – jīnròu – muscles

[719] 痉挛 – jìngluán – convulsion; spasm; cramp

[720] 颤 – chàn – shiver; shudder; tremble

[721] 冲击 – chōngjī – collide; hit; strike

[722] 蒸气 – zhēngqì – steam; vapour

[723] 包 – bāo – surrounded; encircled

[724] 三脚两步 – sānjiǎo-liǎngbù – (成语) several (三，两) steps (脚，步); walk quickly

[725] 火烧 – huǒshāo – burn

[726] 干渴 – gānkě – dry (干) and thirsty (渴)

[727] 嘴巴 – zuǐbā – mouth

[728] 翻来覆去 – fānlái-fùqù – (成语) toss and turn

[729] 息 – xī – cease; stop

的脚步声好像是走上楼来的样子。用被包着了头，他心里的耳朵明明告诉他说：

"她已经立在门外了。"

他觉得全身的血液[730]，都在往上奔注[731]的样子。心里怕得非常，羞[732]得非常，也喜欢得非常。然而若有人问他，他无论如何[733]，总不肯承认说，这时候他是喜欢的。

他屏住[734]了气息，尖[735]着了两耳听了一会，觉得门外并无动静，又故意喀嗽[736]了一声，门外亦无声响。他正在那里疑惑[737]的时候，忽听见她的声音，在楼下同她的父亲在那里说话。他手里捏[738]了一把冷汗[739]，拚命[740]想听出她的话来，然而无论如何总听不清楚。停了一会，她的父亲高声笑了起来，他把被蒙头[741]的一罩[742]，咬紧[743]了牙齿说：

---

[730] 血液 – xuèyè – blood
[731] 奔注 – bēnzhù – pour; flow at great speed
[732] 羞 – xiū – shy; shameful
[733] 无论如何 – wúlùnrúhé – whatever; however; right or wrong; anyway; anyhow
[734] 屏住 – bǐngzhù – hold (one's breath)
[735] 尖 – jiān – set upright; erect
[736] 喀嗽 – kāsòu – cough, same as咳嗽 (késòu), which is more often used in modern Chinese
[737] 疑惑 – yíhuò – feel uncertain; not be convinced
[738] 捏 – niē – hold between the fingers; pinch
[739] 冷汗 – lěnghàn – cold sweat
[740] 拚命 – pīnmìng – exerting the utmost strength; for all one is worth; with all one's might
[741] 蒙头 – méngtóu – cover the head
[742] 罩 – zhào – cover; wrap
[743] 咬紧 – yǎojǐn – clench

"她告诉了他了！她告诉了他了！"这一天的晚上他一睡也不曾[744]睡着。第二天的早晨，天亮的时候，他就惊心吊胆[745]的走下楼来。洗了手面，刷了牙[746]，趁[747]主人和他的女儿还没有起来之先，他就同逃也似的出了那个旅馆，跑到外面来。官道上的沙尘[748]，染了朝露[749]，还未曾干着。太阳已经起来了。他不问皂白[750]，便一直的往东走去，远远有一个农夫，拖[751]了一车野菜慢慢的走来。那农夫同他擦过的时候，忽然对他说："你早啊！"

　　他倒惊了一跳，那清瘦[752]的脸上，又起了一层红潮[753]，胸前又乱跳起来，他心里想：

　　"难道这农夫也知道了么？"

　　无头无脑的跑了好久，他回转头[754]来看看他的学校，已经远得很了，举头[755]看看，太阳也升高[756]了。他摸摸[757]表看，那银饼[758]大的表，也不在身边。从太阳的角度看起来，大约已经是九点

---

[744] 不曾 – bùcéng – never
[745] 惊心吊胆 – jīngxīn-diàodǎn – (成语) have one's heart in one's mouth; be always on tenterhooks; filled with anxiety; in fear and dread; live in constant fear; same as 提心吊胆 (tíxīn-diàodǎn)
[746] 刷牙 – shuāyá – brush (刷) one's teeth (牙)
[747] 趁 – chèn – take advantage of; avail oneself of
[748] 沙尘 – shāchén – dust (尘) and sand (沙)
[749] 朝露 – zhāolù – morning dew
[750] 皂白 – zàobái – black (皂) and white (白); right and wrong
[751] 拖 – tuō – drag; draw; carry
[752] 清瘦 – qīngshòu – thin; lean; meager
[753] 红潮 – hóngcháo – blush; flush
[754] 回转头 – huízhuǎn tóu – turn back (回转) the head (头)
[755] 举头 – jǔtóu – raise (举) the head (头)
[756] 升高 – shēnggāo – go up; rise; ascend
[757] 摸摸 – mōmō – feel for; fumble; grope for
[758] 银饼 – yínbǐng – silver (银) dollars shaped like a round flat cake (饼)

钟前后的样子。他虽然觉得饥饿⁷⁵⁹得很，然而无论如何，总不愿意再回到那旅馆里去，同主人和他的女儿相见。想去买些零食⁷⁶⁰充一充饥⁷⁶¹，然而他摸摸自家的袋⁷⁶²看，袋里只剩⁷⁶³了一角二分钱在那里。他到一家乡下⁷⁶⁴的杂货店内，尽那一角二分钱，买了些零碎⁷⁶⁵的食物，想去寻一处无人看见的地方去吃。走到了一处两路交叉⁷⁶⁶的十字路口，他朝南的一望，只见与他的去路横交⁷⁶⁷的那一条自北趋南⁷⁶⁸的路上，行人稀少⁷⁶⁹得很。那一条路是向南的斜低⁷⁷⁰下去的，两面更有高壁⁷⁷¹在那里，他知道这路是从一条小山中开辟⁷⁷²出来的。他刚才走来的那条大道，便是这山的岭脊⁷⁷³，十字路当作了中心，与岭脊上的那条大道相交的横路，是两边低斜下去的。在十字路口迟疑了一会，他就取了那一条向南斜下的路走去。走尽了两面的高壁，他的去路就穿入⁷⁷⁴大平原去，直通

---

⁷⁵⁹ 饥饿 – jī'è – hunger; starvation
⁷⁶⁰ 零食 – língshí – between-meal snacks
⁷⁶¹ 充饥 – chōngjī – allay/appease/satisfy one's hunger
⁷⁶² 袋 – dài – pocket
⁷⁶³ 剩 – shèng – left; remaining
⁷⁶⁴ 乡下 – xiāngxia – country; countryside
⁷⁶⁵ 零碎 – língsuì – scrappy; fragmentary; piecemeal
⁷⁶⁶ 交叉 – jiāochā – cross; intersect; intersection
⁷⁶⁷ 横交 – héngjiāo – cross
⁷⁶⁸ 自北趋南 – zì běi qū nán – form (自) the north (北) to (趋) the south (南)
⁷⁶⁹ 稀少 – xīshǎo – few; rare; scarce; few and far between
⁷⁷⁰ 斜低 – xié dī – slanting down
⁷⁷¹ 高壁 – gāobì – high (高) wall (壁)
⁷⁷² 开辟 – kāipì – open up; hew out
⁷⁷³ 岭脊 – lǐngjǐ – ridges
⁷⁷⁴ 穿入 – chuānrù – penetrate (穿) into (入)

到彼岸⁷⁷⁵的市内。平原的彼岸有一簇深林⁷⁷⁶，划⁷⁷⁷在碧空⁷⁷⁸的心里，他心里想：

"这大约就是Ａ神宫⁷⁷⁹了。"

他走尽了两面的高壁，向左手斜面⁷⁸⁰上一望，见沿⁷⁸¹高壁的那山面上有一道女墙⁷⁸²，围⁷⁸³住着几间茅舍⁷⁸⁴，茅舍的门上悬⁷⁸⁵着了"香雪海⁷⁸⁶"三字的一方匾额⁷⁸⁷。他离开了正路，走上几步，到那女墙的门前，顺手⁷⁸⁸的向门一推⁷⁸⁹，那两扇⁷⁹⁰柴门⁷⁹¹竟自开了。他就随随便便的踏⁷⁹²了进去。门内有一条曲径⁷⁹³，自门口通过了斜面，直达⁷⁹⁴到山上去的。曲径的两旁，有许多老苍⁷⁹⁵的梅树⁷⁹⁶种

---

⁷⁷⁵ 彼岸 – bǐ'àn – the other shore
⁷⁷⁶ 一簇深林 – yīcù shēnlín – a bunch of (一簇) deep (深) forest (林)
⁷⁷⁷ 划 – huà – drawing; marking; delineating
⁷⁷⁸ 碧空 – bìkōng – the azure (碧) sky (空)
⁷⁷⁹ 神宫 – shéngōng – shrine
⁷⁸⁰ 斜面 – – xiémiàn – inclined plane; oblique plane
⁷⁸¹ 沿 – yán – following
⁷⁸² 女墙 – nǚqiáng – parapet wall
⁷⁸³ 围 – wéi – enclosed with; surrounded with
⁷⁸⁴ 茅舍 – máoshè – thatched cottage; cottage
⁷⁸⁵ 悬 – xuán – to hang or suspend
⁷⁸⁶ 香雪海 – Xiāngxuěhǎi – *sea of fragrant snow*, a traditional metaphor for a grove of *mei* (梅), Japanese apricot trees, due to their white flowers in springtime; a scenic spot in 苏州 (Sūzhōu) , 江苏 (Jiāngsū) province
⁷⁸⁷ 匾额 – biǎn'é – horizontal inscribed board
⁷⁸⁸ 顺手 – shùnshǒu – without difficulty; conveniently and easily
⁷⁸⁹ 推 – tuī – push
⁷⁹⁰ 扇 – shàn – quantifier used before doors, windows and fan-shaped objects
⁷⁹¹ 柴门 – cháimén – wooden (柴) door (门)
⁷⁹² 踏 – tà – step on; stamp on; tread on
⁷⁹³ 曲径 – qūjìng – winding (曲) path (径)
⁷⁹⁴ 直达 – zhídá – leading directly to
⁷⁹⁵ 老苍 – lǎocāng – old (老) and dark green (苍)
⁷⁹⁶ 梅树 – méishù – plum tree; Japanese apricot tree

在那里，他知道这就是梅林了。顺了那一条曲径，往北的从斜面上走到山顶[797]的时候，一片同图画似的平地，展开[798]在他的眼前。这园[799]自从山脚[800]上起，跨有朝南的半山斜面，同顶上的一块平地，布置[801]得非常幽雅[802]。

山顶平地的西面是千仞[803]的绝壁[804]，与隔岸[805]的绝壁相对峙[806]，两壁的中间，便是他刚走过的那一条自北趋南的通路。背[807]临[808]着了那绝壁，有一间楼屋，几间平屋[809]造在那里。因为这几间屋，门窗都闭在那里，他所以知道这定是为梅花[810]开日，卖酒食用的。楼屋的前面，有一块草地，草地中间，有几方白石，围成了一个花园，圈子里，卧[811]着一枝老梅，那草地的南尽头[812]，山顶的平正要向南斜下去的地方，有一块石碑[813]立在那里，系记

---

[797] 山顶 – shāndǐng – the summit (顶) of a mountain (山); top of a mountain; hilltop
[798] 展开 – zhǎnkāi – unfold before one's eyes; emerge
[799] 园 – yuán – an area of land for growing plants
[800] 山脚 – shānjiǎo – foot (脚) of a hill (山); piedmont
[801] 布置 – bùzhì – make arrangements for; assign
[802] 幽雅 – yōuyǎ – serene and graceful
[803] 千仞 – qiānrèn – extremely high;
仞 – an ancient measure of length equal to about 2 meters or 8 feet
[804] 绝壁 – juébì – precipice; cliff
[805] 隔岸 – gé àn – the opposite
[806] 对峙 – duìzhì – stand facing each other; confront each other
[807] 背 – bèi – with the back facing (towards)
[808] 临 – lín – to face; to overlook;
[809] 平屋 – píngwū – single-storey house
[810] 梅花 – méihuā – plum blossom (in the early spring)
[811] 卧 – wò – lie
[812] 南尽头 – nán jìntóu – in the end (尽头) of the south (南) direction
[813] 石碑 – shíbēi – stone tablet (for inscription); monument

⁸¹⁴这梅林的历史的。他在碑前的草地上坐下之后，就把买来的零食拿出来吃了。

吃了之后，他兀兀⁸¹⁵的在草地上坐了一会。四面并无人声，远远的树枝上，时有一声两声的鸟鸣⁸¹⁶声飞来。他仰起头⁸¹⁷来看看澄清的碧落，同那皎洁⁸¹⁸的日轮⁸¹⁹，觉得四面的树枝房屋，小草⁸²⁰飞禽⁸²¹，都一样的在和平的太阳光里，受大自然的化育⁸²²。他那昨天晚上的犯罪的记忆，正同远海⁸²³的帆影⁸²⁴一般，不知消失到那里去了。这梅林的平地上和斜面上，叉⁸²⁵来叉去的曲径很多。他站起来走来走去的走了一会，方晓得⁸²⁶斜面上梅树的中间，更有一间平屋造在那里。从这一间房屋往东的走去几步，有眼古井⁸²⁷，埋⁸²⁸在松叶堆⁸²⁹中。他摇摇⁸³⁰井上的唧筒⁸³¹看，呷呷⁸³²的响了几声，却抽⁸³³不起水来。他心里想：

---

⁸¹⁴ 系记 – xì jì – is (系) used to record (记); 系: the formal use of 是
⁸¹⁵ 兀兀 – wùwù – motionless
⁸¹⁶ 鸣 – míng – (of birds, animals or insects) cry
⁸¹⁷ 仰起头 – yǎngqǐ tóu – raise one's head
⁸¹⁸ 皎洁 – jiǎojié – (of moonlight) bright and clear; bright
⁸¹⁹ 日轮 – rìlún – solar disk; the sun
⁸²⁰ 小草 – xiǎocǎo – grass
⁸²¹ 飞禽 – fēiqín – birds
⁸²² 化育 – huàyù – nutriment; nourishment
⁸²³ 远海 – yuǎnhǎi – far off sea
⁸²⁴ 帆影 – fānyǐng – the shadow of sailing ship
⁸²⁵ 叉 – chā – crossing
⁸²⁶ 晓得 – xiǎodé – know; see
⁸²⁷ 古井 – gǔjǐng – ancient (古) well (井)
　　　　有眼古井: there is a well; 眼 is a quantifier used before the well
⁸²⁸ 埋 – mái – bury
⁸²⁹ 松叶堆 – sōngyèduī – a pile (堆) of pine needle (松叶)
⁸³⁰ 摇摇 – yáoyáo – shake
⁸³¹ 唧筒 – jītǒng – the pump

"这园大约[834]只有梅花开的时候，开放[835]一下，平时总没有人住的。"

到这时他又自言自语的说：

"既然空在这里，我何妨[836]去向园主人去借住[837]借住。"想定了主意，他就跑下山来，打算去寻园主人去。他将走到门口的时候，却好遇见了一个五十来岁的农夫走进园来。他对那农夫道歉[838]之后，就问他说：

"这园是谁的，你可知道？"

"这园是我经管[839]的。"

"你住在什么地方的？"

"我住在路的那面。"

一边这样的说，一边那农民指[840]着通路西边的一间小屋给他看。他向西一看，果然[841]在西边的高壁尽头的地方，有一间小屋在那里。他点了点头，又问说：

"你可以把园内的那间楼屋租[842]给我住住么？"

---

[832] 呷呷 － gāgā － onomatopoeic word to describe the sound of pumping
[833] 抽 － chōu － pump (the water)
[834] 大约 － dàyuē － approximately; about
[835] 开放 － kāifàng － open to the public
[836] 何妨 － héfáng － why not; might as well
[837] 借住 － jièzhù － lodge
[838] 道歉 － dàoqiàn － apologize to; make apology to
[839] 经管 － jīngguǎn － be in charge of
[840] 指 － zhǐ － point at; point to
[841] 果然 － guǒrán － really; as expected; as things turn out
[842] 租 － zū － rent; lease

"可是可以的，你只一个人么？"

"我只一个人。"

"那你可不必搬来的。"

"这是什么缘故呢？"

"你们学校里的学生，已经有几次搬来过了，大约都因为冷静[843]不过，住不上十天，就搬走的。"

"我可同别人不同，你但能[844]租给我，我是不怕冷静的。"

"这样那里有不租的道理，你想什么时候搬来？"

"就是今天午后罢。"

"可以的，可以的。"

"请你就替我扫[845]一扫干净，免得[846]搬来之后着忙。"

"可以可以。再会！"

"再会！"

---

[843] 冷静 – lěngjìng – lonely; desolate; deserted; quiet
[844] 但能 – dànnéng – if
[845] 扫 – sǎo – sweep
[846] 免得 – miǎnde – so as not to; so as to avoid

六

搬进了山上梅园之后，他的忧郁症又变起形状来了。

他同他的北京的长兄，为了一些儿细事，竟生起龃龉来。他发了一封长长的信，寄到北京，同他的长兄绝了交[847]。

那一封信发出之后，他呆呆的在楼前草地上想了许多时候。他自家想想看，他便是世界上最不幸[848]的人了。其实这一次的决裂[849]，是发始于[850]他的。同室操戈[851]，事更甚于他姓[852]之相争[853]，自此[854]之后，他恨他的长兄竟同蛇蝎[855]一样，他被他人欺侮[856]的时候，每把他长兄拿出来作比：

"自家的弟兄，尚且[857]如此，何况[858]他人呢！"

---

[847] 绝交 – juéjiāo – break off relations (as between friends or countries)

[848] 不幸 – bùxìng – misfortune; bad (ill) luck; unfortunate

[849] 决裂 – juéliè – break with

[850] 发始于 – fāshǐ yú – because of

[851] 同室操戈 – tóngshì cāogē – family members (同室) drawing (操) swords (戈) on each other; fratricidal strife; fight against one's own men; internal strife; internecine fight

[852] 他姓 – tā xìng – the other (他) surnames (姓); external (strife)

[853] 相争 – xiāngzhēng – disaccord; conflicting; strife

[854] 自此 – zìcǐ – from this time on

[855] 蛇蝎 – shéxiē – snakes (蛇) and scorpions (蝎); vicious people

[856] 欺侮 – qīwǔ – bully; humiliate; browbeat

[857] 尚且 – shàngqiě – even

[858] 何况 – hékuàng – much less; let alone

他每达到这一个结论859的时候，必860尽861把他长兄待862他苛刻863的事情，细细回想出来。把各种过去的事迹864，列举865出来之后，就把他长兄判决866是一个恶人867，他自家是一个善人868。他又把自家的好处列举出来，把他所受的苦处869，夸大870的细数871起来。他证明872得自家是一个世界上最苦的人的时候，他的眼泪就同瀑布873似的流下来。他在那里哭的时候，空中好像有一种柔和874的声音在对他说：

"啊呀，哭的是你么？那真是冤屈875了你了。像你这样的善人，受世人876的那样的虐待877，这可真是冤屈了你了。罢了罢了878，这也是天命，你别再哭了，怕伤害了你的身体！"

他心里一听到这一种声音，就舒畅879起来。他觉得悲苦880的中间，也有无穷的甘味881在那里。

---

859 结论 – jiélùn – conclusion
860 必 – bì – must
861 尽 – jìn – to the greatest extent; at the furthest end of
862 待 – dài – treat; deal with
863 苛刻 – kēkè – harsh; severe
864 事迹 – shìjì – deeds
865 列举 – lièjǔ – list; specify; bring up one by one
866 判决 – pànjué – adjudicate; adjudge
867 恶人 – èrén – evil (恶) person (人); villain
868 善人 – shànrén – nice (善) person (人); well-doer
869 苦处 – kǔchù – suffering; hardship
870 夸大 – kuādà – exaggerate; overstate; magnify
871 细数 – xì shǔ – detailed (细) list (数)
872 证明 – zhèngmíng – prove; testify; bear out
873 瀑布 – pùbù – waterfall; falls
874 柔和 – róuhé – soft; gentle; mild
875 冤屈 – yuānqū – wrong; treat unjustly
876 世人 – shìrén – common people
877 虐待 – nüèdài – maltreat; ill-treat; tyrannize
878 罢了 – bàle – let it go at that; forget it; drop it; leave it at that

他因为想复他长兄的仇，所以就把所学的医科丢弃[882]了，改入文科[883]里去，他的意思，以为医科是他长兄要他改的，仍旧[884]改回文科，就是对他长兄宣战[885]的一种明示[886]。并且他由医科改入文科，在高等学校须[887]迟[888]卒业一年。他心里想，迟卒业一年，就是早死一岁，你若因此迟了一年，就到死可以对你长兄含一种敌意[889]。因为他恐怕一二年之后，他们兄弟两人的感情，仍旧要和好起来；所以这一次的转科[890]，便是帮他永久敌视[891]他长兄的一个手段[892]。

气候渐渐儿的寒冷起来，他搬上山来之后，已经有一个月了，几日来天气阴郁[893]，灰色的层云[894]，天天挂在空中。寒冷的北风吹来的时候，梅林的树叶，每息索息索的飞掉下来[895]。初搬来的时候，他卖了些旧书，买了许多烩饭[896]的器具，自家烧了一

[879] 舒畅 – shūchàng – entirely free from worry; happy; relieved
[880] 悲苦 – bēikǔ – sadness (悲) and bitterness (苦)
[881] 甘味 – gānwèi – sweet
[882] 丢弃 – diūqì – discard; abandon; give up
[883] 文科 – wénkē – liberal arts
[884] 仍旧 – réngjiù – still; yet
[885] 宣战 – xuānzhàn – declare (宣) war (战); proclaim war; declaration of war
[886] 明示 – míngshì – express (示) explicitly (明)
[887] 须 – xū – must; have to
[888] 迟 – chí – late; delayed
[889] 敌意 – díyì – hostility; enmity; animosity
[890] 转科 – zhuǎnkē – change (转) major (科)
[891] 敌视 – díshì – stand against; be hostile to; be antagonistic to; adopt a hostile attitude towards
[892] 手段 – shǒuduàn – means; method; approach
[893] 阴郁 – yīnyù – gloomy; dismal; depressed
[894] 层云 – céngyún – stratus; stratus cloud; multiple layers of clouds
[895] 飞掉下来 – fēidiào xiàlái – fall down
[896] 烩饭 – huìfàn – rice cooked with vegetables; rice served with meat and vegetables on top

个月饭，因为天冷了，他也懒得烧了。他每天的伙食[897]，就一切包给了山脚下的园丁家[898]包办[899]，所以他近来只同退院[900]的闲僧[901]一样，除了怨人[902]骂己之外，更没有别的事情了。

有一天早晨，他侵早[903]的起来，把朝东的窗门开了之后，他看见前面的地平线上有几缕[904]红云，在那里浮荡[905]。东天半角[906]，反照[907]出一种银红的灰色。因为昨天下了一天微雨[908]，所以他看了这清新的旭日[909]，比平日更添了几分欢喜。他走到山的斜面上，从那古井里汲[910]了水，洗了手面之后，觉得满身的气力，一霎时都回复了转来的样子。他便跑上楼去，拿了一本黄仲则[911]的诗集下来，一边高声朗读[912]，一边尽在那梅林的曲径里，跑来跑去的跑圈子。不多一会，太阳起来了。

---

[897] 伙食 – huǒshí – food for meals
[898] 园丁家 – yuándīng jiā – the gardener's (园丁) house (家)
[899] 包办 – bāobàn – run the whole show; take everything on oneself; be responsible for; take care of everything concerning a job
[900] 退院 – tuìyuàn – (monks) separate oneself from the monastery
[901] 闲僧 – xiánsēng – the idle (闲) monks (僧)
[902] 怨人 – yuànrén – blame (complain) (怨) others (人)
[903] 侵早 – qīnzǎo – morning; same as 清早 (qīngzǎo), which is more often used in modern Chinese
[904] 缕 – lǔ – wisp; strand; lock
[905] 浮荡 – fúdàng – float in the air
[906] 东天半角 – dōngtiān bànjiǎo – half angle (半角) of the east (东) sky (天)
[907] 反照 – fǎnzhào – reflection of light
[908] 微雨 – wēiyǔ – drizzle; sprinkle
[909] 旭日 – xùrì – the rising sun; the morning sun
[910] 汲 – jí – draw (water from a well)
[911] 黄仲则 – Huáng Zhòngzé – a gifted Qing Dynasty poet who lived a short life from 1749 to 1783, during a period of prosperity with Emperor 乾隆 (Qián Lóng) as ruler of China
[912] 朗读 – lǎngdú – read aloud; read loudly and clearly

从他住的山顶向南方看去，眼下看得出一大平原。平原里的稻田，都尚未收割[913]起。金黄的谷色[914]，以[915]绀碧[916]的天空作了背景，反映[917]着一天太阳的晨光，那风景正同看密来[918]（Millet）的田园清画[919]一般。他觉得自家好像已经变了几千年前的原始基督教徒[920]的样子，对了这自然的默示[921]，他不觉笑起自家的气量[922]狭小[923]起来。

"赦饶[924]了！赦饶了！你们世人得罪[925]于我的地方，我都饶赦了你们罢，来，你们来，都来同我讲和罢！"手里拿着了那一本诗集，眼里浮着了两泓[926]清泪，正对了那平原的秋色，呆呆的立在那里想这些事情的时候，他忽听见他的近边，有两人在那里低声的说：

"今晚上你一定要来的哩[927]！"

这分明[928]是男子的声音。"我是非常想来的，但是恐怕……"他听了这娇滴滴[929]的女子的声音之后，好像是被电气贯

---

[913] 收割 - shōugē - reap; harvest; gather in

[914] 谷色 - gǔsè - the color (色) of unhusked rice (谷)

[915] 以 - yǐ - with

[916] 绀碧 - gànbì - dark red (绀) and blue (碧)

[917] 反映 - fǎnyìng - reflect

[918] 密来 - Mìlái - Jean-François Millet, 1814-1875, a French painter noted for his scenes of peasant farmers

[919] 田园清画 - tiányuán qīnghuà - a beautiful picture of fields and gardens

[920] 基督教徒 - jīdūjiàotú - Christian followers

[921] 默示 - mòshì - tacit declaration

[922] 气量 - qìliàng - (literally quantity of spirit) moral character

[923] 狭小 - xiáxiǎo - narrow; narrow and small

[924] 赦饶 - shè ráo - have mercy on; let someone off; excuse; pardon; forgive

[925] 得罪 - dézuì - offend; displease

[926] 泓 - hóng - row

[927] 哩 - li - particle, same as 啦 (la)

穿⁹³⁰了的样子，觉得自家的血液循环⁹³¹都停止了。原来他的身边有一丛长大的苇草⁹³²生在那里，他立在苇草的右面，那一对男女，大约是在苇草的左面，所以他们两个还不晓得隔⁹³³着苇草，有人站在那里。那男人又说："你心真好，请你今晚上来罢，我们到如今⁹³⁴还没在被窝里睡过觉。"

"………"

他忽然听见两人的嘴唇⁹³⁵，灼灼⁹³⁶的好像在那里吮吸⁹³⁷的样子。

他同偷⁹³⁸了食的野狗⁹³⁹一样，就惊心吊胆⁹⁴⁰的把身子屈倒⁹⁴¹去听了。"你去死罢，你去死罢，你怎么会下流⁹⁴²到这样的地步！"

他心里虽然如此的在那里痛骂自己，然而他那一双尖着的耳朵，却一言半语⁹⁴³也不愿意遗漏⁹⁴⁴，用了全副⁹⁴⁵精神在那里听着。

---

⁹²⁸ 分明 － fēnmíng － clearly; plainly; evidently
⁹²⁹ 娇滴滴 － jiāodīdī － delicately pretty; affectedly sweet
⁹³⁰ 贯穿 － guànchuān － run through; throughout
⁹³¹ 血液循环 － xuèyè xúnhuán － blood (血液) circulation (循环)
⁹³² 苇草 － wěicǎo － reed
⁹³³ 隔 － gé － lie between; separate
⁹³⁴ 如今 － rújīn － nowadays; now
⁹³⁵ 嘴唇 － zuǐchún － lip
⁹³⁶ 灼灼 － zhuózhuó － shining; brilliant
⁹³⁷ 吮吸 － shǔnxī － suck
⁹³⁸ 偷 － tōu － steal; burglarize; make off with
⁹³⁹ 野狗 － yěgǒu － wild dog
⁹⁴⁰ 惊心吊胆 － jīngxīn-diàodǎn － extremely scared or worried
⁹⁴¹ 屈倒 － qūdǎo － bent down
⁹⁴² 下流 － xiàliú － low-down; mean; near the bone; obscene; dirty
⁹⁴³ 一言半语 － yīyán-bànyǔ － (成语) a word or two

地上的落叶索息索息的响了一下。

解衣带[946]的声音。

男人嘶嘶[947]的吐了几口气。

舌尖[948]吮吸的声音。

女人半轻半重[949]，断断续续[950]的说：

"你！……你！……你快……快……罢。……别……别……别被人……被人看见了。"

他的面色，一霎时的变了灰色了。他的眼睛同火也似的红了起来。他的上腭骨[951]同下腭骨[952]呷呷的发起颤来。他再也站不住了。他想跑开去，但是他的两只脚，总不听他的话。他苦闷了一场[953]，听听两人出去了之后，就同落水[954]的猫狗一样，回到楼上房里去，拿出被窝来睡了。

---

[944] 遗漏 – yílòu – omit; leave out

[945] 全副 – quánfù – complete; full

[946] 解衣带 – jiě yīdài – undo/unfasten (解) the straps (带) of the clothes (衣)

[947] 嘶嘶 – sīsī – an onomatopoeic word to describe the sound of breathing

[948] 舌尖 – shéjiān – the tip (尖) of the tongue (舌)

[949] 半轻半重 – bàn qīng bàn zhòng – sometimes low, sometimes loud

[950] 断断续续 – duànduàn-xùxù – (成语) continue from time to time; intermittently; on and off

[951] 上腭骨 – shàng'è gǔ – upper jaw bone; supramaxillary

[952] 下腭骨 – xiàè gǔ – lower jaw bone; mandibula

[953] 场 – chǎng – (for the duration of something) spell; period; course

[954] 落水 – luòshuǐ – to fall into water; (figuratively) to degenerate; to sink (into depravity)

七

　　他饭也不吃，一直在被窝里睡到午后四点钟的时候才起来。那时候夕阳[955]洒满了远近。平原的彼岸的树林里，有一带苍烟[956]，悠悠扬扬的笼罩在那里。他踉踉跄跄[957]的走下了山，上了那一条自北趋南的大道，穿过了那平原，无头无绪[958]的尽是[959]向南的走去。走尽了平原，他已经到了神宫前的电车停留处[960]了。那时候却好从南面有一乘[961]电车到来，他不知不觉就跳了上去，既[962]不知道他究竟为什么要乘电车，也不知道这电车是往什么地方去的。

　　走了十五六分钟，电车停了，运车的[963]教他换车，他就换了一乘车。走了二三十分钟，电车又停了，他听见说是终点[964]了，他就走了下来。他的前面就是筑港[965]了。

---

955 夕阳 – xīyáng – the setting sun
956 苍烟 – cāngyān – grayish clouds
957 踉踉跄跄 – liàngliàng-qiàngqiàng – （成语) staggering; stumble along; stumbling and wavering
958 无头无绪 – wútóu-wúxù – with no clue; aimlessly
959 尽是 – jìnshì – completely; always
960 停留处 – tíngliúchù – parking place
961 乘 – chéng – quantifier used for buses; same as 趟 (tàng), which is more often used in modern Chinese
962 既 … 也 … – jì … yě … – not only … but also …
963 运车的 – yùnchē de – the driver
964 终点 – zhōngdiǎn – destination
965 筑港 – zhùgǎng – a harbor; port

前面一片汪洋⁹⁶⁶的大海，横⁹⁶⁷在午后的太阳光里，在那里微笑。超海而南⁹⁶⁸有一条青山，隐隐的浮在透明的空气里，西边是一脉⁹⁶⁹长堤⁹⁷⁰，直驰⁹⁷¹到海湾的心里去。堤外⁹⁷²有一处灯台⁹⁷³，同巨人似的，立在那里。几艘⁹⁷⁴空船和几只舢板⁹⁷⁵，轻轻的在系⁹⁷⁶着的地方浮荡。海中近岸的地方，有许多浮标⁹⁷⁷，饱受⁹⁷⁸了斜阳⁹⁷⁹，红红的浮在那里。远处风来，带着几句单调⁹⁸⁰的话声，既听不清楚是什么话，也不知道是从那里来的。

他在岸边上走来走去走了一会，忽听见那一边传过了一阵击磬⁹⁸¹的声来。他跑过去一看，原来是为唤⁹⁸²渡船⁹⁸³而发的。他立

---

⁹⁶⁶ 汪洋 － wāngyáng － (of the sea) vast; boundless

⁹⁶⁷ 横 － héng － crossing; traversing

⁹⁶⁸ 超海而南 － chāo hǎi ér nán － over (超) the sea (海) in the south (南)
　　　　而 － auxiliary word with no actual meaning

⁹⁶⁹ 脉 － mài － quantifier used before vein-like objects

⁹⁷⁰ 长堤 － chángdī － long (长) embankment (堤)

⁹⁷¹ 直驰 － zhíchí － directly (直) extend (驰) to

⁹⁷² 堤外 － dī wài － over (外) the dike (堤)

⁹⁷³ 灯台 － dēngtái － lampstand; light stand

⁹⁷⁴ 艘 － sōu － classifier for ships

⁹⁷⁵ 舢板 － shānbǎn － sampan; a small flat bottomed Chinese wooden boat 3.5 to 4 meters long

⁹⁷⁶ 系 － xì － tie; fasten; do up

⁹⁷⁷ 浮标 － fúbiāo － buoy; buoyage; float rod; floating beacon; floating mark

⁹⁷⁸ 饱受 － bǎoshòu － suffer (受) to the fullest extent (饱); to endure; to be subjected to

⁹⁷⁹ 斜阳 － xiéyáng － setting sun

⁹⁸⁰ 单调 － dāndiào － monotonous; dull; monotony; humdrum; monotone

⁹⁸¹ 击磬 － jī qìng － hit (击) chime stone (磬); 磬: an ancient instrument made of stone

⁹⁸² 唤 － huàn － call out

⁹⁸³ 渡船 － dùchuán － ferryboat; ferry

了一会，看有一只小火轮[984]从对岸过来了。跟着了一个四五十岁的工人，他也进了那只小火轮去坐下了。

渡[985]到东岸之后，上前走了几步，他看见靠岸有一家大庄子[986]在那里。大门开得很大，庭内的假山花草[987]，布置得楚楚[988]可爱。他不问是非[989]，就踱[990]了进去。走不上几步，他忽听得前面家中有女人的娇声叫他说：

"请进来呀！"他不觉惊[991]了一下，就呆呆的站住了。他心里想：

"这大约就是卖酒食的人家，但是我听见说，这样的地方，总有妓女[992]在那里的。"

一想到这里，他的精神就抖擞[993]起来，好像是一桶[994]冷水浇[995]上身来的样子。他的面色立时[996]变了。要想进去又不能进去，要想出来又不得出来；可怜他那同兔儿似的小胆[997]，同猿猴[998]似的淫心[999]，竟把他陷[1000]到一个大大的难境[1001]里去了。

"进来吓[1002]！请进来吓！"

里面又娇滴滴的叫了起来，带着笑声。

"可恶东西，你们竟敢欺[1003]我胆小么？"

这样的怒[1004]了一下，他的面色更同火也似的烧了起来。咬紧了牙齿，把脚在地上轻轻的蹬[1005]了一蹬，他就捏了两个拳头[1006]，向前进去，好像是对了那几个年轻的侍女[1007]宣战的样子。但是他那青一阵红一阵[1008]的面色，和他的面上的微微儿在那里震动[1009]的筋肉，总隐藏[1010]不过。他走到那几个侍女的面前的时候，几乎要同小孩似的哭出来了。

"请上来！"

"请上来！"

---

[998] 猿猴 – yuánhóu – ape; apes and monkeys

[999] 淫心 – yínxīn – loose in morals; lascivious; licentious; lewd; lustful

[1000] 陷 – xiàn – get stuck; bogged down; entrapped

[1001] 难境 – nánjìng – difficult position; predicament; straits; dilemma; plight

[1002] 吓 – xià – exclamation word; same as 吧 (ba), which is more often used in modern Chinese

[1003] 欺 – qī – bully; to deceive; to cheat; to take unfair advantage of

[1004] 怒 – nù – angry; raged; in indignation

[1005] 蹬 – dēng – to tread on; to step on

[1006] 拳头 – quántou – fist

[1007] 侍女 – shìnǔ – maid; maidservant

[1008] 青一阵红一阵 – qīng yīzhèn hóng yīzhèn – (of one's facial expressions) dark (青) for a while (一阵) and red (红) for a while (一阵), indicating one's embarrassment or anger

[1009] 震动 – zhèndòng – shake; shock; vibrate; tremble

[1010] 隐藏 – yǐncáng – hide; conceal; remain under cover; go into hiding

他硬了头皮[1011]，跟了一个十七八岁的侍女走上楼去，那时候他的精神已经有些镇静[1012]下来了。走了几步，经过一条暗暗[1013]的夹道[1014]的时候，一阵恼人[1015]的花粉香气[1016]，同日本女人特有的一种肉的香味，和头发上的香油气息[1017]合作[1018]了一处，哼[1019]的扑[1020]上他的鼻孔[1021]来。他立刻觉得头晕[1022]起来，眼睛里看见了几颗火星[1023]，向后边跌[1024]也似的退了一步。他再定睛[1025]一看，只见他的前面黑暗暗的中间，有一长圆形的女人的粉面[1026]，堆[1027]着了微笑，在那里问他说：

　　"你！你还是上靠海的地方呢？还是怎样？"

[1011] 硬了头皮 – yìngle tóupí – toughen (硬) one's scalp (头皮); brace/force oneself to do something against one's will; braving all rebuffs; put a bold face on it; summon up courage

[1012] 镇静 – zhènjìng – calm; cool; composed; unruffled

[1013] 暗暗 – àn'àn – secretly; dark

[1014] 夹道 – jiádào – a narrow lane; passageway

[1015] 恼人 – nǎorén – irritating; annoying

[1016] 花粉香气 – huāfěn xiāngqì – the fragrant (香) smell (气) of pollen (花粉)

[1017] 香油气息 – xiāngyóu qìxī – the smell (气息) of sesame oil/perfumed oil (香油)

[1018] 合作 – hézuò – mix; blend. In modern Chinese 合作 means: cooperate; collaborate; work together

[1019] 哼 – hēng – an onomatopoeic word to describe the sound of throwing

[1020] 扑 – pū – flap; flutter
　　　扑鼻 – assail the nostrils

[1021] 鼻孔 – bíkǒng – nostril; naris; nares

[1022] 头晕 – tóuyūn – dizzy; giddy; dizziness; megrim

[1023] 火星 – huǒxīng – Mars

[1024] 跌 – diē – fall; tumble

[1025] 定睛 – dìngjīng – fix one's eyes upon

[1026] 粉面 – fěnmiàn – face with makeup powder

[1027] 堆 – duī – pile up; filled with; full of

他觉得女人口里吐出来的气息，也热和和[1028]的哼上他的面来。他不知不觉把这气息深深[1029]的吸[1030]了一口。他的意识[1031]，感觉到他这行为[1032]的时候，他的面色又立刻红了起来。他不得已只能含含糊糊[1033]的答应[1034]她说：

"上靠海的房间里去。"

进了一间靠海的小房间，那侍女便问他要什么菜。他就回答说：

"随便拿几样来罢。"

"酒要不要？"

"要的。"

那侍女出去之后，他就站起来推开[1035]了纸窗[1036]，从外边放了一阵空气进来。因为房里的空气，沉浊[1037]得很，他刚才在夹道中闻过的那一阵女人的香味，还剩在那里，他实在是被这一阵气味压迫[1038]不过了。

[1028] 热和和 － rèhuohuo － warmly
[1029] 深深 － shēnshēn － profoundly; deeply; keenly
[1030] 吸 － xī － breathe in; inhale
[1031] 意识 － yìshí － consciousness
[1032] 行为 － xíngwéi － action; behaviour; conduct; deed
[1033] 含含糊糊 － hánhán-húhú － (成语) evasive; fumble
[1034] 答应 － dáyìng － answer; reply; respond
[1035] 推开 － tuīkāi － push away
[1036] 纸窗 － zhǐchuāng － paper (纸) window (窗)
[1037] 沉浊 － chénzhuó － muddy; turbid
[1038] 压迫 － yāpò － constrain; inhibit; depress; hold back

一湾大海，静静的浮在他的面前。外边好像是起了微风的样子，一片一片地海浪[1039]，受了阳光的返照[1040]，同金鱼的鱼鳞[1041]似的，在那里微动[1042]。他立在窗前看了一会，低声的吟[1043]了一句诗出来：

"夕阳红上海边楼。"

他向西的一望，见太阳离西南的地平线只有一丈[1044]多高了。呆呆的看了一会，他的心想怎么也离不开刚才的那个侍女。她的口里的头上的面上的和身体上的那一种香味，怎么也不容[1045]他的心思去想别的东西。他才知道他想吟诗[1046]的心是假的，想女人的肉体的心是真的了。

停了一会，那侍女把酒菜搬了进来，跪坐[1047]在他的面前，亲亲热热[1048]的替他上酒。他心里想仔仔细细的看她一看，把他的心里的苦闷都告诉了她，然而他的眼睛怎么也不敢平视[1049]她一眼，他的舌根怎么也不能摇动[1050]一摇动。他不过同哑子[1051]一样，偷看

[1039] 海浪 – hǎilàng – sea wave
[1040] 返照 – fǎnzhào – (of the light) reflect
[1041] 鱼鳞 – yúlín – fish scales
[1042] 微动 – wēidòng – slightly (微) move (动)
[1043] 吟 – yín – chant; sing; blurt out (a poem)
[1044] 丈 – zhàng – a unit of length, 1 丈 = approximately 3.3 meters
[1045] 不容 – bùróng – not tolerate; not allow
[1046] 吟诗 – yínshī – recite or compose poetry
[1047] 跪坐 – guì zuò – kneel (跪) down and sit (坐); go down on one's knees
[1048] 亲亲热热 – qīnqīn-rèrè – warmed; affectionate; intimate; warmhearted
[1049] 平视 – píngshì – look at the front horizontally
[1050] 摇动 – yáodòng – wave; shake; move
[1051] 哑子 – yǎzi – a dumb person; mute

看她那搁[1052]在膝上一双纤嫩[1053]的白手，同衣缝里露出来的一条粉红的围裙角[1054]。

　　原来日本的妇人都不穿裤子[1055]，身上贴肉只围着一条短短的围裙。外边就是一件长袖[1056]的衣服，衣服上也没有钮扣[1057]，腰[1058]里只缚[1059]着一条一尺[1060]多宽[1061]的带子，后面结着一个方结[1062]。她们走路的时候，前面的衣服每一步一步的掀开[1063]来，所以红色的围裙，同肥白的腿肉，每能[1064]偷看。这是日本女子特别的美处；他在路上遇见女子的时候，注意的就是这些地方。他切齿的痛骂自己，畜生[1065]！狗贼[1066]！卑怯的人！也便是这个时候。

　　他看了那侍女的围裙角，心头便乱跳起来。愈想同她说话，但愈觉得讲不出话来。大约那侍女是看得不耐烦起来了，便轻轻的问他说：

　　"你府上[1067]是什么地方？"

[1052] 搁 – gē – put; place
[1053] 纤嫩 – xiānnèn – slim; thin; slender; fine; tenuous
[1054] 围裙角 – wéiqúnjiǎo – the corner (角) of the undergarment (围裙)
[1055] 裤子 – kùzi – trousers; pants
[1056] 长袖 – chángxiù – long (长) sleeve (袖)
[1057] 钮扣 – niǔkòu – button
[1058] 腰 – yāo – waist
[1059] 缚 – fù – bind; tie up; fasten
[1060] 尺 – chǐ – a unit of length; 1 尺 = 1/3 meter
[1061] 宽 – kuān – width; breadth
[1062] 方结 – fāngjié – knot
[1063] 掀开 – xiānkāi – open; lift; take off
[1064] 每能 – měi néng – at every turn
[1065] 畜生 – chùsheng – (swear word) beast; dirty swine
[1066] 狗贼 – gǒuzéi – (swear word) son of bitch
[1067] 府上 – fǔshàng – your home; your family

一听了这一句话，他那清瘦苍白[1068]的面上，又起了一层红色；含含糊糊的回答了一声，他呐呐[1069]的总说不出清晰[1070]的回话来。可怜他又站在断头台[1071]上了。

原来日本人轻视[1072]中国人，同我们轻视猪狗[1073]一样。日本人都叫中国人作"支那人"，这"支那人"三字，在日本，比我们骂人的"贱贼[1074]"还更难听，如今在一个如花的少女[1075]前头，他不得不自认说："我是支那人"了。

"中国呀[1076]中国，你怎么不强大起来！"

他全身发起抖来，他的眼泪又快滚下来了。

那侍女看他发颤发得厉害，就想让他一个人在那里喝酒，好教他把精神安镇[1077]安镇，所以对他说：

"酒就快没有了，我再去拿一瓶来罢？"

停了一会他听得那侍女的脚步声又走上楼来。他以为她是上他这里来的，所以就把衣服整了一整，姿势[1078]改了一改。但是他被她欺骗[1079]了。她原来是领[1080]了两三个另外的客人，上间壁的

[1068] 清瘦苍白 – qīngshòu cāngbái – meager (清瘦) and pale (苍白)
[1069] 呐呐 – nànà – slow (in thought or action)
[1070] 清晰 – qīngxī – limpid; vivid; distinct; clear
[1071] 断头台 – duàntóutái – guillotine; scaffold
[1072] 轻视 – qīngshì – despise; look down on; despise; contempt
[1073] 猪狗 – zhūgǒu – pigs (猪) and dogs (狗)
[1074] 贱贼 – jiànzéi – (swear words) shameless bastard
[1075] 少女 – shǎonǚ – young girl; maid; maiden
[1076] 呀 – ya – ah; oh
[1077] 安镇 – ānzhèn – stablize; quiet; settle down
[1078] 姿势 – zīshì – posture; pose; gesture
[1079] 欺骗 – qīpiàn – deceive; cheat; dupe

那一间房间里去的。那两三个客人都在那里对那侍女取笑[1081]，那侍女也娇滴滴的说：

"别胡闹了，间壁还有客人在那里。"

他听了就立刻发起怒来。他心里骂他们说：

"狗才[1082]！俗物[1083]！你们都敢来欺侮我么？复仇复仇，我总要复你们的仇。世间那里有真心的女子！那侍女的负心[1084]东西，你竟敢把我丢[1085]了么？罢了罢了，我再也不爱女人了，我再也不爱女人了。我就爱我的祖国，我就把我的祖国当作了情人罢。"

他马上就想跑回去发愤用功[1086]。但是他的心里，却很羡慕[1087]那间壁的几个俗物。他的心里，还有一处地方在那里盼望[1088]那个侍女再回到他这里来。

他按住了怒，默默的喝干了几杯酒，觉得身上热起来。打开了窗门，他看太阳就快要下山去了。又连[1089]饮[1090]了几杯，他觉得他面前的海景都朦胧起来。西面堤外的灯台的黑影，长大了许

[1080] 领 – lǐng – lead; entertain
[1081] 取笑 – qǔxiào – ridicule; make fun of; poke fun at
[1082] 狗才 – gǒucái – (swear words) a man with a dog's talent; a man of little competence
[1083] 俗物 – súwù – (swear words) a vulgar person, especially someone who makes a conspicuous display of wealth
[1084] 负心 – fùxīn – fail to be loyal to one's love
[1085] 丢 – diū – throw away; abandon; forsake; cast away; discard
[1086] 发愤用功 – fāfèn yònggōng – exert oneself; make a determined effort
[1087] 羡慕 – xiànmù – envy; admire; one's heart warms towards someone
[1088] 盼望 – pànwàng – hope for; long for; yearn for; look forward to; expect; set at
[1089] 连 – lián – successively; continuously; consecutively
[1090] 饮 – yǐn – drink

多。一层茫茫[1091]的薄雾，把海天融混[1092]作了一处。在这一层浑沌[1093]不明的薄纱影[1094]里，西方的将落不落的太阳，好象在那里惜别[1095]的样子。他看了一会，不知道是什么缘故，只觉得好笑。呵呵[1096]的笑了一回，他用手擦擦[1097]自家那火热的双颊[1098]，便自言自语的说：

"醉了醉了！"

那侍女果然进来了。见他红了脸，立在窗口在那里痴笑[1099]，便问他说："窗开了这样大，你不冷的么？"

"不冷不冷，这样好的落照[1100]，谁舍得[1101]不看呢？"

"你真是一个诗人呀！酒拿来了。"

"诗人！我本来是一个诗人。你去把纸笔拿了来，我马上写首诗给你看看。"

[1091] 茫茫 – mángmáng – boundless and indistinct; vast
[1092] 融混 – rónghún – mix together; fusion; blending; merge together
[1093] 浑沌 – húndùn – chaos; innocent; confusions; mess
[1094] 薄纱影 – báoshāyǐng – silky (薄纱) shadow (影)
[1095] 惜别 – xībié – be reluctant to part
[1096] 呵呵 – hēhē – onomatopoeic word to describe the sound of laughing
[1097] 擦擦 – cācā – touch; wipe
[1098] 双颊 – shuāngjiá – cheeks
[1099] 痴笑 – chīxiào – silly (痴) smile (笑)
[1100] 落照 – luòzhào – the glow of the setting sun
[1101] 舍得 – shěde – willing to

那侍女出去了之后，他自家觉得奇怪起来。他心里想："我怎么会变了这样大胆的？"

痛饮[1102]了几杯新拿来的热酒，他更觉得快活[1103]起来，又禁不得[1104]呵呵笑了一阵。他听见间壁房间里的那几个俗物，高声的唱起日本歌来，他也放大了嗓子[1105]唱着说：

> "醉拍阑干酒意寒，江湖寥落又冬残，
>
> 剧怜鹦鹉中州骨，未拜长沙太傅官，
>
> 一饭千金图报易，几人五噫出关难，
>
> 茫茫烟水回头望，也为神州泪暗弹。"

高声的念了几遍，他就在席上醉倒了[1106]。

[1102] 痛饮 – tòngyǐn – drink one's fill; drink to one's heart's content

[1103] 快活 – kuàihuo – happy; merry; cheerful; joyful; joyous

[1104] 禁不得 – jīnbùdé – be overcome by one's feelings; feel an irresistible impulse to; can not control oneself; cannot contain one's feelings; unable to restrain the emotions; cannot refrain from

[1105] 嗓子 – sǎngzi – throat; larynx

[1106] A brief explanation about this poem:

Drunk (醉), I tap (拍) the railing (阑干) and feel chilly (寒) and tipsy (酒意),
Rivers and lakes (江湖) again (又) turn bleak (寥落) in the severe (残) winter (冬).
The poet (剧, referring to Ni Heng, a scholar of the later Han dynasty) with his pity (怜) for the parrot (鹦鹉)
Was put to death – his bones (骨) buried in the Central Province of Jiangxia (中州);
Another youth exiled (未拜) to Changsha (长沙) with the title of the king's tutor (太傅官) (referring to Jia Yi 贾谊, a former Western Han poet)
It's easy (易) to recompense (图报) a life saving meal (一饭)
With a thousand pieces of gold (千金), (referring to Han Xin, a prominient general under the founding of the Former Han dynasty)
How (几人) many could pass through the mountain pass (出关)

without heaving (难) the "Song of Five Sighs" (《五噫》, written by Liang Hong 梁鸿 of the Later Han)

Looking back (回头望) on the vast sea and the past events (茫茫烟水),

Time and time again (也), I shed secret tears (泪暗弹) for (为) my motherland China (神州).

郁达夫

八

　　一醉醒[1107]来，他看看自家睡在一条红绸[1108]的被里，被上有一种奇怪的香气。这一间房间也不很大，但已不是白天的那一间房间了。房中挂着一盏[1109]十烛光[1110]的电灯，枕头[1111]边上摆[1112]着了一壶[1113]茶，两只杯子。他倒了二三杯茶，喝了之后，就踉踉跄跄的走到房外去。他开了门，却好[1114]白天的那侍女也跑过来了。她问他说：

　　"你！你醒了么？"

　　他点了一点头，笑微微[1115]的回答说：

　　"醒了。便所是在什么地方的？"

　　"我领你去罢。"

[1107] 醉醒 – zuì xǐng – regain consciousness (from being drunk); sober up
[1108] 红绸 – hóngchóu – red silk
[1109] 盏 – zhǎn – quantifier used before a lamp
[1110] 烛光 – zhúguāng – candle light; candela
[1111] 枕头 – zhěntou – pillow
[1112] 摆 – bǎi – put; arrange; set in order
[1113] 壶 – hú – quantifier used before tea kettles
[1114] 却好 – quèhǎo – just right; exactly right; by coincidence; same as 恰好 (qiàhǎo), which is more often used in modern Chinese
[1115] 笑微微 – xiàowēiwēi – smile

他就跟了她去。他走过日间的那条夹道的时间，电灯点得明亮得很。远近有许多歌唱的声音，三弦[1116]的声音，大笑的声音传到他耳朵里来。白天的情节[1117]，他都想出来了。一想到酒醉之后，他对那侍女说的那些话的时候，他觉得面上又发起烧[1118]来。从厕所回到房里之后，他问那侍女说："这被是你的么？"

侍女笑着说：

"是的。"

"现在是什么时候了？"

"大约是八点四五十分的样子。"

"你去开了账[1119]来罢！"

"是。"

他付清[1120]了账，又拿了一张纸币[1121]给那侍女，他的手不觉微颤[1122]起来。那侍女说："我是不要的。"

他知道她是嫌少[1123]了。他的面色又涨红了，袋里摸来摸去，只有一张纸币了，他就拿了出来给她说："你别嫌少了，请你收了罢。"

[1116] 三弦 – sānxián – Chinese trichord, a three-stringed plucked instrument
[1117] 情节 – qíngjiē – scene; circumstances
[1118] 发烧 – fāshāo – feel hot; the face turns red; feel shy
[1119] 开账 – kāizhàng – make out a bill
[1120] 付清 – fùqīng – pay in full; pay off; clear a bill
[1121] 纸币 – zhǐbì – paper money; paper currency; cash
[1122] 不觉微颤 – bùjué wēichàn – tremble (颤) slightly (微) unconsciously (不觉)
[1123] 嫌少 – xiánshǎo – not satisfied (嫌) because it's too little (少)

他的手震动得更加厉害，他的话声也颤动起来了。那侍女对他看了一眼，就低声的说：

"谢谢！"

他直的跑下了楼，套[1124]上了皮鞋[1125]，就走到外面来。

外面冷得非常，这一天大约是旧历[1126]的初八九[1127]的样子。半轮寒月[1128]，高挂在天空的左半边[1129]。淡青[1130]的圆形盖[1131]里，也有几点疏星[1132]，散[1133]在那里。

他在海边上走了一回，看看远岸的渔灯，同鬼火[1134]似的在那里招引[1135]他。细浪[1136]中间，映[1137]着了银色的月光，好像是山鬼[1138]的眼波，在那里开闭[1139]的样子。不知是什么道理，他忽想跳入海里去死了。

他摸摸身边看，乘电车的钱也没有了。想想白天的事情看，他又不得不痛骂自己。

[1124] 套 – tào – wear
[1125] 皮鞋 – pixie – leather shoes
[1126] 旧历 – jiùlì – lunar calendar
[1127] 初八九 – chū bā-jiǔ – the eight or ninth of the lunar month
[1128] 半轮寒月 – bànlún hányuè – half (半轮) cold moon (寒月)
[1129] 左半边 – zuǒ bànbiān – the left (左) half (半边) of something
[1130] 淡青 – dànqīng – light blue
[1131] 盖 – gài – cover; here it refers to the sky
[1132] 疏星 – shūxīng – sparse (疏) stars (星)
[1133] 散 – sǎn – scatter
[1134] 鬼火 – guǐhuǒ – will-o'-the-wisp; jack-o'-lantern
[1135] 招引 – zhāoyǐn – attract
[1136] 细浪 – xìlàng – ripple; riffle; wavelet
[1137] 映 – yìng – reflect; mirror; shine
[1138] 山鬼 – shānguǐ – the god (鬼) in charge of mountains (山) in myth
[1139] 开闭 – kāibì – open (开) and close (闭)

"我怎么会走上那样的地方去的？我已经变了一个最下等[1140]的人了。悔也无及[1141]，悔也无及。我就在这里死了罢。我所求的爱情，大约是求不到的了。没有爱情的生涯[1142]，岂不同死灰一样么？唉，这干燥[1143]的生涯，这干燥的生涯，世上的人又都在那里仇视[1144]我，欺侮我，连我自家的亲弟兄，自家的手足，都在那里排挤[1145]我到这世界外去。我将何以为生，我又何必生存在这多苦的世界里呢！"

想到这里，他的眼泪就连连续续[1146]的滴[1147]了下来。他那灰白的面色，竟同死人没有分别了。他也不举[1148]起手来揩揩[1149]眼泪，月光射[1150]到他的面上，两条泪线[1151]，倒变了叶上的朝露一样放起光[1152]来。他回转头来看看他自家的又瘦又长的影子，就觉得心痛起来。

[1140] 下等 － xiàděng － low-grade; inferior
[1141] 悔也无及 － huǐ yě wújí － useless (无及) regret (悔)
[1142] 生涯 － shēngyá － life
[1143] 干燥 － gānzào － difficult; uninteresting
[1144] 仇视 － chóushì － be hostile to; look upon with hatred
[1145] 排挤 － páijǐ － push and squeeze; crowd; edge out; push aside; exclude
[1146] 连连续续 － liánlián-xùxù － continuously; in succession; in a row
[1147] 滴 － dī － drop down
[1148] 举 － jǔ － lift; raise; hold up
[1149] 揩揩 － kāikāi － to wipe
[1150] 射 － shè － send out (light, heat, etc)
[1151] 泪线 － lèixiàn － lines of tears
[1152] 放光 － fàngguāng － outshine

"可怜你这清影[1153]，跟了我二十一年，如今这大海就是你的葬身地[1154]了，我的身子，虽然被人家欺辱[1155]，我可不该累你也瘦弱[1156]到这步田地[1157]的。影子呀影子，你饶[1158]了我罢！"

　　他向西面一看，那灯台的光，一霎变了红一霎变了绿的在那里尽它的本职[1159]。那绿的光射到海面上的时候，海面就现出一条淡青的路来。再向西天一看，他只见西方青苍苍[1160]的天底下，有一颗明星，在那里摇动。

　　"那一颗摇摇不定的明星的底下，就是我的故国[1161]。也就是我的生地。我在那一颗星的底下，也曾[1162]送过十八个秋冬，我的乡土[1163]啊，我如今再也不能见你的面了。"

[1153] 清影 – qīngyǐng – clear shadow
[1154] 葬身地 – zàngshēndì – the burial (葬身) place (地)
[1155] 欺辱 – qīrǔ – bully (欺) and insult (辱)
[1156] 瘦弱 – shòuruò – thin (瘦) and feeble (弱)
[1157] 这步田地 – zhè bù tiándì – such condition; such plight
[1158] 饶 – ráo – forgive
[1159] 本职 – běnzhí – one's job; one's duty
[1160] 青苍苍 – qīngcāngcāng – blue
[1161] 故国 – gùguó – motherland; native countryside
[1162] 曾 – céng – ever
[1163] 乡土 – xiāngtǔ – native (乡) soil (土); motherland

他一边走着，一边尽在那里自伤自悼[1164]的想这些伤心的哀话[1165]。

走了一会，再向那西方的明星看了一眼，他的眼泪便同骤雨[1166]似的落下来了。他觉得四边的景物，都模糊[1167]起来。把眼泪揩了一下，立住[1168]了脚，长叹了一声，他便断断续续的说：

"祖国呀祖国！我的死是你害我的！

"你快富起来！强起来罢！

"你还有许多儿女在那里受苦[1169]呢！"

一九二一年五月九日改作

[1164] 自伤自悼 – zì shāng zì dào – feel grieved alone. 伤, 悼: grieved; sad
[1165] 哀话 – āihuà – doleful (哀) words (话)
[1166] 骤雨 – zhòuyǔ – sudden and heavy (骤) shower (雨); sudden downpour
[1167] 模糊 – móhu – dim; vague; indistinct; obscure; fuzzy; blurred
[1168] 立住 – lìzhù – stop
[1169] 受苦 – shòukǔ – suffer from pain

Chénlún

Zuòzhě: Yù Dáfū

Yī

Tā jìnlái juéde gūlěng de kělián.

Tā de zǎoshú de xìngqíng, jìng bǎ tā jǐdào yǔ shìrén jué bù xiāngróng de jìngdì qù, shìrén yǔ tā de zhōngjiān jiè zài de nà yī dào píngzhàng, yù zhù yù gāo le.

Tiānqì yī tiān yī tiān de qīngliáng qǐlái, tā de xuéxiào kāixué zhīhòu, yǐjīng kuài bàn gè yuè le. Nà yī tiān zhèngshì jiǔ yuè de èrshí'èr rì.

Qíngtiān yī bì, wànlǐ-wúyún, zhōnggǔ chángxīn de jiǎorì, yījiù zài tā de guǐdào shàng, yīchéng yīchéng de zài nàli xíngzǒu. Cóng nánfāng chuīlái de wēifēng, tóng xǐngjiǔ de qióngjiāng yìbān, dàizhe yī zhǒng xiāngqì, yīzhènzhèn de fú shàng miàn lái. Zài huángcāng wèi shú de dàotián zhōngjiān, zài wānqū tóng báixiàn shìde xiāngjiān de guāndào shàngmiàn, tā yī gè rén shǒu li pěngle yī běn liù cùn cháng de Wordsworth de shījí, jìn zài nàli huǎnhuǎn de dúbù. Zài zhè dà píngyuán nèi, sìmiàn bìng wú rényǐng; bùzhī cóng héchù fēilái de yī shēng liǎng shēng de yuǎn fèishēng. Yōuyōu-yángyáng de chuándào tā ěrmó shànglái. Tā yǎnjing líkāile shū, tóng zuòmèng shìde xiàng yǒu quǎnfèi shēng de dìfang kànqù, dàn kànjiànle yī cóng záshù, jǐ chù rénjiā, tóng yúlín shìde wūwǎ shàng, yǒu yīcéng báobáo de shènqìlóu, tóng qīngshā shìde, zài nàli piāodàng.

"Oh, you serene gossamer! You beautiful gossamer!"

Zhèyàng de jiàole yī shēng, tā de yǎnjing li jiù yǒngchū le liǎng háng qīnglèi lái, tā zìjǐ yě bù zhīdào shì shénme yuángù.

Dāidāi de kànle hǎojiǔ, tā hūrán juéde bèi shàng yǒu yīzhèn zǐsè de qìxī chuīlái, xīsuǒ de yī xiǎng, dào páng de yī zhī xiǎocǎo, jìng bǎ tā de mèngjìng dǎpò le, tā huízhuǎn tóu lái yī kàn, nà zhī xiǎocǎo háishì diānyáo bùyǐ, yīzhèn dàizhe zǐluólán qìxī de héfēng, wēnwēiwēi de hēngdào tā nà cāngbái de liǎn shàng lái. Zài zhè qīnghé de zǎoqiū de shìjiè li, zài zhè chéngqīng tòumíng de yītài zhōng, tā de shēntǐ juéde tóng táozuì shìde sūruǎn qǐlái. Tā hǎoxiàng shì shuì zài címǔ huái li de yàngzi. Tā hǎoxiàng shì mèngdào le táohuāyuán li de yàngzi. Tā hǎoxiàng shì zài nánōu de hǎi'àn, tǎng zài qíngrén xī shàng, zài nàli tān wǔshuì de yàngzi.

Tā kànkàn sìbiān, juéde zhōuwéi de cǎomù, dōu zài nàli duì tā wēixiào. Kànkàn cāngkōng, juéde yōujiǔ wúqióng de dàzìrán, wēiwēi de zài nàli diǎntóu. Yī dòng yě bù dòng de xiàng tiān kànle yīhuì, tā juéde tiānkōng zhōng, yǒu yī qún xiǎo tiānshén, bèi shàng chāzhe le chìbǎng, jiān shàng guàzhe le gōngjiàn, zài nàli tiàowǔ. Tā juéde lè jí le. Biàn bùzhī-bùjué kāile kǒu, zìyán-zìyǔ de shuō:

"Zhèli jiùshì nǐ de bìnànsuǒ. Shìjiān de yìbān yōngrén dōu zài nàli dùjì nǐ, qīngxiào nǐ, yúnòng nǐ; zhǐyǒu zhè dàzìrán, zhè zhōnggǔ chángxīn de cāngkōng jiǎorì, zhè wǎnxià de wēifēng, zhè chūqiū de qīngqì, háishì nǐ de péngyou, háishì nǐ de címǔ, háishì nǐ de qíngrén, nǐ yě bùbì zàidào shìshàng qù yǔ nàxiē qīngbó de nánnǚ gòngchǔ qù, nǐ jiù zài zhè dàzìrán de huái li, zhè chúnpǔ de xiāngjiān zhōnglǎole ba."

　　Zhèyàng de shuōle yībiàn, tā juéde zìjiā kělián qǐlái, hǎoxiàng yǒu wànqiān āiyuàn, hénggèn zài xiōng zhōng, yī kǒu shuō bù chūlái de yàngzi. Hánle yī shuāng qīnglèi, tā de yǎnjing yòu kàndào tā shǒu li de shū shàng qù.

> Behold her, single in the field,
>
> You solitary Highland Lass!
>
> Reaping and singing by herself;
>
> Stop here, or gently pass!
>
> Alone she cuts and binds the grain,
>
> And sings a melancholy strain;
>
> O, listen! for the vale profound
>
> Is over flowing with the sound.

　　Kànle zhè yī jié zhīhòu, tā yòu hūrán fānguò yī zhāng lái, tuōtóutuōnǎo de kàndào nà dì-sān jié qù.

> Will no one tell me what she sings?----
>
> Perhaps the plaintive numbers flow
>
> For old, unhappy, far-off things, And battle long ago:
>
> Or is it some more humble lay,
>
> Familiar matter of today?
>
> Some natural sorrow, loss, or pain,
>
> That has been, and may be again?

　　Zhè yěshì tā jìnlái de yī zhǒng xíguàn, kànshū de shíhou, bìng méiyǒu cìxù de. Jǐ bǎi yè de dàshū, gèng kě bùbì shuōle, jiùshì jǐshí yè de xiǎocèzi, rú Àiměishēng de 《Zìránlùn》 (Emerson's 《On Nature》), Shāluó de 《Xiāoyáoyóu》 (Thoreau's 《Ex-cursion》) zhīlèi, yě méiyǒu wánwán-quánquán cóngtóu-zhìwěi de dúwán yī piān guò. Dāng tā qǐchū fānkāi yī cè shū lái kàn de shíhou, dúle sì háng wǔ háng huò yī yè èr yè, tā měi bèi nà yī běn shū gǎndòng, hènbude yào yīkǒuqì bǎ nà yī běn shū tūnxià dùzi li qù de yàngzi, dào dúle sān yè sì yè zhīhòu, tā yòu shēngqǐ yī zhǒng liánxī de xīn lái, tā xīnli sìhū shuō:

　　"Xiàng zhèyàng de qíshū, bù yīnggāi yīkǒuqì jiù bǎ tā niànwán, yào liúzhe xìxìr de jǔjué cáihǎo. Yīxiàzi jiù niànwán le zhīhòu, wǒ de rèwàng yě jiù bùdébù xiāomiè, nà shíhou wǒ jiù méiyǒu hǎowàng, méiyǒu mèngxiǎng le, zěnme shǐde ne?"

　　Tā de nǎo li suīrán yǒu zhèyàng de xiǎngtou, qíshí tā de xīnli zǎoyǒu yīxiēr yànjuàn qǐlái, dàole zhè shíhou, tā zǒng bǎ nà běn shū shōuguò yībiàn, bùzài kàn xiàqù. Guò jǐ tiān huòzhě guò jǐ gè zhōngtóu zhīhòu, tā yòu yòngle mǎnqiāng de rèchén, tóng chūdú nà yī běn shū de shíhou yīyàng de, qù dú lìngwài de shū qù; jǐ rì qián huòzhě jǐ diǎn zhōng qián nàyàng de gǎndòng tā de nà yī běn shū, jiù bùdébù bèi tā yíwàng le.

Fàngdàle shēngyīn bǎ Wèichíwòsī de nà liǎng jié shī dúle yībiàn zhīhòu, tā hūrán xiǎng bǎ zhè yī shǒu shī yòng Zhōngguówén fānyì chūlái.

"Gūjì de gāoyuán yìdào Zhě" tā xiǎngxiǎng kàn, 《 The Solitary Highlandreaper》 shītí zhǐyǒu rúcǐ de yifǎ.

> "Nǐ kàn nàge nǚháir, tā zhǐ yī gè rén zài tián li,
> Nǐ kàn nàbiān de nàge gāoyuán de nǚháir, tā zhǐ yī gè rén lěngqīngqīng de!
> Tā yībiān yìdào, yībiān zài nàr chàngzhe bùyǐ;
> Tā hūr tíngle, hū'ér yòu guòqùle, qīngyíng tǐtài, fēngguāng xìnì!
> Tā yī gè rén, yìle, yòu chóng bǎ dàor kǔnqǐ,
> Tā chàng de shāngē, pō yǒuxiēr bēiliáng de qíngwèi;
> Tīng ya tīng ya! Zhè yōugǔ shēnshēn,
> Quán chōngmǎn le tā de gēchàng de qīngyīn.
> Yǒurén néng shuō fǒu, tā chàngde jiū shì shénme?
> Huòzhě tā nà wànqiān de chīhuà
> Shì chàngzhe qián dài de āigē,
> Huòzhě shì qiáncháo de zhànshì, qiānbīng-wànmǎ;
> Huòzhě shì xiē fāngjiān de súqǔ
> Biànshì mùqián de jiācháng xiánshuō?
> Huòzhě shì xiē tiānrán de āiyuàn, bìrán de sāngkǔ, zìrán de bēichǔ.
> Zhèxiē shì suī shì guòqù de huísī, jiānglái xiǎng yìbì yǒu rén zhīsù."

Tā yīkǒuqì yìle chūlái zhīhòu, hū yòu juéde wúliáo qǐlái, biàn zì cháo zì mà de shuō:

"Zhè suànshì shénme dōngxi ya, qǐ bù tóng jiàohuì li de zànměi gē yīyàng de fáwèi me?

"Yīngguó shī shì Yīngguó shī, Zhōngguó shī shì Zhōngguó shī, yòu hébì yì lái duì qù ne!"

Zhèyàng de shuōle yī jù, tā bùzhī-bùjué biàn wēiwēir de xiàole qǐlái. Xiàng sìbiān yī kàn, tàiyáng yǐjīng dǎxié le; dà píngyuán de bǐ'àn, xībian de dìpíngxiàn shàng, yǒu yī zuò gāoshān, fú zài nàli, bǎoshòule yī tiān cánzhào, shān de zhōuwéi yùnniàngchéng yīcéng méngméng-lónglóng de lánqì, fǎnshèchū yī zhǒng zǐ bù zǐ hóng bù hóng de yánsè lái.

Tā zhèngzài nàli chūshén dāikàn de shíhou, hēng de késòule yī shēng, tā de bèihòu hūrán láile yī gè nóngfū. Huítóu yī kàn, tā jiù bǎ tā liǎn shàng de xiàoróng zhuānggǎile yī fù yōuyù de miànsè, hǎoxiàng tā de xiàoróng shì pà bèi rén kànjiàn de yàngzi.

Tā de yōuyùzhèng yù nào yù shèn le.

Tā juéde xuéxiào li de jiàokēshū, wèitóng-jiáolà, háowú bàndiǎn shēngqù. Tiānqì qīnglǎng de shíhou, tā měi pěngle yī běn àidú de wénxué shū, pǎodào rénjì-hǎnzhì de shānyāo shuǐpàn, qù tān nà gūjì de shēnwèi qù. Zài wànlài-jùjì de shùnjiān, zài tiān shuǐ xiāngyìng de dìfang, tā kànkàn cǎomù chóngyú, kànkàn báiyún bìluò, biàn juéde zìjiā shì yī gè gūgāo àoshì de xiánrén, yī gè chāorán dúlì de yǐnzhě. Yǒushí zài shānzhōng yùzhe yī gè nóngfū, tā biàn bǎ zìjǐ dāngzuòle Zaratustra, bǎ Zaratustra suǒshuō de huà, yě zài xīnli duì nà nóngfū jiǎng le. Tā de Megalomania yě tóng tā de Hypochondria chéngle zhèngbǐlì, yī tiān yī tiān de zēngjiā qǐlái. Tā jìngyǒu jiēlián sì-wǔ tiān bù shàng xuéxiào qù tīngjiǎng de shíhou.

Yǒushíhou dào xuéxiào li qù, tā měi juéde zhòngrén dōu zài nàli níngshì tā de yàngzi. Tā bì lái bì qù xiǎng bì tā de tóngxué, rán'ér wúlùn dàole shénme dìfang, tā de tóngxué de yǎnguāng, zǒng hǎoxiàng huáile èyì, shè zài tā de bèijǐ shàngmiàn.

Shàngkè de shíhou, tā suīrán zuò zài quán bān xuéshēng de zhōngjiān, rán'ér zǒng juéde gūdú de hěn; zài chóurén-guǎngzhòng zhīzhōng, gǎn dé de zhèzhǒng gūdú, dàobǐ yī gè rén zài lěngqīng de dìfang, gǎn dé de nàzhǒng gūdú, hái gèng nánshòu. Kànkàn tā de tóngxué kàn, yī gègè dōushì xìnggāo-cǎiliè de zài nàli tīng xiānsheng de jiǎngyì, zhǐyǒu tā yī gè rén shēntǐ suīrán zuò zài jiǎngtáng lǐtou, xīnsi què tóng fēi yún shì diàn yībān, zài nàli zuò wúbiān-wújì de kōngxiǎng.

Hǎo róngyì xiàkè de zhōngshēng xiǎng le! Xiānsheng tuìqù zhīhòu, tā de tóngxué shuōxiào de shuōxiào, tántiān de tántiān, gègè dōu tóng chūn lái de yànquè shìde, zài nàli zuòle; zhǐyǒu tā yī gè rén suǒle chóuméi, shégēn hǎoxiàng bèi qiān jūn de jùshí chuízhù de yàngzi, wùde bù zuò yī shēng. Tā yě hěn xīwàng tā de tóngxué lái duì tā jiǎng xiē xiánhuà, rán'ér tā de tóngxué què dōu zìjiā guǎn zìjiā de qù xún huānlè qù, yī jiànle tā nà yī fù chóuróng, méiyǒu yī gè bù bàotóu bēnsàn de, yīncǐ tā yùjiā yuàn tā de tóngxué le.

"Tāmen dōu shì Rìběnrén, tāmen dōushì wǒ de chóudí, wǒ zǒngyǒu yī tiān lái fùchóu, wǒ zǒngyào fù tāmen de chóu.

Yī dàole bēifèn de shíhou, tā zǒng zhèyàng de xiǎng de, rán'ér dàole ānjìng zhīhòu, tā yòu bùdébù cháomà zìjiā shuō:

"Tāmen dōushì Rìběnrén, tāmen duì nǐ dāngrán shì méiyǒu tóngqíng de, yīnwèi nǐ xiǎng dé tāmen de tóngqíng, suǒyǐ nǐ yuàn tāmen, zhè qǐbùshì nǐ zìjiā de cuòwù me?"

Tā de tóngxué zhōng de hàoshì zhě, yǒushíhou yě yǒu rén lái xiàng tā shuōxiào de, tā xīnli suīrán fēicháng gǎnjī, xiǎng tóng nà yī gè rén tán jǐ jù zhīxīn de huà, rán'ér kǒuzhōng zǒng shuō bù chū shénme huà lái; suǒyǐ yǒu jǐ gè jiě tā de yì de rén, yě bùdébù tóng tā shūyuǎn le.

Tā de tóngxué Rìběnrén zài nàli huānxiào de shíhou, tā zǒng yí tāmen shì zài nàli xiào tā, tā jiù yīshàshí de hóngqǐliǎnlái. Tāmen zài nàli tántiān de shíhou, ruò yǒu ǒurán kàn tā yī yǎn de rén, tā yòu hūrán hóng qǐ liǎn lái, yǐwéi tāmen shì zài nàli jiǎng tā. Tā tóng tā tóngxué zhōngjiān de jùlí, yī tiān yī tiān de yuǎn bèi qǐlái, tā de tóngxué dōu yǐwéi tā shì ài gūdú de rén, suǒyǐ shuí yě bù gǎn lái jìn tā de shēn.

Yǒu yī tiān fàngkè zhīhòu, tā jiāle shūbāo, huídào tā de lǚguǎn li lái, yǒu sān gè Rìběn xuéshēng xì tóng tā tónglù de. Jiāngyào dào tā jìyù de lǚguǎn de shíhou, qiánmiàn hūrán láile liǎng gè chuān hóngqún de nǚ xuéshēng. Zài zhè yī qū shì wài de dìfang, cóng méiyǒu nǚ xuéshēng kànjiàn de, suǒyǐ tā yī jiànle zhè liǎng gè nǚzi, hūxī jiù jǐnsuō qǐlái. Tāmen sì gè rén tóng nà liǎng gè nǚzǐ cāguò de shíhou, tā de sān gè Rìběnrén de tóngxué dōu wèn tāmen shuō,

"Nǐmen shàng nǎr qù?"

Nà liǎng gè nǚ xuéshēng jiù zuòqǐ jiāoshēng lái huídá shuō:

"Bù zhīdào!"

"Bù zhīdào!"

Nà sān gè Rìběn xuéshēng dōu gāoxiào qǐlái, hǎoxiàng shì hěn déyì de yàngzi; zhǐyǒu tā yī gè rén sìhū shì tā zìjiā tóng tāmen jiǎngle huà shìde, hàile xiū, cōngcōng pǎohuí lǚguǎn li lái. Jìnle tā zìjiā de fáng, bǎ shūbāo yònglì de xiàng xí shàng yī diū, tā jiù zài xí shàng tǎngxià le. Tā de xiōng qián háizài nàli luàntiào, yòngle yī zhī shǒu zhěnzhe tóu, yī zhī shǒu ànzhe xiōngkǒu, tā biàn zì cháo zì mà de shuō: "Nǐ zhè bēiqiè zhě!

"Nǐ jìrán pàxiū, héyǐ yòu yào hòuhuǐ?

"Jìyào hòuhuǐ, héyǐ dāngshí nǐ yòu méiyǒu nàyàng de dǎnliàng? Bùtóng tāmen qù jiǎng yī jù huà. "Oh, coward, coward!"

Shuōdào zhèli, tā hūrán xiǎngqǐ gāngcái nà liǎng gè nǚ xuéshēng de yǎnbō lái le. Nà liǎng shuāng huópōpō de yǎnjing! Nà liǎng shuāng yǎnjing li, quèyǒu jīngxǐ de yìsi hán zài lǐtou. Rán'ér zài zǐxì xiǎngle yī xiǎng, tā yòu hūrán jiào qǐlái shuō:

Dāirén dāirén! Tāmen suīyǒu yìsi, yǔ nǐ yǒu shénme xiānggān? Tāmen suǒ sòng de qiūbō, bùshì dān sònggěi nà sān gè Rìběnrén de me? Āi! Āi! Tāmen yǐjīng zhīdàole, yǐjīng zhīdào wǒ shì Zhīnàrén le, fǒuzé tāmen héyǐ bù lái kàn wǒ yī yǎn ne! Fùchóu fùchóu, wǒ zǒngyào fù tāmen de chóu."

Shuōdào zhèli, tā nà huǒrè de jiá shàng hūrán gǔnle jǐ kē bīnglěng de yǎnlèi xiàlái. Tā shì shāngxīn dào jídiǎn le. Zhè yī tiān wǎnshàng, tā jì de rìjì shuō:

"Wǒ hékǔ yàodào Rìběn lái, wǒ hékǔ yào qiú xuéwèn. Jìrán dàole Rìběn, nà zìrán bùdébù bèi tāmen Rìběnrén qīngwǔ de. Zhōngguó ya Zhōngguó! Nǐ zěnme bù fùqiáng qǐlái, wǒ bùnéng zài yǐnrěn guòqù le.

"Gùxiāng qǐbù yǒu míngmèi de shānhé, gùxiāng qǐbù yǒu rúhuā de měinǚ? Wǒ hékǔ yàodào zhè Dōnghǎi de dǎoguó li lái!

"Dào Rìběn lái dào yě bàle, wǒ hékǔ yòu yào jìn zhè gāisǐ de gāoděng xuéxiào. Tāmen liúle wǔ gè yuè xué huíqù de rén, qǐbù zài nàli xiǎng rónghuá ānlè me? Zhè wǔ-liù nián de suìyuè, jiào wǒ zěnme néng ái de guòqù. Shòujìn le qiānxīn-wànkǔ, jīle shí shù nián de xuéshí, wǒ huíguó qù, nándào dìngnéng bǐ tāmen lái húnào de liúxuéshēng gèng qiáng me?

"Rénshēng bǎi suì, niánshào de shíhou, zhǐyǒu qī-bā nián de guāngjǐng, zhè zuì chún zuì měi de qī-bā nián, wǒ jiù bùdébù zài zhè wúqíng de dǎoguó li xūdù guòqù, kělián wǒ jīnnián yǐjīng shì èrshíyī le.

"Gǎo mù de èrshíyī suì!

"Sǐ huī de èrshíyī suì!

"Wǒ zhēn hái bùrú biànle kuàngwùzhì de hǎo, wǒ dàyuē méiyǒu kāihuā de rìzi le.

"Zhǐshi wǒ yě bù yào, míngyù wǒ yě bù yào, wǒ zhǐyào yī gè ānwèi wǒ tǐliàng wǒ de 'xīn'. Yī fù báirè de xīncháng! Cóng zhè yī fù xīncháng li shēng chūlái de tóngqíng! Cóng tóngqíng érlái de àiqíng!

"Wǒ suǒ yāoqiú de jiùshì àiqíng!

"Ruò yǒu yī gè měirén, néng lǐjiě wǒ de kǔchǔ, tā yào wǒ sǐ, wǒ yě kěn de.

"Ruò yǒu yī gè fùrén, wúlùn tā shì měi shì chǒu, néng zhēnxīn-zhēnyì de ài wǒ, wǒ yě yuànyì wèi tā sǐ de.

"Wǒ suǒ yāoqiú de jiùshì yìxìng de àiqíng!

"Cāngtiān ya cāngtiān, wǒ bìng bù yào zhīshi, wǒ bìng bù yào míngyù, wǒ yě bù yào nàxiē wúyòng de jīnqián, nǐ ruònéng cì wǒ yī gè yīdiǎnyuán nèi de 'yīfù', shǐ tā de ròutǐ yǔ xīnlíng, quánguī wǒ yǒu, wǒ jiù xīnmǎn-yìzú le."

Tā de gùxiāng, shì Fùchūn Jiāng shàng de yī gè xiǎo shì, qù Hángzhōu shuǐchéng bùguò bā-jiǔshí lǐ. Zhè yī tiáo jiāngshuǐ, fāyuán Ānhuī, guànliú quán Zhè, jiāng xíng qūzhé, fēngjǐng cháng xīn, Tángcháo yǒu yī gè shīrén zàn zhè tiáo jiāngshuǐ shuō "Yī chuān rú huà". Tā shísì suì de shíhou, qǐngle yī wèi xiānsheng xiěle zhè sì gè zì, tiē zài tā de shūzhāi li, yīnwèi tā de shūzhāi de xiǎo chuāng, shì cháozhe jiāngmiàn de. Suīzé zhè shūzhāi jiégòu bùdà, rán'ér fēngyǔ-huìmíng, chūnqiū zhāoxī de fēngjǐng, yě hái dǐ de guò Téngwáng Gāo Gé. Zài zhè xiǎoxiǎo de shūzhāi li guòle shíjǐ gè chūnqiū, tā cái gēnle tā de gēgē dào Rìběn lái liúxué.

Tā sān suì de shíhou jiù sàngle fùqīn, nà shíhou tā jiālǐ kùnkǔ de bùkān. Hǎo róngyì tā zhǎngxiōng zài Rìběn W dàxué zúle yè, huídào Běijīng, kǎole yī gè jìnshì, fēnfā zài fǎbù dāngchāi, bù shàng liǎng nián, Wǔchāng de gémìng qǐlái le. Nà shíhou tā yǐ zài xiànlì xiǎo xuétáng zúle yè, zhèngzài nàli huànlái huànqù de huàn zhōng xuétáng. Tā jiālǐ de rén dōu guài tā wú héngxìng, shuō tā de xīnsi tàihuó; rán'ér yī tā zìjǐ jiǎnglái, tā yǐwéi tā yī gè rén tóng biéde xuéshēng bùtóng, bùnéng ànbù-jiùbān de tóng tāmen tong zài yīchù qiúxué de. Suǒyǐ tā jìnle K fǔ zhōngxué zhīhòu, bù shàng bànnián yòu hūrán zhuǎnle H fǔ zhōngxué lái; zài H fǔ zhōngxué zhùle sān gè yuè, gémìng jiù qǐlái le. H fǔ zhōngxué tíngxué zhīhòu, tā yījiù zhǐnéng huídào nà xiǎoxiǎo de shūzhāi li lái. Dì-èr nián de chūntiān, zhèngshì tā shíqī suì de shíhou, tā jiù jìnle dàxué de yùkē. Zhè dàxué shì zài Hángzhōu chéng wài, běnlái shì Měiguó Zhǎnglǎohuì juānqián chuàngbàn de, suǒyǐ xuéxiào li jìnrùnle yī zhǒng zhuānzhì de bǐfēng, xuéshēng de zìyóu, jīhū bèi yāsuō de tóng zhēnyǎnr yībān de xiǎo. Lǐbài sān de wǎnshàng yǒu shénme qídǎo huì, lǐbài rì fēidàn bùzhǔn chūqù yóuwán, bìngqiě zài jiālǐ kàn biéde shū yě bùzhǔn de, chúle chàng zànměi shī qídǎo zhīwài, zhǐxǔ kàn Xīnjiùyuē shū. Měitiān zǎochén cóng jiǔ diǎn zhōng dào jiǔ diǎn èrshí fēn, dìng yào qù zuò lǐbài, bù qù zuòlǐbài, jiùyào kòu fēnshù jiguò. Tā suīrán fēicháng ài nà xuéxiào jìnpáng de shānshuǐ jǐngwù, rán'ér tā de xīnli, zǒng yǒuxiē fǎnkàng de yìsi, yīnwèi tā shì yī gè ài zìyóu de rén, duì nàxiē míxìn de guǎnshù, zěnme yě bù gānxīn fúcóng. Zhù bù shàng bàn nián, nà dàxué li de chúzi, tuōle xiàozhǎng de shì, jìng dǎqǐ xuéshēng lái. Xuéshēng zhōngjiān yǒu jǐ gè bùfú de, biàn qù gàosu xiàozhǎng, xiàozhǎng fǎnshuō xuéshēng bùshì. Tā kànkàn zhèxiē qíngxíng, shízài shì tài wú dàolǐ le, jiù lìkè qù gàole tuì, réng fù huíjiā, dào nà xiǎoxiǎo de shūzhāi li qù, nà shíhou yǐjīng shì liù yuè chū le.

Zài jiālǐ zhùle sān gè duō yuè, qiūfēng chuīdào Fùchūn Jiāng shàng, liǎng'àn de lù shù, jiù kuài diāoluò de shíhou, tā yòu zuòle fānchuán, xià Fùchūn Jiāng, shàng H ángzhōu qù. Què hǎo nà shíhou shípái lóu de W zhōngxué zhèngzài nàli zhāo chābānshēng, tā jìnqù jiànle xiàozhǎng M shì, bǎ tā de jīnglì shuōgěi le M shì fūqī tīng, M shì jiù xǔ tā chārù zuìgāo de bān li qù. Zhè W zhōngxué yuánlái yěshì yī gè jiāohuì xuéxiào, xiàozhǎng M shì, yěshì yī gè hútu de Měiguó xuānjiàoshī; tā kànkàn zhè xuéxiào de nèiróng dào bǐ H dàxué bùrú le. Yǔ yī wèi hěn bēibǐ de jiāowùzhǎng —— yuánlái zhè yī wèi xiānsheng jiùshì H dàxué de zúyè shēng —— nàole yī chǎng, dì-èr nián de chūntiān, tā jiù chūlái le. Chūle W zhōngxué, tā kànkàn Hángzhōu de xuéxiào, dōu bùnéng rú tā de yì, suǒyǐ tā jiù dǎsuàn bùzài jìn biéde xuéxiào qù.

Zhèngshì zhège shíhou, tā de zhǎngxiōng yě zài Běijīng bèi rén páichì le. Yuánlái tā de zhǎngxiōng wéirén zhèngzhí de hěn, zài bù lǐ bànshì, tiěmiàn-wúsī, bìngqiě bǐ yìbān bùnèi de rénwù yòu duōle yīxiē xuéshí, suǒyǐ bùnèi shàngxià, dōu jìdàn tā. Yǒu yī tiān mǒu cìzhǎng de sīrén, lái wèn tā yào yī gè wèizhi, tā zhíyì bùkěn, yīncǐ cìzhǎng jiù tóng tā nàoqǐ yìjian lái, guòle jǐ tiān tā jiù cíle bù lǐ de zhí, gǎidào sīfǎjiè qù zuò sīfǎguān qù le. Tā de èr xiōng nà shíhou zhèngzài Shàoxīng jūnduì lǐ zuò jūnguān, zhè yī wèi èr xiōng jūnrén xíqì pō shēn, huījīn-rútǔ, zhuān xǐ jiéjiāo xiáshào. Tāmen dìxiōng sān rén, dào zhè shíhou dōu bùnéng rú yì zhī suǒwéi, suǒyǐ nà yī xiǎo shìzhèn lǐ de xiánrén dōu shuō tāmen de fēngshuǐ pò le.

Tā huíjiā zhīhòu, biàn zhènrì-zhènyè de zhéjū zài tā nà xiǎoxiǎo de shūzhāi lǐ. Tā fùzǔ jí tā zhǎngxiōng suǒ cáng de shūjí, jiù zuòle tā de liángshī-yìyǒu. Tā de rìjì shàngmiàn, yī tiān yī tiān de jìqǐ shī lái. Yǒushíhou tā yě yòngle huálì de wénzhāng zuòqǐ xiǎoshuō lái, xiǎoshuō lǐ jiù bǎ tā zìjǐ dāngzuòle yī gè duōqíng de yǒngshì, bǎ tā línjìn de yī jiā guǎfù de liǎng gè nǚ'ér, dāngzuòle guìzú de miáoyì, bǎ tā gùxiāng de fēngwù, quán biānzuòle tiányuán de qíngjǐng; yǒu xìng de shíhou, tā hái bǎ tā zìjiā de xiǎoshuō, yòng dānchún de wàiguówén fānshì qǐlái; tā de huànxiǎng, yù yǎn yù dà le, tā de yōuyù bìng de gēnmiáo, dàyuē yě jiù zài zhè shíhou péiyǎng chénggōng de. Zài jiālǐ zhùle bànnián, dàole qī yuè zhōngxún, tā jiēdào tā zhǎngxiōng de láixìn shuō:

"Yuànnèi jìn yǒu pàiyú fù Rìběn kǎochá sīfǎ shìwù zhī yì, yǔ yǐ xǔ yuànzhǎng yǐ dōng xíng, dàyuē cǐ shì bùrì kějiàn mìnglìng. Dùrì zhīxiān, nǐ fǎn lǐ xiǎo zhù. Sān dì jūjiā, duànfēi shàngcè, cǐ cì dāng xié yī fù Rìběn yě." Tā jiēdào le zhè yī fēng xìn zhīhòu, xīnzhōng rìrì pàn tā zhǎngxiōng nán lái, dàole jiǔ yuè xiàxún, tā de xiōngsǎo cái zì Běijīng dào jiā. Zhùle yī yuè, tā jiù tóng tā de zhǎngxiōng zhǎngsǎo tóngdào Rìběn qù le.

Dàole Rìběn zhīhòu, tā de *Dreams of the Romantic Age* shàngwèi xǐngwù, mómó-húhú de guòle bànzǎi, tā jiù kǎorùle Dōngjīng Dì-yī Gāoděng Xuéxiào. Zhè zhèngshì tā shíjiǔ suì de qiūtiān.

Dì-yī Gāoděng Xuéxiào jiāng kāixué de shíhou, tā de zhǎngxiōng jiēdàole yuànzhǎng de mìnglìng, yào tā huíqù. Tā de zhǎngxiōng jiù bǎ tā jìtuō zài yī jiā Rìběnrén de jiālǐ, jǐ tiān zhīhòu, tā de zhǎngxiōng zhǎngsǎo hé tā de xīnshēng de zhínǚr jiù huíguó qù le. Dōngjīng de Dì-yī Gāoděng Xuéxiào lǐ yǒu yī bān yùbèi bān, shì wèi Zhōngguó xuéshēng tèshè de. Zài zhè yùkē lǐ yùbèi yī nián, zúyè zhīhòu, cáinéng rù gèdì gāoděng xuéxiào de zhèngkē, yǔ Rìběn xuéshēng tóngxué. Tā kǎorù yùkē de shíhou, běnlái tián de shì wénkē, hòulái jiāng zài yùkē zúyè de shíhou, tā de zhǎngxiōng dìngyào tā gǎidào yīkē qù, tā dāngshí yì méiyǒu shénme zhǔjiàn, jiù tīngle tā zhǎngxiōng de huà bǎ wénkē gǎi le.

Yùkē zúyè zhīhòu, tā tīngshuō N shì de gāoděng xuéxiào shì zuìxīn de, bìngqiě N shì shì Rìběn chǎn měirén de dìfang, suǒyǐ tā jiù yāoqiú dào N shì de gāoděng xuéxiào qù.

Tā de èrshí suì de bā yuè èrshíjiǔ rì de wǎnshàng, tā yī gè rén cóng Dōngjīng de zhōngyāng chēzhàn chéngle yèxíngchē dào N shì qù. Nà yī tiān dàyuē gāng shì jiùlì de chū sān-sì de yàngzi, tóng tiān'éróng shìde yòu lán yòu zǐ de tiānkōng li, sǎmǎn le yī tiān xīngdǒu. Bàn hén xīnyuè, xié guàzài xītiān jiǎo shàng, què sì xiānnǚ de éméi, wèijiā cuìdài de yàngzi. Tā yī gè rén kàozhe le sānděng chē de chēchuāng, mòmò de zài nàli shǔ chuāngwài rénjiā de dēnghuǒ. Huǒchē zài ànhēi de yèqì zhōngjiān, yīchéng yīchéng dì jìnqù, nà dà dūshì de xīngxīng dēnghuǒ, yě yīdiǎn yīdiǎn de ménglóng qǐlái, tā de xiōngzhōng hūrán shēngle wànqiān āigǎn, tā de yǎnjing li jiù hūrán juéde rè qǐlái le.

"Sentimental, too sentimental!" Zhèyàng de jiào yī shēng, bǎ yǎnjing kāile yīxià, tā fǎn'ér zìjiā xiàoqǐ zìjiā lái. "Nǐ yě méiyǒu qíngrén liúzài Dōngjīng, nǐ yě méiyǒu dìxiōng zhíjǐ zhùzài Dōngjīng, nǐ de yǎnlèi jiūjìng shì wèi shuí sǎ de ya! Huòzhě shì duìyú nǐ guòqù de shēnghuó de shānggǎn, huòzhě shì duì nǐ èr nián jiān de shēnghuó de yúqíng, rán'ér nǐ píngshí bùshì shuō bù ài Dōngjīng de me?

"Āi, yī nián rén zhù qǐ wúqíng.

Huángyīng zhùjiǔ hún xiāngshí, yù bié pín tí sì-wǔ shēng!"

Húsī-luànxiǎng de xúnsīle yīhuì, tā yòu hūrán xiǎngdào chūcì fù xīn dàlù qù de qīngjiàotú de shēn shàng qù.

"Nàxiē shízijià xià de liúrén, líkāi tā gùxiāng hǎi'àn de shíhou, dàyuē yěshì bēizhuàng línlí, tóng wǒ yīyàng de."

Huǒchē guòle Héngbīn, tā de gǎnqíng fāngcái jiànjiànr de píngjìng qǐlái. Dāidāi de zuòle yīhū, tā jiù qǔle yī zhāng míngxìnpiàn chūlái, diàn zài Hǎiniè (Heine) de shījí shàng, yòng qiānbǐ xiěle yī shǒu shī jì tā Dōngjīng de péngyǒu.

Éméi yuè shàng liǔshāo chū, yòu xiàng tiānyá bié gùjū,

Sìbì qí tíng zhēng dǔ jiǔ, liǔ jiē dēnghuǒ yuǎn suí chē,

Luànlí niánshào wú duō lèi, xínglǐ jiāpín zhǐ jiùshū,

Hòuyè lúgēn qiūshuǐ cháng, píng jūn nán pǔ mì shuāngyú.

Zài ménglóng de diàndēngguāng li, jìngqiāoqiāo de zuòle yīhuì, tā yòu bǎ Hǎiniè de shījí fānkāi lái kàn le.

"Ledet wohl, ihr glatten Saale,

Glatte Herren, glatte Frauen!

Aufdie Berge will ich steigen,

Lachend auf euch niederschauen!"

Heines 《Harzreise》

"Fú báo de chénhuán, wúqíng de nánnǚ,

Nǐ kàn nà yǐnyǐn de qīngshān, wǒ yù chéngfēng fēiqù,

Qiě zhù qiě zhù,

Wǒ jiāng cóng nà juédǐng de gāofēng, xiàokàn nǐ zhōngguī héchù."

Dāndiào de lúnshēng, yī shēngshēng liánlián-xùxù de fēidào tā de ěrmó shànglái, bù shàng sānshí fēnzhōng tā jìng bèi zhè cuīmián de chēlún shēng yǐnyòudào mènghuàn de xiānjìng li qù le.

Zǎochén wǔ diǎn zhōng de shíhou, tiānkōng jiànjiànr de míngliàng qǐlái. Zài chēchuāng li xiàngwài yī wàng, tā zhǐjiàn yīxiàn qīngtiān hái bèi yèsè bāozhù zài nàli. Tàn tóu chūqù yī kàn, yīcéng báowù, lǒngzhàozhe yī fú tiānrán de huàtú, tā xīnli xiǎngle yī xiǎng: "Yuánlái jīntiān yòushì qīngqiū de hǎo tiānqì, wǒ de fúfèn zhēn kě suàn bù báo le." Guòle yī gè zhōngtóu, huǒchē jiù dàole N shì de tíngchēchǎng.

Xiàle huǒchē, zài chēzhàn shàng yùjiànle gè Rìběn xuéshēng; tā kànkàn nà xuéshēng de zhìmào shàng yě yǒu liǎng tiáo bái xiàn, biàn zhīdào tā yěshì gāoděng xuéxiào de xuéshēng. Tā zǒu shàng qián qù, duì nà xuéshēng tuōle yī tuō mào, wèn tā shuō:

"Dì X gāoděng xuéxiào shì zài shénme dìfang de?"

Nà xuéshēng huídá shuō;

"Wǒmen yīlù qù ba."

Tā jiù gēnle nà xuéshēng pǎochū huǒchēzhàn lái, zài huǒchēzhàn de qiántou, chéngle diànchē.

Shíguāng hái zǎo de hěn, N shì de diànjiā dōu hái wèicéng qǐlái. Tā tóng nà Rìběn xuéshēng zuòle diànchē, jīngguòle jǐ tiáo lěngqīng de jiēxiàng, jiù zài Hèwǔ gōngyuán qiánmiàn xiàle chē. Tā wèn nà Rìběn xuéshēng shuō:

"Xuéxiào hái yuǎn de hěn me?"

"Háiyǒu èr lǐ duō lù."

Chuānguò le gōngyuán, zǒudào dàotián zhōngjiān de xìlù shàng de shíhou, tā kànkàn tàiyáng yǐjīng qǐlái le, dào shàng de lùdī, hái tóng míngzhū shìde guà zài nàli. Qiánmiàn yǒu yī cóng shùlín, shùlín yīn li, shūshū-luòluò de kàndéjiàn jǐ chuán nóngshè. Yǒu liǎng-sān tiáo yāncōng tǒngzi, tūchū zài nóngshè de shàngmiàn, yǐnyǐn-yuēyuē de fú zài qīngchén de kōngqì li. Yī lǚ liǎng lǚ de qīngyān, tóng lúxiāng shìde zài nàli fúdòng, tā zhīdào nóngjiā yǐ zài nàli chuī zǎofàn le.

Dào xuéxiào jìnbiān de yī jiā lǚguǎn qù yī wèn, tā yī lǐbài qiántou jìchū de jǐ jiàn xínglì, zǎo yǐjīng dào zài nàli. Yuánlái nà yī jiā rénjiā shì zhùguò Zhōngguó liúxuéshēng de, suǒyǐ zhǔrén dài tā yě hěn yīnqín. Zài nà yī jiā lǚguǎn li zhùxià le zhīhòu, tā juéde qiántú hǎoxiàng yǒu xǔduō huānlè zài nàli děng tā de yàngzi.

Tā de qiántú de xīwàng, zài dì-yī tiān de wǎnshàng, jiù bùdébù bèi mùqián de shíqíng cháonòng le. Yuánlái tā de gùlǐ, yěshì yī gè xiǎoxiǎo de shìzhèn. Dàole Dōngjīng zhīhòu, zài rénshān-rénhǎi de zhōngjiān, tā suīrán shícháng juéde gūdú, rán'ér Dōngjīng de dūshì shēnghuó, tóng tā yòushí de xíguàn shàng wú shífēn jǔyǔ de dìfang. Rújīn dàole zhè N shì de xiāngxia zhīhòu, tā de lǚguǎn, shì yī jiā gūlì de rénjiā, sìmiàn bìng wú línshè, zuǒshǒu mén wài biànshì yī tiáo rúfà de dàdào, qiánhòu dōushì dàotián, xīmiàn shì yīfāng chíshuǐ, bìngqiě yīnwèi xuéxiào hái méiyǒu kāikè, biéde xuéshēng hái méiyǒu dàolái, zhè yī jiān kuānkuàng de lǚguǎn li, zhǐ zhùle tā yī gè kèrén. Báitiān dào hái kěyǐ zhīwú guòqù, yī dàole wǎnshàng, tā kāi chuāng yī wàng, sìmiàn dōushì chénchén de hēiyǐng, bìngqiě yīn N shì de fùjìn shì yī dà píngyuán, suǒyǐ wàng yǎn liántiān, sìmiàn bìng wú zhēzhàng zhīchù, yuǎnyuǎn li yǒu yīdiǎn dēnghuǒ, míngmiè wúcháng, sēnrán yǒuxiē guǐqì. Tiānhuābǎn li, yòu yǒu xǔduō chóng shǔ, xīlì suǒluò de zài nàli zhēngshí. Chuāng wài yǒu jǐ zhū wútóng, wēifēng dòngyè, sàsà de xiǎng de bùyǐ, yīnwèi tā zhùzài èr céng lóu shàng, suǒyǐ wútóng de yè zhàn shēng, jìn zài tā de ěrbiān. Tā juéde hàipà qǐlái, jīhū yào kū chūlái le. Tā duìyú dūshì de huáixiāng bìng (*Nostalgia*) cóngwèi yǒu bǐ nà yī wǎn gèng shèn de.

Xuéxiào kāile kè, tā péngyǒu yě jiànjiànr de duō qǐlái. Gǎnshòu xìng fēicháng qiángliè de tā de xìngqíng, yě tóng tiānkōng dàdì cónglín yěshuǐ rónghé le. Bù shàng bànnián, tā jìng biànchéng le yī gè dàzìrán de chǒng'ér, yī kè yě líbùliǎo nà tiānrán de yěqù le. Tā de xuéxiào shì zài N shì wài, gāngcái shuōguò shì de fùjìn shì yī dà píngyuán, suǒyǐ sìbiān de dìpíngxiàn, jièxiàn guǎngdà de hěn. Nà shíhou Rìběn de gōngyè hái méiyǒu shífēn fādá, rénkǒu yě hái méiyǒu zēngjiā de tóng mùxià yīyàng, suǒyǐ tā de xuéxiào de jìnbiān, hái duōshì cónglín kōngdì, xiǎo fù dī gǎng. Chúle jǐ jiā yǔ xuéshēng zuò mǎimài de wénfángjù diàn jí càiguǎn zhīwài, fùjìn bìng méiyǒu jūmín. Huāngyě de rénjiān, zhǐyǒu jǐ jiā wèi xuéshēng shè de lǚguǎn, tóng xiǎotiān de xīngyǐng shìde, sànzhuì zài màitián guādì de zhōngyāng. Wǎnfàn bìhòu, pīle hēiní de màndǒu (dǒupeng), nále ài dú de shū, zài chíchí bù luò de xīzhào zhōngjiān, sànbù xiāoyáo, shì fēicháng kuàilè de. Tā de tiányuán qùwèi, dàyuē yěshì zài zhè *Idyllic Wanderings* de zhōngjiān yǎngchéng de.

Zài shēnghuó jìngzhēng bù shífēn měngliè, xiāoyáo-zìzài, tóng zhōnggǔ shídài yīyàng de shíhou, tā juéde gèngjiā nánshòu. Xuéxiào de jiàokēshū, yě jiànjiàn de xiánwù qǐlái, Fǎguó zìrán pài de xiǎoshuō, hé Zhōngguó nà jǐ běn yǒumíng de huìyín xiǎoshuō, tā niànle yòu niàn, jīhū jìshú le.

Yǒushíhou tā hūrán zuòchū yī shǒu hǎoshī lái, tā zìjiā biàn xǐhuān de fēicháng, yǐwéi tā de nǎolì hái méiyǒu pòhuài. Nà shíhou tā měi duìzhe zìjiā qǐshì shuō: "Wǒ de nǎolì hái kěyǐ shǐde, hái néng zuòdechū zhèyàng de shī, wǒ yǐhòu jué bùzài fànzuì le. Guòqù de shìshí shì méifǎ, wǒ yǐhòu zǒng bùzài fànzuì le. Ruò cóngcǐ zìxīn, wǒ de nǎolì, háishì hěn kěyǐ de."

Rán'ér yī dàole jìnpò de shíhou, tā de shìyán yòu wàng le.

Měi lǐbài sì-wǔ, huò měi yuè de èrshíliù-qī de shíhou, tā suǒxìng jìnyì de tānqǐ huān lái. Tā de xīnli xiǎng, zì xià lǐbài yī huò xiàyuè chū yī qǐ, wǒ zǒng bù fànzuì le. Yǒushíhou zhèng hé dào lǐbài liù huò yuèdǐ de wǎnshàng, qù tìtóu xǐzǎo qù, yǐwéi zhè jiùshì gǎiguò-zìxīn de jīhào, rán'ér guò jǐ tiān tā yòu bùdébù chī jīzi hé niúrǔ le.

Tā de zìzé xīn tóng kǒngjù xīn, jìng yī rì yě bù shǐ tā ānxián, tā de yōuyùzhèng yě cóngcǐ lìhài qǐlái le. Zhèyàng de zhuàngtài jìxù le yī-èr gè yuè, tā de xuéxiào li jiù fàngle shǔjià, shǔjià de liǎng gè yuè nèi, tā shòu de kǔmèn, gèng shènyú píngshí; dàole xuéxiào kāikè de shíhou, tā de liǎng jiá de quángǔ gèng gāo qǐlái, tā de qīnghuīsè de yǎnwō gèng dà qǐlái, tā de yī shuāng línghuó de tóngrén, biànle tóng sǐyú yǎnjing yīyàng le.

Qiūtiān yòu dào le. Hàohào de cāngkōng, yī tiān yī tiān de gāo qǐlái. Tā de lǚguǎn pángbiān de dàotián, dōu dàiqǐ huángjīn sè lái. Zhāoxī de liángfēng, tóng dāo yě shìde cìdào rén de xīngǔ li qù, dàyuē qiūdōng de jiārì, lái yě bùyuǎn le.

Yī lǐbài qián de yǒu yī tiān wǔhòu, tā nále yī běn Wordsworth de shījí, zài tiánchéng lùshang xiāoyáo mànbùle bàntiān. Cóng nà yī tiān yǐhòu, tā de xúnhuán xìng de yōuyùzhèng, shàngwèi lí tā de shēn guò. Qián jǐ tiān zài lùshang yùzhe de nà liǎng gè nǚ xuéshēng, cháng zài tā zài fēngqì chúnliáng, bùyǔ shìjǐng xiǎorén tóngchǔ, qīngxián yǎdàn de dìfang, guòrìzi zhèngrú zuòmèng yīyàng. Tā dàole N shì zhīhòu, zhuǎnshùn zhījiān, yǐjīng yǒu bànnián duō le.

Xūnfēng rìyè de chuīlái, cǎosè jiànjiànr de lǜ qǐlái, lǚguǎn jìnpáng màitián li de màisuì, yě yī cùn yī cùn de zhǎng qǐlái le. Cǎomù chóngyú dōu huàyù qǐlái, tā de cóng shǐzǔ chuánlái de kǔmèn yě yī rì yī rì de zēngzhǎng qǐlái, tā měitiān zǎochén, zài bèiwō li fàn de zuì'è, yě yī cì yī cì de jiā qǐlái le.

Tā běnlái shì yī gè fēicháng ài gāoshàng ài jiéjìng de rén, rán'ér yī dàole zhè xiéniàn fāshēng de shíhou, tā de zhìlì yě wúyòng le, tā de liángxīn yě mábì le, tā cóngxiǎo fúyīng de "shēntǐ fàfū bùgǎn huǐshāng" de shèngxùn, yě bùnéng gùquán le. Tā fànle zuì zhīhòu, měi shēnzì tònghuǐ, qièchǐ de shuō, xiàcì zǒng bùzài fànle, ránzé dàole dì-èr tiān de nàge shíhou, zhǒngzhǒng huànxiǎng, yòu huópōpō de dào tā de yǎnqián lái. Tā píngshí suǒ kànjiàn de "Yīfu" de yīlèi, dōu chìluǒluǒ de lái yǐnyòu tā. Zhōngnián yǐhòu de fùrén de xíngtǐ, zài tā de nǎo li, bǐ chùnǔ gèng yǒu tiǎofā tā qíngdòng de dìfang. Tā kǔmèn yīchǎng, èdòu yīchǎng, zhōngjiū bùdébù zuò tāmen de fúlǔ. Zhèyàng de yī cì chéngle liǎng cì, liǎng cì zhīhòu, jiù chéngle xíguàn le. Tā fànzuì zhīhòu, měi dào túshūguǎn li qù fānchū yīshū lái kàn, yīshū shàng dōu qiānpiān-yīlǜ de shuō, yú shēntǐ zuì yǒuhài de jiùshì zhè yī zhǒng fànzuì. Cóngcǐ zhīhòu, tā de kǒngjù xīn yě yī tiān yī tiān de zēngjiā qǐlái le. Yǒu yī tiān tā bù zhīdào cóng shénme dìfang dé lái de xiāoxi, hǎoxiàng shì yī běn shū shàng shuō, Éguó jìndài wénxué de chuàngshèzhě Gogol yě fàn zhè yī zōng bìng, tā dàosǐ jìng méiyǒu gǎi guòlái, tā xiǎngdàole Guōgēlǐ, xīnli jiù kuānle yī kuān, yīnwèi zhè 《Sǐle de Línghún》 de zhùzhě, yěshì tóng tā yīyàng de. Rán'ér zhè bùguò zìjiā duì zìjiā de kuānwèi éryǐ, tā de xiōng li, zǒngyǒu yī zhǒng fēicháng de yōulǜ cún zài nàli.

Yīnwèi tā shì fēicháng ài jiéjìng de, suǒyǐ tā měitiān zǒngyào qù xǐzǎo yī cì, yīnwèi tā shì fēicháng àixī shēntǐ de, suǒyǐ tā měitiān zǒngyào qù chī jǐ gè shēng jīzi hé niúrǔ; rán'ér tā qù xǐzǎo huò chī niúrǔ jīzi de shíhou, tā zǒng juéde cánkuì de hěn, yīnwèi zhè dōushì tā de fànzuì de zhèngjù.

Tā juéde shēntǐ yī tiān yī tiān de shuāiruò qǐlái, jìyìlì yě yī tiān yī tiān de jiǎntuìle, tā yòu jiànjiànr de shēngle yī zhǒng pà jiàn rén miàn de xīnsi, jiànle fùrén nǚzǐ de shíhou de nǎo li, bù shǐ tā ānjìng, xiǎngqǐ nà yī tiān de shìqíng, tā háishì yī gè rén yào hóng qǐ liǎn lái.

Tā jìnlái wúlùn shàng shénme dìfang qù, zǒng juéde yǒu zuòlì-nán'ān de yàngzi. Tā shàng xuéxiào qù de shíhou, juéde tā de Rìběn tóngxué dōu sì zài nàli páichì tā. Tā de jǐ gè Zhōngguó tóngxué, yě xǔjiǔ bù qù xúnfǎngle, yīnwèi qù xúnfǎngle huílái, tā xīnli fǎn juéde kōngxū. Yīnwèi tā de jǐ gè Zhōngguó tóngxué, zěnme yě bùnéng lǐjiě tā de xīnli. Tā qù xúnfǎng de shíhou, zǒng xiǎng de xiē tóngqíng huílái de, rán'ér dàole nàli, tánle jǐ jù yǐhòu, tā yòu bùdébù zìhuǐ xúnfǎng cuò le. Yǒushíhou hé péngyǒu jiǎng de tóujī, tā jiù rènle yīshí de rèyì, bǎ tā de nèiwài de shēnghuó dōu duì péngyǒu jiǎngle chūlái, rán'ér dàole guītú, tā yòu zìhuǐ shīyán, xīnli de zébèi, dào fǎnbǐ bù qù fǎngyǒu de shíhou, gèngjiā lìhài. Tā de jǐ gè Zhōngguó péngyǒu, yīncǐ dōu shuō tā shì rǎnle shénjīngbìng le. Tā tīngle zhè huà zhīhòu, duìle nà jǐ gè Zhōngguó tóngxué, yě tóng duì Rìběn xuéshēng yīyàng, qǐle yī zhǒng fùchóu de xīn. Tā tóng tā de jǐ gè Zhōngguó tóngxué, yī rì yī rì de shūyuǎn qǐlái. Sìhòu suī zài lùshang, huò zài xuéxiào li yùjiàn de shíhou, tā tóng nà jǐ gè Zhōngguó tóngxué, yě bù diǎntóu zhāohu. Zhōngguó liúxuéshēng kāihuì de shíhou, tā dāngrán shì bù qù chūxí de. Yīncǐ tā tóng tā de jǐ gè tóngbāo, jìng wǎnrán chéngle liǎng jiā chóudí.

Tā de Zhōngguó tóngxué de lǐbiān, yě yǒu yī gè hěn qíguài de rén, yīnwèi tā zìjiā de jiéhūn yǒuxiē dàodé shàng de zuì'è, suǒyǐ tā zhuān xǐ jiǎng rénjiā de chǒushì, yǐ yǎn jǐ zhī bùshàn, shuō tā shì shénjīngbìng, yěshì zhè yī wèi tóngxué shuō de.

Tā jiāoyóu líjué zhīhòu, gūlěng de jīhū dào jiāng sǐ de dìbù, xìng'ér tā zhù de lǚguǎn li, háiyǒu yī gè zhǔrén de nǚ'ér, kěyǐ qiānyǐn tā de xīn, fǒuzé tā zhēn zhǐnéng zìshā le. Tā lǚguǎn de zhǔrén de nǚ'ér, jīnnián zhèngshì shíqī suì, chángfāng de liǎnr, yǎnjing dà de hěn, xiào qǐlái de shíhou, miàn shàng yǒu liǎng kē xiàoyè, zuǐ li yǒu yī kē jīnyá kàn de chūlái, yīnwèi tā zìjiā juéde tā zìjiā de xiàoróng shì fēicháng kě'ài, suǒyǐ tā píngshí cháng zài nàli nòngxiào.

Tā xīnli suīrán fēicháng ài tā, rán'ér tā sòngfàn lái huò lái tì tā pū bèi de shíhou, tā zǒng zhuāngchū yī zhǒng wù bùkě fàn de yàngzi lái. Tā xīnli suī xiǎng duì tā jiǎng jǐ jù huà, rán'ér yī jiànle tā, tā zǒng bùnéng kāikǒu. Tā jìn tā fáng li lái de shíhou, tā de hūxī yì jícù dào tǔqì bù chū de dìbù. Tā zài tā de miànqián shízài shì shòukǔ bùqǐ le, suǒyǐ jìnlái tā jìn tā de fáng li lái de shíhou, tā měi bùdébù pǎochū fáng wài qù. Rán'ér tā sīmù tā de xīnqíng, què yī tiān yī tiān de nónghòu qǐlái. Yǒu yī tiān lǐbài liù de wǎnshàng, lǚguǎn li de xuéshēng, dōu shàng N shì qù xínglè qù le. Tā yīnwèi jīngjì kùnnán, suǒyǐ chīle wǎnfàn, shàng xīmiàn chí shàng qù zǒule yī huí, jiù huídào lǚshè li lái kūzuò.

Huíjiā lái zuòle yīhuì, tā juéde nà kōngkuàng de èr céng lóu shàng, zhǐyǒu tā yī gè rén zài jiā. Jìngqiāoqiāo de zuòle bànshǎng, zuò de bù nàifán qǐlái de shíhou, tā yòu xiǎng pǎochū wàimiàn qù. Rán'ér yào pǎochū wàimiàn qù, bùdébù yóu zhǔrén de fáng ménkǒu jīngguò, yīnwèi zhǔrén hé tā nǚ'ér de fáng, jiù zài dàmén de biānshàng. Tā jìde gāngcái jìnlái de shíhou, zhǔrén hé tā de nǚ'ér zhèngzài nàli chīfàn. Tā yī xiǎngdào jīngguò tā miànqián de shíhou de kǔchǔ, jiù bǎ pǎochū wàimiàn qù de xīnsi diū le.

Náchū le yī běn G.Gissing de xiǎoshuō lái dúle sān-sì yè zhīhòu, jìngjì de kōngqì li, hūrán chuánle jǐ shēng shāshā de pōshuǐ shēngyīn guòlái. Tā jìngjìngr de tīngle yī tīng, hūxī yòu yīshàshí de jíle qǐlái, miànsè yě zhǎnghóng le. Chíyíle yīhuì, tā jiù qīngqīng de kāile fángmén, tuōxié yě bù tuō, yōu jiǎo yōu shǒu de zǒuxià fútī qù. Qīngqīng de kāile biànsuǒ de mén, tā jìn wūzi de zhàn zài biànsuǒ de bōli chuāngkǒu tōukàn. Yuánlái tā lǚguǎn li de yùshì, jiù zài biànsuǒ de jiānbì, cóng biànsuǒ de bōliú chuāng kànqù, yùshì li de dòngjìng liǎoliǎo kě kàn. Tā qǐchū yǐwéi kàn yī kàn jiù kěyǐ zǒu de, rán'ér dàole yī kàn zhīhòu, tā jìngtóng bèi dìngzi dìngzhù de yīyàng, dòng yě bùnéng dòng le.

Nà yī shuāng xuěyàng de rǔfēng!

Nà yī shuāng féibái de dàtuǐ!

Zhè quánshēn de qǔxiàn!

Hūqì yě bù hū, zǐzǐ-xìxì de kànle yīhuì, tā miàn shàng de jīnròu, dōu fāqǐ jìngluán lái le. Yù kàn yù chàn de lìhài, tā nà fāchàn de qián'é bù jìngtóng bōliú chuāng chōngjīle yīxià. Bèi zhēngqì bāozhù de nà chìluǒluǒ de "Yīfu" biàn fāle jiāoshēng wèn shuō: "Shì shuí ya? ……"

Tā yī shēng yě bù xiǎng, jímáng tiàochū le biànsuǒ, jiù sānjiǎo-liǎngbù de pǎo shàng lóu shàngqù le.

Tā pǎodào le fáng li, miàn shàng tóng huǒshāo de yīyàng, kǒu yě gānkě le. Yībiān tā zìjiā dǎ zìjiā de zuǐba, yībiān jiù bǎ tā de bèiwō ná chūlái shuì le. Tā zài bèiwō li fānlái-fùqù, zǒng shuìbùzháo, biàn lìqǐ le liǎng ěr, tīngqǐ lóuxià de dòngjìng lái. Tā tīngtīng pōshuǐ de shēngyīn yě xīle, yùshì de mén kāile zhīhòu, tā tīngjiàn tā de jiǎobùshēng hǎoxiàng shì zǒu shàng lóu lái de yàngzi. Yòng bèi bāozhe le tóu, tā xīnli de ěrduo míngmíng gàosu tā shuō:

"Tā yǐjīng lì zài ménwài le."

Tā juéde quánshēn de xuèyè, dōu zài wǎng shàng bēnzhù de yàngzi. Xīnli pà de fēicháng, xiū de fēicháng, yě xǐhuān de fēicháng. Rán'ér ruò yǒu rén wèn tā, tā wúlùnrúhé, zǒng bùkěn chéngrèn shuō, zhè shíhou tā shì xǐhuān de.

Tā bǐngzhù le qìxī, jiānzhe le liǎng ěr tīngle yīhuì, juéde mén wài bìng wú dòngjìng, yòu gùyì kāsòule yī shēng, mén wài yìwú shēngxiǎng. Tā zhèngzài nàli yíhuò de shíhou, hū tīngjiàn tā de shēngyīn, zài lóuxià tóng tā de fùqīn zài nàli shuōhuà. Tā shǒu li niēle yībǎ lěnghàn, pīnmìng xiǎng tīngchū tā de huà lái, rán'ér wúlùnrúhé zǒng tīng bù qīngchǔ. Tíngle yīhuì, tā de fùqīn gāoshēng xiàole qǐlái, tā bǎ bèi méngtóu de yī zhào, yǎojǐn le yáchǐ shuō:

"Tā gàosule tā le! Tā gàosule tā le!" Zhè yī tiān de wǎnshàng tā yī shuì yě bùcéng shuìzháo. Dì-èr tiān de zǎochén, tiānliàng de shíhou, tā jiù jīngxīn-diàodǎn de zǒuxià lóu lái. Xǐle shǒu miàn, shuāle yá, chèn zhǔrén hé tā de nǚ'ér hái méiyǒu qǐlái zhīxiān, tā jiù tóng táo yě shìde chūle nàge lǚguǎn, pǎodào wàimiàn lái. Guāndào shàng de shāchén, rǎnle zhāolù, hái wèicéng gānzhe. Tàiyáng yǐjīng qǐlái le. Tā bùwèn zàobái, biàn yīzhí de wǎng dōng zǒuqù, yuǎnyuǎn yǒu yī gè nóngfū, tuōle yī chē yěcài mànmàn de zǒulái. Nà nóngfū tóng tā cāguò de shíhou, hūrán duì tā shuō: "Nǐ zǎo ā!"

Tā dào jīngle yī tiào, nà qīngshòu de liǎn shàng, yòu qǐle yīcéng hóngcháo, xiōng qián yòu luàntiào qǐlái, tā xīnli xiǎng:

"Nándào zhè nóngfū yě zhīdàole me?"

Wútóu-wúnǎo de pǎole hǎojiǔ, tā huízhuǎn tóu lái kànkàn tā de xuéxiào, yǐjīng yuǎn de hěn le, jǔtóu kànkàn, tàiyáng yě shēnggāo le. Tā mōmō biǎo kàn, nà yínbǐng dà de biǎo, yě bùzài shēnbiān. Cóng tàiyáng de jiǎodù kàn qǐlái, dàyuē yǐjīng shì jiǔ diǎn zhōng qiánhòu de yàngzi. Tā suīrán juéde jī'è de hěn, rán'ér wúlùnrúhé, zǒng bù yuànyì zài huídào nà lǚguǎn li qù, tóng zhǔrén hé tā de nǚ'ér xiāngjiàn. Xiǎng qù mǎixiē língshí chōng yī chōngjī, rán'ér tā mōmō zìjiā de dài kàn, dài li zhǐ shèngle yī jiǎo èr fēn qián zài nàli. Tā dào yī jiā xiāngxia de záhuòdiàn nèi, jìn nà yī jiǎo èr fēn qián, mǎile xiē língsuì de shíwù, xiǎng qù xún yīchù wúrén kànjiàn de dìfang qù chī. Zǒudàole yīchù liǎng lù jiāochā de shízi lùkǒu, tā cháo nán de yī wàng, zhǐjiàn yǔ tā de qùlù héngjiāo de nà yī tiáo zì běi qū nán de lù shàng, xíngrén xīshǎo de hěn. Nà yī tiáo lù shì xiàng nán de xié dī xiàqù de, liǎngmiàn gèng yǒu gāobì zài nàli, tā zhīdào zhè lù shì cóng yī tiáo xiǎoshān zhōng kāipì chūlái de. Tā gāngcái zǒulái de nà tiáo dàdào, biànshì zhè shān de lǐngjí, shízìlù dāngzuòle zhōngxīn, yǔ lǐngjí shàng de nà tiáo dàdào xiāngjiāo de hénglù, shì liǎngbiān dī xié xiàqù de. Zài shízì lùkǒu chíyíle yīhuì, tā jiù qǔle nà yī tiáo xiàng nán xiéxià de lù zǒuqù. Zǒujìnle liǎngmiàn de gāobì, tā de qùlù jiù chuānrù dà píngyuán qù, zhí tōngdào bǐ'àn de shì nèi. Píngyuán de bǐ'àn yǒu yīcù shēnlín, huà zài bìkōng de xīnli, tā xīnli xiǎng:

"Zhè dàyuē jiùshì A shéngōng le."

Tā zǒujìn le liǎngmiàn de gāobì, xiàng zuǒshǒu xiémiàn shàng yī wàng, jiàn yán gāobì de nà shān miàn shàng yǒu yī dào nǔqiáng, wéizhùzhe jǐ jiān máoshè, máoshè de mén shàng xuánzhe le "Xiāngxuěhǎi" sān zì de yī fāng biǎn'é. Tā líkāile zhènglù, zǒu shàng jǐ bù, dào nà nǔqiáng de mén qián, shùnshǒu de xiàng mén yī tuī, nà liǎng shàn cháimén jìngzì kāi le. Tā jiù suísuí-biànbiàn de tàle jìnqù. Mén nèi yǒu yī tiáo qūjìng, zì ménkǒu tōngguòle xiémiàn, zhídádào shān shàng qù de. Qūjìng de liǎngpáng, yǒu xǔduō lǎocāng de méishù zhòng zài nàli, tā zhīdào zhè jiùshì méilín le. Shùnle nà yī tiáo qūjìng, wǎng běi de cóng xiémiàn shàng zǒudào shāndǐng de shíhou, yīpiàn tóng túhuà shìde píngdì, zhǎnkāi zài tā de yǎnqián. Zhè yuán zìcóng shānjiǎo shàng qǐ, kuà yǒu cháo nán de bànshān xiémiàn, tóng dǐng shàng de yī kuài píngdì, bùzhì de fēicháng yōuyǎ.

Shāndǐng píngdì de xīmiàn shì qiānrèn de juébì, yǔ gé àn de juébì xiāng duìzhì, liǎng bì de zhōngjiān, biànshì tā gāng zǒuguò de nà yī tiáo zì běi qū nán de tōnglù. Bèi línzhe le nà juébì, yǒu yī jiān lóuwū, jǐ jiān píngwū zào zài nàli. Yīnwèi zhè jǐ jiān wū, ménchuāng dōu bì zài nàli, tā suǒyǐ zhīdào zhè dìng shì wèi méihuā kāirì, mài jiǔshí yòng de. Lóuwū de qiánmiàn, yǒu yī kuài cǎodì, cǎodì zhōngjiān, yǒu jǐ fāng báishí, wéichéng le yī gè huāyuán, quānzi li, wòzhe yī zhī lǎoméi, nà cǎodì de nán jìntóu, shāndǐng de píng zhèngyào xiàng nán xié xiàqù de dìfang, yǒu yī kuài shíbēi lì zài nàli, xì jì zhè méilín de lìshǐ de. Tā zài bēi qián de cǎodì shàng zuòxià zhīhòu, jiù bǎ mǎilái de língshí ná chūlái chī le.

Chīle zhīhòu, tā wùwù de zài cǎodì shàng zuòle yīhuì. Sìmiàn bìng wú rénshēng, yuǎnyuǎn de shùzhī shàng, shíyǒu yī shēng liǎng shēng de niǎomíng shēng fēilái. Tā yǎngqǐ tóu lái kànkàn chéngqīng de bìluò, tóng nà jiǎojié de rìlún, juéde sìmiàn de shùzhī fángwū, xiǎocǎo fēiqín, dōu yīyàng de zài hépíng de tàiyángguāng li, shòu dàzìrán de huàyù. Tā nà zuótiān wǎnshàng de fànzuì de jìyì, zhèngtóng yuǎnhǎi de fānyǐng yībān, bùzhī xiāoshī dào nàli qù le. Zhè méilín de píngdì shàng hé xiémiàn shàng, chālái chāqù de qūjìng hěn duō. Tā zhàn qǐlái zǒulái zǒuqù de zǒule yīhuì, fāng xiǎodé xiémiàn shàng méishù de zhōngjiān, gèngyǒu yī jiān píngwū zào zài nàli. Cóng zhè yī jiān fángwū wǎng dōng de zǒuqù jǐ bù, yǒu yǎn gǔjǐng, mái zài sōngyèduī zhōng. Tā yáoyáo jǐng shàng de jītǒng kàn, gāgā de xiǎngle jǐ shēng, què chōubùqǐ shuǐ lái. Tā xīnli xiǎng:

"Zhè yuán dàyuē zhǐyǒu méihuā kāi de shíhou, kāifàng yīxià, píngshí zǒng méiyǒu rén zhù de."

Dào zhèshí tā yòu zìyán-zìyǔ de shuō:

"Jìrán kōng zài zhèli, wǒ héfáng qù xiàng yuán zhǔrén qù jièzhù-jièzhù." Xiǎngdìng le zhǔyì, tā jiù pǎoxià shān lái, dǎsuàn qù xún yuán zhǔrén qù. Tā jiāng zǒudào ménkǒu de shíhou, què hǎo yùjiànle yī gè wǔshí lái suì de nóngfū zǒujìn yuán lái. Tā duì nà nóngfū dàoqiàn zhīhòu, jiù wèn tā shuō:

"Zhè yuán shì shuíde, nǐ kě zhīdào?"

"Zhè yuán shì wǒ jīngguǎn de."

"Nǐ zhù zài shénme dìfang de?"

"Wǒ zhù zài lù de nàmiàn."

Yībiān zhèyàng de shuō, yībiān nà nóngmín zhǐzhe tōng lù xībian de yī jiān xiǎowū gěi tā kàn. Tā xiàng xī yī kàn, guǒrán zài xībian de gāobì jìntóu de dìfang, yǒu yī jiān xiǎowū zài nàli. Tā diǎnle diǎntóu, yòu wèn shuō:

"Nǐ kěyǐ bǎ yuán nèi de nà jiān lóuwū zūgěi wǒ zhùzhù me?"

"Kěshì kěyǐ de, nǐ zhǐ yī gè rén me?"

"Wǒ zhǐ yī gè rén."

"Nà nǐ kě bùbì bānlái de."

"Zhèshì shénme yuángù ne?"

"Nǐmen xuéxiào li de xuéshēng, yǐjīng yǒu jǐ cì bānlái guò le, dàyuē dōu yīnwèi lěngjìng bùguò, zhù bù shàng shí tiān, jiù bānzǒu de."

"Wǒ kě tóng biérén bùtóng, nǐ dànnéng zūgěi wǒ, wǒ shì bùpà lěngjìng de."

"Zhèyàng nǎli yǒu bù zū de dàoli, nǐ xiǎng shénme shíhou bānlái?"

"Jiùshì jīntiān wǔhòu ba."

"Kěyǐ de, kěyǐ de."

"Qǐng nǐ jiù tì wǒ sǎo yī sǎo gānjìng, miǎnde bānlái zhīhòu zháománg."

"Kěyǐ kěyǐ. Zàihuì!"

"Zàihuì!"

Bānjìn le shānshàng méiyuán zhīhòu, tā de yōuyùzhèng yòu biànqǐ xíngzhuàng lái le.

Tā tóng tā de Běijīng de zhǎngxiōng, wèile yīxiēr xìshì, jìng shēngqǐ jǔyǔ lái. Tā fāle yī fēng chángcháng de xìn, jìdào Běijīng, tóng tā de zhǎngxiōng juéle jiāo.

Nà yī fēng xìn fāchū zhīhòu, tā dāidāi de zài lóuqián cǎodì shàng xiǎngle xǔduō shíhou. Tā zìjiā xiǎngxiǎng kàn, tā biànshì shìjiè shàng zuì bùxìng de rén le. Qíshí zhè yī cì de juélie, shì fāshǐ yú tā de. Tóngshì cāogē, shì gèng shènyú tā xìng zhī xiāngzhēng, zìcǐ zhīhòu, tā hèn tā de zhǎng xiōng jìngtóng shéxiē yīyàng, tā bèi tā rén qīwǔ de shíhou, měi bǎ tā zhǎngxiōng ná chūlái zuòbǐ:

"Zìjiā de dìxiōng, shàngqiě rúcǐ, hékuàng tārén ne!"

Tā měi dádào zhè yī gè jiélùn de shíhou, bìjìn bǎ tā zhǎngxiōng dài tā kēkè de shìqíng, xìxì huíxiǎng chūlái. Bǎ gè zhǒng guòqù de shìjì, lièjǔ chūlái zhīhòu, jiù bǎ tā zhǎngxiōng pànjué shì yī gè èrén, tā zìjiā shì yī gè shànrén. Tā yòu bǎ zìjiā de hǎochù lièjǔ chūlái, bǎ tā suǒshòu de kǔchù, kuādà de xì shǔ qǐlái. Tā zhèngmíng de zìjiā shì yī gè shìjiè shàng zuì kǔ de rén de shíhou, tā de yǎnlèi jiù tóng pùbù shìde liú xiàlái. Tā zài nàli kū de shíhou, kōngzhōng hǎoxiàng yǒu yī zhǒng róuhé de shēngyīn zài duì tā shuō:

"Āya, kū de shì nǐ me? Nà zhēnshì yuānqūle nǐ le. Xiàng nǐ zhèyàng de shànrén, shòu shìrén de nàyàng de nüèdài, zhè kě zhēnshì yuānqūle nǐ le. Bàle bàle, zhè yěshì tiānmìng, nǐ biézài kūle, pà shānghàile nǐ de shēntǐ!"

Tā xīnli yī tīngdào zhè yī zhǒng shēngyīn, jiù shūchàng qǐlái. Tā juéde bēikǔ de zhōngjiān, yě yǒu wúqióng de gānwèi zài nàli.

Tā yīnwèi xiǎng fù tā zhǎngxiōng de chóu, suǒyǐ jiù bǎ suǒ xué de yīkē diūqì le, gǎirù wénkē li qù, tā de yìsi, yǐwéi yīkē shì tā zhǎngxiōng yào tā gǎi de, réngjiù gǎihuí wénkē, jiùshì duì tā zhǎngxiōng xuānzhàn de yī zhǒng míngshì. Bìngqiě tā yóu yīkē gǎirù wénkē, zài gāoděng xuéxiào xū chí zúyè yī nián. Tā xīnli xiǎng, chí zúyè yī nián, jiùshì zǎosǐ yī suì, nǐ ruò yīncǐ chíle yī nián, jiùdào sǐ kěyǐ duì nǐ zhǎngxiōng hán yī zhǒng díyì. Yīnwèi tā kǒngpà yī-èr nián zhīhòu, tāmen xiōngdì liǎng rén de gǎnqíng, réngjiù yào héhǎo qǐlái; suǒyǐ zhè yī cì de zhuǎnkē, biànshì bāng tā yǒngjiǔ díshì tā zhǎngxiōng de yī gè shǒuduàn.

Qìhòu jiànjiànr de hánlěng qǐlái, tā bān shàng shān lái zhīhòu, yǐjīng yǒu yī gè yuè le, jǐ rì lái tiānqì yīnyù, huīsè de céngyún, tiāntiān guà zài kōngzhōng. Hánlěng de běifēng chuīlái de shíhou, méilín de shùyè, měi xīsuǒ-xīsuǒ de fēi diào xiàlái. Chū bānlái de shíhou, tā màile xiē jiùshū, mǎile xǔduō huīfàn de qìjù, zìjiā shāole yī gè yuè fàn, yīnwèi tiān lěngle, tā yě lǎn de shāo le. Tā měitiān de huǒshí, jiù yīqiè bāogěi le shānjiǎo xià de yuándīng jiā bāobàn, suǒyǐ tā jìnlái zhǐtóng tuìyuàn de xiánsēng yīyàng, chúle yuànrén màjǐ zhīwài, gèng méiyǒu biéde shìqíng le.

Yǒu yī tiān zǎochén, tā qīnzǎo de qǐlái, bǎ cháo dōng de chuāngmén kāile zhīhòu, tā kànjiàn qiánmiàn de dìpíngxiàn shàng yǒu jǐ lǚ hóngyún, zài nàli fúdàng.

Dōngtiān bànjiǎo, fǎnzhàochū yī zhǒng yínhóng de huīsè. Yīnwèi zuótiān xiàle yī tiān wēiyǔ, suǒyǐ tā kànle zhè qīngxīn de xùrì, bǐ píngrì gèng tiānle jǐfēn huānxǐ. Tā zǒudào shān de xiémiàn shàng, cóng nà gǔjǐng li jíle shuǐ, xǐle shǒu miàn zhīhòu, juéde mǎnshēn de qìli, yīshàshí dōu huífùle zhuǎnlái de yàngzi. Tā biàn pǎo shàng lóu qù, nále yī běn Huáng Zhòngzé de shījí xiàlái, yībiān gāoshēng lǎngdú, yībiān jìn zài nà méilín de qūjìng li, pǎolái pǎoqù de pǎo quānzi. Bù duō yīhuì, tàiyáng qǐlái le.

Cóng tā zhù de shāndǐng xiàng nánfāng kànqù, yǎnxià kàndechū yī dà píngyuán. Píngyuán li de dàotián, dōu shàngwèi shōugē qǐ. Jīnhuáng de gǔsè, yǐ gànbì de tiānkōng zuòle bèijǐng, fǎnyìngzhe yī tiān tàiyáng de chéngguāng, nà fēngjǐng zhèngtóng kàn Mǐlái (Millet) de tiányuán qīnghuà yībān. Tā juéde zìjiā hǎoxiàng yǐjīng biànle jǐ qiān nián qián de yuánshǐ jīdūjiàotú de yàngzi, duìle zhè zìrán de mòshì, tā bùjué xiàoqǐ zìjiā de qìliàng xiáxiǎo qǐlái.

"Shè ráo le! Shè ráo le! Nǐmen shìrén dézuì yú wǒ de dìfang, wǒ dōu ráo shèle nǐmen ba, lái, nǐmen lái, dōulái tóng wǒ jiǎnghé ba!" Shǒu li názhe le nà yī běn shījí, yǎnlǐ fúzhe le liǎng hóng qīnglèi, zhèngduìle nà píngyuán de qiūsè, dāidāi de lì zài nàli xiǎng zhèxiē shìqíng de shíhou, tā hū tīngjiàn tā de jìn biān, yǒu liǎng rén zài nàli dīshēng de shuō:

"Jīn wǎnshàng nǐ yīdìng yàolái de li!"

Zhè fēnmíng shì nánzǐ de shēngyīn. "Wǒ shì fēicháng xiǎnglái de, dànshì kǒngpà ......" Tā tīngle zhè jiāodīdī de nǚzǐ de shēngyīn zhīhòu, hǎoxiàng shì bèi diànqì guànchuānle de yàngzi, juéde zìjiā de xuèyè xúnhuán dōu tíngzhǐ le. Yuánlái tā de shēnbiān yǒu yī cóng zhǎngdà de wěicǎo shēng zài nàli, tā lì zài wěicǎo de yòumiàn, nà yī duì nánnǚ, dàyuē shì zài wěicǎo de zuǒmiàn, suǒyǐ tāmen liǎng gè hái bù xiǎodé gézhe wěicǎo, yǒu rén zhàn zài nàli. Nà nánrén yòu shuō: "Nǐ xīn zhēnhǎo, qǐng nǐ jīn wǎnshàng lái ba, wǒmen dào rújīn hái méi zài bèiwō li shuìguò jiào."

"........"

Tā hūrán tīngjiàn liǎng rén de zuǐchún, zhuózhuó de hǎoxiàng zài nàli shǔnxī de yàngzi.

Tā tóng tōule shí de yěgǒu yīyàng, jiù jīngxīn-diàodǎn de bǎ shēnzi qūdǎo qù tīngle. "Nǐ qùsǐ ba, nǐ qùsǐ ba, nǐ zěnme huì xiàliú dào zhèyàng de dìbù!"

Tā xīnli suīrán rúcǐ de zài nàli tòngmà zìjǐ, rán'ér tā nà yī shuāng jiānzhe de ěrduo, què yīyán-bànyǔ yě bù yuànyì yílòu, yònglè quánfù jīngshén zài nàli tīngzhe.

Dìshang de luòyè suǒxī-suǒxī de xiǎngle yīxià.

Jiě yīdài de shēngyīn.

Nánrén sīsī de tǔle jǐ kǒu qì.

Shéjiān shǔnxī de shēngyīn.

Nǚrén bàn qīng bàn zhòng, duànduàn-xùxù de shuō:

"Nǐ! ...... Nǐ! ...... Nǐ kuài ...... kuài ......ba. ...... Bié ...... bié ...... bié bèi rén ...... bèi rén kànjiàn le."

Tā de miànsè, yīshàshí de biànle huīsè le. Tā de yǎnjing tóng huǒ yě shìde hóngle qǐlái. Tā de shàng'è gǔ tóng xià'è gǔ gāgā de fāqǐ chàn lái. Tā zàiyě zhàn bù zhù le. Tā xiǎng pǎokāi qù, dànshì tā de liǎng zhī jiǎo, zǒng bù tīng tā de huà. Tā kǔmènle yīchǎng, tīngtīng liǎng rén chūqùle zhīhòu, jiù tóng luòshuǐ de māogǒu yīyàng, huídào lóushàng fáng li qù, náchū bèiwō lái shuì le.

Tā fàn yě bù chī, yīzhí zài bèiwō li shuìdào wǔhòu sì diǎn zhōng de shíhou cái qǐlái. Nà shíhou xīyáng sǎmǎn le yuǎnjìn. Píngyuán de bǐ'àn de shùlín li, yǒu yī dài cāngyān, yōuyōu-yángyáng de lǒngzhào zài nàli. Tā liàngliàng-qiàngqiàng de zǒuxiàle shān, shàngle nà yī tiáo zì běi qū nán de dàdào, chuānguò le nà píngyuán, wútóu-wúxù de jìnshì xiàng nán de zǒuqù. Zǒujìn le píngyuán, tā yǐjīng dàole shéngōng qián de diànchē tíngliúchù le. Nà shíhou què hǎo cóng nánmiàn yǒu yī chéng diànchē dàolái, tā bùzhī-bùjué jiù tiàole shàngqù, jì bù zhīdào tā jiūjìng wèishénme yào chéng diànchē, yě bù zhīdào zhè diànchē shì wǎng shénme dìfang qù de.

Zǒule shíwǔ-liù fēnzhōng, diànchē tíngle, yùnchē de jiào tā huànchē, tā jiù huànle yī chéngchē. Zǒule èr-sānshí fēnzhōng, diànchē yòu tíngle, tā tīngjiàn shuō shì zhōngdiǎn le, tā jiù zǒule xiàlái. Tā de qiánmiàn jiùshì zhùgǎng le.

Qiánmiàn yīpiàn wāngyáng de dàhǎi, héng zài wǔhòu de tàiyángguāng li, zài nàli wēixiào. Chāo hǎi ér nán yǒu yī tiáo qīngshān, yǐnyǐn de fú zài tòumíng de kōngqì li, xībian shì yī mài chángdī, zhíchídào hǎiwān de xīnli qù. Dī wài yǒu yīchù dēngtái, tóng jùrén shìde, lì zài nàli. Jǐ sōu kōngchuán hé jǐ zhī shānbǎn, qīngqīng de zài xìzhe de dìfang fúdàng. Hǎi zhōng jìn àn de dìfang, yǒu xǔduō fúbiāo, bǎoshòule xiéyáng, hónghóng de fú zài nàli. Yuǎnchù fēnglái, dàizhe jǐ jù dāndiào de huàshēng, jì tīng bù qīngchǔ shì shénme huà, yě bù zhīdào shì cóng nàli lái de.

Tā zài ànbiān shàng zǒulái zǒuqù zǒule yīhuì, hū tīngjiàn nà yībiān chuánguò le yīzhèn jī qīng de shēng lái. Tā pǎo guòqù yī kàn, yuánlái shì wèi huàn dùchuán ér fā de. Tā lìle yīhuì, kàn yǒu yī zhī xiǎo huǒlún cóng duì'àn guòlái le. Gēnzhe le yī gè sì-wǔshí suì de gōngrén, tā yě jìnle nà zhī xiǎo huǒlún qù zuòxià le.

Dùdào dōng àn zhīhòu, shàngqián zǒule jǐ bù, tā kànjiàn kào'àn yǒu yī jiā dà zhuāngzi zài nàli. Dàmén kāi de hěn dà, tíngnèi de jiǎshān huācǎo, bùzhì de chǔchǔ kě'ài. Tā bù wèn shìfēi, jiù duóle jìnqù. Zǒu bù shàng jǐ bù, tā hū tīng de qiánmiàn jiāzhōng yǒu nǚrén de jiāoshēng jiào tā shuō:

"Qǐng jìnlái ya!" Tā bù jué jīngle yīxià, jiù dāidāi de zhànzhù le. Tā xīnli xiǎng:

"Zhè dàyuē jiùshì mài jiǔshí de rénjiā, dànshì wǒ tīngjiàn shuō, zhèyàng de dìfang, zǒngyǒu jìnǚ zài nàli de."

Yī xiǎngdào zhèli, tā de jīngshén jiù dǒusǒu qǐlái, hǎoxiàng shì yī tǒng lěngshuǐ jiāo shàng shēn lái de yàngzi. Tā de miànsè lìshí biàn le. Yào xiǎng jìnqù yòu bùnéng jìnqù, yào xiǎng chūlái yòu bùdé chūlái; kělián tā nà tóng tùr shìde xiǎodǎn, tóng yuánhóu shìde yínxīn, jìng bǎ tā xiàndào yī gè dàdà de nánjìng li qù le.

"Jìnlái xià! Qǐng jìnlái xià!"

Lǐmiàn yòu jiāodīdī de jiàole qǐlái, dàizhe xiàoshēng.

"Kěwù dōngxi, nǐmen jìnggǎn qī wǒ dǎnxiǎo me?"

Zhèyàng de nùle yīxià, tā de miànsè gèng tóng huǒ yě shìde shāole qǐlái. Yǎojǐn le yáchǐ, bǎ jiǎo zài dìshang qīngqīng de dēngle yī dēng, tā jiù niēle liǎng gè quántou, xiàngqián jìnqù, hǎoxiàng shì duìle nà jǐ gè niánqīng de shìnǚ xuānzhàn de yàngzi. Dànshì tā nà qīng yīzhèn hóng yīzhèn de miànsè, hé tā de miàn shàng de wēiwēir zài nàli zhèndòng de jīnròu, zǒng yǐncáng bùguò. Tā zǒudào nà jǐ gè shìnǚ de miànqián de shíhou, jīhū yào tóng xiǎohái shìde kū chūlái le.

"Qǐng shànglái!"

"Qǐng shànglái!"

Tā yìngle tóupí, gēnle yī gè shíqī-bā suì de shìnǚ zǒu shàng lóu qù, nà shíhou tā de jīngshén yǐjīng yǒuxiē zhènjìng xiàlái le. Zǒule jǐ bù, jīngguò yī tiáo àn'àn de jiádào de shíhou, yīzhèn nǎorén de huāfěn xiāngqì, tóng Rìběn nǚrén tèyǒu de yī zhǒng ròu de xiāngwèi, hé tóufà shàng de xiāngyóu qìxī hézuòle yīchù, hēng de pū shàng tā de bíkǒng lái. Tā lìkè juéde tóuyūn qǐlái, yǎnjing li kànjiànle jǐ kē huǒxīng, xiàng hòubiān diē yě shìde tuìle yī bù. Tā zài dìngjīng yī kàn, zhǐjiàn tā de qiánmiàn hēi àn'àn de zhōngjiān, yǒu yī cháng yuánxíng de nǚrén de fěnmiàn, duīzhe le wēixiào, zài nàli wèn tā shuō:

"Nǐ! Nǐ háishì shàng kào hǎi de dìfang ne? Háishì zěnyàng?"

Tā juéde nǚrén kǒu li tǔ chūlái de qìxī, yě rèhuohuo de hēng shàng tā de miàn lái. Tā bùzhī-bùjué bǎ zhè qìxī shēnshēn de xīle yī kǒu. Tā de yìshí, gǎnjuédào tā zhè xíngwéi de shíhou, tā de miànsè yòu lìkè hóngle qǐlái. Tā bùdéyǐ zhǐnéng hánhán-húhú de dáying tā shuō:

"Shàng kào hǎi de fángjiān li qù."

Jìnle yī jiān kào hǎi de xiǎo fángjiān, nà shìnǚ biàn wèn tā yào shénme cài. Tā jiù huídá shuō:

"Suíbiàn ná jǐ yàng lái ba."

"Jiǔ yào bù yào?"

"Yàode."

Nà shìnǚ chūqù zhīhòu, tā jiù zhàn qǐlái tuīkāile zhǐchuāng, cóng wàibiān fàngle yīzhèn kōngqì jìnlái. Yīnwèi fáng li de kōngqì, chénzhuó de hěn, tā gāngcái zài jiádào zhōng wénguò de nà yīzhèn nǚrén de xiāngwèi, hái shèng zài nàli, tā shízài shì bèi zhè yīzhèn qìwèi yāpò bùguò le.

Yī wān dàhǎi, jìngjìng de fú zài tā de miànqián. Wàibiān hǎoxiàng shì qǐle wēifēng de yàngzi, yīpiàn yīpiàn de hǎilàng, shòule yángguāng de fǎnzhào, tóng jīnyú de yúlín shìde, zài nàli wēidòng. Tā lì zài chuāngqián kànle yīhuì, dīshēng de yínle yī jù shī chūlái:

"Xīyáng hóng shàng hǎibiān lóu."

Tā xiàng xī de yī wàng, jiàn tàiyáng lí xī nán de dìpíngxiàn zhǐyǒu yī zhàng duō gāo le. Dāidāi de kànle yīhuì, tā de xīn xiǎng zěnme yě líbùkāi gāngcái de nàge shìnǚ. Tā de kǒu li de tóu shàng de miàn shàng de hé shēntǐ shàng de nà yī zhǒng xiāngwèi, zěnme yě bùróng tā de xīnsi qù xiǎng biéde dōngxi. Tā cái zhīdào tā xiǎng yínshī de xīn shì jiǎde, xiǎng nǚrén de ròutǐ de xīn shì zhēnde le.

Tíngle yīhuì, nà shìnǚ bǎ jiǔcài bānle jìnlái, guì zuò zài tā de miànqián, qīnqīn-rèrè de tì tā shàngjiǔ. Tā xīnli xiǎng zǐzǐ-xìxì de kàn tā yī kàn, bǎ tā de xīnli de kǔmèn dōu gàosule tā, rán'ér tā de yǎnjing zěnme yě bùgǎn píngshì tā yī yǎn, tā de shégēn zěnme yě bùnéng yáodòng yī yáodòng. Tā bùguò tóng yǎzi yīyàng, tōukànkàn tā nà gē zài xī shàng yī shuāng xiānnèn de báishǒu, tóng yīfèng li lù chūlái de yī tiáo fěnhóng de wéiqúnjiǎo.

Yuánlái Rìběn de fùrén dōu bù chuān kùzi, shēnshàng tiēròu zhǐ wéizhe yī tiáo duǎnduǎn de wéiqún. Wàibiān jiùshì yī jiàn chángxiù de yīfu, yīfu shàng yě méiyǒu niǔkòu, yāo li zhǐ fùzhe yī tiáo yī chǐ duō kuān de dàizi, hòumiàn jiézhe yī gè fāngjié. Tāmen zǒulù de shíhou, qiánmiàn de yīfu měi yī bù yī bù de xiānkāi lái, suǒyǐ hóngsè de wéiqún, tóng féibái de tuǐròu, měi néng tōukàn. Zhè shì Rìběn nǚzǐ tèbié de měichù; tā zài lùshang yùjiàn nǚzǐ de shíhou, zhùyì de jiùshì zhèxiē dìfang. Tā qièchǐ de tòngmà zìjǐ, chùshēng! Gǒuzéi! Bēiqiè de rén! Yě biànshì zhège shíhou.

Tā kànle nà shìnǚ de wéiqúnjiǎo, xīntóu biàn luàntiào qǐlái. Yù xiǎng tóng tā shuōhuà, dàn yù juéde jiǎngbùchū huà lái. Dàyuē nà shìnǚ shì kàn de bù nàifán qǐlái le, biàn qīngqīng de wèn tā shuō:

"Nǐ fǔshàng shì shénme dìfang?"

Yī tīngle zhè yī jù huà, tā nà qīngshòu cāngbái de miàn shàng, yòu qǐle yīcéng hóngsè; hánhán-húhú de huídále yī shēng, tā nànà de zǒng shuōbùchū qīngxī de huíhuà lái. Kělián tā yòu zhànzài duàntóutái shàng le.

Yuánlái Rìběnrén qīngshì Zhōngguórén, tóng wǒmen qīngshì zhūgǒu yīyàng. Rìběnrén dōu jiào Zhōngguórén zuò "Zhīnàrén", zhè "Zhīnàrén" sān zì, zài Rìběn, bǐ wǒmen màrén de "jiànzéi" hái gèng nántīng, rújīn zài yī gè rúhuā de shǎonǚ qiántóu, tā bùdébù zìrèn shuō: "Wǒ shì Zhīnàrén" le.

"Zhōngguó ya Zhōngguó, nǐ zěnme bù qiángdà qǐlái!"

Tā quánshēn fāqǐ dǒu lái, tā de yǎnlèi yòu kuài gǔn xiàlái le.

Nà shìnǚ kàn tā fāchàn fā de lìhai, jiù xiǎng ràng tā yī gè rén zài nàli hējiǔ, hǎo jiào tā bǎ jīngshén ānzhèn-ānzhèn, suǒyǐ duì tā shuō:

"Jiǔ jiù kuài méiyǒule, wǒ zàiqù ná yī píng lái ba?"

Tíngle yīhuì tā tīng de nà shìnǚ de jiǎobùshēng yòu zǒu shàng lóu lái. Tā yǐwéi tā shì shàng tā zhèli lái de, suǒyǐ jiù bǎ yīfu zhěngle yī zhěng, zīshì gǎile yī gǎi. Dànshì tā bèi tā qīpiàn le. Tā yuánlái shì lǐngle liǎng-sān gè lìngwài de kèrén, shàng jiānbì de nà yī jiān fángjiān li qù de. Nà liǎng-sān gè kèrén dōu zài nàli duì nà shìnǚ qǔxiào, nà shìnǚ yě jiāodīdī de shuō:

"Bié húnàole, jiānbì háiyǒu kèrén zài nàli."

Tā tīngle jiù lìkè fā qǐnù lái. Tā xīnli mà tāmen shuō:

"Gǒucái! Súwù! Nǐmen dōu gǎnlái qīwǔ wǒ me? Fùchóu fùchóu, wǒ zǒngyào fù nǐmen de chóu. Shìjiān nàli yǒu zhēnxīn de nǚzǐ! Nà shìnǚ de fùxīn dōngxi, nǐ jìnggǎn bǎ wǒ diūle me? Bàle bàle, wǒ zàiyě bù ài nǔrén le, wǒ zàiyě bù ài nǔrén le. Wǒ jiù ài wǒ de zǔguó, wǒ jiù bǎ wǒ de zǔguó dāngzuòle qíngrén ba."

Tā mǎshàng jiù xiǎng pǎo huíqù fāfèn yònggōng. Dànshì tā de xīnli, què hěn xiànmù nà jiānbì de jǐ gè súwù. Tā de xīnli, háiyǒu yīchù dìfang zài nàli pànwàng nà gè shìnǔ zài huídào tā zhèli lái.

Tā ànzhù le nù, mòmò de hēgānle jǐ bēi jiǔ, juéde shēn shàng rè qǐlái. Dǎkāile chuāngmén, tā kàn tàiyáng jiù kuài yào xiàshān qù le. Yòu lián yǐnle jǐ bēi, tā juéde tā miànqián de hǎijǐng dōu ménglóng qǐlái. Xīmiàn dī wài de dēngtái de hēiyǐng, zhǎngdàle xǔduō. Yīcéng mángmáng de báowù, bǎ hǎitiān rónghún zuòle yīchù. Zài zhè yīcéng húndùn bùmíng de báoshāyǐng li, xīfāng de jiāng luò bù luò de tàiyáng, hǎoxiàng zài nàli xībié de yàngzi. Tā kànle yīhuì, bù zhīdào shì shénme yuángù, zhǐ juéde hǎoxiào. Hēhē de xiàole yīhuí, tā yòng shǒu cācā zìjiā nà huǒrè de shuāngjiá, biàn zìyán-zìyǔ de shuō:

"Zuìle zuìle!"

Nà shìnǔ guǒrán jìnlái le. Jiàn tā hóngle liǎn, lì zài chuāngkǒu zài nàli chīxiào, biàn wèn tā shuō: "Chuāng kāile zhèyàng dà, nǐ bù lěng de me?"

"Bùlěng bùlěng, zhèyàng hǎo de luòzhào, shuí shěde bùkàn ne?"

"Nǐ zhēnshì yī gè shīrén ya! Jiǔ nálái le."

"Shīrén! Wǒ běnlái shì yī gè shīrén. Nǐ qù bǎ zhǐbǐ nále lái, wǒ mǎshàng xiě shǒu shī gěi nǐ kànkàn."

Nà shìnǔ chūqùle zhīhòu, tā zìjiā juéde qíguài qǐlái. Tā xīnli xiǎng: "Wǒ zěnme huì biànle zhèyàng dàdǎn de?"

Tòngyǐnle jǐ bēi xīn nálái de rèjiǔ, tā gèng juéde kuàihuo qǐlái, yòu jīnbùdé hēhē xiàole yīzhèn. Tā tīngjiàn jiānbì fángjiān li de nà jǐ gè súwù, gāoshēng de chàngqǐ Rìběn gē lái, tā yě fàngdàle sǎngzi chàngzhe shuō:

"Zuìpāi lángān jiǔyì hán, jiānghú liáoluò yòu dōngcán,

Jù lián yīngwǔ zhōngzhōu gǔ, wèibài chángshā tàifù gōng,

Yī fàn qiānjīn túbào yì, jǐ rén wǔ yī chūguān nán,

Mángmáng yānshuǐ huítóu wàng, yě wèi shénzhōu lèi àntán."

Gāoshēng de niànle jǐ biàn, tā jiù zài xí shàng zuìdǎo le.

Bā

Yī zuì xǐnglái, tā kànkàn zìjiā shuì zài yī tiáo hóngchóu de bèi li, bèi shàng yǒu yī zhǒng qíguài de xiāngqì. Zhè yī jiān fángjiān yě bù hěn dà, dàn yǐ bùshì báitiān de nà yī jiān fángjiān le. Fáng zhōng guàzhe yī zhǎn shí zhúguāng de diàndēng, zhěntou biān shàng bǎizhe le yī hú chá, liǎng zhī bēizi. Tā dàole èr-sān bēi chá, hēle zhīhòu, jiù liàngliàng-qiàngqiàng de zǒudào fángwài qù. Tā kāile mén, quèhǎo báitiān de nà shìnǚ yě pǎo guòlái le. Tā wèn tā shuō:

"Nǐ! Nǐ xǐngle me?"

Tā diǎnle yī diǎntóu, xiàowēiwēi de huídá shuō:

"Xǐng le. Biànsuǒ shì zài shénme dìfang de?"

"Wǒ lǐng nǐ qù ba."

Tā jiù gēnle tā qù. Tā zǒuguò rìjiān de nà tiáo jiádào de shíjiān, diàndēng diǎn de míngliàng de hěn. Yuǎnjìn yǒu xǔduō gēchàng de shēngyīn, sānxián de shēngyīn, dàxiào de shēngyīn chuándào tā ěrduo li lái. Báitiān de qíngjié, tā dōu xiǎng chūlái le. Yī xiǎngdào jiǔzuì zhīhòu, tā duì nà shìnǚ shuō de nàxiē huà de shíhou, tā juéde miàn shàng yòu fāqǐ shāo lái. Cóng cèsuǒ huídào fáng li zhīhòu, tā wèn nà shìnǚ shuō: "Zhè bèi shì nǐde me?"

Shìnǚ xiàozhe shuō:

"Shìde."

"Xiànzài shì shénme shíhou le?"

"Dàyuē shì bā diǎn sì-wǔshí fēn de yàngzi."

"Nǐ qù kāile zhàng lái ba!"

"Shì."

Tā fùqīngle zhàng, yòu nále yī zhāng zhǐbì gěi nà shìnǚ, tā de shǒu bùjué wēichàn qǐlái. Nà shìnǚ shuō: "Wǒ shì bù yào de."

Tā zhīdào tā shì xiánshǎo le. Tā de miànsè yòu zhǎnghóng le, dài li mōlái mōqù, zhǐyǒu yī zhāng zhǐbì le, tā jiù nále chūlái gěi tā shuō: "Nǐ bié xiánshǎo le, qǐng nǐ shōule ba."

Tā de shǒu zhèndòng de gèngjiā lìhài, tā de huàshēng yě chàndòng qǐlái le. Nà shìnǚ duì tā kànle yī yǎn, jiù dīshēng de shuō:

"Xièxiè!"

Tā zhí de pǎoxià le lóu, tàoshàng le píxié, jiù zǒudào wàimiàn lái.

Wàimiàn lěng de fēicháng, zhè yī tiān dàyuē shì jiùlì de chū bā-jiǔ de yàngzi. Bànlún hányuè, gāoguà zài tiānkōng de zuǒ bànbiān. Dànqīng de yuánxíng gài li, yěyǒu jǐ diǎn shūxīng, sǎn zài nàli.

Tā zài hǎibiān shàng zǒule yī huí, kànkàn yuǎn àn de yúdēng, tóng guǐhuǒ shìde zài nàli zhāoyǐn tā. Xīláng zhōngjiān, yìngzhe le yínsè de yuèguāng, hǎoxiàng shì

郁达夫

119

shānguǐ de yǎnbō, zài nàli kāibì de yàngzi. Bùzhī shì shénme dàoli, tā hū xiǎng tiàorù hǎilǐ qù sǐ le.

Tā mōmō shēnbiān kàn, chéng diànchē de qián yě méiyǒu le. Xiǎngxiǎng báitiān de shìqíng kàn, tā yòu bùdébù tòng mà zìjǐ.

"Wǒ zěnme huì zǒu shàng nàyàng de dìfang qù de? Wǒ yǐjīng biànle yī gè zuì xiàděng de rén le. Huǐ yě wújí, huǐ yě wújí. Wǒ jiù zài zhèli sǐle ba. Wǒ suǒqiú de àiqíng, dàyuē shì qiú bù dào de le. Méiyǒu àiqíng de shēngyá, qǐbù tóng sǐhuī yīyàng me? Āi, zhè gānzào de shēngyá, zhè gānzào de shēngyá, shìshàng de rén yòu dōu zài nàli chóushì wǒ, qīwǔ wǒ, lián wǒ zìjiā de qīndìxiōng, zìjiā de shǒuzú, dōu zài nàli páijǐ wǒ dào zhè shìjiè wài qù. Wǒ jiāng hé yǐ wéishēng, wǒ yòu hébì shēngcún zài zhè duō kǔ de shìjiè li ne!"

Xiǎngdào zhèli, tā de yǎnlèi jiù liánlián-xùxù de dīle xiàlái. Tā nà huībái de miànsè, jìng tóng sǐrén méiyǒu fēnbié le. Tā yě bù jǔqǐ shǒu lái kāikāi yǎnlèi, yuèguāng shèdào tā de miàn shàng, liǎng tiáo lèixiàn, dào biàn yě shàng de zhāolù yīyàng fàngqǐ guāng lái. Tā huízhuǎn tóu lái kànkàn tā zìjiā de yòu shòu yòu cháng de yǐngzi, jiù juéde xīntòng qǐlái.

"Kělián nǐ zhè qīngyǐng, gēnle wǒ èrshíyī nián, rújīn zhè dàhǎi jiùshì nǐ de zàngshēndì le, wǒ de shēnzi, suīrán bèi rénjiā qīrǔ, wǒ kě bùgāi lèi nǐ yě shòuruòdào zhè bù tiándì de. Yǐngzi ya yǐngzi, nǐ ráole wǒ ba!"

Tā xiàng xīmiàn yī kàn, nà dēngtái de guāng, yīshà biànle hóng yīshà biànle lù de zài nàli jìn tā de běnzhí. Nà lù de guāng shèdào hǎimiàn shàng de shíhou, hǎimiàn jiù xiànchū yī tiáo dànqīng de lùlái. Zài xiàng xītiān yī kàn, tā zhǐjiàn xīfāng qīngcāngcāng de tiāndǐxia, yǒu yī kē míngxīng, zài nàli yáodòng.

"Nà yī kē yáoyáo bù dìng de míngxīng de dǐxia, jiùshì wǒ de gùguó. Yě jiùshì wǒ de shēngdì. Wǒ zài nà yī kē xīng de dǐxia, yě céng sòngguò shíbā gè qiūdōng, wǒ de xiāngtǔ a, wǒ rújīn zàiyě bùnéng jiàn nǐ de miàn le."

Tā yībiān zǒuzhe, yībiān jìn zài nàli zì shāng zì dào de xiǎng zhèxiē shāngxīn de āihuà.

Zǒule yīhuì, zài xiàng nà xīfāng de míngxīng kànle yī yǎn, tā de yǎnlèi biàntóng zhòuyǔ shìde luò xiàlái le. Tā juéde sìbiān de jǐngwù, dōu móhu qǐlái. Bǎ yǎnlèi kāile yīxià, lìzhù le jiǎo, chángtànle yīshēng, tā biàn duànduàn-xùxù de shuō:

"Zǔguó ya zǔguó! Wǒ de sǐ shì nǐ hài wǒ de!

"Nǐ kuài fù qǐlái! Qiáng qǐlái ba!

"Nǐ háiyǒu xǔduō érnǚ zài nàli shòukǔ ne!"

Yī jiǔ èr yī nián wǔ yuè jiǔ rì gǎi zuò

賴和

Introduction to Lai He

Lài Hé (赖和), originally named as Lài Hé (赖河), was born in Zhanghua (彰化) County, Taiwan, on the 28th of May, 1894. Lai is the most prominent poet, novelist and catalyst of human-rights awareness in the period of Japanese occupation in Taiwan. He was an accomplished medical doctor as well as a pioneer in the literary use of Taiwanese dialect and his effort in classical Chinese. Most of his literary works express deep humanitarian concerns about Taiwanese people who were very poor and severely disadvantaged under inhuman colonial rules.

As one of the advocators of the Anti-Japanese National Liberation Movement during the period of the May Fourth Movement, Lai is wildly regarded as the 'Father of Taiwanese new literature' (台湾新文学之父). His achievements won him enormous fame in literature and therefore Lai is often called the Lu Xun (鲁迅) of Taiwan. Lai's publications include modern poems, and short stories. Some of the most representative short stories are *The Steelyard* (一杆称仔), *A Dissatisfying New Year* (不如意的过年), *Making Trouble* (惹事), *Returning from a Spring Banquet* (赴了春宴回来) and *Progress* (前进). Through these works, Lai satirized the brutality of colonial Japanese policemen, the indifference of the populace, and the impotence of native intellectuals.

In May 1909, at the age of 16 He entered Taipei Medical School, which is now called the medical department of National Taiwan University. He received his graduate degree in 1914 and then found his own clinic, the Lai He Clinic (赖和医院) in his hometown, Zhanghua County in 1916. His dream was to help cure his fellow Taiwanese people. Later, Lai spent two years practicing medicine in Xiamen (厦门), where he became acquainted with the works of mainland Chinese writers such as Lu Xun and with the ambitions of the May Fourth New Culture Movement.

In 1919, Lai He returned back home from Xiamen and continued running the Lai He Clinic. In 1921, he joined the newly formed Taiwan Culture Association (台湾文化协会). This organization aimed at promoting Taiwanese literature and was founded by another democracy activist Jiang Weishui (蒋渭水). Lai He used to work as the editor in the literature section of Taiwan Minbao (台湾民报) and made great efforts to promote the New Literature Movement in Taiwan.

In 1923, Lai was arrested for the first time by Japanese colonial government, for the alleged violation of a security law. He was imprisoned for three weeks. During that time he finished his first poem in jail, and thus officially began his long career in literature. In the following years, Lai published more than a thousand poems and around 20 short stories, which all expressed deep concern for humanitarian issues and criticized the ruling Japanese government.

On 8th of December 1941, which was two days after the Pearl Harbor bombing, Lai He was arrested for the second time. During this 50 day imprisonment, Lai started creating the last work in his life, *A Diary from Jail* (狱中日记). Both his physical and mental condition was severely affected from the torture he suffered during this imprisonment. In January of 1942, Lai was set free from prison due to his serious illness. One year later in January 1943, Lai He passed away from the world due to a massive heart attack at the age of 50.

Until now, Lai He's writings have become a guidepost and an inspiration for both past and present Taiwanese writers. 'He always had hope and goals......for the future of his homeland,' Chen Shuibian (陈水扁), a former president of Taiwan, once said in hope of encouraging present Taiwanese writers to continue spreading Lai He's spirit.

The Steelyard
《一杆称子》
《Yī Gǎn Chèngzi》

The Steelyard (一杆秤仔) is one of the most renowned short stories by Lai He (赖和). It was completed in December 1925 and first published in the 92nd volume of Taiwan Minbao (台湾民报), on February 4th, 1926. Lai He tells the story of a poor tenant farmer, Qin Decan, who struggled to make a living but cannot escape his tragic destiny in the end.

Qin Decan lived in the south town of the Weili Village under extreme poverty with his hard working, widowed mother. While Decan's mother married again hoping to improve their lives, they continued to struggle as a family.

However, Decan worked for two year's as a day laborer and gradually saved his money. He married a farmer's daughter when he was 18 years old. Two years later, their son was born. However, Decan's mother having been content with fulfilling her duties as a mother passed away.

Since Decan's wife could no longer work in the field due to her duties for managing the household chores, Decan tried to make up by working doubly hard, but continually fell ill. Due to the threat of poverty and starvation, Decan had to find a new way to make a living. He decided to sell vegetables in town. Decan's wife pawned her sister-in-law's only ornament, a gold hairpin, for a little capital to launch her husband's new business. Decan also borrowed a new steelyard from their next-door neighbor. His start was quite good and Decan even saved enough money to buy New Year's rice in addition to buying back the pawned gold hairpin. A dream for a new year and a new life was rooted in Decan's mind.

One day before noon, a Japanese policeman walked by Decan's stand and asked for the price of fresh vegetables. Out of his simple and straightforward mind, Decan followed the policeman's instruction to weigh the vegetables. He should have just given them as a gift. The policeman was furious by Decan's innocent action and snapped the new steelyard in two, suspecting its accuracy.

A couple days later, Decan ran into the same policeman and this time was dragged into the police station. The judge sentenced Decan to three days jail time or a three-yuan fine for his so-called violation of the weights and measures regulations.

Unwilling to lose his savings, Decan chose jail time. Unexpectedly, Decan's wife found him and paid the 3-yuan fine with the money the couple originally planned to use to redeem the gold hairpin. Decan was released, but was in the grip of an inexplicable sadness, fury and desperation. In the early morning of the New Year day, when other people were still in their sweet dreams, waiting for the first light of the New Year, Decan killed the policeman and then committed suicide.

This short story, *A Steelyard* (一杆秤仔), has become a masterpiece of Taiwanese literature for its progressive use of language, artistic quality and social and historical references. It expresses Lai He's sympathy for the poor life of Taiwanese people, their protest and struggle, and his criticism of the late Japanese colonial government's tyranny.

《一杆[1]称子[2]》

作者：赖和

镇南[3]威丽村[4]里，住的人家，大都是勤俭[5]、耐苦[6]、平和、顺从[7]的农民。村中除了包办[8]官业[9]的几家势豪[10]，从事[11]公职[12]的几家下级[13]官吏[14]，其余[15]都是穷苦[16]的占多数[17]。

村中，秦得参[18]的一家，尤其[19]是穷困[20]的惨痛[21]，当他生下的时候，他父亲早就死了。他在世，虽曾[22]赎[23]得几亩[24]田地耕作[25]，

---

[1] 杆 - gǎn - quantifier used before an object that has a long and thin shaft or arm, such as pen, steelyard, etc

[2] 称子 - chèngzi - steelyard; a device used to measure the weight of vegetables and fruit at street markets throughout Taiwan and mainland China.

[3] 镇南 - zhèn nán - south (南) of the town (镇)

[4] 威丽村 - Wēilì cūn - a village (村) named 威丽

[5] 勤俭 - qínjiǎn - hardworking (勤) and thrifty (俭)

[6] 耐苦 - nài kǔ - endure hardships and be capable of hard work; bear hardships and stand hard work; be hard-working and able to bear hardships; be inured to hardships; same as 吃苦耐劳 (chīkǔ-nàiláo) in modern Chinese

[7] 顺从 - shùncóng - be obedient to; submit to; yield to; fall in with

[8] 包办 - bāobàn - take care of everything concerning a job; take everything on oneself; keep everything in one's own hand; run the whole show; monopolize everything

[9] 官业 - guānyè - government business

[10] 势豪 - shìháo - politically powerful people

[11] 从事 - cóngshì - go in for; devote oneself to; be engaged in

[12] 公职 - gōngzhí - public (公) office (职)

[13] 下级 - xiàjí - subordinate; lower level

[14] 官吏 - guānlì - government officials

[15] 其余 - qíyú - the others; the rest; the remaining; the remainder

[16] 穷苦 - qióngkǔ - poverty-stricken; impoverished

[17] 占多数 - zhàn duōshù - account for/be (占) in the majority (多数)

他死了后，只剩下可怜的妻儿。若²⁶能得到业主²⁷的恩恤²⁸，田地
继续贌给他们，雇用²⁹工人替他们种作，犹³⁰可得稍少利头³¹，以³²
维持³³生计³⁴。但是富家人³⁵，谁肯让他们的利益³⁶，给人家享。若
然就不能成其³⁷富户³⁸了。所以业主多得几斗³⁹租谷⁴⁰，就转贌给别

---

¹⁸ 秦得参 – Qín Décān – name of the main character. Also referred to by 得参 and
参

¹⁹ 尤其 – yóuqí – especially; particularly

²⁰ 穷困 – qióngkùn – poverty-stricken; destitute; in straitened circumstances

²¹ 惨痛 – cǎntòng – deeply grieved; painful; agonizing; bitter

²² 曾 – céng – once; already; previously (indicating that an action once happened or a
state once existed)

²³ 贌 – pú – rent

²⁴ 亩 – mǔ – a unit of area; 1 亩 = 1/15 of a hectare (approximately 6.67 meters by
6.67 meters or 22 feet by 22 feet)

²⁵ 耕作 – gēngzuò – tilth; tillage; cultivation; farming

²⁶ 若 – ruò – if

²⁷ 业主 – yèzhǔ – landowner

²⁸ 恩恤 – ēnxù – relief or solitude (usually from the imperial government)

²⁹ 雇用 – gùyòng – hire; employ

³⁰ 犹 – yóu – just as; just like; as if

³¹ 利头 – lìtou – gain; profit; mileage

³² 以 – yǐ – in order to; in order that; so that

³³ 维持 – wéichí – keep; maintain; preserve; hold

³⁴ 生计 – shēngjì – means of livelihood; livelihood; bread and butter

³⁵ 富家人 – fùjiā rén – rich people; people (人) from rich (富) family (家)

³⁶ 利益 – lìyì – interest; gain; benefit; profit

³⁷ 其 – qí – (古文) they

³⁸ 富户 – fùhù – a wealthy family
　　　　若然就不能成其富户了: If (若) so (然), they (其) may not (不能) become
　　　　(成) rich (富) families (户). If these rich people were willing to share benefits
　　　　with others, they wouldn't become so rich.

³⁹ 斗 – dǒu – capicity measure; 1 斗 = 10 liters

⁴⁰ 租谷 – zūgǔ – grains/cereals given by landlords to employees as wages

人。他父亲在世，汗血[41]换来的钱，亦[42]被他带到地下去。他母子俩的生路[43]，怕要绝望[44]了。

邻右[45]看她母子俩的孤苦[46]，多为之[47]伤心，有些上了年纪的人，就替他们设法，因为饿死已经不是小事了。结局[48]因邻人的做媒[49]，他母亲就招赘[50]一个夫婿[51]进来，他的后父不太能体恤[52]这个前夫的儿子，而且本来做后父的人，很少能体恤前夫的儿子。他后父把他母亲亦只视作[53]一种机器，所以得参，不仅[54]不能得到幸福，又多挨[55]些打骂[56]，他母亲因此和后夫就不十分和睦[57]。

幸他母亲，耐劳苦[58]、会打算，自己织草鞋[59]、畜鸡鸭[60]、养猪，辛辛苦苦，始能[61]度[62]那近于似人的生活[63]。好容易，到得

---

[41] 汗血 – hànxuè – blood (血) and sweat (汗); sweat and toil; 血汗钱: money earned by hard toil

[42] 亦 – yì – also; too

[43] 生路 – shēnglù – means of livelihood; way out

[44] 绝望 – juéwàng – give up all hope; despair; lose all hope of; hopelessness

[45] 邻右 – línyòu – neighbor

[46] 孤苦 – gūkǔ – lonely and helpless; alone and friendless; friendless and wretched; be left alone, suffering and struggling the best way one can; be left in the world without kith and kin

[47] 为之 – wéi zhī – for (为) them (之); 为之伤心: feel sad for them

[48] 结局 – jiéjú – final result; outcome; ending; grand finale; upshot

[49] 做媒 – zuòméi – be a matchmaker (go-between)

[50] 招赘 – zhāozhuì – take in a son-in-law to bear the bride's family name; have the groom live with one's wife's family after marriage

[51] 夫婿 – fūxù – husband

[52] 体恤 – tǐxù – understand and sympathize with; show solicitude for; favor

[53] 视作 – shìzuò – be regarded as; be considered as; be treated as

[54] 不仅 – bùjǐn – not only

[55] 挨 – ái – suffer; endure

[56] 打骂 – dǎmà – beat and scold; maltreatment

[57] 和睦 – hémù – harmony; amity; friendly; harmonious; in amity with; peaceful

[58] 耐劳苦 – nài láokǔ – hard working; same as same as吃苦耐劳 (chīkǔ-nàiláo) in modern Chinese

参九岁的那一年，他母亲就遣[64]他，去替人家看牛、做长工。这时候，他后父已不大[65]顾到[66]家内，虽然他们母子俩，自己的劳力，经已可免[67]冻馁[68]的威胁[69]。

得参十六岁的时候，他母亲教他辞去[70]了长工，回家里来，想瞨几亩田耕作，可是这时候，瞨田就不容易了。因为制糖会社[71]，糖的利益大，虽农民们受过会社刻亏[72]、剥夺[73]，不愿意种蔗[74]，会社就加"租声[75]"向业主争瞨[76]，业主们若自己有利益，哪管到农民的痛苦，田地就多被会社瞨去了。有几家说是有良心的业主，肯瞨给农民，亦要同会社一样的"租声"，得参就瞨不到田地。若做会社的劳工呢，有同牛马一样，他母亲又不肯，只在家里，等着做些散工[77]。因他的气力大，做事勤敏[78]，就每天有人唤[79]他

---

[59] 织草鞋 – zhī cǎoxié – knit/weave (织) straw sandals (草鞋)

[60] 畜鸡鸭 – xù jīyā – raise (畜) chicken (鸡) and duck (鸭)

[61] 始能 – shǐ néng – can; may; be able to

[62] 度 – dù – spend; pass; live out (of time)

[63] 近于似人的生活 – jìnyú sì rén de shēnghuó – (ironically) a life that is not good but not too bad; a somewhat decent life

[64] 遣 – qiǎn – send

[65] 不大 – bùdà – not often; not very; seldom; rarely; hardly; scarcely

[66] 顾到 – gùdào – give consideration to; show consideration for; take account of

[67] 免 – miǎn – avoid; refrain from; prevent something happening

[68] 冻馁 – dòngněi – coldness (冻) and hunger (馁)

[69] 威胁 – wēixié – threat; menace

[70] 辞去 – cíqù – resign; give up; quit

[71] 制糖会社 – zhìtáng huìshè – sugar-producing (制糖) association or society (会社)

[72] 刻亏 – kèkuī – treat unfairly; treat shabbily; maltreat; unfair treatment

[73] 剥夺 – bōduó – deprive; expropriate; strip

[74] 蔗 – zhè – sugarcane

[75] 租声 – zū shēng – (dialect) 租谷; see Footnote 40

[76] 争瞨 – zhēng pú – try to win over some rents

[77] 散工 – sǎngōng – job-work; day laborer

[78] 勤敏 – qínmǐn – diligent; industrious; hardworking

工作，比较他做长工的时候，劳力轻省[80]，得钱又多。又得他母亲的刻俭[81]，渐[82]积下[83]些钱来。光阴似矢[84]，容易地又过了三年。到得参十八岁的时候，她母亲唯一[85]未了[86]的心事[87]，就是为得参娶妻[88]。经她艰难[89]勤苦积下的钱，已够娶妻之用，就在村中，娶了一个种田的女儿。幸得过门以后，和得参还[90]协力[91]，到田里工作，不让一个男人，又值[92]年成好[93]，他一家生计，暂[94]不觉得困难。

得参的母亲，在他二十一岁那一年，得了一个男孙子，以后脸上已[95]见时[96]现着[97]笑容，可是亦已衰老[98]了。她心里的欣慰[99]，

---

[79] 唤 – huàn – call; order about

[80] 轻省 – qīngshěng – save effort; save labor; economize labor

[81] 刻俭 – kèjiǎn – thrifty; frugal; economical

[82] 渐 – jiàn – gradually; little by little

[83] 积下 – jīxià – store; keep; accumulate

[84] 光阴似矢 – guāngyīn sì shǐ – (成语) the flight of time; the swift passage of time; time (光阴) flies like (似) a flying arrow (矢)
　　　光阴似箭 (guāngyīn-sìjiàn) is the same

[85] 唯一 – wéiyī – only; sole; unique

[86] 未了 – wèiliǎo – unfinished; suspended

[87] 心事 – xīnshì – a load on one's mind

[88] 娶妻 – qǔqī – marry; get married; marry up

[89] 艰难 – jiānnán – difficult; hard; arduous

[90] 还 – hái – passably; fairly

[91] 协力 – xiélì – unite efforts; join in a common effort

[92] 值 – zhí – just right; exactly right; just in time

[93] 年成好 – niáncheng hǎo – good (好) harvest (年成)

[94] 暂 – zàn – temporarily; for the moment; for the time being

[95] 已 – yǐ – after…; once…

[96] 见时 – jiàn shí – meet with

[97] 现着 – xiànzhe – show; appear; reveal

[98] 衰老 – shuāilǎo – grow old; go out; senility; old and feeble; senile

[99] 欣慰 – xīnwèi – be relieved; be gratified

使她责任心亦渐放下[100]，因为做母亲的义务，经已克尽[101]了。但二十年来的劳苦，使她有限的肉体[102]，再不能支持[103]。亦因责任观念[104]已[105]弛[106]，精神失[107]了紧张[108]，病魔[109]遂[110]乘虚侵入[111]，病卧[112]几天，她面上现着十分满足、快乐的样子归到天国去了。这时得参的后父，和他只存[113]了名义上[114]的关系，况[115]他母亲已死，就各不相干[116]了。

可怜的得参，他的幸福，已和他慈爱[117]的母亲，一并[118]失去。

---

[100] 放下 – fàngxià – lay down; put down

[101] 克尽 – kèjìn – exercise due diligence

[102] 肉体 – ròutǐ – the human body; the physical body; flesh

[103] 支持 – zhīchí – support; back; stand by

[104] 观念 – guānniàn – sense; idea; concept; perception

[105] 已 – yǐ – already

[106] 弛 – chí – loosen; slacken

[107] 失 – shī – lose

[108] 紧张 – jǐnzhāng – nervous; keyed up

[109] 病魔 – bìngmó – serious illness

[110] 遂 – suì – then; thereupon

[111] 乘虚侵入 – chéngxū qīnrù – take advantage of a weak point; advance when the enemy's defenses are weak; enter, taking advantage of the enemy's unpreparedness; get a chance to step in; infiltrate by taking advantage of the other side's unpreparedness; act when one's opponent is off guard; break thorough at a weak point; exploit a weak point; same as 乘虚而入 (chéngxū-érrù) in modern Chinese

[112] 病卧 – bìngwò – be confined to bed; be laid up

[113] 存 – cún – maintain; retain; keep

[114] 名义上 – míngyì shàng – nominally

[115] 况 – kuàng – moreover; besides

[116] 各不相干 – gèbù-xiānggān – not the least concerned; have nothing (at all) to do with; completely irrelevant; totally unrelated

[117] 慈爱 – cí'ài – love; affection; kindness; gentle

[118] 一并 – yī bìng – all; wholly; at the same time; along with all the others

翌年[119]，他又生下一女孩子。家里头[120]因失去了母亲，须他妻子自己照管[121]，并且有了儿子的拖累[122]，不能和他出外工作，进款[123]就减少一半，所以得参自己不能不加倍[124]工作，这样辛苦着，过有四年，他的身体，就因过劳，伏下[125]病根[126]，在早季[127]收获[128]的时候，他患[129]着疟疾[130]，病了四、五天，才诊[131]过一次西医[132]，花去两块多钱，虽则[133]轻快些，脚手尚[134]觉乏力[135]，在这烦忙[136]的时候，而又是勤勉[137]的得参，就不敢闲着在家里，亦即[138]耐苦到田里去。到晚上回家，就觉得有点不好过，睡到夜半，寒热[139]再发起来，翌天[140]也不能离床[141]，这回他不敢再请西医诊治[142]了。

---

[119] 翌年 – yìnián – next (翌) year (年)
[120] 里头 – lǐtou – inside
[121] 照管 – zhàoguǎn – look after; tend; be in charge of
[122] 拖累 – tuōlèi – encumber; be a burden on
[123] 进款 – jìnkuǎn – income; receipts
[124] 加倍 – jiābèi – double; be twice as much
[125] 伏下 – fúxià – gradually plant (the hidden danger)
[126] 病根 – bìnggēn – the lingering effect of a chronic disease; the root cause of disease
[127] 早季 – zǎojì – early season (for harvesting)
[128] 收获 – shōuhuò – gather in the crops; harvest; reap
[129] 患 – huàn – contract; suffer from (a disease)
[130] 疟疾 – nüèji – helopyra; malarial fever; malaria; impaludism; ague
[131] 诊 – zhěng – diagnose; examine
[132] 西医 – xīyī – Western medicine (as distinguished from traditional Chinese medicine)
[133] 虽则 – suīzé – though; although
[134] 尚 – shàng – still; yet
[135] 乏力 – fálì – feeble; weak; lacking in strength
[136] 烦忙 – fánmáng – busy; same as 繁忙 (fánmáng) in modern Chinese
[137] 勤勉 – qínmiǎn – diligent; assiduous
[138] 亦即 – yìjí – that is; namely
[139] 寒热 – hánrè – chill and fever
[140] 翌天 – yì tiān – the next (翌) day (天)
[141] 离床 – lí chuáng – leave (离) the bed (床)

他心里想，三天的工作，还不够吃一服药[143]，哪得那么些钱花？但亦不能放他病着，就煎些不用钱的青草[144]，或不多花钱的汉药[145]服食[146]。虽[147]未[148]全部无效，总隔[149]两三天，发一回寒热，经过有好几个月，才不再发作。但腹[150]已很胀满[151]。有人说，他是吃过多的青草致来的，有人说，那就叫脾肿[152]，是吃过西药所致[153]。在得参总不介意[154]，只碍[155]不能工作，是他最烦恼的所在。

当得参病的时候，他妻子不能不出门去工作，只有让孩子们在家里啼哭[156]，和得参呻吟声[157]相和[158]着，一天或两餐[159]或[160]一餐，虽不至[161]饿死，一家人多陷入[162]营养不良[163]，尤其[164]是孩子们，犹幸[165]他妻子不再生育[166]……

---

[142] 诊治 – zhěnzhì – make a diagnosis and give treatment
[143] 一服药 – yī fú yào – a dose (服) of medicine
[144] 青草 – qīngcǎo – green (青) grass (草) (which can be used as herbal medicine)
[145] 汉药 – hànyào – Chinese medicine
[146] 服食 – fúshí – take (medicine)
[147] 虽 – suī – though; although
[148] 未 – wèi – not
[149] 隔 – gé – after or at an interval of (several days); every (few days)
[150] 腹 – fù – stomach
[151] 胀满 – zhàngmǎn – (abdominal) distension; abdominal bloating, a symptom of several medical conditions
[152] 脾肿 – pízhǒng – splenomegaly; an enlargement of the spleen
[153] 所致 – suǒzhì – be caused by; be the result of
[154] 介意 – jièyì – take offense; mind; get annoyed; care about
[155] 碍 – ài – hinder; obstruct; be in the way of
[156] 啼哭 – tíkū – cry; wail
[157] 呻吟声 – shēnyín shēng – groaning/moaning (呻吟) sound (声)
[158] 相和 – xiānghè – accompanied by; with; together
[159] 餐 – cān – meal
[160] 或…或… – huò… huò… – …or…
[161] 不至 – bùzhì – not as bad as
[162] 陷入 – xiànrù – sink into; fall into; land oneself in; be caught in; get bogged down in

一直到年末。得参自己，才能做些轻的工作，看看"尾衙[167]"到了，尚找不到相应的工作，若一至[168]新春，万事[169]停办[170]了，更没有做工的机会，所以须积畜[171]些新春半个月的食粮[172]，得参的心里，因此就分外[173]烦恼而恐惶[174]了。

末了[175]，听说镇上生菜的贩路[176]很好。他就想做这项[177]生意，无奈[178]缺少[179]本钱[180]，又因心地坦白[181]，不敢向人家告借，没有法子，只得教他妻到外家[182]走一遭[183]。

一个小农民的妻子，哪有阔[184]的外家，得不到多大帮助，本是应该情理中的事，总难得她嫂子[185]，待[186]她还好，把她唯一

---

[163] 营养不良 - yíngyǎng bùliáng - malnutrition; undernutrition; undernourishment; hypothrepsia

[164] 尤其 - yóuqí - especially; particularly; specially

[165] 犹幸 - yóu xìng - still (犹) fortunately (幸)

[166] 生育 - shēngyù - give birth to; bear

[167] 尾衙 - wěiyá - year end; same as 尾牙 (wěiyá) in modern Chinese

[168] 一至 - yīzhì - as soon as; same as 一到 (yīdào) in modern Chinese

[169] 万事 - wànshì - all things; everything

[170] 停办 - tíngbàn - suspend; discontinue; stop

[171] 积畜 - jīxù - store; keep; maintain

[172] 食粮 - shíliáng - grains; food; cereals

[173] 分外 - fènwài - particularly; especially

[174] 恐惶 - kǒnghuáng - panic; scare; fright; scared; frightened; terrified

[175] 末了 - mòle - at last; finally; in the end

[176] 贩路 - fànlù - business; sale; market; same as 销路 (xiāolù) in modern Chinese

[177] 项 - xiàng - quantifier used before classified items

[178] 无奈 - wúnài - cannot help but; have no alternative; have no choice

[179] 缺少 - quēshǎo - lack; be short of; absence; disappearance

[180] 本钱 - běnqián - capital; operating costs

[181] 坦白 - tǎnbái - honest; frank; candid

[182] 外家 - wàijiā - a married woman's parents' family

[183] 走一遭 - zǒu yī zāo - take a visit; visit

[184] 阔 - kuò - wealthy; rich

[185] 嫂子 - sǎozi - elder brother's wife; sister-in-law

的装饰品[187]——一根[188]金花[189]——借给她，教她去当铺[190]里，押[191]几块钱，暂作资本[192]。这法子，在她当得带了几分危险，其外[193]又别无法子，只得从权[194]了。

　　一天早上，得参买一担[195]生菜回来，想吃过早饭，就到镇上去，这时候，他妻子才觉到缺少一杆 "称仔"。"怎么好？" 得参想，"要买一杆，可是官厅[196]的专利品[197]，不是便宜[198]的东西，哪儿来的钱？" 他妻子赶快到隔邻[199]去借一杆回来，幸邻家的好意，把一杆尚觉新新的借来。因为巡警[200]们，专在搜索[201]小民的细故[202]，来做他们的成绩[203]，犯罪[204]的事件，发现得多，他们的高升[205]就快。所以无中生有的事故，含冤莫诉[206]的人们，向来是不

---

[186] 待 - dài - wait for; await; wait until
[187] 装饰品 - zhuāngshìpǐn - adornment; ornament; artwork
[188] 根 - gēn - quantifier used before a long and slender object, such as grass, rope, pencil, chopsticks, etc
[189] 金花 - jīnhuā - golden flower
[190] 当铺 - dàngpù - pawnshop
[191] 押 - yā - give as security; mortgage; pawn; pledge
[192] 资本 - zīběn - capital
[193] 其外 - qíwài - besides; in addition
[194] 从权 - cóngquán - take an expedient measure; take a temporary expedient
[195] 担 - dàn - a unit of weight; 1担 = 50 kilograms, 100斤 = 1担
[196] 官厅 - guāntīng - government
[197] 专利品 - zhuānlì pǐn - proprietary material; patent article
[198] 便宜 - piányi - cheap; inexpensive
[199] 隔邻 - gélín - next door; neighbor
[200] 巡警 - xúnjǐng - policeman; constable
[201] 搜索 - sōusuǒ - search for; ferret about; hunt for; scout around
[202] 细故 - xìgù - trivial matter; trifle
[203] 成绩 - chéngjì - result; achievement; success; performance; record
[204] 犯罪 - fànzuì - commit a crime
[205] 高升 - gāoshēng - be promoted to a higher position or rank

胜枚举[207]。什么通行[208]取缔[209]、道路[210]规则[211]、饮食物规则、行旅法规[212]、度量衡[213]规纪[214]，举凡[215]日常生活中的一举一动[216]，通在法的干涉[217]、取缔范围[218]中——。他妻子为虑万一[219]，就把新的"称仔"借来。

　　这一天的生意，总算不坏，到市散[220]，亦赚[221]到一块多钱。他就先籴[222]些米，预备新春的粮食。过了几天粮食足了，他就想，

---

[206] 含冤莫诉 – hányuān-mòsù – (成语) suffer a grievous wrong with no hope of vengeance; a wrong has not been set right; be falsely accused and condemned; suffer unjust accusations;

　　含冤莫白 (hányuān-mòbái) has the same meaning

[207] 不胜枚举 – bùshèngméijǔ – (成语) be too numerous to enumerate (recount; list; mention); be too many to recount; be too numerous to be counted; defy enumeration; too many to enumerate piece by piece; too numerous to mention one by one; unable to reckon up one by one

[208] 通行 – tōngxíng – road passing rules

[209] 取缔 – qǔdì – outlaw; ban; prohibit; forbid; suppress

[210] 道路 – dàolù – road

[211] 规则 – guīzé – rules; regulations

[212] 法规 – fǎguī – laws and regulations

[213] 度量衡 – dùliànghéng – metric system; length, capacity and weight; weights and measures

[214] 规纪 – guījì – regulation (规)and discipline (纪)

[215] 举凡 – jǔfán – all

[216] 一举一动 – yījǔ-yīdòng – every movement/action/move; every act and every move; every particular gesture and behavior

[217] 干涉 – gānshè – interfere; intervene; meddle

[218] 范围 – fànwéi – scope; limits; extent

[219] 为虑万一 – wéi lǜ wànyī – make provision against emergencies; be prepared for any contingency; be prepared for the worst; have a spare wheel ready all the time; just in case; save against a rainy day; take measures in advance against the time of need; same as 以防万一 (yǐfáng-wànyī) in modern Chinese

[220] 散 – sàn – dismiss

[221] 赚 – zhuàn – earn

[222] 籴 – dí – purchase (grains/rice)

"今年家运太坏，明年家里，总要换一换气象[223]才好，第一厅[224]上奉祀[225]的观音[226]画像，要买新的，同时门联[227]亦要换，不可缺的金银纸[228]、香烛[229]，亦要买。"再过几天，生意屡[230]好，他又想炊[231]一灶[232]年糕[233]，就把糖米[234]买回来。他妻子就忍不住，劝他说："剩下[235]的钱积[236]积下，待赎取[237]那金花，不是更要紧吗？"得参回答说："是，我亦不是把这事忘却，不过今天才廿五[238]，那笔钱不怕赚不来，就赚不来，本钱亦还在。当铺里迟早，总要一个月的利息[239]。"

一晚市散，要回家的时候，他又想到孩子们。新年不能有件新衣裳[240]给他们，做父亲的义务，有点不克尽[241]的缺憾[242]，虽不

---

[223] 气象 – qìxiàng – atmosphere; scene
[224] 厅 – tīng – hall
[225] 奉祀 – fèngsì – enshrine and worship; consecrate; same as 供奉 (gòngfèng)
[226] 观音 – guānyīn – Guanyin; the Goddess of Mercy; (Sanskrit) Avalokitesvara ("looking on or hearing the voices of the suffering")
[227] 门联 – ménlián – scrolls pasted on either side of the door forming a couplet; gatepost couplet
[228] 金银纸 – jīnyín zhǐ – gold (金) and silver (银) paper (纸); spirit money used during worshipping
[229] 香烛 – xiāngzhú – joss sticks and candles
[230] 屡 – lǚ – repeatedly; time and again
[231] 炊 – chuī – cook a meal
[232] 灶 – zào – kitchen range; cooking stove
[233] 年糕 – niángāo – New Year/Spring Festival cake (made of glutinous rice flour)
[234] 糖米 – tángmǐ – sugar and rice
[235] 剩下 – shèngxià – rest; left (over); remaining
[236] 积积 – jījī – accumulate
[237] 赎取 – shúqǔ – redeem
[238] 廿五 – niàn wǔ – twenty-five; 廿 – twenty
[239] 利息 – lìxī – interest
[240] 衣裳 – yīshang – clothing; clothes
[241] 克尽 – kèjìn – be able to do
[242] 缺憾 – quēhàn – defect; regret

能使孩子们享到幸福，亦须给他们一点喜欢。他就剪[243]了几尺[244]花布[245]回去。把几日来的利益，一总花掉。

　　这一天近午，一下级巡警，巡视[246]到他担前，目光[247]注视到他担上的生菜，他就殷勤[248]地问：

　　"大人[249]，要什么不要？"

　　"汝的[250]货色比较新鲜。"巡警说。

　　得参接着又说：

　　"是，城市的人，总比乡下人享用，不是上等东西，是不合[251]脾胃[252]。"

　　"花菜卖多少钱？"巡警问。

　　"大人要的，不用问价，肯要我的东西，就算运气好。"参说。他就择[253]几茎[254]好的，用稻草[255]贯[256]着，恭敬[257]地献给[258]他。

---

243 剪 - jiǎn - cut (with scissors); clip; trim; snip; shear
244 尺 - chǐ - a unit of length; 1尺 = 1/3 meter
245 花布 - huābù - cotton print; print; figured cloth
246 巡视 - xúnshì - make an inspection tour
247 目光 - mùguāng - sight; vision; view
248 殷勤 - yīnqín - eagerly attentive; hospitable; solicitous
249 大人 - dàrén - Your Excellency
250 汝的 - rǔ de - (古文) your
251 不合 - bùhé - not conforming to; not suited to; out of keeping with
252 脾胃 - píwèi - spleen (脾) and stomach (胃); one's taste
253 择 - zé - select; choose; pick
254 茎 - jīng - stem (of a plant); stalk
255 稻草 - dàocǎo - straw; rice straw
256 贯 - guàn - be linked together; be combined with a long rope or line; be connected
257 恭敬 - gōngjìng - respectfully; with great respect
258 献给 - xiàngěi - offer; present to; dedicate to; donate to

"不，称称看！"巡警几番推辞[259]着说，诚实[260]的参，亦就挂[261]上"称仔"称一称说：

"大人，真客气啦！才一斤[262]十四两[263]。"本来，经过秤[264]称过[265]，就算买卖，就是有钱的交关[266]，不是白要[267]，亦不能说是赠与[268]。

"不错罢？"巡警说。

"不错，本有[269]两斤足[270]，因是大人要的……"参说。这句话是平常买卖的口吻[271]，不是赠送[272]的表示。

"称仔不好罢，两斤就两斤，何须[273]打扣[274]？"巡警变色[275]地说。

"不，还新新呢！"参泰然[276]地点头回答。

"拿过来！"巡警赫怒[277]了。

---

[259] 推辞 – tuīcí – to decline (an appointment, invitation, etc)
[260] 诚实 – chéngshí – honest
[261] 挂 – guà – hang; put up
[262] 斤 – jīn – a unit of weight; 1 斤 = 0.5 kilograms
[263] 两 – liǎng – unit of weight, 1 两 equals 50 grams
[264] 秤 – chèng – steelyard
[265] 称过 – chēngguò – have been weighed
[266] 交关 – jiāoguān – trade; deal; same as 交易 (jiāoyì) in modern Chinese
[267] 白要 – báiyào – get (something) free of charge; get (something) unconditionally
[268] 赠与 – zèngyǔ – favor; gift; grant
[269] 本有 – běn yǒu – indeed
[270] 足 – zú – sufficient; ample; enough; full
[271] 口吻 – kǒuwěn – tone; note
[272] 赠送 – zèngsòng – give as a present; present as a gift
[273] 何须 – héxū – why bother…? there is no need…
[274] 打扣 – dǎ kòu – discount
[275] 变色 – biànsè – change one's countenance; become angry
[276] 泰然 – tàirán – calm; composed; self-possessed

"称花还很明了[278]。"参从容[279]地捧[280]过去说。巡警接到手里，约略[281]考察一下说：

"不堪[282]用了，拿到警署[283]去！"

"什么缘故[284]？修理不可吗？"参说。

"不去吗？"巡警怒叱[285]着。"不去？畜生[286]！"扑[287]的一声，巡警把"称仔"打断[288]掷弃[289]，随[290]抽出[291]胸前的小帐子[292]，把参的名姓、住处记下，气愤愤[293]地回警署去。

参突[294]遭[295]这意外的羞辱[296]，空抱着满腹[297]的愤恨[298]，在担边失神[299]地站着。等巡警去远了，才有几个闲人[300]，近他身边来。

---

[277] 赫怒 - hènù - angry (怒) conspicuously (赫)
[278] 明了 - míngliǎo - clearly understand
[279] 从容 - cóngróng - calm; unhurried
[280] 捧 - pěng - hold or carry in both hands
[281] 约略 - yuēlüè - roughly; approximately
[282] 不堪 - bùkān - too deplorable to; unendurable; unbearable
[283] 警署 - jǐngshǔ - police station; a reference to the place where regulations were enforced and police business handled (refers to 警察署)
[284] 缘故 - yuángù - cause; reason
[285] 怒叱 - nùchì - shout angrily at
[286] 畜生 - chùsheng - (swear word) beast; dirty swine
[287] 扑 - pū - onomatopoeic word to describe a flopping sound
[288] 打断 - dǎduàn - break
[289] 掷弃 - zhìqì - cast aside; throw away
[290] 随 - suí - then
[291] 抽出 - chōuchū - draw out; select from a lot; extract; abstract; withdraw
[292] 帐子 - zhàngzi - pamphlet; booklet; fly sheet; brochure
[293] 气愤愤 - qìfènfèn - angry
[294] 突 - tū - abruptly; suddenly
[295] 遭 - zāo - meet with (disaster, misfortune, etc.) unexpectedly; encounter
[296] 羞辱 - xiūrǔ - shame; dishonor; humiliation
[297] 满腹 - mǎnfù - be full of; have one's mind filled with
[298] 愤恨 - fènhèn - indignantly resent; detest
[299] 失神 - shīshén - inattentive; absent-minded

一个较有年纪的说："该死的东西，到市上来，只这规纪亦就不懂？要做什么生意？汝说几斤几两，难道[301]他的钱汝敢拿吗？"

"难道我们的东西，该白送给他的吗？"参不平地回答。

"唉[302]！汝不晓得[303]他的厉害，汝还未尝到[304]他，青草膏[305]的滋味[306]。"那有年纪的嘲笑他说。

"什么？做官的就可任意[307]凌辱[308]人民吗？"参说。

"硬汉[309]！"有人说。众人[310]议论一回，批评[311]一回，亦就散去。

得参回到家里，夜饭前吃不下，只闷闷[312]地一句话不说。经他妻子殷勤[313]的探问[314]，才把白天所遭的事告诉给她。

"宽心[315]罢！"妻子说，"这几天的所得，买一杆新的还给人家，剩下的犹足[316]赎取那金花回来。休息罢，明天亦不用出

---

[300] 闲人 – xiánrén – an unoccupied person; idler
[301] 难道 – nándào – surely it doesn't mean that…? could it be said that…?
[302] 唉 – āi – (interjection) alas
[303] 晓得 – xiǎode – know; be aware of
[304] 尝到 – chángdào – taste; experience; come to know
[305] 青草膏 – qīngcǎogāo – green grass oinment
    膏 – gāo – cream; ointment; paste; plaster
[306] 滋味 – zīwèi – taste; relish; tang; flavor
[307] 任意 – rènyì – wantonly; arbitrarily; wilfully; just as one wishes
[308] 凌辱 – língrǔ – insult; humiliate; maltreat
[309] 硬汉 – yìnghàn – dauntless, unyielding man; a man of iron; a steel-willed man
[310] 众人 – zhòngrén – everybody; crowd; all people; the multitude; the crowd
[311] 批评 – pīpíng – criticize; criticism
[312] 闷闷 – mènmèn – depressed; vexed; sad and silent
[313] 殷勤 – yīnqín – eagerly attentive; hospitable; solicitous
[314] 探问 – tànwèn – make cautious inquiries about

去，新春要的物件，大概准备下，但是，今年运气太坏，怕运气带有官符[317]，经这一回事，明年快就出运，亦不一定。”

参休息过一天，看看没有什么动静[318]，况明天就是除夕日[319]，只剩得一天的生意，他就安坐下来，绝早[320]挑[321]上菜担，到镇上去。此时，天色还未大亮，在晓景朦胧[322]中，市上人声，早就沸腾[323]，使人愈[324]感到“年华[325]垂尽[326]，人生顷刻[327]”的怅惘[328]。

到天亮后，各担各色货，多要完了，有的人，已收起担头，要回去围炉[329]，过那团圆[330]的除夕，偿[331]一偿终年[332]的劳苦，享受着家庭的快乐。当这时参又遇到那巡警。

“畜生，昨天跑到哪儿去？”巡警说。

“什么？怎得随便骂人？”参回说。

---

[315] 宽心 - kuānxīn - feel relieved; find relief; be relaxed; be at ease; feel at rest; set one's mind at ease; feel free from anxiety
[316] 犹足 - yóu zú - enough
[317] 官符 - guānfú - one of the eight superstitious demons in the ancient Yin-Yang School
[318] 动静 - dòngjìng - movements; happenings; events; activities
[319] 除夕日 - chúxī rì - New Year's eve
[320] 绝早 - juézǎo - very early
[321] 挑 - tiāo - tote with a carrying pole on one's shoulder
[322] 朦胧 - ménglóng - dim moonlight; hazy moonlight
[323] 沸腾 - fèiténg - seethe with excitement; boil over
[324] 愈 - yù - more; increasingly
[325] 年华 - niánhuá - one's time; one's years; one's life
[326] 垂尽 - chuíjìn - nearly (垂) over (尽); nearly gone
[327] 顷刻 - qǐngkè - in a moment; in an instant; instantly
[328] 怅惘 - chàngwǎng - distracted; listless
[329] 围炉 - wéi lú - sit around (围) the fireplace (炉); have New Year's Eve dinner
[330] 团圆 - tuányuán - reunion
[331] 偿 - cháng - reward with food and drink; give food and drink for meritorious service
[332] 终年 - zhōngnián - the whole year

"畜生，到衙门[333]去！"巡警说。

"去就去呢，什么畜生？"参说。

巡警瞪他一眼[334]便带他上衙门去。

"汝秦得参吗？"法官[335]在座上问。

"是，小人[336]，是。"参跪在地上回答说。

"汝曾犯过罪吗？"法官。

"小人生来将[337]三十岁了，曾未犯过一次法。"参。

"以前不管他，这回违犯[338]着度量衡规则[339]。"法官。

"唉！冤枉[340]啊！"参。

"什么？没有这样事吗？"法官。

"这事是冤枉的啊！"参。

"但是，巡警的报告，总没有错啊！"法官。

"实在冤枉啊！"参。

"既然[341]违犯了，总不能轻恕[342]，只科罚[343]汝三块钱，就算是格外[344]恩典[345]。"官。

---

[333] 衙门 – yámen – government office in feudal China
[334] 瞪眼 – dèngyǎn – glower; stare; glare
[335] 法官 – fǎguān – judge; justice
[336] 小人 – xiǎorén – (a self-depreciatory expression) a person of low position
[337] 将 – jiāng – be going to; be about to; will; shall; be ready to
[338] 违犯 – wéifàn – violate; infringe; act contrary to
[339] 度量衡规则 – dùliànghéng guīzé – the regulations (规则) of weights and measures (度量衡)
[340] 冤枉 – yuānwang – wrong; treat unjustly

"可是，没有钱。"参。

"没有钱，就坐监[346]三天，有没有？"官。

"没有钱！"参说，在他心里的打算：新春的闲时节[347]，监禁[348]三天，是不关系什么，这是三块钱的用处[349]大，所以他就甘心[350]去受监禁。

　　参的妻子，本想洗完了衣裳，才到当铺里去，赎取那根金花。还未曾出门，已听到这凶[351]消息，她想：在这时候，有谁可央托[352]，有谁能为她奔走[353]？愈想愈[354]没有法子，愈觉伤心，只有哭的一法，可以少[355]舒[356]心里的痛苦，所以，只守[357]在家里哭。后

经³⁵⁸邻右的劝慰³⁵⁹、教导³⁶⁰，才带着金花的价钱，到衙门去，想探探³⁶¹消息。

乡下人，一见巡警的面，就怕到五分³⁶²，况是进衙门里去，又是不见世面³⁶³的妇人，心里的惊恐³⁶⁴，就可想而知了。她刚跨³⁶⁵进郡衙³⁶⁶的门限³⁶⁷，被一巡警的"要做什么"的一声呼喝³⁶⁸，已吓³⁶⁹得倒退³⁷⁰到门外³⁷¹去，幸有一十四来岁的小使³⁷²，出来查问，她就哀求³⁷³他，替伊³⁷⁴探查³⁷⁵，难得³⁷⁶那孩子童心³⁷⁷还在，不会倚势欺人³⁷⁸，诚恳³⁷⁹地替伊设法，教她拿出三块钱代缴³⁸⁰进去。

---

³⁵⁸ 经 – jīng – after
³⁵⁹ 劝慰 – quànwèi – console; soothe
³⁶⁰ 教导 – jiāodǎo – give guidance; enlighten
³⁶¹ 探 – tàn – inquire about; ask about
³⁶² 五分 – wǔ fēn – somewhat; rather
³⁶³ 不见世面 – bù jiàn shìmiàn – not knowing anything about the world; haven't seen the world; haven't experienced life; ignorant
³⁶⁴ 惊恐 – jīngkǒng – alarmed and panicky; terrified; panic-stricken; seized with terror
³⁶⁵ 跨 – kuà – step; stride
³⁶⁶ 郡衙 – jùnyá – the county (郡) *yamen* (衙), a government office in feudal China
³⁶⁷ 门限 – ménxiàn – threshold
³⁶⁸ 呼喝 – hūhè – bawl at; shout at
³⁶⁹ 吓 – xià – threaten; intimidate; frighten; scare
³⁷⁰ 倒退 – dǎotuì – go backwards; fall back; shrink back
³⁷¹ 门外 – mén wài – out of the door
³⁷² 小使 – xiǎoshǐ – servant in the fuedal government
³⁷³ 哀求 – āiqiú – entreat; implore; beseech; beg piteously
³⁷⁴ 伊 – yī – he/she; him/her
³⁷⁵ 探查 – tànchá – search; expedition
³⁷⁶ 难得 – nándé – hard to come by
³⁷⁷ 童心 – tóngxīn – childlike innocence; childishness
³⁷⁸ 倚势欺人 – yǐshì-qīrén – (成语) insult people by presuming on one's power; abuse one's power and bully others; assuming (presumptuous) and insolent; take advantage of one's position to bully others
³⁷⁹ 诚恳 – chéngkěn – sincerely; earnestly

"才监禁下，什么就释[381]出来？"参心里正在怀疑地自问。出来到衙前，看着她妻子。

"为什么到这儿来？"参对妻子问。

"听……说被拉进去……"她微咽[382]着声回答。

"不犯到什么事，不至杀头怕什么。"参怏怏地说。

他们来到街上，市已经散了，处处听到"辞年[383]"的爆竹[384]声。

"金花取回未？"参问她妻子。

"还未曾出门，就听到这消息，我赶紧到衙门去，在那儿缴[385]去三块，现在还不够。"妻子回答他说。

"唔！"参恍然[386]地发出这一声，就拿出早上赚到的三块钱，给他妻子说：

"我挑担子回去，当铺怕要关闭了，快一些去，取出就回来罢。"

"围过炉"，孩子们因明早要绝早起来"开正[387]"各已睡下，在做他们幸福的梦。参尚[388]在室内踱来踱去[389]。经他妻子几

---

380 代缴 — dàijiǎo — pass (money, fine) on to someone
381 释 — shì — release; set free
382 微咽 — wēi yè — a little sad
383 辞年 — cínián — bidding farewell to the year
384 爆竹 — bàozhú — firecracker; maroon; cracker; squib
385 缴 — jiǎo — pay (the penalty)
386 恍然 — huǎngrán — suddenly (realize or see the light)
387 开正 — kāi zhèng — welcome the first month of the lunar year
388 尚 — shàng — still; yet

次的催促[390]，他总没有听见似的，心里只在想，总觉有一种不明了的悲哀[391]，只不住漏[392]出几声的叹息[393]，"人不像个人，畜生，谁愿意做。这是什么世间？活着倒不若死了快乐。"他喃喃[394]地独语[395]着，忽[396]又回忆到母亲死时，快乐的容貌[397]。他已怀抱着最后的觉悟[398]。

元旦[399]，参的家里，忽哗然[400]发生一阵[401]叫喊[402]、哀鸣[403]、啼哭。随后，又听着说："什么都没有吗？""只『银纸[404]』备办[405]在，别的什么都没有。"

同时，市上亦盛传[406]着，一个夜巡[407]的警吏[408]，被杀在道上。

---

[389] 踱来踱去 – duólái-duóqù – walk up and down; pace back and forth; scout about (around); tramp back and forth; walking hither and thither; same as 走来走去 (zǒulái-zǒuqù) in modern Chinese

[390] 催促 – cuīcù – urge; hasten; press; prompt

[391] 悲哀 – bēi'āi – grief; sorrow; sadness

[392] 漏 – lòu – divulge; disclose; leak

[393] 叹息 – tànxī – heave a sigh; sigh

[394] 喃喃 – nánnán – mutter; murmur

[395] 独语 – dú yǔ – talk to oneself; speak inwardly; soliloquize

[396] 忽 – hū – suddenly

[397] 容貌 – róngmào – appearance; looks

[398] 觉悟 – juéwù – come to understand; become aware of; become politically awakened

[399] 元旦 – yuándàn – New Year's Day

[400] 哗然 – huárán – in an uproar; in commotion

[401] 阵 – zhèn – a spell of; a period of time

[402] 叫喊 – jiàohǎn – shout; yell; howl; cry; vociferate

[403] 哀鸣 – āimíng – wail; bleat; give mournful cries; a plaintive whine

[404] 银纸 – yínzhǐ – silver-colored paper

[405] 备办 – bèibàn – prepare; get things ready

[406] 盛传 – shèngchuán – be widely known; be widely rumored; be widely spread

[407] 夜巡 – yèxún – patrol at night

[408] 警吏 – jǐnglì – policeman

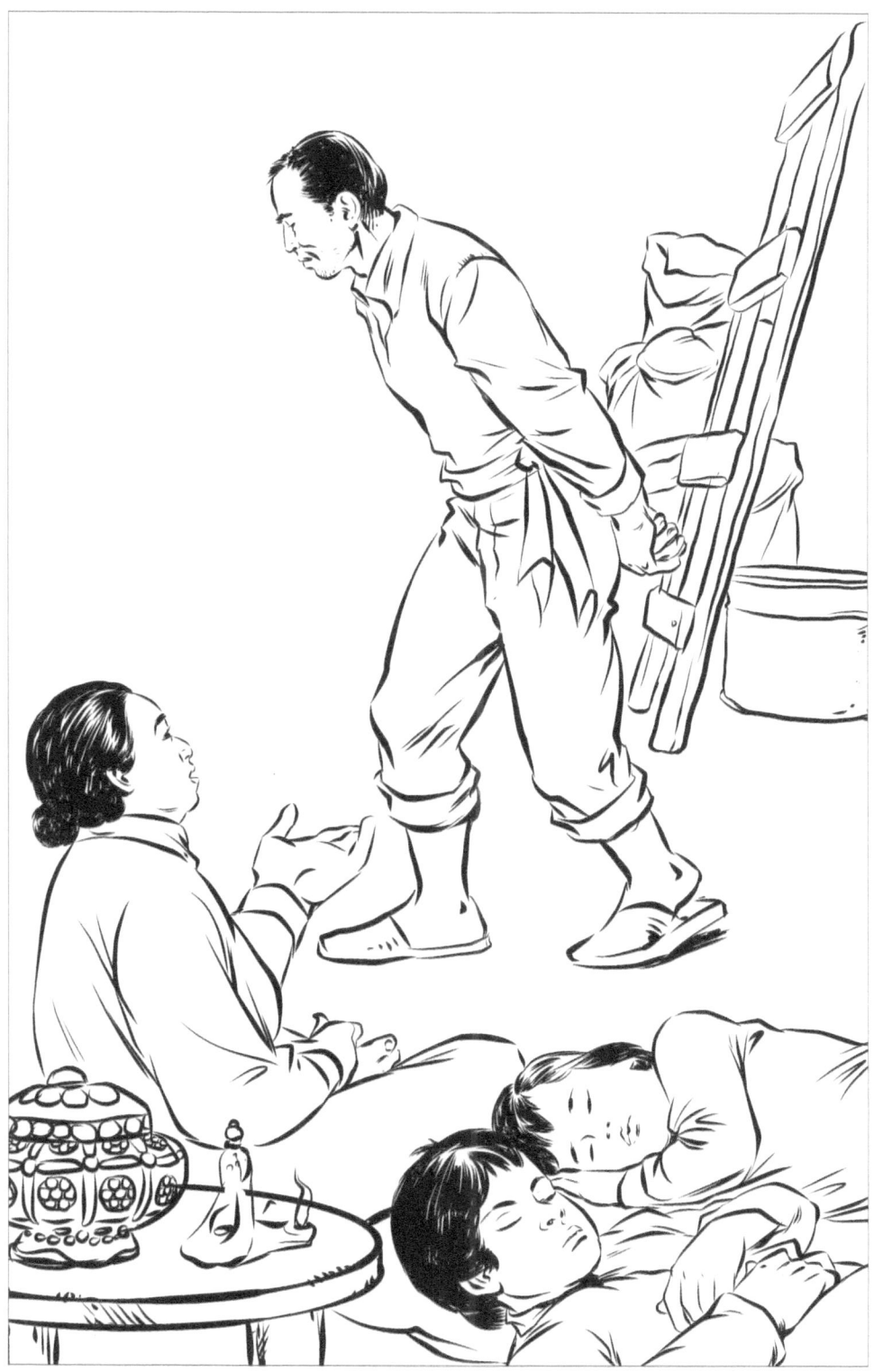

《Yī Gǎn Chèngzi》
Zuòzhě: Lài Hé

Zhèn nán Wēilì cūn lǐ, zhù de rénjiā, dà dōushì qínjiǎn, nàikǔ, pínghé, shùncóng de nóngmín.　Cūn zhōng chúle bāobàn guānyè de jǐ jiā shìháo, cóngshì gōngzhí de jǐ jiā xiàjí guānlì, qíyú dōushì qióngkǔ de zhàn duōshù.

Cūn zhōng, Qín Décān de yī jiā, yóuqí shì qióngkùn de cǎntòng, dāng tā shēngxià de shíhou, tā fùqīn zǎo jiù sǐ le.　Tā zàishì, suī céng pú de jǐ mǔ tiándì gēngzuò, tā sǐle hòu, zhǐ shèngxià kělián de qīr.　Ruò néng dédào yèzhǔ de ēnxù, tiándì jìxù púgěi tāmen, gùyòng gōngrén tì tāmen zhòng zuò, yóu kě dé shāoshǎo lìtou, yǐ wéichí shēngjì.　Dànshì fùjiā rén, shuí kěn ràng tāmen de lìyì, gěi rénjia xiǎng.　Ruò rán jiù bùnéng chéng qí fùhù le.　Suǒyǐ yèzhǔ duō dé jǐ dǒu zūgǔ, jiù zhuǎn púgěi biérén.　Tā fùqīn zàishì, hànxuè huànlái de qián, yì bèi tā dàidào dìxià qù.　Tā mǔzǐliǎ de shēnglù, pà yào juéwàng le.

Línyòu kàn tā mǔzǐliǎ de gūkǔ, duō wéi zhī shāngxīn, yǒuxiē shàngle niánjì de rén, jiù tì tāmen shèfǎ, yīnwèi èsǐ yǐjīng bùshì xiǎoshì le.　Jiéjú yīn línrén de zuòméi, tā mǔqīn jiù zhāozhuì yī gè fūxù jìnlái, tā de hòufù bù tài néng tǐxù zhège qiánfū de érzi, érqiě běnlái zuò hòufù de rén, hěnshǎo néng tǐxù qiánfū de érzi.　Tā hòufù bǎ tā mǔqīn yì zhǐ shìzuò yī zhǒng jīqì, suǒyǐ Décān, bùjǐn bùnéng dédào xìngfú, yòu duō ái xiē dǎ mà, tā mǔqīn yīncǐ hé hòufū jiù bù shífēn hémù.

Xìng tā mǔqīn, nài láokǔ, huì dǎsuan, zìjǐ zhī cǎoxié, xù jīyā, yǎng zhū, xīnxīn-kǔkǔ, shǐ néng dù nà jìnyú sì rén de shēnghuó.　Hǎo róngyì, dào Décān jiǔ suì de nà yī nián, tā mǔqīn jiù qiǎn tā, qù rénjia kàn niú, zuò chánggōng.　Zhè shíhou, tā hòufū yǐ bùdà gùdào jiānèi, suīrán tāmen mǔzǐliǎ, zìjǐ de láolì, jīngyǐ kě miǎn dòngněi de wēixié.

Décān shíliù suì de shíhou, tā mǔqīn jiào tā cíqù le chánggōng, huí jiālǐ lái, xiǎng pú jǐ mǔ tián gēngzuò, kěshì zhè shíhou, pú tián jiù bù róngyì le.　Yīnwèi zhìtáng huìshè, táng de lìyì dà, suī nóngmínmen shòuguò huìshè kèkuī, bōduó, bù yuànyì zhòng zhè, huìshè jiù jiā "zū shēng" xiàng yèzhǔ zhēng pú, yèzhǔmen ruò zìjǐ yǒu lìyì, nǎguǎn dào nóngmín de tòngkǔ, tiándì jiù duō bèi huìshè púqù le.　Yǒu jǐ jiā shuō shì yǒu liángxīn de yèzhǔ, kěn púgěi nóngmín, yì yào tóng huìshè yīyàng de "zū shēng", Décān jiù pú bù dào tiándì.　Ruò zuò huìshè de láogōng ne, yǒu tóng niúmǎ yīyàng, tā mǔqīn yòu bùkěn, zhǐ zài jiālǐ, děngzhe zuò xiē sǎngōng.　Yīn tā de qìlì dà, zuòshì qínmǐn, jiù měi tiān yǒu rén huàn tā gōngzuò, bǐjiào tā zuò chánggōng de shíhou, láolì qīngshěng, dé qián yòu duō.　Yòu dé tā mǔqīn de kèjiǎn, jiàn jīxià xiē qián lái.　Guāngyīn sì shǐ, róngyì de yòu guòle sān nián.　Dào Décān shíbā suì de shíhou, tā mǔqīn wéiyī wèiliǎo de xīnshì, jiùshì wèi Décān qǔqī.　Jīng tā jiānnán qínkǔ jīxià de qián, yǐ gòu qǔqī zhī yòng, jiù zài cūn zhōng, qǔle yī gè zhòngtián de nǚ'ér.　Xìng de guòmén yǐhòu, hé Décān hái xiélì, dào tián lǐ gōngzuò, bù ràng yī gè nánrén, yòu zhí niánchéng hǎo, tā yī jiā shēngjì, zàn bù juéde kùnnan.

Décān de mǔqīn, zài tā èrshíyī suì nà yī nián, déle yī gè nán sūnzi, yǐhòu liǎn shàng yǐ jiàn shí xiànzhe xiàoróng, kěshì yì yǐ shuāilǎo le. Tā xīnli de xīnwèi, shǐ tā zérènxīn yì jiàn fàngxià, yīnwèi zuò mǔqīn de yìwù, jīng yǐ kèjìn le. Dàn èrshí nián lái de láokǔ, shǐ tā yǒuxiàn de ròutǐ, zài bùnéng zhīchí. Yì yīn zérèn guānniàn yǐ chí, jīngshén shīle jǐnzhāng, bìngmó suì chéngxū qīnrù, bìngwò jǐ tiān, tā miàn shàng xiànzhe shífēn mǎnzú, kuàilè de yàngzi guīdào tiānguó qù le. Zhèshí Décān de hòufù, hé tā zhǐ cúnle míngyì shàng de guānxì, kuàng tā mǔqīn yǐ sǐ, jiù gèbù-xiānggān le.

Kělián de Décān, tā de xìngfú, yǐ hé tā cí'ài de mǔqīn, yī bìng shīqù.

Yìnián, tā yòu shēngxià yī nǚ háizi. Jiā lǐtou yīn shīqùle mǔqīn, xū tā qīzi zìjǐ zhàoguǎn, bìngqiě yǒule érzi de tuōlèi, bùnéng hé tā chūwài gōngzuò, jìnkuǎn jiù jiǎnshǎo yībàn, suǒyǐ Décān zìjǐ bùnéng bù jiābèi gōngzuò, zhèyàng xīnkǔzhe, guò yǒu sì nián, tā de shēntǐ, jiù yīn guòláo, fúxià bìnggēn, zài zǎojǐ shōuhuò de shíhou, tā huànzhe nüèjí, bìngle sì-wǔ tiān, cái zhěnguò yī cì xīyī, huāqù liǎng kuài duō qián, suīzé qīngkuài xiē, jiǎoshǒu shàng jué fálì, zài zhè fánmáng de shíhou, ér yòu shì qínmiǎn de Décān, jiù bùgǎn xiánzhe zài jiālǐ, yì jí nàikǔ dào tián lǐ qù. Dào wǎnshang huíjiā, jiù juéde yǒudiǎn bù hǎoguò, shuìdào yèbàn, hánrè zài fā qǐlái, yì tiān yě bùnéng lí chuáng, zhè huí tā bùgǎn zài qǐng xīyī zhěnzhì le. Tā xīnli xiǎng, sān tiān de gōngzuò, hái bùgòu chī yī fú yào, nǎ de nàme xiē qián huā? Dàn yì bùnéng fàng tā bìngzhe, jiù jiān xiē bùyòng qián de qīngcǎo, huò bù duō huāqián de hànyào fúshì. Suī wèi quánbù wú xiào, zǒng gé liǎng-sān tiān, fā yī huí hánrè, jīngguò yǒu hǎo jǐ gè yuè, cái bùzài fāzuò. Dàn fù yǐ hěn zhàngmǎn. Yǒu rén shuō, tā shì chī guòduō de qīngcǎo zhìlái de, yǒu rén shuō, nà jiù jiào pízhǒng, shì chīguò xīyào suǒzhì. Zài Décān zǒng bù jièyì, zhǐ ài bùnéng gōngzuò, shì tā zuì fánnǎo de suǒzài.

Dāng Décān bìng de shíhou, tā qīzi bùnéng bù chūmén qù gōngzuò, zhǐyǒu ràng háizimen zài jiālǐ tíkū, hé Décān shēnyín shēng xiānghè zhe, yī tiān huò liǎng cān huò yī cān, suī bùzhì èsǐ, yī jiā rén duō xiànrù yíngyǎng bùliáng, yóuqí shì háizimen, yóu xìng tā qīzi bùzài shēngyù ......

Yīzhí dào niánmò. Décān zìjǐ, cáinéng zuòxiē qīng de gōngzuò, kànkàn "wěiyá" dàole, shàng zhǎo bù dào xiāngyìng de gōngzuò, ruò yīzhí xīnchūn, wànshì tíngbànle, gèng méiyǒu zuògōng de jīhuì, suǒyǐ xū jìxù xiē xīnchūn bàn gè yuè de shíliáng, Décān de xīnlǐ, yīncǐ jiù fènwài fánnǎo ér kǒnghuáng le.

Mòle, tīngshuō zhèn shàng shēngcài de fànlù hěn hǎo. Tā jiù xiǎng zuò zhè xiàng shēngyì, wúnài quēshǎo běnqián, yòu yīn xīndì tǎnbái, bùgǎn xiàng rénjia gàojiè, méiyǒu fǎzi, zhǐ dé jiào tā qī dào wàijiā zǒu yī zāo.

Yī gè xiǎo nóngmín de qīzi, nǎ yǒu kuò de wàijiā, dé bù dào duōdà bāngzhù, běn shì yīnggāi qínglǐ zhōng de shì, zǒng nándé tā sǎozi, dài tā háihǎo, bǎ tā wéiyī de zhuāngshìpǐn —— yī gēn jīnhuā —— jiègěi tā, jiào tā qù dàngpù lǐ, yā jǐ kuài qián, zàn zuò zīběn. Zhè fǎzi, zài tā dāng dé dàile jǐ fèn wēixiǎn, qíwài yòu bié wú fǎzi, zhǐdé cóngquán le.

Yī tiān zǎoshàng, Décān mǎi yī dàn shēngcài huílái, xiǎng chīguò zǎofàn, jiù dào zhèn shàng qù, zhè shíhou, tā qīzi cái juédào quēshǎo yī gǎn "chèngzi". "Zěnme hǎo?" Décān xiǎng, "Yào mǎi yī gǎn, kěshì guāntīng de zhuānlì pǐn, bùshì piányí de dōngxi, nǎr lái de qián?" Tā qīzi gǎnkuài dào gélín qù jiè yī gǎn huílái, xìng línjiā de hǎoyì, bǎ yī gǎn shàng jué xīnxīn de jiè lái. Yīnwèi xúnjǐngmen, zhuān zài sōusuǒ xiǎo mín de xìgù, lái zuò tāmen de chéngjì, fànzuì de shìjiàn, fāxiàn dé duō, tāmen de gāoshēng jiù kuài. Suǒyǐ wúzhōngshēngyǒu de shìgù, hányuān-mòsù de rénmen, xiànglái shì bùshèngméijǔ. Shénme tōngxíng qǔdì, dàolù guīzé, yǐnshí wù guīzé, xínglǚ fǎguī, dùliànghéng guījì, jǔfán rìcháng shēnghuó zhōng de yījǔ-yīdòng, tōng zài fǎ de gānshè, qǔdì fànwéi zhōng —— . Tā qīzi wèi lǜ wànyī, jiù bǎ xīn de "chèng zǎi" jièlái.

Zhè yī tiān de shēngyì, zǒngsuàn bù huài, dào shì sàn, yì zhuàndào yī kuài duō qián. Tā jiù xiān dí xiē mǐ, yùbèi xīnchūn de liángshi. Guòle jǐ tiān liángshi zú le, tā jiù xiǎng, "Jīnnián jiāyùn tài huài, míngnián jiālǐ, zǒngyào huàn yī huàn qìxiàng cái hǎo, dì- yī tīng shàng fèngsì de Guānyīn huàxiàng, yào mǎi xīn de, tóngshí ménlián yì yào huàn, bùkě quē de jīnyín zhǐ, xiāngzhú, yì yào mǎi." Zài guò jǐ tiān, shēngyì lǚ hǎo, tā yòu xiǎng chuī yī zào niángāo, jiù bǎ tángmǐ mǎi huílai. Tā qīzi jiù rěnbùzhù, quàn tā shuō: "Shèngxià de qián jījī xià, dài shúqǔ nà jīnhuā, bùshì gèng yàojǐn ma?" Décān huídá shuō: "Shì, wǒ yì bùshì bǎ zhè shì wàngquè, bùguò jīntiān cái niàn wǔ, nà bǐ qián bùpà zuàn bù lái, jiù zuàn bù lái, běnqián yì hái zài. Dāngpù lǐ chízǎo, zǒngyào yī gè yuè de lìxī."

Yī wǎn shì sàn, yào huíjiā de shíhou, tā yòu xiǎngdào háizimen. Xīnnián bùnéng yǒu jiàn xīn yīshang gěi tāmen, zuò fùqīn de yìwù, yǒudiǎn bù kèjìn de quēhàn, suī bùnéng shǐ háizimen xiǎngdào xìngfú, yì xū gěi tāmen yī diǎn xǐhuān. Tā jiù jiǎnle jǐ chǐ huābù huíqù. Bǎ jǐ rì lái de lìyì, yī zǒng huā diào.

Zhè yī tiān jìnwǔ, yī xiàjí xúnjǐng, xúnshì dào tā dàn qián, mùguāng zhùshì dào tā dān shàng de shēngcài, tā jiù yīnqín dì wèn:

"Dàrén, yào shénme bùyào?"

"Rǔ de huòsè bǐjiào xīnxiān." Xúnjǐng shuō.

Décān jiēzhe yòu shuō:

"Shì, chéngshì de rén, zǒng bǐ xiāngxiàrén xiǎngyòng, bùshì shàngděng dōngxi, shì bùhé pǐwèi."

"Huācài mài duōshǎo qián?" Xúnjǐng wèn.

"Dàrén yàode, bùyòng wèn jià, kěn yào wǒ de dōngxi, jiùsuàn yùnqì hǎo." Cān shuō. Tā jiù zé jǐ jīng hǎode, yòng dàocǎo guànzhe, gōngjìng de xiàng gěi tā.

"Bù, chēngcheng kàn!" Xúnjǐng jǐ fān tuīcízhe shuō, chéngshí de Cān, yì jiù guà shàng "chèngzi" chēng yī chēng shuō:

"Dàrén, zhēn kèqì la! Cái yī jīn shísì liǎng." Běnlái, jīngguò chèng chēngguò, jiùsuàn mǎimài, jiùshì yǒu qián de jiāoguān, bùshì báiyào, yì bùnéng shuō shì zèngyǔ.

"Bùcuò ba?" Xúnjǐng shuō.

"Bùcuò, běn yǒu liǎng jīn zú, yīn shì dàrén yào de……" Cān shuō. Zhè jù huà shì píngcháng mǎimài de kǒuwěn, bùshì zèngsòng de biǎoshì.

"Chèngzi bù hǎo bà, liǎng jīn jiù liǎng jīn, héxū dǎ kòu?" Xúnjǐng biànsè de shuō.

"Bù, hái xīnxīn ne!" Cān tàirán de diǎntóu huídá.

"Ná guòlái!" Xúnjǐng hènù le.

"Chèng huā hái hěn míngliǎo." Cān cóngróng de pěng guòqù shuō. Xúnjǐng jiēdào shǒu lǐ, yuēlüè kǎochá yīxià shuō:

"Bùkān yòngle, nádào jǐngshǔ qù!"

"Shénme yuángù? Xiūlǐ bùkě ma?" Cān shuō.

"Bù qù ma?" Xúnjǐng nùchìzhe. "Bù qù? Chùsheng!" Pū de yī shēng, xúnjǐng bǎ "chèngzi" dǎduàn zhìqì, suí chōuchū xiōngqián de xiǎo zhàngzi, bǎ Cān de míng xìng, zhùchù jixià, qìfènfèn de huí jǐngshǔ qù.

Cān tū zāo zhè yìwài de xiūrǔ, kōng bàozhe mǎnfù de fènhèn, zài dàn biān shīshén de zhànzhe. Děng xúnjǐng qùyuǎn le, cái yǒu jǐ gè xiánrén, jìn tā shēnbiān lái. Yī gè jiào yǒu niánjì de shuō: "Gāisǐ de dōngxi, dào shì shàng lái, zhǐ zhè guījì yī jiù bù dǒng? Yào zuò shénme shēngyi? Rǔ shuō jǐjīn-jǐliǎng, nándào tā de qián rǔ gǎn ná ma?"

"Nándào wǒmen de dōngxi, gāi báisòng gěi tā de ma?" Cān bùpíng de huídá.

"Āi! Rǔ bù xiǎode tā de lìhài, rǔ hái wèi chángdào tā, qīngcǎogāo de zīwèi." Nà yǒu niánjì de cháoxiào tā shuō.

"Shénme? Zuòguān de jiù kě rènyì língrǔ rénmín ma?" Cān shuō.

"Yìnghàn!" Yǒu rén shuō. Zhòngrén yìlùn yī huí, pīpíng yī huí, yì jiù sàn qù.

Décān huídào jiālǐ, yèfàn qián chībuxià, zhǐ mènmèn de yī jù huà bù shuō. Jīng tā qīzi yīnqín de tànwèn, cái bǎ báitiān suǒ zāo de shì gàosù gěi tā.

"Kuānxīn ba!" Qīzi shuō, "Zhè jǐ tiān de suǒdé, mǎi yī gǎn xīnde huángěi rénjia, shèngxià de yóu zú shúqǔ nà jīnhuā huílái. Xiūxi ba, míngtiān yì bùyòng chūqù, xīnchūn yào de wùjiàn, dàgài zhǔnbèi xià, dànshì, jīnnián yùnqì tài huài, pà yùnqì dàiyǒu guānfú, jīng zhè yī huí shì, míngnián kuài jiù chū yùn, yì bù yīdìng."

Cān xiūxiguò yī tiān, kànkàn méiyǒu shénme dòngjing, kuàng míngtiān jiùshì chúxī rì, zhǐ shèng de yī tiān de shēngyì, tā jiù ānzuò xiàlái, juézǎo tiāo shàng càidàn, dào zhèn shàng qù. Cǐshí, tiānsè hái wèi dà liàng, zài xiǎo jǐng ménglóng zhōng, shì shàng rénshēng, zǎojiù fèiténg, shǐ rén yù gǎndào "niánhuá chuíjìn, rénshēng qīngkè" de chàngwǎng.

Dào tiānliàng hòu, gè dān gè sè huò, duō yào wánle, yǒude rén, yǐ shōuqǐ dàntóu, yào huíqù wéi lú, guò nà tuányuán de chúxī, cháng yī cháng zhōngnián de láokǔ, xiǎngshòuzhe jiātíng de kuàilè. Dāng zhèshí cān yòu yùdào nà xúnjǐng.

"Chùsheng, zuótiān pǎodào nǎr qù?" Xúnjǐng shuō.

"Shénme? Zěn de suíbiàn màrén?" Cān huí shuō.

"Chùsheng, dào yámen qù!" Xúnjǐng shuō.

"Qù jiù qù ne, shénme chùsheng?" Cān shuō.

Xúnjǐng dèng tā yīyǎn biàn dài tā shàng yámen qù.

"Rǔ Qín Décān ma?" Fǎguān zài zuò shàng wèn.

"Shì, xiǎorén, shì." Cān guì zài dìshàng huídá shuō.

"Rǔ céng fànguò zuì ma?" Fǎguān.

"Xiǎorén shēnglái jiāng sānshí suì le, céng wèi fànguò yī cì fǎ." Cān.

"Yǐqián bùguǎn tā, zhè huí wéifànzhe dùliànghéng guīzé." Fǎguān.

"Āi! Yuānwang ā!" Cān.

"Shénme? Méiyǒu zhèyàng shì ma?" Fǎguān.

"Zhè shì shì yuānwang de ā!" Cān.

"Dànshì, xúnjǐng de bàogào, zǒng méiyǒu cuò ā!" Fǎguān.

"Shízai yuānwang ā!" Cān.

"Jìrán wéifànle, zǒng bùnéng qīngshù, zhǐ kěfá rǔ sān kuài qián, jiù suànshì géwài ēndiǎn." Guān.

"Kěshì, méiyǒu qián." Cān.

"Méiyǒu qián, jiù zuòjiān sān tiān, yǒuméiyǒu?" Guān.

"Méiyǒu qián!" Cān shuō, zài tā xīnli de dǎsuàn: Xīnchūn de xián shíjié, jiānjìn sān tiān, shì bù guānxì shénme, zhè shì sān kuài qián de yòngchu dà, suǒyǐ tā jiù gānxīn qù shòu jiānjìn.

Cān de qīzi, běn xiǎng xǐwán le yīshang, cái dào dàngpù lǐ qù, shúqǔ nà gēn jīnhuā. Hái wèicéng chūmén, yǐ tīngdào zhè xiōng xiāoxi, tā xiǎng: zài zhè shíhou, yǒu shuí kě yāngtuō, yǒu shuí néng wèi tā bēnzǒu? Yù xiǎng yù méiyǒu fǎzi, yù jué shāngxīn, zhǐyǒu kū de yī fǎ, kěyǐ shǎo shū xīnli de tòngkǔ, suǒyǐ, zhǐ shǒuzài jiālǐ kū. Hòu jīng línyòu de quànwèi, jiāodǎo, cái dàizhe jīnhuā de jiàqián, dào yámen qù, xiǎng tàntàn xiāoxi.

Xiāngxiàrén, yī jiàn xúnjǐng de miàn, jiù pàdào wǔ fēn, kuàng shì jìn yámen lǐ qù, yòu shì bù jiàn shìmiàn de fùren, xīnli de jīngkǒng, jiù kěxiǎng'érzhī le. Tā gāng kuàjìn jùnyá de ménxiàn, bèi yī xúnjǐng de "yào zuò shénme" de yī shēng hūhè, yǐ xià de dǎotuì dào mén wài qù, xìng yǒu yī shísì lái suì de xiǎoshì, chūlái cháwèn, tā jiù āiqiú tā, tì yī tànchá, nándé nà háizi tóngxīn hái zài, bùhuì yǐshì-qīrén, chéngkěn de tì yī shèfǎ, jiào tā náchū sān kuài qián dàijiǎo jìnqù.

"Cái jiānjìn xià, shénme jiù shì chūlái?" Cān xīnli zhèngzài huáiyí de zìwèn. Chūlái dào yá qián, kànzhe tā qīzi.

"Wèishénme dào zhèr lái?" Cān duì qīzi wèn.

"Tīng ...... shuō bèi lā jìnqù ......" Tā wēi yèzhe shēng huídá.

"Bù fàndào shénme shì, bù zhì shātóu pà shénme." Cān yàngyàng de shuō.

Tāmen láidào jiē shàng, shì yǐjīng sàn le, chùchù tīngdào "cínián" de bàozhú shēng.

"Jīnhuā qǔhuí wèi?" Cān wèn tā qīzi.

"Hái wèicéng chūmén, jiù tīngdào zhè xiāoxi, wǒ gǎnjǐn dào yámen qù, zài nàr jiǎoqù sān kuài, xiànzài hái bùgòu." Qīzi huí dá tā shuō.

"Wú!" Cān huǎngrán de fāchū zhè yī shēng, jiù náchū zǎoshàng zhuàndào de sān kuài qián, gěi tā qīzi shuō:

"Wǒ tiāo dānzi huíqù, dàngpù pà yào guānbìle, kuài yīxiē qù, qǔchū jiù huílái ba."

"Wéiguò lú", háizimen yīn míngzǎo yào juézǎo qǐlái "kāi zhèng" gè yǐ shuìxià, zài zuò tāmen xìngfú de mèng. Cān shàng zài shì nèi duólái-duóqù. Jīng tā qīzi jǐ cì de cuīcù, tā zǒng méiyǒu tīngjiàn shìde, xīnli zhǐ zài xiǎng, zǒng jué yǒu yī zhǒng bù míngliǎo de bēi'āi, zhǐbùzhù lòuchū jǐ shēng de tànxī, "Rén bù xiàng gè rén, chùsheng, shuí yuànyì zuò. Zhè shì shénme shìjiān? Huózhe dǎo bù ruò sǐle kuàilè." Tā nánnán de dú yǔzhe, hū yòu huíyì dào mǔqīn sǐ shí, kuàilè de róngmào. Tā yǐ huáibàozhe zuìhòu de juéwù.

Yuándàn, Cān de jiālǐ, hū huárán fāshēng yī zhèn jiàohǎn, āimíng, tíkū. Suíhòu, yòu tīngzhe shuō: "Shénme dōu méiyǒu ma?" "Zhǐ 『yínzhǐ』 bèibàn zài, biéde shénme dōu méiyǒu."

Tóngshí, shì shàng yì shèngchuánzhe, yī gè yèxún de jǐnglì, bèi shā zài dào shàng.

《一杆称子》

凌叔華

Introduction to Ling Shuhua

Ling Shuhua (凌淑华 1900-1990) is one of the most important female voices in Chinese literature during the 20th century, as well as a talented painter. Being known to the Japanese public as the "Chinese Mansfield" and her extensive correspondence with Virginia Woolf are two signs of the international character of this writer. Although not as famous as her male colleagues, she is nevertheless well known for short stories such "After Drinking" (Jiǔ Hòu 酒后) and "Embroidered Pillows" (Xiùzhěn 繡枕).

She was born in Beijing to an illustrious family from Guangdong. Her father, who during the late Qing occupied a post comparable to governor of Beijing, counted major intellectuals and politicians such as Kang Youwei (康有為) and Yuan Shikai (袁世凱) amongst his friends. Ling Shuhua's mother was the third of six concubines. In her writings, Ling provides an ambiguous portrait of her father, who she sees not only as a bossy patriarch, but also as a 'Chinese-style' gentleman who knew how to enjoy life and art. Thanks to her painting ability, her father regarded her as the only member of the family to have inherited the artistic gift from her maternal grandfather. He therefore appointed a famous painting tutor to teach her.

After attending a private college for girls in Tianjin, she was admitted to the Yanjing Women's College, where she became a relatively well-known female writer and a member of the Contemporary Review Group (Xiàndài Pínglùn 现代评论). The Contemporary Review Group was a group led by intellectuals with European educational background, such as Chen Yuan who was a social commentator and professor at National Beijing University. In 1927, Chen Yuan would become Ling Shuhua's husband. Her first short story, "After Drinking", was published in 1924 in the Contemporary Review journal. Her first publication marked the beginning of a promising career, which was not fully achieved. Infrequent publications and her pursuit of traditional style painting stunted her career as an author. *The Temple of Flowers* (花之

寺), Ling's first and most famous collection of stories, was published in 1928.

In 1929, she followed her husband to Wuhan University, continuing meanwhile to publish her stories in the Contemporary Review. In 1946, when Chen Yuan became China's delegate to UNESCO, Ling accompanied him to live in London. In the following forty years, they traveled extensively in Europe, America and Asia. She taught contemporary Chinese literature in Singapore, and later in Canada and the UK.

Many critics have labeled Ling Shuhua as a "minor" writer mainly because her stories deal with apparently trivial matters about women and children rather than important social issues. Furthermore, her talent was perceived in relationship to her physical beauty, and was thus confined to her gender. This misinterpretation was probably due to a lack of understanding of Ling's relationship to representation. As there was no female tradition in Chinese literature, apart from few works written in the feminine style, Ling had restricted access to representation. Furthermore, coming from a traditional family with a strict father, she was forbidden to write novels and use the vernacular language. Hiding her literary activities from her father was therefore the only way to continue writing. Because of her classical educational background, Ling's role was to find a compromise between modernity and tradition. Adhering to the feminine style of writing was the easiest way to achieve this balance. Writing stories about women, set in the realm of women, she seems to abide within traditional writing rules, while at the same time undermining its hegemony through the use of parody and irony.

One ironical element that can be found in Ling's stories is the juxtaposition of women who passively wait for their lives to be arranged and those women who take the initiative in their own lives, especially in terms of marriage. The modern woman enjoys a happy marriage, whereas the traditional and passive woman suffers the consequences of a marriage, which is merely a financial and biological contract. While writing about home life and "trivial" matters, Ling aims to show the social and ideological oppression of Chinese women.

凌淑华

From 1938 to 1941 Ling Shuhua corresponded with Virginia Woolf, who encouraged her to write an autobiography in English. This autobiography was published in 1953 by the publishing house, Bloomsbury Group, under the title *Ancient Melodies*. Woolf personally read and corrected *Ancient Melodies* chapter by chapter until her suicide in 1941. In the 1980s Ling Shuhua revisited the mainland and died there in 1990.

介绍

The Night of Mid-Autumn Festival

《中秋晚》

《Zhōngqiū Wǎn》

The most powerful piece from Ling Shuhua's first collection of short stories, *The Temple of Flowers* (花之寺) published in 1928, is *The Night of Mid-Autumn Festival*. It is a story of a narrow-minded and superstitious wife so obsessed with rituals and traditions that she unintentionally compromises her own marriage. Jingren and his wife are both members of the shop-owning class. They were not extremely wealthy but were quite well off. During the eve of mid-autumn festival, the wife has prepared a feast, which includes the customary 'Together Duck', a symbol of happy union for the newly married couple.

Husband and wife just started dinner when a phone call informs Jingren that his foster sister is dying in her bed and requests to see him. Jingren gets ready to go, but his wife is unwilling to let him leave until he has eaten at least one bite of the 'Together Duck', which is just about to be served. He takes a bite but immediately spits out the greasy piece. The superstitious wife interprets his action as a bad omen.

As a result of his wife's delay, Jingren is five minutes too late to see his sister before she dies. Back home, he blames his wife for delaying him and the couple starts quarreling. During their argument, Jingren smashes a vase, which is another bad omen. The next morning the wife leaves home to stay with her mother, while Jingren starts indulging himself in theaters and brothels. From that mid-autumn night onwards, the relationship between husband and wife deteriorates. Their wealth and the wife's physical health degrade. During the final scene, the wife and her mother leave the couple's house, which is now inhabited, by spiders and rats. The wife is a victim of her own insistence on the proper performance of wifely duty and domestic customs. However, she is probably unaware of her own shortcomings, since she persists in her superstitious ideas and blames fate for her unhappy life.

中秋¹晚

作者：凌淑华

　　中秋节的夜晚，月儿²方才³婷婷⁴的升⁵上了屋脊⁶，澄青⁷的天不挂⁸一丝⁹云影，屋背¹⁰及¹¹庭院¹²地上好象薄薄¹³的铺¹⁴了一层白霜¹⁵，远近树木亦¹⁶似¹⁷笼罩¹⁸在细霰¹⁹中。正厅²⁰里不时飘²¹出袅袅²²的香烟及果饼²³菜肴²⁴的气味。

---

¹ 中秋 – zhōngqiū – The mid-autumn festival; mid-autumn festival is held on the 15ᵗʰ day of the eighth lunar month in the Chinese calendar. The day is usually in September or early October and is close to the autumnal equinox.
² 月儿 – yuèr – the moon
³ 方才 – fāngcái – just now
⁴ 婷婷 – tíngtíng – gracefully
⁵ 升 – shēng – rise; go up; ascend
⁶ 屋脊 – wūjǐ – roof; ridge pole
⁷ 澄青 – chéngqīng – cloudless; clear
⁸ 挂 – guà – hang; put up; suspend
⁹ 丝 – sī – a tiny bit; trace; a thread of
¹⁰ 屋背 – wūbèi – the back of a house
¹¹ 及 – jí – and; same as 和
¹² 庭院 – tíngyuàn – courtyard
¹³ 薄 – báo – slight; a little; thin (referring to mist; haze; frost)
¹⁴ 铺 – pù – pave; lay; spread; extend; unfold
¹⁵ 白霜 – báishuāng – hoar-frost; a type of frost with white ice crystals
¹⁶ 亦 – yì – also
¹⁷ 似 – sì – as if; like
¹⁸ 笼罩 – lǒngzhào – envelop; shroud; bathe
¹⁹ 细霰 – xì xiàn – graupel; soft hail; snow pellets
²⁰ 正厅 – zhèngtīng – main hall
²¹ 飘 – piāo – send out; send forth; diffuse; emit; drift
²² 袅袅 – niǎoniǎo – curl upwards; wave in the wind
²³ 果饼 – guǒbǐng – fruitcake

敬仁[25]此时正拜[26]过祖先，仍旧[27]穿着马褂[28]，戴[29]着瓜皮帽[30]，在厅上来回走，笑吟吟[31]的望着他的夫人亲手收拾上供[32]的东西。她一边吩咐[33]厨子[34]——"一会儿开饭，这碗鱼不必再烧了，栗子鸡[35]得加些料酒[36]再煨[37]，素菜里放些糖[38]煮[39]一煮……这盘[40]团鸭[41]没有炖[42]软和[43]，再炖炖[44]吧。"

"对哪，再炖炖这盘团鸭。里边再加些玉兰片[45]，可以吗？"敬仁走到她的身前问她。从他的笑容上，就知道他是十分

---

[24] 菜肴 – càiyáo – dish; cooked food (such as vegetables and meat) eaten along with rice

[25] 敬仁 – Jìngrén – the name of the leading character in this story

[26] 拜 – bài – to worship (gods or one's ancestors)

[27] 仍旧 – réngjiù – remain the same; continue to be; as before; still; yet

[28] 马褂 – mǎguà – Chinese jacket; riding jacket; mandarin jacket (worn over a gown)

[29] 戴 – dài – wear; put on

[30] 瓜皮帽 – guāpí mào – a kind of skullcap resembling the rind of half a watermelon

[31] 笑吟吟 – xiàoyínyín – smiling winsomely; with a winsome smile on one's face; same as 笑盈盈 (xiàoyíngyíng), which is more often used in modern Chinese

[32] 上供 – shànggòng – offer up a sacrifice; lay offerings on the altar

[33] 吩咐 – fēnfù – enjoin; tell; exhort; charge (a person) with a task; instruct; bid

[34] 厨子 – chúzi – cook; chef

[35] 栗子鸡 – lìzijī – chicken (鸡) with chestnut (栗子)

[36] 料酒 – liàojiǔ – cooking wine

[37] 煨 – wēi – cook over a slow fire; simmer; stew

[38] 糖 – táng – sugar

[39] 煮 – zhǔ – boil; cook; stew

[40] 盘 – pán – tray; plate; dish

[41] 团鸭 – tuányā – stewed duck served in the family union feast; its pronunciation is similar to 团圆 (tuányuán), which means reunion

[42] 炖 – dùn – stew

[43] 软和 – ruǎnhuo – (become) soft; here it means well-cooked

[44] 炖炖 – dùndùn – stew for a while; the verb is repeated to express the same meaning, but with a relaxing tone, for example, 看看, 想想, 讨论讨论. Not all verbs can be used this way.

[45] 玉兰片 – yùlánpiàn – dried slices of tender bamboo shoots; water-soaked bamboo slices

---

凌淑华   **163**

满意她的布置⁴⁶了。"好的，再放些玉兰片，把火腿⁴⁷骨头⁴⁸都捞⁴⁹出来，千万⁵⁰不要把这汤弄⁵¹肥腻⁵²了。"厨子听罢，收了菜碗出去。

敬仁坐在一张大椅上，把帽子摘下⁵³，斜⁵⁴挨⁵⁵在椅子扶手⁵⁶上迷蒙着眼⁵⁷在那里休憩⁵⁸，他认得她今晚穿的衣裙⁵⁹，是春天新婚第三天穿过的那一套湖色⁶⁰华丝葛⁶¹，肩帔⁶²上袖口⁶³及裙脚都绣⁶⁴着金碧⁶⁵折枝花⁶⁶。今日因为走动多些，她脸上不似平日那样苍白⁶⁷，从颊⁶⁸上匀⁶⁹着的淡淡⁷⁰胭脂⁷¹里透露⁷²出可爱的桃花色⁷³。他

---

46 布置 – bùzhì – arrangements; set (the table)

47 火腿 – huǒtuǐ – ham

48 骨头 – gǔtou – bone

49 捞 – lāo – scoop up

50 千万 – qiānwàn – be sure to; make sure to 千: thousand; 万: ten thousand

51 弄 – nòng – do; manage; make something become...; get someone or something into a specified condition (usually used before an adjective)

52 肥腻 – féinì – fatty; greasy

53 摘下 – zhāixià – pick off; take off

54 斜 – xié – oblique; slanting; skew; tilted

55 挨 – āi – be (get) close to; be next to

56 扶手 – fúshǒu – armrest

57 迷蒙着眼 – míméngzhe yǎn – close one eyes (to take a rest)

58 休憩 – xiūqì – have a rest; take a break; rest

59 衣裙 – yīqún – clothes; dress

60 湖色 – húsè – light green

61 华丝葛 – huásīgě – a kind of jacquered weaved silk. The texture is fine and thin and it is often used in clothing and coats

62 肩帔 – jiānpèi – cape

63 袖口 – xiùkǒu – cuff (of a sleeve); wristband

64 绣 – xiù – embroider; embroidered with

65 金碧 – jīnbì – golden

66 折枝花 – zhézhīhuā – plucked branches of flowers

67 苍白 – cāngbái – pale; pallid; wan; feeble

68 颊 – jiá – cheek

69 匀 – yún – with; with a tint of

觉得她今晚非常的美。他想如果他是欧美人，此时一定就上去搂抱[74]着她热烈[75]的接吻[76]了，但在中国人，夫妻的爱情是不兴外露[77]的。

　　"你今晚喝花雕[78]，还是葡萄酒[79]？"太太走近他微笑[80]着问。

　　他心里正在甜糊[81]的迷醉[82]，也没听清她问的是什么，只知道不是吃的，便是喝的，也就随口[83]应[84]道：

　　"你喜欢那样便[85]那样。"

---

[70] 淡淡　－　dàndàn　－　light; slight; a slight air of
[71] 胭脂　－　yānzhi　－　rouge; blusher; cosmetics
[72] 透露　－　tòulù　－　reveal; show
[73] 桃花色　－　táohuā sè　－　the color of peach blossom
[74] 搂抱　－　lǒubào　－　hug; embrace; cuddle; hold in one's arms
[75] 热烈　－　rèliè　－　warm; enthusiastic; heartily; fervent; ardent
[76] 接吻　－　jiēwěn　－　kiss
[77] 不兴外露　－　bùxīng wàilù　－　showing love in public (外露) is not (不) popular (兴)
[78] 花雕　－　huādiāo　－　high-grade Shaoxing wine
[79] 葡萄酒　－　pútáojiǔ　－　grape wine; port wine
[80] 微笑　－　wēixiào　－　smile
[81] 甜糊　－　tiánhú　－　ponder sweetly
[82] 迷醉　－　mízuì　－　immersed in; fascinated by
[83] 随口　－　suíkǒu　－　speak thoughtlessly or casually; blurt out whatever comes into one's head
[84] 应　－　yìng　－　answer
[85] 便　－　biàn　－　same as 就

"我不懂喝酒的，今晚请人陪[86]你喝喝，好吗？"

"我今晚只要同你喝酒，不用别人陪的。"他眯眼[87]笑着，示意[88]叫太太坐在他旁边。

"我喝两杯就要醉的，你喝十几杯也不显得[89]怎样。"她会意[90]的坐在他左手[91]椅[92]上，圆圆[93]的下嘴巴[94]，衬上[95]含情[96]的笑靥[97]更觉得可爱。

他此时忍不住一把拉住她的手，笑道：

"我要你喝醉……我们俩是第一次一同过中秋呢。这是团圆节[98]……应该团圆的……可惜妈妈不在这里，你做菜的口味她也喜欢的。"

---

[86] 陪 – péi – accompany; keep someone company; show; look after; serve

[87] 眯眼 – mī yǎn – squinting

[88] 示意 – shìyì – signal; hint; motion; give a sign

[89] 显得 – xiǎnde – look; seem; appear

[90] 会意 – huìyì – drop a hint; give a sign

[91] 左手 – zuǒshǒu – the left (左) hand (手)

[92] 椅 – yǐ – chair

[93] 圆圆 – yuányuán – round; the two same adjectives can be used together to express the same meaning, but usually with a relaxing tone. For example, 红红, 小小, 轻轻. Not all adjectives can be used this way.

[94] 下嘴巴 – xià zuǐba – below (下) the mouth (嘴巴)

[95] 衬上 – chèn shàng – with; along with

[96] 含情 – hánqíng – with deep feeling (tenderness feelings)

[97] 笑靥 – xiàoyè – dimple; same as 酒窝 (jiǔwō)

[98] 团圆节 – tuányuánjié – the Mid-Autumn Festival (15th day of the 8th lunar month); same as 中秋节

他想到他的爱母在乡间⁹⁹单身¹⁰⁰与妹妹过节的孤寂¹⁰¹，不觉神驰¹⁰²了一晌¹⁰³。

"我娘告诉我，吃过了团圆宴¹⁰⁴，一年不会分离¹⁰⁵。"

"……我们出去看看月亮再开饭吧。"敬仁同太太并肩¹⁰⁶走出¹⁰⁷院中。

回头吃饭的时候，刚上到第二盘菜，太太还没有喝完一杯酒，敬仁正要同她干杯，忽然看门的老董¹⁰⁸跑进来回说——

"老爷，大石作¹⁰⁹那边打电话来请老爷即刻¹¹⁰过去说话，大夫说姑太太¹¹¹快不行了。"

"那一个大夫说？"敬仁变了色¹¹²，站起就想走。

---

⁹⁹ 乡间 – xiāngjiān – village; countryside
¹⁰⁰ 单身 – dānshēn – unmarried or widowed; single
¹⁰¹ 孤寂 – gūjì – loneliness
¹⁰² 神驰 – shénchí – distracted; absent-minded; slip of mind
¹⁰³ 一晌 – yīshǎng – a short moment
¹⁰⁴ 团圆宴 – tuányuán yàn – the reunion feast (banquet)
¹⁰⁵ 分离 – fēnlí – separate; part
¹⁰⁶ 并肩 – bìngjiān – shoulder to shoulder; side by side; abreast
¹⁰⁷ 走出 – zǒuchū – walk out
¹⁰⁸ 老董 – Lǎo Dǒng – a name of a character in this story
¹⁰⁹ 大石作 – Dà Shízuò – a name of a character in this story
¹¹⁰ 即刻 – jíkè – at once; immediately; instantly; right away
¹¹¹ 姑太太 – gūtàitai – (old-fashioned) title used in calling the husband's sister or aunt (姑). This aunt or sister would already be married as well (太太).
¹¹² 变色 – biànsè – change one's countenance; become angry

"没有说那个大夫说的。电话已经挂上了，他们是借人家的电话。"老董退出了厅门[113]。

"怎么干姐姐病得这样快？前天王大夫不说能治好吗？我想不会怎样吧。"太太说着，脸上也立刻罩[114]上了一层霜[115]。

"我去给她再找两个好医生看看罢，可怜她家公婆[116]都不舍得[117]钱治她的病……"他说着离了席[118]要走。太太也觉不好过，但是极不愿[119]敬仁此时就走，因为团鸭还没有上。没有吃团鸭，团圆宴还是不团圆，她恐怕这是他们来日的朕兆[120]。因此她一把[121]拉他坐下说：

"吃些饭再去吧。今晚上的饭是要吃的。"

敬仁心里难受，想着上回[122]相见[123]时，干姐姐[124]那枯瘦[125]死白的脸上，一双无神晦暗[126]的困眼[127]望着帐顶[128]流泪[129]，他再也无心吃菜。但他知道中秋宴的饭是要吃的，他就喊说[130]——

---

[113] 厅门 – tīng mén – foyer; reception (hall) door
[114] 罩 – zhào – cover; overspread; wrap
[115] 一层霜 – yī céng shuāng – a sheet of frost (figuratively); unhappy; displeased
[116] 公婆 – gōngpó – one's husband's father and mother; parents-in-law
[117] 不舍得 – bù shěde – not willing to; hate to part with or use; grudge;
[118] 离席 – líxí – leave the table or a meeting
[119] 极不愿 – jí bùyuàn – very (极) reluctant (不愿); very unwilling
[120] 朕兆 – zhènzhào – sign; omen; portent; or 征兆 (zhēngzhào) in modern Chinese
[121] 一把 – yībǎ – no actual meaning when used alone, usually combined with other words, such as 拉 in this instance, which means "pull all of sudden"
[122] 上回 – shànghuí – the last time
[123] 相见 – xiāngjiàn – meet (in person)

"拿饭来吧，预备车，我就要出门！"

当差[131]盛[132]上饭来，他急急泡[133]上些鱼汤，匆匆[134]吃了。

"怎么还不端[135]上团鸭来？老爷快吃完了。"太太此时有些发急，她怕他不能吃到团鸭便走。

团鸭端上桌时，他已在漱口[136]，匆匆穿马褂。她心下十分不快，腮[137]上桃色全没了。很可怜的望着他说：

"你吃块鸭子再去，大节下团鸭也不吃一块！"她拣[138]了一块肥[139]的，夹[140]到敬仁的小碟子[141]里。

---

[124] 干姐姐 – gān jiějiě – adopted (older) sister; foster sister; sister (姐姐) with no blood relations (干)

[125] 枯瘦 – kūshòu – emaciated; skinny

[126] 晦暗 – huì'àn – dark and gloomy

[127] 困眼 – kùnyǎn – sleepy eyes

[128] 帐顶 – zhàngdǐng – the top (顶) of curtain (帐)

[129] 流泪 – liúlèi – burst into tears; burst out one's eyes; tears running down one's face; tears welled from one's eyes; weep

[130] 喊说 – hǎn shuō – shout; cry out; yell

[131] 当差 – dāngchāi – a messenger or manservant; work as a petty official or servant

[132] 盛 – chéng – fill; ladle

[133] 泡 – pào – steep; soak

[134] 匆匆 – cōngcōng – hurriedly; in a rush; in haste

[135] 端 – duān – hold something level with both hands; carry

[136] 漱口 – shùkǒu – rinse the mouth; gargle

[137] 腮 – sāi – cheek

[138] 拣 – jiǎn – choose; select; pick out

[139] 肥 – féi – fatty; greasy

[140] 夹 – jiá – hold from both sides (with chopsticks)

[141] 碟子 – diézǐ – plate; small dish; saucer

"没有工夫吃了，人家在那咽气[142]盼[143]我，我那能吃得下！"

她觉得十分委屈[144]，又怕这不吃团鸭，真会成了朕兆[145]，她就低声央[146]着他———

"不吃团鸭是不好的，敬仁，你得吃这一块。"

敬仁觉得情不可却[147]，只得坐下夹了起来送到嘴内，觉得油腻[148]，又吐了出来。又胡乱[149]咽口饭[150]，重新漱了口[151]，喝了一口茶。

"车预备齐[152]了吗？"他匆匆往外走。

"早齐了。他们又打电话来催[153]，说姑太太要找老爷说话。"

---

[142] 咽气 – yànqì – breathe one's last; die
[143] 盼 – pàn – hope for; long for; expect
[144] 委屈 – wěiqū – feel wronged; suffer from injustice; nurse a grievance
[145] 朕兆 – zhènzhào – sign; omen; portent
[146] 央 – yāng – entreat
[147] 情不可却 – qíngbùkěquè – (成语) can hardly decline someone's kind offer
[148] 油腻 – yóunì – greasy; oily
[149] 胡乱 – húluàn – carelessly; casually; at random
[150] 咽口饭 – yàn kǒu fàn – eat quickly (usually in emergency)
[151] 漱口 – shùkǒu – rinse the mouth; gargle
[152] 齐 – qí – all set; all ready; all present
[153] 催 – cuī – urge; hurry; press

"告诉他们我这就去了。"他匆匆坐上了车，车夫拉着就飞跑[154]。

此时已近夜半，月儿已到中天，那清澈[155]惨白[156]的月光射[157]在玻璃窗[158]上，格外使人觉到凄寂[159]生感[160]。太太坐在卧室[161]窗前[162]惘惘胡思[163]，想到今夜家宴，便觉得悚然[164]，好象恶运[165]的魔神[166]此时正在围住那一小块没有吃进去的鸭肉，商议[167]如何[168]摆布[169]敬仁。

她好象置身[170]在迷暗[171]的森林中，恐怖，寒粟[172]，忧愁[173]缠住[174]了她。她只盼望有个人来看慰[175]她，用手领[176]她出来。她想只

---

[154] 飞跑 — fēipǎo — dask; race; tear
[155] 清澈 — qīngchè — limpid; clear
[156] 惨白 — cǎnbái — dreadfully pale; faint
[157] 射 — shè — shine; ray; radiate; radiation
[158] 玻璃窗 — bōli chuāng — glazed window; glass window
[159] 凄寂 — qījì — sad; wretched; miserable (凄) lonely; lonesome; solitary (寂)
[160] 生感 — shēnggǎn — sentimental; sadness
[161] 卧室 — wòshì — bedroom
[162] 窗前 — chuāngqián — in front of the window
[163] 惘惘胡思 — wǎngwǎng húsī — be lost in various fancies and conjectures; indulge in flights of fancy; crankily
[164] 悚然 — sǒngrán — terrified; horrified
[165] 恶运 — èyùn — bad (恶) luck (运); ill (恶) luck(运); misfortune
[166] 魔神 — móshén — devil
[167] 商议 — shāngyì — confer; discuss; deliberate
[168] 如何 — rúhé — how; whereby; in what way
[169] 摆布 — bǎibù — order about; manipulate; push around
[170] 置身 — zhìshēn — place oneself; stay
[171] 迷暗 — mí àn — dark and confusing
[172] 寒粟 — hánsù — afraid; fearful; tremble (with fear)
[173] 忧愁 — yōuchóu — sad; worried; depressed
[174] 缠住 — chánzhù — entangle
[175] 看慰 — kàn wèi — comfort; console

要能默默拉着她的亲人的手——自然头一个是敬仁——她就可以去了大半的恐怖[177]忧愁了。

好了，敬仁回来了。她跑出院子迎住问：

"怎样了，还不要紧吧？"

敬仁满脸苍白，眼睛红晦[178]，一进大厅便倒身在客座炕床[179]上，嘶喊[180]道：

"还问呢？我早去五分钟，就见到她了。都是你要我吃那碗饭，耽误[181]了十分钟……可怜她只有一个干弟弟[182]在京城里，临死[183]都会不到……死得太可怜了。"他嗓子[184]有些发涩[185]。此时仿佛看见方才干姊[186]的景况，一张瘦削[187]惨白的脸，睁着阴晦[188]带泪渍[189]的眼，披着[190]稀松乱发[191]，盖着[192]张[193]白布[194]被单[195]，上头

---

[176] 领 – lǐng – lead; usher
[177] 恐怖 – kǒngbù – terrifying; horrible; dreadful; terror
[178] 红晦 – hónghuì – red and gloomy
[179] 客座炕床 – kèzuò kàngchuáng – brick bed warmed by fire underneath for meeting guests
[180] 嘶喊 – sīhǎn – scream; shout
[181] 耽误 – dānwù – delay; hold up
[182] 干弟弟 – gān dìdì – adopted brother
[183] 临死 – línsǐ – before one' death; on one's deathbed
[184] 嗓子 – sǎngzi – throat; larynx
[185] 发涩 – fāsè – hoarse and sore
[186] 干姊 – gānzǐ – adopted elder sister
[187] 瘦削 – shòuxuē – very thin; gaunt
[188] 阴晦 – yīnhuì – shady; dark; dismal
[189] 泪渍 – lèizì – tear; teardrop
[190] 披着 – pīzhe – drape over one's shoulders; wrap around
[191] 稀松乱发 – xīsōng luànfā – sloppy (稀松) and messy (乱) hair (发)

撒[196]了些黄钱，床前地上一对死白[197]油烛[198]点着，中间插[199]了一股香[200]。越想越凄惨[201]，不觉长长叹了口气[202]。

"咳[203]，我们真对她不住[204]……可怜她嫁了一年就守寡[205]，又没有一男半女[206]，临死时连一个干弟弟都不见着。……都是你强我吃那碗饭，张妈[207]告诉我她咽气时，还喊人找我呢。咳，我真对她不住！"

太太本来最忌讳[208]大节日说死人，听敬仁连连埋怨[209]自己，心里未免[210]不耐烦[211]，只得勉强忍住搭讪[212]道——

"别只埋怨我吧，大节下少见一个死人好多着呢。"

---

[192] 盖着 - gàizhe - be covered with
[193] 张 - zhāng - a piece of
[194] 白布 - báibù - plain white cloth; calico
[195] 被单 - bèidān - (bed) sheet; coverlet; coverlid; bed linen
[196] 撒 - sā - scatter; sprinkle; spread
[197] 死白 - sǐbái - gloomy
[198] 油烛 - yóuzhú - candle
[199] 插 - chā - stick in; insert
[200] 一股香 - yī gǔ xiāng - a stick of incense
[201] 凄惨 - qīcǎn - sad; wretched; miserable; tragic; hard up
[202] 叹气 - tànqì - sigh; heave a sigh
[203] 咳 - ké - sound of sighing
[204] 对不住 - duìbuzhù - let someone down; be unworthy of; be unfair to
[205] 守寡 - shǒuguǎ - remain a widow; live in widowhood
[206] 一男半女 - yīnánbànnǚ - child; offsprings
[207] 张妈 - Zhāng Mā - the name of a character in this story
[208] 忌讳 - jìhuì - be superstitious about; taboo
[209] 埋怨 - mányuàn - complain; blame; grumble; murmur at
[210] 未免 - wèimiǎn - rather; a bit too; truly
[211] 耐烦 - nàifán - patient; tolerant; have patience
[212] 搭讪 - dāshàn - strike up a conversation with someone; say something to smooth over an embarrassing situation; talk to somebody

不想这一个好字刺激[213]了敬仁的耳，他很不以为然[214]她那不耐烦的神气——

"想不到你这个年青青的女人，心肠[215]这样硬[216]，人家孤冷冷[217]的死了，你还说不要去看她好多着呢。有什么好？"他转悲为怒[218]，愤愤[219]的说。这是结婚后第一次他觉得他的太太不对。他说完伸脚把鞋子使劲[220]向上[221]一摔[222]，不想一只沉重[223]的鞋竟把小茶几上[224]的花瓶[225]碰[226]了下来，落地砸[227]一个粉碎[228]。

太太怔怔[229]的听他发作[230]，正想想话回敬[231]，发泄[232]发泄她今晚的委屈[233]；不料[234]他又发气把花瓶砸破了，又是一个不吉祥[235]，一时间又悲又气[236]的再也撑[237]不住了：

---

[213] 刺激 – cìjī – stimulate; excite
[214] 不以为然 – bùyǐwéirán – (成语) not to regard it as right; not to accept as right; not to agree with
[215] 心肠 – xīncháng – heart; intention
[216] 硬 – yìng – strong; firm; tough; obstinate
[217] 孤冷冷 – gūlěnglěng – solitary; lone
[218] 转悲为怒 – zhuǎn bēi wéi nù – turn grief into anger
[219] 愤愤 – fènfèn – indignantly; angrily
[220] 使劲 – shǐjìn – exert all one's strength; put in energy
[221] 向上 – xiàng shàng – upward; up
[222] 一摔 – yī shuāi – throw; toss; cast
[223] 沉重 – chénzhòng – heavy
[224] 茶几 – chájī – tea table
[225] 花瓶 – huāpíng – flower vase; vase
[226] 碰 – pèng – touch; bump
[227] 砸 – zá – crush; smash
[228] 粉碎 – fěnsuì – broken into pieces; shred; shiver
[229] 怔怔 – zhēngzhēng – (stare) blankly; in a daze; in a trance
[230] 发作 – fāzuò – have a fit of anger; lose one's temper; flare up
[231] 回敬 – huíjìng – answer; retaliate; give tit-for-tat
[232] 发泄 – fāxiè – give vent to; let off steam;

"怎的了，你今晚是不是成心[238]给我过不来[239]！"她带哭声说，"大节下，饭也不肯吃，瓶子也摔破[240]了。……还过什么好日子！我也……"她抽咽[241]的哭起来，敬仁也想不到他太太竟至[242]如此[243]生气。心下正十分懊丧[244]，不觉也烦躁[245]起来。

"谁有意摔破瓶子？你大节下还咒[246]我过什么好日子呢？……'你也'怎样？怎不说了？"

太太呜咽[247]呜咽，把一块白洋纱[248]手帕[249]都用湿[250]了，还断续[251]的说：

"谁说谁也怎样？……你……你……大节下来找我别扭[252]。"

---

[233] 委屈 – wěiqū – unjust treatment
[234] 不料 – bùliào – unexpectedly; to one's surprise; beyond one's expectation
[235] 吉祥 – jíxiáng – lucky; auspicious; propitious
[236] 又悲又气 – yòu bēi yòuqì – sad (悲) and angry (气)
[237] 撑 – chēng – maintain; keep up; put up with
[238] 成心 – chéngxīn – intentionally; on purpose; with deliberate intent
[239] 过不来 – guò bù lái – give somebody a hard time; same as 过不去, which is more often used in modern Chinese
[240] 摔破 – shuāipò – break; shatter
[241] 抽咽 – chōuyè – sob
[242] 竟至 – jìngzhì – unexpectedly; to one's surprise; actually; go so far as to; go to the length of; have the impudence to
[243] 如此 – rúcǐ – so; such; in this way; like that
[244] 懊丧 – àosàng – dejected; depressed; despondent
[245] 烦躁 – fánzào – be fidgety; be agitated; irritable; be in a fret
[246] 咒 – zhòu – curse; swear; wish someone evil; imprecate
[247] 呜咽 – wūyè – sob; whimper; make mournful sounds
[248] 白洋纱 – bái yángshā – white (白) cotton yarn (洋纱)
[249] 手帕 – shǒupà – handkerchief
[250] 湿 – shī – wet; damp; humid
[251] 断续 – duànxù – intermittently; on and off

从太太换手巾[253]擦泪[254]时，他望见她红肿[255]的鼻子显得非常硕大[256]，那两片觉得可爱的嘴唇[257]，已褪尽[258]胭红[259]的颜色，只见一个酱紫[260]的扁[261]着想哭的嘴。她的眼睛平常本来就不美俏[262]，因为相爱[263]，所以觉不出毛病[264]来，此时他看出她的眼角是吊起[265]的。忽[266]想起[267]母亲说过"吊眼[268]女人最难斗[269]。"这是结婚以后第一次他觉得他的女人难看。

"谁找你的别扭？……咳，没法子同你们女人讲话。"他惘惘怆怆[270]走到中庭，抬头望望[271]圆圆的皓月[272]好象正对他冷笑，

---

[252] 别扭 – biéniu – difficult to deal with; put somebody in trouble; give somebody a hard time; hard to get along with
[253] 手巾 – shǒujīn – hand towel; towel
[254] 擦泪 – cā lèi – dry or wipe one's tears
[255] 红肿 – hóngzhǒng – red and swollen
[256] 硕大 – shuòdà – very large
[257] 嘴唇 – zuǐchún – lip
[258] 褪尽 – tuìjìn – disappear; vanish
[259] 胭红 – yānhóng – rough; blusher
[260] 酱紫 – jiàngzǐ – dark reddish purple
[261] 扁 – biǎn – compressed (one's lips)
[262] 美俏 – měiqiào – pretty
[263] 相爱 – xiàng'ài – fall in love with; be in love
[264] 毛病 – máobìng – shortcoming; defect; fault; mistake
[265] 吊起 – diàoqǐ – stare at somebody or something because of anger
[266] 忽 – hū – suddenly; all of a sudden; unexpectedly
[267] 想起 – xiǎngqǐ – remember; recall; think of; call to mind; cross one's mind; pass through one's mind
[268] 吊眼 – diàoyǎn – slanted eyes
[269] 斗 – dòu – struggle against; quarrel with; have a row
[270] 惘惘怆怆 – wǎngwǎng-chuàngchuàng – stagger, stumble along
[271] 望望 – wàngwàng – look over; gaze into the distance; look far into the distance
[272] 皓月 – hàoyuè – bright moon ·

不觉长长吁了口气[273]。绕[274]着院子走了几匝[275]，摸摸[276]身上夹衫[277]沾[278]了冷露[279]微微[280]湿[281]了。他于是走回卧房[282]。

太太还在抽咽，他不耐烦去理她，一个人先上床睡倒了。

他一晚上睡不着，偷眼[283]望见他太太哭得唇也青了，眼也肿了，又是可怜，又是可恨，但是他拿定主意[284]不肯下气先去理她，快近天明了，他望她已经连着衣服躺[285]在小炕床[286]上休息，他便也合眼睡着了。

他方才[287]合上眼，便梦见新死的干姐姐穿戴着七八年前在他家同住时的装束[288]，笑着招手[289]唤[290]他，他惊醒了。他辗转[291]回想前七年他发疟疾[292]时，她坐在他床前，替他母亲招呼他吃药的

---

[273] 吁口气 – xū kǒu qì – heave a sigh
[274] 绕 – rào – walk around
[275] 匝 – zā – circle
[276] 摸摸 – mōmō – feel; stroke; touch
[277] 夹衫 – jiáshān – coat; jacket
[278] 沾 – zhān – soak; moisten; be stained with
[279] 冷露 – lěnglù – cold dews
[280] 微微 – wēi wēi – slight; faint
[281] 湿 – shī – wet
[282] 卧房 – wòfáng – bedroom
[283] 偷眼 – tōuyǎn – steal a glance; take a furtive glance
[284] 拿定主意 – náding zhǔyì – make up one's mind; put one's foot down
[285] 躺 – tǎng – lie; recline
[286] 炕床 – kàngchuáng – brick bed warmed by fire underneath
[287] 方才 – fāngcái – just now
[288] 装束 – zhuāngshù – dress; attire
[289] 招手 – zhāoshǒu – beckon; wave
[290] 唤 – huàn – call; talk to somebody
[291] 辗转 – zhǎnzhuǎn – toss about (in bed); toss and turn
[292] 疟疾 – nüèjí – malaria

情境[293]。他不肯吃那金鸡脑丸[294]，嫌[295]它不干净的样子，她含了一眶[296]泪苦苦哄[297]他吃下去。他从她手里一口一口的喝那杯白糖水送丸药[298]下去。末[299]了一口，他的唇碰到她滑腻[300]带着粉香的手上，心里另有一种说不出甜蜜[301]的感触[302]，不觉狂嗅[303]了一下。她的腮飞红，他微微笑了笑便睡倒。以后干姊见了他，虽是有些不好意思，但是对他的事，更显出关切[304]的样子。干姊是从幼年[305]便许给了冯家[306]。第二年出嫁时，她哭的很痛，他也陪着难受。嫁后一年，就成了寡妇[307]。整五年不相见，直到今年春天，他们才在京城见面。他想到这里，不觉又叹起气来。

"对不起她！我竟不能守住[308]她咽气。她恨我吗？"他想着便从床上爬起来，窗纱发白[309]，已经六点半了。他满心不痛快，

---

[293] 情境 – qíngjìng – circumstances; situation

[294] 金鸡脑丸 – Jīnjīnǎowán – a kind of healthy brain pill

[295] 嫌 – xián – dislike

[296] 眶 – kuàng – the socket of the eye; eye socket; eyepit

[297] 苦苦哄 – kǔkǔ hǒng – do one's best to convince someone; coax/humor earnestly and patiently and with the best intention

[298] 丸药 – wányào – pill of Chinese medicine; pill

[299] 末 – mò – in the end; at last

[300] 滑腻 – huánì – soft and smooth

[301] 甜蜜 – tiánmì – happiness; sweet

[302] 感触 – gǎnchù – thoughts and feelings; feeling

[303] 狂嗅 – kuáng xiù – sniff (嗅) crazily/hungrily/wildly (狂)

[304] 关切 – guānqiè – be concerned about; show one's concern over

[305] 幼年 – yòunián – childhood

[306] 冯家 – Féng Jiā – Feng (surname) Family

[307] 寡妇 – guǎfù – widow

[308] 守住 – shǒuzhù – take care of; look after; watch

[309] 窗纱发白 – chuāngshā fābái – the window screen (窗纱) turns white (发白). Here it refers to daybreak as the rising sun makes the screen brighter

回想昨晚同他太太闹气[310]，很是无聊[311]。见他太太拿袖子[312]盖着眼睡，不觉动了怜惜[313]。但他不肯下气去认不是，他觉得自己并没做错。走过小炕床前搭讪说了句："还不到床上睡去！这地方那能睡觉？"

太太默[314]不出声。他出了卧房，急忙穿了衣，跑去料理[315]干姐姐的丧事[316]去了。

这一天直到晚上十点，他才料理停妥[317]那些衣衾[318]棺椁[319]。冯家不能多出钱，他觉得干姐脸上过不去，于是自己把铺子[320]里收回的余利[321]二百多块钱都掏[322]出垫[323]着花。只那付[324]棺木[325]，他便垫了一百六十元。棺材铺里人说这棺材还不是好的。

---

[310] 闹气 － nàoqì － petulance; angry
[311] 无聊 － wúliáo － in extreme depression; bored; silly
[312] 袖子 － xiùzi － sleeve
[313] 怜惜 － liánxī － take pity on; have pity for; feel tender and protective toward
[314] 默 － mò － silently; tacitly
[315] 料理 － liàolǐ － arrange; manage; attend to; take care of
[316] 丧事 － sāngshì － funeral arrangements; beravement; things to do with a funeral
[317] 停妥 － tíngtuǒ － be well arranged; be in order; well-settled
[318] 衣衾 － yīqīn － clothes and quilt
[319] 棺椁 － guānguǒ － inner and outer coffins
[320] 铺子 － pùzi － shop; store
[321] 余利 － yúlì － margin of profit
[322] 掏 － tāo － pull out; take out
[323] 垫 － diàn － pay for someone and expect to be repaid later (here it means paying for the coffin with his own money)
[324] 付 － fù － pay; make payment
[325] 棺木 － guānmù － coffin

"我这回总算尽了我的心[326]了。"他摸着他口袋里的空皮夹[327]，走到自家院子里自语[328]道。

　　太太蓬乱[329]着头发，眼睛哭得非常红晦[330]，好象看不见人的样子。挨在床栏[331]上正同一个陪房[332]女仆[333]讲话，见他进来都住了口。他搭讪着拣[334]了张椅子坐下，叹了口气道：

　　"咳，可忙完这丧气[335]事了！"

　　"老爷吃过晚饭了吧？"女仆端[336]过一碗茶问道。

　　"也算吃过了。办丧事人家，那能吃着舒服饭。你们开了饭了吧？"

　　"我们等到九点半才吃的饭。太太只吃一口儿。……"女仆歇了歇[337]又说，

---

³²⁶ 尽心 — jìnxīn — put one's heart and soul into; to devote all one's energies; with all one's heart

³²⁷ 皮夹 — píjiá — wallet

³²⁸ 自语 — zìyǔ — mutter to oneself

³²⁹ 蓬乱 — péngluàn — messy; dishevelled; unkempt (hair)

³³⁰ 红晦 — hónghuì — red and gloomy

³³¹ 床栏 — chuánglán — bedside rails

³³² 陪房 — péifáng — maids that accompanied the bride to her husband's house

³³³ 女仆 — nǔpú — maidservant

³³⁴ 拣 — jiǎn — choose; select; pick out

³³⁵ 丧气 — sàngqì — unlucky; out of luck; to lose heart; to feel disheartened

³³⁶ 端 — duān — hold something level with both hands; carry

³³⁷ 歇了歇 — xiēle xiē — stop for a short moment; pause

"这桌上两条账单[338]老爷看见了吗？他们说老爷答应在今天算清的。"

"哎呀，我没想起来还账的钱今天花掉了，怎好呢？"敬仁挠[339]着前头[340]的短发有些着急，向着太太问道：

"我前天交给你手的一百块钱，用完了没有？先拿出来还这笔帐[341]吧。"

"不是我昨天已经开了单[342]给你了吗？你昨天不看，这时却问我要钱，我却没白花你一个钱。……我又没有个干弟弟送我钱花，来照管[343]我的事。"

太太一肚皮委屈[344]，正想借题发泄[345]，所以唠叨[346]了起来。

"嘿，你这人奇怪，这两天中[347]了什么邪气[348]，只想找我别扭。你说的什么话，什么干弟弟送钱花，人家已经死了，你不要造罪[349]瞎[350]说话吧。……我真要躲开[351]你。"

---

[338] 账单 – zhàngdān – bill; check; statement of account
[339] 挠 – náo – scratch
[340] 前头 – qiántóu – forehead
[341] 这笔帐 – zhè bǐ zhàng – a specific outstanding bill or account
[342] 开单 – kāi dān – billing
[343] 照管 – zhàoguǎn – look after; tend; be in charge of
[344] 一肚皮委屈 – yī dùpí wěiqu – extreme grievances; feel wronged
[345] 借题发泄 – jiè tí fāxiè – give vent to one's pentup feelings (发泄) on some extraneous pretext (借题)
[346] 唠叨 – làodāo – chatter; be garrulous
[347] 中 – zhòng – be hit by; fall into; be affected by; suffer; sustain
[348] 邪气 – xiéqì – perverse trend; evil influence

"我也早知道你是多嫌[352]我。我回娘家躲[353]了你就是了，何必找我闹气，……大节下就给我下不了台[354]，我什么亏负[355]了你！"她又哭起来，一边喊道："杨妈，捡[356]东西，回娘家去，我家里也不在乎[357]多养我一口人。……我不是……"她哭着站起来捡东西。

敬仁一声不响，只在地上走。等她捡完了东西，走出去，自己叹了口气，也走出门去了。

这晚上她满眶[358]眼泪回到娘家，一住就是三天。敬仁的朋友都劝敬仁去接她，他心下不高兴，也没去接。每天下太阳时候，他便跟着几个以前不常来往的朋友逛逛[359]游艺园[360]，听听戏；跟在时髦[361]女人的后头[362]看看热闹；时常到小饭馆吃便饭，喝白干

---

[349] 造罪 – zàozuì – fabricate (造) crime; guilt; fault; misconduct; blame; wrongdoing (罪)

[350] 瞎 – xiā – tell lies

[351] 躲开 – duǒkāi – get out of the way; stay away

[352] 嫌 – xián – dislike

[353] 躲 – duǒ – avoid

[354] 下不了台 – xiàbùliǎotái – unable to find a way out of an embarrassing situation; unable to back down with good grace

[355] 亏负 – kuīfù – let someone suffer; let someone down

[356] 捡 – jiǎn – pick up; collect; gather

[357] 在乎 – zàihu – care; care about

[358] 满眶 – mǎn kuàng – eyeful (of tears)

[359] 逛逛 – guàngguàng – stroll; saunter; ramble; roam; wander about

[360] 游艺园 – yóuyìyuán – public places of entertainment

[361] 时髦 – shímáo – vogue; fashionable; stylish; in vogue

[362] 后头 – hòutou – back-end

酒；醉了时便去坤书场[363]放高嗓子[364]叫好；夜间常到一两点钟回家。

一个月以后，敬仁丈母娘[365]已听了不少敬仁在外游荡[366]的话柄[367]，心下替女儿着急起来。重阳节[368]那天，她便送了女儿回到敬仁的家来。夫妻之间，虽不再龃龉[369]，总觉得彼此[370]心中新立[371]了一块冰冷[372]的石碑[373]，上边刻[374]着你们不过是同吃饭同衾枕[375]的人而已[376]一些字[377]。

敬仁游艺园逛熟了，第二年春天便升了格[378]，做了石头[379]胡同[380]一家的熟客。他的杂货铺[381]在第二个中秋节便典[382]给了人。

---

[363] 坤书场 – kūnshū chǎng – amusement place where women actresses put on various performances

[364] 嗓子 – sǎngzǐ – throat; larynx

[365] 丈母娘 – zhàngmǔniáng – wife's mother; (of a man) mother-in-law

[366] 游荡 – yóudàng – loaf about; loiter; wander

[367] 话柄 – huàbǐng – subject for ridicule; a cause for gossip; handle

[368] 重阳节 – chóngyángjié – The Double Ninth Festival; the ninth day of the ninth lunar month per the Chinese lunar canlendar

[369] 龃龉 – jǔyǔ – (formal) the upper and lower teeth not meeting properly; disagreement; discord

[370] 彼此 – bǐcǐ – each other

[371] 立 – lì – erect; stand; set up; establish; exist; form

[372] 冰冷 – bīnglěng – ice-cold

[373] 石碑 – shíbēi – stone tablet

[374] 刻 – kè – carve; engrave; inscribe

[375] 衾枕 – qīnzhěn – quilt and pillow; here it refers to living together

[376] 而已 – éryǐ – that is all; nothing more

[377] 一些字 – yīxiē zì – a few characters; some characters

[378] 升格 – shēnggé – upgrade; develop

[379] 石头 – shítou – tone; rock

[380] 胡同 – hútong – alleyway; lane; 石头胡同: a lane named 石头

[381] 杂货铺 – záhuòpù – variety store

[382] 典 – diǎn – pawn

拿这款的一半替石头胡同的两个姑娘还宝成金店[383]和老介福绸缎庄[384]的账。

他的太太在春天二月小产[385]了一个才七个月[386]的很美貌[387]的小男孩，大夫说怀孕[388]时动了肝火[389]，急怒[390]伤了胎[391]的原故。太太因此恹恹[392]的病了三个月，面貌[393]枯黄憔悴[394]，老了许多。敬仁常不在家，渐渐觉得她是非常丑陋[395]，说话也懒得答她。

第三年敬仁的母亲来，看见敬仁专好冶游[396]，一个祖遗[397]的铺子都典走了。只剩下一间纸行[398]，虽不曾典，已经把契[399]纸押[400]了给人。她说自己儿子不听，只得埋怨[401]媳妇太笨，不能伏

---

[383] 宝成金店 – Bǎochéng jīndiàn – a jewelry shop (金店) named Baocheng (宝成)

[384] 老介福绸缎庄 – Lǎojièfú chóuduàn zhuāng – a silk and wool fabric store (绸缎庄) named 老介福

[385] 小产 – xiǎochǎn – have a miscarriage; miscarriage

[386] 七个月 – qī gè yuè – seven months (in the womb); seven months pregnant

[387] 美貌 – měimào – (of looks, face) beautiful

[388] 怀孕 – huáiyùn – be (become) pregnant; conceive

[389] 肝火 – gānhuǒ – irascibility; fire(火) in the liver (肝); liver-fire (a term in Traditional Chinese Medicine)

[390] 急怒 – jí nù – burst into anger; become furious

[391] 伤胎 – shāng tāi – do harm to/hurt (伤) fetus (胎)

[392] 恹恹 – yānyān – weak and weary because of illness

[393] 面貌 – miànmào – face; features; looks

[394] 枯黄憔悴 – kūhuáng qiáocuì – withered and tired; haggard and worn

[395] 丑陋 – chǒulòu – ugly

[396] 冶游 – yěyóu – (old-fashioned) visit prostitutes

[397] 祖遗 – zǔyí – received in succession

[398] 纸行 – zhǐháng – old-style Chinese private bank; money houses; money shop; native bank

[399] 契 – qì – contract; deed

[400] 押 – yā – give as security; mortgage; pawn; pledge

[401] 埋怨 – mányuàn – blame

侍[402]儿子，所以他才出外游散了家财[403]，所以一天到晚也不拿好脸给媳妇看。第三个中秋晚上，太太独自躲[404]到厨房望着炉火[405]擦泪，不敢哭出声来。

这晚上敬仁忽然想起前三年的中秋夜他干姊姊咽气的事来。对他母亲诉说[406]他太太一顿。老太太素来[407]爱重干女儿[408]的。当夜听完，便骂了她一场。

---

[402] 伏侍 – fúshì – wait upon; attend; care; take to; nurse; serve; same as 服侍 (fúshì) in modern Chinese

[403] 散家财 – sàn jiācái – dissipate/use up (散) family belongings; property (家财)

[404] 躲 – duǒ – hide (oneself)

[405] 炉火 – lúhuǒ – stove fire; furnace fire; fire; firelight

[406] 诉说 – sùshuō – tell; relate; recount; narrate

[407] 素来 – sùlái – always; usually; all along; same as 向来 (xiànglái) in modern Chinese

[408] 重干女儿 – zhòng gānnǚ'ér – take sides with or show partiality for (重) the adoptive daughter (干女儿)

八月底敬仁太太又小产了一个才六个月的男孩子。因为他没长出正式的鼻子，只有一只耳朵，手指也不全的。大家都说是精怪[409]，医生看了，说，这是受了杨梅毒[410]的流胎[411]罢了。

第四年的中秋节，敬仁住过的正厅，已经蜒满[412]了蜘蛛网[413]子，月亮升上屋脊时，只见几个黝黑[414]森人[415]的蝙蝠[416]，支起双翅[417]在月下飞来飞去扇弄[418]它们的影子。厨房旁边一间小屋里有两个女人说话，一个是敬仁太太，一个是太太的母亲吧。

"咳，你后天一定得搬出去吗？"

"不搬怎行呢？明天已经到期[419]交割[420]，还亏我央乞[421]人家多留一天[422]。"

"敬仁一定不来接你吗？"

---

[409] 精怪 – jīngguài – demon
[410] 杨梅毒 – yángméidú – syphilis; a sexually transmitted disease caused by spirochaeta pallida
[411] 流胎 – liú tāi – abortion; have a miscarriage
[412] 蜒满 – yánmǎn – be crawled with
[413] 蜘蛛网 – zhīzhūwǎng – cobweb; web; spider (蜘蛛) web (网)
[414] 黝黑 – yǒuhēi – dark; pitch-dark
[415] 森人 – sēnrén – dreadful; frightening
[416] 蝙蝠 – biānfú – bat
[417] 双翅 – shuāngchì – wings
[418] 扇弄 – shānnòng – flap; flutter
[419] 到期 – dàoqī – become due; mature; expire; at maturity
[420] 交割 – jiāogē – delivery; conclude a business transaction
[421] 央乞 – yāngqǐ – entreat and beg
[422] 留一天 – liú yī tiān – be kept for an extra day; one day grace

"他不会来。昨儿听王二爷说，他已经去三不管[423]住闲[424]了。"

"咳，……想不到他们家落到[425]这样地步[426]！"

"……谁也没想到……可是，娘呵，都是我的命中注定[427]受罪[428]吧！"她擤了擤鼻涕[429]，咽哽[430]道："我出嫁后的头一个八月节晚上就同他闹气，他吃了一口团鸭，还吐了出来，我便十分不高兴，后来他又一脚碰碎了一个供过神[431]的花瓶，我更知道不好了。"

"……这都是天意[432]，天降灾祸[433]，谁躲得过！我看你也要看开点，修修福，等来世[434]吧。"

老太婆说过，连连[435]嗽[436]了几声。接着擤鼻涕声。

---

[423] 三不管 – sān bùguǎn – a place where pornography, gambling and drugs (三) are rampant / uncontrolled (不管)

[424] 住闲 – zhù xián – stay and idle

[425] 落到 – luòdào – fall on

[426] 地步 – dìbù – condition; plight; situation; state

[427] 命中注定 – mìngzhōngzhùdìng – （成语）fated; decreed by fate; destined; predestined

[428] 受罪 – shòuzuì – endure hardships, tortures, rough conditions, etc; have a hard time

[429] 擤鼻涕 – xǐng bítì – blow nose

[430] 咽哽 – yàngěng – choke with sobs; weeping bitterly

[431] 供神 – gòngshén – enshrine and worship (供) god (deity; divinity) (神)

[432] 天意 – tiānyì – God's will; the will of Heaven; ordinance; decree

[433] 天降灾祸 – tiān jiàng zāihuò – a doomed disaster; a disaster (灾祸) made/fallen (降) by God (天)

[434] 来世 – láishì – in the future; future world; next world; the world to come; afterdeath

两点钟后，小屋内灯油渐尽[437]，纸窗[438]慢慢暗下来，还有两三只灯蛾[439]迎往[440]纸窗"碰，碰""不，不"的乱扑[441]，不一会儿灯灭[442]了，灯蛾也掉在冷露[443]里，滚[444]了一身白霜，带着去见造物主[445]了。此刻小屋内已送出呼鼾声[446]，时时夹着"哎——哟[447]，哟，哟"，似乎继续作灯蛾扑窗[448]的尾声[449]。月儿依旧慢慢的先在院子里铺[450]上薄薄的一层冷霜，树林高处照样替它笼[451]上银白[452]的霰幕[453]。蝙蝠飞疲[454]了藏[455]起来，大柱子旁边一个蜘蛛网子，因微风吹播[456]，居然[457]照着月色发出微弱[458]的丝光[459]。

---

[435] 连连 – liánlián – repeatedly; again and again
[436] 嗽 – sòu – cough
[437] 渐尽 – jiàn jìn – nearly (渐) use up/exhaust (尽)
[438] 纸窗 – zhǐchuāng – the paper window
[439] 灯蛾 – dēng'é – a type of moth; tiger moth
[440] 迎往 – yíngwǎng – fly to
[441] 乱扑 – luàn pū – flap/flutter (扑) in disorder (乱)
[442] 灭 – miè – (of a light or fire) go out
[443] 冷露 – lěnglù – cold (冷) frost (露)
[444] 滚 – gǔn – roll; turn round; trundle;
　　　　滚了一身白霜 – (the moth) became covered with frost after falling in it
[445] 造物主 – zàowùzhǔ – God; the Creator
[446] 呼鼾声 – hūhān shēng – snore; sound of snoring
[447] 哎哟 – āiyō – Oh! Ouch! (the sound made when feeling pain)
[448] 扑窗 – pū chuāng – flap/flutter (扑) on the window (窗)
[449] 尾声 – wěishēng – epilogue; coda (here it means the final struggle when the moths are crashing into the window screen and dying)
[450] 铺 – pū – cover on the surface of something
[451] 笼 – lǒng – cover; envelop
[452] 银白 – yínbái – silvery; silvery white; color of silver
[453] 霰幕 – xiànmù – a layer of sleet or graupel
[454] 飞疲 – fēi pí – fly (飞) tired; weary; exhausted (疲)
[455] 藏 – cáng – hide; conceal
[456] 吹播 – chuī bō – blowing
[457] 居然 – jūrán – unexpectedly; to one's surprise
[458] 微弱 – wēiruò – faint; feeble; weak
[459] 丝光 – sīguāng – a thread of light

《Zhōngqiū Wǎn》
Zuòzhě: Líng Shūhuá

Zhōngqiūjié de yèwǎn, yuèr fāngcái tíngtíng de shēngshàng le wūjǐ, chéngqīng de tiān bù guà yīsī yúnyǐng, wūbèi jí tíngyuàn dìshang hǎoxiàng báobáo de pūle yīcéng báishuāng, yuǎnjìn shùmù yì sì lóngzhào zài xì xiàn zhōng. Zhèngtīng lǐ bùshí piāochū niǎoniǎo de xiāngyān jí guǒbǐng càiyáo de qìwèi.

Jìngrén cǐshí zhèng bàiguò zǔxiān, réngjiù chuānzhe mǎguà, dàizhe guāpí mào, zài tīng shàng láihuí zǒu, xiàoyínyín de wàngzhe tā de fūren qīnshǒu shōushi shànggòng de dōngxi. Tā yībiān fēnfù chúzi —— "Yīhuìr kāifàn, zhè wǎn yú bùbì zài shāole, lìzijī děi jiā xiē liàojiǔ zài wēi, sùcài lǐ fàng xiē táng zhǔ yī zhǔ......Zhè pán tuányā méiyǒu dùn ruǎnhuo, zài dùndùn ba."

"Duì na, zài dùndùn zhè pán tuányā. Lǐbian zài jiā xiē yùlánpiàn, kěyǐ ma?" Jìngrén zǒudào tā de shēn qián wèn tā. Cóng tā de xiàoróng shàng, jiù zhīdào tā shì shífēn mǎnyì tā de bùzhì le. "Hǎode, zài fàng xiē yùlánpiàn, bǎ huǒtuǐ gǔtou dōu lāo chūlái, qiānwàn bùyào bǎ zhè tāng nòng féinì le." Chúzi tīng bà, shōule càiwǎn chūqù.

Jìngrén zuò zài yī zhāng dà yǐ shàng, bǎ màozi zhāixià, xié'āi zài yǐzi fúshǒu shàng míméngzhe yǎn zài nàli xiūqì, tā rènde tā jīnwǎn chuān de yīqún, shì chūntiān xīnhūn dì-sān tiān chuānguò de nà yī tào húsè huásīgē, jiānpèi shàng xiùkǒu jí qúnjiǎo dōu xiùzhe jīnbì zhézhīhuā. Jīnrì yīnwèi zǒudòng duō xiē, tā liǎn shàng bù sì píngrì nàyàng cāngbái, cóng jiá shàng yúnzhe de dàndàn yānzhi lǐ tòulùchū kě'ài de táohuā sè. Tā juéde tā jīnwǎn fēicháng de měi. Tā xiǎng rúguǒ tā shì ōuměirén, cǐshí yīdìng jiù shàngqù lǒubàozhe tā rèliè de jiēwěnle, dàn zài Zhōngguórén, fūqī de àiqíng shì bùxīng wàilù de.

"Nǐ jīnwǎn hē huādiāo, háishì pútáojiǔ?" Tàitài zǒujìn tā wēixiàozhe wèn.

Tā xīnli zhèngzài tiánhú de mízuì, yě méi tīng qīng tā wèn de shì shénme, zhǐ zhīdào bùshì chīde, biànshì hēde, yě jiù suíkǒu yìngdào:

"Nǐ xǐhuān nǎyàng biàn nǎyàng."

"Wǒ bù dǒng hējiǔ de, jīnwǎn qǐng rén péi nǐ hēhē, hǎo ma?"

"Wǒ jīnwǎn zhǐyào tóng nǐ hējiǔ, bùyòng biérén péide." Tā mī yǎn xiàozhe, shìyì jiào tàitài zuò zài tā pángbiān.

"Wǒ hē liǎng bēi jiù yào zuì de, nǐ hē shíjǐ bēi yě bù xiǎnde zěnyàng." Tā huìyì de zuò zài tā zuǒshǒu yǐ shàng, yuányuán de xià zuǐba, chèn shàng hánqíng de xiàoyè gèng juéde kě'ài.

Tā cǐshí rěnbùzhù yībǎ lāzhù tā de shǒu, xiàodào:

"Wǒ yào nǐ hēzuì …… Wǒmen liǎ shì dì-yī cì yī tóng guò Zhōngqiū ne. Zhèshì tuányuánjié …… Yīnggāi tuányuán de …… Kěxī māma bù zài zhèli, nǐ zuò cài de kǒuwèi tā yě xǐhuān de."

Tā xiǎngdào tā de àimǔ zài xiāngjiān dānshēn yǔ mèimèi guòjié de gūjì, bù jué shénchíle yīshǎng.

"Wǒ niáng gàosù wǒ, chīguò le tuányuán yàn, yī nián bùhuì fēnlí."

"...... Wǒmen chūqù kànkàn yuèliang zài kāifàn ba." Jìngrén tóng tàitài bìngjiān zǒuchū yuàn zhōng.

Huítóu chīfàn de shíhou, gāng shàng dào dì-èr pán cài, tàitài hái méiyǒu hēwán yī bēi jiǔ, Jìngrén zhèngyào tóng tā gānbēi, hūrán kànmén de Lǎo Dǒng pǎo jìnlái huí shuō ——

"Lǎoye, Dà Shízuò nàbiān dǎ diànhuà lái qǐng lǎoye jíkè guòqù shuōhuà, dàifu shuō gūtàitai kuài bùxíng le."

"Nǎ yī gè dàifu shuō?" Jìngrén biànle sè, zhànqǐ jiù xiǎng zǒu.

"Méiyǒu shuō nǎge dàifu shuō de. Diànhuà yǐjīng guàshàng le, tāmen shì jiè rénjia de diànhuà." Lǎo Dǒng tuìchūle tīng mén.

"Zěnme gān jiějiě bìng de zhèyàng kuài? Qiántiān Wáng dàifu bù shuō néng zhìhǎo ma? Wǒ xiǎng bùhuì zěnyàng ba." Tàitài shuōzhe, liǎn shàng yě lìkè zhàoshàng le yī céng shuāng.

"Wǒ qù gěi tā zài zhǎo liǎng gè hǎo yīshēng kànkàn bà, kělián tā jiā gōngpó dōu bù shěde qián zhì tā de bìng ......" Tā shuōzhe líle xí yào zǒu. Tàitài yě jué bù hǎoguò, dànshì jí bùyuàn Jìngrén cǐshí jiù zǒu, yīnwèi tuányā hái méiyǒu shàng. Méiyǒu chī tuányā, tuányuán yàn háishì bù tuányuán, tā kǒngpà zhè shì tāmen láirì de zhènzhào. Yīncǐ tā yībǎ lā tā zuòxià shuō:

"Chī xiē fàn zài qù ba. Jīnwǎn shàng de fàn shì yào chī de."

Jìngrén xīnli nánshòu, xiǎngzhe shànghuí xiāngjiàn shí, gān jiějiě nà kūshòu sǐbái de liǎn shàng, yī shuāng wúshén huī'àn de kùnyǎn wàngzhe zhàngdǐng liúlèi, tā zài yě wúxīn chī cài. Dàn tā zhīdào zhōngqiū yàn de fàn shì yào chī de, tā jiù hǎn shuō ——

"Ná fàn lái ba, yùbèi chē, wǒ jiùyào chūmén!"

Dāngchāi chéng shàng fàn lái, tā jíjí pào shàng xiē yútāng, cōngcōng chī le.

"Zěnme hái bù duān shàng tuányā lái? Lǎoye kuài chīwán le." Tàitài cǐshí yǒuxiē fājí, tā pà tā bùnéng chīdào tuányā biàn zǒu.

Tuányā duān shàng zhuō shí, tā yǐ zài shùkǒu, cōngcōng chuān mǎguà. Tā xīnxià shífēn bùkuài, sāi shàng táosè quán méi le. Hěn kělián de wàngzhe tā shuō:

"Nǐ chī kuài yāzi zài qù, dàjié xià tuányā yě bù chī yī kuài!" Tā jiǎnle yī kuài féi de, jiádào Jìngrén de xiǎo diézi lǐ.

"Méiyǒu gōngfu chīle, rénjia zài nà yànqì pàn wǒ, wǒ nà néng chīdexià!"

Tā juéde shífēn wěiqū, yòu pà zhè bù chī tuányā, zhēn huì chéngle zhènzhào, tā jiù dīshēng yāngzhe tā ——

"Bù chī tuányā shì bùhǎode, Jìngrén, nǐ děi chī zhè yī kuài."

Jìngrén juéde qíngbùkěquè, zhǐdé zuòxià jiále qǐlái sòngdào zuǐnèi, juéde yóunì, yòu tǔle chūlái. Yòu húluàn yàn kǒu fàn, chóngxīn shùle kǒu, hēle yī kǒu chá.

"Chē yùbèi qǐle ma?" Tā cōngcōng wǎng wài zǒu.

"Zǎo qí le. Tāmen yòu dǎ diànhuà lái cuī, shuō gūtàitài yào zhǎo lǎoye shuōhuà."

"Gàosù tāmen wǒ zhè jiù qùle." Tā cōngcōng zuòshàng le chē, chēfū lāzhe jiù fēipǎo.

Cǐshí yǐ jìn yèbàn, yuè'r yǐdào zhōngtiān, nà qīngchè cǎnbái de yuèguāng shè zài bōli chuāng shàng, géwài shǐ rén juédào qījì shēnggǎn. Tàitài zuò zài wòshì chuāngqián wǎngwǎng húsī, xiǎngdào jīnyè jiāyàn, biàn juédé sōngrán, hǎoxiàng èyùn de móshén cǐshí zhèngzài wéizhù nà yī xiǎo kuài méiyǒu chī jìnqù de yāròu, shāngyì rúhé bǎibù Jìngrén.

Tā hǎoxiàng zhìshēn zài mí àn de sēnlín zhōng, kǒngbù, hánsù, yōuchóu chánzhùle tā. Tā zhǐ pànwàng yǒu gè rén lái kàn wèi tā, yòng shǒu lǐng tā chūlái. Tā xiǎng zhǐyào néng mòmò lāzhe tā de qīnrén de shǒu —— zìrán tóu yī gè shì Jìngrén —— tā jiù kěyǐ qùle dàbàn de kǒngbù yōuchóu le.

Hǎole, Jìngrén huílái le. Tā pǎochū yuànzi yíngzhù wèn:

"Zěnyàng le, hái bùyàojǐn ba?"

Jìngrén mǎnliǎn cāngbái, yǎnjīng hónghuì, yī jìn dàtīng biàn dǎo shēn zài kèzuò kàngchuáng shàng, sīhǎn dào:

"Hái wèn ne? Wǒ zǎo qù wǔ fēnzhōng, jiù jiàndào tā le. Dōushì nǐ yào wǒ chī nà wǎn fàn, dānwùle shí fēnzhōng ...... Kělián tā zhǐyǒu yī gè gān dìdì zài jīngchéng lǐ, línsǐ dōu huì bù dào ...... Sǐ de tài kělián le." Tā sǎngzi yǒuxiē fāsè. Cǐshí fǎngfú kànjiàn fāngcái gānzǐ de jǐngkuàng, yī zhāng shòuxuē cǎnbái de liǎn, zhēngzhe yīnhuì dài lèizi de yǎn, pīzhe xīsōng luànfā, gàizhe zhāng báibù bèidān, shàngtóu sāle xiē huáng qián, chuángqián dìshang yī duì sǐbái yóuzhú diǎnzhe, zhōngjiān chāle yī gǔ xiāng. Yuè xiǎng yuè qīcǎn, bù jué chángcháng tànle kǒu qì.

"Hai, wǒmen zhēn duì tā bù zhù ...... Kělián tā jiàle yī nián jiù shǒuguǎ, yòu méiyǒu yīnánbànnǚ, línsǐ shí lián yī gè gān dìdì dōu bùjiànzhe. ...... Dōushì nǐ qiáng wǒ chī nà wǎn fàn, Zhāng Mā gàosù wǒ tā yànqì shí, hái hǎn rén zhǎo wǒ ne. Hai, wǒ zhēn duì tā bù zhù!"

Tàitài běnlái zuì jìhuì dà jiérì shuō sǐrén, tīng Jìngrén liánlián mányuàn zìjǐ, xīnli wèimiǎn bù nàifán, zhǐdé miǎnqiáng rěnzhù dāshàn dào ——

"Bié zhǐ mányuàn wǒ ba, dàjié xià shǎojiàn yī gè sǐrén hǎo duō zhe ne."

Bù xiǎng zhè yī gè hǎo zì cìjīle Jìngrén de ěr, tā hěn bùyǐwéirán tā nà bù nàifán de shénqì ——

"Xiǎngbudào nǐ zhè gè niánqīngqīng de nǚrén, xīncháng zhèyàng yìng, rénjia gūlěnglěng de sǐle, nǐ hái shuō bùyào qù kàn tā hǎo duō zhe ne. Yǒu shénme hǎo?" Tā zhuǎn bēi wéi nù, fènfèn de shuō. Zhè shì jiéhūn hòu dì-yī cì tā juéde tā de tàitài bù duì. Tā shuōwán shēn jiǎo bǎ xiézi shǐjìn xiàng shàng yī shuāi, bù xiǎng yī zhī chénzhòng de xié jìng bǎ xiǎo chájī shàng de huāpíng pèngle xiàlái, luòdì zá yī gè fěnsuì.

Tàitài zhēngzhēng de tīng tā fāzuò, zhèng xiǎng xiǎng huà huíjìng, fāxiè fāxiè tā jīnwǎn de wěiqū; bùliào tā yòu fāqì bǎ huāpíng zápò le, yòu shì yī gè bù jíxiáng, yī shíjiān yòu bēi yòu qì de zài yě chēngbuzhù le:

"Zěn de le, nǐ jīnwǎn shìbushì chéngxīn gěi wǒ guò bù lái!" Tā dài kūshēng shuō, "Dàjié xià, fàn yě bù kěn chī, píngzi yě shuāipò le. ...... Hái guò shénme hǎo rìzi! Wǒ yě ......" Tā chōuyè de kū qǐlái, Jìngrén yě xiǎngbudào tā tàitài jìngzhì rúcǐ shēngqì. Xīnxià zhèng shífēn àosàng, bù jué yě fánzào qǐlái.

"Shuí yǒuyì shuāipò píngzi? Nǐ dàjié xià hái zhòu wǒ guò shénme hǎo rìzi ne? ...... 'nǐ yě' zěnyàng? Zěn bù shuō le?"

Tàitài wūyè wūyè, bǎ yī kuài bái yángshā shǒupà dōu yòngshī le, hái duànxù de shuō:

"Shuí shuō shuí yě zěnyàng? ...... Nǐ ...... Nǐ ...... Dàjié xiàlái zhǎo wǒ bièniu."

Cóng tàitài huàn shǒujīn cā lèi shí, tā wàngjiàn tā hóngzhǒng de bízi xiǎnde fēicháng shuòdà, nà liǎng piàn juéde kě'ài de zuǐchún, yǐ tuìjìn yānhóng de yánsè, zhǐjiàn yī gè jiàngzǐ de biǎnzhe xiǎng kū de zuǐ. Tā de yǎnjing píngcháng běnlái jiù bù měiqiǎo, yīnwèi xiāng'ài, suǒyǐ juébuchū máobìng lái, cǐshí tā kànchū tā de yǎnjiǎo shì diàoqí de. Hū xiǎngqǐ mǔqīn shuōguò "Diàoyǎn nǚrén zuì nándòu." Zhè shì jiéhūn yǐhòu dì-yī cì tā juéde tā de nǚrén nánkàn.

"Shuí zhǎo nǐ de bièniu? ...... Hai, méi fǎzi tóng nǐmen nǚrén jiǎnghuà." Tā wǎngwǎng-chuàngchuàng zǒudào zhōngtíng, táitóu wàngwàng yuányuán de hàoyuè hǎoxiàng zhèng duì tā lěngxiào, bù jué chángcháng xūle kǒu qì. Ràozhe yuànzi zǒule jǐ zā, mōmō shēnshàng jiáshān zhānle lěnglù wēi wēi shī le. Tā yúshì zǒuhuí wòfáng.

Tàitài hái zài chōuyè, tā bùnàifán qù lǐ tā, yī gè rén xiān shàng chuáng shuìdǎo le.

Tā yī wǎn shàng shuì bù zháo, tōuyǎn wàngjiàn tā tàitài kū de chún yě qīng le, yǎn yě zhǒng le, yòu shì kělián, yòu shì kěhèn, dànshì tā nádìng zhǔyì bù kěn xiàqì xiān qù lǐ tā, kuài jìn tiānmíng le, tā wàng tā yǐjīng liánzhe yīfu tǎng zài xiǎo kàngchuáng shàng xiūxi, tā biàn yě héyǎn shuìzháo le.

Tā fāngcái héshàng yǎn, biàn mèngjiàn xīn sǐ de gān jiějiě chuāndàizhe qī-bā nián qián zài tā jiā tóng zhù shí de zhuāngshù, xiàozhe zhāoshǒu huàn tā, tā jīngxǐng le. Tā zhǎnzhuǎn huíxiǎng qián qī nián tā fā nüèjí shí, tā zuò zài tā chuáng qián, tì tā mǔqīn zhāohu tā chī yào de qíngjìng. Tā bùkěn chī nà Jīnjīnǎowán, xián tā bù gānjìng de yàngzi, tā hánle yī kuàng lèi kǔkǔ hǒng tā chī xiàqù. Tā cóng tā shǒuli yīkǒu yīkǒu de hē nà bēi báitáng shuǐ sòng wányào xiàqù. Mòle yī kǒu, tā de chún pèngdào tā huánì dàizhe fěnxiāng de shǒu shàng, xīnli lìngyǒu yī zhǒng shuō bùchū tiánmì de gǎnchù, bù jué kuáng xiùle yī xià. Tā de sāi fēi hóng, tā wēiwēi xiàole xiào biàn shuìdǎo. Yǐhòu gānzǐ jiànle tā, suī shì yǒuxiē bùhǎoyìsī, dànshì duì tā de shì, gèng xiǎnchū guānqiè de yàngzi. Gānzǐ shì cóng yòunián biàn xǔgěi le Féng Jiā. Dì-èr nián chūjià shí, tā kū de hěn tòng, tā yě péizhe nánshòu. Jià hòu yī nián, jiù chéngle guǎfù.

Zhěng wǔ nián bù xiāngjiàn, zhídào jīnnián chūntiān, tāmen cái zài jīngchéng jiànmiàn. Tā xiǎngdào zhèlì, bù jué yòu tàn qì qì lái.

"Duìbùqǐ tā! Wǒ jìng bùnéng shǒuzhù tā yànqì. Tā hèn wǒ ma?" Tā xiǎngzhe biàn cóng chuáng shàng pá qǐlái, chuāngshā fābái, yǐjīng liù diǎn bàn le. Tā mǎnxīn bù tòngkuài, huíxiǎng zuówǎn tóng tā tàitài nàoqì, hěn shì wúliáo. Jiàn tā tàitài ná xiùzi gàizhe yǎn shuì, bù jué dòngle liánxī. Dàn tā bù kěn xiàqì qù rèn bùshì, tā juéde zìjǐ bìng méi zuò cuò. Zǒuguò xiǎokàng chuáng qián dāshàn shuōle jù: "Hái bùdào chuáng shàng shuì qù! Zhè dìfang nǎ néng shuìjiào?"

Tàitài mò bù chūshēng. Tā chūle wòfáng, jímáng chuānle yī, pǎo qù liàolǐ gān jiějiě de sāngshì qù le.

Zhè yī tiān zhídào wǎnshàng shí diǎn, tā cái liàolǐ tíngtuǒ nàxiē yīqīn guānguǒ. Féngjiā bùnéng duō chūqián, tā juéde gǎnjiě liǎn shàng guòbuqù, yúshì zìjǐ bǎ pùzi lǐ shōuhuí de yúlì èrbǎi duō kuài qián dōu tāochū diànzhe huā. Zhǐ nà fù guānmù, tā biàn diànle yībǎi liùshí yuán. Guāncái pù lǐ rén shuō zhè guāncái hái bùshì hǎo de.

"Wǒ zhèhuí zǒngsuàn jìnle wǒ de xīn le." Tā mōzhe tā kǒudài lǐ de kōng píjiá, zǒudào zìjiā yuànzi lǐ zìyǔ dào.

Tàitài péngluàn zhe tóufà, yǎnjīng kūde fēicháng hónghuì, hǎoxiàng kànbùjiàn rén de yàngzi. Āi zài chuánglán shàng zhèng tóng yī gè péifáng nǔpú jiǎnghuà, jiàn tā jìnlái dōu zhùle kǒu. Tā dāshànzhe jiǎnle zhāng yǐzi zuòxià, tànle kǒu qì dào:

"Hai, kě mángwán zhè sàngqì shì le!"

"Lǎoye chīguò wǎnfàn le ba?" Nǔpú duānguò yī wǎn chá wèndào.

"Yě suàn chīguò le. Bàn sāngshì rénjiā, nà néng chīzhe shūfu fàn. Nǐmen kāile fàn le ba?"

"Wǒmen děngdào jiǔ diǎn bàn cái chī de fàn. Tàitài zhǐ chī yī kǒur. ……" Nǔpú xiēle xiē yòu shuō,

"Zhè zhuōshàng liǎng tiáo zhàngdān lǎoye kànjiànle ma? Tāmen shuō lǎoye dáying zài jīntiān suànqīng de."

"Āiya, wǒ méi xiǎng qǐlái huánzhàng de qián jīntiān huādiào le, zěn hǎo ne?" Jìngrén náozhe qiántóu de duǎnfà yǒuxiē zháojí, xiàngzhe tàitài wèndào:

"Wǒ qiántiān jiāogěi nǐ shǒu de yī bǎi kuài qián, yòngwán le méiyǒu? Xiān ná chūlái huán zhè bǐ zhàng ba."

"Bùshì wǒ zuótiān yǐjīng kāile dān gěi nǐ le ma? Nǐ zuótiān bù kàn, zhè shí què wèn wǒ yào qián, wǒ què méi báihuā nǐ yī gè qián. …… Wǒ yòu méiyǒu gè gān dìdì sòng wǒ qián huā, lái zhàoguǎn wǒ de shì."

Tàitài yī dùpí wěiqu, zhèng xiǎng jiè tí fāxiè, suǒyǐ láodaole qǐlái.

"Hēi, nǐ zhè rén qíguài, zhè liǎng tiān zhòngle shénme xiéqì, zhǐ xiǎng zhǎo wǒ bièniu. Nǐ shuō de shénme huà, shénme gān dìdì sòng qián huā, rénjia yǐjīng sǐle, nǐ bùyào zàozuì xiā shuōhuà ba. …… Wǒ zhēn yào duǒkāi nǐ."

"Wǒ yě zǎo zhīdào nǐ shì duō xián wǒ. Wǒ huí niángjiā duǒle nǐ jiùshì le, hébì zhǎo wǒ nàoqì, …… Dàjié xià jiù gěi wǒ xiàbùliǎotái, wǒ shénme kuīfùle nǐ!" Tā yòu kū qǐlái, yī biān hǎndào: "Yáng Mā, jiǎn dōngxi, huí niángjiā qù, wǒ jiālǐ yě bù zàihu duō yǎng wǒ yī kǒu rén. …… Wǒ bùshì ……" Tā kūzhe zhàn qǐlái jiǎn dōngxi.

Jìngrén yīshēngbùxiǎng, zhǐ zài dìshang zǒu. Děng tā jiǎnwán le dōngxi, zǒu chūqù, zìjǐ tànle kǒu qì, yě zǒuchū mén qù le.

Zhè wǎnshàng tā mǎn kuàng yǎnlèi huídào niángjiā, yī zhù jiùshì sān tiān. Jìngrén de péngyǒu dōu quàn Jìngrén qù jiē tā, tā xīnxià bù gāoxìng, yě méi qù jiē. Měitiān xià tàiyáng shíhou, tā biàn gēnzhe jǐ gè yǐqián bù cháng láiwǎng de péngyǒu guàngguàng yóuyìyuán, tīngtīng xì; gēn zài shímáo nǚrén de hòutou kànkàn rènao; shícháng dào xiǎo fànguǎn chī biànfàn, hē báigān jiǔ; zuìle shí biàn qù kūnshū chǎng fànggāo sǎngzi jiàohǎo; yèjiān chángdào yī-liǎng diǎn zhōng huíjiā.

Yī gè yuè yǐhòu, Jìngrén zhàngmǔniáng yǐ tīngle bùshǎo Jìngrén zàiwài yóudàng de huàbǐng, xīnxià tì nǚ'ér zháojí qǐlái. Chóngyángjié nà tiān, tā biàn sòngle nǚ'ér huídào Jìngrén de jiā lái. Fūqī zhījiān, suī bùzài jǔyǔ, zǒng juéde bǐcǐ xīnzhōng xīn lìle yī kuài bīnglěng de shíbēi, shàngbiān kèzhe nǐmen bùguò shì tóng chīfàn tóng qīnzhěn de rén éryǐ yīxiē zì.

Jìngrén yóuyìyuán guàngshú le, dì-èr nián chūntiān biàn shēngle gé, zuòle Shítou hútong yī jiā de shúkè. Tā de záhuòpù zài dì-èr gè zhōngqiūjié biàn diǎngěi le rén. Ná zhè kuǎn de yībàn tì shítou hútong de liǎng gè gūniáng huán Bǎochéng jīndiàn hé Lǎojièfú chóuduàn zhuāng de zhàng.

Tā de tàitài zài chūntiān èr yuè xiǎochǎnle yī gè cái qī gè yuè de hěn měimào de xiǎo nánhái, dàifu shuō huáiyùn shí dòngle gānhuǒ, jínù shāngle tāi de yuángù. Tàitài yīncǐ yānyān de bìngle sān gè yuè, miànmào kūhuáng qiáocuì, lǎo le xǔduō. Jìngrén cháng bù zài jiā, jiànjiàn juéde tā shì fēicháng chǒulòu, shuōhuà yě lǎnde dā tā.

Dì-sān nián Jìngrén de mǔqīn lái, kànjiàn Jìngrén zhuānhào yěyóu, yī gè zǔyí de pùzi dōu diǎnzǒu le. Zhǐ shèngxià yī jiān zhǐháng, suī bùcéng diǎn, yǐjīng bǎ qízhǐ yāle gěi rén. Tā shuō zìjǐ érzi bù tīng, zhǐdé mányuàn xífù tài bèn, bùnéng fúshì érzi, suǒyǐ tā cái chūwài yóu sànle jiācái, suǒyǐ yī tiān dào wǎn yě bù ná hǎo liǎn gěi xífù kàn. Dì-sān gè zhōngqiū wǎnshàng, tàitài dúzì duǒdào chúfáng wàngzhe lúhuǒ cā lèi, bùgǎn kūchūshēng lái.

Zhè wǎnshàng Jìngrén hūrán xiǎngqǐ qián sān nián de zhōngqiū yè tā gān zǐzǐ yànqì de shì lái. Duì tā mǔqīn sùshuō tā tàitài yī dùn. Lǎo tàitài sùlái ài zhòng gānnǚ'ér de. Dāng yè tīngwán, biàn màle tā yī chǎng.

Bā yuè dǐ Jìngrén tàitài yòu xiǎochǎnle yī gè cái liù gè yuè de nán háizi. Yīnwèi tā méi zhǎngchū zhèngshì de bízi, zhǐyǒu yī zhī ěrduo, shǒuzhǐ yě bù quán de. Dàjiā dōu shuōshì jīngguài, yīshēng kànle, shuō, zhè shì shòule yángméidú de liú tāi bà le.

Dì-sì nián de zhōngqiūjié, Jìngrén zhùguò de zhèngtīng, yǐjīng yánmǎn le zhīzhūwǎng zi, yuèliàng shēngshàng wūjǐ shí, zhǐjiàn jǐ gè yǒuhēi sēnrén de biānfú, zhīqǐ shuāngchì zài yuèxià fēilái-fēiqù shānnòng tāmen de yǐngzi. Chúfáng pángbiān yī jiān xiǎo wū lǐ yǒu liǎng gè nǚrén shuōhuà, yī gè shì Jìngrén tàitài, yī gè shì tàitài de mǔqīn ba.

"Hai, nǐ hòutiān yīdìng děi bān chūqù ma?"

"Bù bān zěnxíng ne? Míngtiān yǐjīng dàoqī jiāogē, hái kuī wǒ yāngqǐ rénjia duō liú yī tiān."

"Jìngrén yīdìng bùlái jiē nǐ ma?"

"Tā bùhuì lái. Zuór tīng Wáng Èryé shuō, tā yǐjīng qù sān bùguǎn zhù xián le."

"Hai, ... Xiǎngbudào tāmen jiā luòdào zhèyàng dìbù!"

"...... Shuí yě méi xiǎngdào ...... Kěshì, niáng a, dōushì wǒ de mìngzhōngzhùdìng shòuzuì ba!" Tā xǐngle xǐng bítì, yàngěng dào: "Wǒ chūjià hòu de tóu yī gè bā yuè jié wǎnshàng jiù tóng tā nàoqì, tā chīle yī kǒu tuányā, hái tǔle chūlái, wǒ biàn shífēn bù gāoxìng, hòulái tā yòu yī jiǎo pèngsuìle yī gè gòngguò shén de huāpíng, wǒ gèng zhīdào bùhǎo le."

"...... Zhè dōushì tiānyì, tiān jiàng zāihuò, shuí duǒ de guò! Wǒ kàn nǐ yě yào kàn kāi diǎn, xiūxiū fú, děng láishì ba."

Lǎotàipó shuōguò, liánlián sòule jǐ shēng. Jiēzhe xǐng bítì shēng.

Liǎng diǎn zhōng hòu, xiǎo wū nèi dēngyóu jiàn jìn, zhǐchuāng mànmàn àn xiàlai, háiyǒu liǎng-sān zhī dēng'é yíngwǎng zhǐchuāng "pèng, pèng" "bù, bù" de luànpū, bù yīhuìr dēng mièle, dēng'é yě diào zài lěnglù lǐ, gǔnle yī shēn báishuāng, dàizhe qù jiàn zàowùzhǔ le. Cǐkè xiǎo wū nèi yǐ sòngchū hūhān shēng, shíshí jiázhe "āi —— yō, yō, yō", sìhū jìxù zuò dēng'é pū chuāng de wěishēng. Yuèr yǐjiù mànmàn de xiān zài yuànzi lǐ pū shàng báobáo de yī céng lěngshuāng, shùlín gāochù zhàoyàng tì tā lǒngshàng yínbái de xiànmù. Biānfú fēipí le cáng qǐlái, dà zhùzi pángbiān yī gè zhīzhūwǎng zi, yīn wēifēng chuī bō, jūrán zhàozhe yuèsè fāchū wēiruò de sīguāng.

沈从文

Introduction to Shen Congwen

Shěn Cóngwén (沈从文), originally named Shěn Yuèhuàn (沈悦焕), was born on December 28th, 1902 in Fenghuang County (凤凰) in Hunan Province (湖南省). In this region, most local residents are Miao minority people (苗族) including Shen Congwen. Shen is one of the most well-known modern authors and is representative of Beijing Literature (京派小说) during the May Fourth New Culture Movement. Shen's representative works include *Border Town* (边城), *The Honest Man* (老实人) and *Journey in Hunan* (湘行散记). Apart from his literacy achievements, Shen is a famous archaeological scholar of historical relics and has made great contributions to the preservation and dissemination of Chinese history and culture.

Shen Congwen was born into a military family where his grandfather served in the local military government. As a result, Shen was initially educated in the traditional Chinese local school (私塾) and started training for a future career in the military. Shen felt stressed and suffocated in the classroom so he just stopped going. Instead, he spent most his time playing by the rivers of Xiangxi (湘西) County embracing the nature of his beloved hometown. These lovely curved Xiangxi rivers are an essential symbol in his later fictions.

In 1918, Shen graduated from the military school and joined the local army. He toured all over Hunan and into the provinces of Sichuan and Guizhou. At this time he experienced first hand the poverty afflicting his poor Xiangxi County people. In 1922 Shen abandoned his career as a soldier and left for Beijing, the center of the May Fourth New Culture Movement. He left to pursue his dream to become a modern literary man. Shen took the entrance exam for Peking University but failed his first attempt. However, he continued studying literature on his own. During this difficult time he met and became friends with two famous scholars, Yu Dafu and Xu Zhimo. With their help and encouragement, Shen Congwen's literary career officially started in 1924. In 1925, his first story was published in *Morning*

Newspaper Supplement (晨报副刊), a journal edited by Xu Zhimo. Shen continued to publish other works in *Current Review* (现在评论) and *Short Story Monthly* (小说月报).

Four years later in 1928, Shen moved to Shanghai. Collaborating with his friend Ding Ling and her husband Hu Yeping, he found *Red and Black* (红与黑), which was one of the most influential magazines of this time. During this period, Shen was a very prolific writer. He started publishing at least one volume of fiction each year. Some of his representative works from this period are *Alice's Travels in China* (阿丽丝中国游记) and *The Honest Man* (老实人). As his works gradually became more popular with modern scholars and readers, Shen Congwen gained a respectable reputation.

During the Sino-Japanese war, life was difficult for Shen Congwen as he traveled among different parts of the country. He worked in the Chinese literature departments of various universities from 1930 to 1933, including both Wuhan and Qingdao Universities. At this time he published his most well-known novel, *Border Town* (边城), in *Guowen Bao* (国闻报) in 1934.

In the spring of 1938, Shen Congwen departed for Kunming (昆明) with Tsinghua and Beijing Universities and worked as a Chinese literature professor at Southwest United University (西南联合大学). Not until 1946 could Shen return back to teach at Beijing University in Beijing after the conclusion of the Sino-Japanese War.

Back in Beijing, Shen Congwen changed his working focus from literary creations to archaeological research. In 1949, he worked in the Chinese National History Museum in Beijing. During this period, Shen continued his passion for Chinese history and culture by researching and advancing the studies of Chinese porcelain, silk, costumes and other related subjects. In 1981, Shen published one of his masterpieces, *A Study of Ancient Chinese Costumes* (中国古代服饰研究), which was the accumulation of fifteen years of hard work.

On May 10th 1988, Shen passed away due to a massive heart attack at the age of 86.

Xiaoxiao

《萧萧》

《Xiāoxiāo》

Xiaoxiao (萧萧), one of Shen Congwen's most famous short stories, was written in 1929 and first published in the 21st volume of *Short Story Monthly* (小说月报). This story vividly depicts the nature, society and life of people in Xiangxi (湘西) during the May Fourth New Culture Movement of the late 1910s and early 1920s. The story focuses on the life and fate of Xiaoxiao, a young and innocent peasant girl who cannot appreciate the need for social reform and education.

The story starts with the scene of Xiaoxiao's marriage day when she is only twelve years old. Instead of enjoying a typical childhood, she marries a three-year-old 'baby' husband and becomes one of thousands of child brides in rural China. From today's perspective her life has a tragic start. However, Xiaoxiao, the young naive country girl, is not concerned with her fate or the arranged marriage with her 'baby' husband. Apart from doing some housework for the new family, Xiaoxiao spends most her time taking care of and playing with her younger husband in the lovely countryside of Xiangxi. Life is easy and happy.

The years pass by quickly and Xiaoxiao grows up to be a young lady. Rumors abound about the modern and fresh life of urban female students and Xiaoxiao yearns to seek them out. At the same time, the desire for romance and freedom gradually grows in her mind. For the first time, Xiaoxiao blushes and feels blood rush up inside her when dealing with Hua Gou (花狗), an energetic young laborer in her husband's family. Hua Gou eventually has his way with Xiaoxiao and turns her into a woman. The joy of first love doesn't last long since a short time later Xiaoxiao finds herself pregnant. Hua Gou ditches Xiaoxiao. She feels betrayed, but her baby keeps growing inside of her. Xiaoxiao tries to abort her baby by eating ashes, but when that doesn't work so she packs her bags to run away. Before Xiaoxiao's departure, her family catches her and they finally learn she is pregnant with an illegitimate child.

Xiaoxiao's family chooses not to drown her as punishment, which is what the Confucian texts would suggest they do. Instead, they look for another family who would like to buy her. In the meantime, Xiaoxiao stays in the same house as before. Before finding another family, she gives birth to a healthy baby boy in February of the next year. At the end of the story, Xiaoxiao's illegitimate son marries another young child bride when he turns twelve years old.

Shen Congwen's story at first seems very disconnected with the concerns raised during the May Fourth movement. The movement stressed the need for democracy, science, social reform, gender equality, abolition of feudalism and Confucian morality, etc. Shen Congwen's story by contrast revolves around the life of a young and ignorant peasant girl. However, the life of Xiaoxiao reveals a number of problems unique to Chinese culture and society: the child bride system was very prevalent in rural China during this time; marriage was arranged by elders and young couples had little control over their own fate; the major gap between urban and rural cultures: the coed students versus Xiaoxiao, a child bride; the barbaric penalty for sexual indiscretion such as when the family considers drowning Xiaoxiao based on Confucian morality; and the preference for male children as shown when Xiaoxiao gives birth to a baby boy.

In the conflict between humanity and barbaric rule, the author Shen Congwen chooses the victory of humanity. Optimistic ideas are clearly displayed in Shen's work while illustrating the tragedy of Xiaoxiao and the society as a whole during this period.

《萧萧[1]》

作者：沈从文

乡下人吹[2]唢呐[3]接媳妇[4]，到了十二月[5]是成天[6]有的事情。

唢呐后面一顶[7]花轿[8]，四个伕子[9]平平稳稳[10]的抬[11]着，轿中人被铜[12]锁[13]在里面，虽穿了平时不上过身的体面红绿衣裳[14]，也仍然[15]是荷荷大哭[16]。在这些小女人心中，做新娘子[17]，从母亲身边离开，且准备作他人的母亲，从此将[18]有许多事情等待[19]发生。

---

[1] 萧萧 – Xiāoxiāo – Xiaoxiao, name of the main character
　　萧 – xiāo – desolate; dreary
[2] 吹 – chuī – play (an instrument)
[3] 唢呐 – suǒnà – suona horn, a type of woodwind instrument
[4] 媳妇 – xífù – wife; bride
[5] 十二月 – shí'èryuè – the twelfth lunar month, roughly corresponding to February. All months in the story refer to the lunar calendar
[6] 成天 – chéngtiān – all day long
[7] 顶 – dǐng – quantifier used before an object that has a cover on top, such as sedan chair, cap, hat, mosquito net, etc
[8] 花轿 – huājiào – bridal sedan chair
[9] 伕子 – fūzi – porter. 伕 (old-fashioned) refers to 夫 (fū) in modern Chinese
[10] 平平稳稳 – píngpíng-wěnwěn – steady; smooth and steady; stable
[11] 抬 – tái – lift up; raise
[12] 铜锁 – tóngsuǒ – brass (铜) lock (锁); bronze lock
[13] 锁 – suǒ – to lock
[14] 衣裳 – yīshang – clothing; clothes
[15] 仍然 – réngrán – still; yet; as usual; as before; notwithstanding
[16] 荷荷大哭 – héhé dà kū – cry loudly and sadly; wail; 荷荷 is an onomatopoeia, used to describe sad complaints or cries
　　嚎啕大哭 (háotáo-dàkū) in modern Chinese
[17] 新娘子 – xīnniángzi – bride
[18] 将 – jiāng – be going to; be about to; will; shall; be ready to

像做梦一样，将同一个陌生[20]男子汉[21]在一个床上睡觉，做着承宗接祖[22]的事情，当然十分害怕，所以照例[23]觉得要哭，就哭了。

也有做媳妇不哭的人。萧萧做媳妇就不哭。这女人没有母亲，从小寄养[24]到伯父[25]种田的庄子[26]上，出嫁[27]只是从这家转到那家。因此到那一天这女人还只是笑。她又不害羞[28]，又不怕，她是什么事也不知道，就做了人家的媳妇了。

萧萧做媳妇时年纪十二岁，有一个小丈夫，年纪三岁[29]。丈夫比她年少九岁，还在吃奶[30]。地方规矩[31]如此，过了门，她喊[32]他做弟弟。她每天应作的事是抱弟弟到村前柳树[33]下去玩，饿了，喂[34]东西吃，哭了，就哄[35]他，摘[36]南瓜花或狗尾草[37]戴[38]到小丈夫

头上，或者亲嘴[39]，一面说，"弟弟，哪，啵[40]。再来，啵。"在那满是[41]肮脏[42]的小脸上亲了又亲，孩子于是[43]便[44]笑了。孩子一欢喜[45]，会用短短的小手乱抓[46]萧萧的头发。那是平时不大能收拾[47]蓬蓬松松[48]到头上的黄发。有时垂[49]到脑后一条有红绒绳[50]作结[51]的小辫儿[52]被拉，生气了，就挞[53]那弟弟，弟弟自然的哭出声来，萧萧便也装[54]成要哭的样子，用手指着弟弟的哭脸，说，"哪，不讲理[55]，这可不行！"

天晴落雨日子混[56]下去，每日抱抱丈夫，也时常到溪沟[57]里去洗衣，搓[58]尿片[59]，一面还捡拾[60]有花纹[61]的田螺[62]给坐到身边的

---

[36] 摘 – zhāi – pick; pluck; strip; take off

[37] 狗尾草 – gǒuwěicǎo – a type of grass known commonly as green foxtail or green bristlegrass

[38] 戴 – dài – wear; put on

[39] 亲嘴 – qīnzuǐ – kiss; a smack on the lips

[40] 啵 – bo – (dialect): used interjectionally to express an imperative or a request, almost equivalent to 吧

[41] 满是 – mǎn shì – completely

[42] 肮脏 – āngzāng – dirty; filthy; sordid

[43] 于是 – yúshì – thereupon; hence; consequently; as a result

[44] 便 – biàn – same meaning as 就 and 即

[45] 欢喜 – huānxǐ – joyful; happy; delighted

[46] 乱抓 – luànzhuā – scratch (抓) spasmodically (乱)

[47] 收拾 – shōushi – put in order; tidy; clear away; gather up

[48] 蓬蓬松松 – péngpéng-sōngsōng – fluffy; puffy; fur

[49] 垂 – chuí – hang down; droop; let fall

[50] 红绒绳 – hóng róngshéng – red (红) downy (绒) string (绳) for a girl to bind a plait, bun, etc

[51] 结 – jié – knot tied on on a girl's head

[52] 小辫儿 – xiǎobiàn'r – braid; pigtail; plait

[53] 挞 – tà – flog; lash; whip

[54] 装 – zhuāng – pretend; make believe; disguise; feign

[55] 讲理 – jiǎnglǐ – reason with someone; argue (things out)

[56] 混 – hùn – muddle along; drift along

丈夫玩。到了夜里睡觉，便常常做世界上人所做过的梦，梦到后门角落[63]或别的什么地方捡[64]得大把[65]大把铜钱[66]，吃好东西，爬树，自己变成鱼到水中溜扒[67]，或一时仿佛很小很轻，身子飞到天上众星[68]中，没有一个人，只是一片白，一片金光，于是大喊"妈！"人醒[69]了。醒来心还只是跳[70]。吵了隔壁[71]的人，就骂着，"疯子，你想什么！"却不作声只是咕咕笑[72]着。也有很好很爽快[73]的梦，为丈夫哭醒的事。那丈夫本来晚上在自己母亲身边睡，吃奶方便，但是吃多了奶，或因另外情形[74]，半夜大哭，起来放水拉稀[75]是常有的事。丈夫哭到婆婆[76]不能处置[77]，于是萧萧轻脚轻手[78]爬起来，眼屎[79]朦胧[80]，走到床边，把人抱起，给他看灯光，

---

[57] 溪沟 – xīgōu – small stream; brook; rivulet; streamlet
[58] 搓 – cuō – rub with the hands (usually when washing clothes)
[59] 尿片 – niàopiàn – diaper; napkin
[60] 捡拾 – jiǎnshí – pick up
[61] 花纹 – huāwén – decorative pattern; figure
[62] 田螺 – tiánluó – river snail
[63] 角落 – jiǎoluò – corner
[64] 捡 – jiǎn – pick up; collect; gather
[65] 大把 – dàbǎ – a large number of; many
[66] 铜钱 – tóngqián – copper cash; copper money
[67] 溜扒 – liū bā – go from place to place
[68] 众星 – zhòng xīng – many (众) stars (星)
[69] 醒 – xǐng – wake up; be awake
[70] 跳 – tiào – move up and down; beat; throb; palpitate; twitch
[71] 隔壁 – gébì – next door; neighbor
[72] 咕咕笑 – gūgū xiào – giggling and cooing
[73] 爽快 – shuǎngkuai – refreshed; comfortable
[74] 情形 – qíngxíng – circumstances; situation; condition; state of affairs
[75] 拉稀 – lāxī – have loose bowels; have diarrhea
[76] 婆婆 – pópo – (a woman's) mother-in-law; husband's mother
[77] 处置 – chǔzhì – handle; deal with; manage; dispose of
[78] 轻脚轻手 – qīng jiǎo qīng shǒu – light foot gingerly up to; (move) cautiously without any noise; softly; gently; more often used as 轻手轻脚

看星光。或者仍然的亲嘴，互相觑[81]着，孩子气的"嗨嗨[82]，看猫呵[83]，"那样喊着哄着。于是丈夫笑了。慢慢的阖[84]上眼。人睡了，放上床，站在床边看着，听远处一传一递[85]的鸡叫，知道天快到什么时候了。于是仍然蜷[86]到小床上睡去。天亮了，虽不做梦，却可以无意中闭眼开眼，看一阵[87]空中黄金颜色变幻无端[88]的葵花[89]。

萧萧嫁过了门，做了拳头[90]大丈夫的媳妇，一切并不比先前受苦[91]，这只看她半年来身体发育[92]就可明白。风里雨里过日子，像一株[93]长在园角落[94]不为人注意的蓖麻[95]；大叶大枝，日增茂盛[96]。这小女人简直是全不为丈夫设想那么似的长大起来了。

---

[79] 眼屎 – yǎnshǐ – gum (in the eyes)
[80] 朦胧 – ménglóng – obscure; dim; hazy
[81] 觑 – qù – look; gaze
[82] 嗨嗨 – hēi hēi – hello; hi
[83] 呵 – hē – ah; oh
[84] 阖 – hé – close
[85] 传递 – chuándì – alternately; here and there
　　　传递 means transmitting or delivering in modern Chinese
[86] 蜷 – quán – curl up; huddle up
[87] 阵 – zhèn – quantifier used before a period of time for a certain action, such as laughing, raining, crying, etc.
[88] 变幻无端 – biànhuàn-wúduān – changing all the time; changing all the time constantly and irregularly
[89] 葵花 – kuíhuā – sunflower
[90] 拳头 – quántóu – fist
[91] 受苦 – shòukǔ – suffer (hardships); have a rough time
[92] 发育 – fāyù – growth; development; engender; grow; develop gradually by a process of growth and change
[93] 株 – zhū – quantifier used before plants
[94] 角落 – jiǎoluò – corner
[95] 蓖麻 – bìmá – castor seed hemp

夏夜光景说来如做梦。坐到院心[97]，挥摇[98]蒲扇[99]，看天上的星同屋角的萤[100]，听南瓜棚[101]上纺织[102]娘子咯咯咯[103]拖长[104]声音纺车[105]，禾花[106]风倏倏[107]吹到脸上，正是让人在自己方便中说笑话的时候。

萧萧好高，一个人常常爬到草料堆[108]上去，抱了已经熟睡[109]的丈夫在怀里[110]，轻轻的轻轻的随意唱着那使自己也快要睡去的歌。

在院中，公公[111]婆婆[112]，祖父祖母[113]，另外还有帮工汉子两个，散乱[114]的坐，小板凳[115]无一作空。

---

[96] 日增茂盛 – rì zēng màoshèng – grow flourishing (茂盛) increasingly (增) day by day (日)

[97] 院心 – yuànxīn – in the middle (心) of the yard (院)

[98] 挥摇 – huī yáo – shake; wave; rock; turn

[99] 蒲扇 – púshàn – cattail leaf fan

[100] 萤 – yíng – glowworm; firefly; fire beetle; same as 萤火虫 (yínghuǒchóng)

[101] 南瓜棚 – nánguā péng – pumpkin (南瓜) shed (棚)

[102] 纺织 – fǎngzhī – spinning and weaving; textile process

[103] 咯咯咯 – gē gē gē – giggle

[104] 拖长 – tuōcháng – lengthen

[105] 纺车 – fǎngchē – carriage; spinning wheel

[106] 禾花 – héhuā – lotus; lotus flower; same as "荷花 (héhuā)" in modern Chinese

[107] 倏倏 – xiāoxiāo – (old fashioned) soughing; whistling (of the wind)

[108] 草料堆 – cǎoliào duī – haystack; pile (堆) of hay (草料)

[109] 熟睡 – shúshuì – sleep (睡) soundly (熟); sleep like a log

[110] 怀里 – huái lǐ – in one's arms

[111] 公公 – gōnggōng – husband's father; (a woman's) father-in-law

[112] 婆婆 – pópó – husband's mother; (a woman's) mother-in-law

[113] 祖父 – zǔfù – father's father; grandfather
祖母 – zǔmǔ – father's mother; grandmother

[114] 散乱 – sǎnluàn – scattered; in disorder

[115] 小板凳 – xiǎo bǎndèng – small stool

祖父身边有烟包，在黑暗中放光。这用艾蒿[116]作成的长火绳[117]，是驱逐[118]长脚蚊[119]东西，蜷承[120]祖父脚边，就如一条黑色长蛇。

　　想起白天场上的事，那祖父开口说话：

　　"听三金[121]说前天有女学生[122]过身。"

　　大家就哄然笑[123]了。

　　这笑的意义何在[124]？只因为大家都知道女学生没有辫子[125]，像个尼姑[126]，穿的衣服又像洋人，吃的，用的，……总而言之[127]一想起来就觉得怪可笑！

---

[116] 艾蒿 – àihāo – a type of herb, Chinese mugwort; artemisia argyi; felon herb
[117] 火绳 – huǒshéng – a rope of plaited plants burnt as a mosquito repellent
[118] 驱逐 – qūzhú – drive out; expel; dislodge
[119] 蚊 – wén – mosquito
[120] 蜷承 – quán chéng – curl up; huddle up
[121] 三金 – Sānjīn – name of a character
[122] 女学生 – nǔ xuésheng – girl student
　　　In the mid 1910s, the New Culture Movement (新文化运动, Xīn Wénhuà Yùndòng) began. Since that time, young Chinese students began to reflect upon their weak strength to revolt against political systems that were increasingly seen as backwards. Girl students began to go to school instead of staying in the countryside. They represent self-reflection, self-improvement and freedom.
[123] 哄然笑 – hōngrán xiào – roars of laughter or hubbub; laugh loudly
哄然大笑 (hōngrán-dàxiào) in modern Chinese
[124] 何在 – hézài – (古文) what
[125] 辫子 – biànzi – plait; braid; pigtails;
　　　In 1644, after the Manchus took over China and found the Qing dynasty, they forced all people in China to wear queues. Queues were a part of the Manchu's ancient customs that they passed onto their subjects. Queues are a

萧萧不大明白，她不笑。所以祖父又说话了。他说：

"萧萧，你将来也会做女学生！"

大家于是[128]更哄然大笑起来。

萧萧为人并不愚蠢[129]，觉得这一定是不利于己[130]的一件事情了，所以接口便说：

"我不做女学生！"

"不做可不行。"

"我不做。"

众口一声的说："非做女学生不行！"

女学生这东西，在本乡的确[131]永远[132]是奇闻[133]。每年热天，据说[134]放"水"假[135]日子一到，便有三三五五女学生，由[136]一个荒

---

type of hairstyle with the front half of the head shaved bald and with the hair in the back half long in a pigtail. The students and progressive young people in the New Culture Movement refused to have such pigtails, which showed their determination to oppose and reform China.

[126] 尼姑 – nígū – Buddhist nun. This conversation reflects that 女学生 were just the laughing stock of the town

[127] 总而言之 – zǒng'éryánzhī – (成语) to make a long story short; generally speaking; in a word; in brief; in short; on the whole; to sum up; the long and the short of it

[128] 于是 – yúshì – then; hence; consequently; as a result

[129] 愚蠢 – yúchǔn – stupid; foolish; silly

[130] 不利于己 – bù lìyú jǐ – be bad for oneself; be harmfull to oneself; be not (不) beneficial (利) to (于) myself (己)

谬不经[137]的热闹地方来，到另一个远地方去，取道[138]从本地过身，从乡下人眼中看来，这些人皆[139]近于另一世界中活下的人，装扮[140]如怪如神[141]，行为也不可思议[142]。这种人过身时，使一村人皆可以说一整天的笑话。

祖父是当地人物，因为想起所知道的女学生在大城中的生活情形，所以说笑话要萧萧也去作女学生。一面听到这话就感觉一种打哈哈[143]趣味，一面还有那被说的萧萧感觉一种惶恐[144]，说这话的不为无意义了。

---

[131] 的确 – díquè – really; indeed

[132] 永远 – yǒngyuǎn – always; forever; ever; for good

[133] 奇闻 – qíwén – unheard-of person/thing/story

[134] 据说 – jùshuō – it is said that; allegedly

[135] "水"假 – shuǐ jià – same as 暑假 (summer vacation)
> (1) 水 and 暑 (shǔ) have the same pronunciation in the dialect of Xiangxi 湘西 (in the western part of Hunan province) where the story takes place
> (2) the uneducated villagers don't know what a "暑假" is so they are using the word, 水, which is a very familiar word with the same pronunciation. Western Hunan life is closely connected with 水 due to the numerous lakes, streams, ponds in this part of China.

[136] 由 – yóu – from

[137] 荒谬不经 – huāngmiù-bùjīng – (成语) a wild legend; absurd and unreasonable; unbelievable; ridiculous;
> 荒诞不经 (huāngdàn-bùjīng) is more often used

[138] 取道 – qǔdào – by way of; passing by

[139] 皆 – jiē – all; each and every

[140] 装扮 – zhuāngbàn – dress up; attire; deck out

[141] 如怪如神 – rú guài rú shén – strange; odd; queer; funny; simlar (如) to monsters (怪) and gods (神)

[142] 思议 – sīyì – to conceive; to understand (in negative use)

[143] 打哈哈 – dǎhāha – make fun; have fun with; crack a joke

[144] 惶恐 – huángkǒng – terrified; fearful; fear

女学生由祖父方面所知道的是这样一种人：她们穿衣服不管天气冷暖，吃东西不问饥饱[145]，晚上交到[146]子时[147]才睡觉，白天正经事全不作，只知唱歌打球，读洋书。她们一年用的钱可以买十六只水牛[148]。她们在省里京[149]里想往什么地方去时，不必走路，只要钻[150]进一个大匣子[151]中，那匣子就可以带她到地。她们在学校，男女一处上课，人熟了，就随意同那男子睡觉，也不要媒人[152]，也不要财礼[153]，名叫"自由"。她们也做官[154]；做县官[155]，带家眷[156]上任[157]，男子仍然喊[158]作老爷[159]，小孩子叫少爷。她们自己不养牛，却吃牛奶羊奶，如小牛小羊，买那奶时是用铁罐子[160]盛[161]的。她们无事时到一个唱戏[162]地方去，那地方完全像个大庙[163]，从衣袋中取出一块洋钱来（那洋钱在乡下可买五只母鸡），买了

---

[145] 饥饱 – jībǎo – hunger (饥) and fullness (饱)

[146] 交到 – jiāodào – keeping active until

[147] 子时 – zǐshí – the period of the day from 11pm to 1am

[148] 水牛 – shuǐniú – buffalo; water buffalo

[149] 京 – jīng – the capital of a country

[150] 钻 – zuān – go through; penetrate; pierce; get into

[151] 匣子 – xiázi – small box; small case; casket

[152] 媒人 – méirén – matchmaker; go-between

[153] 财礼 – cáilǐ – betrothal gifts (from the bridegroom to the bride's family); bride-price

[154] 官 – guān – government official; officer; public servant; officeholder

[155] 县官 – xiànguān – county magistrate

[156] 家眷 – jiājuàn – wife and children; one's family

[157] 上任 – shàngrèn – take up an official post; assume office

[158] 喊 – hǎn – call (someone) as

[159] 老爷 – lǎoye – master; bureaucrat; lord

[160] 铁罐子 – tiě guànzi – iron (铁) cans (罐子)

[161] 盛 – chéng – fill

[162] 唱戏 – chàngxì – sing (唱) drama; play; show (戏)

[163] 大庙 – dà miào – temple; shrine; joss house

一小方纸片儿，拿了那纸片到里面去，就可以坐下看洋人扮演[164]影子戏[165]。她们被冤[166]了，不赌咒[167]，不哭。她们年纪有老到二十四岁还不肯嫁[168]人的，有老到三十四五还好意思嫁人的。她们不怕男子，男子不能使她们受委屈[169]，一受委屈就上衙门[170]打官司[171]，要官罚[172]男子的款[173]，这笔钱她可以同官平分[174]。她们不洗衣煮饭，有了小孩子也只化五块钱或十块钱一月，雇人[175]专管[176]小孩，自己仍然整天看戏打牌。……

总而言之，说来都希奇古怪[177]，岂有此理[178]。这时经祖父一为说明，听过这话的萧萧，心中却忽然[179]有了一种模模糊糊[180]的愿望，以为倘若[181]她也是个女学生，她是不是照祖父说的女学

---

[164] 扮演 – bànyǎn – play the part of; have a role (in a play, etc.); act
[165] 影子戏 – yǐngzi xì – shadowplay; shadowgraph; galanty show
[166] 冤 – yuān – wrong; injustice
[167] 赌咒 – dǔzhòu – take an oath; swear
[168] 嫁 – jià – (of a woman) marry
[169] 委屈 – wěiqu – feel wronged; suffer from injustice; nurse a grievance
[170] 衙门 – yámén – government office in feudal China
[171] 打官司 – dǎ guānsi – go to court; go to law; engage in a lawsuit
[172] 罚 – fá – punish; penalize; fine; forfeit
[173] 款 – kuǎn – money
[174] 平分 – píngfēn – divide equally; share and share alike; go halves; go fifty-fifty
[175] 雇人 – gù rén – hire; employ
[176] 专管 – zhuānguǎn – manage; supervise; take care of; manage (管) specially (专)
[177] 希奇古怪 – xīqí-gǔguài – (成语) strange and eccentric; odd; outlandish; quaint; 稀奇古怪 (xīqí-gǔguài) in modern Chinese
[178] 岂有此理 – qǐyǒucǐlǐ – (成语) there is no such a rule; absurd; how unreasonable; this is arrant nonsense indeed; this is sheer effrontery
[179] 忽然 – hūrán – suddenly; all of a sudden; unexpectedly
[180] 模模糊糊 – mómó-húhú – unintelligible; blurred; hazy; indefinite; misty; obscure; vague
[181] 倘若 – tǎngruò – if; supposing; in case

生一个样子去做那些事？不管好歹[182]，做女学生极有趣味[183]，因此一来却已为这乡下姑娘体念[184]到了。

因为听祖父说起女学生是怎样的人物，到后萧萧独自笑得特别久。笑够了时，她说：

"祖爹[185]，明天有女学生过路，你喊我，我要看。"

"你看，她们捉[186]你去作丫头[187]。"

"我不怕她们。"

"她们读洋书你不怕？"

"我不怕。"

"她们咬人[188]你不怕？"

"也不怕。"

可是这时节萧萧手上所抱的丈夫，不知为什么，在睡梦中哭了，媳妇用作母亲的声势[189]，半哄半吓[190]说：

---

[182] 好歹 – hǎodǎi – right and wrong
[183] 趣味 – qùwèi – interest; delight
[184] 体念 – tǐniàn – know from experience; learn from experience; realize; experience; understanding
[185] 祖爹 – zǔdiē – grandpa
[186] 捉 – zhuō – catch; capture; arrest
[187] 丫头 – yātou – slave girl; it refers to little girl in modern Chinese
[188] 咬人 – yǎo rén – bite someone; bully someone

"弟弟，弟弟，不许哭，不许哭，女学生咬人来了。"

丈夫还仍然哭着，得抱起各处[191]走走。萧萧抱着丈夫离开了祖父，祖父同人说另外一样话去了。

萧萧从此以后心中有个"女学生"。做梦也便常常梦到女学生，且梦到同这些人并排[192]走路。仿佛[193]也坐过那种自己会走路的匣子，她又觉得这匣子并不比自己跑路更快。在梦中那匣子的形体同谷仓[194]差不多，里面有小小灰色老鼠[195]，眼珠子[196]红红的。

因为有这样一段[197]经过，祖父从此喊萧萧不喊"小丫头"，不喊"萧萧"，却唤作"女学生"。在不经意[198]中萧萧答应得很好。

乡下里日子也如世界上一般日子，时时不同。世界上人把日子糟塌[199]，和萧萧一类人家把日子吝惜[200]是这样的，各人皆有所得[201]，各人皆为命定[202]。城市中文明人[203]，把一个夏天全消磨[204]

---

[189] 声势 – shēngshì – impetus; momentum
[190] 半哄半吓 – bàn hǒng bàn xià – coax (哄) and intimidate (吓) (a child) at the same time (when a child is naughty)
[191] 各处 – gèchù – everywhere
[192] 并排 – bìngpái – side by side; lie alongside; abreast
[193] 仿佛 – fǎngfú – seem; as if
[194] 谷仓 – gǔcāng – granary; barn
[195] 老鼠 – lǎoshǔ – mouse; rat
[196] 眼珠子 – yǎnzhūzi – eyeball
[197] 段 – duàn – quantifier used before an experience, story, period, etc
[198] 不经意 – bùjīngyì – carelessly; by accident; thoughtless
[199] 糟塌 – zāotā – waste; fiddle away
[200] 吝惜 – lìnxī – spare; save; cherish
[201] 所得 – suǒdé – earnings; gains; 所 is a structural word with no meaning

到软绸[205]衣服精美饮料[206]以及[207]种种好事情上面。萧萧的一家，因为一个夏天，却得了十多斤[208]细麻[209]，二三十担[210]瓜。

作小媳妇的萧萧，一个夏天中，一面照料[211]丈夫，一面还绩[212]了细麻四斤。这时工人摘[213]瓜[214]，在瓜间玩，看硕大如盆[215]上面[216]满是灰粉[217]的大南瓜，成排成堆[218]摆[219]到地上，很有趣味。时间到摘瓜，秋天已来了，院中各处[220]有从屋后林子里树上吹来的大红大黄木叶。萧萧在瓜旁站定，手拿木叶一束[221]，为丈夫编[222]小笠帽[223]玩。

---

202 命定 – mìngdìng – determined by fate; predestined; written in the star
203 文明人 – wénmíng rén – civilized man; civilized person
204 消磨 – xiāomó – while away
205 软绸 – ruǎnchóu – soft (软) silk (绸)
206 精美饮料 – jīngměi yǐnliào – exquisite (精美) drinks and food (饮料)
207 以及 – yǐjí – as well as; along with; and
208 斤 – jīn – unit of weight (equals 1/2 kilogram)
209 细麻 – xìmá – thin; slender (细) fiber; hemp; flax; jute (麻)
210 担 – dàn – *dan*; unit of weight (equals 50 kilograms)
211 照料 – zhàoliào – take care of; attend to; tend
212 绩 – jì – twine or bundle (fine linens)
213 摘 – zhāi – pick; pluck; strip; take off
214 瓜 – guā – melon
215 硕大如盆 – shuòdà rú pén – as large (硕大) as (如) a basin (盆)
216 上面 – shàngmian – above; over; on top of; on the surface of
217 灰粉 – huīfěn – ash content; dust; dirt; ash; spindrift
218 成排成堆 – chéng pái chéng duī – in rows and piles
219 摆 – bǎi – put; arrange; set in order
220 各处 – gèchù – everywhere
221 束 – shù – bundle; bunch; sheaf
222 编 – biān – weave; plait; braid
223 笠帽 – lìmào – large bamboo or straw hat with a conical crown and broad brim

工人中有个名叫花狗[224]，抱了萧萧的丈夫到枣树[225]下去打[226]枣子[227]。小小竹杆[228]打在枣树上，落[229]枣满地[230]。

"花狗大，莫[231]打了，太多了吃不完。"

虽这样喊，还不动身[232]。到后，仿佛完全因为丈夫要枣子，花狗才不听话。萧萧于是又喊他那小丈夫：

"弟弟，弟弟，来，不许[233]捡[234]了。吃多了生东西肚子痛！"

丈夫听话，兜[235]了一堆[236]枣子向萧萧身边走来，请萧萧吃枣子。

"姐姐吃，这是大的。"

"我不吃。"

"要吃一颗[237]！"

---

[224] 花狗 — Huāgǒu — name of a character
[225] 枣树 — zǎoshù — jujube; jujube tree; date tree
[226] 打 — dǎ — strike; hit; knock
[227] 枣子 — zǎozi — jujube; Chinese date
[228] 竹杆 — zhúgǎn — bamboo (竹) pole (杆); bamboo rod
[229] 落 — luò — fall; drop
[230] 满地 — mǎn dì — everywhere
[231] 莫 — mò — not; no; don't
[232] 动身 — dòngshēn — move
[233] 不许 — bùxǔ — forbid; not allow
[234] 捡 — jiǎn — pick up; collect; gather
[235] 兜 — dōu — wrap up in a piece of cloth, etc
[236] 堆 — duī — heap; pile; crowd

她两手那里有空！木叶帽[238]正在制边[239]。工夫要紧[240]，还正要个人帮忙！

"弟弟，把枣子喂[241]我口里。"

丈夫照她的命令作事，作完了觉得有趣，哈哈大笑。

她要他放下枣子帮忙捏紧[242]帽边[243]，便于[244]添加[245]新木叶。

丈夫照她吩咐[246]作事，但老是顽皮[247]的摇动[248]，口中唱歌。这孩子原来像一只猫，欢喜时就得捣乱[249]。

"弟弟，你唱的是什么。"

"我唱花狗大告[250]我的山歌[251]。"

"好好的唱给我听。"

---

[237] 颗 – kē – quantifier used before small and round objects
[238] 帽 – mào – cap; hat
[239] 制边 – zhìbiān – fabricate (制) the brim (of a hat)
[240] 要紧 – yàojǐn – important; essential
[241] 喂 – wèi – feed
[242] 捏紧 – niējǐn – hold between the fingers; pinch (捏) tightly (紧)
[243] 帽边 – màobiān – brim/brink (边) of a hat (帽)
[244] 便于 – biànyú – easy to; convenient for
[245] 添加 – tiānjiā – increase; add; addition; adjunction
[246] 吩咐 – fēnfù – enjoin; instruct; instruction
[247] 顽皮 – wánpí – naughty; mischievous
[248] 摇动 – yáodòng – wave; shake; swing
[249] 捣乱 – dǎoluàn – make trouble; create a disturbance
[250] 告 – gào – (dialect) tell; let someone know; same as 告诉 (gàosù) in standard Chinese
[251] 山歌 – shāngē – folk song (sung in the fields during or after work)

丈夫于是就唱下去，照所记到的歌唱：

天上[252]起云云起花，

包谷[253]林里种豆荚[254]，

豆荚缠坏[255]包谷树[256]，

娇妹[257]缠坏后生[258]家。

天上起云云重云[259]，

地下埋坟[260]坟重坟[261]，

娇妹洗碗碗重碗，

娇妹床上人重人[262]。

丈夫唱歌中意义[263]全不明白，唱完了就问好不好。萧萧说好，并且问从谁学来的。她知道是花狗教他的，却故意盘问[264]他。

---

[252] 天上 – tiānshang – the sky; the heavens
[253] 包谷 – bāogǔ – maize; corn; same as 玉米 (yùmǐ)
[254] 豆荚 – dòujiá – pod; bean pod
[255] 缠坏 – chánhuài – undermine
[256] 包谷树 – bāogǔ shù – the trees of corns
[257] 娇妹 – jiāo mèi – lovely or sexy girl
[258] 后生 – hòushēng – young man
[259] 云重云 – yún chóng yún – clouds overlap with each other
[260] 埋坟 – mái fén – graves (坟) buried (埋) under the ground
[261] 坟重坟 – fén chóng fén – graves overlap with each other
[262] 人重人 – rén chóng rén – one person "overlaps" with another, alluding to having sex. This folk song is rather dirty, in which the clouds and graves are figures of speech.

"花狗大告我，他说还有好歌，长大了再教我唱。"

听说花狗会唱歌，萧萧说：

"花狗大，花狗大，您唱一个歌我听听。"

那花狗，面如其心[265]，生长得不很正气[266]，知道萧萧要听歌，人也快到听歌的年龄了，就给她唱"十岁娘子一岁夫"。那故事说的是妻年大，可以随便到外面作一点不规矩[267]事情，夫年小，只知道吃奶，让他吃奶。这歌丈夫完全不懂，懂到一点儿的是萧萧，把歌听过后，萧萧装成"我全明白"那种神气[268]，她用生气的样子，对花狗说：

"花狗大，这个不行，这是骂人的歌！"

花狗分辩[269]说："不是骂人的歌。"

"我明白，是骂人的歌。"

花狗难得说多话，歌已经唱过了，错了赔礼[270]，只有不再唱。他看她已经有点懂事了，怕她回头告祖父，就把话支开[271]，

---

[263] 意义 – yìyì – meaning; sense; purport
[264] 盘问 – pánwèn – cross-examine; interrogate
[265] 面如其心 – miàn rú qí xīn – one's face reveals one's heart; one's face (面) is like (如) his/her (其) heart/mind (心)
[266] 正气 – zhèngqì – good-looking; in modern Chinese it refers to uprightness and integrity
[267] 规矩 – guīju – well-behaved; well-disciplined
[268] 神气 – shénqì – expression; air; manner
[269] 分辩 – fènbiàn – defend oneself (against a charge); offer an explanation

扯到[272]"女学生"。他问萧萧，看不看过女学生习体操[273]唱洋歌的事情。

若[274]不是花狗提起，萧萧几乎已忘却了这事情。这时又提到女学生，她问花狗近来有不有女学生过路。

花狗一面把南瓜从棚架[275]边抱到墙角[276]去，告她女学生唱歌的事，这些事的来源[277]就是萧萧的那个祖父，他在萧萧面前说了点大话，说他曾经到官路[278]上见到四个女学生，她们都拿得有旗帜[279]，走长路流汗[280]喘气[281]之中仍然唱歌，同[282]军人[283]所唱的一模一样。不消说[284]，这完全是笑话。可是那故事把萧萧可乐坏[285]了。

---

[270] 赔礼 – péilǐ – offer/make an apology; apologize
[271] 支开 – zhīkāi – leave someone alone
[272] 扯到 – chědào – speak of; talk about
[273] 习体操 – xí tǐcāo – practice (习) gymnastics (体操)
[274] 若 – ruò – if
[275] 棚架 – péngjià – canopy frame; shed frame
[276] 墙角 – qiángjiǎo – corner; corner of wall; a corner formed by two walls
[277] 来源 – láiyuán – source; origin; originate; stem from
[278] 官路 – guānlù – government-financed road
[279] 旗帜 – qízhì – banner; flag
[280] 流汗 – liúhàn – sweat; be in a sweat
[281] 喘气 – chuǎnqì – breathe (deeply); pant; gasp
[282] 同 – tóng – and; as well as; with
[283] 军人 – jūnrén – soldier; serviceman; armyman
[284] 不消说 – bù xiāo shuō – It goes without saying that ...; not to speak of; not to mention; without mentioning the fact that
[285] 乐坏 – lèhuài – extremely happy;
坏: very; extremely

花狗是会说会笑的一个人。听萧萧带着歆羡[286]口气说："花狗大，您膀子[287]真大。"他就说："我不止[288]膀子大。"

"你身个子也大。"

"我全身无处不大。"

到萧萧抱了她的丈夫走去以后，同花狗在一起摘瓜，取[289]名字叫哑叭[290]的，开了平时不常开的口。他说：

"花狗，你少坏点。人家是黄花女[291]，还要等十二年才圆房[292]！"

花狗不做声[293]，打了那伙计[294]一掌[295]，走到枣树下捡落地枣去了。

到摘瓜的秋天，日子计算起来，萧萧过丈夫家有一年了。

几次降霜[296]落雪[297]，几次清明[298]谷雨[299]，都说萧萧是大人了。天[300]保佑[301]，喝冷水，吃粗砺饭[302]，四季无疾病，倒发育[303]得这样

---

[286] 歆羡 – xīnxiàn – admiration; envy
[287] 膀子 – bǎngzi – upper arm; arm
[288] 不止 – bùzhǐ – more than
[289] 取 – qǔ – adopt; assume; choose
[290] 哑叭 – Yǎbā – name of a character
[291] 黄花女 – huánghuā nǚ – virgin; maiden
[292] 圆房 – yuánfáng – consummate marriage
[293] 做声 – zuòshēng – make a sound; utter a word
[294] 伙计 – huǒji – fellow; mate
[295] 掌 – zhǎng – slap
[296] 降霜 – jiàngshuāng – to frost

快。婆婆虽生来[304]像一把[305]剪[306]，把凡是[307]给萧萧暴长[308]的机会都剪去了，但乡下的日头[309]同空气都帮助人长大，却不是折磨[310]可以阻拦[311]得住。

萧萧十四岁时高如成人，心却还是一颗糊糊涂涂[312]的心。

人大了一点，家中做的事也多了一点。绩麻[313]纺车[314]洗衣照料[315]丈夫以外，打猪草[316]推磨一些事情也要作。还有浆纱[317]织布

---

[297] 落雪 – luòxuě – to snow

[298] 清明 – qīngmíng – Clear and Bright – the day marking the beginning of the 5th solar term of the 24 East Asian lunisolar calendars (April 4, 5, or 6; traditionally observed as a festival for worshipping at ancestral graves, known as "sweeping the graves" 扫墓 (sǎomù))

[299] 谷雨 – gǔyǔ – Guyu (traditional East Asian calendards divide the year into 24 solar terms (节气), Guyu is the 6th solar term of the 24 East Asian lunisolar calendars, which usually begins April 20 and ends May 5); Grain Rain

清明谷雨 refers to spring days

[300] 天 – tiān – god; heaven

[301] 保佑 – bǎoyòu – bless and protect

[302] 粗砺饭 – cūlì fàn – unpolished rice; coarse gruel

[303] 发育 – fāyù – grow up; develop gradually by a process of growth and change

[304] 生来 – shēnglái – born with

[305] 把 – bǎ – quantifier used before the object with handles, such as scissors, knife, chair, etc

[306] 剪 – jiǎn – scissors; shears; clippers; (referring to a body shaped like a pair of scissors)

[307] 凡是 – fánshì – every; any; all

[308] 暴长 – bàozhǎng – grow up very fast (during one's adolescence); grow to maturity; reach adolesce(长) quickly (暴)

[309] 日头 – rìtou – the sun

[310] 折磨 – zhémó – physical or mental suffering; torment; affliction

[311] 阻拦 – zǔlán – stop; prevent; obstruct; bar the way

[312] 糊糊涂涂 – húhú-tútú – muddled; confused; bewildered

[313] 绩麻 – jì má – twisting hemp

[314] 纺车 – fǎngchē – spinning wheel; spinning thread

[315] 照料 – zhàoliào – take care of

[316] 猪草 – zhūcǎo – greenfeed for pigs

318：两三年来所聚集[319]的粗细麻[320]和纺就的纱[321]，已够萧萧坐到土机[322]上抛[323]三个月的梭子[324]了。

丈夫已断了奶。婆婆有了新儿子，这五岁儿子就像归萧萧独有[325]了。不论[326]做什么，走到什么地方去，丈夫总跟到身边。丈夫有些方面很怕她，当她如母亲，不敢多事[327]。他们俩"感情不坏"。

地方稍稍[328]进步，祖父的笑话转到"萧萧你也把辫子剪去"那一类事上去了。听着这话的萧萧，某个[329]夏天也看过一次女学生了，虽不把祖父笑话认真[330]，可是每一次在祖父说过这笑话以后，她到水边去，必用手捏[331]着辫子末梢[332]，设想[333]没有辫子的人那种神气，那点趣味。

---

[317] 浆纱 – jiāngshā – sizing; slashing
[318] 织布 – zhībù – weaving cotton cloth; weaving
[319] 聚集 – jùjí – gather; assemble; collect
[320] 粗细麻 – cūxì má – thick (粗) and thin (细) linen (麻)
[321] 纺就的纱 – fǎng jiù de shā – the yarn (纱) that she has finished (就) spinning (纺)
[322] 土机 – tǔjī – (dialect) weaving machine; loom
[323] 抛 – pāo – toss; fling (the shuttle when using a loom)
[324] 梭子 – suōzi – shuttle, a tool designed to neatly and compactly store weft yarn while weaving
[325] 独有 – dúyǒu – own
[326] 不论 – bùlùn – regardless of; irrespective of
[327] 多事 – duō shì – meddlesome; make trouble
[328] 稍稍 – shāoshāo – a little; a bit; slightly; a trifle
[329] 某个 – mǒugè – some; certain
[330] 认真 – rènzhēn – take seriously; take to heart
[331] 捏 – niē – hold between the fingers; pinch
[332] 末梢 – mòshāo – tip; end
[333] 设想 – shèxiǎng – imagine; envisage; conceive; assume

《萧萧》

因为打猪草，带丈夫上螺蛳山[334]的山阴[335]是常有的事。

小孩子不知事，听别人唱歌也唱歌。一唱歌，就把花狗引来[336]了。

花狗对萧萧生了另外一种心，萧萧有点明白了，常常觉得惶恐[337]。但花狗是男子，凡是男子的美德[338]恶德[339]皆不缺少[340]，所以一面使[341]萧萧的丈夫非常欢喜同他玩，一面一有机会即[342]缠[343]在萧萧身边，且总是想方设法[344]把萧萧那点惶恐减去[345]。

山大人小，平时不知道萧萧所在，花狗就站在高处唱歌逗[346]萧萧身边的丈夫，丈夫小口一开，花狗穿山越岭[347]就来到萧萧面前了。

---

[334] 螺蛳山 – Luósīshān – a mountain name, Mt Luosi
[335] 山阴 – shānyīn – the north side of a hill
[336] 引来 – yǐnlái – bring in; attract
[337] 惶恐 – huángkǒng – terrified; fearful
[338] 美德 – měidé – virtue; moral excellence
[339] 恶德 – èdé – evil
[340] 缺少 – quēshǎo – lack; be short of; inadequate
[341] 使 – shǐ – make; cause; enable
[342] 一 … 即 … – yī … jí … – as soon as; same as "一 … 就…"
[343] 缠 – chán – tangle; tie up; pester
[344] 想方设法 – xiǎngfāng-shèfǎ – (成语) try various devices to; do everything possible to; rack one's brains to find ways; try by hook or by crook
[345] 减去 – jiǎnqù – subtract; deduct
[346] 逗 – dòu – attract
[347] 穿山越岭 – chuānshā-yuèlǐng – (成语) tramp over mountains and through ravines; cross (over) mountain after mountain; over hills and crests
翻山越岭 (fuānshā-yuèlǐng) is similar

见了花狗，小孩子只有欢喜，不知其他。他原要花狗为他编[348]草虫[349]玩，做竹箫[350]哨子[351]玩，花狗想方法支使[352]他到一个远处去，便坐到萧萧身边来，要萧萧听他唱那使人红脸的歌。她有时觉得害怕，不许丈夫走开；其他有时又像有了花狗在身边，打发[353]丈夫走去也好一点。终于有一天，萧萧就给花狗变成了妇人[354]了。

那时节，丈夫走到山下采[355]刺莓[356]去了，花狗唱了许多歌，到后却向萧萧说，我想了你二三年。他又说，我为你睡不着觉。他又说，我赌咒[357]不把这事情告给人。听了这些话仍然不懂什么的萧萧，眼睛只注意到他那一对膀子，耳朵只注意到他最后一句话。末了[358]花狗大便[359]又唱歌给她听，她心里乱了。她要他当真对天赌咒，赌了咒，一切好像有了保障[360]，她就一切尽[361]他了。到丈夫返身[362]时，手被毛毛虫[363]螫伤[364]，肿[365]了一片，走到萧萧身

---

348 编 – biān – weave; plait; braid
349 草虫 – cǎochóng – grass insect
350 竹箫 – zhúxiāo – bamboo flute
351 哨子 – shàozi – whistle
352 支使 – zhīshǐ – send away; put someone off
353 打发 – dǎfa – dismiss; send away
354 妇人 – fùrén – married woman (变成了妇人 – lose her virginity)
355 采 – cǎi – pick; pluck; gather
356 刺莓 – cìméi – berry; berry (莓) with thorns (刺)
357 赌咒 – dǔzhòu – take an oath; swear
358 末了 – mòle – at last; finally; in the end
359 便 – biàn – thereupon; hence; consequently; as a result
360 保障 – bǎozhàng – ensure; guarantee; safeguard
361 尽 – jìn – believe in; be convinced of; have faith in; take stock in
362 返身 – fǎnshēn – come back
363 毛毛虫 – máomáochóng – carpenterworm; canterpillar
364 螫伤 – shìshāng – hurt (伤) by stings (螫)

边，萧捏紧这一只小手，且用口去呵[366]它，吮[367]它，想起刚才的糊涂，才仿佛明白作了一点糊涂事。

花狗诱[368]她做坏事情是麦黄[369]四月，到六月，李子[370]熟[371]了，她欢喜吃生李子。她觉得身体有点特别，碰到花狗，就将这事情告给他，问他怎么办。

讨论了多久，花狗全无主意。虽以前自己当天赌得有咒，也仍然无主意。这家伙个子大，胆量[372]小，个子大容易做错事，胆量小做了错事就想不出办法。

到后，萧萧捏着自己那条辫子，想起城里了。她说：

"花狗，我们到城里去过日子，不好么？"

"那怎么行？到城里去做什么？"

"我肚子大了。"

"我们找药去。"

"我想……"

---

365 肿 – zhǒng – swell; be swollen
366 呵 – hē – blow upon (one's wounds to lessen one's pain)
367 吮 – shǔn – suck
368 诱 – yòu – tempt; entice; seduce; lure; allure
369 麦黄 – màihuáng – the wheat (麦) turns ripe/yellow (黄)
370 李子 – lǐzi – plum
371 熟 – shú – ripe
372 胆量 – dǎnliàng – courage

"你想逃[373]？"

"我想逃吗？我想死！"

"我赌咒不辜负[374]你。"

"负不负我有什么用，帮我个忙，拿去肚子里这块肉吧。我害怕！"

花狗不再做声，过了一会，便走开了。不久丈夫从他处回来，见萧萧一个人坐在草地上哭，眼睛红红的，丈夫心中纳罕[375]。看了一会，问萧萧：

"姐姐，为什么哭？"

"不为什么，灰尘[376]落到眼睛里，痛。"

"我吹吹吧。"

"不要吹。"

"你瞧[377]我，得[378]这些这些。"

---

[373] 逃 – táo – run away; flee; escape; take flight; take to one's heels
[374] 辜负 – gūfù – let down; wrong; fail to live up to; be unworthy of; disappoint
[375] 纳罕 – nàhǎn – surprised; marvel
[376] 灰尘 – huīchén – dust; dirt; ash
[377] 瞧 – qiáo – look; see
[378] 得 – dé – get; obtain; collect

他把从溪中捡来[379]的小蚌[380]小石头陈列[381]萧萧面前，萧萧用泪眼看了一会，笑着说："弟弟，我们要好，我哭你莫[382]告家中。"到后这事情家中当真[383]就无人知道。

第二天，花狗不辞而行[384]，把自己所有的衣裤[385]都拿去了。祖父问同住的哑叭知不知道他为什么走路，走那儿去。哑叭只是摇头[386]，说，花狗还欠[387]了他两百钱，临走时[388]话都不留一句，为人[389]少良心[390]。哑叭说他自己的话，并没有把花狗走的理由说明，因此这一家希奇一整天，谈论一整天。不过这工人既不偷走[391]物件，又[392]不拐带[393]别的，这事过后不久自然也就把他忘了。

---

[379] 捡来 – jiǎnlái – pick up
[380] 小蚌 – xiǎo bàng – small clams
[381] 陈列 – chénliè – display; show; exhibit
[382] 莫 – mò – not; no
[383] 当真 – dāngzhēn – truly
[384] 不辞而行 – bùcí'érxíng – leave (行) without (不) saying good-bye (辞); 而 is a structural word to connect two actions
　　　不辞而别 (bùcí'érbié) is the same
[385] 衣裤 – yīkù – clothes and trousers
[386] 摇头 – yáotóu – shake one's head no
[387] 欠 – qiàn – owe; be behind with
[388] 临走时 – línzǒu shí – when leaving; when saying goodbye; when (时) one is going to (临) leave (走)
[389] 为人 – wéirén – behave; behavior; moral quality; character
[390] 良心 – liángxīn – conscience; morality
[391] 偷走 – tōuzǒu – steal; rob
[392] 既 ... 又 ... – jì ... yòu ... – not only ... but also; both ... and; as well as
[393] 拐带 – guǎidài – abduct

萧萧仍然是往日[394]的萧萧。她能够忘记花狗，就好了。但是肚子真有些不同了，肚子东西使她常常一个人干[395]发急[396]，尽[397]做怪梦。

她脾气[398]似乎坏了一点，这坏处只有丈夫知道，因为她对丈夫似乎严厉[399]苛刻[400]了好些。

仍然每天同丈夫在一处，她的心，想到的事自己也不十分明白。她常想，我现在死了，什么都好了。可是为什么要死？她还很高兴活下去，愿意活下去。

家中人不拘[401]谁在无意中提起关于丈夫弟弟的话，提起小孩子，提起花狗，都像使这话如拳头[402]，在萧萧胸口上重重一击[403]。

到八月，她担心人知道更多了，引丈夫庙里去玩，就私自[404]许愿，吃了一大把香灰[405]。吃香灰时被她丈夫见到了，丈夫说这是做什么事，萧萧就说这是肚痛，应当吃这个。萧萧自然说谎

---

[394] 往日 – wǎngrì – in former days; in bygone days
[395] 干 – gān – with no result; futilely; in vain; only; with nothing else
[396] 发急 – fājí – become impatient or excited
[397] 尽 – jìn – always; invariably
[398] 脾气 – píqì – temperament; disposition
[399] 严厉 – yánlì – stern; severe
[400] 苛刻 – kēkè – harsh; severe; synonymous with 严厉
[401] 不拘 – bù jū – have no idea of; be not aware of; without the knowledge of; not to have a clue
[402] 拳头 – quántóu – fist
[403] 重重一击 – zhòngzhòng yī jī – a (一) heavy (重重) blow (击)
[404] 私自 – sīzì – privately; secretly; without permission
[405] 香灰 – xiānghuī – incense ashes

。虽说求菩萨[407]保佑，菩萨当然没有如她的希望，肚子中长大的东西仍在慢慢的长大。

她又常常往溪[408]里去喝冷水，给丈夫见到了，丈夫问她她就说口渴[409]。

一切她所想到的方法都没有能够使她与自己不欢喜的东西分开。大肚子只有丈夫一人知道，他却不敢告这件事给父母晓得[410]。因为时间长久，年龄不同，丈夫有些时候对于萧萧的怕同爱，比对于父母不深切[411]。

她还记得那花狗赌咒那一天里的事情，如同记着其他事情一样。到秋天，屋前[412]屋后[413]毛毛虫更多了，丈夫像故意折磨她一样，常常提起几个月前被毛毛虫所螫[414]的话，使萧萧难过。她因此极[415]恨[416]毛毛虫，见了那小虫就想用脚去踹[417]。

---

[406] 说谎 − shuōhuǎng − tell a lie; lie
[407] 菩萨 − púsà − bodhisattva; Buddhist idol
[408] 溪 − xī − small stream; brook; rivulet; streamlet
[409] 口渴 − kǒukě − thirsty
[410] 晓得 − xiǎodé − know
[411] 深切 − shēnqiè − heartfelt; deep; profound
[412] 屋前 − wūqián − the front (前) of the house (屋)
[413] 屋后 − wūhòu − the back (后) of the house (屋)
[414] 螫 − shì/zhē − sting
[415] 极 − jí − extremely; very
[416] 恨 − hèn − hate; dislike; detest
[417] 踹 − chuài − kick (with the sole of one's foot)

有一天，又听人说有好些女学生过路，听过这话的萧萧，睁了眼[418]做过一阵梦，愣愣[419]的对日头出处[420]痴[421]了半天。

萧萧步花狗后尘[422]，也想逃走，收拾[423]一点东西预备跟了女学生走的那条路上城。但没有动身，就被家里人发觉[424]了。

家中追究[425]这逃走的根源[426]，才明白这个十年后预备给小丈夫生儿子继香火[427]的萧萧肚子，已被另外一个人抢先[428]下了种[429]。这真是了不得[430]的大事。一家人的平静生活为这一件事全弄乱[431]了。生气的生气，流泪的流泪。悬梁[432]，投水[433]，吃毒药[434]，诸事[435]萧萧全想到了，年纪太小，舍不得死，却不曾做。于是祖父想

---

[418] 睁眼 – zhēng yǎn – open one's eyes
[419] 愣愣 – lènglèng – absent-minded; distracted; dull; stupefied; blank
[420] 出处 – chūchù – source; origin; the place that something comes out from
[421] 痴 – chī – stare blankly; be dumbfounded; be in a daze; be in a trance
[422] 步…后尘 – bù … hòuchén – follow someone's footsteps
[423] 收拾 – shōushi – put in order; tidy; clear away; gather up
[424] 发觉 – fājué – find; realize; come to know; be aware of
[425] 追究 – zhuījiū – look into; find out; investigate
[426] 根源 – gēnyuán – source; origin
[427] 继香火 – jì xiānghuǒ – have a son to carry on his family name; continue (继) incense sticks (香) and candles burning (火) at a temple; Same as 承宗接祖 (see Footnote 22)
[428] 抢先 – qiǎngxiān – try to be the first to do something.; anticipate; beat somebody to it; grab off; forstall; do something before others have a chance to
[429] 下种 – xià zhǒng – sow (seeds); to become pregnant
[430] 了不得 – liǎobudé – terrible; horrible; desperately serious
[431] 弄乱 – nòngluàn – disturb; dishevel
[432] 悬梁 – xuánliáng – hang oneself from a beam; over beam
[433] 投水 – tóushuǐ – make a hole with water; commit suicide by drowning
[434] 毒药 – dúyào – poisonous drugs; poison; toxicant
[435] 诸事 – zhūshì – everything

出了个聪明主意，把萧萧关在房里，派[436]两人好好看守[437]着，请萧萧本族[438]的人来说话，看是沉潭[439]还是发卖[440]？萧萧家中人要面子，就沉潭淹死[441]，舍不得死就发卖。萧萧既[442]只有一个伯父[443]，在近处庄子里为人种田，去请他时先还以为是吃酒，到了才知道是这样丢脸[444]事情，弄得这家长手足无措[445]。

大肚子作证[446]，什么也没有可说。伯父不忍把萧萧沉潭，萧萧当然应当嫁人[447]作二路亲[448]了。

---

[436] 派 – pài – send; dispatch; assign; appoint

[437] 看守 – kànshǒu – guard

[438] 本族 – běnzú – someone from her family; clansman; senior representative/spokesman of her clansmen

[439] 沉潭 – chéntán – sink (someone to death) in a pond

[440] 发卖 – fāmài – sold (to other families)

[441] 淹死 – yānsǐ – drown

[442] 既 – jì – moreover; same as 又

[443] 伯父 – bófù – father's elder brother; uncle

[444] 丢脸 – diūliǎn – lose face; be disgraced; bring shame

[445] 手足无措 – shǒuzú-wúcuò – (成语) have no (无) idea what to do (措) with one's hands (手) and feet (足); at a loss what to do; bewildered; confused; perplexed

[446] 作证 – zuòzhèng – testify; give evidence; bear witness

[447] 嫁人 – jiàrén – (of a women) get married

[448] 二路亲 – èrlù qīn – (dialect) remarriage

这处罚[449]好像也极其[450]自然[451]，照习惯受损失[452]的是丈夫家里，然而却可以在改嫁上收回一笔钱，当作赔偿损失的数目[453]。那伯父把这事告给了萧萧，就要走路。萧萧拉着伯父衣角[454]不放[455]，只是幽幽[456]的哭，伯父摇[457]了一会头，一句话不说，仍然走了。

没有相当的人家来要萧萧，就仍然在丈夫家中住下。这件事情既[458]经[459]说明白，倒又像不什么要紧，大家反而释然[460]了。先是小丈夫不能再同萧萧在一处，到后又仍然如月前情形，姊弟[461]一般有说有笑的过日子了。

丈夫知道了萧萧肚子中有儿子的事情，又知道因为这样萧萧才应当嫁到远处去。但是丈夫并不愿意萧萧去，萧萧自己也不愿意去，大家全莫名其妙[462]，像逼到[463]要这样做，不得不做。

在等候主顾[464]来看人，等到十二月，还没有人来。

---

[449] 处罚 — chǔfá — punish; punishment
[450] 极其 — jíqí — very; extremely
[451] 自然 — zìrán — natural
[452] 损失 — sǔnshī — loss; wastage
[453] 数目 — shùmù — number; amount
[454] 衣角 — yījiǎo — a corner of clothes
[455] 放 — fàng — let go of; release
[456] 幽幽 — yōuyōu — silently; quietly
[457] 摇 — yáo — shake; wave; rock; turn
[458] 既 — jì — since; as; now that; same as 既然 (jìrán)
[459] 经 — jīng — already
[460] 释然 — shìrán — feel relieved; feel at ease
[461] 姊弟 — zǐ dì — elder sister and younger brother
[462] 莫名其妙 — mòmíngqímiào — (成语) be baffled; be in a fog; difficult to guess what it is all about; have neither rhyme nor reason; incomprehensible; inexplicable; make neither head nor tail of something
[463] 逼到 — bīdào — compel; force; drive; threaten

萧萧次年[465]二月间，坐草[466]生了一个儿子，团头大眼，声响宏壮[467]，大家把母子二人照料得好好的，照规矩吃蒸鸡[468]同江米酒[469]补血[470]，烧纸[471]谢神[472]。一家人都欢喜那儿子。

生下的既是儿子，萧萧不嫁别处了。

到萧萧正式同丈夫拜堂[473]圆房[474]时，儿子年纪十岁，已经能看牛割草[475]，成为家中生产者[476]一员了。平时喊萧萧丈夫做大叔[477]，大叔也答应，从不生气。

这儿子名叫牛儿[478]。牛儿十二岁时也接了亲[479]，媳妇年长六岁。媳妇年纪大，方能[480]诸事[481]作帮手，对家中有帮助。唢呐

---

[464] 主顾 – zhǔgù – customer; client; patron

[465] 次年 – cìnián – the following year; the next year

[466] 坐草 – zuòcǎo – deliver; be confined

[467] 宏壮 – hóngzhuàng – grand and majestic

[468] 蒸鸡 – zhēng jī – steamed chicken

[469] 江米酒 – jiāngmǐjiǔ – fermented glutinous rice wine

[470] 补血 – bǔxuè – build the blood; enrich the blood

[471] 烧纸 – shāozhǐ – paper made to resemble money and burned as an offering to the dead

[472] 谢神 – xièshén – express thanks to the god when worshiping

[473] 拜堂 – bàitáng – perform formal bows by bride and groom in the old custom in China; perform the formal wedding ceremony

[474] 圆房 – yuánfáng – consumate the marriage

[475] 割草 – gē cǎo – mow grass

[476] 生产者 – shēngchǎnzhě – producer; bearer; here it means bread winner in the family

[477] 大叔 – dàshū – uncle

[478] 牛儿 – Niú'r – name of Xiaoxiao's son

[479] 接亲 – jiēqīn – go to meet one's bride at her home before escorting her back to one's own home for the wedding

[480] 方能 – fāng néng – can; be able to; be capable of

[481] 诸事 – zhūshì – everything

吹到门前时，新娘在轿[482]中呜呜[483]的哭着，忙坏了那个祖父，曾祖父。

　　这一天，萧萧抱了自己新生的月毛毛[484]，却在屋前榆蜡树[485]篱笆[486]看热闹，同十年前抱丈夫一个样子[487]。

---

[482] 轿 – jiào – sedan (chair); See Footnote 8
[483] 呜呜 – wūwū – purring; sobbing; whimpering
[484] 月毛毛 – Yuèmáomáo – name
[485] 榆蜡树 – yúlàshù – elm tree
[486] 篱笆 – líbā – hedge; fence
[487] 一个样子 – yī gè yàngzi – the same way; the same experience; been there done that

《Xiāoxiāo》

Zuòzhě: Shěn Cóngwén

Xiāngxiarén chuī suǒnà jiē xífù, dàole shí'èr yuè shì chéngtiān yǒu de shìqing.

Suǒnà hòumian yī dǐng huājiào, sì gè fūzi píngpíng-wěnwěn de táizhe, jiào zhōng rén bèi tóngsuǒ suǒzài lǐmiàn, suī chuānle píngshí bù shàngguò shēn de tǐmiàn hóng lǜ yīshang, yě réngrán shì héhé dà kū. Zài zhèxiē xiǎo nǔrén xīnzhōng, zuò xīnniángzi, cóng mǔqīn shēnbiān líkāi, qiě zhǔnbèi zuò tārén de mǔqīn, cóngcǐ jiāng yǒu xǔduō shìqing děngdài fāshēng. Xiàng zuòmèng yīyàng, jiāng tóng yī gè mòshēng nánzihàn zài yī gè chuáng shàng shuìjiào, zuòzhe chéngzōng-jiēzǔ de shìqing, dāngrán shífēn hàipà, suǒyǐ zhàolǐ juéde yào kū, jiù kū le.

Yě yǒu zuò xífù bù kū de rén. Xiāoxiāo zuò xífù jiù bù kū. Zhè nǔrén méiyǒu mǔqīn, cóngxiǎo jìyǎng dào bófù zhòngtián de zhuāngzi shàng, chūjià zhǐshì cóng zhè jiā zhuǎndào nà jiā. Yīncǐ dào nà yī tiān zhè nǔrén hái zhǐshì xiào. Tā yòu bù hàixiū, yòu bù pà, tā shì shénme shì yě bù zhīdào, jiù zuòle rénjia de xífù le.

Xiāoxiāo zuò xífù shí niánjì shí'èr suì, yǒu yī gè xiǎo zhàngfu, niánjì sān suì. Zhàngfu bǐ tā nián shào jiǔ suì, hái zài chī nǎi. Dìfāng guījǔ rúcǐ, guòle mén, tā hǎn tā zuò dìdi. Tā měitiān yīng zuò de shì shì bào dìdi dào cūnqián liǔshù xià qù wán, èle, wèi dōngxi chī, kūle, jiù hǒng tā, zhāi nánguā huā huò gǒuwěicǎo dàidào xiǎo zhàngfu tóushang, huòzhě qīnzuǐ, yīmiàn shuō, "Dìdi, nǎ, bo. Zàilái, bo." Zài nà mǎn shì āngzāng de xiǎo liǎn shàng qīnle yòu qīn, háizi yúshì biàn xiào le. Háizi yī huānxǐ, huì yòng duǎnduǎn de xiǎoshǒu luànzhuā Xiāoxiāo de tóufa. Nà shì píngshí bù dà néng shōushi péngpéng-sōngsōng dào tóushang de huángfà. Yǒushí chuídào nǎohòu yī tiáo yǒu hóng róngshéng zuò jié de xiǎobiàn'r bèi lā, shēngqǐle, jiù tà nà dìdi, dìdi zìrán de kūchū shēng lái, Xiāoxiāo biàn yě zhuāngchéng yào kū de yàngzi, yòng shǒu zhǐzhe dìdi de kūliǎn, shuō, "Nǎ, bù jiǎnglǐ, zhè kě bùxìng!"

Tiānqíng luòyǔ rìzi hùn xiàqù, měirì bàobào zhàngfu, yě shícháng dào xīgōu lǐ qù xǐyī, cuō niàopiàn, yīmiàn hái jiǎnshí yǒu huāwén de tiánluó gěi zuòdào shēnbiān de zhàngfu wán. Dàole yèlǐ shuìjiào, biàn chángcháng zuò shìjiè shàng rén suǒ zuòguò de mèng, mèngdào hòumén jiǎoluò huò biéde shénme dìfang jiǎn de dàbǎ dàbǎ tóngqián, chī hǎo dōngxi, páshù, zìjǐ biànchéng yú dào shuǐzhōng liú bā, huò yīshí fǎngfú hěn xiǎo hěn qīng, shēnzi fēidào tiānshang zhòng xīng zhōng, méiyǒu yī gè rén, zhǐshì yī piàn bái, yī piàn jīnguāng, yúshì dà hǎn "Mā!" Rén xǐng le. Xǐnglái xīn hái zhǐshì tiào. Chǎole gébì de rén, jiù màzhe, "Fēngzi, nǐ xiǎng shénme!" Què bù zuòshēng zhǐshì gūgū xiàozhe. Yě yǒu hěn hǎo hěn shuǎngkuai de mèng, wéi zhàngfu kūxǐng de shì. Nà zhàngfu běnlái wǎnshang zài zìjǐ mǔqīn shēnbiān shuì, chī nǎi fāngbiàn, dànshì chī duō le nǎi, huò yīn lìngwài qíngxíng, bànyè dà kū, qǐlái fàngshuǐ lāxī shì chángyǒu de shì. Zhàngfu kūdào pópo bùnéng chǔzhì, yúshì Xiāoxiāo qīng jiǎo qīng shǒu pá qǐlái, yǎnshì ménglóng, zǒudào chuángbiān, bǎ rén bàoqǐ, gěi tā kàn dēngguāng, kàn xīngguāng. Huòzhě réngrán de qīnzuǐ, hùxiāng qùzhe, háiziqì de "Hēi hēi, kàn māo hē," nàyàng hǎnzhe hǒngzhe. Yúshì zhàngfu xiào le. Mànmàn de hé shàng yǎn. Rén shuìle, fàng shàng chuáng, zhànzài chuángbiān kànzhe, tīng yuǎnchù yī chuán yī dì de jījiào, zhīdào tiān kuài dào shénme shíhou le. Yúshì réngrán quán dào xiǎochuáng shàng shuì qù. Tiānliàngle, suī bù zuòmèng, què kěyǐ wúyì zhōng bìyǎn kāiyǎn, kàn yī zhèn kōngzhōng huángjīn yánsè biànhuàn-wúduān de kuíhuā.

Xiāoxiāo jià guòle mén, zuòle quántóu dà zhàngfu de xífù, yīqiè bìng bù bǐ xiānqián shòukǔ, zhè zhǐ kàn tā bànnián lái shēntǐ fāyù jiù kě míngbai. Fēnglǐ yǔlǐ guòrìzi, xiàng yī zhū zhǎng zài yuán jiǎoluò bù wéi rén zhùyì de bìmá; dà yè dà zhī, rì zēng màoshèng. Zhè xiǎo nǚrén jiǎnzhí shì quán bù wèi zhàngfu shèxiǎng nàme shìde zhǎngdà qǐlái le.

Xiàyè guāngjǐng shuōlái rú zuòmèng. Zuòdào yuànxīn, huī yáo púshàn, kàn tiānshang de xīng tóng wūjiǎo de yíng, tīng nánguā péng shàng fǎngzhī niángzǐ gē gē gē tuōcháng shēngyīn fǎngchē, héhuā fēng xiāoxiāo chuīdào liǎn shàng, zhèngshì ràng rén zài zìjǐ fāngbiàn zhōng shuō xiàohuà de shíhou.

Xiāoxiāo hǎo gāo, yī gè rén chángcháng pádào cǎoliào duī shàngqù, bàole yǐjing shúshuì de zhàngfu zài huái lǐ, qīngqīngde qīngqīngde suíyì chàngzhe nà shǐ zìjǐ yě kuàiyào shuìqù de gē.

Zài yuànzhōng, gōnggōng pópó, zǔfù zǔmǔ, lìngwài háiyǒu bānggōng hànzi liǎng gè, sǎnluàn de zuò, xiǎo bǎndèng wú yī zuòkōng.

Zǔfù shēnbiān yǒu yānbāo, zài hēi'àn zhōng fàngguāng. Zhè yòng àihāo zuòchéng de cháng huǒshéng, shì qūzhú cháng jiǎo wén dōngxi, quán chéng zǔfù jiǎobiān, jiù rú yī tiáo hēisè cháng shé.

Xiǎngqǐ báitiān chǎng shàng de shì, nà zǔfù kāikǒu shuōhuà:

"Tīng Sānjīn shuō qiántiān yǒu nǚ xuésheng guòshēn."

Dàjiā jiù hōngrán xiào le.

Zhè xiào de yìyì hézài? Zhǐ yīnwèi dàjiā dōu zhīdào nǚ xuésheng méiyǒu biànzi, xiàng gè nígū, chuān de yīfu yòu xiàng yángrén, chīde, yòngde, ...Zǒng'éryánzhī yī xiǎng qǐlái jiù juéde guài kěxiào!

Xiāoxiāo bù dà míngbai, tā bù xiào. Suǒyǐ zǔfù yòu shuōhuà le. Tā shuō:

"Xiāoxiāo, nǐ jiānglái yě huì zuò nǚ xuésheng!"

Dàjiā yúshì gèng hōngrán-dàxiào qǐlái.

Xiāoxiāo wéirén bìng bù yúchǔn, juéde zhè yīdìng shì bù lìyú jǐ de yī jiàn shìqing le, suǒyǐ jiēkǒu biàn shuō:

"Wǒ bù zuò nǚ xuésheng!"

"Bù zuò kě bùxíng."

"Wǒ bù zuò."

Zhòng kǒu yī shēng de shuō: "Fēi zuò nǚ xuésheng bùxíng!"

Nǚ xuésheng zhè dōngxi, zài běn xiāng díquè yǒngyuǎn shì qíwén. Měi nián rètiān, jùshuō fàng "shuǐ" jià rìzi yī dào, biàn yǒu sānsān-wǔwǔ nǚ xuésheng, yóu yī gè huāngmiù-bùjīng de rènao dìfang lái, dào lìng yī gè yuǎn dìfang qù, qǔdào cóng běndì guòshēn, cóng xiāngxiàrén yǎn zhōng kànlái, zhèxiē rén jiē jìnyú lìng yī shìjiè zhōng huóxià de rén, zhuāngbàn rú guài rú shén, xíngwéi yě bùkěsīyì. Zhè zhǒng rén guòshēn shí, shǐ yī cūn rén jiē kěyǐ shuō yī zhěngtiān de xiàohuà.

Zǔfù shì dāngdì rénwù, yīnwèi xiǎngqǐ suǒ zhīdào de nǚ xuésheng zài dà chéngzhōng de shēnghuó qíngxing, suǒyǐ shuō xiàohua yào Xiāoxiāo yě qù zuò nǚ xuésheng. Yīmiàn tīngdào zhè huà jiù gǎnjué yī zhǒng dǎhāha qùwèi, yīmiàn háiyǒu nà bèi shuō de Xiāoxiāo gǎnjué yī zhǒng huángkǒng, shuō zhè huà de bù wèi wú yìyì le.

Nǚ xuésheng yóu zǔfù fāngmiàn suǒ zhīdào de shì zhèyàng yī zhǒng rén: Tāmen chuān yīfu bùguǎn tiānqì lěngnuǎn, chī dōngxi bù wèn jībǎo, wǎnshang jiāodào zǐshí cái shuìjiào, báitiān zhèngjing shì quán bù zuò, zhǐ zhī chànggē dǎ qiú, dú yáng shū. Tāmen yī nián yòng de qián kěyǐ mǎi shíliù zhī shuǐniú. Tāmen zài shěnglǐ jīnglǐ xiǎng wǎng shénme dìfang qù shí, bùbì zǒulù, zhǐyào zuānjìn yī gè dà xiázi zhōng, nà xiázi jiù kěyǐ dài tā dào dì. Tāmen zài xuéxiào, nánnǚ yī chù shàngkè, rén shúle, jiù suíyì tóng nà nánzǐ shuìjiào, yě bùyào méirén, yě bùyào cáilǐ, míng jiào "zìyóu". Tāmen yě zuòguān; Zuò xiàngguān, dài jiājuàn shàngrèn, nánzǐ réngrán hǎn zuò lǎoye, xiǎo háizi jiào shàoye. Tāmen zìjǐ bù yǎngniú, què chī niúnǎi yángnǎi, rú xiǎo niú xiǎo yáng, mǎi nà nǎi shí shì yòng tiě guànzi chéng de. Tāmen wú shì shí dào yī gè chàngxì dìfang qù, nà dìfang wánquán xiàng gè dà miào, cóng yīdài zhōng qǔchū yī kuài yángqián lái (nà yángqián zài xiāngxia kě mǎi wǔ zhī mǔjī), mǎile yī xiǎo fāng zhǐpiànr, nále nà zhǐpiàn dào lǐmiàn qù, jiù kěyǐ zuòxià kàn yángrén bànyǎn yǐngzi xì. Tāmen bèi yuānle, bù dǔzhòu, bù kū. Tāmen niánjì yǒu lǎo dào èrshísì suì hái bù kěn jiàrén de, yǒu lǎo dào sānshísì-wǔ hái hǎo yìsi jiàrén de. Tāmen bù pà nánzǐ, nánzǐ bùnéng shǐ tāmen shòu wěiqu, yī shòu wěiqu jiù shàng yámén dǎ guānsi, yào guān fá nánzǐ de kuǎn, zhè bǐ qián tā kěyǐ tóng guān píngfēn. Tāmen bù xǐyǐ zhǔfàn, yǒule xiǎo háizi yě zhǐ huā wǔ kuài qián huò shí kuài qián yī yuè, gù rén zhuāngguǎn xiǎohái, zìjǐ réngrán zhěngtiān kànxì dǎpái. ......

Zǒng'éryánzhī, shuōlái dōu xīqí-gǔguài, qǐyǒucǐlǐ. Zhèshí jīng zǔfù yī wèi shuōmíng, tīngguò zhè huà de Xiāoxiāo, xīnzhōng què hūrán yǒule yī zhǒng mómó-húhú de yuànwàng, yǐwéi tǎngruò tā yě shì gè nǚ xuésheng, tā shìbushì zhào zǔfù shuō de nǚ xuésheng yī gè yàngzi qù zuò nàxiē shì? Bùguǎn hǎodǎi, zuò nǚ xuésheng jí yǒu qùwèi, yīncǐ yī lái què yǐ wéi zhè xiāngxia gūniang tǐniàn dào le.

Yīnwèi tīng zǔfù shuōqǐ nǚ xuésheng shì zěnyàng de rénwù, dào hòu Xiāoxiāo dúzì xiào de tèbié jiǔ. Xiàogòu le shí, tā shuō:

"Zǔdiē, míngtiān yǒu nǚ xuésheng guòlù, nǐ hǎn wǒ, wǒ yào kàn."

"Nǐ kàn, tāmen zhuō nǐ qù zuò yātou."

"Wǒ bù pà."

"Tāmen dú yángshū nǐ bù pà?"

"Wǒ bù pà."

"Tāmen yǎorén nǐ bù pà?"

"Yě bù pà."

Kěshì zhè shíjié Xiāoxiāo shǒushàng suǒ bào de zhàngfu, bùzhī wèishénme, zài shuìmèng zhōng kūle, xífù yòngzuò mǔqīn de shēngshì, bàn hǒng bàn xià shuō:

"Dìdi, dìdi, bùxǔ kū, bùxǔ kū, nǚ xuésheng yǎorén lái le."

Zhàngfu hái réngrán kūzhe, děi bàoqǐ gèchù zǒuzǒu. Xiāoxiāo bàozhe zhàngfu líkāile zǔfù, zǔfù tóng rén shuō lìngwài yīyàng huà qù le.

Xiāoxiāo cóngcǐ yǐhòu xīnzhōng yǒu gè "nǚ xuésheng". Zuòmèng yě biàn chángcháng mèngdào nǚ xuésheng, qiě mèngdào tóng zhèxiē rén bìngpái zǒulù. Fǎngfú yě zuòguò nàzhǒng zìjǐ huì zǒulù de xiázi, tā yòu juéde zhè xiázi bìng bùbǐ zìjǐ pǎolù gèng kuài. Zài mèngzhōng nà xiázi de xíngtǐ tóng gǔcāng chàbuduō, lǐmiàn yǒu xiǎoxiǎo huīsè lǎoshǔ, yǎnzhūzi hónghóngde.

Yīnwèi yǒu zhèyàng yī duàn jīngguò, zǔfù cóngcǐ hǎn Xiāoxiāo bù hǎn "Xiǎoyātou", bù hǎn "Xiāoxiāo", què huàn zuò "Nǚ xuésheng". Zài bùjīngyì zhōng Xiāoxiāo dáying de hěn hǎo.

Xiāngxia lǐ rìzi yě rú shìjiè shàng yībān rìzi, shíshí bùtóng. Shìjiè shàng rén bǎ rìzi zāotā, hé Xiāoxiāo yī lèi rénjiā bǎ rìzi lìnxī shì zhèyàng de, gè rén jiē yǒu suǒdé, gè rén jiē wéi mìngdìng. Chéngshì zhōng wénmíng rén, bǎ yī gè xiàtiān quán xiāomó dào ruǎnchóu yīfu jīngměi yǐnliào yǐjí zhǒngzhǒng hǎo shìqing shàngmian. Xiāoxiāo de yī jiā, yīnwèi yī gè xiàtiān, què déle shí duō jīn xìmá, èr-sānshí dàn guā.

Zuò xiǎo xífù de Xiāoxiāo, yī gè xiàtiān zhōng, yīmiàn zhàoliào zhàngfu, yīmiàn hái jìle xìmá sì jīn. Zhèshí gōngrén zhāi guā, zài guā jiàn wán, kàn shuòdà rú pén shàngmian mǎn shì huīfěn de dà nánguā, chéng pái chéng duī bǎidào dìshàng, hěn yǒu qùwèi. Shíjiān dào zhāiguā, qiūtiān yǐ láile, yuànzhōng gèchù yǒu cóng wūhòu línzi lǐ shù shàng chuīlái de dà hóng dà huáng mùyè. Xiāoxiāo zài guā páng zhàndìng, shǒu ná mùyè yī shù, wèi zhàngfu biān xiǎo lìmào wán.

Gōngrén zhōng yǒu gè míng jiào Huāgǒu, bàole Xiāoxiāo de zhàngfu dào zǎoshù xià qù dǎ zǎozi. Xiāoxiāo zhúgǎn dǎ zài zǎoshù shàng, luò zǎo mǎn dì.

"Huāgǒu Dà, mò dǎle, tàiduō le chī bù wán."

Suī zhèyàng hǎn, hái bù dòngshēn. Dào hòu, fǎngfú wánquán yīnwèi zhàngfu yào zǎozi, Huāgǒu cái bù tīnghuà. Xiāoxiāo yúshì yòu hǎn tā nà xiǎo zhàngfu:

"Dìdi, dìdi, lái, bùxǔ jiǎn le. Chīduō le shēng dōngxi dùzǐ tòng!"

Zhàngfu tīnghuà, dōule yī duī zǎozi xiàng Xiāoxiāo shēnbiān zǒulái, qǐng Xiāoxiāo chī zǎozi.

"Jiějie chī, zhè shì dà de."

"Wǒ bù chī."

"Yào chī yī kē!"

Tā liǎngshǒu nàli yǒukòng! Mùyè mào zhèngzài zhībiān. Gōngfu yàojǐn, hái zhèng yào gè rén bāngmáng!

"Dìdi, bǎ zǎozi wèi wǒ kǒu lǐ."

Zhàngfu zhào tā de mìnglìng zuòshì, zuòwán le juéde yǒuqù, hāhā-dàxiào.

Tā yào tā fàngxià zǎozi bāngmáng niējǐn màobiān, biànyú tiānjiā xīn mùyè.

Zhàngfu zhào tā fēnfù zuò shì, dàn lǎoshì wánpí de yáodòng, kǒuzhōng chànggē. Zhè háizi yuánlái xiàng yī zhī māo, huānxǐ shí jiù děi dǎoluàn.

"Dìdi, nǐ chàng de shì shénme."

"Wǒ chàng Huāgǒu Dà gào wǒ de shāngē."

"Hǎohaode chàng gěi wǒ tīng."

Zhàngfu yúshì jiù chàng xiàqù, zhào suǒ jìdào de gēchàng:

Tiānshang qǐ yún yún qǐ huā,

Bāogǔ lín lǐ zhòng dòujiá,

Dòujiá chánhuài bāogǔ shù,

Jiāo mèi chánhuài hòushēng jiā.

Tiānshang qǐ yún yún chóng yún,

Dìxià mái fén fén chóng fén,

Jiāo mèi xǐwǎn wǎn chóng wǎn,

Jiāo mèi chuáng shàng rén chóng rén.

Zhàngfu chànggē zhōng yìyì quán bù míngbái, chàngwán le jiù wèn hǎo bù hǎo. Xiāoxiāo shuō hǎo, bìngqiě wèn cóng shuí xuélái de. Tā zhīdào shì Huāgǒu jiāo tā de, què gùyì pánwèn tā.

"Huāgǒu Dà gào wǒ, tā shuō háiyǒu hǎo gē, zhǎngdàle zài jiāo wǒ chàng."

Tīngshuō Huāgǒu huì chànggē, Xiāoxiāo shuō:

"Huāgǒu Dà, Huāgǒu Dà, nín chàng yī gè gē wǒ tīngtīng."

Nà Huāgǒu, miàn rú qí xīn, shēngzhǎng dé bù hěn zhèngqì, zhīdào Xiāoxiāo yào tīng gē, rén yě kuài dào tīng gē de niánlíng le, jiù gěi tā chàng "shí suì niángzǐ yī suì fū". nà gùshì shuō de shì qī nián dà, kěyǐ suíbiàn dào wàimiàn zuò yīdiǎn bù guīju shìqing, fū nián xiǎo, zhǐ zhīdào chī nǎi, ràng tā chī nǎi. Zhè gē zhàngfu wánquán bùdǒng, dǒngdào yīdiǎnr de shì Xiāoxiāo, bǎ gē tīngguò hòu, Xiāoxiāo zhuāngchéng "wǒ quán míngbái" nàzhǒng shénqì, tā yòng shēngqì de yàngzi, duì Huāgǒu shuō:

"Huāgǒu Dà, zhège bùxíng, zhè shì màrén de gē!"

Huāgǒu fēnbiàn shuō: "Bùshì màrén de gē."

"Wǒ míngbai, shì màrén de gē."

Huāgǒu nándé shuō duō huà, gē yǐjing chàngguò le, cuòle péilǐ, zhǐyǒu bùzài chàng. Tā kàn tā yǐjing yǒudiǎn dǒngshì le, pà tā huítóu gào zǔfù, jiù bǎ huà zhīkāi, chědào "nǚ xuésheng". Tā wèn Xiāoxiāo, kàn bù kànguò nǚ xuésheng xí tǐcāo chàng yánggē de shìqing.

Ruò bùshì Huāgǒu tíqǐ, Xiāoxiāo jīhū yǐ wàngquèle zhè shìqing. Zhèshí yòu tídào nǚ xuésheng, tā wèn Huāgǒu jìnlái yǒu bù yǒu nǚ xuésheng guòlù.

Huāgǒu yīmiàn bǎ nánguā cóng péngjià biān bàodào qiángjiǎo qù, gào tā nǚ xuésheng chànggē de shì, zhèxiē shì de láiyuán jiùshì Xiāoxiāo de nàgè zǔfù, tā zài Xiāoxiāo miànqián shuōle diǎn dàhuà, shuō tā céngjīng dào guānlù shàng jiàndào sì gè nǚ xuésheng, tāmen dōu ná de yǒu qízhì, zǒu cháng lù liúhàn chuǎnqì zhīzhōng réngrán chànggē, tóng jūnrén suǒ chàng de yīmú-yīyàng. Bù xiǎo shuō, zhè wánquán shì xiàohuà. Kěshì nà gùshi bǎ Xiāoxiāo kě lèhuài le.

Huāgǒu shì huì shuō huì xiào de yī gè rén. Tīng Xiāoxiāo dàizhe xīnxiàn kǒuqì shuō: "Huāgǒu Dà, nín bǎngzi zhēn dà." Tā jiù shuō: "Wǒ bùzhǐ bǎngzi dà."

"Nǐ shēn gèzi yě dà."

"Wǒ quánshēn wúchù bù dà."

Dào Xiāoxiāo bàole tā de zhàngfu zǒuqù yǐhòu, tóng Huāgǒu zài yīqǐ zhāi guā, qǔ míngzi jiào Yǎbā de, kāile píngshí bù cháng kāi de kǒu. Tā shuō:

"Huāgǒu, nǐ shǎo huài diǎn. Rénjiā shì huánghuā nǚ, háiyào děng shí'èr nián cái yuánfáng!"

Huāgǒu bù zuòshēng, dǎle nà huǒji yī zhǎng, zǒudào zǎoshù xià jiǎn luòdì zǎo qù le.

Dào zhāi guā de qiūtiān, rìzi jìsuàn qǐlái, Xiāoxiāo guò zhàngfu jiā yǒu yī nián le.

Jǐ cì jiàngshuāng luòxuě, jǐcì qīngmíng gǔyǔ, dōu shuō Xiāoxiāo shì dàrén le. Tiān bǎoyòu, hē lěngshuǐ, chī cūlì fàn, sìjì wú jíbìng, dào fāyù de zhèyàng kuài. Pópo suī shēnglái xiàng yī bǎ jiǎn, bǎ fánshì gěi Xiāoxiāo bàozhǎng de jīhuì dōu jiǎnqù le, dàn xiāngxia de rìtou tóng kōngqì dōu bāngzhù rén zhǎngdà, què bùshì zhémó kěyǐ zǔlán de zhù.

Xiāoxiāo shísì suì shí gāo rú chéngrén, xīn què háishi yī kē húhú-tútú de xīn.

Rén dà le yīdiǎn, jiāzhōng zuò de shì yě duō le yīdiǎn. Jǐ máfǎng chē xǐyī zhàoliào zhàngfu yǐwài, dǎ zhūcǎo tuīmò yīxiē shìqing yě yào zuò. Háiyǒu jiāngshā zhībù: liǎng-sān nián lái suǒ jùjí de cūxì má hé fǎng jiù de shā, yǐ gòu Xiāoxiāo zuòdào tǔjī shàng pāo sān gè yuè de suōzi le.

Zhàngfu yǐ duànle nǎi. Pópo yǒule xīn érzi, zhè wǔ suì érzi jiù xiàng guī Xiāoxiāo dúyǒu le. Bùlùn zuò shénme, zǒudào shénme dìfang qù, zhàngfu zǒng gēndào shēnbiān. Zhàngfu yǒuxiē fāngmiàn hěn pà tā, dāng tā rú mǔqīn, bùgǎn duō shì. Tāmen liǎng "gǎnqíng bù huài".

Dìfāng shāoshāo jìnbù, zǔfù de xiàohuà zhuǎndào "Xiāoxiāo nǐ yě bǎ biànzi jiǎnqù" nà yīlèi shì shàng qù le. Tīngzhe zhè huà de Xiāoxiāo, mǒugè xiàtiān yě kànguò yī cì nǚ xuésheng le, suī bù bǎ zǔfù xiàohuà rènzhēn, kěshì měi yī cì zài zǔfù shuōguò zhè xiàohuà yǐhòu, tā dào shuǐbiān qù, bì yòng shǒu niēzhe biànzi mòshāo, shèxiǎng méiyǒu biànzi de rén nàzhǒng shénqì, nà diǎn qùwèi.

Yīnwèi dǎ zhūcǎo, dài zhàngfu shàng Luósīshān de shānyīn shì chángyǒu de shì.

Xiǎo háizi bù zhīshì, tīng biérén chànggē yě chànggē. Yī chànggē, jiù bǎ Huāgǒu yǐnlái le.

Huāgǒu duì Xiāoxiāo shēngle lìngwài yī zhǒng xīn, Xiāoxiāo yǒudiǎn míngbai le, chángcháng juéde huángkǒng. Dàn Huāgǒu shì nánzǐ, fánshì nánzǐ de měidé èdé jiē bù quēshǎo, suǒyǐ yīmiàn shì Xiāoxiāo de zhàngfu fēicháng huānxǐ tóng tā wán, yīmiàn yī yǒu jīhuì jí chán zài Xiāoxiāo shēnbiān, qiě zǒngshì xiǎngfāng-shèfǎ bǎ Xiāoxiāo nà diǎn huángkǒng jiǎnqù.

Shān dà rén xiǎo, píngshí bù zhīdào Xiāoxiāo suǒ zài, Huāgǒu jiù zhàn zài gāochù chànggē dòu Xiāoxiāo shēnbiān de zhàngfu, zhàngfu xiǎo kǒu yī kāi, Huāgǒu chuānshā-yuèlǐng jiù láidào Xiāoxiāo miànqián le.

Jiànle Huāgǒu, xiǎo háizi zhǐyǒu huānxǐ, bùzhī qítā. Tā yuányào Huāgǒu wèi tā biān cǎochóng wán, zuò zhúxiāo shàozi wán, Huāgǒu xiǎng fāngfǎ zhīshǐ tā dào yī gè yuǎnchù qù, biàn zuòdào Xiāoxiāo shēnbiān lái, yào Xiāoxiāo tīng tā chàng nà shǐ rén hóng liǎn de gē. Tā yǒushí juéde hàipà, bùxǔ zhàngfu zǒukāi; yǒushí yòu xiǎng yǒule Huāgǒu zài shēnbiān, dǎfa zhàngfu zǒu qù yě hǎo yīdiǎn. Zhōngyú yǒu yī tiān, Xiāoxiāo jiù gěi Huāgǒu biànchéng le fùrén le.

Nà shíjié, zhàngfu zǒudào shānxià cǎi cìméi qùle, Huāgǒu chàngle xǔduō gē, dào hòu què xiàng Xiāoxiāo shuō, wǒ xiǎngle nǐ èr-sān nián. Tā yòu shuō, wǒ wèi nǐ shuì bù zháo jiào. Tā yòu shuō, wǒ dǔzhòu bù bǎ zhè shìqing gào gěi rén. Tīngle zhèxiē huà réngrán bù dǒng shénme de Xiāoxiāo, yǎnjing zhǐ zhùyì dào tā nà yī duì bǎngzi, ěrduo zhǐ zhùyì dào tā zuìhòu yī jù huà. Mòle Huāgǒu Dà biàn yòu chànggē gěi tā tīng, tā xīnlǐ luàn le. Tā yào tā dāngzhēn duì tiān dǔzhòu, dǔle zhòu, yīqiè hǎoxiàng yǒule bǎozhàng, tā jiù yīqiè jìn tā le. Dào zhàngfu fǎnshēn shí, shǒu bèi máomaochóng shìshāng, zhǒngle yīpiàn, zǒudào Xiāoxiāo shēnbiān, xiǎo niējǐn zhè yī zhī xiǎo shǒu, qiě yòng kǒu qù hē tā, shǔn tā, xiǎngqǐ gāngcái de hútu, cái fǎngfú míngbai zuòle yīdiǎn hútu shì.

Huāgǒu yòu tā zuò huài shìqing shì màihuáng sì yuè, dào liù yuè, lǐzi shúle, tā huānxǐ chī shēng lǐzi. Tā juéde shēntǐ yǒudiǎn tèbié, pèngdào Huāgǒu, jiù jiāng zhè shìqing gào gěi tā, wèn tā zěnme bàn.

Tǎolùnle duōjiǔ, Huāgǒu quánwú zhǔyi. Suī yǐqián zìjǐ dāngtiān dǔ de yǒu zhòu, yě réngrán wú zhǔyi. Zhè jiāhuǒ gèzi dà, dǎnliàng xiǎo, gèzi dà róngyì zuò cuòshì, dǎnliàng xiǎo zuòle cuòshì jiù xiǎng bù chū bànfǎ.

Dào hòu, Xiāoxiāo niēzhe zìjǐ nà tiáo biànzi, xiǎngqǐ chénglǐ le. Tā shuō:

"Huāgǒu, wǒmen dào chénglǐ qù guòrìzi, bùhǎo me?"

"Nà zěnme xíng? Dào chénglǐ qù zuò shénme?"

"Wǒ dùzi dà le."

"Wǒmen zhǎo yào qù."

"Wǒ xiǎng......"

"Nǐ xiǎng táo?"

"Wǒ xiǎng táo ma? Wǒ xiǎng sǐ!"

"Wǒ dǔzhòu bù gūfù nǐ."

"Fù bù fù wǒ yǒu shénme yòng, bāng wǒ gè máng, ná qù dùzi lǐ zhè kuài ròu ba. Wǒ hàipà!"

Huāgǒu bùzài zuòshēng, guòle yīhuì, biàn zǒukāi le. Bùjiǔ zhàngfu cóng tā chù huílái, jiàn Xiāoxiāo yī gè rén zuò zài cǎodì shàng kū, yǎnjīng hónghóngde, zhàngfu xīnzhōng nàhǎn. Kànle yīhuì, wèn Xiāoxiāo:

"Jiějie, wèishénme kū?"

"Bù wèishénme, huīchén luòdào yǎnjing lǐ, tòng."

"Wǒ chuī chuī ba."

"Bù yào chuī."

"Nǐ qiáo wǒ, dé zhèxiē zhèxiē."

Tā bǎ cóng xī zhōng jiǎnlái de xiǎo bàng xiǎo shítou chénliè Xiāoxiāo miànqián, Xiāoxiāo yòng lèi yǎn kànle yīhuì, xiàozhe shuō: "Dìdi, wǒmen yào hǎo, wǒ kū nǐ mò gào jiāzhōng." Dào hòu zhè shìqing jiāzhōng dāngzhēn jiù wúrén zhīdào.

Dì-èr tiān, Huāgǒu bù cí ér xíng, bǎ zìjǐ suǒyǒu de yīkù dōu ná qù le. Zǔfù wèn tóng zhù de Yǎbā zhī bù zhīdào tā wèishénme zǒulù, zǒu nàr qù. Yǎbā zhīshì yáotóu, shuō, Huāgǒu hái qiànle tā liǎngbǎi qián, línzǒu shí huà dōu bù liú yī jù, wéirén shǎo liángxīn. Yǎbā shuō tā zìjǐ de huà, bìng méiyǒu bǎ Huāgǒu zǒu de lǐyóu shuōmíng, yīncǐ zhè yī jiā xīqí yī zhěngtiān, tánlùn yī zhěng tiān. Bùguò zhè gōngrén jì bù tōuzǒu wùjiàn, yòu bù guǎidài bié de, zhè shì guòhòu bùjiǔ zìrán yě jiù bǎ tā wàng le.

Xiāoxiāo réngrán shì wǎngrì de Xiāoxiāo. Tā nénggòu wàngjì Huāgǒu, jiù hǎo le. Dànshì dùzi zhēn yǒuxiē bùtóng le, dùzi dōngxi shǐ tā chángcháng yī gè rén gān fājí, jìn zuò guài mèng.

Tā píqì sìhū huài le yīdiǎn, zhè huàichù zhǐyǒu zhàngfu zhīdào, yīnwèi tā duì zhàngfu sìhū yánlì kēkè le hǎoxiē.

Réngrán měitiān tóng zhàngfu zài yī chù, tā de xīn, xiǎngdào de shì zìjǐ yě bù shífēn míngbái. Tā cháng xiǎng, wǒ xiànzài sǐ le, shénme dōu hǎo le. Kěshì wèishénme yào sǐ? Tā hái hěn gāoxìng huó xiàqù, yuànyì huó xiàqù.

Jiāzhōng rén bù jū shuí zài wúyì zhōng tíqǐ guānyú zhàngfu dìdi de huà, tíqǐ xiǎo háizi, tíqǐ Huāgǒu, dōu xiàng shǐ zhè huà rú quántóu, zài Xiāoxiāo xiōngkǒu shàng zhòngzhòng yī jī.

Dào bā yuè, tā dānxīn rén zhīdào gèng duō le, yǐn zhàngfu miào lǐ qù wán, jiù sīzì xǔyuàn, chīle yī dà bǎ xiānghuī. Chī xiānghuī shí bèi tā zhàngfu jiàndào le, zhàngfu shuō zhè shì zuò shénme shì, Xiāoxiāo jiù shuō zhè shì dùtòng, yīngdāng chī zhège. Xiāoxiāo zìrán shuōhuǎng. Suīshuō qiú púsà bǎoyòu, púsà dāngrán méiyǒu rú tā de xīwàng, dùzi zhōng zhǎngdà de dōngxi réng zài mànmànde zhǎngdà.

Tā yòu chángcháng wǎng xī lǐ qù hē lěngshuǐ, gěi zhàngfu jiàndào le, zhàngfu wèn tā tā jiù shuō kǒukě.

Yīqiè tā suǒ xiǎngdào de fāngfǎ dōu méiyǒu nénggòu shǐ tā yǔ zìjǐ bù huānxǐ de dōngxi fēnkāi. Dàdùzi zhǐyǒu zhàngfu yī rén zhīdào, tā què bùgǎn gào zhè jiàn shì gěi fùmǔ xiǎodé. Yīnwèi shíjiān chángjiǔ, niánlíng bùtóng, zhàngfu yǒuxiē shíhou duìyú Xiāoxiāo de pà tóng ài, bǐ duìyú fùmǔ bù shēnqiè.

Tā hái jìde nà Huāgǒu dǔzhòu nà yī tiān lǐ de shìqing, rútóng jìzhe qítā shìqing yīyàng. Dào qiūtiān, wūqián wūhòu máomaochóng gèng duō le, zhàngfu xiàng gùyì zhémó tā yīyàng, chángcháng tíqǐ jǐ gè yuè qián bèi máomaochóng suǒ shì de huà, shǐ Xiāoxiāo nánguò. Tā yīncǐ jí hèn máomaochóng, jiànle nà xiǎo chóng jiù xiǎng yòng jiǎo qù chuài.

Yǒu yī tiān, yòu tīng rén shuō yǒu hǎo xiē nǚ xuésheng guòlù, tīngguò zhè huà de Xiāoxiāo, zhēngle yǎn zuòguò yī zhèn mèng, lènglèng de duì rìtou chūchù chīle bàntiān.

Xiāoxiāo bù Huāgǒu hòuchén, yě xiǎng táozǒu, shōushi yīdiǎn dōngxi yùbèi gēnle nǚ xuésheng zǒu de nà tiáo lù shàng chéng. Dàn méiyǒu dòngshēn, jiù bèi jiālǐ rén fājué le.

Jiāzhōng zhuījiū zhè táozǒu de gēnyuán, cái míngbái zhège shí nián hòu yùbèi gěi xiǎo zhàngfu shēng érzi jì xiānghuǒ de Xiāoxiāo dùzǐ, yǐ bèi lìngwài yī gè rén qiǎngxiān xiàle zhǒng. Zhè zhēnshì liǎobudé de dàshì. Yī jiā rén de píngjìng shēnghuó wéi zhè yī jiàn shì quán nòngluàn le. Shēngqì de shēngqì, liúlèi de liúlèi. Xuánliáng, tóushuǐ, chī dúyào, zhūshì Xiāoxiāo quán xiǎngdào le, niánjì tàixiǎo, shěbude sǐ, què bùcéng zuò. Yúshì zǔfù xiǎngchū le gè cōngmíng zhǔyi, bǎ Xiāoxiāo guān zài fánglǐ, pài liǎng rén hǎohǎo kànshǒuzhe, qǐng Xiāoxiāo běnzú de rén lái shuōhuà, kàn shì chéntán háishì fāmài? Xiāoxiāo jiāzhōng rén yào miànzi, jiù chéntán yānsǐ, shěbude sǐ jiù fāmài. Xiāoxiāo jì zhǐyǒu yī gè bófù, zài jìnchù zhuāngzi lǐ wéi rén zhòngtián, qù qǐng tā shí xiān hái yǐwéi shì chī jiǔ, dàole cái zhīdào shì zhèyàng diūliǎn shìqing, nòng de zhè jiāzhǎng shǒuzú-wúcuò.

Dàdùzi zuòzhèng, shénme yě méiyǒu kě shuō. Bófù bùrěn bǎ Xiāoxiāo chéntán, Xiāoxiāo dāngrán yīngdāng jiàrén zuò èrlù qīn le.

Zhè chǔfá hǎoxiàng yě jíqí zìrán, zhào xíguàn shòu sǔnshī de shì zhàngfu jiālǐ, rán'ér què kěyǐ zài gǎijià shàng shōuhuí yī bǐ qián, dāngzuò péicháng sǔnshī de shùmù. Nà bófù bǎ zhè shì gào gěi le Xiāoxiāo, jiù yào zǒulù. Xiāoxiāo lāzhe bófù yījiǎo bù fàng, zhīshì yōuyōu de kū, bófù yáole yīhuì tóu, yī jù huà bù shuō, réngrán zǒu le.

Méiyǒu xiāngdāng de rénjiā lái yào Xiāoxiāo, jiù réngrán zài zhàngfu jiāzhōng zhùxià. Zhè jiàn shìqing jì jīng shuō míngbai, dǎo yòu xiàng bù shénme yàojǐn, dàjiā fǎn'ér shìrán le. Xiānshì xiǎo zhàngfu bùnéng zài tóng Xiāoxiāo zài yī chù, dào hòu yòu réngrán rú yuèqián qíngxíng, zǐ dì yībān yǒushuō-yǒuxiào de guòrìzi le.

Zhàngfu zhīdàole Xiāoxiāo dùzǐ zhōng yǒu érzi de shìqing, yòu zhīdào yīnwèi zhèyàng Xiāoxiāo cái yīngdāng jiàdào yuǎnchù qù. Dànshì zhàngfu bìng bù yuànyì Xiāoxiāo qù, Xiāoxiāo zìjǐ yě bù yuànyì qù, dàjiā quán mòmíngqímiào, xiàng bīdào yào zhèyàng zuò, bùdébù zuò.

Zài děnghòu zhǔgǔ lái kàn rén, děngdào shí'èr yuè, hái méiyǒu rén lái.

Xiāoxiāo cìnián èr yuè jiān, zuòcǎo shēngle yī gè érzi, tuán tóu dà yǎn, shēngxiǎng hóngzhuàng, dàjiā bǎ mǔzǐ èr rén zhàoliào de hǎohǎode, zhào guīju chī zhēng jī tóng jiāngmǐjiǔ bǔxuè, shāozhǐ xièshén. Yī jiā rén dōu huānxǐ nà érzi.

Shēng xià de jìshì érzi, Xiāoxiāo bù jià biéchù le.

Dào Xiāoxiāo zhèngshì tóng zhàngfu bàitáng yuánfáng shí, érzi niánjì shí suì, yǐjing néng kàn niú gē cǎo, chéngwéi jiāzhōng shēngchǎnzhě yī yuán le. Píngshí hǎn Xiāoxiāo zhàngfu zuò dàshū, dàshū yě dáying, cóng bù shēngqì.

Zhè érzi míngjiào Niú'r. Niú'r shí'èr suì shí yě jiēle qīn, xífù niánzhǎng liù suì. Xífù niánjì dà, fāng néng zhūshì zuò bāngshǒu, duì jiāzhōng yǒu bāngzhù. Suǒnà chuīdào ménqián shí, xīnniáng zài jiào zhōng wūwū de kūzhe, mánghuài le nàgè zǔfù, zēngzǔfù.

Zhè yī tiān, Xiāoxiāo bàole zìjǐ xīnshēng de Yuèmáomáo, què zài wūqián yúlàshù líbā kàn rènao, tóng shí nián qián bào zhàngfu yī gè yàngzi.

茅盾

Introduction to Máo Dùn

One of the most versatile intellectuals of twentieth-century China: literary critic, translator, novelist, editor, playwright, and active member of the Communist party, Máo Dùn (茅盾, 1896-1981) came to novel writing at the age of thirty-one when he had already made his name as a critic and editor. In *Remarks on the Past*, he recalls his first approach to novel writing:

> *I remember one evening in August. I had just come out of a meeting and was on my way home. It was raining hard. There were no pedestrians and no automobiles; raindrops fell pit-a-pat on my umbrella. The person walking next to me was one of the females who had formerly attracted my attention. During the meeting, she had talked excessively. Her face was still flushed with excitement. As we walked, I suddenly felt inspiration surging inside of me. If at all possible, I think I would have grubbed a pen right then and there and begun to write in the rain. That night, after I got home, I was able to for the first time to formulate an outline of the novel I had wanted to write.*

He adopted as his pen name the Chinese word *máo dùn* (矛盾), meaning contradiction, a name, which suggests the contradictory character of his works. This name was later altered by a literary friend, Yè Shèngtáo (叶圣陶), who added the grass radical to the character *máo* (茅). Thus, making 茅 an actual surname and avoiding censorship and political persecution.

Mao Dun's real name was Shen Yanbing. Shen Yanbing was born in 1896 in Tongxiang, Zhejiang province. His father died when he was only nine. He was then brought up solely by his mother, who had a great respect for culture. She gave him a good classical education at home. Mao Dun seemed to be a genius for literature since his first years at school. His first contact with Western writings and ideas happened in high school. In 1912, he moved to Beijing, where he enrolled at Beijing

介绍

University, but financial hardship at home forced him to leave university after two years and move to Shanghai.

In Shanghai, he started work at the translation and compilation department of the Shanghai Commercial Press. In this period, he read widely in Western literature and literary history. He developed an interest in Socialist thought and Communist literature, and subsequently joined the newly born Chinese Communist party in 1920. In Shanghai, he also made friends with literary celebrities such as Zhou Zuoren, Xu Dishan and Zheng Zhenduo. He organized and promoted labor movements, participated in the workers' education program, and helped organize strikes. In 1927, he was chief editor of the *Nationalist Daily* in Hankou (汉口, modern day Wuhan), but when the left-wing Nationalist government fell later that year, he escaped back to Shanghai.

Back in Shanghai he wrote his first novels: the trilogy published in 1930 as a single book entitled *Eclipse*. For security reasons, he headed to Japan in 1928 and stayed there for two years. During which time he wrote his second novel, *Rainbow* (虹), as well as other short stories. Back to Shanghai in 1930, he helped found the League of Left-wing Writers and was appointed its executive secretary. This period was his most productive in terms of novel writing. His masterpieces "The Shop of the Lin Family" (林家铺子) and "Spring Silkworms" (春蚕) were published in 1932, and then *Midnight* (子夜) in 1933. *Midnight,* probably Mao Dun's best known work, is a full of realistic and painstaking details chronicling Shanghai's commercial and industrial situation in the thirties.

Mao Dun was editor of a number of important literary journals and compiled high-school textbooks of classical Chinese literature. After the founding of the People's Republic of China in 1949, he was awarded official recognition and became Minister of Culture, a position that he held until 1964. During the Cultural Revolution, Mao Dun was not immune to criticism and was therefore dismissed from his position as minister. Nevertheless, he survived the ideological upheavals and was later rehabilitated. In the seventies he started working on his memoirs, which he never completed, as he died on March 27, 1981.

Realism was the new literary trend of the May Fourth movement, of which Mao Dun is regarded as one of the most representative writers. Mao Dun firmly believed that realism and naturalism were what intellectuals needed to fully express new literary trends. He criticized romantic writers for their lack of 'objective observation', which led to a lack of truth in their novels. He did not deny the artistic value of romanticism, but simply stated that romanticism was not a 'correct' art. Objective observation became the foundation of his literary critic.

According to Mao Dun, another element that distinguished realist writers from romantic writers was the former believed in the need for the democratization of literature, whereas the latter wrote stories on the elite, for the elite. He believed that new literature must take into account the foreign model writers, which gave life to the Realist movement: Zola, Maupassant, Cechov and Gor'kij. In Mao Dun's eyes, other illustrious exponents of Realism were Flaubert, Tolstoj and Dostoevskij.

In his works, Mao Dun used western narrative techniques to analyze various aspects of Chinese society and show the contradictions in the different social groups. He managed to exclude the narrator almost entirely, leaving the reader free to take part in the events in a more direct way, without filters. Irony, a constant in Mao Dun's works and a direct outcome of his realistic description of reality, contributes to further the distance between narrator and events.

介绍

Spring Silkworms

《春蚕》

《Chūncán》

Spring Silkworms (春蚕), the first short story from Mao Dun's *Village Trilogy*, was published in 1932. The other two stories are called *Autumn Harvest* (秋收) and *Winter Ruin* (残冬). The trilogy is a sensitive portrayal of Chinese peasants during the economic and political storms of the thirties. Written at the same time as *Midnight,* a novel focusing on the cruel reality of industrialization in the urban setting of Shanghai, *Spring Silkworms* and the other two stories of the *Village Trilogy* are instead a compelling display of declining production in the countryside.

Spring Silkworms is the story of Lao Tongbao and his family's bitter experience with raising silkworms. Lao Tongbao is a farmer who lives in some unknown village in the countryside near Shanghai. He is old but still energetic, stubborn and superstitious. He hates foreigners even if he has never met one himself. He believes that the ruin of his family is entirely due to the foreigners' unjust way of doing business, namely their new technology which had put traditional farming methods at a disadvantage.

Lao Tongbao hates foreigners so much that he refuses to cultivate foreign silkworms, although they have become the most valuable type on the market. In fact, when he finds out that his daughter-in-law, whose name is not mentioned and is just known as A Si's wife, has decided to raise foreign silkworms, he has a quarrel with her. Although we do not know her name, the daughter-in-law is an important character throughout the story, as she and Lao Tongbao are the only decision makers in the family. Lao Tongbao's family has been in the silk business for generations and, although they have never been rich, they used to be quite well off as peasantry.

However, with the coming of foreigners in the past few years and the consequent development of agrarian technologies, the traditional silkworm raising methods had fallen into a deep crisis. Thus, Lao Tongbao has to borrow a large sum of money not to go bankrupt.

茅盾

The narration begins when Qingming Festival is just over. The April weather is warmer and sunnier than usual. It looks like it is going to be a fine season for the silkworm harvesting village and all the families are full of hope. Indeed, it turns out to be a good harvest especially for Tongbao's family.

With his realistic narrative based on objective observation of reality, Mao Dun not only provides an interesting account of the traditional form of sericulture, he also brings to light the socio-psychological aspects of it. Silkworm raising is like a ritual, surrounded by beliefs and superstitions: during the silkworms' incubation period, husbands are not even allowed to sleep with their wives, who instead sleep with the eggs of the silkworms.

For Lao Tongbao's family, problems begin at the end of the rearing season: they have put together an abundant crop of cocoons, but all the nearby factories are shut because of the armed conflict between Chinese and Japanese in the area. Thus, they are forced to sell their cocoons at a great loss to the only open factory. They become even more indebted than before, as they had to borrow more money to feed the silkworms during the rearing season.

As his name itself suggests, Mao Dun's realism is not free from contradictions: critics have noted gaps and inconsistencies in the narrative and ideological discourses. In fact, for the sake of stressing the vulnerability of the silk industry in this time of change, Mao Dun seems to go too harsh on Lao Tongbao's family, revealing a predilection for a melodramatic plot, which is not in line with the realist objectivity he wants to achieve.

春蚕[1]

作者：茅盾

一

老通宝[2]坐在"塘路[3]"边的一块石头上，长旱烟管[4]斜摆[5]在他身边。"清明[6]"节后的太阳已经很有力量，老通宝背脊[7]上热烘烘[8]地，像背着一盆[9]火。"塘路"上拉纤[10]的快班船[11]上的绍兴[12]

---

[1] 春蚕 – chūncán – spring（春）silkworms（蚕）

[2] 老通宝 – Lǎo Tōngbǎo – the name of the leading character in this story

[3] 塘路 – tánglù – a name of a road

[4] 旱烟管 – hànyānguǎn – long-stemmed Chinese tobacoo pipe

[5] 斜摆 – xiébǎi – put（摆）in a tilted（斜）way; turn something sideways

[6] 清明 – Qīngmíng – Pure Brightness Festival, Clear Bright Festival, Ancestors Day or Tomb Sweeping Day.

　　清明 is a traditional Chinese festival on the 104th day after the winter solstice, usually occurring around the fifth day of the fourth lunar month of the Chinese calendar. Its name denotes a time for people to go outside and enjoy the greenery of springtime（踏青 tàqīng – "treading on the greenery"）and to tend to the graves of departed ones

[7] 背脊 – bèijǐ – the back of the human body

[8] 热烘烘 – rèhōnghōng – warm; scorching

[9] 盆 – pén – basin; tub; pot

[10] 纤 – qiàn – a rope for towing a boat; towline; towrope

[11] 快班船 – kuàibān chuán – the fast boat; the fast junk

[12] 绍兴 – Shàoxīng – a city in 浙江（Zhèjiāng）province of China

人只穿了一件蓝布单衫[13]，敞开[14]了大襟[15]，弯[16]着身子拉，额角[17]上黄豆[18]大的汗粒[19]落[20]到地下。

看着人家那样辛苦的劳动，老通宝觉得身上更加热了；热的有点儿发痒[21]。他还穿着那件过冬的破棉袄[22]，他的夹袄[23]还在当铺[24]里，却不防才得"清明"边，天就那么热。

"真是天也变了！"

---

[13] 蓝布单衫 – lán bù dānshān – a thin (单) unlined garment (衫) made by blue (蓝) cloth (布)
[14] 敞开 – chǎngkāi – open wide
[15] 大襟 – dàjīn – the front of a Chinese garment with buttons on the right
[16] 弯 – wān – bend
[17] 额角 – éjiǎo – frontal angle; brows
[18] 黄豆 – huángdòu – soybean
[19] 汗粒 – hànlì – beads (粒) of sweat (汗)
[20] 落 – luò – fall; drop; drip
[21] 发痒 – fāyǎng – itch; tickle
[22] 棉袄 – mián'ǎo – cotton-padded jacket
[23] 夹袄 – jiá'ǎo – the inside jacket; padded jacket
[24] 当铺 – dàngpù – pawnshop

老通宝心里说，就吐一口浓厚[25]的唾沫[26]。在他面前那条"官河[27]"内，水是绿油油[28]的，来往的船也不多，镜子一样的水面这里那里起了几道皱纹[29]或是小小的涡旋[30]，那时候，倒影[31]在水里的泥岸[32]和岸边[33]成排[34]的桑树[35]，都晃乱[36]成灰暗[37]的一片。可是不会很长久的。渐渐儿那些树影又在水面上显现[38]，一弯一曲[39]地蠕动[40]，像是醉汉[41]，再过一会儿，终于站定了，依然[42]是很清晰[43]的倒影。那拳头[44]模样的桠枝[45]顶都已经簇生[46]着小手指儿那么大的嫩绿叶[47]。这密密层层[48]的桑树，沿[49]着那"官河"一直望去，

---

[25] 浓厚 – nónghòu – thick
[26] 唾沫 – tuòmo – saliva; spit
[27] 官河 – guānhé – government-financed (官) canal (河)
[28] 绿油油 – lùyóuyóu – green and shiny
[29] 皱纹 – zhòuwén – wrinkles; here it means ripples
[30] 涡旋 – wōxuán – eddy; eddy current; vortex
[31] 倒影 – dàoyǐng – reflection; inverted image; inverted reflection in water
[32] 泥岸 – ní àn – the earthen (泥) bank (岸)
[33] 岸边 – ànbiān – along the bank; shoreside
[34] 成排 – chéngpái – in rows
[35] 桑树 – sāngshù – mulberry trees
[36] 晃乱 – huàngluàn – shake (晃) randomly (乱)
[37] 灰暗 – huī'àn – murky and grey; gloomy
[38] 显现 – xiǎnxiàn – manifest oneself; reveal oneself; appear; show; visualize
[39] 一弯一曲 – yī wān yī qū – twisting

一 A 一 B: (a) structure of coordination, such as 一草一木, 一菜一汤
              (b) the order of A and B, such as 一针一线、一起一落
              (c) subject-predicate relationship, such as 一人一碗

[40] 蠕动 – rúdòng – wriggling; weaving
[41] 醉汉 – zuìhàn – drunkard; drunken man
[42] 依然 – yǐrán – still; as before
[43] 清晰 – qīngxī – distinct; clear
[44] 拳头 – quántou – fist
[45] 桠枝 – yāzhī – branch; twig
[46] 簇生 – cùshēng – grow into clusters
[47] 嫩绿叶 – nèn lùyè – tender (嫩) green (绿) leaves (叶)
[48] 密密层层 – mìmì-céngcéng – packed closely layer upon layer; dense; thick

好像没有尽头[50]。田里现在还只有干裂[51]的泥块[52]，这一带，现在是桑树的势力[53]！在老通宝背后，也是大片的桑林，矮矮[54]的，静穆[55]的，在热烘烘的太阳光下，似乎那"桑拳[56]"上的嫩绿叶过一秒钟就会大一些。

离老通宝坐处不远，一所灰白色的楼房蹲[57]在"塘路"边，那是茧厂[58]。十多天前驻扎[59]过军队[60]，现在那边田里留着几条短短的战壕[61]。那时都说东洋兵[62]要打进来，镇[63]上有钱人都逃光[64]了；现在兵队又开走了，那座茧厂依旧[65]空[66]关[67]在那里，等候春茧上市的时候再热闹一番。老通宝也听得镇上小陈老爷[68]的儿子——陈大少爷[69]说过，今年上海不太平，丝厂[70]都关门，恐怕这里的茧

---

[49] 沿 – yán – along
[50] 尽头 – jìntóu – the end
[51] 干裂 – gānliè – dry (干) and cracked (裂)
[52] 泥块 – níkuài – clods of earth
[53] 势力 – shìlì – force; power; influence
　　现在是桑树的势力: the mulberry trees reigned supreme this time of the year!
[54] 矮矮 – ǎi'ǎi – low; short
[55] 静穆 – jìngmù – solemn (穆) and silent (静)
[56] 桑拳 – sāngquán – (figure of speech) the mulberry as big as a fist
[57] 蹲 – dūn – squat on the heels; crouch
[58] 茧厂 – jiǎn chǎng – the cocoon (茧) factory (厂)
[59] 驻扎 – zhùzhā – be stationed; be quartered
[60] 军队 – jūnduì – army
[61] 战壕 – zhànháo – trench
[62] 东洋兵 – Dōngyáng bīng – Japanese (东洋) soldiers (兵)
[63] 镇 – zhèn – town
[64] 逃光 – táoguāng – all (光) run away (逃)
[65] 依旧 – yījiù – as before; still
[66] 空 – kōng – empty
[67] 关 – guān – close
[68] 小陈老爷 – Xiǎo Chén Lǎoye – the master/bureaucrat/lord (老爷) named Chen
[69] 陈大少爷 – Chén Dàshàoye – the eldest son (大少爷) of Master Chen

厂也不能开；但老通宝是不肯相信的。他活了六十岁，反乱年头⁷¹也经过好几个，从没见过绿油油的桑叶白养在树上等到成了"枯叶⁷²"去⁷³喂羊吃⁷⁴；除非⁷⁵是"蚕花⁷⁶"不熟，但那是老天爷的"权柄⁷⁷"，谁又能够未卜先知⁷⁸?

"才得清明边，天就那么热！"

老通宝看着那些桑拳上怒茁⁷⁹的小绿叶儿，心里又这么想，同时有几分惊异⁸⁰，有几分快活。他记得自己还是二十多岁少壮⁸¹的时候，有一年也是"清明"边就得⁸²穿夹⁸³，后来就是"蚕花二十四分⁸⁴"，自己也就在这一年成了家。那时，他家正在"发⁸⁵"；他的父亲像一头老牛似的，什么都懂得，什么都做得；便是他那创家立业⁸⁶的祖父，虽说在长毛窝⁸⁷里吃过苦头，却也愈老愈⁸⁸硬

---

⁷⁰ 丝厂 – sī chǎng – the silk (丝) factory (厂)

⁷¹ 反乱年头 – fǎn luàn niántóu – years (年头) of turmoil and strife (反乱)

⁷² 枯叶 – kūyè – the withered (枯) leaves (叶)

⁷³ 去 – qù – for

⁷⁴ 喂羊吃 – wèi yáng chī – feed (喂) sheep (羊)

⁷⁵ 除非 – chúfēi – unless

⁷⁶ 蚕花 – cánhuā – silkworm cocoon

⁷⁷ (老天爷的)权柄 – (Lǎotiānyé de) quánbǐng – power; in the hands of (the Old Lord of the heavens (老天爷的))

⁷⁸ 未卜先知 – wèibǔ-xiānzhī – (成语) foresee, foretell

⁷⁹ 怒茁 – nù zhuó – grow (茁) sturdily (怒)

⁸⁰ 惊异 – jīngyì – surprised; amazed

⁸¹ 少壮 – shàozhuàng – young (少) and strong (壮)

⁸² 得 – děi – need

⁸³ 穿夹 – chuān jiá – wear (穿) the inside jacket (夹)

⁸⁴ 蚕花二十四分 – cánhuā èrshísì fēn – the cocoons harvested (蚕花) weigh 12 kilos, which is a rare and great harvest

⁸⁵ 发 – fā – flourishing

⁸⁶ 创家立业 – chuàngjiā lìyè – start (创) the family (家) and establish (立) a career (业)

朗⁸⁹。那时候，老陈老爷去世不久，小陈老爷还没抽⁹⁰上鸦片烟⁹¹，"陈老爷家"也不是现在那么不像样的。老通宝相信自己一家和"陈老爷家"虽则⁹²一边是高门大户⁹³，而一边不过是种田人，然而两家的运命好像是一条线⁹⁴儿牵⁹⁵着。不但"长毛造反⁹⁶"那时候，老通宝的祖父和陈老爷同被长毛掳去⁹⁷，同在长毛窝里混⁹⁸上了六七年，不但他们俩同时从长毛营盘⁹⁹里逃了出来，而且偷得了长毛的许多金元宝¹⁰⁰——人家到现在还是这么说；并且老陈老爷做丝生意"发"起来的时候，老通宝家养蚕也是年年都好，十年中间挣¹⁰¹得了二十亩¹⁰²的稻田¹⁰³和十多亩的桑地，还有三开间¹⁰⁴

---

⁸⁷ 长毛窝 – Chángmáowō – the nest (窝) of the people with long (长) hairs (毛); referring to 太平军 (the Taiping Army); the Taiping Troops were nicknamed "Longhairs", because they sported a traditional Confucian hairstyle which was different from the Qing queue. Qing government papers refer to them as "hairy rebels"

⁸⁸ 愈 … 愈 – yù … yù – the more …, the more …; increasingly

⁸⁹ 硬朗 – yìnglǎng – sturdy; strong

⁹⁰ 抽 – chōu – smoke

⁹¹ 鸦片烟 – yāpiànyān – opium

⁹² 虽则 – suīzé – nevertheless; though; although

⁹³ 高门大户 – gāomén-dàhù – (成语) rich and influential families

⁹⁴ 线 – xiàn – line; string; link

⁹⁵ 牵 – qiān – link together

⁹⁶ 长毛造反 – chángmáo zàofǎn – "Long (长) Hairs (毛)" rebellion (造反)

⁹⁷ 掳去 – lǔqù – carry off; capture

⁹⁸ 混 – hùn – muddle along; drift along; here it means working as prisoners

⁹⁹ 营盘 – yíngpán – camp; quarters; barracks

¹⁰⁰ 金元宝 – jīnyuánbǎo – gold

¹⁰¹ 挣 – zhèng – earn; make money

¹⁰² 亩 – mǔ – a Chinese unit of area; 1 亩 = 1/15 hectares which is 6.67 meters by 6.7 meters or 22 feet by 22 feet

¹⁰³ 稻田 – dàotián – rice field; rice paddy

¹⁰⁴ 开间 – kāijiān – the length of a purlin (the standard width of a room in an old-style house)

1 开间 equals approximately 3.3 meters or 11 feet

两进[105]的一座平屋。这时候，老通宝家在东村庄上被人人所妒羡[106]，也正像"陈老爷家"在镇上是数一数二[107]的大户人家。可是以后，两家都不行了；老通宝现在已经没有自己的田地，反[108]欠[109]出三百多块钱的债[110]，"陈老爷家"也早已完结[111]。人家都说"长毛鬼"在阴间[112]告了一状[113]，阎罗王[114]追还"陈老爷家"的金元宝横财[115]，所以败[116]的这么快。这个，老通宝也有几分相信，不是鬼使神差[117]，好端端[118]的小陈老爷怎么会抽上了鸦片烟？

可是老通宝死也想不明白为什么"陈老爷家"的"败"会牵动[119]到他家。他确实[120]知道自己家并没得过长毛的横财。虽则

---

[105] 进 – jìn – quantifier for houses; any of the several rows of houses within an old-style residential compound

[106] 妒羡 – dùxiàn – envious; envy

[107] 数一数二 – shǔyī-shǔ'èr – （成语）either the first or second; among the first families

[108] 反 – fǎn – on the contrary; instead

[109] 欠 – qiàn – owe (a debt); in debt

[110] 债 – zhài – debt

[111] 完结 – wánjié – end; be over; finished; declined

[112] 阴间 – yīnjiān – of the nether world; in the underworld; hell

[113] 告状 – gàozhuàng – bring an action against; file a suit; sue; indict

[114] 阎罗王 – Yánluówáng – King of Hell
阎罗王: (folk tales) the master of the grave, in charge of people of life and death and rebirth

[115] 横财 – héngcái – ill-gotten wealth; a fortune which one doesn't deserve; ill gains

[116] 败 – bài – decline; be on the wane; go downhill; fading; decay; decaying; lapse; erode

[117] 鬼使神差 – guǐshǐ-shénchāi – （成语）doings（使, 差）of ghosts（鬼）and gods（差）; messengers of the gods and spirits; at the behest of supernatural powers

[118] 好端端 – hǎoduānduān – in perfectly good condition; when everything is all right

[119] 牵动 – qiāndòng – affect; influence

[120] 确实 – quèshí – really; indeed

听死了的老头子说，好像那老祖父逃出长毛营盘的时候，不巧[121]撞[122]着了一个巡路[123]的小长毛，当时没法，只好杀了他，——这是一个"结[124]"！然而从老通宝懂事以来，他们家替这小长毛鬼拜忏[125]念佛[126]烧纸锭[127]，记不清有多少次了。这个小冤魂[128]，理应[129]早投凡胎[130]。老通宝虽然不很记得祖父是怎样"做人"，但父亲的勤俭[131]忠厚[132]，他是亲眼看见的；他自己也是规矩人[133]，他的儿子阿四[134]，儿媳[135]四大娘[136]，都是勤俭的。就是小儿子阿多[137]年纪青，有几分"不知苦辣[138]"，可是毛头[139]小伙子[140]，大都这么着，算不得"败家相[141]"！

---

[121] 不巧 – bùqiǎo – unfortunately; as luck would have it

[122] 撞 – zhuàng – bump into; run into; meet by chance; come across

[123] 巡路 – xúnlù – make an inspection tour; go around and inspect; on patrol

[124] 结 – jié – knot; a lingering worry

[125] 拜忏 – bàichàn – religious ceremonies of worship and confession

[126] 念佛 – niànfó – Buddhist chanting; pray to Buddha

[127] 烧纸锭 – shāo zhǐdìng – burn (烧) paper ingots (纸锭)

[128] 冤魂 – yuānhún – ghost of one who had been wrongly accused

[129] 理应 – lǐyīng – ought to; should

[130] 投凡胎 – tóu fántāi – be reincarnated (投) in an ordinary (凡) new body (胎); reincarnation (投胎)

[131] 勤俭 – qínjiǎn – hardworking (勤) and thrifty (俭)

[132] 忠厚 – zhōnghòu – honest and tolerant; sincerely and kindly

[133] 规矩人 – guīju rén – the well-disciplined (规矩) people (人)

[134] 阿四 – Ā Sì – a name in the story

[135] 儿媳 – érxí – daughter-in-law

[136] 四大娘 – Sì Dàniáng – a name in the story

[137] 阿多 – Ā Duō – a name in the story

[138] 不知苦辣 – bùzhī kǔlà – not (不) knowing (知) the bitterness (苦辣) of life

[139] 毛头 – máotóu – (dialect) younsters

[140] 小伙子 – xiǎohuǒzi – lad; young fellow

[141] 败家相 – bàijiāxiàng – spendthrift style; prodigal and squandering the family fortune; bad sheep

老通宝抬[142]起他那焦黄[143]的皱脸，苦恼[144]地望着他面前的那条河，河里的船，以及[145]两岸的桑地。一切都和他二十多岁时差不了多少，然而"世界"到底变了。他自己家也要常常把杂粮[146]当饭吃一天，而且又欠出了三百多块钱的债。

　　呜[147]！呜，呜，呜，——

　　汽笛[148]叫声突然从那边远远的河身的弯曲地方传[149]了来。就在那边，蹲着又一个茧厂，远望去隐约[150]可见那整齐[151]的石"帮岸[152]"。一条柴油引擎[153]的小轮船[154]很威严[155]地从那茧厂后驶[156]出来，拖[157]着三条大船，迎面[158]向老通宝来了。满河平静的水立刻[159]激[160]起泼剌剌[161]的波浪[162]，一齐[163]向两旁的泥岸[164]卷[165]过来。

---

[142] 抬 － tái － lift up; raise
[143] 焦黄 － jiāohuáng － sallow; brown; dry and yellowish
[144] 苦恼 － kǔnǎo － worried; distressed; tormented; troubled
[145] 以及 － yǐjí － as well as; along with; and
[146] 杂粮 － záliáng － coarse cereals; food grains other than wheat and rice; miscellaneous grain crops
[147] 呜 － wū － an onomatopoeic word to describe the sound of the sirens; hoot; toot; zoom
[148] 汽笛 － qìdí － boat whistle; siren; hooter
[149] 传 － chuán － spread
[150] 隐约 － yǐnyuē － indistinct; faintly; dimly; vaguely
[151] 整齐 － zhěngqí － in good order; neat
[152] 帮岸 － bāng'àn － (dialect) a low stone wall built along the water's edge; revetment
[153] 柴油引擎 － cháiyóu yǐnqíng － diesel (柴油) engine (引擎); oil-burning
[154] 轮船 － lúnchuán － steamer; riverboat; steamboat
[155] 威严 － wēiyán － pompously; stately; majestically; awe-inspiringly
[156] 驶 － shǐ － sail; drive
[157] 拖 － tuō － pull; drag; draw; tug
[158] 迎面 － yíngmiàn － head-on; in one's direction; directly
[159] 立刻 － likè － immediately; at once; right away
[160] 激 － jī － swash; surge; dash; agitate

一条乡下"赤膊船[166]"赶快[167]拢岸[168]，船上人揪[169]住了泥岸上的树根，船和人都好像在那里打秋千[170]。轧轧轧[171]的轮机声[172]和洋油臭[173]，飞散在这和平的绿的田野[174]。老通宝满脸恨意[175]，看着这小轮船来，看着它过去，直到又转一个弯，呜呜呜地又叫了几声，就看不见。老通宝向来仇恨[176]小轮船这一类洋鬼子[177]的东西！他从没见过洋鬼子，可是他从他的父亲嘴里知道老陈老爷见过洋鬼子：红眉毛[178]，绿眼睛，走路时两条腿是直的。并且老陈老爷也是很恨洋鬼子，常常说"铜钿[179]都被洋鬼子骗[180]去了"。老通宝看见老陈老爷的时候，不过八九岁，——现在他所记得的关于老陈老

---

[161] 泼剌剌 – pōlàlà – an onomatopoeic word to describe the agitated water; same as 泼喇喇 (pōlàlà)

[162] 波浪 – bōlàng – waves

[163] 一齐 – yī qí – at the same time; in unison

[164] 泥岸 – ní àn – mud bank; river bank

[165] 卷 – juǎn – roll

[166] 赤膊船 – chìbó chuán – boat without sail; tiny boat

[167] 赶快 – gǎnkuài – lose no time to; hasten to

[168] 拢岸 – lǒng'àn – come alongside the shore

[169] 揪 – jiū – hold tight; seize; clutch

[170] 打秋千 – dǎ qiūqiān – (up and down like) playing on the swing

[171] 轧轧轧 – zhá zhá zhá – an onomatopoeic word to describe the chugging of the boat engine

[172] 轮机声 – lúnjī shēng – the sound (声) of a turbine (轮机)

[173] 洋油臭 – yángyóu chòu – the stink (臭) from the exhaust of foreign (洋) oil (油)

[174] 田野 – tiányě – open country; field

[175] 恨意 – hènyì – hatred

[176] 仇恨 – chóuhèn – hatred; hate; abominate

[177] 洋鬼子 – yángguǐzi – foreign devil

[178] 眉毛 – méimáo – eyebrows

[179] 铜钿 – tóngdiàn – copper coins

[180] 骗 – piàn – swindle; cheat

爷的一切都是听来的，可是他想起了"铜钿都被洋鬼子骗去了"这句话，就仿佛看见了老陈老爷捋[181]着胡子摇头[182]的神气。

洋鬼子怎样就骗了钱去，老通宝不很明白。但他很相信老陈老爷的话一定不错。并且他自己也明明看到自从镇上有了洋纱[183]，洋布[184]，洋油[185]，——这一类洋货，而且河里更有了小火轮船以后，他自己田里生出来的东西就一天一天不值钱，而镇上的东西却一天一天贵起来。他父亲留下来的一分家产就这么变小，变做没有，而且现在负了债[186]。老通宝恨洋鬼子不是没有理由的！他这坚定[187]的主张[188]，在村坊上很有名。五年前，有人告诉他：朝代[189]又改了，新朝代[190]是要"打倒[191]"洋鬼子的。老通宝不相信。为此他上镇去看见那新到的喊[192]着"打倒洋鬼子"的年青人们都穿了洋鬼子衣服。他想来这伙年青人一定私通[193]洋鬼子，却故意来骗乡下人。后来果然[194]就不喊"打倒洋鬼子"了，而且镇上的

---

[181] 捋 – lǚ – smooth out with the fingers; stroke (one's beard) with one's fingers
[182] 摇头 – yáotóu – shake (摇) one's head (头)
[183] 洋纱 – yángshā – foreign cambric; foreign yarn; muslin
[184] 洋布 – yángbù – foreign cloth
[185] 洋油 – yángyóu – foreign oil
[186] 负债 – fùzhài – be in debt; incur debts
[187] 坚定 – jiāndìng – firm; resolute; steadfast
[188] 主张 – zhǔzhāng – view; stand; proposition; position; opinion
[189] 朝代 – cháodài – dynasty
[190] 新朝代 – xīn cháodài – the new (新) dynasty (朝代)
[191] 打倒 – dǎdǎo – down with; throw out
[192] 喊 – hǎn – shout; cry out; yell
[193] 私通 – sītōng – have secret communication with; be secretly in league with
[194] 果然 – guǒrán – really; as expected; as things turn out; sure enough

东西更加一天一天贵起来，派[195]到乡下人身上的捐税[196]也更加多起来。老通宝深信[197]这都是串通[198]了洋鬼子干的。

然而更使老通宝去年几乎气成病[199]的，是茧子也是洋种[200]的卖得好价钱；洋种的茧子，一担要贵上十多块钱。素来[201]和儿媳总还和睦[202]的老通宝，在这件事上可就吵了架[203]。儿媳四大娘去年就要养洋种的蚕。小儿子跟他嫂嫂[204]是一路，那阿四虽然嘴里不多说，心里也是要洋种的。老通宝拗[205]不过他们，末了只好让步。现在他家里有的五张[206]蚕种[207]，就是土种[208]四张，洋种一张。

"世界真是越变越坏！过几年他们连桑叶都要洋种了！我活得厌[209]了！"

老通宝看着那些桑树，心里说，拿起身边的长旱烟管恨恨地敲[210]着脚边的泥块[211]。太阳现在正当他头顶，他的影子落在泥

---

[195] 派 － pài － distribute; assign
[196] 捐税 － juānshuì － taxes and levies
[197] 深信 － shēnxìn － be deeply convinced; firmly believe
[198] 串通 － chuàntōng － collude with; gang up; conspire with
[199] 气成病 － fāchéng bìng － make someone sick with fury
[200] 洋种 － yángzhǒng － foreign-strain silkworms
[201] 素来 － sùlái － usually; as usual
[202] 和睦 － hémù － in harmony with; on good terms with
[203] 吵架 － chǎojià － have words with somebody; quarrel
[204] 嫂嫂 － sǎosǎo － elder brother's wife; sister-in-law
[205] 拗 － niù － obstinate; stubborn; obstinate; difficult
　　拗不过 (someone) － unable to dissuade someone; unable to turn someone away
[206] 张 － zhāng － a large tray used for raising silkworms
[207] 蚕种 － cánzhǒng － silkworm eggs
[208] 土种 － tǔzhǒng － silkworm eggs of the local variety
[209] 厌 － yàn － sick and tired of

地上，短短地像一段²¹²乌焦木头²¹³，还穿着破棉袄的他，觉得浑身²¹⁴躁热²¹⁵起来了。他解开²¹⁶了大襟上的钮扣²¹⁷，又抓²¹⁸着衣角²¹⁹掮²²⁰了几下，站起来回家去。

那一片桑树背后就是稻田。现在大部分是匀整²²¹的半翻²²²着的燥裂²²³的泥块。偶尔²²⁴也有种了杂粮的，那黄金一般的菜花²²⁵散出强烈²²⁶的香味²²⁷。那边远远地一簇²²⁸房屋，就是老通宝他们住了三代的村坊²²⁹，现在那些屋上都袅²³⁰起了白的炊烟²³¹。

---

²¹⁰ 敲 – qiāo – knock; beat; strike; rap
²¹¹ 泥块 – níkuài – clod of earth
²¹² 段 – duàn – section; segment; part
²¹³ 乌焦木头 – wūjiāo mùtou – scorched (乌焦) wood (木头)
²¹⁴ 浑身 – húnshēn – the whole body
²¹⁵ 躁热 – zàorè – hot and dry
²¹⁶ 解开 – jiěkāi – loose; undo; untie; unfasten
²¹⁷ 钮扣 – niǔkòu – button
²¹⁸ 抓 – zhuā – catch; seize
²¹⁹ 衣角 – yījiǎo – the corner of a coat
²²⁰ 掮 – shān – to fan
²²¹ 匀整 – yúnzhěng – neat and well spaced
²²² 半翻 – bàn fān – upturned
²²³ 燥裂 – zàoliè – dried and cracked
²²⁴ 偶尔 – ǒu'ěr – occasionally; from time to time; once in a while
²²⁵ 菜花 – càihuā – cauliflower
²²⁶ 强烈 – qiángliè – strong; intense; violent
²²⁷ 香味 – xiāngwèi – weet smell; fragrance
²²⁸ 簇 – cù – crowd; group
²²⁹ 村坊 – cūnfāng – village
²³⁰ 袅 – niǎo – rise; curl upward
²³¹ 炊烟 – chuīyān – smoke from kitchen stoves

老通宝从桑林里走出来，到田塍[232]上，转身又望那一片爆[233]着嫩绿的桑树。忽然那边田野跳跃[234]着来了一个十来岁的男孩子，远远地就喊道：

"阿爹[235]！妈等你吃中饭呢！"

"哦[236]_____"

老通宝知道是孙子小宝，随口应着[237]，还是望着那一片桑林。才只得[238]"清明"边，桑叶尖儿[239]就抽得那么小指头儿似的，他一生就只见过两次。今年的蚕花，光景是好年成[240]。三张蚕种，该可以采[241]多少茧子呢？只要不像去年，他家的债也许可以拨还[242]一些罢。

小宝已经跑到他阿爹的身边了，也仰着脸看那绿绒[243]似的桑拳头；忽然他跳起来拍着手[244]唱道：

---

[232] 田塍 – tiánchéng – raised path between the paddy fields
[233] 爆 – bào – burst with
[234] 跳跃 – tiàoyuè – jump; leap
[235] 阿爹 – Ā Diē – Grandpa
[236] 哦 – o – oh; ah; OK
[237] 随口应着 – suíkǒu yìngzhe – casually (随口) respond (应着)
[238] 只得 – zhǐdé – just
[239] 尖儿 – jiānr – point; tip; top
　　　儿: R-colouring of oral Chinese language with no actual meaning, mostly used in Northern China
[240] 好年成 – hǎo niánchéng – a good harvest; a bumper harvest; fine crop
[241] 采 – cǎi – pick; pluck; gather
[242] 拨还 – bōhuán – pay off
[243] 绿绒 – lǜróng – soft and green
[244] 拍手 – pāishǒu – clap one's hands; applaud

"清明削口，看蚕娘娘拍手[245]！"

老通宝的皱脸上露[246]出笑容来了。他觉得这是一个好兆头[247]。他把手放在小宝的"和尚头[248]"上摩着，他的被穷苦[249]弄麻木[250]了的老心里勃然[251]又生出新的希望来了。

---

[245] 清明削口，看蚕娘娘拍手 – Qīngmíng xuēkǒu, kān cán niángniang pāishǒu –
leaves at Clear and Bright (清明) are green and tender (削口), the girls (娘娘) tending
(看) silkworms (蚕) are clapping hands (拍手)

[246] 露 – lòu – reveal; show; betray

[247] 兆头 – zhàotou – sign; omen; portent

[248] 和尚头 – héshang tóu – shaven head; a head like a monk (和尚)

[249] 穷苦 – qióngkǔ – poverty and bitterness; impoverished life; of poverty and
hardship

[250] 弄麻木 – nòng mámù – be numbed

[251] 勃然 – bórán – agitatedly; vigorously; excitedly

《春蚕》

天气继续暖和，太阳光[252]催开[253]了那些桑拳头上的小手指[254]儿模样的嫩叶[255]，现在都有小小的手掌[256]那么大了。老通宝他们那村庄[257]四周围[258]的桑林似乎发长得更好，远望去[259]像一片绿锦[260]平铺[261]在密密层层灰白色矮矮的篱笆[262]上。"希望"在老通宝和一般农民们的心里一点一点一天一天强大。蚕事[263]的动员令[264]也在各方面发动了。藏[265]在柴房[266]里一年之久的养蚕用具都拿出来洗刷[267]修补[268]。那条穿[269]村而过的小溪旁边，蠕动[270]着村里的女人和孩子，工作着，嚷[271]着，笑着。

---

[252] 太阳光 – tàiyángguāng – sunlight
[253] 催开 – cuīkāi – force open
[254] 手指 – shǒuzhǐ – finger
[255] 嫩叶 – nènyè – tender (嫩) leaves (叶); spear
[256] 手掌 – shǒuzhǎng – palm
[257] 村庄 – cūnzhuāng – village; hamlet
[258] 四周围 – sì zhōuwéi – around; about; round; on every side; vicinity
[259] 远望去 – yuǎn wàngqù – look far into the distance
[260] 绿锦 – lǜjǐn – green (绿) brocade (锦)
[261] 平铺 – píngpū – spread smoothly
[262] 篱笆 – líba – hedge; hedgerow; bamboo or twig fence
[263] 蚕事 – cánshì – silkworm culture; sericulture; silkworm campaign
[264] 动员令 – dòngyuánlìng – mobilization order
[265] 藏 – cáng – hide; conceal
[266] 柴房 – cháifáng – a room to lay aside firewood
[267] 洗刷 – xǐshuā – wash (洗) and brush (刷); scrub
[268] 修补 – xiūbǔ – revamp; mend; patch; repair; renew
[269] 穿 – chuān – pass through; through; run through
[270] 蠕动 – rúdòng – wriggle
[271] 嚷 – rǎng – shout; yell

这些女人和孩子们都不是十分健康的脸色，——从今年开春起，他们都只吃个半饱；他们身上穿的，也只是些破旧[272]的衣服。实在他们的情形比叫花子[273]好不了多少。然而他们的精神都很不差。他们有很大的忍耐力[274]，又有很大的幻想[275]。虽然他们都负了天天在增大的债，可是他们那简单的头脑老是这么想：只要蚕花熟[276]，就好了！他们想像到一个月以后那些绿油油的桑叶就会变成雪白的茧子[277]，于是又变成丁丁当当[278]响[279]的洋钱[280]，他们虽然肚子里饿得咕咕地叫[281]，却也忍不住要笑。

这些女人中间也就有老通宝的媳妇[282]四大娘和那个十二岁的小宝。这娘儿两个已经洗好了那些"团匾[283]"和"蚕箪"[284]，坐在小溪边的石头上撩[285]起布衫[286]角揩[287]脸上的汗水[288]。

"四阿嫂[289]！你们今年也看（养）洋种么？"

---

[272] 破旧 – pòjiù – old and shabby; worn-out
[273] 叫花子 – jiàohuāzi – beggar
[274] 忍耐力 – rěnnàilì – endurance; patience
[275] 幻想 – huànxiǎng – illusion; fantasy; imagination
[276] 蚕花熟 – cánhuā shú – newly-hatched silkworm (蚕花) is ripe (熟)
[277] 茧子 – jiǎnzi – silkworm cocoon
[278] 丁丁当当 – dīngdīng-dāngdāng – jingling; clattering; clinking
[279] 响 – xiǎng – make a sound; sound; ring
[280] 洋钱 – yángqián – silver dollar
[281] 咕咕地叫 – gūgū de jiào – to coo
[282] 媳妇 – xífù – son's wife; daughter-in-law
[283] 团匾 – tuánbiǎn – large round bamboo trays
[284] 蚕箪 – cándān – woven bamboo trays
[285] 撩 – liāo – lift up; hold up; raise
[286] 布衫 – bùshān – unlined garment
[287] 揩 – kāi – wipe
[288] 汗水 – hànshuǐ – sweat; perspiration

小溪对岸的一群女人中间有一个二十岁左右的姑娘隔溪[290]喊过来了。四大娘认得是隔溪的对门邻舍[291]陆福庆[292]的妹子[293]六宝[294]。四大娘立刻把她的浓眉毛一挺[295]，好像正想找人吵架似的嚷了起来：

"不要来问我！阿爹做主[296]呢！——小宝的阿爹死不肯，只看了一张洋种！老糊涂[297]的听得带一个洋字就好像见了七世冤家[298]！洋钱，也是洋，他倒又要了！"

小溪旁那些女人们听得笑起来了。这时候有一个壮健[299]的小伙子正从对岸的陆家[300]稻场[301]上走过，跑到溪边，跨[302]上了那横在溪面用四根木头[303]并排[304]做成的雏形[305]的"桥"。四大娘一眼看见，就丢开了"洋种"问题，高声喊道：

---

[289] 四阿嫂 – Sì Ā Sǎo – a character in the story
[290] 隔溪 – gé xī – across (隔) the stream (溪)
[291] 邻舍 – línshè – neighbor
[292] 陆福庆 – Lù Fúqìng – a character in the story
[293] 妹子 – mèizi – younger sister
[294] 六宝 – Liù Bǎo – a character in the story
[295] 挺 – tǐng – to contract (the eyebrows)
[296] 做主 – zuòzhǔ – decide; take the responsibility for a decision
[297] 糊涂 – hútu – muddled; confused; bewildered
[298] 七世冤家 – qīshì yuānjia – bitter enemy
[299] 壮健 – zhuàngjiàn – strong and healthy; sturdy
[300] 陆家 – Lù Jiā – the Lu Family
[301] 稻场 – dàochǎng – the place for grinding or husking with a roller
[302] 跨 – kuà – step; stride
[303] 四根木头 – sì gēn mùtou – four (四根) logs (木头)
[304] 并排 – bìngpái – side by side; lie alongside; abreast
[305] 雏形 – chúxíng – embryonic form; miniature; small

"多多弟[306]！来帮我搬东西罢！这些匾[307]，浸湿[308]了，就像死狗一样重！"

小伙子阿多也不开口，走过来拿起五六只"团匾"，湿漉漉[309]地顶[310]在头上，却空着一双手，划桨[311]似的荡[312]着，就走了。这个阿多高兴起来时，什么事都肯做，碰到同村的女人们叫他帮忙拿什么重家伙[313]，或是下溪[314]去捞[315]什么，他都肯；可是今天他大概有点不高兴，所以只顶了五六只"团匾"去，却空着一双手。那些女人们看着他戴[316]了那特别大箬帽[317]似的一叠[318]"匾"，袅着腰[319]，学镇上女人[320]的样子走着，又都笑起来了，老通宝家紧邻[321]的李根生[322]的老婆[323]荷花[324]一边笑，一边叫道：

---

[306] 多多弟 – Duōduō Dì – referring to 阿多

[307] 匾 – biǎn – large round bamboo trays

[308] 浸湿 – jìnshī – soaked; wet

[309] 湿漉漉 – shīlùlù – wet; dripping

[310] 顶 – dǐng – carry on the head

[311] 划桨 – huájiǎng – stroke; paddle

[312] 荡 – dàng – swing; sway

[313] 家伙 – jiāhuo – things; stuff

[314] 下溪 – xià xī – come down to (下) small stream (溪)

[315] 捞 – lāo – drag for; fish for

[316] 戴 – dài – put on; wear

[317] 箬帽 – ruòmào – a broad-rimmed straw hat

[318] 叠 – dié – wad; pack; pile

[319] 袅着腰 – niǎozhe yāo – twisting one's waist

[320] 学镇上女人 – xué zhèn shàng nǚrén – imitate (学) the women (女人) in the town (镇上)

[321] 紧邻 – jǐnlín – close neighbor; adjoining neighbor; next-door neighbor

[322] 李根生 – Lǐ Gēnshēng – a character in the story

[323] 老婆 – lǎopó – wife

[324] 荷花 – Héhuā – a character in the story

"喂[325]，多多头！回来！也替我带一点儿去！"

"叫我一声好听的，我就给你拿。"

阿多也笑着回答，仍然[326]走。转眼间[327]就到了他家的廊下[328]，就把头上的"团匾"放在廊檐口[329]。

"那么，叫你一声干儿子！"

荷花说着就大声的笑起来，她那出众[330]地白净[331]然而扁[332]得作怪[333]的脸上看去就好像只有一张大嘴[334]和眯紧[335]了好像两条线一般的细眼睛。她原是镇上人家的婢女[336]，嫁给那不声不响[337]整天

---

[325] 喂 － wèi － hello; hey
[326] 仍然 － réngrán － still
[327] 转眼间 － zhuǎnyǎnjiān － in the twinkling of an eye; an instant later
[328] 廊下 － láng xià － porch
[329] 廊檐口 － lángyán kǒu － the front of the porch
[330] 出众 － chūzhòng － outstandingly; eminently; prominently; remarkably
[331] 白净 － báijing － fair-skinned; light-complexion
[332] 扁 － biǎn － flat
[333] 作怪 － zuòguài － weird
[334] 大嘴 － dàzuǐ － the big (大) mouth (嘴)
[335] 眯紧 － mījǐn － (of eyes) squint
[336] 婢女 － bìnǚ － servant-girl
[337] 不声不响 － bùshēng-bùxiǎng － (成语) not making a sound; not utter a word; quietly; without a revealing movement

苦着脸[338]的半老头子[339]李根生还不满半年，可是她的爱[340]和[341]男子们胡调[342]已经在村中很有名。

"不要脸的[343]！"

忽然对岸那群女人中间有人轻声[344]骂了一句。荷花的那对细眼睛立刻睁大[345]了，怒声[346]嚷道：

"骂哪一个？有本事[347]，当面[348]骂，不要躲[349]！"

"你管得我？棺材[350]横头踢一脚，死人肚里自得知：我就骂那不要脸的骚货[351]！"

隔溪立刻回骂过来了，这就是那六宝，又一位村里有名淘气[352]的大姑娘。

---

[338] 苦着脸 – kǔzhe liǎn – unhappy; with a sour expression
[339] 半老头子 – bàn lǎotóuzi – prematurely aged man
[340] 爱 – ài – like; love; be fond of
[341] 和 – hé – with
[342] 胡调 – húdiào – flirting
[343] 不要脸的 – bùyàoliǎn de – shameless hussy
[344] 轻声 – qīngshēng – in a soft voice; softly
[345] 睁大 – zhēngdà – open wide
[346] 怒声 – nùshēng – furiously
[347] 有本事 – yǒu běnshì – have got the brass to; dare to
[348] 当面 – dāngmiàn – to somebody's face; in somebody's presence; face to face
[349] 躲 – duǒ – hide
[350] 棺材 – guāncai – coffin; casket
棺材横头踢一脚，死人肚里自得知: if I kick (踢一脚) the side (横头) of the coffin (棺材), the dead (死) peson (人) within it will feel the impact (自得知) in his/her heart (肚里) (though he/she can't utter a word); Deep down in your heart you know very well who I'm talking about; If the shoe fits, wear it!
[351] 骚货 – sāohuò – loose woman; lascivious woman; man-crazy baggage

于是³⁵³对骂之下，两边又泼水³⁵⁴。爱闹³⁵⁵的女人也夹³⁵⁶在中间帮这边帮那边。小孩子们笑着狂呼³⁵⁷。四大娘是老成³⁵⁸的，提起她的"蚕箪"，喊着小宝，自回家去。阿多站在廊下看着笑。他知道为什么六宝要跟茶花³⁵⁹吵架；他看着那"辣货³⁶⁰"六宝挨骂³⁶¹，倒觉得很高兴。

老通宝掮³⁶²着一架³⁶³"蚕台"³⁶⁴从屋子里出来，这三棱形³⁶⁵家伙的木梗子³⁶⁶有几条给白蚂蚁³⁶⁷蛀³⁶⁸过了，怕的不牢³⁶⁹，须得修补一下。看见阿多站在那里笑嘻嘻³⁷⁰地望着外边的女人们吵架，老通宝的脸色就板起来了。他这"多多头"的小儿子不老成，他知道。尤其³⁷¹使他不高兴的，是多多也和紧邻的荷花说说笑笑。

---

³⁵² 淘气 – táoqì – naughty; mischievous
³⁵³ 于是 – yúshì – thereupon; hence; consequently; as a result
³⁵⁴ 泼水 – pōshuǐ – splash water
³⁵⁵ 爱闹 – àinào – enjoy making trouble; enjoy a row
³⁵⁶ 夹 – jiá – to place in between; to be sandwiched in the crowd
³⁵⁷ 狂呼 – kuánghū – whoop (呼) loudly
³⁵⁸ 老成 – lǎochéng – experienced; decorous
³⁵⁹ 茶花 – Cháhuā – a character in the story
³⁶⁰ 辣货 – làhuò – contemptible wretch
³⁶¹ 挨骂 – áimà – get a scolding; get told off; get a dressing down; catch it
³⁶² 掮 – qián – carry on one's shoulder
³⁶³ 架 – jià – quantifier
³⁶⁴ 蚕台 – cántái – a foldable wooden stand to hold trays for silkworms
³⁶⁵ 三棱形 – sān léngxíng – triangle
³⁶⁶ 木梗子 – mùgěngzi – a wooden tray; wooden pole
³⁶⁷ 白蚂蚁 – bái mǎyǐ – termite
³⁶⁸ 蛀 – zhù – eat into; bore through
³⁶⁹ 牢 – láo – firm; durable; fast
³⁷⁰ 笑嘻嘻 – xiàoxīxī – grinning; smiling broadly
³⁷¹ 尤其 – yóuqí – especially; particularly

"那母狗[372]是白虎星[373]，惹[374]上了她就得败家[375]"，——老通宝时常这样警戒[376]他的小儿子。

"阿多！空手[377]看野景[378]么？阿四在后边扎[379]'缀头'[380]，你去帮他！"

老通宝像一匹[381]疯狗[382]似的咆哮[383]着，火红的眼睛一直盯住了阿多的身体，直到阿多走进屋里去，看不见了，老通宝方才[384]提过那"蚕台"来反复[385]审察[386]，慢慢地动手修补。木匠[387]生活，老通宝早年[388]是会的；但近来他老了，手指头没有劲[389]，他修了一会儿，抬起头来喘气[390]，又望望[391]屋里[392]挂[393]在竹竿[394]上的三张蚕种。

---

[372] 母狗 – mǔgǒu – (swear word) bitch
[373] 白虎星 – báihǔxīng – White Tiger; evil spirit or jinx
[374] 惹 – rě – offend; provoke; tease
[375] 败家 – bàijiā – ruin (败) the family (家)
[376] 警戒 – jǐngjiè – warn
[377] 空手 – kōngshǒu – bare-handed; empty-handed
[378] 野景 – yějǐng – perennial herbs
[379] 扎 – zhā – bind; tie; bundle up
[380] 缀头 – zhuìtóu – (dialect) strawy bundle used for cocooning
[381] 匹 – pǐ – quantifier used before horses (here used before a dog)
[382] 疯狗 – fēnggǒu – mad dog; rabid dog
[383] 咆哮 – páoxiào – roar; bark
[384] 方才 – fāngcái – just now
[385] 反复 – fǎnfù – over and over again; repeatedly; again and again
[386] 审察 – shěnchá – check carefully; examine
[387] 木匠 – mùjiàng – carpenter
[388] 早年 – zǎonián – one's early years
[389] 劲 – jìn – strength; energy
[390] 喘气 – chuǎnqì – breathe deeply; pant; gasp
[391] 望望 – wàngwàng – look

四大娘就在廊檐口糊[395]"蚕箪"。去年他们为的想省几百文钱，是买了旧报纸来糊的。老通宝直到现在还说是因为用了报纸——不惜字纸[396]，所以去年他们的蚕花不好。今年是特地全家少吃一餐[397]饭，省下钱来买了"糊箪纸[398]"来了。四大娘把那鹅黄[399]色坚韧[400]的纸儿糊得很平贴[401]，然后又照品字式[402]糊上三张小小的花纸——那是跟"糊箪纸"一块儿买来的，一张印[403]的花色是"聚宝盆[404]"，另两张都是手执[405]尖角旗[406]的人儿骑[407]在马上，据说[408]是"蚕花太子[409]。"

---

[392] 屋里 – wū li – in the house

[393] 挂 – guà – hang; put up; suspend

[394] 竹竿 – zhúgān – bamboo pole; bamboo

[395] 糊 – hú – stick with paste

[396] 不惜字纸 – bù xī zìzhǐ – do not (不) respect (惜) paper (纸) with words (字) printed on them; writing meant scholarship, and scholarship had to be respected

[397] 餐 – cān – meal

[398] 糊箪纸 – húdānzhǐ – paper pasted on bamboo trays

[399] 鹅黄 – éhuáng – light yellow

[400] 坚韧 – jiānrèn – tough and tensile; firm and tenacious

[401] 平贴 – píngtiē – smooth and flat

[402] 品字式 – pǐnzìshì – a triangle shape (the character 品 consists of three 口)

[403] 印 – yìn – print

[404] 聚宝盆 – jùbǎopén – treasure bowl (with gold and silver jewelry and inexhaustible basin in folk legend); Platter of Plenty

[405] 手执 – shǒuzhí – hold (执) something with hands (手)

[406] 尖角旗 – jiānjiǎo qí – flag (旗) with a sharp angle (尖角); pennant

[407] 骑 – qí – ride (an animal or bicycle); sit on the back of

[408] 据说 – jùshuō – it is said; they say; allegedly

[409] 蚕花太子 – Cánhuā Tàizǐ – crown prince (太子) of newly-hatched silkworms (蚕花); Guardian of the Silkworm Hatching

"四大娘！你爸爸做中人借[410]来三十块钱，就只买了二十担[411]叶[412]。后天米又吃完了，怎么办？"

老通宝气喘喘[413]地从他的工作里抬起头来，望着四大娘。那三十块钱是二分半的月息[414]。总算有四大娘的父亲张财发[415]做中人，那债主[416]也就是张财发的东家"做好事"，这才只要了二分半的月息。条件是蚕事完后本利[417]归清[418]。

四大娘把糊好了的"蚕箪"放在太阳底下晒[419]，好像生气似的说：

"都买了叶！又像去年那样多下来——"

"什么话！你倒先来发利市[420]了！年年像去年么？自家只有十来担叶；五张布子[421]（蚕种），十来担叶够么？"

"噢，噢；你总是不错的！我只晓得[422]有米烧饭，没米饿肚子！"

---

[410] 借 – jiè – borrow
[411] 担 – dàn – a unit of weight; 1 担 = 50 kilograms
[412] 叶 – yè – leaf; foliage; here referring to mulberry leaves
[413] 气喘喘 – qìchuǎnchuǎn – panting
[414] 月息 – yuèxī – interest per month; monthly interest
[415] 张财发 – Zhāng Cáifā – a name in the story
[416] 债主 – zhàizhǔ – creditor; debtee
[417] 本利 – běnlì – principal (本: 本金) and interest (利: 利息)
[418] 归清 – guīqīng – settle; clear up
[419] 晒 – shài – dry in the sun
[420] 发利市 – fā lìshì – first deal
[421] 布子 – bùzǐ – paper with silkworm eggs

四大娘气哄哄[423]地回答；为了那"洋种"问题，她到现在常要和老通宝抬杠[424]。

老通宝气得脸都紫[425]了。两个人就此再没有一句话。

但是"收蚕[426]"的时期一天一天逼进[427]了。这二三十人家的小村落[428]突然呈现[429]了一种大紧张，大决心，大奋斗[430]，同时又是大希望。人们似乎连肚子饿都忘记了。老通宝他们家东借一点，西赊一点[431]，居然[432]也一天一天过着来。也不仅[433]老通宝他们，村里哪一家有两三斗[434]米放在家里呀[435]！去年秋收[436]固然[437]还好，可是地主[438]，债主，正税[439]，杂捐[440]，一层一层地剥削[441]来，早就完

---

[422] 晓得 – xiǎodé – know

[423] 气哄哄 – qìhǒnghǒng – furiously; hotly

[424] 抬杠 – táigàng – bicker; wrangle; argue for the sake of arguing

[425] 紫 – zǐ – purple (with rage)

[426] 收蚕 – shōu cán – harvest (收) silkworm (蚕); hatching time

[427] 逼进 – bījìn – approach

[428] 村落 – cūnuò – village; hamlet

[429] 呈现 – chéngxiàn – take on; appear; emerge

[430] 奋斗 – fèndòu – struggle; strive

[431] 东借一点，西赊一点 – dōng jiè yīdiǎn, xī shē yīdiǎn – borrowing a little here, getting a little credit there

[432] 居然 – jūrán – unexpectedly; to one's surprise

[433] 不仅 – bùjǐn – not only

[434] 斗 – dǒu – a unit of dry measure for grain; 1 斗 = 10 liter

[435] 呀 – ya – ah; oh

[436] 秋收 – qiūshōu – autumn harvest

[437] 固然 – gùrán – no doubt; undoubtedly; it is true; true

[438] 地主 – dìzhǔ – landlord; landowner

[439] 正税 – zhèngshuì – normal taxes

[440] 杂捐 – zájuān – incidental duties

[441] 剥削 – bōxuē – exploit

了。现在他们唯一⁴⁴²的指望⁴⁴³就是春蚕，一切⁴⁴⁴临时⁴⁴⁵借贷都是指明在这"春蚕收成"中偿还⁴⁴⁶。

他们都怀着十分希望又十分恐惧⁴⁴⁷的心情来准备这春蚕的大搏战⁴⁴⁸！

"谷雨"节⁴⁴⁹一天近一天⁴⁵⁰了。村里二三十人家的"布子"都隐隐⁴⁵¹现出绿色来。女人们在稻场上碰见时，都匆忙⁴⁵²地带着焦灼⁴⁵³而快乐的口气互相告诉道：

"六宝家快要'窝种'⁴⁵⁴了呀！

"荷花说她家明天就要'窝'了。有这么快！"

"黄道士⁴⁵⁵去测一字⁴⁵⁶，今年的青叶要贵到四洋⁴⁵⁷！"

---

⁴⁴² 唯一 – wéiyī – only; sole; unique
⁴⁴³ 指望 – zhǐwàng – look to; count on; look forward to
⁴⁴⁴ 一切 – yīqiè – all; every; everything; whole; entire; all
⁴⁴⁵ 临时 – línshí – temporary; tentative; occasional; for the time being
⁴⁴⁶ 偿还 – chánghuán – repay; pay back; return
⁴⁴⁷ 恐惧 – kǒngjù – fear; dread
⁴⁴⁸ 大搏战 – dà bózhàn – a big (大) fight (搏战)
⁴⁴⁹ 谷雨节 – gǔyǔ jié – The Grain (谷) Rain (雨) Festival (节)
　　　　谷雨节: one of the twenty-four solar terms which falls on April 20th or 21st of each year
⁴⁵⁰ 一天近一天 – yī tiān jìn yī tiān – be close to; near; approach; not far off
⁴⁵¹ 隐隐 – yǐnyǐn – indistinct; faint
⁴⁵² 匆忙 – cōngmáng – hastily; in a hurry; in haste
⁴⁵³ 焦灼 – jiāozhuó – deeply worried; very anxious
⁴⁵⁴ 窝种 – wōzhǒng – (dialect) incubate eggs
⁴⁵⁵ 黄道士 – Huáng Dàoshi – a Taoist priest whose family name is 黄

四大娘看自家的五张"布子"。不对！那黑芝麻[458]似的一片细点子还是黑沉沉[459]，不见绿影[460]。她的丈夫阿四拿到亮处[461]去细看，也找不出几点"绿"来。四大娘很着急。

"你就先'窝'起来罢！这余杭种[462]，作兴[463]是慢一点的。"

阿四看着他老婆，勉强自家宽慰[464]。四大娘堵起了嘴巴[465]不回答。

老通宝哭丧[466]着干皱[467]的老脸，没说什么，心里却觉得不妙[468]。

幸而再过了一天，四大娘再细心看那"布子"时，哈[469]，有几处转成[470]绿色了！而且绿的很有光彩[471]。四大娘立刻告诉了

---

[456] 测一字 – cè yī zì – fortune-telling by analysing the component parts of a Chinese character; make a divination

[457] 贵到四洋 – guìdào sì yáng – rise to a high price of four dollars

[458] 黑芝麻 – hēizhīma – semen sesami nigrum; black sesame

[459] 黑沉沉 – hēichénchén – very dark; pitch black

[460] 绿影 – lùyǐng – a hint (影) of green (绿)

[461] 亮处 – liàngchù – the light (亮) place (处)

[462] 余杭种 – Yúháng zhǒng – the variety (种) in Yúháng (余杭)

[463] 作兴 – zuòxīng – maybe; perhaps; same as 可能 (kěnéng), which is more often used in modern Chinese

[464] 宽慰 – kuānwèi – console; comfort; soothe; be relieved

[465] 堵嘴巴 – dǔ zuǐba – close (堵) her mouth (嘴巴)

[466] 哭丧 – kūsāng – feel sad

[467] 干皱 – gānzhòu – wrinkled; crumpled; crinkled

[468] 不妙 – bùmiào – not so bright; in a pretty fix

[469] 哈 – hā – Aha; blow one's breath; breathe out (with the mouth open):

[470] 转成 – zhuǎnchéng – become; turn into; change into

丈夫，告诉了老通宝，多多头[472]，也告诉了她的儿子小宝。她就把那些布子贴肉揾[473]在胸前[474]，抱着吃奶[475]的婴孩[476]似的静静儿坐着，动也不敢多动了。夜间，她抱着那五张"布子"到被窝[477]里，把阿四赶去和多多头做一床。那"布子"上密密麻麻[478]的蚕子儿贴着肉，怪痒痒[479]的；四大娘很快活，又有点儿害怕，她第一次怀孕[480]时胎儿[481]在肚子里动，她也是那样半惊半喜[482]的！

全家都是惴惴不安[483]地又很兴奋地等候"收蚕"。只有多多头例外[484]。他说：今年蚕花一定好，可是想发财却是命里不曾来[485]。老通宝骂他多嘴，他还是要说。

蚕房早已收拾[486]好了。"窝种"的第二天，老通宝拿一个大蒜头[487]涂[488]上一些泥，放在蚕房的墙脚[489]边；也是年年的惯例，

[471] 光彩 - guāngcǎi - shine; sheenful
[472] 多多头 - Duōduōtóu - referring to 阿多
[473] 揾 - wèn - press down with knuckles
[474] 胸前 - xiōngqián - bosom
[475] 吃奶 - chīnǎi - (of a baby) sucking
[476] 婴孩 - yīnghái - baby
[477] 被窝 - bèiwō - quilt
[478] 密密麻麻 - mìmì-mámá - as thick as huckleberries; as thickly as stalks in a field of flax; close and numerous; thickly dotted; very dense
[479] 怪痒痒 - guài yǎngyǎng - quite (怪) itchy (痒痒)
[480] 怀孕 - huáiyùn - conception; become pregnant; conceive
[481] 胎儿 - tāi'ér - foetus; embryo
[482] 半惊半喜 - bàn jīng bàn xǐ - with half (半) surprise (惊) and half (半) joy (喜); pleasantly surprised
[483] 惴惴不安 - zhuìzhuì-bù'ān - (成语) be anxious and fearful
[484] 例外 - lìwài - exception
[485] 命里不曾来 - mìng lǐ bùcéng lái - Such a luck has (曾) never (不) come (来) to our life (命里) (so it will not come to our life in future)
[486] 收拾 - shōushi - arrange; put in order; prepare
[487] 大蒜头 - dàsuàntóu - garlic

但今番[490]老通宝更加虔诚[491]，手也抖[492]了。去年他们"卜"[493]的非常灵验[494]。可是去年那"灵验"，现在老通宝想也不敢想。

现在这村里家家都在"窝种"了。稻场上和小溪边顿时[495]少了那些女人们的踪迹[496]。一个"戒严令[497]"也在无形中颁布[498]了：乡农们[499]即使[500]平日是最好的，也不往来；人客来冲[501]了蚕神[502]不是玩的！他们至多在稻场上低声交谈一二句就走开。这是个"神圣[503]"的季节。

老通宝家的五张布子上也有些"乌娘"[504]蠕蠕[505]地动了。于是全家的空气，突然紧张。那正是"谷雨"前一日。四大娘料来可以挨过了"谷雨"节那一天。布子不须再"窝"了，很小心地放在"蚕房"里。老通宝偷眼[506]看一下那个躺在墙脚边的大蒜

---

488 涂 – tú – smear; spread on; apply
489 墙脚 – qiángjiǎo – the foot (脚) of a wall (墙)
490 今番 – jīnfān – this time; now
491 虔诚 – qiánchéng – pious; devout; devoted
492 抖 – dǒu – tremble; shiver; quiver
493 卜 – bǔ – divination (by use of garlic to divine the future quality of newly-hatched silkworm)
494 灵验 – língyàn – (of a divination) accurate; right; efficacious
495 顿时 – dùnshí – immediately; at once
496 踪迹 – zōngjì – trace; track; footprint; vestige
497 戒严令 – jièyánlìng – martial law
498 颁布 – bānbù – issue; promulgate; impose
499 乡农们 – xiāngnóngmen – villagers
500 即使 – jíshǐ – even; even if; even though
501 冲 – chōng – frighten away
502 蚕神 – cánshén – the god (神) of silkworms (蚕)
503 神圣 – shénshèng – sacred; holy
504 乌娘 – wūniáng – (dialect) grubs; newly-hatched silkworm
505 蠕蠕 – rúrú – wriggling; squirming
506 偷眼 – tōuyǎn – steal a glance; take a furtive glance

头，他心里就一跳。那大蒜头上还只有一两茎[507]绿芽[508]！老通宝不敢再看，心里祷祝[509]后天正午会有更多更多的绿芽。

终于"收蚕"的日子到了。四大娘心神不定[510]地淘米[511]烧饭[512]，时时看饭锅上的热气有没有直冲上来[513]。老通宝拿出预先[514]买了来的香烛点起来，恭恭敬敬[515]放在灶君[516]神位前。阿四和阿多去到田里采野花。小小宝帮着把灯芯草[517]剪[518]成细末子[519]，又把采来的野花揉碎[520]。一切都准备齐全[521]了时，太阳也近午刻[522]了，饭锅上水蒸气[523]嘟嘟[524]地直冲，四大娘立刻跳了起来，把"蚕花"[525]和一对鹅毛[526]插在发髻[527]上，就到"蚕房"里。老通宝拿着秤杆

---

[507] 茎 – jīng – quantifier used before leaves or sprouts

[508] 绿芽 – lùyá – wriggling; squirming

[509] 祷祝 – dǎozhù – pray; say one's prayer

[510] 心神不定 – xīnshén-bùdìng – (成语) be anxious and preoccupied; feel restless; wandering in thought

[511] 淘米 – táomǐ – wash (淘) rice (米)

[512] 烧饭 – shāofàn – make meals

[513] 直冲上来 – zhíchōng shànglái – rise (冲) straight (直) up (上来)

[514] 预先 – yùxiān – in advance; beforehand

[515] 恭恭敬敬 – gōnggōng-jìngjìng – respectfully; in an attitude of respect

[516] 灶君 – zàojūn – Kitchen God, a mythical figure in Chinese traditional legends

[517] 灯芯草 – dēngxīncǎo – lampwick

[518] 剪 – jiǎn – cut (with scissors); clip; trim; snip; shear

[519] 细末子 – xìmòzǐ – smalls; fine pieces

[520] 揉碎 – róusuì – smash; crush

[521] 齐全 – qíquán – complete; all in readiness

[522] 午刻 – wǔkè – noon; midday

[523] 水蒸气 – shuǐzhēngqì – steam; vapor; water vapor

[524] 嘟嘟 – dūdū – (onomatopoeic word) tooting

[525] 蚕花 – cánhuā – a kind of "sacred" paper flower (this sentence is describing a superstitious ritual)

[526] 鹅毛 – émáo – goose feather

[527] 发髻 – fàjì – hair worn in a bun or coil

---

⁵²⁸，阿四拿了那揉碎的野花片儿和灯芯草碎末⁵²⁹。四大娘揭开⁵³⁰"布子"，就从阿四手里拿过那野花碎片⁵³¹和灯芯草末子撒在"布子"上，又接过老通宝手里的秤杆来，将"布子"挽⁵³²在秤杆上，于是拔下⁵³³发髻上的鹅毛在"布子"上轻轻儿拂⁵³⁴；野花片，灯芯草末子，连同"乌娘"，都拂在那"蚕箪"里了。一张，两张，……都拂过了；最后一张是洋种，那就收在另一个"蚕箪"里。末了，四大娘又拔下发髻上那朵⁵³⁵"蚕花"，跟鹅毛一块插⁵³⁶在"蚕箪"的边儿上。

---

⁵²⁸ 秤杆 – chènggǎn – the beam of a steelyard balance
⁵²⁹ 碎末 – suìmò – tiny dust or powder
⁵³⁰ 揭开 – jiēkāi – reveal
⁵³¹ 碎片 – suìpiàn – fragment
⁵³² 挽 – wǎn – roll up
⁵³³ 拔下 – báxià – pluck; pull out; pull up; draw
⁵³⁴ 拂 – fú – stroke; touch lightly
⁵³⁵ 朵 – duǒ – quantifier used before a flower
⁵³⁶ 插 – chā – stick in; insert

"乌娘"在"蚕箪"里蠕动，样子非常强健[537]；那黑色也是很正路的。四大娘和老通宝他们都放心地松一口气[538]了。但当老通宝悄悄地把那个"命运"的大蒜头拿起来看时，他的脸色立刻变了！大蒜头上还只得三四茎嫩芽[539]！天哪！难道[540]又同去年一样？

---

[537] 强健 – qiángjiàn – strong and healthy; stout; sturdy
[538] 松一口气 – sōng yī kǒu qì – catch one's breath
[539] 嫩芽 – nènyá – a tender and delicate new bud of a plant; shoot
[540] 难道 – nándào – really

三

　　然而那"命运"的大蒜头这次竟[541]不灵验。老通宝家的蚕非常好！虽然头眠二眠[542]的时候连天阴雨[543]，气候[544]是比"清明"边似乎还要冷一点，可是那些"宝宝[545]"都很强健。

　　村里别人家的"宝宝"也都不差。紧张[546]的快乐弥漫[547]了全村庄，似那小溪里琮琮[548]的流水也像是朗朗[549]的笑声了。只有荷花家是例外。她们家看了一张"布子"，可是"出火" 只称得

---

[541] 竟 － jìng － unexpectedly; to one's surprise
[542] 头眠二眠 － tóu mián èr mián － First Sleep and Second Sleep
　　　　头眠: the first mutation period of the silkworms
　　　　二眠: the second mutation period of the silkworms
　　　　出火: the third mutation period of the silkworms
　　　　大眠: the fourth mutation period of the silkworms
[543] 阴雨 － yīnyǔ － overcast and rainy
[544] 气候 － qìhòu － climate; weather
[545] 宝宝 － bǎobǎo － "little darlings", referring to the silkworms
[546] 紧张 － jǐnzhāng － tense; nervous
[547] 弥漫 － mímàn － suffuse; pervade; veil; fill the air; spread all over the place
[548] 琮琮 － cóngcóng － an onomatopoeic word to describe the running water
[549] 朗朗 － lǎnglǎng － the sound of loud reading or laughter

二十斤[550]；"大眠"快边人们还看见那不声不响[551]晦气[552]色的丈夫根生倾弃[553]了三"蚕箪"在那小溪里。

这一件事，使得全村的妇人对于荷花家特别"戒严[554]"。她们特地避路[555]，不从荷花的门前走，远远的看见了荷花或是她那不声不响丈夫的影儿就赶快躲开[556]；这些幸运的人儿惟恐[557]看了荷花他们一眼或是交谈半句话就传染[558]了晦气来！

老通宝严禁他的小儿子多多头跟荷花说话。——"你再跟那东西[559]多嘴[560]，我就告你忤逆[561]！"老通宝站在廊檐[562]外高声大气喊，故意要叫荷花他们听得。

小小宝也受到严厉[563]的嘱咐[564]，不许跑到荷花家的门前，不许和他们说话。

---

[550] 斤 – jīn – unit of weight (equals 1/2 kilogram)
[551] 不声不响 – bùshēng-bùxiǎng – (成语) make no reply; not making a sound; not utter a word; without saying a word
[552] 晦气 – huìqì – unlucky; bad luck
[553] 倾弃 – qīngqì – give up; same as 放弃 (fàngqì), which is more often used in modern Chinese
[554] 戒严 – jièyán – strictly off limits
[555] 避路 – bìlù – avoid; keep away from
[556] 躲开 – duǒkāi – get out of the way; stay away
[557] 惟恐 – wéikǒng – for fear that
[558] 传染 – chuánrǎn – infect; be contagious; communicate
[559] 那东西 – nà dōngxi – (swear word) that baggage
[560] 多嘴 – duōzuǐ – speak out of turn; gossipy; shoot off one's mouth; talk too much or out of place
[561] 忤逆 – wǔnì – disobey
[562] 廊檐 – lángyán – eaves of a veranda
[563] 严厉 – yánlì – stern; severe

阿多像一个聋子[565]似的不理睬[566]老头子那早早夜夜[567]的唠叨[568]，他心里却在暗笑。全家就只有他不大相信那些鬼禁忌[569]。可是他也没有跟荷花说话，他忙都忙不过来。

"大眠"捉[570]了毛三百斤，老通宝全家连十二岁的小宝也在内，都是两日两夜没有合眼。蚕是少见的好，活了六十岁的老通宝记得只有两次是同样的，一次就是他成家[571]的那年，又一次是阿四出世[572]那一年。"大眠"以后的"宝宝"第一天就吃了七担叶，个个是生青滚壮[573]，然而老通宝全家都瘦了一圈[574]，失眠的眼睛上充满了红丝。

谁也料得到这些"宝宝"上山前还得吃多少叶。老通宝和儿子阿四商量[575]了：

"陈大少爷借不出，还是再求财发[576]的东家罢？"

"地头上还有十担叶，够一天。"

---

564 嘱咐 – zhǔfù – enjoin; exhort; tell
565 聋子 – lóngzi – a deaf person
566 理睬 – lǐcǎi – pay attention to; show interest in; take cognizance of
567 早早夜夜 – zǎozǎo-yèyè – every morning and every night
568 唠叨 – láodao – chatter; be garrulous
569 鬼禁忌 – guǐ jìnjì – taboo
570 捉 – zhuō – clutch; grasp; hold; seize
571 成家 – chéngjiā – marry
572 出世 – chūshì – come into the world; be born
573 滚壮 – gǔnzhuàng – (dialect) stout and strong; same as 肥壮 (féizhuàng), which is more often used in modern Chinese
574 瘦了一圈 – shòule yī quān – become much thinner
575 商量 – shāngliang – discuss; consult
576 东家 – dōngjiā – landlord; the employer; the boss; the master

阿四回答，他委实[577]是支撑[578]不住了，他的一双眼皮像有几百斤重，只想合下来。老通宝却不耐烦[579]了，怒声喝道[580]：

　　"说什么梦话[581]！刚吃了两天老蚕呢。明天不算，还得吃三天，还要三十担叶，三十担！"

　　这时外边稻场上忽然人声喧闹[582]，阿多押了新发来[583]的五担叶来了。于是老通宝和阿四的谈话打断[584]，都出去"捋叶[585]"。四大娘也慌忙[586]从蚕房里钻[587]出来。隔溪陆家养的蚕不多，那大姑娘六宝抽得出工夫，也来帮忙了。那时星光满天，微微有点风，村前村后都断断续续[588]传来了吆喝[589]和欢笑[590]，中间有一个粗暴[591]的声音嚷[592]道：

---

[577] 委实 － wěishí － really; indeed
[578] 支撑 － zhīchēng － sustain; support; carry; hold
[579] 耐烦 － nàifán － patient; tolerant; have patience
[580] 怒声喝道 － nùshēng hèdào － shout furiously; snap
[581] 梦话 － mènghuà － words uttered in one's sleep; daydream; nonsense
[582] 喧闹 － xuānnào － noise and excitement; bustle; racket; rag; whoop-de-do(o); noise and excitement; bustle; racket
[583] 发来 － fālái － delivered
[584] 打断 － dǎduàn － interrupt; cut short
[585] 捋叶 － lǚ yè － strip (捋) the leaves (叶)
[586] 慌忙 － huāngmáng － in a great rush; in a hurry
[587] 钻 － zuān － go through
[588] 断断续续 － duànduàn-xùxù － (成语) continue from time to time; intermittently; on and off
[589] 吆喝 － yāohe － shouting
[590] 欢笑 － huānxiào － laughters
[591] 粗暴 － cūbào － rude; coarse; brutal; violent
[592] 嚷 － rǎng － shout; cry; yell; make a noise; make an uproar

"叶行情[593]飞涨[594]了！今天下午镇上开[595]到四洋一担[596]！"

老通宝偏偏[597]听得了，心里急得什么似的。四块钱一担，三十担可要一百二十块呢，他哪来这许多钱！但是想到茧子总可以采五百多斤，就算五十块钱一百斤，也有这么二百五，他又心一宽[598]。那边"捋叶"的人堆里忽然又有一个小小的声音说：

"听说东路不大好，看来叶价钱涨不到多少的！"

老通宝认得这声音是陆家的六宝。这使他心里又一宽。

那六宝是和阿多同站在一个筐子[599]边"捋叶"。在半明半暗[600]的星光下，她和阿多靠得很近。忽然她觉得在那"杠条"[601]的隐蔽[602]下，有一只手在她大腿上拧了一把[603]。好象知道是谁拧的，她忍住[604]了不笑，也不声张[605]。蓦地[606]那手又在她胸前摸了一把，六宝直跳起来，出惊地喊了一声：

---

[593] 行情 – hángqíng – market situation; price
[594] 飞涨 – fēizhǎng – (of prices, etc) soar; skyrocket
[595] 开 – kāi – rise
[596] 四洋一担 – sì yáng yī dàn – a dan of leaves for the silkworms costs four silver dollars
[597] 偏偏 – piānpiān – deliberately; just; only
[598] 宽 – kuān – relax; relieve
[599] 筐子 – kuāngzi – basket
[600] 半明半暗 – bàn míng bàn àn – half (半) bright (明) and half (半) dim (暗); dim; not very bright
[601] 杠条 – gàngtiáo – mulberry branches
[602] 隐蔽 – yǐnbì – take cover; seek cover; hide; conceal; shelter
[603] 拧一把 – nǐng yībǎ – pinch
[604] 忍住 – rěnzhù – hold back; refrain; suppress
[605] 声张 – shēngzhāng – make public; disclose

"嗳哟[607]！"

"什么事？"

同在那筐子边捋叶的四大娘问了，抬起头来。六宝觉得自己脸上热烘烘了，她偷偷[608]地瞪了阿多一眼[609]，就赶快低下头，很快地捋叶，一面回答：

"没有什么。想来是毛毛虫[610]刺[611]了我一下。"

阿多咬[612]住了嘴唇[613]暗笑。虽然在这半个月来也是半饱[614]而且少睡，也瘦了许多了，他的精神可还是很饱满。老通宝那种忧愁[615]，他是永远没有的。他永不相信靠一次蚕花好或是田里熟[616]，他们就可以还清了债[617]再有自己的田；他知道单[618]靠勤俭工作，即使做到背脊骨[619]折断也是不能翻身的。但是他仍旧很高兴地工作着，他觉得这也是一种快活，正像和六宝调情[620]一样。

---

[606] 蓦地 – mòde – suddenly; unexpectedly
[607] 嗳哟 – àiyō – ouch
[608] 偷偷 – tōutōu – stealthily; secretly; covertly
[609] 瞪眼 – dèngyǎn – shoot a glance at someone
[610] 毛毛虫 – máomáochóng – caterpillar
[611] 刺 – cì – stab; prick
[612] 咬 – yǎo – bite; snap at
[613] 嘴唇 – zuǐchún – lip
[614] 半饱 – bàn bǎo – half-full; half-starved
[615] 忧愁 – yōuchóu – sadness; worry; gloom
[616] 熟 – shú – ripe
[617] 还债 – huánzhài – pay (还) one's debt (债); repay a debt
[618] 单 – dān – only; alone; solely
[619] 背脊骨 – bèijǐgǔ – backbone; spine; spinal column
[620] 调情 – tiáoqíng – make overtures to; flirt

第二天早上，老通宝就到镇里去想法借钱来买叶。临走[621]前，他和四大娘商量好，决定把他家那块出产十五担叶的桑地去抵押[622]。这是他家最后的产业。

　　叶又买来了三十担。第一批[623]的十担发来时，那些壮健的"宝宝"已经饿了半点钟[624]了。"宝宝"们尖[625]出了小嘴巴，向左向右[626]乱晃[627]，四大娘看得心酸[628]。叶铺[629]了上去，立刻蚕房里充满着萨萨萨[630]的响声，人们说话也不大听得清。不多一会儿，那些"团匾"里立刻又全见白[631]了，于是又铺上厚厚的一层叶。人们单是"上叶"也就忙得透不过气[632]来。但这是最后五分钟了。再得两天，"宝宝"可以上山。人们把剩余[633]的精力榨[634]出来拚死命干[635]。

---

[621] 临走 － línzǒu － be about to leave; before leaving
[622] 抵押 － dǐyā － mortgage
[623] 批 － pī － batch; lot; group
[624] 半点钟 － bàndiǎn zhōng － half an hour
[625] 尖 － jiān － set upright; erect
[626] 向左向右 － xiàng zuǒ xiàng yòu － to the left (左) and right (右)
[627] 乱晃 － luànhuàng － to sway back and forth (晃) randomly (乱)
[628] 心酸 － xīnsuān － be grieved; feel sad
[629] 铺 － pū － spread
[630] 萨萨萨 － sà sà sà － an onomatopoeic word to describe small long sounds; hissing; crunching
[631] 见白 － jiànbái － see white (the color of the silkworms)
[632] 透不过气 － tòu bùguò qì － (so busy that one can) barely catch their breath
[633] 剩余 － shèngyú － surplus; remainder; residue
[634] 榨 － zhà － squeeze; make best use of every bit of (one's strength)
[635] 拚死命干 － pīnsǐ mìng gàn － work hard to the last desperate struggle; hold on to the last

阿多虽然接连三日三夜没有睡，却还不见怎么倦[636]。那一夜，就由[637]他一个人在"蚕房"里守[638]那上半夜，好让老通宝以及[639]阿四夫妇都去歇一歇。那是个好月夜，稍稍有点冷。蚕房里爇[640]了一个小小的火。阿多守以[641]二更[642]过，上了第二次的叶，就蹲在那个"火"旁边听那些"宝宝"萨萨萨地吃叶。渐渐儿他的眼皮合上了。恍惚[643]听得有门响，阿多的眼皮一跳[644]，睁开眼[645]来看了看，就又合[646]上了。他耳朵里还听得萨萨萨的声音和屑索屑索[647]的怪声。猛然[648]一个踉跄[649]，他的头在自己膝头[650]上磕[651]了一下，他惊醒过来，恰[652]就听得蚕房的芦帘[653]拍叉[654]一声响，似乎还看见有人影[655]一闪[656]。阿多立刻跳起来，到外面一看，门是开着，

---

[636] 倦 – juàn – weary; tired
[637] 由 – yóu – let
[638] 守 – shǒu – keep watch
[639] 以及 – yǐjí – as well as; along with; and
[640] 爇 – ruò – set fire to; burn
[641] 守以 – shǒu yǐ – keep watching until
[642] 二更 – èrgēng – at night (9:00 – 11:00 pm)
      更: one of the five two-hour periods (7:00pm – 5:00am of the next day of Beijing time) into which the night was formerly divided
[643] 恍惚 – huǎnghū – dimly; faintly; seemingly
[644] 跳 – tiào – move; beat
[645] 睁开眼 – zhēngkāi yǎn – open one's eyes
[646] 合 – hé – close
[647] 屑索屑索 – xièsuǒ xièsuǒ – rustling
[648] 猛然 – měngrán – suddenly; abruptly
[649] 踉跄 – liàngqiàng – staggering; stumbling
[650] 膝头 – xītóu – knee
[651] 磕 – kē – knock; strike
[652] 恰 – qià – just right; exactly right; as luck would have it
[653] 芦帘 – lúlián – door screen
[654] 拍叉 – pāichā – (dialect) bang
[655] 人影 – rényǐng – shadow of a person
[656] 闪 – shǎn – flashing; moving fast

月光下稻场上有一个人正走向溪边去。阿多飞也似跳出去，还没看清那人是谁，已经把那人抓过来摔[657]在地下。他断定了这是一个贼[658]。

"多多头！打死我也不怨[659]你，只求你不要说出来！"

是荷花的声音，阿多听真[660]了时不禁[661]浑身的汗毛[662]都竖[663]了起来。月光下他又看见那扁得作怪的白脸儿上一对细圆[664]的眼睛定定[665]地看住了他。可是恐怖的意思那眼睛里也没有。阿多哼[666]了一声，就问道：

"你偷[667]什么？"

"我偷你们的宝宝！"

"放[668]到哪里去了？"

"我扔[669]到溪里去了！"

阿多现在也变了脸色。他这才知道这女人的恶意[670]是要冲克[671]他家的"宝宝"。

"你真心毒[672]呀！我们家和你们可没有冤仇[673]！"

"没有么？有的，有的！我家自管[674]蚕花不好，可并没害了谁，你们都是好的！你们怎么把我当作白老虎[675]，远远地望见我就别转[676]了脸？你们不把我当人看待[677]！"

那妇人说着就爬了起来，脸上的神气比什么都可怕。阿多瞅[678]着那妇人好半晌[679]，这才说道：

"我不打你，走你的罢！"

阿多头也不回的跑回家去，仍在"蚕房"里守着。他完全没有睡意[680]了。他看那些"宝宝"，都是好好的。他并没想到荷

---

⁶⁶⁹ 扔 - rēng - throw
⁶⁷⁰ 恶意 - èyì - evil/vicious/intentions; ill will; malice
⁶⁷¹ 冲克 - chōngkè - put a curse on the lot
⁶⁷² 心毒 - xīndú - cruel
⁶⁷³ 冤仇 - yuānchóu - rancor; enmity
⁶⁷⁴ 管 - guǎn - manage
⁶⁷⁵ 白老虎 - báilǎohǔ - the white (白) tiger (老虎)
⁶⁷⁶ 别转 - biézhuǎn - (dialect) turn
⁶⁷⁷ 看待 - kàndài - treat
⁶⁷⁸ 瞅 - chǒu - stare; glance
⁶⁷⁹ 半晌 - bànshǎng - for a long time
⁶⁸⁰ 睡意 - shuìyì - sleepiness; drowsiness

花可恨[681]或可怜[682]，然而他不能忘记荷花那一番话；他觉到人和人中间有什么地方是永远弄不对[683]的，可是他不能够明白想出来是什么地方，或是为什么。再过一会儿，他就什么都忘记了。"宝宝"身强健的，像有魔法似的吃了又吃，永远不会饱！

以后直到东方快打白[684]了时，没有发生事故。老通宝和四大娘来替换[685]阿多了，他们拿那些渐渐身体发白而变短[686]了的"宝宝"在亮处照[687]着，看是"有没有通[688]"。他们的心被快活[689]胀大[690]了。但是太阳出山时四大娘到溪边汲水[691]，却看见六宝满脸严重地跑过来悄悄[692]地问道：

"昨夜二更过，三更不到，我远远地看见那骚货从你们家跑出来，阿多跟在后面，他们站在这里说了半天话呢！四阿嫂！你们怎么不管事呀？"

四大娘的脸色立刻变了，一句话也没说，提了水桶[693]就回家去，先对丈夫说了，再对老通宝说。这东西竟偷进人家"蚕房"

---

[681] 可恨 - kěhèn - hateful; detestable; abominable
[682] 可怜 - kělián - pitiful; pitiable; poor; pathetic
[683] 弄不对 - nòng bùduì - wrong
[684] 打白 - dǎbái - dawn; brighten
[685] 替换 - tìhuàn - replace; substitute for; take the place of; relieve
[686] 变短 - biànduǎn - shorten; become short
[687] 照 - zhào - light up; look at something in the light
[688] 通 - tōng - (dialect) well developed
[689] 快活 - kuàihuo - happiness; joy; delight
[690] 胀大 - zhàngdà - expand; swell
[691] 汲水 - jí shuǐ - draw water
[692] 悄悄 - qiāoqiāo - quietly; secretly
[693] 水桶 - shuǐtǒng - water bucket

来了，那还了得[694]！老通宝气得直跺脚[695]，马上叫了阿多来查问[696]。但是阿多不承认[697]，说六宝是做梦见鬼。老通宝又去找六宝询问[698]。六宝是一口咬定[699]了看见的。老通宝没有主意，回家去看那"宝宝"，仍然是很健康，瞧[700]不出一些败相[701]来。

但是老通宝他们满心的欢喜却被这件事打消[702]了。他们相信六宝的话不会毫无根据[703]。他们唯一的希望是那骚货或者只在廊檐口和阿多鬼混[704]了一阵[705]。

"可是那大蒜头上的苗[706]却当真只有三四茎呀！"

老通宝自心里这么想，觉得前途[707]只是阴暗[708]。可不是，吃了许多叶去，一直落来都很好，然而上了山却干殭[709]了的事，

---

[694] 了得 – liǎodé – terrible
[695] 跺脚 – duòjiǎo – stamp one's foot
[696] 查问 – cháwèn – inquire; question; interrogate
[697] 承认 – chéngrèn – admit; acknowledge; recognize
[698] 询问 – xúnwèn – ask about; enquire
[699] 咬定 – yǎodìng – insist
[700] 瞧 – qiáo – look; see; check
[701] 败相 – bàixiàng – bad sign; bad indication
[702] 打消 – dǎxiāo – give up; dispel
[703] 毫无根据 – háowú gēnjù – groundless; with no reason; without foundation
[704] 鬼混 – guǐhùn – fool around
[705] 一阵 – yīzhèn – for a while
[706] 苗 – miáo – sprout; shoots
[707] 前途 – qiántú – future; prospect; promise
[708] 阴暗 – yīnàn – dark; gloomy
[709] 干殭 – gānjiāng – dry up and die

也是常有的。不过老通宝无论如何不敢想到这上头⁷¹⁰去；他以为即使是肚子里想，也是不吉利⁷¹¹。

⁷¹⁰ 上头 – shàngtou – above; on top; on the surface of
⁷¹¹ 吉利 – jílì – auspicious; lucky

"宝宝"都上山了，老通宝他们还是捏着一把汗。他们钱都花光了，精力[712]也绞尽[713]了，可是有没有报酬[714]呢，到此时还没有把握[715]。虽则如此[716]，他们还是硬着头皮[717]去干。"山棚[718]"下蒸了火[719]，老通宝和阿四他们伛[720]着腰[721]慢慢地从这边蹲到那边，又从那边蹲到这边。他们听得山棚上有些屑屑索索的细声音[722]，他们就忍不住想笑，过一会儿又不听得了，他们的心就重甸甸[723]地往下沉[724]了。这样地，心是焦灼着，却不敢向山棚上望。偶或

---

[712] 精力 – jīnglì – energy; vigor

[713] 绞尽 – jiǎojìn – exhaustively; completely spent

[714] 报酬 – bàochóu – reward; remuneration; pay

[715] 把握 – bǎwò – guarantee

[716] 虽则如此 – suīzé rúcǐ – even so; nevertheless

[717] 硬着头皮 – yìngzhe tóupí – to toughen (硬) one's scalp (头皮); brace/force oneself to do something against one's will; braving all rebuffs; put a bold face on it; summon up courage

[718] 山棚 – shānpéng – racks

[719] 蒸火 – ruòhuǒ – make a fire

[720] 伛 – yǔ – bend (one's waist)

[721] 腰 – yāo – waist

[722] 屑屑索索的细声音 – xièxiè-suǒsuǒ de xì shēngyīn – little rustling sounds (the silkworms on the racks will move up to the top of the racks above the fire. The silkworms that can't climb up are unhealthy and unable to cocoon)

[723] 重甸甸 – zhòngdiàndiàn – heavy; weighty

[724] 沉 – chén – keep down; lower

他们仰⁷²⁵着的脸上淋⁷²⁶到了一滴⁷²⁷蚕尿⁷²⁸了，虽然觉得有点难过，他们心里却快活；他们巴不得⁷²⁹多淋一些。

　　阿多早已偷偷地挑开⁷³⁰"山棚"外围⁷³¹着的芦帘⁷³²望过几次了。小小宝看见，就扭住了阿多，问"宝宝"有没有做茧子。阿多伸出舌头⁷³³做一个鬼脸⁷³⁴，不回答。

　　"上山"后三天，息火⁷³⁵了。四大娘再也忍不住，也偷偷地挑开芦帘角⁷³⁶看了一眼，她的心立刻卜卜⁷³⁷地跳了。那是一片雪白，几乎连"缀头"都瞧不见⁷³⁸；那是四大娘有生以来从没有见过的"好蚕花"呀！老通宝全家立刻充满了欢笑。现在他们一颗⁷³⁹心定下来了！"宝宝"们有良心，四洋一担的叶不是白吃的；他们全家一个月的忍饿⁷⁴⁰失眠⁷⁴¹总算不冤枉⁷⁴²，天老爷有眼睛⁷⁴³！

---

⁷²⁵ 仰 – yǎng – raise (one's head)

⁷²⁶ 淋 – lín – sprinkle; squirt

⁷²⁷ 滴 – dī – a drip of (fluid)

⁷²⁸ 蚕尿 – cánniào – the urine of the silkworms; it is said that the silkworms will pee before cocooning

⁷²⁹ 巴不得 – bābude – very anxious to; be only too anxious to do something; eagerly look forward to

⁷³⁰ 挑开 – tiǎokāi – lift up; raise

⁷³¹ 外围 – wài wéi – outward; exterior

⁷³² 芦帘 – lúlián – hanging screen or curtain (帘) made of reeds (芦)

⁷³³ 舌头 – shétou – tongue

⁷³⁴ 鬼脸 – guǐliǎn – funny face; wry face; ugly face

⁷³⁵ 息火 – xīhuǒ – put out the fire

⁷³⁶ 角 – jiǎo – the corner

⁷³⁷ 卜卜 – bǔbǔ – an onomatopoeic word to describe the beating sound of one's heart; pitapatting; pounding

⁷³⁸ 瞧不见 – qiáo bùjiàn – not visible

⁷³⁹ 颗 – kē – quantifier used before small and round objects

⁷⁴⁰ 忍饿 – rěn è – bear (忍) hunger (饿)

同样的欢笑声在村里到处都起来了。今年蚕花娘娘保佑[744]这小小的村子。二三十人家都可以采到七八分，老通宝家更是比众不同[745]，估量[746]来总可以采一个十二三分。

小溪边和稻场上现在又充满了女人和孩子们。这些人都比一个月前瘦了许多，眼眶[747]陷[748]进了，嗓子也发沙[749]，然而都很快活兴奋。她们嘈嘈[750]地谈论那一个月内的"奋斗"时，她们的眼前便时时现出一堆堆雪白的洋钱，她们那快乐的心里便时时闪过了这样的盘算[751]：夹衣[752]和夏衣都在当铺里，这可先得赎[753]出来；过端阳节[754]也许可以吃一条黄鱼。

那晚上荷花和阿多的把戏[755]也是她们谈话的资料。六宝见了人就宣传[756]荷花的"不要脸，送上门去！"男人们听了就粗暴

---

[741] 失眠 – shīmián – insomnia
[742] 冤枉 – yuānwang – wrong; treat unjustly; not worthwhile; not repaying the effort
[743] 天老爷有眼睛 – tiānlǎoye yǒu yǎnjing – The Old Lord of Heaven has eyes!
[744] 保佑 – bǎoyòu – bless; be beneficent to
[745] 比众不同 – bǐ zhòng bùtóng – (成语) be out of the ordinary; be different from others; same as 与众不同 (yǔzhòng-bùtóng), which is more often used in modern Chinese
[746] 估量 – gūliáng – estimate; assess
[747] 眼眶 – yǎnkuàng – eye socket; orbit
[748] 陷 – xiàn – sink; cave in
[749] 发沙 – fā shā – (of throats) rasping; hoarse; husky
[750] 嘈嘈 – cáocáo – loud; noisy
[751] 盘算 – pánsuàn – deliberate; calculate
[752] 夹衣 – jiáyī – clothes with two layers
[753] 赎 – shú – reedem
[754] 端阳节 – Duānyángjié – the Dragon Boat Festival, the same as 端午节
[755] 把戏 – bǎxì – scandal; farce
[756] 宣传 – xuānchuán – desseminate; give publicity; announce

⁷⁵⁷地笑着，女人们念一声佛⁷⁵⁸，骂一句，又说老通宝家总算幸气，没有犯克⁷⁵⁹，那是菩萨保佑⁷⁶⁰，祖宗有灵⁷⁶¹！

接着⁷⁶²是家家都"浪山头"⁷⁶³了，各家的至亲好友⁷⁶⁴都来"望山头⁷⁶⁵"。老通宝的亲家张财发带了小儿子阿九特地从镇上来到村里。他们带来的礼物，是软糕⁷⁶⁶，线粉⁷⁶⁷，梅子⁷⁶⁸，枇杷⁷⁶⁹，也有咸鱼⁷⁷⁰。小小宝快活得好像雪天的小狗⁷⁷¹。

"通宝，你是卖茧子呢，还是自家做丝？"

张老头子拉老通宝到小溪边一棵杨柳树⁷⁷²下坐了，这么悄悄地问。这张老头子张财发是出名"会寻快活⁷⁷³"的人，他从镇

---

⁷⁵⁷ 粗暴 – cūbào – coarsely

⁷⁵⁸ 念一声佛 – niàn yī shēng fó – chant the name of Buddha; pray to Buddha; mutter a prayer

⁷⁵⁹ 犯克 – fànkè – be cursed

⁷⁶⁰ 菩萨保佑 – Púsà bǎoyòu – The bodhisattva (菩萨) to bless and protect (保佑); the gods are merciful

⁷⁶¹ 祖宗有灵 – zǔzōng yǒulíng – forefathers (祖宗) are spiritual (有灵)

⁷⁶² 接着 – jiēzhe – afterwards; then; in the wake

⁷⁶³ 浪山头 – làng shāntóu – (dialect) congratulate (浪) on a good harvest (山头) of cocoons after cocooning

⁷⁶⁴ 至亲好友 – zhìqīnhǎoyǒu – (成语) close relatives and good friends

⁷⁶⁵ 望山头 – wàng shāntóu – visit (望) other's good harvest (山头)

⁷⁶⁶ 软糕 – ruǎngāo – soft cake

⁷⁶⁷ 线粉 – xiànfěn – noodles

⁷⁶⁸ 梅子 – méizi – plum

⁷⁶⁹ 枇杷 – pípá – loquat, a type of fruit native to China

⁷⁷⁰ 咸鱼 – xiányú – salted (咸) fish (鱼)

⁷⁷¹ 雪天的小狗 – xuětiān de xiǎogǒu – the small (小) dog (狗) in the snow (雪天)

⁷⁷² 杨柳树 – yángliǔshù – willow

⁷⁷³ 会寻快活 – huì xún kuàihuo – good at (会) looking for (寻) happiness (快活)

上城隍庙⁷⁷⁴前露天⁷⁷⁵的"说书场⁷⁷⁶"听来了一肚子的疙瘩东西⁷⁷⁷；尤其烂熟⁷⁷⁸的，是"十八路反王，七十二处烟尘⁷⁷⁹"，程咬金⁷⁸⁰卖柴扒⁷⁸¹，贩私盐⁷⁸²出身⁷⁸³，瓦岗寨⁷⁸⁴做反王⁷⁸⁵的《隋唐演义⁷⁸⁶》。他向来说话"没正经⁷⁸⁷"，老通宝是知道的；所以现在听得问是卖茧子或者自家做丝，老通宝并没把这话看重，只随口⁷⁸⁸回答道：

"自然卖茧子。"

张老头子却拍着大腿叹一口气。忽然他站了起来，用手指着村外⁷⁸⁹那一片秃头⁷⁹⁰桑林后面耸露⁷⁹¹出来的茧厂的风火墙⁷⁹²说道：

---

⁷⁷⁴ 城隍庙 – chénghuángmiào – City God Temple

⁷⁷⁵ 露天 – lùtiān – in the open; open-air; outdoors

⁷⁷⁶ 说书场 – shuōshū chǎng – the storytelling (说书) place (场)

⁷⁷⁷ 疙瘩东西 – gēda dōngxi – (dialect) various stuff; referring to a large number of small stories

⁷⁷⁸ 烂熟 – lànshú – thoroughly cooked; thoroughly remembered

⁷⁷⁹ 十八路反王，七十二处烟尘 – shíbā lù fǎnwáng, qīshí'èr chù yānchén – leaders of the eighteen rebellious gangs and other smaller gangs during the Sui and Tang Dynasties

⁷⁸⁰ 程咬金 – Chéng Yǎojīn – one of the leaders of the eighteen rebellious gangs

⁷⁸¹ 柴扒 – cháibā – firewood

⁷⁸² 贩私盐 – fàn sīyán – trade (贩) illegal salt (私盐)

⁷⁸³ 出身 – chūshēn – background

⁷⁸⁴ 瓦岗寨 – Wǎgǎngzhài – the stockade where 程咬金 raised his troops

⁷⁸⁵ 反王 – fǎnwáng – rebellion leader

⁷⁸⁶ 《隋唐演义》 – 《Suí Táng Yǎnyì》 – *Romance of Sui and Tang Dynasties*

⁷⁸⁷ 没正经 – méi zhèngjing – (chat) idly

⁷⁸⁸ 随口 – suíkǒu – speak thoughtlessly

⁷⁸⁹ 村外 – cūn wài – outside (外) of the village (村)

⁷⁹⁰ 秃头 – tūtóu – bald (of leaves)

⁷⁹¹ 耸露 – sǒnglù – show; reveal

⁷⁹² 风火墙 – fēnghuǒqiáng – fire wall, a partition used in traditional Chinese architecture to prevent the spread of a fire from one part of a building

"通宝，茧子是采了，那些茧厂的大门还关得紧洞洞[793]呢！今年茧厂不开秤[794]！——十八路反王早已下凡[795]，李世民[796]还没出世；世界不太平！今年茧厂关门，不做生意！"

老通宝忍不住笑了，他不肯相信。他怎么能够相信呢？难道那"五步一岗[797]"似的比露天[798]毛坑[799]还要多的茧厂会一齐都关了门不做生意？况且听说和东洋人也已"讲拢[800]"，不打仗[801]了，茧厂里驻的兵[802]早已开走。

张老头子也换了话，东拉西扯[803]讲镇里的"新闻"，夹着许多"说书场"上听来的什么秦叔宝[804]，程咬金。最后，他代他的东家催[805]那三十块钱的债，为的他是"中人"。

然而老通宝到底有点不放心。他赶快跑出村去，看看"塘路"上最近的两个茧厂，果然大门紧闭，不见半个人；照往年说[806]，此时应该早已摆开了柜台[807]，挂起了一排[808]乌亮亮[809]的大秤。

---

[793] 紧洞洞 – jǐndòngdòng – (dialect) very tight
[794] 开秤 – kāichèng – begin business; start purchasing
[795] 下凡 – xiàfán – (of gods or immortals) descend to the world; come down to earth
[796] 李世民 – Lǐ Shìmín – the second emperor of the Tang Dynasty
[797] 五步一岗 – wǔ bù yī gǎng – (figurative) a cop every five feet; enormous; plenty
[798] 露天 – lùtiān – open air
[799] 毛坑 – máokēng – latrine
[800] 讲拢 – jiǎnglǒng – make peace; settle a dispute; become reconciled
[801] 打仗 – dǎzhàng – fight; go to war; make war
[802] 驻兵 – zhùbīng – station troops
[803] 东拉西扯 – dōnglā-xīchě – (成语) drag in all sorts of irrelevant matters; pull about; ramble in talk; talk aimlessly; talk at random; talk incoherently
[804] 秦叔宝 – Qín Shūbǎo – famous senior general in the Tang Dynasty
[805] 催 – cuī – to press; to urge (the collection of)

老通宝心里也着慌[810]了，但是回家去看见了那些雪白发光很厚实[811]硬古古[812]的茧子，他又忍不住嘻开了嘴[813]。上好的茧子！会没有人要，他不相信。并且他还要忙着采茧，还要谢"蚕花利市"[814]，他渐渐不把茧厂的事放在心上了。

　　可是村里的空气一天一天不同了。才得笑了几声的人们现在又都是满脸的愁云[815]。各处茧厂都没开门的消息陆续[816]从镇上传来，从"塘路"上传来。往年这时候，"收茧人"像走马灯[817]似的在村里巡回[818]，今年没见半个"收茧人"，却换替着来了债主和催粮[819]的差役[820]。请债主们就收了茧子罢，债主们板起面孔[821]不理。

---

[806] 照往年说 – zhào wǎngnián shuō – in former years; according to former years

[807] 柜台 – guìtái – counter

[808] 排 – pái – row

[809] 乌亮亮 – wūliàngliàng – bright; luminous; shiny

[810] 着慌 – zháohuāng – become flustered; become uneasy; feel panicky

[811] 厚实 – hòushí – thick and solid

[812] 硬古古 – yìnggǔgǔ – full and hard

[813] 嘻开了嘴 – xīkāile zuǐ – smile

[814] 谢蚕花利市 – xiè cánhuā lìshì – (dialect) a ritual to thank (谢) the gods (利市) of silkworms (蚕花)

[815] 愁云 – chóuyún – heavy clouds (often used figuratively); a cloud (云) of sorrow (愁); worry; gloom

[816] 陆续 – lùxù – constantly; continually; all the time; one after another; in succession

[817] 走马灯 – zǒumǎdēng – (figurative) a lantern adorned with a revolving circle of paper horses; coming and going very fast

[818] 巡回 – xúnhuí – go the rounds; tour

[819] 催粮 – cuīliáng – collecting (催) rice (粮) for taxes

[820] 差役 – chāiyì – officer in feudal times

[821] 板起面孔 – bǎnqǐ miànkǒng – put on a solemn face; keep a stiff face

全村子都是嚷骂[822]，诅咒[823]，和失望的叹息！人们做梦也不会想到今年"蚕花"好了，他们的日子却比往年[824]更加困难。这在他们是一个青天的霹雳[825]！并且愈是像老通宝他们家似的，蚕愈养得多，愈好，就愈加困难，——"真正世界变了！"老通宝捶胸[826]跺脚地没有办法。然而茧子是不能搁久[827]了的，总得赶快想法：不是卖出去，就是自家做丝。村里有几家已经把多年不用的丝车拿出来修理，打算自家把茧做成了丝再说。六宝家也打算这么办。老通宝便也和儿子媳妇商量道：

"不卖茧子了，自家做丝！什么卖茧子，本来是洋鬼子行出来[828]的！"

"我们有四百多斤茧子呢，你打算摆[829]几部丝车呀！"

四大娘首先反对了。她这话是不错的。五百斤的茧子可不算少，自家做丝万万[830]干不了。请帮手么？那又得花钱。阿四是和他老婆一条心[831]。阿多抱怨[832]老头子打错了主意，他说：

---

822 嚷骂 – rǎngmà – shout; yell; make a noise; make an uproar
823 诅咒 – zǔzhòu – curse; swear; wish someone evil
824 往年 – wǎngnián – former years
825 霹雳 – pīlì – thunderbolt; thunderclap
826 捶胸 – chuíxiōng – beat (捶) one's own breast (胸)
827 搁久 – gējiǔ – delay; keep too long
828 洋鬼子行出来 – yángguǐzi xíng chūlái – foreign devil (洋鬼子) started the thing!
829 摆 – bǎi – put; arrange; get
830 万万 – wànwàn – (used in negative sentences) absolutely
831 一条心 – yī tiáo xīn – be of one mind; be at one
832 抱怨 – bàoyuàn – complain; grumble; murmur at

"早依[833]了我的话，扣住[834]自己的十五担叶，只看一张洋种，多么好！"

老通宝气得说不出话来。

终于一线[835]希望忽[836]又来了。同村的黄道士不知从哪里得的消息，说是无锡[837]脚下[838]的茧厂还是照常收茧。黄道士也是一样的种田人[839]，并非吃十方[840]的"道士"，向来和老通宝最说得来。于是老通宝去找那黄道士详细[841]问过了以后，便又和儿子阿四商量把茧子弄到无锡脚下去卖。老通宝虎起了脸[842]，像吵架似的嚷道：

"水路去有三十多九[843]呢！来回得六天！他妈的[844]！简直是充军[845]！可是你有别的办法么？茧子当不得饭吃，蚕前的债又逼紧[846]来！"

---

[833] 依 – yī – comply with; listen to; yield to

[834] 扣住 – kòuzhù – hold; keep

[835] 一线 – yīxiàn – a faint of (hope)

[836] 忽 – hū – suddenly

[837] 无锡 – Wúxī – a city in 江苏 (Jiāngsū) Province

[838] 脚下 – jiǎoxià – below

[839] 种田人 – zhòngtián rén – the farmer

[840] 吃十方 – chī shí fāng – (of Taoist priests) make living by preaching and begging alms

[841] 详细 – xiángxì – detailed

[842] 虎脸 – hǔliǎn – (dialect) bluff

[843] 九 – jiǔ – (dialect) unit of length; 1 九 = 4.5 kilometer

[844] 他妈的 – tāmāde – (swear word) son of a bitch

[845] 充军 – chōngjūn – banish; be sent into exile

[846] 逼紧 – bījǐn – press hard

阿四也同意了。他们去借了一条赤膊船[847]，买了几张芦席[848]，赶那几天正是好晴，又带了阿多。他们这卖茧子的"远征军[849]"就此[850]出发。

五天以后，他们果然回来了；但不是空船，船里还有一筐[851]茧子没有卖出。原来那三十多九水路远的茧厂挑剔[852]得非常苛刻[853]：洋种茧一担只值三十五元，土种茧一担二十元，薄[854]茧不要。老通宝他们的茧子虽然是上好的货色，却也被茧厂里挑剩[855]了那么一筐，不肯收买。老通宝他们实卖得一百十一块钱，除去[856]路上盘川[857]，就剩了整整的一百元，不够偿还[858]买青叶所借的债！老通宝路上气得生病了，两个儿子扶[859]他到家。

---

[847] 赤膊船 – chìbóchuán – barebacked (赤膊) boat (船), referring to small boat without a sail or roof
[848] 芦席 – lúxí – reed mat
[849] 远征军 – yuǎnzhēngjūn – expeditionary army; expeditionary force
[850] 就此 – jiù cǐ – at this point; here and now; for this
[851] 筐 – kuāng – basket
[852] 挑剔 – tiāoti – nitpick
[853] 苛刻 – kēkè – harsh; severe; fussy; captious
[854] 薄 – báo – thin; weak
[855] 挑剩 – tiāoshèng – remain (剩) after choosing
[856] 除去 – chúqù – deduct; except
[857] 盘川 – pánchuān – (古文) money for the journey; travelling expenses; same as 盘缠 (pánchan)
[858] 偿还 – chánghuán – repay
[859] 扶 – fú – carry; help someone up; support with hand

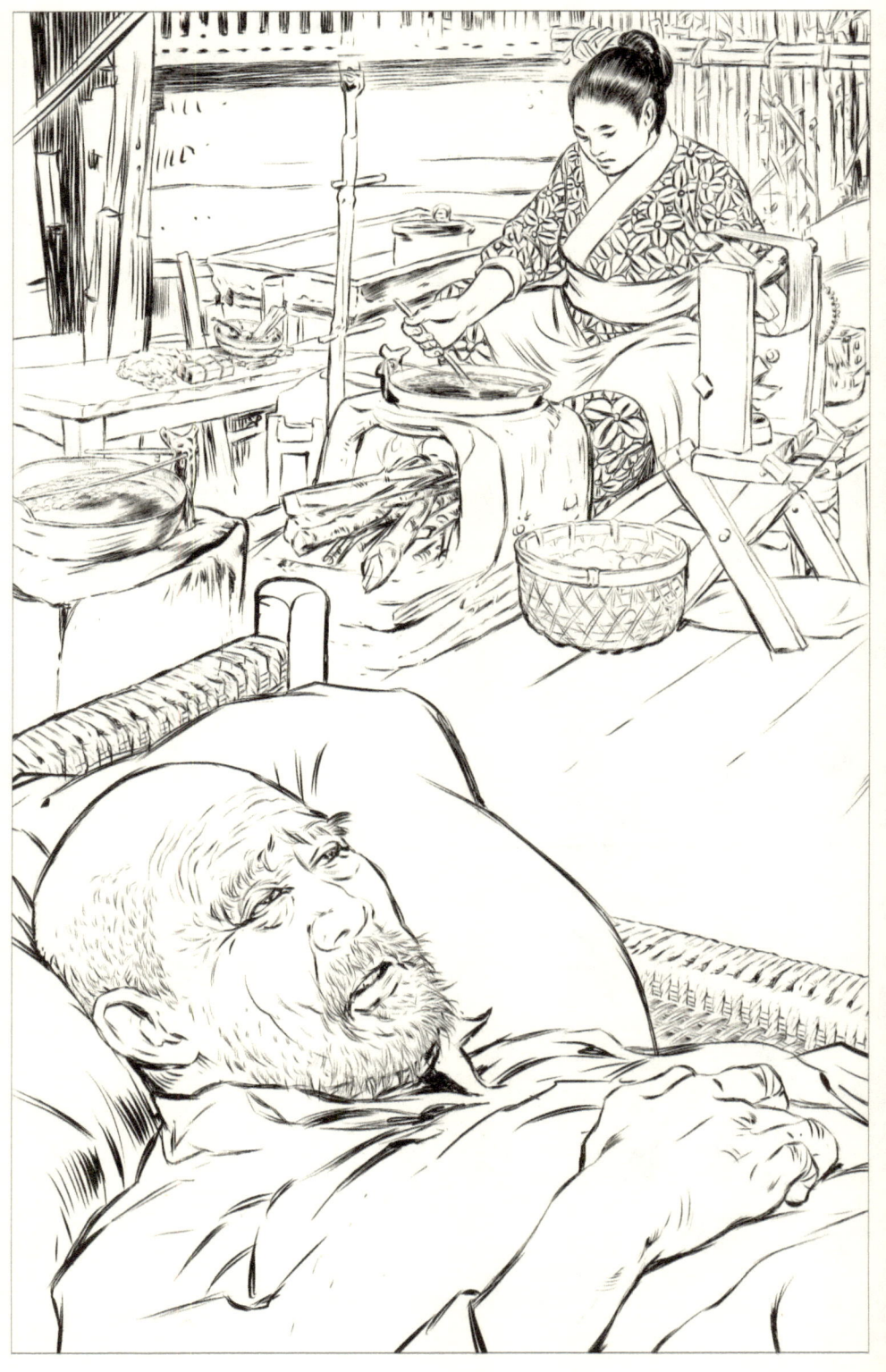

打回来的八九十斤茧子，四大娘只好自家做丝了。她到六宝家借了丝车，又忙了五六天。家里米又吃完了。叫阿四拿那丝上镇里去卖，没有人要；上当铺当铺也不收。说了多少好话，总算把清明前当在那里的一石[860]米换了出来。

就是这么着[861]，因为春蚕熟，老通宝一村的人都增加了债！老通宝家为的养了五张布子的蚕，又采了十多分的好茧子，就此白[862]赔[863]上十五担叶的桑地和三十块钱的债！一个月光景[864]的忍饥熬夜[865]还不算！

1932年11月1日。

---

[860] 石 – dàn – a unit of dry measure for grain; 1 石 = 100 liter

[861] 就是这么着 – jiùshì zhème zhāo – That's the way it happened

[862] 白 – bái – in vain; to no purpose; for nothing; of no avail

[863] 赔 – péi – stand a loss

[864] 光景 – guāngjǐng – about; around

[865] 忍饥熬夜 – rěnjī áoyè – bear (忍) hunger (饿) and stay up late (熬夜)

《Chūncán》
Zuòzhě: Máo Dùn

Yī

Lǎo Tōngbǎo zuò zài "tánglù" biān de yī kuài shítou shàng, cháng hànyānguǎn xiébǎi zài tā shēnbiān. "Qīngmíng" jié hòu de tàiyáng yǐjīng hěn yǒu lìliang, Lǎo Tōngbǎo bèijǐ shàng rèhōnghōng de, xiàng bēizhe yī pén huǒ. "Tánglù" shàng lāqiàn de kuàibān chuán shàng de Shàoxīng rén zhǐ chuānle yī jiàn lán bù dānshān, chǎngkāile dàjīn, wānzhe shēnzi lā, éjiǎo shàng huángdòu dà de hànlì luòdào dìxia.

Kànzhe rénjia nàyàng xīnkǔ de láodòng, Lǎo Tōngbǎo juéde shēnshang gèngjiā rè le; rè de yǒudiǎnr fāyǎng. Tā hái chuānzhe nà jiàn guòdōng de pò mián'ǎo, tā de jiá'ǎo hái zài dàngpù li, què bùfáng cái de "Qīngmíng" biān, tiān jiù nàme rè.

"Zhēnshì tiān yě biàn le!"

Lǎo Tōngbǎo xīnli shuō, jiù tǔ yī kǒu nónghòu de tuòmo. Zài tā miànqián nà tiáo "guānhé" nèi, shuǐ shì lǜyóuyóu de, láiwǎng de chuán yě bù duō, jìngzi yīyàng de shuǐmiàn zhèli nàli qǐle jǐ dào zhòuwén huòshì xiǎoxiǎo de wōxuán, nà shíhou, dàoyǐng zài shuǐ li de ní àn hé ànbiān chéngpái de sāngshù, dōu huàngluàn chéng huī'àn de yīpiàn. Kěshì bùhuì hěn chángjiǔ de. Jiànjiànr nàxiē shùyǐng yòu zài shuǐmiàn shàng xiànxiàn, yī wān yī qū de rúdòng, xiàngshì zuìhàn, zài guò yīhuìr, zhōngyú zhàndìng le, yīrán shì hěn qīngxī de dàoyǐng. Nà quántou múyàng de yāzhī dǐng dōu yǐjīng cùshēngzhe xiǎo shǒuzhǐr nàme dà de nèn lǜyè. Zhè mìmì-céngcéng de sāngshù, yánzhe nà "guānhé" yīzhí wàngqù, hǎoxiàng méiyǒu jìntóu. Tián li xiànzài hái zhǐyǒu gānliè de níkuài, zhè yī dài, xiànzài shì sāngshù de shìlì! Zài Lǎo Tōngbǎo bèihòu, yěshì dàpiàn de sānglín, ǎi'ǎide, jìngmùde, zài rèhōnghōng de tàiyángguāng xià, sìhū nà "sāngquán" shàng de nèn lǜyè guò yī miǎozhōng jiùhuì dà yīxiē.

Lí Lǎo Tōngbǎo zuòchù bùyuǎn, yī suǒ huībáisè de lóufáng dūn zài "tánglù" biān, nà shì jiǎn chǎng. Shí duō tiān qián zhùzhāguò jūnduì, xiànzài nàbiān tián li liúzhe jǐ tiáo duǎnduǎn de zhànháo. Nàshí dōu shuō Dōngyáng bīng yào dǎ jìnlái, zhèn shàng yǒuqiánrén dōu táoguāng le; xiànzài bīngduì yòu kāizǒu le, nà zuò jiǎn chǎng yījiù kōng guān zài nàli, děnghòu chūnjiǎn shàngshì de shíhou zài rènao yīfān. Lǎo Tōngbǎo yě tīng de zhèn shàng Xiǎo Chén Lǎoye de érzi —— Chén Dàshàoye shuōguò, jīnnián Shànghǎi bù tàipíng, sī chǎng dōu guānmén, kǒngpà zhèli de jiǎn chǎng yě bùnéng kāi; dàn Lǎo Tōngbǎo shì bùkěn xiāngxìn de. Tā huóle liùshí suì, fǎnluàn niántóu yě jīngguò hǎo jǐ gè, cóng méi jiànguò lǜyóuyóu de sāngyè báiyǎng zài shù shàng děngdào chéngle "kūyè" qù wèi yáng chī; chúfēi shì "cánhuā" bù shú, dàn nàshì Lǎotiānyé de "quánbǐng", shuí yòu néng gòu wèibǔ-xiānzhī?

"Cái dé Qīngmíng biān, tiān jiù nàme rè!"

Lǎo Tōngbǎo kànzhe nàxiē sāngquán shàng nù zhuó de xiǎo lǜyèr, xīnli yòu zhème xiǎng, tóngshí yǒu jǐfēn jīngyì, yǒu jǐfēn kuàihuo. Tā jìde zìjǐ háishì èrshí duō suì shàozhuàng de shíhou, yǒu yī nián yěshì "Qīngmíng" biān jiù děi chuān jiá, hòulái jiùshì "cánhuā èrshísì fēn", zìjǐ yě jiù zài zhè yī nián chéngle jiā. Nàshí, tā jiā zhèngzài "fā"; tā de fùqīn xiàng yī tóu lǎoniú shìde, shénme dōu dǒngde, shénme dōu zuòde; biànshì tā nà chuàngjiā lìyè de zǔfù, suīshuō zài chángmáowō li chīguò kǔtóu, què yě yù lǎo yù yìnglǎng. Nà shíhou, Lǎo Chén Lǎoyé qùshì bùjiǔ, Xiǎo Chén Lǎoye hái méi chōu shàng yāpiànyān, "Chén Lǎoye jiā" yě bùshì xiànzài nàme bù xiàngyàng de. Lǎo Tōngbǎo xiāngxìn zìjǐ yī jiā hé "Chén Lǎoye jiā" suīzé yībiān shì gāomén-dàhù, ér yībiān bùguò shì zhòngtián rén, rán'ér liǎng jiā de yùnmìng hǎoxiàng shì yītiáo xiànr qiānzhe. Bùdàn "chángmáo zàofǎn" nà shíhou, Lǎo Tōngbǎo de zǔfù hé Chén Lǎoye tóng bèi chángmáo lǔqù, tóng zài chángmáo wō li hùnshàng le liù-qī nián, bùdàn tāmenliǎ tóngshí cóng chángmáo yíngpán lǐ táole chūlái, érqiě tōu de le chángmáo de xǔduō jīnyuánbǎo —— rénjia dào xiànzài háishì zhème shuō; bìngqiě Lǎo Chén Lǎoye zuò sī shēngyì "fā" qǐlái de shíhou, Lǎo Tōngbǎo jiā yǎngcán yěshì niánnián dōu hǎo, shí nián zhōngjiān zhèng de le èrshí mǔ de dàotián hé shí duō mǔ de sāngdì, háiyǒu sān kāijiān liǎng jìn de yī zuò píngwū. Zhè shíhou, Lǎo Tōngbǎo jiā zài dōng cūnzhuāng shàng bèi rénrén suǒ dùxiàn, yě zhèngxiàng "Chén Lǎoye jiā" zài zhèn shàng shì shǔyī-shǔ'èr de dàhù rénjia. Kěshì yǐhòu, liǎng jiā dōu bùxíng le; Lǎo Tōngbǎo xiànzài yǐjīng méiyǒu zìjǐ de tiándì, fǎn qiànchū sānbǎi duō kuài qián de zhài, "Chén Lǎoye jiā" yě zǎoyǐ wánjié. Rénjia dōu shuō "chángmáo guǐ" zài yīnjiān gàole yī zhuàng, Yánluówáng zhuīhuán "Chén Lǎoye jiā" de jīnyuánbǎo héngcái, suǒyǐ bài de zhème kuài. Zhège, Lǎo Tōngbǎo yě yǒu jǐfēn xiāngxìn, bùshì guǐshì-shénchāi, hǎoduānduān de Xiǎo Chén Lǎoye zěnme huì chōushàng le yāpiànyān?

Kěshì Lǎo Tōngbǎo sǐ yě xiǎng bù míngbai wèishénme "Chén Lǎoyé jiā" de "bài" huì qiāndòng dào tā jiā. Tā quèshí zhīdào zìjǐ jiā bìng méi déguò Chángmáo de héngcái. Suīzé tīng sǐle de lǎotóuzi shuō, hǎoxiàng nà lǎo zǔfù táochū chángmáo yíngpán de shíhou, bùqiǎo zhuàngzhe le yī gè xúnlù de xiǎo Chángmáo, dāngshí méifǎ, zhǐhǎo shāle tā, —— zhèshì yī gè "jié"! Rán'ér cóng Lǎo Tōngbǎo dǒngshì yǐlái, tāmen jiā tì zhè xiǎo Chángmáo guǐ bàichàn niànfó shāo zhǐdìng, jì bù qīng yǒu duōshǎo cì le. Zhège xiǎo yuānhún, lǐyīng zǎo tóu fántāi. Lǎo Tōngbǎo suīrán bù hěn jìde zǔfù shì zěnyàng "zuòrén", dàn fùqīn de qínjiǎn zhōnghòu, tā shì qīnyǎn kànjiàn de; tā zìjǐ yěshì guīju rén, tā de érzi Ā Sì, érxí Sì Dàniáng, dōushì qínjiǎn de. Jiùshì xiǎo érzi Ā Duō niánjì qīng, yǒu jǐfēn "bùzhī kǔlà", kěshì máotóu xiǎohuǒzi, dà dōu zhèmezhāo, suàn bù dé "bàijiāxiàng"!

Lǎo Tōngbǎo táiqǐ tā nà jiāohuáng de zhòu liǎn, kǔnǎo de wàngzhe tā miànqián de nà tiáo hé, hé li de chuán, yǐjí liǎng'àn de sāngdì. Yīqiè dōu hé tā èrshí duō suì shí chàbùliǎo duōshǎo, rán'ér "shìjiè" dàodǐ biàn le. Tā zìjǐ jiā yě yào chángcháng bǎ záiliáng dāng fàn chī yī tiān, érqiě yòu qiànchū le sānbǎi duō kuài qián de zhài.

Wū! Wū, wū, wū, ——

Qìdí jiàoshēng tūrán cóng nàbiān yuǎnyuǎn de héshēn de wānqū dìfang chuánle lái. Jiù zài nàbiān, dūnzhe yòu yī gè jiǎn chǎng, yuǎn wàngqù yǐnyuē kějiàn nà zhěngqí de shí "bāng'àn". Yī tiáo cháiyóu yǐnqíng de xiǎo lúnchuán hěn wēiyán de cóng nà jiān chǎng hòu shǐ chūlái, tuōzhe sān tiáo dàchuán, yíngmiàn xiàng Lǎo Tōngbǎo lái le. Mǎn hé píngjìng de shuǐ lìkè jīqǐ pōlàlà de bōlàng, yī qí xiàng liǎngpáng de ní àn juǎn guòlái. Yī tiáo xiāngxia "chìbó chuán" gǎnkuài lǒng àn, chuán shàng rén jiūzhùle ní àn shàng de shùgēn, chuán hé rén dōu hǎoxiàng zài nàli dǎ qiūqiān. Zhá zhá zhá de lúnjī shēng hé yángyóu chòu, fēisàn zài zhè hépíng de lǜ de tiányě. Lǎo Tōngbǎo mǎnliǎn hènyì, kànzhe zhè xiǎo lúnchuán lái, kànzhe tā guòqù, zhídào yòu zhuǎn yī gè wān, wū wū wū de yòu jiàole jǐ shēng, jiù kànbujiàn. Lǎo Tōngbǎo xiànglái chóuhèn xiǎo lúnchuán zhè yīlèi yángguǐzi de dōngxi! Tā cóng méi jiànguò yángguǐzi, kěshì tā cóng tā de fùqīn zuǐ li zhīdào Lǎo Chén Lǎoye jiànguò yángguǐzi: hóng méimáo, lǜ yǎnjing, zǒulù shí liǎng tiáo tuǐ shì zhí de. Bìngqiě Lǎo Chén Lǎoye yěshì hěn hèn yángguǐzi, chángcháng shuō "Tóngdiàn dōu bèi yángguǐzi piànqù le". Lǎo Tōngbǎo kànjiàn Lǎo Chén Lǎoye de shíhou, bùguò bā-jiǔ suì, —— xiànzài tā suǒ jìde de guānyú Lǎo Chén Lǎoye de yīqiè dōushì tīnglái de, kěshì tā xiǎngqǐ le "Tóngdiàn dōu bèi yángguǐzi piànqù le" zhè jù huà, jiù fǎngfú kànjiànle Lǎo Chén Lǎoye lǚzhe húzi yáotóu de shénqì.

Yángguǐzi zěnyàng jiù piànle qián qù, Lǎo Tōngbǎo bù hěn míngbai. Dàn tā hěn xiāngxìn Lǎo Chén Lǎoye de huà yīdìng bùcuò. Bìngqiě tā zìjǐ yě míngmíng kàndào zìcóng zhèn shàng yǒule yángshā, yángbù, yángyóu, —— zhè yīlèi yánghuò, érqiě hé li gèng yǒule xiǎo huǒlúnchuán yǐhòu, tā zìjǐ tián lǐ shēng chūlái de dōngxi jiù yī tiān yī tiān bù zhíqián, ér zhèn shàng de dōngxi què yī tiān yī tiān guì qǐlái. Tā fùqīn liú xiàlái de yī fēn jiāchǎn jiù zhème biànxiǎo, biàn zuò méiyǒu, érqiě xiànzài fùle zhài. Lǎo Tōngbǎo hèn yángguǐzi bùshì méiyǒu lǐyóu de! Tā zhè jiāndìng de zhǔzhāng, zài cūnfāng shàng hěn yǒumíng. Wǔ nián qián, yǒu rén gàosù tā: cháodài yòu gǎile, xīn cháodài shì yào "dǎdǎo" yángguǐzi de. Lǎo Tōngbǎo bù xiāngxìn. Wèicǐ de tā shàng zhèn qù kànjiàn nà xīn dào de hǎnzhe "Dǎdǎo yángguǐzi" de niánqīng rénmen dōu chuānle yángguǐzi yīfu. Tā xiǎnglái zhè huǒ niánqīng rén yīdìng sītōng yángguǐzi, què gùyì lái piàn xiāngxiarén. Hòulái guǒrán jiù bù hǎn "Dǎdǎo yángguǐzi" le, érqiě zhèn shàng de dōngxi gèngjiā yī tiān yī tiān guì qǐlái, pàidào xiāngxiarén shēnshang de juānshuì yě gèngjiā duō qǐlái. Lǎo Tōngbǎo shēnxìn zhè dōushì chuàntōngle yángguǐzi gàn de.

Rán'ér gèng shǐ Lǎo Tōngbǎo qùnián jīhū qì chéng bìng de, shì jiǎnzi yěshì yángzhǒng de mài de hǎo jiàqián; yángzhǒng de jiǎnzi, yī dàn yào guì shàng shí duō kuài qián. Sùlái hé érxí zǒng hái hémù de Lǎo Tōngbǎo, zài zhè jiàn shì shàng kě jiù chǎole jià. Érxí Sì Dàniáng qùnián jiù yào yǎng yángzhǒng de cán. Xiǎo érzi gēn tā sǎosǎo shì yīlù, nà Ā Sì suīrán zuǐ lǐ bù duō shuō, xīnli yěshì yào yángzhǒng de. Lǎo Tōngbǎo niù bùguò tāmen, mòle zhǐhǎo ràngbù. Xiànzài tā jiālǐ yǒu de wǔ zhāng cánzhǒng, jiùshì tǔzhǒng sì zhāng, yángzhǒng yī zhāng.

"Shìjiè zhēnshì yuè biàn yuè huài! Guò jǐ nián tāmen lián sāngyè dōu yào yángzhǒng le! Wǒ huó de yàn le!"

Lǎo Tōngbǎo kànzhe nàxiē sāngshù, xīnli shuō, náqǐ shēnbiān de cháng hànyānguǎn hènhèn de qiāozhe jiǎobiān de níkuài. Tàiyáng xiànzài zhèngdāng tā tóudǐng, tā de yǐngzi luò zài nídì shàng, duǎnduǎn de xiàng yī duàn wūjiāo mùtou, hái chuānzhe pò mián'ǎo de tā, juéde húnshēn zàorè qǐlái le. Tā jiěkāile dàjīn shàng de niǔkòu, yòu zhuāzhe yījiǎo shānle jǐ xià, zhàn qǐlái huíjiā qù.

Nà yīpiàn sāngshù bèihòu jiùshì dàotián. Xiànzài dàbùfèn shì yúnzhěng de bàn fānzhe de zàoliè de níkuài. Ǒu'ěr yě yǒu zhòngle záliáng de, nà huángjīn yībān de càihuā sànchū qiángliè de xiāngwèi. Nàbiān yuǎnyuǎn de yīcù fángwū, jiùshì Lǎo Tōngbǎo tāmen zhùle sāndài de cūnfāng, xiànzài nàxiē wūshàng dōu niǎoqǐ le bái de chuīyān.

Lǎo Tōngbǎo cóng sānglín li zǒu chūlái, dào tiánchéng shàng, zhuǎnshēn yòu wàng nà yīpiàn bàozhe nènlǜ de sāngshù. Hūrán nàbiān tiányě tiàoyuèzhe láile yī gè shí lái suì de nán háizi, yuǎnyuǎn de jiù hǎndào:

"Ā Diē! Mā děng nǐ chī zhōngfàn ne!"

"O ——"

Lǎo Tōngbǎo zhīdào shì sūnzi Xiǎo Bǎo, suíkǒu yìngzhe, háishì wàngzhe nà yīpiàn sānglín. Cái zhǐdé "Qīngmíng" biān, sāngyè jiānr jiù chōu de nàme xiǎo zhǐtour shìde, tā yīshēng jiù zhǐ jiànguò liǎng cì. Jīnnián de cánhuā, guāngjǐng shì hǎo niánchéng. Sān zhāng cánzhǒng, gāi kěyǐ cǎi duōshao jiǎnzi ne? Zhǐyào bùxiàng qùnián, tā jiā de zhài yěxǔ kěyǐ bōhuán yīxiē ba.

Xiǎo Bǎo yǐjīng pǎodào tā Ā Diē de shēnbiān le, yě yǎngzhe liǎn kàn nà lǜróng shìde sāngquántou; hūrán tā tiào qǐlái pāizhe shǒu chàngdào:

"Qīngmíng xuēkǒu, kān cán niángniang pāishǒu!"

Lǎo Tōngbǎo de zhòuliǎn shàng lòuchū xiàoróng lái le. Tā juéde zhèshì yī gè hǎo zhàotou. Tā bǎ shǒu fàng zài Xiǎo Bǎo de "héshang tóu" shàng mózhe, tā de bèi qióngkǔ nòng mámùle de lǎo xīnli bórán yòu shēngchū xīn de xīwàng lái le.

Tiānqì jìxù nuǎnhuo, tàiyángguāng cuīkāile nàxiē sāng quántou shàng de xiǎo shǒuzhǐr múyàng de nènyè, xiànzài dōu yǒu xiǎoxiǎo de shǒuzhǎng nàme dà le. Lǎo Tōngbǎo tāmen nà cūnzhuāng sì zhōuwéi de sānglín sìhū fā zhǎng de gèng hǎo, yuǎn wàngqù xiàng yīpiàn lùjǐn píngpū zài mìmì-céngcéng huībái sè ǎi'ǎi de líba shàng. "Xīwàng" zài Lǎo Tōngbǎo hé yībān nóngmínmen de xīnli yīdiǎn yīdiǎn yī tiān yī tiān qiángdà. Cánshì de dòngyuánlìng yě zài gè fāngmiàn fādòng le. Cáng zài cháifáng li yī nián zhī jiǔ de yǎngcán yòngjù dōu ná chūlái xǐshuā xiūbǔ. Nà tiáo chuān cūn ér guò de xiǎoxī pángbiān, rúdòngzhe cūn li de nǚren hé háizi, gōngzuòzhe, rǎngzhe, xiàozhe.

Zhèxiē nǚrén hé háizimen dōu bùshì shífēn jiànkāng de liǎnsè, —— cóng jīnnián kāichūn qǐ, tāmen dōu zhǐ chī gè bànbǎo; tāmen shēnshang chuānde, yě zhǐshì xiē pòjiù de yīfu. Shízài tāmen de qíngxíng bǐ jiàohuāzi hǎobùliǎo duōshǎo. Rán'ér tāmen de jīngshen dōu hěn bùchà. Tāmen yǒu hěndà de rěnnàilì, yòu yǒu hěndà de huànxiǎng. Suīrán tāmen dōu fùle tiāntiān zài zēngdà de zhài, kěshì tāmen nà jiǎndān de tóunǎo lǎoshì zhème xiǎng: zhǐyào cánhuā shú, jiù hǎo le! Tāmen xiǎngxiàng dào yī gè yuè yǐhòu nàxiē lùyóuyóu de sāngyè jiù huì biànchéng xuěbái de jiǎnzi, yúshì yòu biànchéng dīngdīng-dāngdāng xiǎng de yángqián, tāmen suīrán dùzi lǐ è de gūgū de jiào, què yě rěnbùzhù yào xiào.

Zhèxiē nǚrén zhōngjiān yě jiù yǒu Lǎo Tōngbǎo de xífù Sì Dàniáng hé nàge shíèr suì de Xiǎo Bǎo. Zhè niángr liǎng gè yǐjīng xǐhǎo le nàxiē "tuánbiǎn" hé "cándān", zuò zài xiǎoxī biān de shítou shàng liáoqǐ bùshān jiǎo kāi liǎn shàng de hànshuǐ.

"Sì Ā Sǎo! Nǐmen jīnnián yě kān (yǎng) yángzhǒng me?"

Xiǎoxī duì'àn de yī qún nǚrén zhōngjiān yǒu yī gè èrshí suì zuǒyòu de gūniang gé xī hǎn guòlái le. Sì Dàniáng rènde shì gé xī de duìmén línshè Lù Fúqìng de mèizi Liù Bǎo. Sì Dàniáng lìkè bǎ tā de nóng méimáo yī tǐng, hǎoxiàng zhèngxiǎng zhǎo rén chǎojià shìde rǎngle qǐlái:

"Bùyào lái wèn wǒ! Ā Diē zuòzhǔ ne! —— Xiǎo Bǎo de Ā Diē sǐ bùkěn, zhǐ kānle yī zhāng yángzhǒng! Lǎo hútu de tīng de dài yī gè yángzi jiù hǎoxiàng jiànle qīshì yuānjia! Yángqián, yěshì yáng, tā dào yòu yào le!"

Xiǎoxī páng nàxiē nǚrénmen tīng de xiào qǐlái le. Zhè shíhou yǒu yī gè zhuàngjiàn de xiǎohuǒzi zhèngcóng duì'àn de Lù Jiā dàochǎng shàng zǒuguò, pǎodào xībiān, kuàshàngle nà héng zài xīmiàn yòng sì gēn mùtou bìngpái zuòchéng de chúxíng de "qiáo". Sì Dàniáng yī yǎn kànjiàn, jiù diūkāile "yángzhǒng" wèntí, gāoshēng hǎndào:

"Duōduō Dì! Lái bāng wǒ bān dōngxi ba! Zhèxiē biǎn, jìnshī le, jiù xiàng sǐgǒu yīyàng zhòng!"

Xiǎohuǒzi Ā Duō yě bù kāikǒu, zǒu guòlái náqǐ wǔ-liù zhī "tuánbiǎn", shīlùlù de dǐng zài tóushang, què kōngzhe yī shuāng shǒu, huájiǎng shìde dàngzhe, jiù zǒu le.

《春蚕》

Zhège Ā Duō gāoxìng qǐlái shí, shénme shì dōu kěn zuò, pèngdào tóngcūn de nǚrénmen jiào tā bāngmáng ná shénme zhòng jiāhuo, huòshì xià xī qù lāo shénme, tā dōu kěn; kěshì jīntiān tā dàgài yǒudiǎn bù gāoxìng, suǒyǐ zhǐ dǐngle wǔ-liù zhī "tuánbiǎn" qù, què kōngzhe yī shuāng shǒu. Nàxiē nǚrénmen kànzhe tā dàile nà tèbié dà ruòmào shìde yī dié "biǎn", niǎozhe yāo, xué zhèn shàng nǚren de yàngzi zǒuzhe, yòu dōu xiào qǐlái le, Lǎo Tōngbǎo jiā jǐnlín de Lǐ Gēnshēng de lǎopó Héhuā yībiān xiào, yībiān jiàodào:

"Wèi, Duōduōtóu! Huílái! Yě tì wǒ dài yīdiǎnr qù!"

"Jiào wǒ yīshēng hǎo tīng de, wǒ jiù gěi nǐ ná."

Ā Duō yě xiàozhe huídá, réngrán zǒu. Zhuǎnyǎnjiān jiù dàole tā jiā de láng xià, jiù bǎ tóushang de "tuánbiǎn" fàng zài lángyán kǒu.

"Nàme, jiào nǐ yīshēng gān érzi!"

Héhuā shuōzhe jiù dàshēng de xiào qǐlái, tā nà chūzhòng de báijìng rán'ér biǎn de zuòguài de liǎn shàng kànqù jiù hǎoxiàng zhǐyǒu yī zhāng dàzuǐ hé mījǐn le hǎoxiàng liǎng tiáo xiàn yībān de xì yǎnjing. Tā yuánshì zhèn shàng rénjiā de bìnǚ, jiàgěi nà bùshēng-bùxiǎng zhěngtiān kǔzhe liǎn de bàn lǎotóuzi Lǐ Gēnshēng hái bùmǎn bànnián, kěshì tā de ài hé nánzǐmen húdiào yǐjīng zài cūn zhōng hěn yǒumíng.

"Bùyàoliǎn de!"

Hūrán duì'àn nà qún nǚren zhōngjiān yǒu rén qīngshēng màle yī jù. Héhuā de nàduì xì yǎnjing lìkè zhēngdà le, nùshēng rǎngdào:

"Mà nǎ yī gè? Yǒu běnshì, dāngmiàn mà, bùyào duō!"

"Nǐ guǎn de wǒ? Guāncai héngtóu tī yī jiǎo, sǐrén dù lǐ zì dézhī: wǒ jiù mà nà bùyàoliǎn de sāohuò!"

Gé xī lìkè huímà guòlái le, zhè jiùshì nà Liù Bǎo, yòu yī wèi cūn li yǒumíng táoqì de dà gūniang.

Yúshì duìmà zhī xià, liǎng biān yòu pōshuǐ. Àinào de nǚrén yě jiá zài zhōngjiān bāng zhèbiān bāng nàbiān. Xiǎoháizimen xiàozhe kuánghū. Sì Dàniáng shì lǎochéng de, tíqǐ tā de "cándān", hǎnzhe Xiǎo Bǎo, zì huíjiā qù. Ā Duō zhàn zài láng xià kànzhe xiào. Tā zhīdào wèishénme Liù Bǎo yào gēn Cháhuā chǎojià; tā kànzhe nà "làhuò" Liù Bǎo áimà, dào juéde hěn gāoxìng.

Lǎo Tōngbǎo qiánzhe yī jià "cántái" cóng wūzi li chūlái, zhè sān léngxíng jiāhuo de mùgěnzi yǒu jǐ tiáo gěi bái mǎyǐ zhùguò le, pà de bùláo, xū děi xiūbǔ yīxià. Kànjiàn Ā Duō zhàn zài nàli xiàoxīxī de wàngzhe wàibiān de nǚrénmen chǎojià, Lǎo Tōngbǎo de liǎnsè jiù bǎn qǐlái le. Tā zhè "Duōduōtóu" de xiǎo érzi bù lǎochéng, tā zhīdào. Yóuqí shǐ tā bù gāoxìng de, shì Duōduō yě hé jǐnlín de Héhuā shuōshuō-xiàoxiào. "Nà mǔgǒu shì báihǔxīng, rěshàngle tā jiù děi bàijiā", —— Lǎo Tōngbǎo shícháng zhèyàng jǐngjiè tā de xiǎo érzi.

"Ā Duō! Kōngshǒu kàn yějǐng me? Ā Sì zài hòubiān zhā 'zhuìtóu', nǐ qù bāng tā!"

Lǎo Tōngbǎo xiàng yī pǐ fēnggǒu shìde páoxiàozhe, huǒhóng de yǎnjing yīzhí dīngzhù le Ā Duō de shēntǐ, zhídào Ā Duō zǒujìn wū li qù, kànbujiàn le, Lǎo

Tōngbǎo fāngcái tíguò nà "cántái" lái fǎnfù shěnchá, mànmàn de dòngshǒu xiūbǔ. Mùjiàng shēnghuó, Lǎo Tōngbǎo zǎonián shì huì de; dàn jìnlái tā lǎole, shǒuzhǐtou méiyǒu jìn, tā xiūle yīhuìr, táiqǐ tóu lái chuǎnqì, yòu wàngwàng wū li guà zài zhúgān shàng de sān zhāng cánzhǒng.

Sì Dàniáng jiù zài lángyán kǒu hú "cándān". Qùnián tāmen wèi de xiǎng shěng jǐbǎi wénqián, shì mǎile jiù bàozhǐ lái hú de. Lǎo Tōngbǎo zhídào xiànzài háishuō shì yīnwèi yòngle bàozhǐ —— bù xī zìzhǐ, suǒyǐ qùnián tāmen de cánhuā bùhǎo. Jīnnián shì tèdì quánjiā shǎo chī yī cān fàn, shěngxià qián lái mǎile "húdānzhǐ" lái le. Sì Dàniáng bǎ nà éhuángsè jiānrèn de zhǐr hú de hěn píngtiē, ránhòu yòu zhào pǐnzìshì húshàng sān zhāng xiǎoxiǎo de huāzhǐ —— nàshì gēn "húdānzhǐ" yīkuàir mǎilái de, yī zhāng yìn de huāsè shì "jùbǎopén", lìng liǎng zhāng dōushì shǒuzhǐ jiānjiǎo qí de rénr qí zài mǎ shàng, jùshuō shì "Cánhuā Tàizǐ".

"Sì Dàniáng! Nǐ bàba zuò zhōngrén jièlái sān shí kuài qián, jiù zhǐ mǎile èrshí dàn yè. Hòutiān mǐ yòu chīwán le, zěnme bàn?"

Lǎo Tōngbǎo qìchuǎnchuǎn de cóng tā de gōngzuò lǐ táiqǐ tóu lái, wàngzhe Sì Dàniáng. Nà sānshí kuài qián shì èrfēn bàn de yuèxī. Zǒngsuàn yǒu Sì Dàniáng de fùqīn Zhāng Cáifā zuò zhōngrén, nà zhàizhǔ yě jiùshì Zhāng Cáifā de dōngjiā "zuò hǎoshì", zhè cái zhǐ yàole èrfēn bàn de yuèxī. Tiáojiàn shì cánshì wán hòu běnlì guīqīng.

Sì Dàniáng bǎ húhǎo le de "cándān" fàng zài tàiyáng dǐxia shài, hǎoxiàng shēngqì shìde shuō:

"Dōu mǎile yè! Yòu xiàng qùnián nàyàng duō xiàlái ——"

"Shénme huà! Nǐ dào xiānlái fā lìshì le! Niánnián xiàng qùnián me? Zìjiā zhǐyǒu shí lái dàn yè; wǔ zhāng bùzǐ (cánzhǒng), shí lái dàn yè gòu me?"

"O, o; nǐ zǒngshì bùcuò de! Wǒ zhǐ xiǎodé yǒu mǐ shāofàn, méi mǐ è dùzi!"

Sì Dàniáng qìhǒnghǒng de huídá; wèile nà "yángzhǒng" wèntí, tā dào xiànzài cháng yào hé Lǎo Tōngbǎo táigàng.

Lǎo Tōngbǎo qì de liǎn dōu zǐ le. Liǎng gè rén jiù cǐ zài méiyǒu yī jù huà.

Dànshì "shōu cán" de shíqī yī tiān yī tiān bījìn le. Zhè èr-sānshí rénjiā de xiǎo cūnuò tūrán chéngxiànle yī zhǒng dà jǐnzhāng, dà juéxīn, dà fèndòu, tóngshí yòushì dà xīwàng. Rénmen sìhū lián dùzi è dōu wàngjì le. Lǎo Tōngbǎo tāmen jiā dōng jiè yīdiǎn, xī shē yīdiǎn, jūrán yě yītiān yītiān guòzhe lái. Yě bùjǐn Lǎo Tōngbǎo tāmen, cūn li nǎ yī jiā yǒu liǎng-sān dǒu mǐ fàng zài jiā li ya! Qùnián qiūshōu gùrán háihǎo, kěshì dìzhǔ, zhàizhǔ, zhèngshuì, zájuān, yīcéng yīcéng de bōxuē lái, zǎojiù wán le. Xiànzài tāmen wéiyī de zhǐwàng jiùshì chūncán, yīqiè línshí jièdài dōushì zhǐmíng zài zhè "chūncán shōuchéng" zhōng chánghuán.

Tāmen dōu huáizhe shífēn xīwàng yòu shífēn kǒngjù de xīnqíng lái zhǔnbèi zhè chūncán de dà bózhàn!

"Gǔyǔ" jié yī tiān jìn yī tiān le. Cūn li èr-sānshí rénjiā de "bùzǐ" dōu yǐnyǐn xiànchū lǜsè lái. Nǚrénmen zài dàochǎng shàng pèngjiàn shí, dōu cōngmáng de dàizhe jiāozhuó ér kuàilè de kǒuqì hùxiāng gàosù dào:

《春蚕》

"Liù Bǎo jiā kuàiyào 'wōzhǒng' le ya!

"Héhuā shuō tā jiā míngtiān jiùyào 'wō' le. Yǒu zhème kuài!"

"Huáng Dàoshi qù cè yī zì, jīnnián de qīngyè yào guìdào sì yáng!"

Sì Dàniáng kān zìjiā de wǔ zhāng "bùzǐ". Bùduì! Nà hēizhīma shìde yīpiàn xìdiǎnzi háishì hēichénchén, bùjiàn lǜyǐng. Tā de zhàngfu Ā Sì nádào liàngchù qù xìkàn, yě zhǎo bùchū jǐ diǎn "lǜ" lái. Sì Dàniáng hěn zháojí.

"Nǐ jiù xiān 'wō' qǐlái ba! Zhè Yúháng zhǒng, zuòxīng shì màn yīdiǎn de."

Ā Sì kànzhe tā lǎopó, miǎnqiǎng zìjiā kuānwèi. Sì Dàniáng dǔqǐ le zuǐba bù huídá.

Lǎo Tōngbǎo kūsāngzhe gānzhòu de lǎoliǎn, méi shuō shénme, xīnli què juéde bùmiào.

Xìng'ér zài guòle yī tiān, Sì Dàniáng zài xìxīn kàn nà "bùzǐ" shí, hā, yǒu jǐ chù zhuǎnchéng lǜsè le! Érqiě lǜ de hěn yǒu guāngcǎi. Sì Dàniáng lìkè gàosùle zhàngfu, gàosùle Lǎo Tōngbǎo, Duōduōtóu, yě gàosùle tā de érzi Xiǎo Bǎo. Tā jiù bǎ nàxiē bùzǐ tiē ròu wèn zài xiōngqián, bàozhe chīnǎi de yīnghái shìde jìngjìngr zuòzhe, dòng yě bùgǎn duō dòng le. Yèjiān, tā bàozhe nà wǔ zhāng "bùzǐ" dào bèiwō li, bǎ Ā Sì gǎnqù hé Duōduōtóu zuò yī chuáng. Nà "bùzǐ" shàng mìmì-mámá de cánzǐr tiēzhe ròu, guǎi yǎngyǎng de; Sì Dàniáng hěn kuàihuo, yòu yǒudiǎnr hàipà, tā dì-yī cì huáiyùn shí tāi'ér zài dùzi li dòng, tā yěshì nàyàng bàn jīng bàn xǐ de!

Quánjiā dōushì zhuìzhuì-bù'ān de yòu hěn xīngfèn de děnghòu "shōu cán". Zhǐyǒu Duōduōtóu lìwài. Tā shuō: jīnnián cánhuā yīdìng hǎo, kěshì xiǎng fācái quèshì mìng lǐ bùcéng lái. Lǎo Tōngbǎo mà tā duōzuǐ, tā háishì yào shuō.

Cánfáng zǎoyǐ shōushi hǎo le. "Wōzhǒng" de dì-èr tiān, Lǎo Tōngbǎo ná yī gè dàsuàntóu túshàng yīxiē ní, fàng zài cánfáng de qiángjiǎo biān; yěshì niánnián de guànlì, dàn jīnfān Lǎo Tōngbǎo gèngjiā qiánchéng, shǒu yě dǒu le. Qùnián tāmen "bǔ" de fēicháng língyàn. Kěshì qùnián nà "língyàn", xiànzài Lǎo Tōngbǎo xiǎng yě bùgǎn xiǎng.

Xiànzài zhè cūn li jiājiā dōu zài "wōzhǒng" le. Dàochǎng shàng hé xiǎoxī biān dùnshí shǎole nàxiē nǚrénmen de zōngjì. Yī gè "jièyánlìng" yě zài wúxíng zhōng bānbù le: xiāngnóngmen jíshǐ píngrì shì zuì hǎo de, yě bù wǎnglái; rénkè lái chōngle cánshén bùshì wán de! Tāmen zhìduō zài dàochǎng shàng dīshēng jiāotán yī-èr jù jiù zǒukāi. Zhèshì gè "shénshèng" de jìjié.

Lǎo Tōngbǎo jiā de wǔ zhāng bùzǐ shàng yě yǒuxiē "wūniáng" rúrú de dòng le. Yúshì quánjiā de kōngqì, tūrán jǐnzhāng. Nà zhèngshì "Gǔyǔ" qián yī rì. Sì Dàniáng liàolái kěyǐ āiguò le "Gǔyǔ" jié nà yī tiān. Bùzǐ bùxū zài "wō" le, hěn xiǎoxīn de fàng zài "cánfáng" li. Lǎo Tōngbǎo tōuyǎn kàn yīxià nàge tǎng zài qiángjiǎo biān de dà suàntóu, tā xīnli jiù yī tiào. Nà dàsuàn tóushang hái zhǐyǒu yī-liǎng jīng lǜyá! Lǎo Tōngbǎo bùgǎn zài kàn, xīnli dǎozhù hòutiān zhèngwǔ huì yǒu gèngduō gèngduō de lǜyá.

Zhōngyú "shōu cán" de rìzi dào le. Sì Dàniáng xīnshén-bùdìng de táomǐ shāofàn, shíshí kàn fàngguō shàng de rèqì yǒuméiyǒu zhíchōng shànglái. Lǎo Tōngbǎo náchū yùxiān mǎile lái de xiāngzhú diǎn qǐlái, gōnggōng-jìngjìng fàng zài Zàojūn shénwèi qián. Ā Sì hé Ā Duō qù dào tián li cǎi yěhuā. Xiǎo Xiǎo Bǎo bāngzhe bǎ dēngxīncǎo jiǎnchéng xìmòzǐ, yòu bǎ cǎilái de yěhuā róusuì. Yíqiè dōu zhǔnbèi qíquán le shí, tàiyáng yě jìn wǔkè le, fànguō shàng shuǐzhēngqì dūdū de zhíchōng, Sì Dàniáng lìkè tiàole qǐlái, bǎ "cánhuā" hé yī duì émáo chā zài fàjì shàng, jiù dào "cánfáng" li. Lǎo Tōngbǎo názhe chènggǎn, Ā Sì nále nà róusuì de yěhuā piànr hé dēngxīncǎo suìmò. Sì Dàniáng jiēkāi "bùzǐ", jiù cóng Ā Sì shǒu li náguò nà yěhuā suìpiàn hé dēngxīncǎo mòzǐ sā zài "bùzǐ" shàng, yòu jiēguò Lǎo Tōngbǎo shǒu li de chènggǎn lái, jiāng "bùzǐ" wǎn zài chènggǎn shàng, yúshì báxià fàjì shàng de émáo zài "bùzǐ" shàng qīngqīngr fú; yěhuāpiàn, dēngxīncǎo mòzǐ, liántóng "wūniáng", dōu fú zài nà "cándān" li le. Yī zhāng, liǎng zhāng, …… dōu fúguò le; zuìhòu yī zhāng shì yángzhǒng, nà jiù shōu zài lìng yī gè "cándān" li. Mòle, Sì Dàniáng yòu báxià fàjì shàng nà duǒ "cánhuā", gēn émáo yī kuài chā zài "cándān" de biānr shàng.

"Wūniáng" zài "cándān" lǐ rúdòng, yàngzi fēicháng qiángjiàn; nà hēisè yěshì hěn zhènglù de. Sì Dàniáng hé Lǎo Tōngbǎo tāmen dōu fàngxīn de sōng yī kǒu qì le. Dàn dāng Lǎo Tōngbǎo qiāoqiāo de bǎ nàge "mìngyùn" de dàsuàntóu ná qǐlái kàn shí, tā de liǎnsè lìkè biàn le! Dàsuàntóu shàng hái zhǐdé sān-sì jīng nènyá! Tiān na! Nándào yòu tóng qùnián yīyàng.

Rán'ér nà "mìngyùn" de dàsuàntóu zhècì jìng bù língyàn. Lǎo Tōngbǎo jiā de cán fēicháng hǎo! Suīrán tóu mián èr mián de shíhou lián tiān yīnyǔ, qìhòu shì bǐ "Qīngmíng" biān sìhū hái yào lěng yīdiǎn, kěshì nàxiē "bǎobǎo" dōu hěn qiángjiàn.

Cūn li biérén jiā de "bǎobǎo" yě dōu bùchà. Jǐnzhāng de kuàilè mímànle quán cūnzhuāng, sì nà xiǎoxī li cóngcóng de liúshuǐ yě xiàngshì lǎnglǎng de xiàoshēng le. Zhǐyǒu Héhuā jiā shì lìwài. Tāmen jiā kānle yī zhāng "bùzǐ", kěshì "chūhuǒ" zhǐ chēng de èrshí jīn; "dàmián" kuài biān rénmen hái kànjiàn nà bùshēng-bùxiǎng huìqìsè de zhàngfu Gēnshēng qīngqìle sān "cándān" zài nà xiǎoxī li.

Zhè yī jiàn shì, shǐde quáncūn de fùrén duìyú Héhuā jiā tèbié "jièyán". Tāmen tèdì bìlù, bù cóng Héhuā de ménqián zǒu, yuǎnyuǎn de kànjiànle Héhuā huòshì tā nà bùshēng-bùxiǎng zhàngfu de yǐngr jiù gǎnkuài duǒkāi; zhèxiē xìngyùn de rénr wéikǒng kànle Héhuā tāmen yī yǎn huòshì jiāotán bàn jù huà jiù chuánrǎnle huìqì lái!

Lǎo Tōngbǎo yánjìn tā de xiǎo érzi Duōduōtóu gēn Héhuā shuōhuà. —— "Nǐ zài gēn nà dōngxi duōzuǐ, wǒ jiù gào nǐ wǔnì!" Lǎo Tōngbǎo zhàn zài lángyán wài gāoshēng dàqì hǎn, gùyì yào jiào Héhuā tāmen tīng de.

Xiǎo Xiǎo Bǎo yě shòudào yánlì de zhǔfù, bùxǔ pǎodào Héhuā jiā de ménqián, bùxǔ hé tāmen shuōhuà.

Ā Duō xiàng yī gè lóngzi shìde bù lǐcǎi lǎotóuzi nà zǎozǎo-yèyè de láodao, tā xīnli què zài ànxiào. Quánjiā jiù zhǐyǒu tā bùdà xiāngxìn nàxiē guǐ jìnjì. Kěshì tā yě méiyǒu gēn Héhuā shuōhuà, tā máng dōu máng bù guòlái.

"Dàmián" zhuōle máo sānbǎi jīn, Lǎo Tōngbǎo quánjiā lián shí'èr suì de Xiǎo Bǎo yě zài nèi, dōushì liǎng rì liǎng yè méiyǒu héyǎn. Cán shì shǎojiàn de hǎo, huóle liùshí suì de Lǎo Tōngbǎo jìde zhǐyǒu liǎng cì shì tóngyàng de, yī cì jiùshì tā chéngjiā de nà nián, yòu yī cì shì Ā Sì chūshì nà yī nián. "Dàmián" yǐhòu de "bǎobǎo" dì-yī tiān jiù chīle qī dàn yè, gège shì shēngqīng gǔnzhuàng, rán'ér Lǎo Tōngbǎo quánjiā dōu shòule yī quān, shīmián de yǎnjing shàng chōngmǎn le hóngsī.

Shuí yě liào de dào zhèxiē "bǎobǎo" shàng shān qián hái děi chī duōshǎo yè. Lǎo Tōngbǎo hé érzi Ā Sì shāngliang le:

"Chén Dàshàoye jiè bùchū, háishì zài qiú Cáifā de dōngjiā ba?"

"Dìtóu shàng háiyǒu shí dàn yè, gòu yī tiān."

Ā Sì huídá, tā wěishí shì zhīchēng bùzhù le, tā de yī shuāng yǎnpí xiàng yǒu jǐ bǎi jīn zhòng, zhǐxiǎng hé xiàlái. Lǎo Tōngbǎo què bù nàifán le, nùshēng hèdào:

"Shuō shénme mènghuà! Gāng chīle liǎng tiān lǎocán ne. Míngtiān bùsuàn, hái děi chī sān tiān, háiyào sānshí dàn yè, sānshí dàn!"

Zhèshí wàibiān dàochǎng shàng hūrán rénshēng xuānnào, Ā Duō yāle xīn fālái de wǔ dàn yè lái le. Yúshì Lǎo Tōngbǎo hé Ā Sì de tánhuà dǎduàn, dōu chūqù "lǔ yè". Sì Dàniáng yě huāngmáng cóng cánfáng li zuān chūlái. Gé xī Lù Jiā yǎng de cán bù duō, nà dà gūniang Liù Bǎo chōu de chū gōngfu, yě lái bāngmáng le. Nàshí xīngguāng mǎn tiān, wēiwēi yǒudiǎn fēng, cūn qián cūn hòu dōu duànduàn-xùxù chuánlái le yāohe hé huānxiào, zhōngjiān yǒu yī gè cūbào de shēngyīn rǎngdào:

"Yè hángqíng fēizhǎng le! Jīntiān xiàwǔ zhèn shàng kāidào sì yáng yī dàn!"

Lǎo Tōngbǎo piānpiān tīng de le, xīnli jí de shénme shìde. Sì kuài qián yī dàn, sānshí dàn kěyào yībǎi èrshí kuài ne, tā nǎlái zhè xǔduō qián! Dànshì xiǎngdào jiǎnzi zǒng kěyǐ cǎi wǔbǎi duō jīn, jiùsuàn wǔshí kuài qián yībǎi jīn, yě yǒu zhème èrbǎi wǔ, tā yòu xīn yī kuān. Nàbiān "lǔyè" de réndūi li hūrán yòu yǒu yī gè xiǎoxiǎo de shēngyīn shuō:

"Tīngshuō dōnglù bù dà hǎo, kànlái yě jiàqián zhǎng bùdào duōshǎo de!"

Lǎo Tōngbǎo rènde zhè shēngyīn shì Lù Jiā de Liù Bǎo. Zhè shǐ tā xīnli yòu yī kuān.

Nà Liù Bǎo shì hé Ā Duō tóng zhàn zài yī gè kuāngzi biān "lǔyè". Zài bàn míng bàn àn de xīngguāng xià, tā hé Ā Duō kào de hěn jìn. Hūrán tā juéde zài nà "gàngtiáo" de yǐnbì xià, yǒu yī zhī shǒu zài tā dàtuǐ shàng nǐngle yībǎ. Hǎoxiàng zhīdào shì shuí nǐng de, tā rěnzhù le bù xiào, yě bù shēngzhāng. Mòde nà shǒu yòu zài tā xiōngqián mōle yībǎ, Liù Bǎo zhí tiào qǐlái, chūjīng de hǎnle yī shēng:

"Àiyō!"

"Shénme shì?"

Tóng zài nà kuāngzi biān lǔ yè de Sì Dàniáng wènle, táiqǐ tóu lái. Liù bǎo juéde zìjǐ liǎn shàng rèhōnghōng le, tā tōutōu de dèngle Ā Duō yī yǎn, jiù gǎnkuài dīxià tóu, hěnkuài dì lǔ yè, yīmiàn huídá:

"Méiyǒu shénme. Xiǎnglái shì máomáochóng cìle wǒ yīxià."

Ā Duō yǎozhù le zuǐchún ànxiào. Suīrán zài zhè bàn gè yuè lái yěshì bàn bǎo érqiě shǎo shuì, yě shòule xǔduō le, tā de jīngshen kě háishì hěn bǎomǎn. Lǎo Tōngbǎo nàzhǒng yōuchóu, tā shì yǒngyuǎn méiyǒu de. Tā yǒng bù xiāngxìn kào yī cì cánhuā hǎo huòshì tián li shú, tāmen jiù kěyǐ huánqīng le zhài zài yǒu zìjǐ de tián; tā zhīdào dān kào qínjiǎn gōngzuò, jíshǐ zuòdào bèijǐgǔ zhéduàn yěshì bùnéng fānshēn de. Dànshì tā réngjiù hěn gāoxìng de gōngzuòzhe, tā juéde zhè yěshì yī zhǒng kuàihuo, zhèngxiàng hé Liù Bǎo tiáoqíng yīyàng.

Dì-èr tiān zǎoshang, Lǎo Tōngbǎo jiù dào zhènlǐ qù xiǎng fǎ jiè qián lái mǎi yè. Línzǒu qián, tā hé Sì Dàniáng shāngliang hǎo, juédìng bǎ tā jiā nà kuài chūchǎn shíwǔ dàn yè de sāngdì qù dǐyā. Zhèshì tā jiā zuìhòu de chǎnyè.

Yè yòu mǎilái le sānshí dàn. Dì-yī pī de shí dàn fālái shí, nàxiē zhuàngjiàn de "bǎobǎo" yǐjīng èle bàndiǎn zhōng le. "Bǎobǎo" men jiānchūle xiǎo zuǐba, xiàng zuǒ xiàng yòu luànhuàng, Sì Dàniáng kàn de xīnsuān. Yè pūle shàngqù, lìkè cánfáng li chōngmǎn zhe sà sà sà de xiǎngshēng, rénmen shuōhuà yě bù dà tīng de qīng. Bù duō yīhuìr, nàxiē "tuánbiǎn" li lìkè yòu quán jiǎnbái le, yúshì yòu pūshàng hòuhòu de yī céng yè. Rénmen dānshì "shàng yè" yě jiù máng de tòu bùguò qì lái. Dàn zhèshì zuìhòu wǔ fēnzhōng le. Zài děi liǎng tiān, "bǎobǎo" kěyǐ shàng shān. Rénmen bǎ shèngyú de jīnglì zhà chūlái pīnsǐ mìng gàn.

Ā Duō suīrán jiēlián sān rì sān yè méiyǒu shuì, què hái bùjiàn zěnme juàn. Nà yī yè, jiù yóu tā yī gè rén zài "cánfáng" li shǒu nà shàng bànyè, hǎo ràng Lǎo Tōngbǎo yǐjí Ā Sì fūfù dōu qù xiē yī xiē. Nàshì gè hǎo yuèyè, shāoshāo yǒudiǎn lěng. Cánfáng li ruòle yī gè xiǎoxiǎo de huǒ. Ā Duō shǒu yǐ èrgēng guò, shàngle dì-èr cì de yè, jiù dūn zài nàge "huǒ" pángbiān tīng nàxiē "bǎobǎo" sà sà sà dì chī yè. Jiànjiàn tā de yǎnpí héshàng le. Huǎnghū tīng de yǒu mén xiǎng, Ā Duō de yǎnpí yītiào, zhēngkāi yǎn lái kànle kàn, jiù yòu héshàng le. Tā ěrduo li hái tīng de sà sà sà de shēngyīn hé xièsuǒ xièsuǒ de guàishēng. Měngrán yī gè liàngqiàng, tā de tóu zài zìjǐ xītóu shàng kēle yīxià, tā jīngxǐng guòlái, qià jiù tīng de cánfáng de lúlián pāichā yīshēng xiǎng, sìhū hái kànjiàn yǒu rényǐng yī shǎn. Ā Duō lìkè tiào qǐlái, dào wàimiàn yī kàn, mén shì kāizhe, yuèguāng xià dàochǎng shàng yǒu yī gè rén zhèng zǒuxiàng xībiān qù. Ā Duō fēi yě sì tiào chūqù, hái méi kànqīng nà rén shì shuí, yǐjīng bǎ nà rén zhuā guòlái shuāi zài dìxia. Tā duàndìngle zhèshì yī gè zéi.

"Duōduōtóu! Dǎsǐ wǒ yě bù yuàn nǐ, zhǐ qiú nǐ bùyào shuō chūlái!"

Shì Héhuā de shēngyīn, Ā Duō tīngzhēn le shí bùjīn húnshēn de hànmáo dōu shùle qǐlái. Yuèguāng xià tā yòu kànjiàn nà biǎn de zuòguài de báiliǎnr shàng yī duì xìyuán de yǎnjing dìngdìng de kànzhù le tā. Kěshì kǒngbù de yìsi nà yǎnjing li yě méiyǒu. Ā Duō hēngle yīshēng, jiù wèndào:

"Nǐ tōu shénme?"

"Wǒ tōu nǐmen de bǎobǎo!"

"Fàngdào nǎli qù le?"

"Wǒ rēngdào xī li qù le!"

Ā Duō xiànzài yě biànle liǎnsè. Tā zhè cái zhīdào zhè nǚrén de èyì shì yào chōngkè tā jiā de "bǎobǎo".

"Nǐ zhēn xīndú ya! Wǒmen jiā hé nǐmen kě méiyǒu yuānchóu!"

"Méiyǒu me? Yǒude, yǒude! Wǒ jiā zì guǎn cánhuā bù hǎo, kě bìng méi hàile shuí, nǐmen dōushì hǎo de! Nǐmen zěnme bǎ wǒ dāngzuò báilǎohǔ, yuǎnyuǎn de wàngjiàn wǒ jiù bié zhuǎnle liǎn? Nǐmen bù bǎ wǒ dāngrén kàndài!"

Nà fùrén shuōzhe jiù pále qǐlái, liǎn shàng de shénqì bǐ shénme dōu kěpà. Ā Duō chǒuzhe nà fùrén hǎo bànshǎng, zhè cái shuōdào:

"Wǒ bù dǎ nǐ, zǒu nǐ de ba!"

Ā Duō tóu yě bù huí de pǎohuí jiā qù, réng zài "cánfáng" li shǒuzhe. Tā wánquán méiyǒu shuìyì le. Tā kàn nàxiē "bǎobǎo", dōushì hǎohǎo de. Tā bìng méi xiǎngdào Héhuā kěhèn huò kělián, rán'ér tā bùnéng wàngjì Héhuā nà yī fān huà; tā juédào rén hé rén zhōngjiān yǒu shénme dìfang shì yǒngyuǎn nòng bùduì de, kěshì tā bùnéng gòu míngbai xiǎng chūlái shì shénme dìfang, huòshì wèishénme. Zài guò yīhuìr, tā jiù shénme dōu wàngjì le. "Bǎobǎo" shēn qiángjiàn de, xiàng yǒu mófǎ shìde chīle yòu chī, yǒngyuǎn bùhuì bǎo!

Yǐhòu zhídào dōngfāng kuài dǎbái le shí, méiyǒu fāshēng shìgù. Lǎo Tōngbǎo hé Sì Dàniáng lái tìhuàn Ā Duō le, tāmen ná nàxiē jiànjiàn shēntǐ fābái ér biànduǎn le de "bǎobǎo" zài liàngchù zhàozhe, kàn shì "yǒu méiyǒu tōng". Tāmen de xīn bèi kuàihuo zhàngdà le. Dànshì tàiyáng chū shān shí Sì Dàniáng dào xībiān jí shuǐ, què kànjiàn Liù Bǎo mǎnliǎn yánzhòng de pǎo guòlái qiāoqiāo de wèndào:

"Zuóyè èrgēng guò, sāngēng bùdào, wǒ yuǎnyuǎn de kànjiàn nà sāohuò cóng nǐmen jiā pǎo chūlái, Ā Duō gēn zài hòumiàn, tāmen zhàn zài zhèli shuōle bàntiān huà ne! Sì Ā Sǎo! Nǐmen zěnme bù guǎnshì ya?"

Sì Dàniáng de liǎnsè lìkè biànle, yī jù huà yě méi shuō, tíle shuǐtǒng jiù huíjiā qù, xiān duì zhàngfu shuōle, zài duì Lǎo Tōngbǎo shuō. Zhè dōngxi jìng tōujìn rénjia "cánfáng" lái le, nà hái liǎodé! Lǎo Tōngbǎo qì de zhí duòjiǎo, mǎshàng jiàole Ā Duō lái cháwèn. Dànshì Ā Duō bù chéngrèn, shuō Liù Bǎo shì zuòmèng jiànguǐ. Lǎo Tōngbǎo yòu qù zhǎo Liù Bǎo xúnwèn. Liù bǎo shì yīkǒu yǎodìng le kànjiàn de. Lǎo Tōngbǎo méiyǒu zhǔyi, huíjiā qù kàn nà "bǎobǎo", réngrán shì hěn jiànkāng, qiáo bùchū yīxiē bàixiàng lái.

Dànshì Lǎo Tōngbǎo tāmen mǎnxīn de huānxǐ què bèi zhè jiàn shì dǎxiāo le. Tāmen xiāngxin Liù Bǎo de huà bùhuì háowú gēnjù. Tāmen wéiyī de xīwàng shì nà sāohuò huòzhě zhǐ zài lángyán kǒu hé Ā Duō guǐhùnle yīzhèn.

"Kěshì nà dàsuàntóu shàng de miáo què dāngzhēn zhǐyǒu sān-sì jīng ya!"

Lǎo Tōngbǎo zì xīnli zhème xiǎng, juéde qiántú zhǐshì yīnàn. Kě bùshì, chīle xǔduō yè qù, yīzhí luòlái dōu hěn hǎo, rán'ér shàngle shān què gānjiāng le de shì, yěshì chángyǒu de. Bùguò Lǎo Tōngbǎo wúlùnrúhé bùgǎn xiǎngdào zhè shàngtou qù; tā yǐwéi jíshǐ shì dùzi li xiǎng, yěshì bù jílì.

"Bǎobǎo" dōu shàng shān le, Lǎo Tōngbǎo tāmen háishì niēzhe yībǎ hàn. Tāmen qián dōu huāguāng le, jīnglì yě jiǎojìn le, kěshì yǒu méiyǒu bàochóu ne, dào cǐshí hái méiyǒu bǎwò. Suīzé rúcǐ, tāmen háishì yìngzhe tóupí qù gàn. "Shānpéng" xià ruòle huǒ, Lǎo Tōngbǎo hé Ā Sì tāmen yǔzhe yāo mànmàn de cóng zhèbiān dūndào nàbiān, yòu cóng nàbiān dūndào zhèbiān. Tāmen tīng de shānpéng shàng yǒuxiē xièxiè-suǒsuǒ de xì shēngyīn, tāmen jiù rěnbùzhù xiǎngxiào, guò yīhuìr yòu bù tīng de le, tāmen de xīn jiù zhòngdiàndiàn dì wǎngxià chén le. Zhèyàng de, xīn shì jiāozhuózhe, què bùgǎn xiàng shānpéng shàng wàng. Ǒu huò tāmen yǎngzhe de liǎn shàng líndào le yī dī cánniǎo le, suīrán juéde yǒudiǎn nánguò, tāmen xīnli què kuàihuo; tāmen bābude duō lín yīxiē.

Ā Duō zǎoyǐ tōutōu de tiǎokāi "shānpéng" wài wéizhe de lúlián wàngguò jǐ cì le. Xiǎo Xiǎo Bǎo kànjiàn, jiù niǔzhù le Ā Duō, wèn "bǎobǎo" yǒu méiyǒu zuò jiǎnzi. Ā Duō shēnchū shétou zuò yī gè guǐliǎn, bù huídá.

"Shàng shān" hòu sān tiān, xīhuǒ le. Sì Dàniáng zài yě rěn bùzhù, yě tōutōu de tiǎokāi lúlián jiǎo kànle yī yǎn, tā de xīn lìkè bǔbǔ de tiào le. Nàshì yīpiàn xuěbái, jīhū lián "zhuì tóu" dōu qiáo bùjiàn; nàshì Sì Dàniáng yǒushēngyǐlái cóng méiyǒu jiànguò de "hǎo cánhuā" ya! Lǎo Tōngbǎo quánjiā lìkè chōngmǎnle huānxiào. Xiànzài tāmen yī kē xīn dìng xiàlái le! "Bǎobǎo" men yǒu liángxīn, sì yáng yī dàn de yè bùshì bái chī de; tāmen quánjiā yī gè yuè de rěn è shīmián zǒngsuàn bù yuānwang, tiānlǎoye yǒu yǎnjīng!

Tóngyàng de huānxiào shēng zài cūn li dàochù dōu qǐlái le. Jīnnián cánhuā niángniang bǎoyòu zhè xiǎoxiǎo de cūnzi. Èr-sānshí rénjiā dōu kěyǐ cǎidào qī-bā fēn, Lǎo Tōngbǎo jiā gèngshì bǐ zhòng bùtóng, gūliáng lái zǒng kěyǐ cǎi yī gè shí'èr-sān fēn.

Xiǎo xībiān hé dàochǎng shàng xiànzài yòu chōngmǎnle nǚrén hé háizimen. Zhèxiē rén dōu bǐ yī gè yuè qián shòule xǔduō, yǎnkuàng xiànjìn le, sǎngzi yě fā shā, rán'ér dōu hěn kuàihuo xīngfèn. Tāmen cáocáo de tánlùn nà yī gè yuè nèi de "fèndòu" shí, tāmen de yǎnqián biàn shíshí xiànchū yīduīduī xuěbái de yángqián, tāmen nà kuàilè de xīnli biàn shíshí shǎnguò le zhèyàng de pánsuàn: jiáyī hé xiàyī dōu zài dàngpù li, zhè kě xiān děi shú chūlái; guò Duānyángjié yěxǔ kěyǐ chī yī tiáo huángyú.

Nà wǎnshang Héhuā hé Ā Duō de bǎxì yěshì tāmen tánhuà de zīliào. Liù Bǎo jiànle rén jiù xuānchuán Héhuā de "bùyàoliǎn, sòngshàng mén qù!" Nánrénmen tīngle jiù cūbào de xiàozhe, nǚrénmen niàn yī shēng fó, mà yī jù, yòu shuō Lǎo Tōngbǎo jiā zǒngsuàn xìngqì, méiyǒu fànkè, nàshì Púsà bǎoyòu, zǔzōng yǒulíng!

Jiēzhe shì jiājiā dōu "làng shāntóu" le, gè jiā de zhìqīnhǎoyǒu dōu lái "wàng shāntóu". Lǎo Tōngbǎo de qìngjia Zhāng Cáifā dàile xiǎo érzi Ā Jiǔ tèdì cóng zhèn shàng láidào cūn li. Tāmen dàilái de lǐwù, shì ruǎngāo, xiànfěn, méizi, pípá, yě yǒu xiányú. Xiǎo Xiǎo Bǎo kuàihuo de hǎoxiàng xuětiān de xiǎogǒu.

"Tōng Bǎo, nǐ shì mài jiǎnzi ne, háishì zìjiā zuò sī?"

Zhāng Lǎotóuzi lā Lǎo Tōngbǎo dào xiǎoxī biān yī kē yángliǔshù xià zuòle, zhème qiāoqiāo de wèn. Zhè Zhāng Lǎotóuzi Zhāng Cáifā shì chūmíng "huì xún kuàihuo" de rén, tā cóng zhèn shàng Chénghuángmiào qián lùtiān de "shuōshū chǎng" tīnglái le yī dùzi de gēda dōngxi; yóuqí lànshú de, shì "shíbā lù fǎnwáng, qīshí'èr chù yānchén", Chéng Yǎojīn mài cháibā, fàn sīyán chūshēn, Wǎgǎngzhài zuò fǎnwáng de 《Suí Táng Yǎnyì》. Tā xiànglái shuōhuà "méi zhèngjing", Lǎo Tōngbǎo shì zhīdào de; suǒyǐ xiànzài tīng de wèn shì mài jiǎnzi huòzhě zìjiā zuò sī, Lǎo Tōngbǎo bìng méi bǎ zhè huà kànzhòng, zhǐ suíkǒu huídá dào:

"Zìrán mài jiǎnzi."

Zhāng Lǎotóuzi què pāizhe dàtuǐ tàn yī kǒu qì. Hūrán tā zhànle qǐlái, yòng shǒu zhǐzhe cūn wài nà yīpiàn tūtóu sānglín hòumiàn sōnglù chūlái de jiǎn chǎng de fēnghuǒqiáng shuōdào:

"Tōng Bǎo, jiǎnzi shì cǎile, nàxiē jiǎn chǎng de dàmén hái guān de jǐndòngdòng ne! Jīnnián jiǎn chǎng bù kāichèng! —— shíbā lù fǎnwáng zǎoyǐ xiàfán, Lǐ Shìmín hái méi chūshì; shìjiè bù tàipíng! Jīnnián jiǎn chǎng guānmén, bù zuò shēngyì!"

Lǎo Tōngbǎo rěnbùzhù xiàole, tā bùkěn xiāngxìn. Tā zěnme nénggòu xiāngxìn ne? Nándào nà "wǔ bù yī gǎng" shìde bǐ lùtiān máokēng háiyào duō de jiǎn chǎng huì yīqí dōu guānle mén bù zuò shēngyì? Kuàngqiě tīngshuō hé Dōngyángrén yě yǐ "jiǎnglǒng", bù dǎzhàng le, jiǎn chǎng li zhù de bīng zǎoyǐ kāizǒu.

Zhāng lǎotóuzi yě huànle huà, dōnglā-xīchě jiǎng zhèn li de "xīnwén", jiázhe xǔduō "shuōshū chǎng" shàng tīnglái de shénme Qín Shūbǎo, Chéng Yǎojīn. Zuìhòu, tā dài tā de dōngjiā cuī nà sānshí kuài qián de zhài, wèi de tā shì "zhōngrén".

Rán'ér Lǎo Tōngbǎo dàodǐ yǒudiǎn bù fàngxīn. Tā gǎnkuài pǎochū cūn qù, kànkàn "tánglù" shàng zuìjìn de liǎng gè jiǎn chǎng, guǒrán dàmén jǐnbì, bùjiàn bàn gè rén; zhào wǎngnián shuō, cǐshí yīnggāi zǎoyǐ bǎikāile guìtái, guàqǐle yī pái wūliàngliàng de dàchèng.

Lǎo Tōngbǎo xīnli yě zháohuāngle, dànshì huíjiā qù kànjiànle nàxiē xuěbái fāguāng hěn hòushí yìnggǔgǔ de jiǎnzi, tā yòu rěnbùzhù xīkāile zuǐ. Shànghǎo de jiǎnzi! Huì méiyǒu rén yào, tā bù xiāngxìn. Bìngqiě tā háiyào mángzhe cǎi jiǎn, háiyào xiè "cánhuā lìshì", tā jiànjiàn bù bǎ jiǎn chǎng de shì fàng zài xīnshàng le.

Kěshì cūn li de kōngqì yī tiān yī tiān bùtóng le. Cái de xiàole jǐ shēng de rénmen xiànzài yòu dōushì mǎnliǎn de chóuyún. Gèchù jiǎn chǎng dōu méi kāimén de xiāoxi lùxù cóng zhèn shàng chuánlái, cóng "tánglù" shàng chuánlái. Wǎngnián zhè shíhou, "shōujiǎn rén" xiàng zǒumǎdēng shìde zài cūn li xúnhuí, jīnnián méi jiàn bàn gè "shōujiǎn rén", què huàntìzhe láile zhàizhǔ hé cuīliáng de chāiyì. Qǐng zhàizhǔmen jiù shōule jiǎnzi ba, zhàizhǔmen bǎnqǐ miànkǒng bùlǐ.

Quáncūnzi dōushì rǎngmà, zǔzhòu, hé shīwàng de tànxī! Rénmen zuòmèng yě bùhuì xiǎngdào jīnnián "cánhuā" hǎo le, tāmen de rìzi què bǐ wǎngnián gèngjiā kùnnan. Zhè zài tāmen shì yī gè qīngtiān de pīlì! Bìngqiě yùshì xiàng Lǎo Tōngbǎo tāmen jiā shìde, cán yù yǎng de duō, yù hǎo, jiù yù jiā kùnnan, ——"Zhēnzhèng shìjiè biàn le!" Lǎo Tōngbǎo chuíxiōng duòjiǎo de méiyǒu bànfǎ. Rán'ér jiǎnzi shì bùnéng gējiǔ le de, zǒngděi gǎnkuài xiǎng fǎ: bùshì mài chūqù, jiùshì zìjiā zuò sī. Cūn li yǒu jǐ jiā yǐjīng bǎ duōnián bùyòng de sīchē ná chūlái xiūlǐ, dǎsuàn zìjiā bǎ jiǎn zuòchéngle sī zàishuō. Liù Bǎo jiā yě dǎsuàn zhème bàn. Lǎo Tōngbǎo biàn yě hé érzi xífù shāngliangdào:

"Bù mài jiǎnzi le, zìjiā zuò sī! Shénme mài jiǎnzi, běnlái shì yángguǐzi xíng chūlái de!"

"Wǒmen yǒu sìbǎi duō jīn jiǎnzi ne, nǐ dǎsuàn bǎi jǐ bù sīchē ya!"

Sì Dàniáng shǒuxiān fǎnduì le. Tā zhè huà shì bùcuò de. Wǔbǎi jīn de jiǎnzi kě bùsuàn shǎo, zìjiā zuò sī wànwàn gàn bùliǎo. Qǐng bāngshou me? Nà yòu děi huāqián. Ā Sì shì hé tā lǎopó yī tiáo xīn. Ā Duō bàoyuàn lǎotóuzi dǎcuòle zhǔyi, tā shuō:

"Zǎo yīle wǒ de huà, kòuzhù zìjǐ de shíwǔ dàn yè, zhǐ kān yī zhāng yángzhǒng, duōme hǎo!"

Lǎo Tōngbǎo qì de shuō bùchū huà lái.

Zhōngyú yīxiàn xīwàng hū yòu lái le. Tóngcūn de Huáng Dàoshi bùzhī cóng nǎli dé de xiāoxi, shuōshì Wúxī jiǎo xià de jiǎn chǎng háishì zhàocháng shōujiǎn. Huáng Dàoshi yěshì yīyàng de zhòngtián rén, bìngfēi chī shí fāng de "dàoshi", xiànglái hé Lǎo Tōngbǎo zuì shuōdelái. Yúshì Lǎo Tōngbǎo qù zhǎo nà Huáng Dàoshi xiángxì wènguò le yǐhòu, biàn yòu hé érzi Ā Sì shāngliang bǎ jiǎnzi nòngdào Wúxī jiǎo xià qù mài. Lǎo Tōngbǎo hǔqǐ le liǎn, xiàng chǎojià shìde rǎngdào:

"Shuǐlù qù yǒu sānshí duō jiǔ ne! Láihuí děi liù tiān! Tāmāde! Jiǎnzhí shì chōngjūn! Kěshì nǐ yǒu biéde bànfǎ me? Jiǎnzi dāng bù dé fàn chī, cán qián de zhài yòu bījǐn lái!"

Ā Sì yě tóngyì le. Tāmen qù jièle yī tiáo chìbóchuán, mǎile jǐ zhāng lúxí, gǎn nà jǐ tiān zhèngshì hǎo qíng, yòu dàile Ā Duō. Tāmen zhè mài jiǎnzi de "yuǎnzhēngjūn" jiù cǐ chūfā.

Wǔ tiān yǐhòu, tāmen guǒrán huílái le; dàn bùshì kōngchuán, chuán li háiyǒu yī kuāng jiǎnzi méiyǒu màichū. Yuánlái nà sānshí duō jiǔ shuǐlù yuǎn de jiǎn chǎng tiāoti de fēicháng kēkè: yángzhǒng jiǎn yī dàn zhǐzhí sānshíwǔ yuán, tǔzhǒng jiǎn yī dàn èrshí yuán, báo jiǎn bùyào. Lǎo Tōngbǎo tāmen de jiǎnzi suīrán shì shànghǎo de huòsè, què yě bèi jiǎn chǎng li tiāoshèng le nàme yī kuāng, bù kěn shōumǎi. Lǎo Tōngbǎo tāmen shí mài de yībǎi shíyī kuài qián, chúqù lùshang pánchuán, jiù shèngle zhěngzhěng de yībǎi yuán, bùgòu chánghuán mǎi qīngyè suǒjiè de zhài! Lǎo Tōngbǎo lùshang qì de shēngbìngle, liǎng gè érzi fú tā dào jiā.

Dǎ huílái de bā-jiǔshí jīn jiǎnzi, Sì Dàniáng zhǐhǎo zìjiā zuò sī le. Tā dào Liù Bǎo jiā jièle sīchē, yòu mángle wǔ-liù tiān. Jiā li mǐ yòu chīwán le. Jiào Ā Sì ná nà sī shàng zhènlǐ qù mài, méiyǒu rén yào; shàng dàngpù dàng pù yě bùshōu. Shuōle duōshǎo hǎohuà, zǒngsuàn bǎ Qīngmíng qián dàng zài nàli de yī dàn mǐ huànle chūlái.

Jiùshì zhème zhāo, yīnwèi chūncán shú, Lǎo Tōngbǎo yī cūn de rén dōu zēngjiāle zhài! Lǎo Tōngbǎo jiā wèi de yǎngle wǔ zhāng bùzǐ de cán, yòu cǎile shí duō

fēn de hǎo jiǎnzi, jiù cǐ báipéi shàng shíwǔ dàn yè de sāngdì hé sānshí kuài qián de zhài!
Yī gè yuè guāngjǐng de rěn jī áoyè hái bùsuàn!

Yī jiǔ sān èr nián shíyī yuè yī rì.

老舍

Introduction to Lao She

Lao She (老舍) was born in 1899 in Beijing as Shū Qìngchūn (舒庆春). He is one of the most famous authors from the May Fourth Movement and his most famous works include Teahouse (茶馆) and Rickshaw Boy (骆驼祥子 *Luòtuo Xiángzi*: literally *Camel Lucky Boy*).

His birth name means 'celebrating spring'. In fact, he was born one day before the Chinese Spring Festival. Despite his Chinese surname, Lao She's parents were both Manchu, the ruling minority race. Lao She's father was a palace guard for the Qing Dynasty government. During the Boxer Revolution of 1900, in which peasants started an uprising opposing foreign imperialism and Christianity, his father was killed by the Eight-Power Allied Forces (a collection of European, American, and Japanese soldiers) during a street battle. Undoubtedly, Lao She was shaped by these events, which he recalls as:

> During my childhood, I didn't need to hear stories about evil ogres eating children and so forth; the foreign devils my mother told me about were more barbaric and cruel than any fairy tale ogre with a huge mouth and great fangs. And fairy tales are only fairy tales, whereas my mother's stories were 100 percent factual, and they directly affected our whole family.

Lao She's family was poor so with the loss of his father early in childhood. His mother had a hard time making ends meet while raising a family of three children and an elderly aunt to support. Nevertheless, she managed to give her youngest son a solid education. Lao She worked his way through college, first at Beijing Municipal High School No. 3 and then graduating from Beijing Normal University in 1918.

While in college, the hard-working and talented Lao She began to emerge. He engaged in an arduous study of the Chinese Classics, which would enable him in later years to teach Chinese literature. In this period, he was also engrossed in Chinese popular literature and the performing arts, which would deeply influence his later works. After graduation, he started work as principal of a public elementary school in Beijing. He was then promoted to the position of Inspector-in-Charge of the Development of Education, which allowed him to earn enough money for himself and to support his mother.

During the years of The New Literary Movement of 1917 and the May Fourth Movement of 1919, Lao She was busy with the tasks of his job and did not participate actively, but he was certainly deeply inspired by the movements. At the age of twenty-three, he quit his job abruptly and in 1924 he seized the unexpected opportunity to go to England. There, he was employed to teach the Chinese language at the School of Oriental and African Studies (University of London). In 1925 he completed his first novel "The Philosophy of Old Zhang" (老张的哲学), which obtained a certain degree of popularity in China. Chinese people liked it not only for its entertaining elements, but also for the traditional Chinese styles of expression he used and his patriotic and humanitarian message.

During his stay in Britain, Lao She noted a quality in English common citizenry, which he thought the Chinese people lacked: a sense of patriotism and national pride. At the same time, he condemned all political parties and "isms" and took distance from any political involvement. After leaving England in June 1929, Lao She moved to Singapore, where he taught in a middle school for six months, and wrote a story for children, "The Birthday of Little Po". In 1930, he moved to Beijing, where he married Miss Hu Zhiqing, a student of Chinese painting. The couple moved to Jinan (济南) in Shandong Province (山东), where Lao She taught at the University of Qilu (齐鲁大学).

The next six years are said to be the most fruitful and happy period of his life. In this period he wrote the novel, "Cat Country" (猫城记), which is regarded as China's first science fiction novel and was a bitter satire on Chinese society. It was very successful but at the same time attracted a lot of criticism from intellectuals who felt that they were unjustly blackened in the novel.

Parallel to writing novels, Lao She also wrote many short stories and essays on current themes. In 1936, he wrote his masterpiece "Rickshaw Boy" (骆驼祥子, also known as "Camel Xiangzi"), which is a story of a rickshaw puller. "Rickshaw Boy" has become a frequent subject in Chinese literature as a symbol of exploitation and slavery.

After the Japanese invasion in 1937, Lao She joined a group of politicians, intellectuals and artists in Hankou (汉口, present day Wuhan 武汉). For the first time he found himself actively involved in politics, founding an association of writers and artists against aggression. Lao She's political neutrality helped him to find popularity with both Nationalists and Communists. The literature he wrote during this period was all subordinated to propaganda, as he himself stated. These works cannot be compared in terms of literary value to his previous novels and stories.

In 1946 he accepted an official invitation to go the US where he remained for four years. He went back to Beijing soon after the foundation of the new Communist Government. In 1957 a three-act play called "Teahouse" (茶馆), another of his masterpieces, was published. At the time of the Communists' "Cultural Revolution" (in the late 60s), Lao She, like other well-known writers and intellectuals, was subjected to mental and physical humiliation. According to official records, he committed suicide by drowning himself in a lake in the suburbs of Beijing, at the age of sixty-eight.

An Old and Established Name

《老字号》

《Lǎozìhào》

老字号 was published in 1936 and is the story of the Fortune Silk Store (福丝绸店), a renowned silk store in some unknown Chinese city, presumably Beijing. The narration is carried out from the point of view of Xin Dezhi (信德智), the loyal senior apprentice who has been working at the store for fifteen years. After the departure of Manager Qian (钱掌柜), who embodies the old values of integrity and fairness in business, the shop is entrusted to Manager Zhou (周掌柜), a rather opportunistic figure despised by Xin Dezhi. Manager Zhou brings about new ways of running the sale: playing phonograph full blast to attract business, hanging gaudy gaslights, escorting patrons home, and offering cigarettes to customers. In short, doing everything necessary to make money.

All this disgusts Xin Dezhi, because he is aware that the shop is losing its 'old and established name'. Nevertheless he is forced to accept it, because the change is inevitable. All the other shops in town have already changed and the Fortune Silk shares the same destiny. Xin Dezhi's name itself, which could be translated as 'trust, morality, and wisdom', exemplifies his conservative character. Although loosing its old reputation, the store starts making its first profit thanks to Manager Zhou's new ways of doing business. Xin Dezhi could not help admiring Zhou's skills, which made him feel even worse up to the point that he wanted to resign from his apprentice position. Before he has the chance to find a good job somewhere else, Manager Zhou leaves to join the Heaven Silk Store, another silk shop on the same street. Manager Zhou leaves the Fortune because he felt that he could never express his talents fully, and that the Fortune had too many 'stick-in-the-mud' traditions.

In the end, Manager Qian returns to the Fortune thanks to Xin Dezhi's intervention, but the destiny of the store is already doomed. The old austere simplicity is restored, but the harsh competition of the Heaven Silk Store is simply too much and a year later, the Fortune is bought out by the Heaven.

老舍

Throughout the story, there is an underlying dichotomy between honor and integrity, represented by Manager Qian, and the pursuit of profit and interests in personal gain represented by the very success of Manager Zhou. Lao She's attitude toward change emerges as a pessimistic one: the masses are incapable of preserving the long and illustrious traditions of Confucianism. The bankruptcy of the Fortune symbolizes the end of a culture in which everyone is expected to be truthful and honorable to other members of society. Xin Dezhi and Manager Qian are the last bulwarks against the loss of value, but they are doomed to fail.

老字号[1]

作者：老舍

　　钱掌柜[2]走后，辛德治[3]——三合祥[4]的大徒弟[5]，现在很拿点事——好几天没正经[6]吃饭。钱掌柜是绸缎行[7]公认[8]的老手，正如三合祥是公认的老字号。辛德治是钱掌柜手下[9]教练[10]出来的人。可是他并不专因私人的感情而这样难过[11]，也不是自己有什么野心[12]。他说不上来为什么这样怕，好象钱掌柜带走了一些永难恢复[13]的东西。

---

[1] 老字号 – lǎozìhào – timehonored brand; an old and established name

[2] 钱掌柜 – Qián zhǎngguì – a shopkeeper (掌柜) whose family name is Qián (钱)

[3] 辛德治 – Xīn Dézhì – a leading character in this story

[4] 三合祥 – Sānhéxiáng – a shop named Sānhéxiáng

[5] 大徒弟 – dà túdì – the eldest (大) apprentice (徒弟)

[6] 正经 – zhèngjing – seriously; decently

好几天没正经吃饭: have lost the desire for food/meals for days (with concerns on mind); have not had an appetite for food/meals for days

[7] 绸缎行 – chóuduàn háng – the shop (行) of silks and satins (绸缎)

[8] 公认 – gōngrèn – universally/generally acknowledged; universally/generally accepted; established

[9] 手下 – shǒuxià – under the leadership of; under; subordinate

[10] 教练 – jiāoliàn – to coach; to instruct; coach; instructor (in this case is is a verb. However, 教练 is more often used as a noun in modern Chinese)

[11] 专因 – zhuān yīn – just (专) because

[12] 野心 – yěxīn – wild ambition; careerism

[13] 永难恢复 – yǒngnán huīfù – can hardly (难) recover/regain/revive (恢复) forever (永)

周掌柜[14]到任[15]。辛德治明白了，他的恐怖不是虚[16]的；"难过"几乎要改成咒骂[17]了。周掌柜是个"野鸡[18]"，三合祥——多少年的老字号！——要满街[19]拉客[20]了！辛德治的嘴撇[21]得象个煮破[22]了的饺子。老手，老字号，老规矩[23]——都随着钱掌柜的走了，或者永远不再回来。钱掌柜，那样正直[24]，那样规矩[25]，把买卖作赔[26]了。东家[27]不管别的，只求年底下[28]多分红[29]。

多少年了，三合祥是永远那么官样[30]大气[31]：金匾黑字[32]，绿装修[33]，黑柜[34]蓝布[35]围子[36]，大杌凳[37]包着蓝呢子套[38]，茶几[39]上

---

[14] 周掌柜 – Zhōu zhǎngguì – the shopkeeper (掌柜) whose family name is Zhōu (周)

[15] 到任 – dàorèn – assume a post; assume office; take up an official post

[16] 虚 – xū – false

[17] 咒骂 – zhòumà – curse; swear; abuse; revile; call someone names

[18] 野鸡 – yějī – pheasant

[19] 满街 – mǎn jiē – streetful; in every place of the street

[20] 拉客 – lākè – solicit; importune

[21] 撇 – piě – curl (one's lip); twitch (one's mouth)
嘴撇得象个煮破了的饺子: (simile) He curls his lips and his mouth looks like a dumpling that bursts when it's boiled, indicating that he is very angry

[22] 煮破 – zhǔpò – boil/stew something until it bursts

[23] 规矩 – guīju – (noun) rules and regulations; convention; established custom or practice

[24] 正直 – zhèngzhí – honest; upright; fair-minded

[25] 规矩 – guīju – (adjective) following the rules; abiding by the established practice; well-behaved; well-disciplined

[26] 赔 – péi – lose money in business; lose one's capital; suffer a deficit

[27] 东家 – dōngjia – master; boss

[28] 年底下 – nián dǐxià – in the end of year; same as 年底 (niándǐ), which is more often used in modern Chinese

[29] 分红 – fēnhóng – share out bonus; receive dividents; draw extra dividends (profits)

[30] 官样 – guānyàng – aristocracy; bureaucracy

[31] 大气 – dàqì – generous style

[32] 金匾黑字 – jīn biǎn hēi zì – silk banner with words of gold (金匾) and black words (黑字)

[33] 装修 – zhuāngxiū – decoration; renovation

永远放着鲜花[40]。多少年了，三合祥除了在灯节[41]才挂[42]上四只宫灯[43]，垂[44]着大红穗子[45]没有任何不合规矩的胡闹八光[46]。多少年了，三合祥没打过价钱[47]，抹过零儿[48]，或是贴张广告[49]，或者减价半月；三合祥卖的是字号。多少年了，柜上没有吸烟卷的，没有大声说话的；有点响声只是老掌柜的咕噜水烟[50]与咳嗽[51]。

---

[34] 黑柜 – hēiguì – the black (黑) cupboard/cabinet (柜)

[35] 蓝布 – lánbù – blue (蓝) cloth (布)

[36] 围子 – wéizi – curtain

[37] 杌凳 – wùdèng – stool; 板凳 in modern Chinese

[38] 蓝呢子套 – lán nízi tào – blue (蓝) woolen (呢子) cover (套)

[39] 茶几 – chájī – tea table; side table; end table

[40] 鲜花 – xiānhuā – fresh flower; flower

[41] 灯节 – dēngjié – festival (节) of lanterns (灯); from 1月13日 to 1月17日 of the Chinese lunar year. During this period people will hang up lanterns and have fun. Also called 元宵节 (yuánxiāo jié).

[42] 挂 – guà – hang; put up; suspend

[43] 宫灯 – gōngdēng – palace (宫) lantern (灯); a kind of octagonal or hexagonal Chinese lantern, with colorful paintings on each surface and tassels hanging below; at first 宫灯 was used in Chinese palaces.

[44] 垂 – chuí – hang down; droop; let fall

[45] 大红穗子 – dàhóng suìzi – bright red (大红) tassels/fringes (穗子)

[46] 胡闹八光 – húnào bāguāng – (dialect) run wild; mischievous behavior; unreasonable actions; cause disturbance without obvious reasons

[47] 打价钱 – dǎ jiàqián – discount

[48] 抹零儿 – mò língr – cross out/strike out/erase (抹) small change (零)
　　　　儿 – 'r - no actual meaning, mostly used in Northern China

[49] 贴张广告 – tiēzhāng guǎnggào – stick/paste/glue (贴张) advertisements (广告)

[50] 咕噜水烟 – gūlū shuǐyān – the rumbling sound (咕噜) of smoking shredded tobacco filtered by water (水烟)

[51] 咳嗽 – késòu – cough

这些，还有许许多多可宝贵的老气度[52]，老规矩，由[53]周掌柜一进门，辛德治看出来，全要完！周掌柜的眼睛就不规矩，他不低着眼皮，而是满世界扫[54]，好象找贼[55]呢。人家钱掌柜，老坐在大机凳上合着眼[56]，可是哪个伙计[57]出错了口气[58]，他也晓得[59]。

果然[60]，周掌柜——来了还没有两天——要把三合祥改成蹦蹦戏[61]的棚子[62]：门前扎[63]起血丝胡拉[64]的一座彩牌[65]，"大减价"每个字有五尺[66]见方[67]，两盏[68]煤气灯[69]，把人们照[70]得脸上发绿[71]。

---

[52] 气度 - qìdù - style

[53] 由 - yóu - when; as soon as

[54] 满世界扫 - mǎn shìjiè sǎo - look around the whole shop; take a snapshot of the whole shop

　　世界 - everywhere; here it means the shop; 扫: look around

[55] 找贼 - zhǎo zéi - look for (找) a thief (贼)

[56] 合眼 - héyǎn - close (合) one's eyes (眼); with one's eyes closed

[57] 伙计 - huǒji - salesman; salesclerk; shop assistant; shop clerk; waiter

[58] 出口气 - chū kǒu qì - breathe

　　出错了口气: make a tiny mistake; literally it means make a wrong breath; in modern Chinese, 出口气/出气 means: to give vent to one's anger; feel avenged; vent one's spleen

[59] 晓得 - xiǎodé - (oral; dialect) know

[60] 果然 - guǒrán - really; just as one expected; sure enough

[61] 蹦蹦戏 - bèngbèng xì - a kind of Chinese folk dance, mainly performed during the Spring Festival

[62] 棚子 - péngzi - shed; shack

[63] 扎 - zhā - bind; tie; bundle up

[64] 血丝胡拉 - xuèsī húlā - (dialect) blood red

[65] 彩牌 - cǎipái - the multi- colored/colorful (彩) board (牌)

[66] 尺 - chǐ - a unit of length; 1 尺 = 1/3 meter

[67] 见方 - jiànfāng - square

[68] 盏 - zhǎn - quantifier used before a lamp

[69] 煤气灯 - méiqì dēng - gas (煤气) lamp (灯)

[70] 照 - zhào - illuminate; light up; shine

[71] 脸上发绿 - liǎn shàng fā lǜ - one's face looks "green"; stimulate one's desire to purchase

这还不够，门口一档子[72]洋鼓洋号[73]，从天亮吹[74]到三更[75]；四个徒弟，都戴[76]上红帽子[77]，在门口，在马路上，见人就给传单[78]。这还不够，他派[79]定两个徒弟专[80]管给客人送烟[81]递茶[82]，哪怕是买半尺白布，也往后柜让[83]，也递香烟：大兵[84]，清道夫[85]，女招待[86]，都烧[87]着烟卷，把屋里烧得象个佛堂[88]。这还不够，买一尺还饶[89]上一尺，还赠送[90]洋娃娃[91]，伙计们还要和客人随便说笑；客人要买的，假如[92]柜上没有，不告诉人家没有，而拿出别种东西硬叫[93]

---

[72] 一档子 – yīdàngzi – (dialect) a group of

[73] 洋鼓洋号 – yánggǔ yánghào – foreign (洋) drums (鼓) and foreign (洋) brass-wind instruments (号)

[74] 吹 – chuī – play (instruments) with one's mouth

[75] 三更 – sāngēng – late at night; in the dead of night; midnight

更 – one of the five two-hour periods which the night (between 7:00pm to 5:00am of the next day) was formerly divided

三更 – 11:00pm – 1:00am of the next day

[76] 戴 – dài – wear; put on

[77] 红帽子 – hóng màozi – the red (红) hat (帽子)

[78] 传单 – chuándān – leaflet; handbill; advertising leaflet

[79] 派 – pài – send; dispatch; assign; appoint

[80] 专 – zhuān – specially

[81] 送烟 – sòng yān – give (送) cigarettes (烟) as a gift

[82] 递茶 – dì chá – hand over (递) tea (茶); serve tea

[83] 往后柜让 – wǎng hòuguì ràng – lead someone to the back of the counter

[84] 大兵 – dà bīng – common soldier

[85] 清道夫 – qīngdàofū – (文言) scavenger; street cleaner; street sweeper

[86] 女招待 – nǚ zhāodài – waitress

[87] 烧 – shāo – burn; here it means smoking

[88] 佛堂 – fótáng – hall for worshipping the Buddha

[89] 饶 – ráo – add

[90] 赠送 – zèngsòng – give as a present; present as a gift

[91] 洋娃娃 – yángwáwá – doll

[92] 假如 – jiǎrú – if; supposing; in case

[93] 硬叫 – yìng jiào – insist (in making someone do something unwillingly)

人家看；买过十元钱的东西，还打发徒弟送了去，柜上买了两辆⁹⁴一走三歪⁹⁵的自行车！

辛德治要找个地方哭一大场去！在柜上十五六年了，没想到过——更不用说见过了——三合祥会落⁹⁶到这步天地⁹⁷！怎么见人呢？合街上有谁不敬重⁹⁸三合祥的？伙计们晚上出来，提⁹⁹着三合祥的大灯笼¹⁰⁰，连巡警¹⁰¹们都另眼看待¹⁰²。那年兵变¹⁰³，三合祥虽然也被抢一空¹⁰⁴，可是没象左右的铺户¹⁰⁵那样连门板¹⁰⁶和"言无二价¹⁰⁷"的牌子都被摘¹⁰⁸了走——三合祥的金匾¹⁰⁹有种尊严¹¹⁰！他到城里已经二十来年了，其中¹¹¹的十五六年是在三合祥，三合祥

---

⁹⁴ 辆 – liǎng – quantifier used before vehicles, such as cars, bycicles, truck, bus, etc

⁹⁵ 一走三歪 – yī zǒu sān wāi – go wrong frequently; unsafe; of bad quality

⁹⁶ 落 – luò – decline; come down; drift about

⁹⁷ 这步天地 – zhè bù tiāndì – such a plight; such a wretched situation

⁹⁸ 敬重 – jìngzhòng – highly esteem; look up to with great respect; deeply respect

⁹⁹ 提 – tí – carry (in one's hand with the arm down)

¹⁰⁰ 灯笼 – dēnglóng – lantern

¹⁰¹ 巡警 – xúnjǐng – policeman; constable

¹⁰² 另眼看待 – lìngyǎn kàndài – look upon one with special respect; treat someone with special regard; same as 另眼相看 (lìngyǎn-xiāngkàn) (成语), which is more often used in modern Chinese

¹⁰³ 兵变 – bīngbiàn – mutiny; revolution; revolt; uprising

¹⁰⁴ 被抢一空 – bèi qiǎng yī kōng – everything was robbed with nothing left

¹⁰⁵ 铺户 – pùhù – shop

¹⁰⁶ 门板 – ménbǎn – shutter; door plate; door plank

¹⁰⁷ 言无二价 – yán wú èr jià – (成语) refusing to accept less than the asking price; holding one-price policy; fixed price

¹⁰⁸ 摘 – zhāi – pick; take away

¹⁰⁹ 金匾 – jīnbiǎn – banner with golden words; gilded nameboard

¹¹⁰ 尊严 – zūnyán – dignity; honor

¹¹¹ 其中 – qízhōng – among which, them, etc; in which, it, etc

是他第二家庭，他的说话、咳嗽与蓝布大衫[112]的样式[113]，全是三合祥给他的。他因三合祥、也为三合祥而骄傲[114]。他给铺子[115]去索债[116]，都被人请进去喝碗茶；三合祥虽是个买卖，可是和照顾主儿[117]们似乎是朋友。钱掌柜是常给照顾主儿行红白人情[118]的。三合祥是"君子之风[119]"的买卖：门凳上常坐着附近最体面[120]的人；遇到街上有热闹的时候，照顾主儿的女眷们到这里向老掌柜借个座儿。这个光荣[121]的历史，是长在辛德治的心里的。可是现在？

辛德治也并不是不晓得，年头是变了。拿三合祥的左右铺户说，多少家已经把老规矩舍弃[122]，而那些新开的更是提不得[123]的，因为根本就没有过规矩。他知道这个。可是因此他更爱三合祥，更替它骄傲。假如三合祥也下了桥[124]，世界就没了！

哼[125]，现在三合祥和别人家一样了，假如不是更坏！

---

[112] 蓝布大衫 – lánbù dà shān – the big (大) unlined upper garment (衫) made by blue (蓝) cloth (布)

[113] 样式 – yàngshì – pattern; type; style; form; model; modality; genre

[114] 骄傲 – jiāo'ào – be prond of; pride

[115] 铺子 – pùzi – shop; store

[116] 索债 – suǒ zhài – demand debtor to pay a debt

[117] 照顾主儿 – zhàogùzhǔr – customers

[118] 红白人情 – hóngbái rénqíng – provide favor/gifts (人情) for happy occasions such as weddings, birthdays (红) and sad occasions such as funerals (白)

[119] 君子之风 – jūnzǐ zhī fēng – common practice (风) of (之) gentleman (君子)

[120] 体面 – tǐmiàn – respectable

[121] 光荣 – guāngróng – honor; glory; proud

[122] 舍弃 – shěqì – give up; abandon

[123] 提不得 – tí bùdé – had better not mention

[124] 下了桥 – xiàle qiáo – can't get through

[125] 哼 – hēng – (an exclamation of annoyance, dissatisfaction or suspicion) humph

他最恨的是对门那家正香村[126]：掌柜的踏拉[127]着鞋，叼[128]着烟卷，镶[129]着金门牙[130]。老板娘[131]背[132]着抱[133]着，好象兜[134]儿里还带着，几个男女小孩，成天出来进去，进去出来，唧唧喳喳[135]，不知喊[136]些什么。老板和老板娘吵架[137]也在柜上，打孩子，给孩子吃奶[138]，也在柜上。摸不清[139]他们是作买卖呢，还是干什么玩呢，只有老板娘的胸口[140]老在柜前陈列[141]着是件无可疑[142]的事儿。那群[143]伙计，不知是从哪儿找来的，全穿着破鞋，可是衣服多半是绸缎的。有的贴[144]着太阳膏[145]，有的头发梳[146]得象漆杓[147]，有的

---

[126] 正香村 – Zhèngxiāngcūn – the name of a shop called "a village (村) named Zhèngxiāng"

[127] 踏拉 – tàlā – tattered

[128] 叼 – diāo – hold in the mouth

[129] 镶 – xiāng – inlay; set; inset; insert; mount

[130] 金门牙 – jīn ményá – the golden (金) front teeth (门牙)

[131] 老板娘 – lǎobǎnniáng – shopkeeper's wife; proprietress

[132] 背 – bēi – carry on the back

[133] 抱 – bào – carry in breast; hold with both arms

[134] 兜 – dōu – pocket; bag

[135] 唧唧喳喳 – jījī-zhāzhā – chipper

[136] 喊 – hǎn – shout; cry out; yell

[137] 吵架 – chǎojià – quarrel; wrangle; have a row; brawl; bicker over

[138] 吃奶 – chīnǎi – suck (the breast)

[139] 摸不清 – mō bù qīng – don't understand; wonder if

[140] 胸口 – xiōngkǒu – the pit of the stomach

[141] 陈列 – chénliè – display; set out; exhibit

[142] 无可疑 – wú kěyí – undoubtful; same as 毋庸置疑 (wùyōng-zhìyí) (成语) or 毫无疑问 (háowú-yíwèn) (成语), which are more often used in modern Chinese

[143] 群 – qún – crowd; group

[144] 贴 – tiē – stick; paste; glue

[145] 太阳膏 – tàiyáng gāo – a kind of medical ointment used to treat the cold or headache

[146] 梳 – shū – comb (one's hair)

[147] 漆杓 – qīsháo – lacquered (漆) handle of a ladle or spoon (杓)

戴着金丝眼镜。再说那份儿厌气[148]：一年到头[149]老[150]是大减价，老悬[151]着煤气灯，老转动着留声机[152]。买过两元钱的东西，老板便亲自让客人吃块酥糖[153]；不吃，他能往人家嘴里送！什么东西也没有一定的价钱，洋钱[154]也没有一定的行市[155]。辛德治永远不正眼看"正香村"那三个字，也永不到那边买点东西。他想不到世上会有这样的买卖，而且和三合祥正对门！

更奇怪的，正香村发财，而三合祥一天比一天衰微[156]。他不明白这是什么道理。难道买卖必定[157]得不按着规矩作才行吗？果然如此，何必[158]学徒[159]呢？是个人就可以作生意了！不能是这样，不能；三合祥到底是不会那样的！谁知道竟自[160]来了个周掌柜，三合祥的与正香村的煤气灯把街道照青了一大截[161]，它们是

---

[148] 厌气 – yànqì – loathing
[149] 一年到头 – yī nián dàotóu – throughout the year; in season and out of season; year in, year out; the whole year; (all) the year round
[150] 老 – lǎo – always; all the time
[151] 悬 – xuán – hang; suspend
[152] 留声机 – liúshēngjī – record player; gramophone; phonograph
[153] 酥糖 – sūtáng – crunchy (酥) candy (糖)
[154] 洋钱 – yángqián – silver coins (Since silver coins first came from outside China, their common name was 洋钱, literally foreign money. Even after the Qing Dynasty started to mint their own silver coins, the popular name remained 洋钱)
[155] 行市 – hángshi – market quotations; price; same as 行情 (hángqíng)
[156] 衰微 – shuāiwēi – decline; wane
[157] 必定 – bìdìng – surely
[158] 何必 – hébì – here is no need; Why bother …?
[159] 学徒 – xuétú – apprentice; trainee; it's a noun but here it's used as a verb: to learn/acquire a skill as an apprentice
[160] 竟自 – jìngzì – unexpectedly; actually; same as 竟然 (jìngrán), which is more often used in modern Chinese
[161] 一大截 – yī dà jié – a large part; a large portion

一对¹⁶²儿！三合祥与正香村成了一对？！这莫非¹⁶³是作梦么？不是梦，辛德治也得按着周掌柜的办法走。他得和客人瞎扯¹⁶⁴，他得让人吸烟，他得把人诓¹⁶⁵到后柜，他得拿着假货当真货卖，他得等客人争竞¹⁶⁶才多放二寸¹⁶⁷，他得用手术¹⁶⁸量布¹⁶⁹——手指一捻¹⁷⁰就抽¹⁷¹回来一块！他不能受这个！

可是多数的伙计似乎愿意这么作。有个女客进来，他们恨不能¹⁷²把她围¹⁷³上，恨不能把全铺子的东西都搬¹⁷⁴来给她瞧¹⁷⁵，等她买完——哪怕是买了二尺搪布¹⁷⁶——他们恨不能把她送回家去。周掌柜喜爱这个，他愿意伙计们折跟头¹⁷⁷、打把式¹⁷⁸，更好是能在空中¹⁷⁹飞。

---

162 一对 – yī duì – two; a pair; here it means two fierce and incompatible competitors
163 莫非 – mòfēi – can it be that; is it possible that
164 瞎扯 – xiāchě – talk irresponsibly; talk rubbish; twaddle
165 诓 – kuāng – deceive; hoax
166 争竞 – zhēngjìng – compete; put up a fight; contest
167 二寸 – èr cùn – two (二) cun (寸) (of cloth)
　　　寸 – cun, a unit of length equivalent to 1/30 of a meter
168 手术 – shǒushù – the skill to measure the length (of a piece of cloth) with use of one's hand other than any device; in modern Chinese 手术 means medical operation/surgery
169 量布 – liáng bù – measure (量) cloth (布)
170 捻 – niǎn – to twist with the fingers; to entwist
171 抽 – chōu – take (a part from a whole)
172 恨不能 – hènbunéng – very anxious to; itch to; how one wishes one could; can't wait to
173 围 – wéi – enclose; surround; circle around
174 搬 – bān – move; take away
175 瞧 – qiáo – take a look; see
176 搪布 – tángbù – a kind of narrow fabric weaved with thick threads
177 折跟头 – zhē gēntou – turn a somersault; loop the loop
178 把式 – bǎshì – martial arts; skills
179 空中 – kōngzhōng – in the sky

周掌柜和正香村的老板成了好朋友。有时候还凑[180]上天成[181]的人们打打"麻将[182]"。天成也是本街上的绸缎店,开张[183]也有四五年了,可是钱掌柜就始终[184]没招呼[185]过他们。天成故意和三合祥打对仗[186],并且吹出风来,非把三合祥顶[187]趴下[188]不可。钱掌柜一声也不出,只偶尔说一句:咱们[189]作的是字号。天成一年倒有三百六十五天是纪念日[190],大减价。现在天成的人们也过来打牌了。辛德治不能答理[191]他们。他有点空闲[192],便坐在柜里发楞[193],面对着货架子[194]——原先架上的布匹[195]都用白布包着,现在用整幅[196]的通天扯地[197]地作装饰[198],看着都眼晕[199],那么花红柳绿[200]的!三合祥已经完了,他心里说。

---

[180] 凑 – còu – gather together
[181] 天成 – Tiānchéng – a shop name
[182] 麻将 – májiàng – mahjong; a game that originated in China, commonly played with four players
[183] 开张 – kāizhāng – open a business; run a business; begin doing business
[184] 始终 – shǐzhōng – from beginning to end; from start to finish; all along; throughout
[185] 招呼 – zhāohu – treat cordially; entertain; entertain with courtesy and warmth
[186] 打对仗 – dǎ duìzhàng – compete; contend; set oneself against
[187] 顶 – dǐng – defeat; beat
[188] 趴下 – pāxià – fail; lose; fall to the ground
[189] 咱们 – zánmen – we; same as 我们
[190] 纪念日 – jìniànrì – commemoration day; anniversary; red-letter day
[191] 答理 – dāli – acknowledge (someone's greeting, etc); respond; answer; usually used with the negative word 不
    不答理 or 不搭理 – ignore or give somebody a cold shoulder
[192] 空闲 – kōngxián – free time; spare time; leisure
[193] 发楞 – fālèng – stare blankly; stupefied; dumbfounded; in a daze; spellbound; stunned
[194] 货架子 – huòjiàzi – goods shelf; rack
[195] 布匹 – bùpǐ – cloth
[196] 整幅 – zhěngfú – the whole banner

但是，过了一节[201]，他不能不佩服[202]周掌柜了。节下报账[203]，虽然没赚[204]什么，可是没赔。周掌柜笑着给大家解释[205]："你们得记住，这是我的头一节[206]呀！我还有好些没施展[207]出来的本事呢。还有一层[208]，扎牌楼[209]，赁[210]煤气灯……哪个不花钱呢？所以呀！" 他到说上劲[211]来的时节总这么"所以呀"一下。"日后无须[212]扎牌楼了，咱会用更新的，更省钱的办法，那可就有了赚头[213]，所以呀！"辛德治看出来，钱掌柜是回不来了；世界的确[214]是变了。周掌柜和天成、正香村的人们说得来，他们都是发财的。

[197] 通天扯地 － tōng tiān chě dì － blot out the sky and cover up the earth; everywhere; overspread

[198] 装饰 － zhuāngshì － ornament; decorate; set off; embellish; bedeck; adorn; deck

[199] 眼晕 － yǎnyūn － feel dizzy

[200] 花红柳绿 － huāhóng-liǔlù － (成语) bright red blossoms and green willows; a profusion of garden flowers; flower red and willow green

[201] 节 － jié － the festival

[202] 佩服 － pèifú － admire; have admiration (respect) for; hand it to someone; have a high opinion of (someone)

[203] 报账 － bàozhàng － present a bill of expenses; apply for reimbursement; render an account; submit an expense account

[204] 赚 － zhuàn － make a profit; gain; profit; earn

[205] 解释 － jiěshì － explain; expound; interpret; explicate; elucidate

[206] 头一节 － tóu yī jié － the first festival

[207] 施展 － shīzhǎn － put to good use; give free play to; display; showcase

[208] 还有一层 － háiyǒu yī céng － besides; in addition

[209] 扎牌楼 － zhā páilou － put up ceremonial arches

[210] 赁 － lìn － hire (rent)

[211] 上劲 － shàngjìn － energetically; with gusto; with great vigor

[212] 无须 － wúxū － need not; not have to; unnecessary

[213] 赚头 － zhuàntou － profit

[214] 的确 － díquè － really; with no mistake; indeed

过了节，检查[215]日货[216]嚷嚷[217]动了。周掌柜疯了似的上东洋[218]货。检查队[219]已经出动，周掌柜把东洋货全摆[220]在大面上，而且下了命令[221]："进来买主[222]，先拿日本布；别处不敢卖，咱们正好作一批[223]生意。看见乡下人，明说这是东洋布，他们认这个；对城里的人，说德国货。"

检查队到了。周掌柜脸上要笑出几个蝴蝶[224]儿来，让吸烟，让喝茶。"三合祥，冲这三个字，不是卖东洋货的地方，所以呀！诸位[225]看吧！门口那些有德国布，也有土布[226]；内柜都是国货绸缎，小号[227]在南方有联号[228]，自办自运[229]。"

大家疑心那些花布。周掌柜笑了："张福来[230]，把后边剩下[231]的那匹东洋布拿来。"

---

[215] 检查 — jiǎnchá — check up; inspect; examine; censor; survey rummage; review
[216] 日货 — rìhuò — Japanese (日) goods (货)
[217] 嚷嚷 — rāngrang — make widely known; make a noise; make an uproar; shout; yell
[218] 东洋 — dōngyáng — Japan
[219] 队 — duì — team; group
[220] 摆 — bǎi — put; arrange; set in order
[221] 命令 — mìnglìng — order; command; directive; instruction
[222] 买主 — mǎizhǔ — customer; buyer
[223] 批 — pī — batch; lot; group
[224] 蝴蝶 — húdié — butterfly
　　　笑出几个蝴蝶儿来 — (figure of speech) butter up; all smiles
[225] 诸位 — zhūwèi — ladies and gentlemen; everybody
[226] 土布 — tǔbù — handwoven (or handloomed) cloth; homespun cloth
[227] 小号 — xiǎohào — small (小) size (号)
[228] 联号 — lián hào — chain store; affiliate
[229] 自办自运 — zì bàn zì yùn — operating and delivering by our own; self-supporting
[230] 张福来 — Zhāng Fúlái — a name of a character in this story
[231] 剩下 — shèngxià — the remaining

布拿来了。他扯住[232]检查队的队长[233]："先生，不屈心[234]，只剩下这么一匹东洋布，跟先生穿的这件大衫一样的材料，所以呀！"他回过头来，"福来，把这匹料子[235]扔[236]到街上去！"

队长看着自己的大衫，头也没抬，便走出去了。

这批随时[237]可以变成德国货、国货、英国货的日本布赚了一大笔钱。有识货的人，当着周掌柜的面[238]，把布扔在地上，周掌柜会笑着命令徒弟："拿真正西洋货去，难道就看不出先生是懂眼的人吗？"然后对买主："什么人要什么货，白给[239]你这个，你也不要，所以呀！"于是[240]又作了一号[241]买卖。客人临[242]走，好象怪舍不得[243]周掌柜。辛德治看透[244]了，作买卖打算要赚钱[245]的话，得会变戏法[246]、说相声[247]。周掌柜是个人物[248]。可是辛德治不想再

---

[232] 扯住 - chězhù - hold on to; grasp
[233] 队长 - duìzhǎng - captain; team leader; chargehand; chargeman
[234] 屈心 - qūxīn - have a guilty conscience
[235] 料子 - liàozi - material for making clothes; woolen fabric
[236] 扔 - rēng - throw away; cast aside
[237] 随时 - suíshí - at any time; at all times
[238] 当着…的面 - dāngzhe … de miàn - in someboby's presence
[239] 白给 - báigěi - free of charge; cost free; free; gratis
[240] 于是 - yúshì - thereupon; hence; consequently; as a result
[241] 号 - hào - quantifier used before a sale
一号买卖 - a sale/deal; same as 一桩 (zhuāng) 买卖, which is more often used in modern Chinese
[242] 临 - lín - be about to; be going to; on the point of; just before
[243] 怪舍不得 - guài shěbùde - hate to part with or use; grudge; be loath to part with or leave
[244] 看透 - kàntòu - see through; understand thoroughly; gain an insight into
[245] 赚钱 - zhuànqián - make money; make a profit
[246] 变戏法 - biàn xìfǎ - perform conjuring tricks; conjure; juggle
[247] 相声 - xiàngsheng - comic dialogue; cross talk
[248] 人物 - rénwù - figure; character; here refers to an important figure; big cheese

在这儿干，他越佩服周掌柜，心里越[249]难过。他的饭由脊梁骨下去[250]。打算睡得安稳[251]一些，他得离开这样的三合祥。

可是，没等到他在别处找好位置，周掌柜上天成领东[252]去了。天成需要这样的人，而周掌柜也愿意去，因为三合祥的老规矩太深了，仿佛是长了根[253]，他不能充分[254]施展他的才能[255]。

辛德治送出周掌柜去，好象是送走了一块心病[256]。

对于[257]东家[258]们，辛德治以十五六年老伙计的资格，是可以说几句话的，虽然不一定发生什么效力[259]。他知道哪些位东家是更老派[260]一些，他知道怎样打动[261]他们。他去给钱掌柜运动[262]，也托出[263]钱掌柜的老朋友们来帮忙。他不说钱掌柜的一切都好，

---

[249] 越…越 – yuè…yuè – the more …, the more

[250] 由脊梁骨下去 – yóu jǐlianggǔ xiàqù – (dialect) a tough pill to swallow

[251] 安稳 – ānwěn – smooth and steady; peaceful

[252] 领东 – lǐng dōng – receive/fetch (领) business (东) for others; to work for someone else

[253] 长了根 – zhǎngle gēn – grow (长) roots (根); deeply rooted

[254] 充分 – chōngfèn – to the full; fully; sufficiently

[255] 才能 – cáinéng – talent; ability; gift; aptitude; capability

[256] 心病 – xīnbìng – worry; anxiety; sore point

[257] 对于 – duìyú – as to; as for; with regard to; for

[258] 东家 – dōngjia – master; boss; landlord

[259] 效力 – xiàolì – effectiveness; effect; result

[260] 老派 – lǎopài – old fashioned; old school

[261] 打动 – dǎdòng – move; touch; arouse one's feelings

[262] 运动 – yùndòng – run errands; same as 跑腿 (pǎotuǐ), which is more often used in modern Chinese

[263] 托出 – tuōchū – take the words out of someone's mouth

而是说钱与周二位各有所长[264]，应当折中[265]一下，不能死守旧法[266]，也别改变的太过火[267]。老字号是值得保存的，新办法也得学着用。

字号与利益[268]两顾[269]着——他知道这必能打动了东家们。

他心里，可是，另有个主意。钱掌柜回来，一切就都回来，三合祥必定是"老"三合祥，要不然便什么也不是。他想好了：减去煤气灯、洋鼓洋号、广告、传单、烟卷；至必不得已[270]的时候，还可以减人，大概可以省去一大笔开销[271]。况且[272]，不出声而贱卖[273]，尺大而货物地道。难道人们就都是傻子[274]吗？

钱掌柜果然回来了。街上只剩了正香村的煤气灯，三合祥恢复了昔日[275]的肃静[276]，虽然因为欢迎钱掌柜而悬挂[277]上那四个宫灯，垂着大红穗子。

---

[264] 各有所长 – gèyǒusuǒcháng – (成语) each one has his good points; each one has something in which he excels; everybody has his strong points; everyman has his merits
[265] 折中 – zhézhōng – compromise; split the difference
[266] 死守旧法 – sǐshǒu jiùfǎ – defend (守) the old (旧) law/rule/convention (法) to the last (死)
[267] 过火 – guòhuǒ – go too far; go to extremes; overdo
[268] 利益 – lìyì – interest; gain; benefit; profit
[269] 顾 – gù – give consideration to both; take into account or consideration; take care of; attend to
[270] 必不得已 – bìbùdéyǐ – have no choice but to; be under the necessity of; could not but; same as 迫不得已 (pòbù-déyǐ) (成语), which is more often used in modern Chinese
[271] 开销 – kāixiāo – expense; expenditure; spending; overhead
[272] 况且 – kuàngqiě – moreover; besides; in addition; furthermore
[273] 贱卖 – jiànmài – sell at a low price; on sale; be sold very cheaply
[274] 傻子 – shǎzi – fool; blockhead; simpleton
[275] 昔日 – xīrì – in former days; in former times; in the past; in the old days
[276] 肃静 – sùjìng – solemn silence; solemn and silent

三合祥挂上官灯那天，天成号门口放了两只骆驼[278]，骆驼身上披[279]满了各色的缎条[280]，驼峰上安着一明一灭[281]的五彩电灯[282]。骆驼的左右辟[283]了抓彩部[284]，一人一毛钱，凑足[285]了十个人就开彩[286]，一毛钱有得一匹摩登绸[287]的希望。天成门外成了庙会[288]，挤不动[289]的人。真有笑嘻嘻[290]夹走[291]一匹摩登绸的嘛[292]！

---

[277] 悬挂 – xuánguà – hang; pend; suspend; swing

[278] 骆驼 – luòtuó – camel

[279] 披 – pī – drape over one's shoulders; wrap around

[280] 缎条 – duàntiáo – satin stripe

[281] 一明一灭 – yī míng yī miè – go on (明) in a flash and go out (灭) in a flash alternately

[282] 五彩电灯 – wǔcǎi diàndēng – multi-coloured (五彩) electric light (电灯)

[283] 辟 – pì – open up (territory, land, etc); break (ground) in modern Chinese, we use 披 (pī) instead of 辟

[284] 抓彩部 – zhuācǎi bù – the place for drawing lots/raffle tickets/lottery tickets

[285] 凑足 – còuzú – scrape together

[286] 开彩 – kāicǎi – announce the result of the drawing of the raffle

[287] 摩登绸 – módēng chóu – modern/fashionable (摩登) silk (绸)

[288] 庙会 – miàohuì – temple fair; fair; Festival temple fair

[289] 挤不动 – jǐ bù dòng – too crowded to move forward

[290] 笑嘻嘻 – xiàoxīxī – grinning; smiling broadly

[291] 夹走 – jiázǒu – carry something under one's arm (夹) and go away (走)

[292] 嘛 – ma – exclamative particle used at the end of a sentence, indicating that something is obvious

三合祥的门凳上又罩上蓝呢套[293]，钱掌柜眼皮[294]也不抬[295]，在那里坐着。伙计们安静地坐在柜里，有的轻轻拨弄[296]算盘珠[297]儿，有的徐缓[298]地打着哈欠[299]，辛德治口里不说什么，心中可是着急。半天儿能不进来一个买主。偶尔有人在外边打一眼，似乎是要进来，可是看看金匾，往天成那边走去。有时候已经进来，看了货，因不打价钱，又空手走了。只有几位老主顾，时常来买点东西；可也有时候只和钱掌柜说会儿[300]话，慨叹[301]着年月这样穷，喝两碗茶就走，什么也不买。辛德治喜欢听他们说话，这使他想起昔年的光景[302]，可是他也晓得，昔年的光景，大概[303]不会回来了；这条街只有天成"是"个买卖！

　　过了一节，三合祥非减人不可[304]了。辛德治含着泪[305]和钱掌柜说："我一人干五个人的活，咱们不怕！"老掌柜也说：

---

[293] 蓝呢套 – lán ní tào – blue (蓝) woolen (呢) cover (套)

[294] 眼皮 – yǎnpí – eyelid

[295] 抬 – tái – lift up; raise

[296] 拨弄 – bōnòng – fiddle with; move to and fro

[297] 算盘珠 – suànpán zhū – beads (珠) of an abacus (算盘)

[298] 徐缓 – xúhuǎn – slow; same as 徐徐 and 缓缓, which are more often used in modern Chinese

[299] 哈欠 – hāqiàn – yawn

[300] 会儿 – huìr – for a moment; for a while

[301] 慨叹 – kǎitàn – deplore with sighs; lament with sighs; sigh with regret

[302] 光景 – guāngjǐng – circumstances; conditions

[303] 大概 – dàgài – probably; possibly; likely; maybe

[304] 非...不可 – fēi...bùkě – must; have to

[305] 含泪 – hán lèi – with tears in one's eyes

"咱们不怕！"辛德治那晚睡得非常香甜[306]，准备次日干五个人的活。可是过了一年，三合祥倒给[307]天成了。

Lǎozìhào

Zuòzhě: Lǎoshě

Qián zhǎngguì zǒu hòu, Xīn Dézhì —— Sānhéxiáng de dà túdì, xiànzài hěn ná diǎn shì —— hǎo jǐ tiān méi zhèngjing chī fàn. Qián zhǎngguì shì chóuduàn háng gōngrèn de lǎoshǒu, zhèngrú Sānhéxiáng shì gōngrèn de lǎozìhào. Xīn Dézhì shì Qián zhǎngguì shǒuxià jiāoliàn chūlái de rén. Kěshì tā bìng bù zhuān yīn sīrén de gǎnqíng ér zhèyàng nánguò, yě bùshì zìjǐ yǒu shénme yěxīn. Tā shuō bùshànglái wèishénme zhèyàng pà, hǎoxiàng Qián zhǎngguì dàizǒu le yīxiē yǒngnán huīfù de dōngxi.

Zhōu zhǎngguì dàorèn. Xīn Dézhì míngbaile, tā de kǒngbù bùshì xū de; "nán guò" jīhū yào gǎichéng zhòumà le. Zhōu zhǎngguì shì gè "yějī", Sānhéxiáng —— duōshǎo nián de lǎozìhào! —— yào mǎn jiē lākè le! Xīn Dézhì de zuǐ piěde xiàng gè zhǔpò le de jiǎozi. Lǎoshǒu, lǎozìhào, lǎo guīju —— dōu suízhe Qián zhǎngguì de zǒule, huòzhě yǒngyuǎn bùzài huílái. Qián zhǎngguì, nàyàng zhèngzhí, nàyàng guīju, bǎ mǎimài zuòpéi le. Dōngjia bùguǎn biéde, zhǐ qiú nián dǐxia duō fēnhóng.

Duōshǎo nián le, Sānhéxiáng shì yǒngyuǎn nàme guānyàng dàqì: jīn biǎn hēi zì, lǜ zhuāngxiū, hēiguì lánbù wéizi, dà wùdèng bāozhe lán nízi tào, chájī shàng yǒngyuǎn fàngzhe xiānhuā. Duōshǎo nián le, Sānhéxiáng chúle zài dēngjié cái guàshàng sì zhī gōngdēng, chuízhe dàhóng suìzi méiyǒu rènhé bù hé guīju de húnào bāguāng. Duōshǎo nián le, Sānhéxiáng méi dǎguò jiàqián, mòguò língr, huòshì tiēzhāng guǎnggào, huòzhě jiǎnjià bànyuè; Sānhéxiáng mài de shì zìhào. Duōshǎo nián le, guìshang méiyǒu xī yānjuǎn de, méiyǒu dàshēng shuōhuà de; yǒudiǎn xiǎngshēng zhǐshì lǎo zhǎngguì de gūlū shuǐyān yǔ késòu.

Zhèxiē, háiyǒu xǔxǔ-duōduō kě bǎoguì de lǎo qìdù, lǎo guīju, yóu Zhōu zhǎngguì yī jìnmén, Xīn Dézhì kàn chūlái, quán yào wán! Zhōu zhǎngguì de yǎnjīng jiù bù guīju, tā bù dīzhe yǎnpí, érshì mǎn shìjiè sǎo, hǎoxiàng zhǎo zéi ne. Rénjia Qián zhǎngguì, lǎo zuòzài dà wùdèng shàng hézhe yǎn, kěshì nǎgè huǒji chūcuòle kǒu qì, tā yě xiǎodé.

Guǒrán, Zhōu zhǎngguì —— láile hái méiyǒu liǎng tiān —— yào bǎ Sānhéxiáng gǎichéng bèngbèng xì de péngzi: mén qián zhāqǐ xuèsī húlā de yī zuò cǎipái, "dà jiǎnjià" měi gè zì yǒu wǔ chǐ jiānfāng, liǎng zhǎn méiqì dēng, bǎ rénmen zhào de liǎn shàng fā lǜ. Zhè hái bùgòu, ménkǒu yīdàngzi yánggǔ yánghào, cóng tiānliàng chuīdào sān gēng; sì gè túdì, dōu dàishàng hóng màozi, zài ménkǒu, zài mǎlù shàng, jiàn rén jiù gěi chuándān. Zhè hái bùgòu, tā pàidìng liǎng gè túdì zhuānguǎn gěi kèrén sòng yān dì chá, nǎpà shì mǎi bànchǐ báibù, yě wǎng hòuguì ràng, yě dì xiāngyān: dà bīng, qīngdàofū, nǚ zhāodài, dōu shāozhe yānjuǎn, bǎ wū lǐ shāo de xiàng gè fótáng. Zhè hái bùgòu, mǎi yī chǐ hái ráoshàng yī chǐ, hái zèngsòng yángwáwá, huǒjimen háiyào hé kèrén suíbiàn shuōxiào; kèrén yào mǎide, jiǎrú guìshang méiyǒu, bù gàosù rénjia méiyǒu, ér náchū biézhǒng dōngxi yìng jiào rénjia kàn; mǎiguò shí yuán qián de dōngxi, hái dǎfā túdì sòngle qù, guìshang mǎile liǎng liàng yī zǒu sān wāi de zìxíngchē!

老舍

363

Xīn Dézhì yào zhǎo gè dìfang kū yī dà chǎng qù! Zài guìshang shíwǔ-liù nián le, méi xiǎngdào guò —— gèng bùyòng shuō jiànguòle —— Sānhéxiáng huì luòdào zhè bù tiāndì! Zěnme jiàn rén ne? Héjiē shàng yǒu shuí bù jìngzhòng Sānhéxiáng de? Huǒjimen wǎnshàng chūlái, tízhe Sānhéxiáng de dà dēnglóng, lián xúnjǐngmen dōu lìngyǎn kàndài. Nà nián bīngbiàn, Sānhéxiáng suīrán yě bèi qiǎng yī kōng, kěshì méi xiàng zuǒyòu de pùhù nàyàng lián ménbǎn hé "yán wú èr jià" de páizi dōu bèi zhāile zǒu —— Sānhéxiáng de jīnbiān yǒu zhǒng zūnyán! Tā dào chénglǐ yǐjīng èrshí lái nián le, qízhōng de shíwǔ-liù nián shì zài Sānhéxiáng, Sānhéxiáng shì tā dì-èr jiātíng, tā de shuōhuà, késòu yǔ lánbù dà shān de yàngshì, quánshì Sānhéxiáng gěi tā de. Tā yīn Sānhéxiáng, yě wèi Sānhéxiáng ér jiāo'ào. Tā gěi pùzi qù suǒ zhài, dōu bèi rén qǐng jìnqù hē wǎn chá; Sānhéxiáng suī shì gè mǎimài, kěshì hé zhàogùzhǔrmen sìhū shì péngyou. Qián zhǎngguì shì cháng gěi zhàogùzhǔr xíng hóngbái rénqíng de. Sānhéxiáng shì "jūnzǐ zhī fēng" de mǎimài: méndèng shàng cháng zuòzhe fùjìn zuì tǐmiàn de rén; yùdào jiē shàng yǒu rènao de shíhou, zhàogùzhǔr de nǚjuànmen dào zhèli xiàng lǎo zhǎngguì jiè gè zuòr. Zhège guāngróng de lìshǐ, shì zhǎng zài Xīn Dézhì de xīnli de. Kěshì xiànzài?

Xīn Dézhì yě bìng bùshì bù xiǎodé, niántóu shì biàn le. Ná Sānhéxiáng de zuǒyòu pùhù shuō, duōshǎo jiā yǐjīng bǎ lǎo guīju shěqì, ér nàxiē xīnkāi de gèngshì tí bùdé de, yīnwèi gēnběn jiù méiyǒu guò guīju. Tā zhīdào zhège. Kěshì yīncǐ tā gèng ài Sānhéxiáng, gèng tì tā jiāo'ào. Jiǎrú Sānhéxiáng yě xiàle qiáo, shìjiè jiù méi le!

Hēng, xiànzài Sānhéxiáng hé biérén jiā yīyàng le, jiǎrú bùshì gèng huài!

Tā zuì hèn de shì duìmén nà jiā Zhèngxiāngcūn: zhǎngguì de tàlāzhe xié, diāozhe yānjuǎn, xiāngzhe jīn ményá. Lǎobǎnniáng bēizhe bàozhe, hǎoxiàng dōur lǐ hái dàizhe, jǐ gè nánnǚ xiǎohái, chéngtiān chūlái jìnqù, jìnqù chūlái, jījī-zhāzhā, bùzhī hǎn xiē shénme. Lǎobǎn hé lǎobǎnniáng chǎojià yě zài guìshang, dǎ háizi, gěi háizi chīnǎi, yě zài guìshang. Mō bù qīng tāmen shì zuò mǎimài ne, háishì gàn shénme wán ne, zhǐyǒu lǎobǎnniáng de xiōngkǒu lǎo zài guì qián chénlièzhe shì jiàn wú kěyǐ de shìr. Nà qún huǒji, bùzhī shì cóng nǎr zhǎo lái de, quán chuānzhe pòxié, kěshì yīfu duōbàn shì chóuduàn de. Yǒude tiēzhe tàiyáng gāo, yǒude tóufa shū de xiàng qīsháo, yǒude dàizhe jīnsī yǎnjìng. Zàishuō nà fènr yànqì: yī nián dàotóu lǎoshì dà jiǎnjià, lǎo xuánzhe méiqì dēng, lǎo zhuǎndòngzhe liúshēngjī. Mǎiguò liǎng yuán qián de dōngxi, lǎobǎn biàn qīnzì ràng kèrén chī kuài sūtáng; bù chī, tā néng wǎng rénjia zuǐ lǐ sòng! Shénme dōngxi yě méiyǒu yīdìng de jiàqián, yángqián yě méiyǒu yīdìng de hángshi. Xīn Dézhì yǒngyuǎn bù zhèngyǎn kàn "Zhèngxiāngcūn" nà sān gè zì, yě yǒng bù dào nàbiān mǎi diǎn dōngxi. Tā xiǎngbudào shìshàng huì yǒu zhèyàng de mǎimài, érqiě hé Sānhéxiáng zhèng duìmén!

Gèng qíguài de, Zhèngxiāngcūn fācái, ér Sānhéxiáng yī tiān bǐ yī tiān shuāiwēi. Tā bù míngbai zhèshì shénme dàolǐ. Nándào mǎimài bìng děi bù ànzhe guīju zuò cái xíng ma? Guǒrán rúcǐ, hébì xuétú ne? Shì gè rén jiù kěyǐ zuò shēngyi le! Bùnéng shì zhèyàng, bùnéng; Sānhéxiáng dàodǐ shì bùhuì nàyàng de! Shuí zhīdào jìngzì láile gè Zhōu zhǎngguì, Sānhéxiáng de yǔ Zhèngxiāngcūn de méiqì dēng bǎ jiēdào zhàoqīng le yī dà jié, tāmen shì yī duìr! Sānhéxiáng yǔ Zhèngxiāngcūn chéngle yī duì?! Zhè mòfēi shì zuò mèng me? Bùshì mèng, Xīn Dézhì yě děi ànzhe Zhōu zhǎngguì de bànfǎ zǒu. Tā děi hé kèrén xiāchě, tā děi ràng rén xī yān, tā děi bǎ rén kuāngdào hòuguì, tā děi názhe jiǎhuò dāng zhēnhuò mài, tā děi děng kèrén zhēng jìng cái duō fàng èr cùn, tā děi yòng shǒushù liáng bù —— shǒuzhǐ yī niǎn jiù chōu huílái yī kuài! Tā bùnéng shòu zhège!

Kěshì duōshù de huǒji sìhū yuànyì zhème zuò. Yǒu gè nǚ kè jìnlái, tāmen hènbunéng bǎ tā wéi shàng, hènbunéng bǎ quán pùzi de dōngxi dōu bānlái gěi tā qiáo, děng tā mǎiwán —— nǎpà shì mǎile èr chǐ tángbù —— tāmen hènbunéng bǎ tā sòng huíjiā qù. Zhōu zhǎngguì xǐ'ài zhège, tā yuànyì huǒjimen zhē gēntou, dǎ bǎshì, gènghǎo shì néng zài kōngzhōng fēi.

Zhōu zhǎngguì hé Zhèngxiāngcūn de lǎobǎn chéngle hǎo péngyou. Yǒushíhou hái còushàng Tiānchéng de rénmen dǎdǎ "májiàng". Tiānchéng yě shì běn jiē shàng de chóuduàn diàn, kāizhāng yě yǒu sì-wǔ nián le, kěshì Qián zhǎngguì jiù shǐzhōng méi zhāohuguò tāmen. Tiānchéng guìyì hé Sānhéxiáng dǎ duìzhàng, bìngqiě chuīchū fēng lái, fēi bǎ Sānhéxiáng dǐng pāxià bùkě. Qián zhǎngguì yī shēng yě bùchū, zhǐ ǒu'ěr shuō yī jù: zánmen zuò de shì zìhào. Tiānchéng yī nián dàoyǒu sānbǎi liùshíwǔ tiān shì jìniànrì, dà jiǎnjià. Xiànzài Tiānchéng de rénmen yě guòlái dǎpái le. Xīn Dézhì bùnéng dāli tāmen. Tā yǒudiǎn kōngxián, biàn zuòzài guì lǐ fālèng, miànduìzhe huòjiàzi —— yuánxiān jià shàng de bùpǐ dōu yòng báibù bāozhe, xiànzài yòng zhěng fú de tōng tiān chě dì de zuò zhuāngshì, kànzhe dōu yǎnyūn, nàme huāhóng-liǔlǜ de! Sānhéxiáng yǐjīng wánle, tā xīnli shuō.

Dànshì, guòle yī jié, tā bùnéng bù pèifú Zhōu zhǎngguì le. Jié xià bàozhàng, suīrán méi zhuàn shénme, kěshì méi péi. Zhōu zhǎngguì xiàozhe gěi dàjiā jiěshì: "Nǐmen děi jìzhù, zhèshì wǒ de tóu yī jié ya! Wǒ háiyǒu hǎoxiē méi shīzhǎn chūlái de běnshì ne. Háiyǒu yī céng, zhā páilou, lìn méiqì dēng ......Nǎgè bù huāqián ne? Suǒyǐ ya!" Tā dào shuō shàngjìn lái de shíjié zǒng zhème "suǒyǐ ya" yī xià. "Rìhòu wúxū zhā páilou le, zán huì yòng gèng xīnde, gèng shěngqián de bànfǎ, nà kě jiù yǒule zhuàntou, suǒyǐ ya!" Xīn Dézhì kàn chūlái, Qián zhǎngguì shì huíbùlái le; shìjiè díquè shì biàn le. Zhōu zhǎngguì hé Tiānchéng, Zhèngxiāngcūn de rénmen shuōdelái, tāmen dōushì fācái de.

Guòle jié, jiǎnchá rìhuò rāngrang dòng le. Zhōu zhǎngguì fēng le shìde shàng dōngyáng huò. Jiǎnchá duì yǐjīng chūdòng, Zhōu zhǎngguì bǎ dōngyáng huò quán bǎi zài dà miàn shàng, érqiě xiàle mìnglìng: "Jìnlái mǎizhǔ, xiān ná Rìběn bù; biéchù bùgǎn mài, zánmen zhènghǎo zuò yī pī shēngyì. Kànjiàn xiāngxiàrén, míngshuō zhèshì dōngyáng bù, tāmen rèn zhège; duì chénglǐ de rén, shuō Déguó huò."

Jiǎnchá duì dào le. Zhōu zhǎngguì liǎn shàng yào xiàochū jǐ gè húdiér lái, ràng xī yān, ràng hē chá. "Sānhéxiáng, chòng zhè sān gè zì, bùshì mài dōngyáng huò de dìfang, suǒyǐ ya! Zhūwèi kàn ba! Ménkǒu nàxiē yǒu Déguó bù, yě yǒu tǔbù; nèi guì dōushì guóhuò chóuduàn, xiǎohào zài nánfāng yǒu lián hào, zì bàn zì yùn."

Dàjiā yíxīn nàxiē huābù. Zhōu zhǎngguì xiàole: "Zhāng Fúlái, bǎ hòubiān shèngxià de nà pǐ dōngyáng bù nálái."

Bù nálái le. Tā chězhù jiǎnchá duì de duìzhǎng: "Xiānshēng, bù qūxīn, zhǐ shèngxià zhème yī pǐ dōngyáng bù, gēn xiānshēng chuān de zhè jiàn dàshān yīyàng de cáiliào, suǒyǐ ya!" Tā huíguò tóu lái, "Fúlái, bǎ zhè pǐ liàozi rēngdào jiēshàng qù!"

Duìzhǎng kànzhe zìjǐ de dàshān, tóu yě méi tái, biàn zǒu chūqù le.

Zhè pǐ suíshí kěyǐ biànchéng Déguó huò, guóhuò, Yīngguó huò de Rìběn bù zhuànle yīdàbǐ qián. Yǒu shíhuò de rén, dāngzhe Zhōu zhǎngguì de miàn, bǎ bù rēngzài dìshang, Zhōu zhǎngguì huì xiàozhe mìnglìng túdì: "Ná zhēnzhèng xīyáng huò qù, nándào jiù kàn bù chū xiānshēng shì dǒngyǎn de rén ma?" Ránhòu duì mǎizhǔ: "Shénme rén yào shénme huò, báigěi nǐ zhège, nǐ yě bùyào, suǒyǐ ya!" Yúshì yòu zuòle yī hào mǎimài. Kèrén línzǒu, hǎoxiàng guài shěbude Zhōu zhǎngguì. Xīn Dézhì kàntòu le, zuò mǎimài dǎsuàn yào zhuànqián de huà, děi huì biàn xìfǎ, shuō xiàngsheng. Zhōu zhǎngguì shì gè rénwù. Kěshì Xīn Dézhì bùxiǎng zài zài zhèr gàn, tā yuè pèifú Zhōu zhǎngguì, xīnli yuè nánguò. Tā de fàn yóu jǐliànggǔ xiàqù. Dǎsuàn shuì de ānwěn yīxiē, tā děi líkāi zhèyàng de Sānhéxiáng.

Kěshì, méi děngdào tā zài biéchù zhǎohǎo wèizhì, Zhōu zhǎngguì shàng Tiānchéng lǐng dōng qù le. Tiānchéng xūyào zhèyàng de rén, ér Zhōu zhǎngguì yě yuànyì qù, yīnwèi Sānhéxiáng de lǎo guīju tài shēn le, fǎngfú shì zhǎngle gēn, tā bùnéng chōngfèn shīzhǎn tā de cáinéng.

Xīn Dézhì sòngchū Zhōu zhǎngguì qù, hǎoxiàng shì sòngzǒu le yī kuài xīnbìng.

Duìyú dōngjiamen, Xīn Dézhì yǐ shíwǔ-liù nián lǎo huǒji de zīgé, shì kěyǐ shuō jǐ jù huà de, suīrán bù yīdìng fāshēng shénme xiàolì. Tā zhīdào nǎxiē wèi dōngjia shì gèng lǎopài yīxiē, tā zhīdào zěnyàng dǎdòng tāmen. Tā qù gěi Qián zhǎngguì yùndòng, yě tuōchū Qián zhǎngguì de lǎo péngyoumen lái bāngmáng. Tā bù shuō Qián zhǎngguì de yīqiè dōu hǎo, érshì shuō Qián yǔ Zhōu èr wèi gèyǒusuǒcháng, yīngdāng zhézhōng yīxià, bùnéng sǐshǒu jiùfǎ, yě bié gǎibiàn de tài guòhuǒ. Lǎozìhào shì zhídé bǎocún de, xīn bànfǎ yě děi xuézhe yòng.

Zìhào yǔ lìyì liǎng gùzhe —— tā zhīdào zhè bìnéng dǎdòngle dōngjiamen.

Tā xīnli, kěshì, lìng yǒu gè zhǔyì. Qián zhǎngguì huílái, yīqiè jiù dōu huílái, Sānhéxiáng bìdìng shì "lǎo" Sānhéxiáng, yàobùrán biàn shénme yě bùshì. Tā xiǎnghǎo le: jiǎnqù méiqì dēng, yánggǔ yánghào, guǎnggào, chuándān, yānjuǎn; zhǐ bìbùdéyǐ de shíhou, hái kěyǐ jiǎn rén, dàgài kěyǐ shěngqù yīdàbǐ kāixiāo. Kuàngqiě, bù chūshēng ér jiànmài, zhǐ dà ér huòwù dìdào. Nándào rénmen jiù dōushì shǎzi ma?

Qián zhǎngguì guǒrán huílái le. Jiē shàng zhǐ shèngle Zhèngxiāngcūn de méiqì dēng, Sānhéxiáng huīfùle xīrì de sùjìng, suīrán yīnwèi huānyíng Qián zhǎngguì ér xuánguà shàng nà sì gè gōngdēng, chuízhe dàhóng suìzi.

Sānhéxiáng guà shàng gōngdēng nà tiān, Tiānchénghào ménkǒu fàngle liǎng zhī luòtuó, luòtuó shēnshàng pīmǎn le gèsè de duàntiáo, tuófēng shàng ānzhe yī míng yī miè de wǔcǎi diàndēng. Luòtuó de zuǒyòu pīle zhuācǎi bù, yī rén yī máo qián, còuzú le shí gè rén jiù kāicǎi, yī máo qián yǒu dé yī pǐ módēng chóu de xīwàng. Tiānchéng mén wài chéngle miàohuì, jǐ bù dòng de rén. Zhēnyǒu xiàoxīxī jiázǒu yī pǐ módēng chóu de ma!

Sānhéxiáng de méndèng shàng yòu zhào shàng lán ní tào, Qián zhǎngguì yǎnpí yě bù tái, zài nàli zuòzhe. Huǒjimen ānjìng de zuòzài guì lǐ, yǒude qīngqīng bōnòng suànpán zhūr, yǒude xúhuǎn de dǎzhe hāqiàn, Xīn Dézhì kǒu lǐ bù shuō shénme, xīnzhōng kěshì zháojí. Bàntiānr néng bù jìnlái yī gè mǎizhǔ. Ǒu'ěr yǒu rén zài wàibiān dǎ yī yǎn, sìhū shì yào jìnlái, kěshì kànkàn jìnbiān, wǎng Tiānchéng nàbiān zǒuqù. Yǒushíhou yǐjīng jìnlái, kànle huò, yīn bù dǎ jiàqián, yòu kōngshǒu zǒu le. Zhǐyǒu jǐ wèi lǎo zhǔgù, shícháng lái mǎidiǎn dōngxi; kě yě yǒu shíhou zhǐ hé Qián zhǎngguì shuō huìr huà, kǎitànzhe niányuè zhèyàng qióng, hē liǎng wǎn chá jiù zǒu, shénme yě bù mǎi. Xīn Dézhì xǐhuān tīng tāmen shuōhuà, zhè shǐ tā xiǎngqǐ xīnián de guāngjǐng, kěshì tā yě xiǎodé, xīnián de guāngjǐng, dàgài bùhuì huíláile; zhè tiáo jiē zhǐyǒu Tiānchéng "shì" gè mǎimài!

Guòle yī jié, Sānhéxiáng fēi jiǎn rén bùkě le. Xīn Dézhì hánzhe lèi hé Qián zhǎngguì shuō: "Wǒ yī rén gàn wǔ gè rén de huó, zánmen bù pà!" Lǎo zhǎngguì yě shuō: "Zánmen bù pà!" Xīn Dézhì nà wǎn shuì de fēicháng xiāngtián, zhǔnbèi cìrì gàn wǔ gè rén de huó. Kěshì guòle yī nián, Sānhéxiáng dàogěi Tiānchéng le.

老舍